国家社科基金
GUOJIA SHEKE JIJIN HOUQI ZIZHU XIANGMU
后期资助项目

古小说
乱世书写研究

赵爱华 著

中华书局

图书在版编目(CIP)数据

古小说乱世书写研究/赵爱华著. —北京:中华书局,2025.
3. —ISBN 978-7-101-17016-0

Ⅰ.I207.41

中国国家版本馆 CIP 数据核字第 2025WF5406 号

书　　名	古小说乱世书写研究
著　　者	赵爱华
丛 书 名	国家社科基金后期资助项目
责任编辑	余　瑾
封面设计	毛　淳
责任印制	陈丽娜
出版发行	中华书局
	(北京市丰台区太平桥西里38号　100073)
	http://www.zhbc.com.cn
	E-mail:zhbc@zhbc.com.cn
印　　刷	三河市宏盛印务有限公司
版　　次	2025 年 3 月第 1 版
	2025 年 3 月第 1 次印刷
规　　格	开本/710×1000 毫米　1/16
	印张25　插页2　字数384千字
国际书号	ISBN 978-7-101-17016-0
定　　价	128.00 元

国家社科基金后期资助项目出版说明

后期资助项目是国家社科基金设立的一类重要项目,旨在鼓励广大社科研究者潜心治学,支持基础研究多出优秀成果。它是经过严格评审,从接近完成的科研成果中遴选立项的。为扩大后期资助项目的影响,更好地推动学术发展,促进成果转化,全国哲学社会科学工作办公室按照"统一设计、统一标识、统一版式、形成系列"的总体要求,组织出版国家社科基金后期资助项目成果。

全国哲学社会科学工作办公室

目 录

绪　论

在中国古代家天下的王朝统治时期,帝王个人素质深刻影响着国家命运,国家形势常因帝王个人行为而骤然改变,"皇帝一念之差,及其见闻知识的限制,便可使整个机构的活动为之狂乱。而在尊无与上,富无与敌的环境中,不可能教养出一个好皇帝。所以在一人专制之下,天下的'治'都是偶然的,'乱'倒是当然的"①,因此治乱循环是中国古代历史进程的基本特征。《三国演义》开篇"天下大势,分久必合,合久必分:周末七国分争,并入于秦;及秦灭之后,楚、汉分争,又并入于汉;汉朝自高祖斩白蛇而起义,一统天下,后来光武中兴,传至献帝,遂分为三国"②的论断就是对古代王朝演变特点的精辟概括。新文化运动的旗手鲁迅在《灯下漫笔》中从民众的生存状态入手将"分—合"的过程概括为两个时代,"一,想做奴隶而不得的时代;二,暂时做稳了奴隶的时代。这一种循环,也就是'先儒'之所谓'一治一乱'"③。在古代乱世时期,民众的生存处境是极其艰难的,"中国人向来就没有争到过'人'的价格,至多不过是奴隶,到现在还如此,然而下于奴隶的时候,却是数见不鲜的。中国的百姓是中立的,战时连自己也不知道属于那一面,但又属于无论那一面。强盗来了,就属于官,当然该被杀掠;官兵既到,该是自家人了罢,但仍然要被杀掠,仿佛又属于强盗似的"④。

战乱年代广大民众既被贼害又被官侵,既惧贼又怕官的无所适从、无路可走的问题历来被文人重视。如经历过安史之乱的中唐诗人元结在《春陵行》中真实描绘了代宗广德年间道州人民"去冬山贼来,杀夺几无遗。所愿见王官,抚养以惠慈。奈何重驱逐,不使存活为"⑤的痛苦境遇;北宋初年的黄休复在《茅亭客话》中反映了王小波起义时蜀地人民"上畏王师之剽

---

① 徐复观:《两汉思想史》第一卷,华东师范大学出版社,2004年,第80页。
② 罗贯中:《三国演义》,人民文学出版社,2005年,第1页。
③ 鲁迅:《鲁迅全集》第一卷《坟》,人民文学出版社,2005年,第225页。
④《鲁迅全集》第一卷《坟》,第224页。
⑤ 元结著,孙望校:《元次山集》卷三《春陵行》,中华书局,2022年,第37页。

掠,下畏草孽之强暴"的两难处境,并通过朝廷官员张咏《悼蜀诗》"当时布政者,罔思救民瘼。不能宣淳化……蚕食生灵肌,作威恣暴虐。佞罔天子听,所利唯剥削。一方忿恨兴,千里攘臂跃……悲夫骄奢民,不能饱葵藿。朝廷命元戎,帅师荡元恶。虎旅一以至,枭巢一何弱。燎毛焰晶荧,破竹锋熠爝。兵骄不可戢,杀人如戏谑。悼耄皆罹诛,玉石何所度。未能戮强暴,争先谋剽掠。良民生计空,赊死心殒获"①的描述,揭露了官府恶政导致地方民乱以及官军平乱时滥杀民众、剽掠民财的恶行。

　　虽然诗歌可以强烈地抒发悲愤之情,但它的短小形式难以展现丰富多变的生活细节和复杂多样的社会现象。与诗歌相比,小说的情节性和生活化色彩更浓。在中国古代,文言和白话小说虽都属于叙事文学,但二者的发展历程和文学气质有较大差别。文言小说多为短篇,先秦时期已经出现;白话小说篇幅较长,唐宋以来逐渐定型,世俗化气息浓郁。总之,与诗歌的高度凝练及白话小说的通俗化相比,具有史补精神的文言古小说更能以言简意赅的语言反映真实复杂的社会面貌。

　　"古小说"是"相对于近古的通俗小说而言"②,即与白话小说不同的文言小说。文言小说虽然也以虚构和想象为主要创作方法,但它的内容多是基于现实事件而展开的,并常将小说中的时间、地点、人物和事件都放在真实的社会环境中,具有极强的信实品格。文言小说家多是拥有较高社会地位和深受儒家文化影响的官员、文人甚至是帝王,重视小说的"补世"作用,注重小说的写实性和史学价值。他们常将小说作品定名为"史"或"传"以突出其历史意蕴,如《唐国史补》《阙史》《逸史》《东城老父传》《高力士外传》《长恨歌传》等等。并且有极高的创作追求,如中唐沈既济的传奇《任氏传》不仅提出"著文章之美,传要妙之情"的艺术理念,而且希望达到"揉变化之理,察神人之际"③的思想高度;清代蒲松龄的《聊斋志异》虽以异类为创作对象,但故事结尾常以"异史氏曰"提炼主题,这些都是对司马迁《史记》"究天人之际,通古今之变"④的创作目标与"太史公曰"结构形式的继承。李剑国认为,"唐代小说家有三种气质:历史家气质、伦理家(儒家)气质、诗人

①黄休复撰,李梦生校点:《茅亭客话》卷六《悼蜀诗》,上海古籍出版社,2012年,第126—127页。
②程毅中:《古小说简目·凡例》,中华书局,1981年,第8页。
③沈既济:《任氏传》,载李剑国辑校《唐五代传奇集》第二编卷一,中华书局,2015年,第443页。
④班固撰,颜师古注:《汉书》卷六二《司马迁传》,中华书局,2006年,第2735页。

气质,相应的便是三种意识:历史意识、伦理意识和诗意识。历史家气质和历史意识并不只限于对历史题材的关注和历史感的表现,而是对于真实的历史和现实关系,对于真实的感情世界,对于作品真实性的执著与把握,因此它使小说走向真"①。其实"小说家的史才比历史家的史才应有更为深广的内容:他在更为本质的意义上理解'实录'原则,在虚构和幻想中体现真实感"②。文言小说在虚构中最大程度地呈现了古人生活的本真状态和时代精神风貌。

　　为追求作品的真实效果,即使是虚构的故事,小说家们也会在开头或结尾交代来源或传播途径。一些史学家也把某些小说内容当作实事,常从小说作品中撷取材料,如《新唐书·忠义传》中吴保安的事迹就是根据牛肃志怪传奇小说集《纪闻》中的《吴保安》一篇载录的。即使是以神鬼异怪为表现对象的作品如《搜神记》《广异记》《夷坚志》《聊斋志异》等志怪小说集,也在虚构的基础上生动再现了当时的社会现实和民众心理。因此"古代小说有其独特的史学价值,实际上是对一个客观存在的事实的概括,即古代小说毕竟或多或少、或直接或曲折地反映了当时的社会现实,它的描写中蕴含着对某些历史现象的认定"③,而现在的研究者"往往都是从某部特定的作品出发,所论也只是作为对该作品分析的一部分而存在,研究者并没有着眼于作品所蕴含的史学价值的发掘与肯定,更没有围绕某种历史现象而取众多作品作综合性的分析"④。与长篇白话小说的繁复性相比,文言小说"内容比较单一,主题比较单纯,因此文言小说的研究在更多情况下比较适合于集团性的整体研究,也就是从共时性或历时性的角度进行整体观照",而且"与宗教文化、民俗文化有密切关系,同时它又反映着广泛的社会生活,因此文言小说具有多文化元的丰富内容,较宜于成为跨文化综合研究的对象"⑤。因此,从社会文化和时代特征的角度对古小说进行整体考察有助于全面挖掘和正确评价古小说的内涵和价值。

　　在古小说的形成发展过程中,对社会和民生产生重大影响的乱世阶段

① 李剑国:《唐五代志怪传奇叙录》,中华书局,2017 年,第 93 页。
② 《唐五代志怪传奇叙录》,第 95 页。
③ 陈大康:《古代小说研究及方法》,中华书局,2006 年,第 162 页。
④ 《古代小说研究及方法》,第 164 页。
⑤ 李剑国:《古稗斗筲录》,南开大学出版社,2004 年,第 5—6 页。

是历代小说家重点关注的对象,乱世对古小说题材的形成和思想内涵的深化有着不可忽视的力量,与乱世相关的题材是古小说的重要书写内容。古小说的乱世书写一方面全面展示了乱世社会的基本面貌、人们的悲惨遭遇及理想愿望;另一方面充分体现了文人小说家对乱世问题的深入思考,如借谶兆和天命故事表达对乱世的无可奈何,通过对致乱帝王和作乱者行为特征的描述反思乱世产生的人为因素等等。不论是展现帝王还是士大夫及平民在乱世中的遭遇,小说家都着眼于人的命运,并通过个人的生命轨迹反映时代的心理倾向和社会文化的变迁。通过小说家的乱世书写,不仅可以了解乱世的凋敝、残破和人类生命无保障、尊严遭践踏的痛苦情况,而且能真切体会到人们走投无路时的心理愿望,同时也能感受到文人的反思精神,尤其是灾难意识、谶纬理念、术数观念、天定思想和帝王批判等增强了乱世书写的深刻性和复杂性。在反思乱世时,小说家的政治观有的与官方正统观点相同,有的比主流意识更敏锐、更深刻,如《梅妃传》对女色亡国论的批评和否定就高于当时及之后的许多史学家。总之,关注治乱的小说家秉承救世情怀,在虚构中折射时代问题,表达社会理念,探究致乱之因,体现了深沉的国家观念和政治感悟。

综上所述,基于古代乱世的常态化与古小说的信实品格和适合整体性研究的特点,本书以古小说的乱世书写为研究对象,全面审视与乱世相关的题材。总体来看,古小说主要从四个方面表现乱世问题:一是反映社会乱象和民众的悲惨境遇;二是描写乱中世人的生存之道,展示其理想愿望;三是反思乱之原因,提出治理理念;四是聚焦帝王政治弊端,表达对统治者的态度。因此在阐释古小说的乱世书写时主要把握三个重点,一是乱世时期的社会状况;二是文人的政治感悟和哲理思考;三是小说家的表现方式。在论述过程中,注重历时性和共时性的关联,重视前后之间的逻辑关系,力争使研究内容系统化、条理化。首先全面概括古代乱世与古小说乱世书写的特征,接着从悲剧基调、悲惨来源、生命渴求、生存理想、探察乱迹、追寻乱因、考究乱源、艺术表现和价值意义九个方面分别阐述古小说乱世书写的主题倾向和精神内涵。既全面梳理乱世的总体面貌,又揭示造成人类惨剧的社会因素,并探寻人们在乱离中的生命意识和社会理想,提炼出小说家的乱世观,从而使古小说乱世书写的基本内容和思想理念得到充分阐释和严密论证。

　　追求"信实""补世"的古小说乱世书写总体呈现悲剧性的思想倾向。在悲惨的社会中,人们渴望得到救助或者找到新的生活场所。为了减少悲剧的发生,小说家反思乱世出现的各种原因,虽然天命意识强烈,但更注重人为因素的影响力和破坏性,如帝王政治弊端与作乱者的恶行等。总之,古小说的乱世书写描述苦难生活,表现时代变迁,折射文化思潮,反思致乱根源,具有强烈的现实精神和极高的历史文化价值。研究古小说的乱世书写不仅有助于人们全面了解古代乱世的社会状况和民众的理想愿望,而且能深入体会古人的政治思想和忧患意识,并能以古鉴今,居安思危,提高预警能力,为当今社会治理提供有益借鉴。

第一章　史稗悲乱：乱世与古小说书写概貌

中国古代世袭制的王权传承制度导致每个朝代后期统治能力日趋减弱，各种矛盾和问题日益凸显，最终天下大乱。战乱摧毁了旧王朝的根基和腐朽的统治，新王朝则会吸取教训，调整统治策略，在一定程度上减轻民众负担，恢复和发展生产。正因为如此，中国历史上才出现了所谓的"文景之治""光武中兴""贞观之治""开元盛世"等治世的辉煌。从某种意义上说，乱世是旧王朝的坟墓和新王朝的摇篮。中国几千年的历史就在"治—乱"交替中向前运行。

对于古代治乱循环的社会运行特点，宋代文人已多有反思，欧阳修等修撰的《新唐书》曰："汉之亡也，天下大乱，至晋然后稍定；晋之亡也，天下大乱，至唐然后复安。治少而乱多者，古今之势。"[1]洪迈在总结前代治乱历史时反思了各朝灭亡之因："自尧、舜及今，天下裂而复合者四：周之末为七战国，秦合之；汉之末分为三国，晋合之；晋之乱分为十余国，争战三百年，隋合之；唐之后又分为八九国，本朝合之。然秦始皇一传而为胡亥，晋武帝一传而为惠帝，隋文帝一传而为炀帝，皆破亡其社稷。独本朝九传百七十年，乃不幸有靖康之祸，盖三代以下治安所无也。秦、晋、隋皆相似，然秦、隋一亡即扫地，晋之东虽曰'牛继马后'，终为守司马氏之祀，亦百有余年。盖秦、隋毒流四海，天实诛之，晋之八王擅兵，孽后盗政，皆本于惠帝昏蒙，非得罪于民，故其亡也，与秦、隋独异。"[2]帝王因一己之故造成国乱，带给全天下的是无尽的痛苦和劫难。

由长期战乱形成的乱世是人类社会最悲惨的阶段。乱世的当权者为争夺地盘和统治权，视性命如草芥，烧杀抢掠，无恶不作，导致社会生产遭受严重破坏，人口大量丧亡。乱世是人口损失最惨重的时期，如东汉末年，董卓擅权，"尽徙洛阳人数百万口于长安，步骑驱蹙，更相蹈藉，饥饿寇掠，

---

①欧阳修、宋祁撰：《新唐书》卷二二五（下）《逆臣传（下）》，中华书局，1975年，第6469页。
②洪迈：《容斋随笔》卷五《晋之亡与秦隋异》，上海古籍出版社，1996年，第60页。

积尸盈路。卓自屯留毕圭苑中，悉烧宫庙官府居家，二百里内无复孑遗"①；西晋"惠帝之后，政教陵夷，至于永嘉，丧乱弥甚。雍州以东，人多饥乏，更相鬻卖，奔迸流移，不可胜数。幽、并、司、冀、秦、雍六州大蝗，草木及牛马毛皆尽。又大疾疫，兼以饥馑，百姓又为寇贼所杀，流尸满河，白骨蔽野。刘曜之逼，朝廷议欲迁都仓垣，人多相食，饥疫总至，百官流亡者十八九"②；唐代安史之乱以来，"东周之地，久陷贼中，宫室焚烧，十不存一。百曹荒废，曾无尺椽，中间畿内，不满千户。井邑榛棘，豺狼所嗥，既乏军储，又鲜人力。东至郑、汴，达于徐方，北自覃怀，经于相土，人烟断绝，千里萧条"③，"自天宝十四年至乾元三年，损户总五百九十八万二千五百八十四，不课户损二百三十九万一千九百九，课户损三百五十九万六百七十五；损口总三千五百九十二万八千七百二十三，不课口损三千七十一万三百一，课口损五百二十一万八千四百三十二。户至大历中，唯有百三十万户"④。总之，与自然灾害等因素相比，战乱的破坏力无论是在广度上还是深度上都是最强的。

第一节　古代乱世概况

　　纵观中国古代几千年的王朝历史，动摇统治基础的战乱产生的时间并不固定，有的发生在立国初期，有的出现在王朝中期政治相对腐朽的阶段，有的则是在王朝末期君弱臣强之时。尤其是王朝末期，由于各种社会问题如政治腐败、权奸秉政、赋税沉重等集中爆发，中央政权失去了调控能力，在此情况下，或者走投无路的下层民众被迫起义，或者外敌乘机入侵，或者地方割据势力趁势作乱，甚至各种战乱因素相互交织，从而导致大的乱世来临。就历代王朝的乱世状况来看，腐朽的政治是致乱的主要原因，而乱世的动荡又加剧了混乱的政治形势，正如唐代元结在《谢上表》中所说"臣愚以为今日刺史，若无武略以制暴乱，若无文才以救疲弊，若不清廉以身率下，若不变通以救时须，一州之人不叛则乱将作矣。岂止一州者乎？臣料

---

① 范晔撰，李贤等注：《后汉书》卷七二《董卓传》，中华书局，2014年，第2327页。
② 房玄龄等撰：《晋书》卷二六《食货志》，中华书局，1974年，第791页。
③ 刘昫等撰：《旧唐书》卷一二〇《郭子仪传》，中华书局，1975年，第3457页。
④ 杜佑撰，王文锦等点校：《通典》卷七《食货》，中华书局，1992年，第153页。

今日州县堪征税者无几，已破败者实多；百姓恋坟墓者盖少，思流亡者乃众"①。官员贪酷庸懦进一步加剧了社会衰乱的程度。五代孙光宪在《北梦琐言》中暴露的唐末"乱离以来，官爵过滥，封王作辅，狗尾续貂"②等问题也是乱世时期政治的普遍现象。治世时期，各项政策与国家状态是良性循环的，而乱世阶段，各种乱政与乱象则形成恶性循环的关系，直至政府无法运转，国家灭亡。

一、古代的战乱类型

古代乱世在每个王朝出现的时段和因素各不相同。从导致乱世的战乱类型上看，主要有民乱、虏乱、叛乱、政乱和盗乱。这是依照古代史书的惯例而定名的，如古人称少数民族为"胡"或"虏"，那么由他们引起的战乱就称为"虏乱"，而由农民起义而引起的大乱就是"民乱"。也就是说用"虏乱"并不是表示民族歧视，用"民乱"也不是污蔑农民起义，只是用这一名称来概括作乱群体的来源。

民乱，主要是下层民众在王朝的沉重压迫和剥削下因无法生存而被迫起事的反抗形式。秦末的陈胜、吴广发出"王侯将相宁有种乎"的号召，拉开了中国农民大起义的序幕；张角领导的太平道利用宗教形式组织民众，以"苍天已死，黄天当立"为口号开始了瓦解东汉政权的斗争；黄巢起义使唐末的豪门望族土崩瓦解，严重冲击了自魏晋以来盛行的门阀观念；方腊发动民众在浙江攻占九州五十二县，其反抗斗争极大地动摇了北宋的统治基础；钟相、杨幺的洞庭湖大起义给飘摇的南宋政权敲响了警钟；而李自成领导的农民军则葬送了朱氏的大明江山。这些下层民众的反抗活动都给当时的腐朽政权以沉重打击，并且在一定程度上为新王朝的建立开辟了道路。

虏乱主要是由边疆少数民族侵袭而引起的国家大乱，是造成中原王朝动荡和人口大量丧亡的主要因素，如五胡乱华、辽灭后晋、靖康之变等。自古不乏少数民族威胁中原统治之时，但在王朝初期，统治者往往能采用较好的政策解除危难，如汉初虽然时刻处于匈奴的侵扰之下，但最终还是通

---

① 《元次山集》卷八《谢上表》，第133页。
② 孙光宪撰，贾二强点校：《北梦琐言》卷一八《无官酬勋》，中华书局，2002年，第336页。

过和亲等手段缓解了边患问题,并在汉武帝时期倾全国之力击垮了匈奴主力。而到王朝末期或中原政权分裂时期,虚弱的中央政权、混乱的政局及各地风起云涌的反抗斗争,促使边疆少数民族势力趁机入侵,甚至建立地域性乃至全国性政权。纵观中国历史,少数民族占领中原的时代不在少数,尤其是西晋末年的"五胡乱华",使整个中原大地长久陷于混乱、纷争的割据状态和少数民族的野蛮统治之中;五代十国时期的后晋为了拉拢外族强权,将燕云十六州割与契丹,结果却导致了皇帝被俘、政权被灭,中原的物质和文化财富随着契丹的入侵被洗劫一空;随后建立的宋朝在失去燕云十六州这一屏障后,已无力抗衡北方游牧民族的铁骑,只能通过屈辱外交及合约来维系王朝生存;北宋末期,在徽宗的肆欲横征与权奸统治下,中央朝廷彻底丧失了治理能力,致使女真人趁势而侵,造成徽钦被俘、中原沦丧的局面;蒙古崛起后又先后灭掉了金和南宋,建立了全国性的政权,元朝施行的民族分化政策导致贵族强权势力横行,统治无序,汉民族的生存处境极其艰难;明末李自成攻入北京后,清兵也趁机入关,并通过"扬州十日""嘉定三屠"等血腥手段沉重打击了抗清力量,最后实现了清王朝一统天下的局面。由于自然条件和发展水平的差异,虏乱是落后的、野蛮的少数民族试图征服文明程度较高的中原民族的过程,当时地处中原的老百姓不仅生存受到威胁,而且还要适应和忍受少数民族落后的文化政策和歧视统治。虏乱时期是汉民族生活最为悲惨的阶段,也是文人思想受到严重冲击的时刻。

　　叛乱主要是国家内部的政权争夺。在中国历史上影响最大、破坏性最强的叛乱应该是安史之乱。安史乱前,唐朝处于中国封建王朝的鼎盛时期,但历时八年的安史之乱却使国强民富的盛世毁于一旦,"稻米流脂粟米白,公私仓廪俱丰实"的辉煌图景在安禄山和史思明这两个胡人边将所统叛军的轮番攻击下成为后人永远的回忆。安史乱后,全国人口总数减少了四千万左右,田地荒芜、哀鸿遍野。自此之后,唐王朝再也没有真正崛起。虽然封建王朝的盛衰转变是必然趋势,但在这场叛乱中,社会物质和精神财富的损失无法估量。唐人对安史叛军所造成的严重后果一直感慨不已,直至晚唐,小说家柳祥在《潇湘录》中评价安史之乱的影响时仍伤感地说:"可惜大唐世民,效力甚苦,方得天下治,到今日复乱也。虽嗣主复位,乃至于末,终不治也。"不仅把安史之乱看作是唐朝盛衰的转折点,而且认为自此之后,唐朝都处于乱世之中。

政乱是统治集团内部因决策失误而引起的权力争斗。政乱虽然多是局部的、短暂的,但其后果和影响也很严重,如汉景帝时吴王刘濞发动的"七国之乱"险些推翻了西汉中央朝廷的统治;西晋的"八王之乱"进一步加剧了统治秩序的混乱程度,最终导致匈奴人的掳帝灭国之举;而唐文宗年间的"甘露事变"后,宦官专权日益强化,致使那些欲励精图治的帝王也失去了兴国的机会。从短期的波及面来说,这些政乱好像是上层统治者的权力争夺,与下层民众关系不大。但在家天下的政权组织形式下,统治集团内部的权力之争不但影响国家的大政方针,而且也严重消耗国家财富,削弱国力,加速王朝灭亡的进程,最终影响老百姓的命运和生活。

盗乱主要指局部的、地区性的土匪和歹人的抢劫作乱行为,大多发生在王朝统治末期,此时中央政权涣散,统治能力低下,根本无力顾及底层民众死活。在这种情况下,一些好逸恶劳之徒便趁机打家劫舍,抢夺百姓财物;同时也有一部分生活困苦、走投无路的流民在一些豪强带领下加入强盗行列。盗乱在唐后期和两宋都非常普遍,晚唐杜牧曾对当时劫江贼横行的情况忧心忡忡,"况长江五千里,来往百万人,日杀不辜,水满冤骨,至于婴稚,曾不肯留……今长江连海,群盗如麻,骤雨绝弦,不可寻逐"①。宋代盗乱肆虐的现象更为普遍,除了北宋末年游民和无赖占山为王、抢劫杀人外,北宋亡国后,流民遍地,溃卒横行,杀人劫财更是司空见惯。《夷坚志》中随处可见盗乱行为;《水浒传》中以晁盖、宋江为首的梁山好汉"替天行道"的行为也是宋代盗乱状况的折射。盗贼的横行,极大地危害了平民百姓和商人行旅的正常生活秩序。

总之,民乱多为政治腐败所致,规模较大的就会动摇王朝统治基础或推翻整个王朝;政乱消耗国家财力、民力;虏乱多伴随政乱或民乱而起;盗乱常发生在王朝衰败之时;叛乱多因朝廷政策失误导致军队或地方势力增大而引起。政乱威胁王朝统治;叛乱破坏国家安定;虏乱造成民族灾难;盗乱影响平民生活;民乱尽管带有一定的正义性,但也常常导致混乱无序。这五种动乱形式常常相伴而生,相互影响。它们在各个王朝或集中爆发,

---

①杜牧撰,吴在庆校注:《杜牧集系年校注·樊川文集》卷一一《上李太尉论江贼书》,中华书局,2013年,第441页。

或以其中的某些乱象为显性表现,对国家存亡和人民生活影响巨大,成为乱世社会形成的主要因素。

二、古人的乱世观

中国古代家天下的政治体制使每个朝代在统治末期必有变革统治权的大动乱。战国七雄的割据战争,迎来了秦的统一;陈胜、吴广的反秦起义,拉开了秦末大乱的序幕;张角、张梁的黄巾大起义加速了东汉灭亡的进程;五胡乱华结束了西晋的统治,使中原长期陷入各少数民族的争夺中;风起云涌的隋末农民起义为李渊建唐创造了机会;唐末的藩镇割据使大一统的局面陷于分裂;吸取了唐亡教训的宋朝采用重文抑武政策,最终却让金人统治了黄河两岸。这种"分久必合,合久必分"的"天下大势",使历代文人不断反思治乱之理。

(一)治短乱长是古代社会运行的基本规律

"五百年必有王者兴"①,孟子一语道破了古代王朝更替的必然性。其实,中国任何一个封建王朝的寿命都没有超过五百年,如统治时间最长的是汉朝(前206—220),两汉相加有四百年左右,但东、西两汉其实是完全不同的两个朝代。其他如赵宋王朝(960—1279)有三百二十年的历史,但南宋是在北宋灭亡后的偏安一隅,国家没有威势,疆土越来越小,根本算不上完整统一的朝廷。而真正的大唐盛世也仅有一百年左右,唐代中晚期割据、动荡的时长超过了前期的治世时间。乱世伴随着朝代更替而出现,成为中国古代历史进程中无法避免的阶段。

对于东汉以前的动乱历史,东汉末期的思想家仲长统悲慨道:"昔春秋之时,周氏之乱世也。逮乎战国,则又甚矣。秦政乘并兼之势,放虎狼之心,屠裂天下,吞食生人,暴虐不已,以招楚汉用兵之苦,甚于战国之时也。汉二百年而遭王莽之乱,计其残夷灭亡之数,又复倍乎秦、项矣。以及今日,名都空而不居,百里绝而无民者,不可胜数。此则又甚于亡新之时也。悲夫!不及五百年,大难三起,中间之乱,尚不数焉。变而弥猜,下而加酷,推此以往,可及于尽矣。""夫乱世长而化世短。乱世则小人贵宠,君子困

_____

① 杨伯峻译注:《孟子译注·公孙丑(下)》,中华书局,1988年,第109页。

贱。当君子困贱之时，蹈高天，蹐厚地，犹恐有镇厌之祸也。"①欧阳修对宋前"治短乱长"的历史进程痛惜不已："呜呼！自古治世少而乱世多！三代之王有天下者，皆数百年，其可道者，数君而已，况于后世邪！况于五代邪。"②为避免乱世发生，他从"畏惧"的角度告诫君主诸如"为国者有不足惧者五，深可畏者六：三辰失行不足惧，天象变见不足惧，小人讹言不足惧，山崩川竭不足惧，水旱虫蝗不足惧也；贤士藏匿深可畏，四民迁业深可畏，上下相徇深可畏，廉耻道消深可畏，毁誉乱真深可畏，直言不闻深可畏也"③等道理。宋末元初的《宣和遗事》开篇也以"茫茫往古，继继来今，上下三千余年，兴废百千万事。大概光风霁月之时少，阴雨晦冥之时多；衣冠文物之时少，干戈征战之时多"④，概括了几千年治短乱长的社会变迁史。

(二)农业是国本，农废则国乱

中国古代乱世出现的诱因很多。受小农经济生产方式的制约，当自然灾害降临后，老百姓极易丧失基本的生产资料和生活物资。如果统治者不实行减税、救济等政策，人们就无法生存，容易产生不满情绪，甚至爆发内乱，形成乱世。西汉初年这一问题已被重视，如贾谊在《论积贮》中指出农业生产决定国家治乱，"民不足而可治者，自古及今，未之尝闻。古之人曰：'一夫不耕，或受之饥；一女不织，或受之寒。'生之有时，而用之亡度，则物力必屈。古之治天下，至纤至悉也，故其畜积足恃"。并从民生状况出发，分析了灾荒与天下大乱的因果联系，"失时不雨，民且狼顾；岁恶不入，请卖爵子，既闻耳矣。安有为天下阽危者若是而上不惊者？世之有饥穰，天之行也，禹、汤被之矣。即不幸有方二三千里之旱，国胡以相恤？卒然边境有急，数千百万之众，国胡以馈之？兵旱相乘，天下大屈，有勇力者聚徒而衡击；罢夫羸老易子而咬其骨。政治未毕通也，远方之能疑者，并举而争起矣"⑤。晁错在《说文帝令人入粟受爵》中详细阐述失农民贫是国乱主因的观点："民贫，则奸邪生，贫生于不足，不足生于不农，不农则不地著，不地著则离乡轻家。民如鸟兽，虽有高城深池严法重刑，犹不能禁也。夫寒之于

①《后汉书》卷四九《仲长统传》，第 1649 页。
②欧阳修撰，徐无党注：《新五代史》卷六《明宗本纪》，中华书局，1974 年，第 66 页。
③《新五代史》卷六《明宗本纪》，第 66—67 页。
④程毅中校注：《宣和遗事校注》，中华书局，2022 年，第 1 页。
⑤严可均辑：《全汉文》卷一六，商务印书馆，1999 年，第 164 页。

衣,不待轻暖;饥之于食,不待甘旨;饥寒至身,不顾廉耻。人情,一日不再
食则饥,终岁不制衣则寒。夫腹饥不得食,肤寒不得衣,虽慈母不能保其
子,君安能以有其民哉!明主知其然也,故务民于农桑,薄赋敛,广畜积,以
实仓廪,备水旱,故民可得而有也。民者在上所以牧之,趋利如水走下,四
方亡择也。夫珠玉金银,饥不可食,寒不可衣,然而众贵之者,以上用之故
也。其为物轻微易藏,在于把握,可以周海内,而亡饥寒之患。此令臣轻背
其主,而民易去其乡,盗贼有所劝,亡逃者得轻资也。粟米布帛,生于地,长
于时,聚于力,非可一日成也;数石之重,中人勿胜,不为奸邪所利,一日弗
得而饥寒至,是故明君贵五谷而贱金玉。"①

　　贾谊和晁错都对汉文帝提出了农业是国家根本的思想,明确指出如果
轻视农业生产或粮缺民贫,就极易导致百姓流亡,从而引起国家动荡。这
是对小农经济时代国家存亡问题的精准认识。其实先秦时代就已有人意
识到农业生产关系国家兴亡,《国语·周语》中伯阳父曾说:"夫水土演而民
用也。水土无所演,民乏财用,不亡何待?昔伊、洛竭而夏亡,河竭而商亡。
今周德若二代之季矣,其川源又塞,塞必竭。夫国必依山川,山崩川竭,亡
之征也。川竭,山必崩。"②虽然伯阳父提出的是带有某种神秘气息的征兆
问题,但"伊、洛竭而夏亡,河竭而商亡"的现象正折射了水资源对国家存亡
的重要性,而水资源之所以关系国运,就是因为它是农业生产的基本条件。
因此,"国必依山川,山崩川竭,亡之征也"的征兆论其实表明了国家赖以生
存的山河是老百姓从事农业生产的基础,其本质还是重视农业与社会治乱
的密切关系。

(三)乱世出现必有前兆

　　出于对乱世的戒惧,人们不断探究乱前的社会特征,以求防患于未然。
战国的荀子对乱前征兆已有比较全面的认识:

　　　　用国者,得百姓之力者富,得百姓之死者强,得百姓之誉者荣。三
　　德者具而天下归之,三德者亡而天下去之。天下归之之谓王,天下去
　　之之谓亡。汤、武者循其道,行其义,兴天下同利,除天下同害,天下归
　　之。故厚德音以先之,明礼义以道之,致忠信以爱之,赏贤使能以次

①《全汉文》卷一八,第189页。
②左丘明撰:《国语》卷一《周语(上)》,上海古籍出版社,1978年,第27页。

之……乱世不然，污漫突盗以先之，权谋倾覆以示之，俳优、侏儒、妇女
之请谒以悖之；使愚诏知，使不肖临贤；生民则致贫隘，使民则綦劳苦；
是故百姓贱之如佁，恶之如鬼，日欲司闲而相与投藉之、去逐之。卒有
寇难之事。①

治世时期生产和发展有序进行，民风纯正和谐；而乱世来临之际，天下
道德沦丧，奢靡之风盛行，民众贫困，各种为非作歹的现象层出不穷。荀子
的论断既是对乱世的界定，也是对乱世特征的概括。

在古代生产力低下的等级社会里，一切僭越或奢侈行为都可能被看作
是乱世即将到来的预兆。"乱世之征：其服组，其容妇，其俗淫，其志利，其
行杂，其声乐险，其文章匿而采。其养生无度，其送死瘠墨，贱礼义而贵勇
力，贫则为盗，富则为贼。治世反是也。"②荀子既揭示了奢靡淫乐的危害，
也指出价值观念扭曲就是天下崩溃的先兆。西汉刘安的《淮南子》进一步
阐明了这一观点："治国之道，上无苛令，官无烦治，士无伪行，工无淫巧。
其事经而不扰，其器完而不饰。乱世则不然，为行者相揭以高，为礼者相矜
以伪，车舆极于雕琢，器用逐于刻镂，求货者争难得以为宝，诋文者处烦挠
以为慧。争为佹辩，久稽而不诀，无益于治……衰世之俗，以其知巧诈伪，
饰众无用，贵远方之货，珍难得之财，不积于养生之具。浇天下之淳，析天
下之朴，牿服马牛以为牢。滑乱万民，以清为浊，性命飞扬，皆乱以营，贞信
漫澜，人失其情性……于是百姓糜沸豪乱，暮行逐利，烦挐浇浅。法与义相
非，行与利相反，虽十管仲弗能治也。"③

在男耕女织的小农经济时代，从生活态度、社会风气、价值取向等方面
剖析乱世征兆是合理的，如西汉中后期豪强地主的奢靡行为和对老百姓的
残酷剥削就严重动摇了王朝统治基础；唐代天宝年间的靡费之风导致国力
削弱，以至于无力迅速平定安史叛军；宋徽宗时期大兴土木、拆墙建园的疯
狂举动，不仅使老百姓困苦不堪，而且使开封城失去了抵御的屏障，当金人
入侵、盗乱肆起时，奇花异木成了柴草马料，所有的繁华毁于一旦。因此，
从社会价值观念的偏移上探索乱世征兆是有道理的。

①荀况著，王天海校释：《荀子校释》卷七《王霸》，上海古籍出版社，2016年，第517—518页。
②《荀子校释》卷一四《乐论》，第827页。
③何宁撰：《淮南子集释》卷一一《齐俗训》，中华书局，1998年，第820—822页。

在礼乐治理天下的时代,社会治乱不仅表现在当时人们是否遵守礼法制度上,也体现在人们对音乐风格的爱好上。音乐格调的转变也常被视生乱前预兆:

> 凡音者,生人心者也。情动于中,故形于声。声成文,谓之音。是故治世之音安,以乐其政和。乱世之音怨,以怒其政乖。亡国之音哀,以思其民困。声音之道,与政通矣。[①]

"声音之道,与政通矣",《礼记·乐记》的音乐观揭示了古代音乐与社会政治的密切关系。"乐姚冶以险,则民流慢鄙贱矣。流慢则乱,鄙贱则争。乱争则兵弱城犯,敌国危之。如是,则百姓不安其处,不乐其乡,不足其上矣。故礼乐废而邪音起者,危削侮辱之本也"[②],音乐轻佻,预示民风粗俗,民心涣散,这些都易削弱国力,最终导致内部动乱、外敌入侵。因此,音乐变声也是乱象萌生的重要预兆。

(四)乱世源于帝王之失

在君主专制时期,国家兴衰与帝王个人行为关系密切。仲长统《理乱篇》曰:"及继体之时,民心定矣。普天之下,赖我而得生育,由我而得富贵,安居乐业,长养子孙,天下晏然,皆归心于我矣……彼后嗣之愚主,见天下莫敢与之违,自谓若天地之不可亡也,乃奔其私嗜,骋其邪欲,君臣宣淫,上下同恶。目极角觝之观,耳穷郑卫之声。入则耽于妇人,出则驰于田猎。荒废庶政,弃亡人物,澶漫弥流,无所底极。信任亲爱者,尽佞谄容说之人也;宠贵隆丰者,尽后妃姬妾之家也。使饿狼守庖厨,饥虎牧牢豚,遂至熬天下之脂膏,斫生人之骨髓。怨毒无聊,祸乱并起,中国扰攘,四夷侵叛,土崩瓦解,一朝而去……存亡以之迭代,政乱从此周复,天道常然之大数也。"[③]这一论述充分揭示了帝王个人素质和治国政策深刻影响国家安危存亡的道理。清代蒲松龄在《聊斋志异·促织》中明确指出,天子个人爱好关系国家命运和百姓死活。他说:"天子偶用一物,未必不过此已忘;而奉行者即为定例。加之官贪吏虐,民日贴妇卖儿,更无休止。故天子一跬步

---

①杨天宇撰:《礼记译注·乐记》,上海古籍出版社,2004年,第468页。
②《荀子校释》卷一四《乐论》,第814页。
③《后汉书》卷四九《仲长统传》,第1647页。

皆关民命，不可忽也。"①

　　帝王的用人方针决定着国家兴亡。诸葛亮在《前出师表》中规劝后主刘禅时指出："亲贤臣，远小人，此先汉所以兴隆也；亲小人，远贤臣，此后汉所以倾颓也。"②君主任用奸臣和小人极易导致国亡世乱。安史之乱彻底摧毁了繁荣安定的盛唐气象，追根溯源，奸相李林甫成为众矢之的。唐宪宗元和年间的刘肃对此已有明确评析："天宝中，李林甫为相，专权用事。先是，郭元振、薛讷、李适之等，咸以立功边陲，入参钧轴。林甫惩前事，遂反其制，始请以蕃人为边将，冀固其权……玄宗深纳之。始用安禄山，卒为戎首。虽理乱安危系之天命，而林甫奸宄，实生乱阶。"③的确，虽然安史之乱的原因很多，但唐玄宗摒弃那些德高望重的贤臣而将执政大权长期交给李林甫，并重用安禄山等胡人为守边将帅，确实是导致叛乱爆发和藩镇割据形成的关键因素。玄宗晚年的朝政失误使后世帝王也深刻反思用人的重要性，如欲中兴唐室、励精图治的唐宣宗就充分肯定了臣下对他提出的"乱未尝不任不肖，理未尝不任忠贤；任忠贤则享天下之福，任不肖则受天下之祸"④的谏言，并以此作为用人施政的主要依据。

　　除了宵小奸臣误国外，女色亡国的声音也长期流行。"女祸论"在隋前就已出现，署名伶玄的《赵飞燕外传》⑤提出了女人"祸水"观。唐末的高彦休明确地将女人视为祸国的罪魁祸首："淫声艳色，惑人之深者也。是以夏姬灭陈，西施破吴，汉武文成之溺，明皇马嵬之惑，大亦丧国，小能亡躯。"⑥欧阳修也极力阐明女祸的危害："女子之祸于人者甚矣！自高祖至于中宗，数十年间，再罹女祸，唐祚既绝而复续，中宗不免其身，韦氏遂以灭族。玄宗亲平其乱，可以鉴矣，而又败以女子。方其励精政事，开元之际，几致太平，何其盛也！及侈心一动，穷天下之欲不足为其乐，而溺其所甚爱，忘其

---

①蒲松龄著，赵伯陶注评：《聊斋志异详注新评》卷三，人民文学出版社，2016年，第813页。

②诸葛亮著，段熙仲、闻旭初编校：《诸葛亮集·文集》卷一，中华书局，2012年，第6页。

③刘肃撰，许德楠、李鼎霞点校：《大唐新语》卷一一，中华书局，1984年，第173页。

④康骈撰，萧逸校点：《剧谈录》卷上《宣帝夜召翰林学士》，载《开元天宝遗事（外七种）》，上海古籍出版社，2019年，第143页。

⑤李剑国认为："此传的作者、产生时代都有疑问，从唐人和南朝诗文已引用事典来看，大约是东汉至晋宋间的作品。"见《古稗斗筲录》，第330—331页。

⑥高彦休：《唐阙史》卷下，载上海古籍出版社编《唐五代笔记小说大观》，上海古籍出版社，2000年，第1356页。

所可戒,至于窜身失国而不悔"①,"呜呼! 梁之恶极矣! 自其起盗贼,至于亡唐,其遗毒流于天下……梁之无敌于天下,可谓虎狼之强矣。及其败也,因于一二女子之娱,至于洞胸流肠,刲若羊豕,祸生父子之间,乃知女色之能败人矣。自古女祸,大者亡天下,其次亡家,其次亡身。身苟免矣,犹及其子孙。虽迟速不同,未有无祸者也"②。在欧阳修等人看来,自夏朝以来许多国乱都是因为帝王宠爱女人所致。这种观点虽有一定道理,但并没有看清问题的关键。虽然真正的"女祸"确实存在,如西晋贾后乱政误国等,但大多数情况下,因统治者迷恋女色而产生的所谓"女祸",根源在帝王而不在后妃。新、旧唐书的《杨贵妃传》将杨贵妃当作"贼本""祸本"是带有极大的偏见的。其实,晚唐曹邺在《梅妃传》中就用"是岂特两女子之罪哉"来表明玄宗才是国乱的根源。

　　鉴于因杨贵妃而盛行的"女祸论",南宋罗大经结合其他亡国帝王提出了更明确的反驳意见:"唐狄归昌诗云:'马嵬烟柳正依依,重见銮舆幸蜀归。泉下阿蛮应有语,这回休更罪杨妃。'杜陵诗云:'朝廷虽无幽王祸,得不哀痛尘再蒙。'盖幽王以褒姒而致犬戎之祸,明皇以妃子而致禄山之变,正相似也。今无妃子之孽矣,而銮舆乃再蒙尘,何哉? 此其胎变稔祸,必有出于女宠之外者矣,是不可不哀痛而悔艾也。"③罗大经以唐末和北宋没有女色惑主而照样亡国的事实证明"女祸论"的偏颇。事实上,历史上没有溺于女色而照样亡国的帝王很多,"女色亡国"的真正根源在于帝王本身没有抵御欲望的能力。当代学者李剑国对史书和古小说中的"女祸论"给予了详细而精当的评析:"古人的观念,人凡亡国之君总有个坏女人伴随,夏桀之妺喜,商纣之妲己,周幽之褒姒,是最早也最有名的三个所谓亡国后妃。《汉书》卷九七上《外戚传序》云:'夏之兴也以涂山,而桀之放也用末喜;殷之兴也以有娀及有㜪,而纣之灭也嬖妲己;周之兴也以姜嫄及太妊、太姒,而幽王之禽也淫褒姒。'兴也女人,亡也女人,女人实在被赋予了过多过重的兴亡责任。这种看法当然不正确,兴亡主要是男人的事,女人其实于国之兴亡并无多么紧要的关系——自父系社会以来一直如此。妺喜等三人的历史真实面目究竟如何实在模糊的很,不见得都是媚君的坏女人;即便

①《新唐书》卷五《玄宗本纪》,第 154 页。

②《新五代史》卷一三《梁家人传·序论》,第 127 页。

③罗大经撰,王瑞来点校:《鹤林玉露·丙编》卷一《唐再幸蜀》,中华书局,1983 年,第 253 页。

是,那也是被坏男人宠坏的,亡国与她们无关。但君主惑女色必怠政,后妃受宠必乱政,怠政乱政必亡国,因此亡国之源乃是女色——这是古人总结出的一条历史规律。于是大凡美貌受宠的后妃们便被历史学家钉在耻辱柱上,冠以千古恶名……唐代又出韦后、武则天、杨贵妃三位著名女人,韦后临朝,则天夺位,杨妃致乱,尤其加深了唐人的'祸水'亡国观,所以才有陈鸿借《长恨歌传》'惩尤物,窒乱阶'。"①

出于对乱世的恐惧,古人试图探求乱世出现的征兆和造成乱世的原因。在皇权专制时期,由于王朝命运系于帝王一身,帝王素质决定王朝安危,虽然有时人们从黑暗腐朽的统治中能预感到乱世将至,但却无力影响帝王以挽救衰乱。因此对于明知将至却无可避免的乱世,人们颇感无奈,于是神秘天命观就成了乱世必至的最佳借口。

(五)乱因天命

在中国古代,天命思想深深影响着人们对社会和人生的看法。早在先秦时期孔子就提出了"命"的观点,他说:"道之将行也与,命也;道之将废也与,命也。"②对孔子来讲,命是对"道"能否实行的主宰,而对国家来说,命就是兴衰的操纵者。西汉的陆贾认为国家的建立与衰亡都由天命所定,"天以宝为信,应人之德,故曰瑞应。无天命,无宝信,不可以力取也"③。东汉以来的长期大乱,使天命观的影响日益深远。"治乱无常,兴亡有运。是故五帝之上,居万乘以为忧;三王已来,处其忧而为乐。竞智力,争利害,大小相吞,强弱相袭。逮乎魏室,三方鼎峙,干戈不息,氛雾交飞"④,"夫五运攸革,三微数尽,犹高秋凋候,理之自然"⑤,"东昏以'卷'名,'藏'以终之,其兆先征,盖亦天所命矣"⑥。南北朝时期政权更替频繁,时事变化无常,更使世人相信一切皆由天命,甚至用一些毫不相关的理由来解释天命:"初,武帝末年,都下用钱,每百皆除其九,谓为九佰,竟而有侯景之乱。及江陵将覆,每百复除六文,称为六佰。识者以为九者阳九,六者百六,盖符

①李剑国:《中国狐文化》,东方出版社,2022 年,第 169 页。
②杨伯峻译注:《论语译注·宪问》,中华书局,1982 年,第 157 页。
③刘歆撰,葛洪集,向新阳、刘克任校注:《西京杂记校注》卷三《樊哙问瑞应》,上海古籍出版社,1991 年,第 151 页。
④《晋书》卷一《宣帝纪》,第 20 页。
⑤《晋书》卷一〇《安帝恭帝纪》,第 270 页。
⑥李延寿:《南史》卷五《齐本纪(下)》,中华书局,1975 年,第 161 页。

历数,非人事也。"①这一论断把南朝政权的混乱和更迭完全归为天数,显示出初唐史学家的天命至上思想。后蜀的何光远更是天命观的忠实追随者,在他看来殷纣之暴、秦王无道、隋炀荒淫,都是"皇天厌之,国人弃之","天夺殷而与周也""天夺秦而与汉也""天夺隋而与唐也"②,将帝王的昏庸无道和国家的灭亡全归于天命。

与直接的天命论不同,阴阳五行观借五行的相生相克来解释国家兴亡。"夫一阴一阳,化育万物,而五行为之用。五行互有相胜,各有盛衰,代谢推迁,间不容息。是以生生不停,气气相续,亿劫已来,未始暂辍也。"③用五行说解释天道循环、盛衰相继的社会现象,其实也是天命观的体现。

与纯粹的天命观和阴阳五行学说相比,天命与人事共同作用的观点则反映了文人对社会问题的深入思考。这种观念在唐末五代之后日益流行,欧阳修《新五代史》曰:"天地鬼神,不可知其心,则因其著于物者以测之。故据其迹之可见者以为言,曰亏益,曰变流,曰害福……人事者,天意也。《书》曰:'天视自我民视,天听自我民听。'未有人心悦于下,而天意怒于上者;未有人理逆于下,而天道顺于上者。然则王者君天下,子生民,布德行政,以顺人心,是之谓奉天。"④将上天之意与民意相结合,提出只要国君实行仁政,上天就不会有恶意,实际是在天命观的外壳下强调人事的重要性。自此之后,虽然天命观依然盛行,但天意人定的思想成为主流,它让人们更多地从帝王政治弊端等人为失误中寻找国乱原因。

祥瑞妖灾是天命的主要载体。自先秦以来祥瑞思想日渐盛行,历代国君大都重视祥瑞现象并人肆鼓吹其效验。对此,一些进步文人提出质疑。西晋的张华说:"汉兴多瑞应,至武帝之世特甚,麟凤数见。王莽时,郡国多称瑞应,岁岁相寻,皆由顺时之欲,承旨求媚,多无实应,乃使人猜疑。"⑤唐代刘知几结合历史批评道:"夫祥瑞者,所以发挥盛德,幽赞明王。至如凤皇来仪,嘉禾入献,秦得若雉,鲁获如麕。求诸《尚书》《春秋》,上下数千载,其可得言者,盖不过一二而已。爰及近古则不然。凡祥瑞之出,非关理乱,

---

①《南史》卷八《梁本纪(下)》,第251页。

②何光远撰,邓星亮等校注:《鉴诫录校注》卷二《判木夹》,巴蜀书社,2011年,第45—47页。

③杜光庭撰,罗争鸣辑校:《杜光庭记传十种辑校·神仙感遇传》卷六《道士王纂》,中华书局,2013年,第508页。

④《新五代史》卷五九《司天考》,第706页。

⑤张华撰,范宁校证:《博物志校证》卷九,中华书局,2014年,第105页。

盖主上所惑，臣下相欺，故德弥少而瑞弥多，政逾劣而祥逾盛。"①欧阳修怒斥前蜀政权沉溺于瑞应的行为，他说："龙之为物也，以不见为神，以升云行天为得志。今偃然暴露其形，是不神也；不上于天而下见于水中，是失职也。然其一何多欤，可以为妖矣！凤凰，鸟之远人者也。昔舜治天下，政成而民悦，命夔作乐，乐声和，鸟兽闻之皆鼓舞。当是之时，凤凰适至，舜之史因并记以为美，后世因以风来为有道之应。其后凤凰数至，或出于庸君缪政之时，或出于危亡大乱之际，是果为瑞哉……圣人已没，而异端之说兴，乃以麟为王者之瑞，而附以符命、谶纬诡怪之言。凤尝出于舜，以为瑞，犹有说也，及其后出于乱世，则可以知其非瑞矣。若麟者，前有治世如尧、舜、禹、汤、文、武、周公之世，未尝一出，其一出而当乱世，然则孰知其为瑞哉？"②因此，瑞应天命说只不过是统治者自找借口或欺骗他人的托词。

虽然古代君王常用祥瑞来宣扬天命归己，但在清醒的士人看来，祥瑞妖灾可以相互转换，对国家兴衰来讲，起根本作用的还是国君的治国之道。如南宋的委心子说："自古兴废之兆，必有吉凶之符，符至而能竦然以道德合之，则瑞应可保。故武王、周公享鱼乌之瑞，君臣祗恐，动色相戒。至于庸常，睹之于瑞则自矜，而懈其所修；于异则自忽，而逆其所戒。由是瑞反为妖，妖遂为灾。郑之龙，鲁之麟，汉之白雉，莽之黄犀是也。若夫逢凶而惧，反躬自新，则孽可更而为瑞。商之桑穀，成王之大风，宋景之荧惑，从可知矣！炀帝睹巨鲤之变，不知德修，乃竭池索之，是逆其变而欲以力胜天也，乌得不亡乎！"③从瑞应妖灾互变的角度指出天意人定，希望君主能修德克己。

第二节　古小说乱世书写概述

乱世的悲惨状况和民众的痛苦生活极易激发文人的创作激情，因此，许多优秀的文学作品常与乱世有关。先秦时期的各种文献已具有浓重的战乱因素，如《老子》《庄子》《孟子》等都包含了对春秋以来诸侯争霸、天下大乱问题的反思，现实主义诗作《诗经》中的征役诗已对战乱的原因、影响

①刘知几撰，浦起龙释：《史通通释》卷八《书事》，上海古籍出版社，1978年，第231页。
②《新五代史》卷六三《前蜀世家》，第795页。
③委心子撰，金心点校：《新编分门古今类事》卷一，中华书局，1987年，第13页。

等有生动表现。秦汉以来，战乱是诗歌的主要题材之一，尤其是反映东汉末年乱世状况的诗歌使动荡乱象和社会苦难得到了全方位展示。如汉乐府《十五从军征》用"兔从狗窦入，雉从梁上飞。中庭生旅谷，井上生旅葵"的白描手法刻画了乱后破败荒芜的景象；曹操《蒿里行》"白骨露于野，千里无鸡鸣。生民百遗一，念之断人肠"和曹植《送应氏》"侧足无行径，荒畴不复田。中野何萧条，千里无人烟"等都是对汉末大乱中死尸遍野、田园荒芜的真实描述；"建安七子"之首的王粲在《七哀诗》中也展示了董卓之乱时"西京乱无象，豺虎方遘患"的时代灾难和"出门无所见，白骨蔽平原"的悲惨景象；特别是女诗人蔡琰经历了丧父离子的痛苦生活后，"感伤乱离，追怀悲愤"，所写的《悲愤诗》更是以细致的笔触描绘了中原人民被边疆少数民族欺凌的痛苦状态和荒凉的乱世面貌："平土人脆弱，来兵皆胡羌。猎野围城邑，所向悉破亡。斩截无孑遗，尸骸相掌拒。马边悬男头，马后载妇女……既至家人尽，又复无中外。城廓为山林，庭宇生荆艾。白骨不知谁，纵横莫覆盖。出门无人声，豺狼号且吠。"①慷慨悲凉的建安诗风在后世具有现实主义精神的诗作中屡有回响，尤其是诗圣杜甫用高度概括的语言和典型化的手法再现了安史之乱时民众的悲苦和国家的灾难。他个人"入门闻号啕，幼子饥已卒""尽室久徒步，逢人多厚颜"的悲痛辛酸与"野果充糇粮，卑枝成屋椽""黄独无苗山雪盛，短衣数挽不掩胫"的饥寒之苦是动荡年代漂泊者的共同写照。宋代的陆游将个人的高尚理想和国家的命运紧紧相连，时刻关注风雨飘摇中的南宋政权，《关山月》中"和戎诏下十五年，将军不战空临边"的报国无门之痛与"中原干戈古亦闻，岂有逆胡传子孙"的国土沦丧之耻代表了南宋爱国文人的情感倾向。

乱世苦难不仅是诗歌的表现内容，而且也是诗歌发展的催化剂。曹操的《蒿里行》用乐府旧题写时事；杜甫的"三吏三别"开创了用新题目写时事的新乐府形式；英雄文人辛弃疾愤慨南宋王朝偏安一隅的苟安政策，将远大的报国之志和报国无门的悲慨熔铸在词体创作中，使豪放词风成为词坛主流。

乱世题材也是古代叙事文学的主要内容，元杂剧与明清长篇章回小说中与乱世相关的杰作很多。关汉卿的《单刀会》和《西蜀梦》是对东汉末年

①《后汉书》卷八四《列女传·董祀妻》，第2801页。

乱世局势的抒情性展示；白朴的《梧桐雨》在叙写帝妃爱情时融入了浓浓的乱离之悲；《三国演义》对"明君贤相"的呼唤和《水浒传》"官逼民反、乱自上作"的主题表现，更将乱世时期文人的政治理想和社会反思展现无遗。

与思想家的哲理性、诗人的抒情性以及通俗小说家曲折详尽的叙事手法相比，文言小说家具有更深沉的历史眼光和历史责任感。在"拾遗补阙"等创作动机的促使下，他们的乱世书写蕴含着强烈的实录精神，能够更细致地反映社会原貌和世人命运。透过卷帙浩繁、搜奇记异的志怪传奇故事，那一幕幕乱世风貌、一个个鲜活生命、一场场悲惨故事、一点点理想愿望都生动形象地展现在世人面前。纵观文言古稗，它的产生和发展似乎与乱世相生相伴，因乱世而主题日增、内涵日丰。

被誉为"古今语怪之祖"①和"小说之最古者"②的《山海经》是一部极负盛名的先秦古书。全书内容驳杂繁富，涉及四方八荒的山川神灵、草木禽兽、远国异民等诸多方面。所记事物虽然荒诞神奇，但却反映了早期先民的生存状态和思想意识，如在对某种动物、植物特性功能的描述中，再现了穴居时代人类靠山吃山、靠水吃水，与蛇兽为邻、鸟鱼为伴、人兽杂居的生活面貌，突出了先民艰难的生存处境以及征服灾害的勇气，折射了早期的祥瑞观念以及对自然和神灵的敬畏之情。特别是对某种动、植物"见则有兵""见则大兵""见则其邑有兵""动则其邑有大兵""见则其国有大兵""其所集者其国亡"等不良影响的介绍，传达了人们对天下将乱或将要出现战争的恐惧心理，体现了早期人类在艰辛的生存环境中对动荡生活的担忧和对和平安定的向往。《山海经》中这些关于战乱的预示性描写拉开了古小说乱世书写的序幕。

魏晋南北朝是中国历史上继春秋战国之后第二个持续时间长、影响范围广的乱世阶段。在近四个世纪的分裂混乱中，几十个政权交相更替，各统治集团争权夺利，老百姓备受战乱之苦。虽然政治动荡多变，但自魏晋以来，文学进入自觉阶段，尤其是小说创作蔚然成风。在道教广为传播、佛教日益盛行以及谶纬神学政治化的时代氛围中，粗陈梗概、叙事性强的志怪小说继承了《汉书·五行志》以来的阴阳、灾异等观念，将各种怪异故事

---

① 胡应麟：《少室山房笔丛》卷三二《四部正讹》，中华书局，1958年，第412页。
② 永瑢、纪昀主编：《四库全书总目提要》卷一四二《子部·小说家类》，海南出版社，1999年，第727页。

与社会问题相联系,反映了小说的哲理性和宗教理念世俗化的特征,尤其是异事迭出、数量巨大的战乱题材更折射了乱世惨况以及人们对动荡社会的无奈和对摆脱困境的渴望。志怪小说的典范——东晋干宝"撰记古今怪异非常之事"①"明神道之不诬"②的《搜神记》用近四分之一的篇幅撰写"妖怪篇",将气候变化、山川之灾、草木之异、人与动物的反常之态与国家动乱和战乱中人的命运相对照,揭示乱世必然性,强调乱世征兆论。继《搜神记》之后,《搜神后记》《幽明录》《异苑》《续齐谐记》《述异记》《冤魂志》等志怪小说集也将乱世题材作为表现重心,揭露统治阶级内部互相倾轧、随意发动战争和官府抢劫民财、草菅人命的罪恶,展示老百姓冻死饿死、人口大量丧亡的惨状,反映人们珍惜生命、反抗强权、追求安宁的愿望。受佛教思想的影响,信佛得生是当时小说的常见话题,甚至在宣扬佛教的故事集中专门出现了以满足战乱中老百姓生存愿望的灵验题材,如"观世音应验记"系列就借乱世背景宣传光世音的威力神验,给苦难无助的民众以心灵慰藉。

　　唐朝虽然是中国封建社会的鼎盛时期,出现了贞观之治、开元盛世等和平、强盛的治世,但安史之乱以及唐末乱世对盛世图景的摧毁和打击却比以往任何时代都更为触目惊心。对重大盛衰转折时期的描述、反思和感叹是唐代小说家的历史使命,他们有的继承前人的志怪传统,在短小精悍的故事中展现动荡社会,如《广异记》《纂异记》《原化记》《阙史》《逸史》《剧谈录》《宣室志》《三水小牍》《潇湘录》等众多的小说集中都有许多乱世题材;有的以委婉曲折的精细笔墨反映战乱造成的社会衰变和民生之苦,反省当时的政治弊端,如《高力士外传》《东城老父传》《长恨歌传》《梅妃传》《柳氏传》、"隋炀三记"等脍炙人口的传奇名篇。通过志怪和传奇作家或简单陈述或精细铺叙的故事,国家兴亡的种种原因、安史之乱前后的社会问题、唐末瓦解过程中的时代乱象得到了细致、生动、深刻的展示。与魏晋文人相比,唐人在反思致乱之因时虽然没有摆脱神秘论的束缚,但对人为因素有了更多的考虑,这使古小说的乱世书写日渐成熟。

　　宋代小说家的目光不断下移,虽然也有借帝王命运反映乱世变迁的题

---

①干宝撰,李剑国辑校:《搜神记·请纸表》,中华书局,2020 年,第 3 页。
②《搜神记·序》,第 5 页。

材,但更多的是展现乱世时期民众的痛苦遭遇,如北宋初年的钱易在《越娘记》中借女鬼之口追忆五代乱世"民间之有妻者,十之二三耳。兵火饥馑,不能自救,故不暇畜妻子也。谷米未熟则刈,且虑为兵掠焉。金革之声,日暮盈耳。当是时,父不保子,夫不保妻,兄不保弟,朝不保暮。市里索莫,郊埛寂然,目断平野,千里无烟。加之疾疫相仍,水旱继至,易子而屠有之矣,兄弟夫妇又可知也"的悲惨状况,并借越娘之口表达了"宁作治世犬,莫作乱离人"①的强烈呼声。《越娘记》虽然表现的是唐末五代乱世,其实折射了古代乱离时期民贫难活的普遍现象。南宋的洪迈目睹北宋亡于外族之手的种种苦难,因此在卷帙浩繁的《夷坚志》中大量摄入金人入侵时的悲惨场面,将民族的灾难、家庭的不幸、百姓的颠沛流离、人口的大量丧亡等种种惨象全部呈现出来。南宋文人常常反思北宋亡国之因,通过梦幻神谴、直接表露等方式暴露社会问题,如《林灵蘁传》《兜离国》《李师师外传》等。

　　明清时期高压的文字政策使文人不能直抒胸臆,一些大胆的小说家便借鬼怪、异界、梦幻等形式折射易代之际的乱世面貌,表达自己的社会理想和人生追求。如明代瞿佑的《剪灯新话》和赵弼的《效颦集》对山中和洞中隐逸世界的描写都是以王朝易代为背景,借归隐山林表达对尘世苦难和现实社会的强烈不满。明初的瞿佑与清初的蒲松龄都是经历过改朝换代的文人,他们耳闻目睹了国家发生倾覆变化时的种种人间惨状,因此《剪灯新话》和《聊斋志异》都有借冤鬼形象来表现乱世之人无辜丧命的题材,尤其是《聊斋志异》借鬼魂的悲惨遭遇和凄凉情感再现了清军入关后屠城杀人的恐怖场面和深远影响,民本意识和遗民情绪强烈。

　　总之,作为一种社会常态,乱世对人类生活影响极大,乱世的苦难最易让人反思。具有史补品格的古小说对乱世的全方位书写是展现乱世面貌的最真切资料,它既是乱世的产物,也是乱世的反映。乱世对古小说题材的形成、古小说对乱世社会的能动表现是互为影响、相伴共生的。

---

①钱易:《越娘记》,载李剑国辑校《宋代传奇集》,中华书局,2001年,第111页。

第二章　悲剧基调：乱世面貌

与一般的天灾人祸相比，由人为因素造成的战乱危害性最大。在太平年代，面对局部地区的虫灾、水灾等带来的灾难，人们有时可以依靠政府救济，或者暂时离开家乡到他处求食而生存。但大乱之时，社会秩序混乱，统治者自身难保，老百姓无法正常从事生产活动，只能坐以待毙，即使逃往他处，也难以存活。乱世时期的种种社会灾难和悲惨状况在小说家笔下有丰富且真切的表现。他们有的从大处着眼，反映乱世对整个社会的摧残；有的从细微处着笔，刻画个体生命的悲惨遭遇；有的饱含深情，传达悲痛情感；有的重视伦理价值，对世人的行为方式予以道德评判。这使小说中的乱世书写不仅具有强烈的现实主义精神和浓郁的时代特征，而且蕴含深厚的情感因素和道德意识。

第一节　悲惨的乱世图景

乱世期间，不论是国家还是个体，不论是王公大臣还是黎民百姓，都难逃战乱的洗劫。家国灭亡、生灵涂炭、妻离子散是乱世的基本风貌。大量的小说故事真实再现了复杂、动荡的乱世惨象。

一、社会文明的极大摧残

乱世是拥有权势的集团或个人争夺地盘、物质财富和统治权的结果。强权者的目标是争权夺物，根本不考虑他们的行为会给社会带来多么严重的后果和影响。因此，那些胜利者占据城池后，常常会肆无忌惮地烧杀抢掠。

魏晋南北朝是封建时代持续时间最长的乱世阶段，社会面貌遭受了前所未有的破坏。如《广古今五行记·通公》描述了梁代侯景之乱时"及侯景渡江，先屠东门，一城尽毙……市井破落，所在荒芜"[1]的状况，虽然没有提

---

[1] 窦维鋈撰，李剑国辑校：《广古今五行记》，中华书局，2020年，第2页。

及作为都城的建康在战乱前的具体状况,但是从东吴开始建设了三百多年的大都市的繁荣程度是不言而喻的,而侯景叛乱的后果是城毁人亡,遍地废墟。唐宋既是中国封建社会的辉煌时代,也是各种战乱频繁出现的时期。唐玄宗天宝末年爆发的安史之乱不仅将繁华富裕的大唐盛世毁灭殆尽,而且开启的藩镇割据一步步侵蚀着王朝根基;由金人入侵造成的靖康之变使人烟鼎盛的宋王朝饿殍遍野、满目疮痍。这些在小说家笔下都有真实可感的表现。如《宣室志·无畏师责巨蛇》反映了"禄山据洛阳,尽毁宫庙"的灾难性事件;《博异志·阎敬立》①通过人鬼对话透露了朱泚之乱时"天下榛莽,宫阙尚生荆棘"的破败状况;《北梦琐言·披褐至殿门》记录了天复年间李茂贞在入朝奏事期间焚烧京城的恶行;《儆戒录·潼江军》描述了五代十国期间各武装集团在争夺势力范围时"兵火烧劫,闾里荡尽"②的野蛮行径;《夷坚志·阳台虎精》再现了金人入侵后"自鄂渚至襄阳七百里,经乱离之后,长途莽莽,杳无居民"③的荒凉景象。

在中国古代的乱世阶段中,以靖康之变为代表的虏乱给中原王朝带来的灾难最为深重。金人侵入汴京后,不仅将北宋近二百年积累的物质财富劫掠一空,而且肆意破坏汉民族数千年来积淀的文化遗产。目睹这种惨况的庄绰对此悲愤至极,他愤慨地说:

> 自古兵乱,郡邑被焚毁者有之。虽盗贼残暴,必赖室庐以处,故须有存者。靖康之后,金虏侵陵中国,露居异俗,凡所经过,尽皆焚爇。如曲阜先圣旧宅,自鲁共王之后,但有增葺。莽、卓、巢、温之徒,犹假崇儒,未尝敢犯。至金寇遂为烟尘,指其像而诟曰:"尔是言夷狄之有君者!"中原之祸,自书契以来,未之有也!④

庄绰认为在各种战乱中,虏乱的后果最严重。这一结论是符合历史实际的。因为虽然诸如叛乱、军阀混战等也有极强的破坏性,但汉族军事强权势力大多是为了争夺统治权,因此在胜利后对所占之地仍多有修建,如

---

①按:在上海古籍出版社所编的《唐五代笔记小说大观》中,《博异志》的作者为谷神子,其中没有《阎敬立》篇。李剑国根据前人记载,认为郑还古即是谷神子;并按《旧小说》所辑和《太平广记》的收录,认为有《阎敬立》篇。具体考证部分见《唐五代志怪传奇叙录》,第860页。

②李昉等编:《太平广记》卷一一六《潼江军》,中华书局,2006年,第815页。

③洪迈撰,何卓点校:《夷坚志·夷坚支景》卷一《阳台虎精》,中华书局,2006年,第880页。

④庄绰撰,萧鲁阳点校:《鸡肋编》卷中,中华书局,1983年,第76页。

五代时期张全义占据洛阳，将兵乱之后"县邑荒废，悉为榛莽；白骨蔽野，外绝居人。洛城之中，悉遭焚毁"①的古都又加以建设和恢复。而少数民族入侵中原，是落后的民族征服先进的汉民族，他们没有统治中原的信心，甚至占领中原后仍实施野蛮政策，不仅抢劫各种金银财宝，将能带走的洗劫一空，而且肆意践踏历史文化遗产，将大量无法带走的珍贵文物付之一炬。"凡所经过，尽皆焚爇"是少数民族入侵后的普遍现象。

　　北宋灭亡时，金人的贪婪残暴和对中原人民的欺凌压榨亘古少有。亲身经历过此次巨变的文人对民族危亡时刻的种种窘境与痛苦感触最深，如韦承所编的《瓮中人语》就把被金兵围困的汴京城中之人比作是"瓮中人"，折射了国难时朝野上下任人宰割的状态。《瓮中人语》详细记载了钦宗靖康元年（1126）正月金人攻打东京以来的种种贪婪行为。他们不断向宋廷索要各种财物，如正月初十宋廷派官员到金营议和时，金军主帅斡离不"索金五百万两、银五千万两、绢缎各一万端、牛马各一万匹"。特别是靖康元年十二月钦宗入青城投降后金兵更加猖狂，"初五日，虏索马七千余匹出城。初六日，虏索兵器出城。初九日，虏索河北、河东守臣家属四十五家及蔡京等家属二十余家出城。十三日，虏索绢一千万匹，军民般赴南薰门交纳。又索蒲、解两州地，许之。十四日，尚书省、吏、礼、刑部火。二十四日，开宝寺火。二十五日虏索国子监书出城。二十八日，虏索《秘书录》所载古器出城"，"索工匠各色人及三十六州守臣家属出城"，"索天台浑仪、三馆太清楼文籍图书、国子书板，又丝绵数万斤出城"，"索府库绢四百余万匹"，"虏入内廷，搜取珍宝器皿出城"。胜利的金兵穷凶极恶、贪婪至极，除了掳掠贵重的财物外，还将无法带走的珍宝纵火焚毁，"火南薰、陈水、固子、万胜、西水、封丘等十一门""金兵掠巨室，火明达刘皇后家、蓝从家、孟家，沿烧数千间""焚城南备城库""焚保康门，沿及延宁宫""焚天汗桥屋""焚掠景灵宫陈设神御服物""掠宗庙什物""掠内藏库"②等等。在金兵的肆虐下，都城汴京百余年的积聚丧失殆尽，"金人以帝及皇后、皇太子北归。凡法驾、卤簿，皇后以下车辂、卤簿，冠服、礼器、法物，大乐、教坊乐器，祭器、八宝、九鼎、圭璧、浑天仪、铜人、刻漏，古器、景灵宫供器，太清楼秘阁三馆书、

---

① 张齐贤撰，丁喜霞校注：《洛阳搢绅旧闻记校注》，中国社会科学出版社，2013年，第42页。
② 确庵、耐庵编，崔文印笺证：《靖康稗史笺证》，中华书局，2010年，第53—87页。按《靖康稗史》收录了七种亲历者所作的有关北宋亡国前后尤其是靖康之变后社会状况的书籍。

天下州府图及官吏、内人、内侍、技艺、工匠、娼优、府库畜积，为之一空"①。在金兵大肆搜括与野蛮践踏下，中原大地到处荒败不堪、死气沉沉，"建炎元年秋，余自穰下由许昌以趋宋城。几千里无复鸡犬，井皆积尸，莫可饮；佛寺俱空，塑像尽破胸背以取心腹中物；殡无完柩，大逵已蔽于蓬蒿；菽粟梨枣，亦无人采刈"②，庄绰的见闻真实再现了外族入侵时中原地区遭受毁灭性破坏的具体情况。

　　在中国古代，佛寺、道观和学舍是具有神圣地位的特殊场所，它们遭焚毁、被破坏的命运凸显了战乱的野蛮性与残酷性。类似《鸡肋编》中"佛寺俱空，塑像尽破胸背以取心腹中物"的情形在古小说中并不少见。如《玉堂闲话·法门寺》描写了"殿宇之胜，寰海无伦""中国伽蓝之胜境"的长安法门寺在唐末"僖、昭播迁后，为贼盗毁"的事实。《续仙传·殷文祥》③记述了鹤林寺在军阀混战中"犯兵火焚"的命运。在南北宋之际的混乱时期寺观被毁更是常事，《夷坚志》中就有真州六合县学舍、蕲州四祖山塔、嘉兴真如院塔、应城县集仙观等毁于战火的记载，"真州六合县，自兵戈后，学舍焚燎无遗"④，"蕲州四祖山塔，遭兵火爇尽"⑤，真如院塔"遭方腊之乱，焚于烈焰，仅存故址"⑥，"德安府应城县集仙观，罹兵火之后，堂殿颓圮"⑦。"兵""火"二字在洪迈笔下浸透了无数乱世之人的悲痛和伤感。

　　乱世时期毁坏、劫掠寺观、学舍等文明圣地的行为不仅是对已有文化遗产的践踏，更是人们丧失信仰、无所顾忌状态的显现。这些恶行有的是盗贼肆意为之，如"绍兴丁巳岁，伪齐之末，群盗肆行，焚庐发冢，略无虚日"⑧；有的是穷人为生存所迫血行，如"凤州城南有明相寺，佛数尊。皆饰以金焉。乱罹之后，有贫民刮金，鬻而自给。迨至时宁，金彩已尽"⑨，"长安西明寺钟，寇乱之后，缁徒流离，阒其寺者数年。有贫民利其铜，袖锤錾

①脱脱等撰：《宋史》卷二三《钦宗本纪》，中华书局，1977年，第436页。
②《鸡肋编》卷上，第21页。
③《太平广记》卷五二作"殷天祥"，据考证，应为"殷文祥"。见《唐五代志怪传奇叙录》，第1505页。
④《夷坚志·夷坚甲志》卷一二《六合县学》，第104页。
⑤《夷坚志·夷坚支丁》卷七《四祖塔》，第1019页。
⑥《夷坚志·夷坚三志己》卷七《真如塔院》，第1359页。
⑦《夷坚志·夷坚三志壬》卷八《集仙观醮》，第1528页。
⑧《夷坚志·夷坚支甲》卷二《李婆墓》，第722页。
⑨《太平广记》卷一一六《明相寺》，第813页。

往窃凿之,日获一二斤,鬻于阛阓,如是经年,人皆知之,官吏不禁"①等等。不论是何人所为,出于何种目的,这些破坏行径正是造成古代文化遗产丧失的主要因素。

唐人胡璩在《谭宾录》中历数了自己所知文物在战乱和动荡中被焚毁的具体经过:

> 晋以前目所不睹,难以平议。晋以来,厥迹存者,可得而言,顾长康、张僧繇、陆探微,异才间出,是为三祖。后世虽有作者,难可加焉。昔萧武帝博学好古,鸠集图画。令朝臣攻丹青者,详其名氏,并定品第,藏于秘府,以备阅玩。及侯景之乱,元帝迁都,而王府图书,悉归荆土。洎周师来伐,帝悉焚之。历周隋至国朝,重加购募,稍稍复出,无何,遂盈秘府。长安初,张易之奏召天下名工,修葺图画,潜以同色故帛,令各推所长,共成一事。仍旧缥轴,不得而别也,因而窃换。张氏诛后,为少保薛稷所收。稷败后,悉入岐王,初不奏闻,窃有所虑,因又焚之,于是图画奇迹,荡然无遗矣。②

除了历代珍存书画在易朝换代时常被焚毁和丧失外,文人的个人作品也会因世乱而荡然无存,从而湮没无闻。这种现象在印刷术还没有发明和广泛应用的宋朝之前极为普遍,如唐末才华出众的李磎著述丰厚,但"仓猝之辰,焚于贼火,时人无所闻也"③。李磎著作"焚于贼火"的遭遇是古代文献典籍在乱中消失的常见现象。

在中国传统观念中,都城是最高权力所在地,是国家的象征,安定时期是社会发展水平的最高代表,而乱世时却是作乱者最主要的攻击目标。它的由盛到衰最能体现战乱的破坏力和国家统治中心的转移。如代表大唐盛世气象的长安城在战乱中被损毁的过程就是唐代日益衰落的证明,"自禄山陷长安,宫阙完雄,吐蕃所燔,唯衢弄庐舍;朱泚乱定百余年,治缮神丽如开元时。至巢败,方镇兵互入虏掠,火大内"④。因此,文人常从都城兴衰中去感叹国家之变,如北宋李格非在《名园记》中就将古都洛阳的盛衰作

---

① 王仁裕撰,蒲向明评注:《玉堂闲话评注·西明寺》,中国社会出版社,2007年,第25页。
②《太平广记》卷二一四《杂编》,第1643页。
③《北梦琐言》卷六《李磎行状》,第139页。
④《新唐书》卷二二五(下)《逆臣传(下)·黄巢》,第6462页。

为国家治乱变化的征候：

> 洛阳处天下之中，挟殽渑之阻，当秦陇之襟喉，而赵魏之走集，盖四方必争之地也。天下常无事则已，有事则洛阳先受兵。余故曰：洛阳之盛衰者，天下治乱之候也。方唐贞观开元之间，公卿贵戚开馆列第于东都者，号千有余所，及其乱离，继以五季之酷，其池塘竹树，兵车蹂践，废而为丘墟；高亭大榭，烟火焚燎，化而为灰烬；与唐共灭而俱亡者，无余家矣。余故曰：园圃之兴废者，洛阳盛衰之候也。且天下之治乱，候于洛阳之盛衰而知；洛阳之盛衰，候于园圃之兴废而得。①

二、人类生存的艰难处境

乱世时期，不仅社会整体面貌遭到极大破坏，而且人类也面临死亡威胁。其中平民的遭遇尤为悲惨，他们既没有可以自保的武装力量，也没有足够的钱财用来逃难或赎买性命，只能任人宰割。在中国历史上，每次大动乱之后，人口都急剧锐减，这正是由于平民大量死亡所致。

在乱世的武装争夺中，老百姓是最为痛苦无奈的。无论是乱军还是官军，都会在自己需要的时候将活人当作工具或食物。《朝野佥载》记述了隋朝末年朱粲作乱时煮人肉为食物的暴虐行径："隋末荒乱，狂贼朱粲起于襄、邓间。岁饥，米斛万钱，亦无得处，人民相食。粲乃驱男女小大仰一大铜钟，可二百石，煮人肉以喂贼。生灵歼于此矣。"②《大唐传载》记载了节度使将帅为攻城略地而让民众成为人肉武器的情况："建中中，李希烈攻汴州，城未陷，用百姓妇女辎重以实壕堑，谓之湿梢。"③《玉堂闲话》刻画了乱臣赵思绾剖活人心肝而脍食的恐怖场面："贼臣赵思绾自倡乱至败，凡食人肝六十六，无非面剖而脍之，至食欲尽，犹宛转叫呼，而戮者人亦一二万。"④《夷坚志》中"有祖姑嫁赵氏，夫为绛州守，未赴，居太原。值虏骑围城，姑陨于炮下。又有八叔者，为贼所得，脔食之"⑤的叙述，暴露了金兵将汉人片片割吃的恐怖事件。诸如朱粲、赵思绾等强权势力趁乱残害生灵的

---

①邵博撰，刘德权、李剑雄点校：《邵氏闻见后录》卷二五《吕文穆园》，中华书局，1983年，第201页。
②张鷟撰，赵守俨点校：《朝野佥载》卷二，中华书局，1979年，第29页。
③佚名撰，罗宁点校：《大唐传载（外三种）》，中华书局，2019年，第22页。
④《玉堂闲话评注·赵思绾》，第162页。
⑤《夷坚志·夷坚乙志》卷六《赵七使》，第236页。

恶行在古代屡见不鲜，有的甚至更加惨无人道，如《旧唐书》载，黄巢军"围陈郡三百日，关东仍岁无耕稼，人饿倚墙壁间，贼俘人而食，日杀数千。贼有舂磨砦，为巨碓数百，生纳人于臼碎之，合骨而食，其流毒若是"①。

下层民众如同猪羊一样任由强权者残害，沦为可以充饥的食物、作乱者爱吃的美味或攻击敌对势力的武器等现象充分反映了人类在乱世中遭受的灾难有多么深重。元末陶宗仪在《辍耕录》中对历代乱军的各种吃人情状予以总结："天下兵甲方殷，而淮右之军嗜食人，以小儿为上，妇女次之，男子又次之。或使坐两缸间，外逼以火，或于铁架上生炙。或缚其手足，先用沸汤浇泼，却以竹帚刷去苦皮。或盛夹袋中，入巨锅活煮。或刲作事件而淹之。或男子则止断其双腿，妇女则特剜其两乳。酷毒万状，不可具言。总名曰想肉，以为食之而使人想之也。此与唐初朱粲以人为粮，置捣磨寨，谓啖醉人如食糟豚者无异，固在所不足论……段成式《酉阳杂俎》云：李廓在颍州，获火光贼七人，前后杀人，必食其肉。狱具，廓问食肉之故，其首言：'某受教于巨盗，食人肉者，夜入人家，必昏沉，或有魇不寤者。'……《五代史》云：……赵思绾好食人肝，及长安城中食尽，取妇女幼稚为军粮，每犒军，辄屠数百人……宋庄季裕《鸡肋编》云：自靖康丙午岁，金狄乱华，盗贼官兵以至居民更互相食，全躯暴以为腊。"②在混乱的年代，作乱者肆意妄为、残酷暴虐，致使广大民众惨遭屠戮，无辜丧命。乱世是人类生存处境最为悲惨的阶段。

除了强权者对人类的残害外，当突如其来的大乱来临时，世人也会因恐惧或失去生活来源而自寻死路。王明清的《玉照新志》记载了方腊在两浙起事时，"当是时，天下承平日久，吴越享安闲之乐，而狂寇啸聚，径自睦州直捣苏杭，声言遂踞二浙。浙人传闻，内外响应，求死不暇"③。王明清作为封建士大夫，在一定程度上误解或歪曲方腊起义也属情理之中，但他记述的人们自求死路的现象正是国乱时普通老百姓绝望状态的真实写照。

与内乱时民众因绝望而自杀相比，靖康之变给两宋之际的民众带来的灾难和痛苦更为深重。《靖康朝野佥言》以日记体形式记录了当时人们惊

①《旧唐书》卷二〇〇（下）《黄巢传》，第5397页。
②陶宗仪撰，李梦生校点：《南村辍耕录》卷九，上海古籍出版社，2012年，第105页。
③《玉照新志》卷二，王明清撰，朱菊如、汪新森校点：《投辖录 玉照新志》，上海古籍出版社，2012年，第58页。

慌失措、无法活命的状态和心理,如"陈桥、南薰门、封丘门皆有金人下城杀人,劫取财物。城中百姓皆以布被蒙体而走,士大夫以绮罗锦绣易贫民衲袄布裤以藏。妇女提携童稚于泥雪中走,惶急弃河者无数,自缢投井者动万人,号哭之声上彻穹苍","时雪雨,大冻饿,死者无数","(百姓)惊忧战栗,心胆丧乱,皆不乐生。市井小人,张目相视,色如死灰,人心大扰"①。《铁围山丛谈》用当事人目睹的形式还原了建炎年间金人屠城的场面:"有黑衣数十百人继来,共坐于堂,命左右逻捕男女,无少长悉以挺敲杀之,积尸傍午,向暮尽死始去。"②

　　为躲避战乱到来后的各种灾难,世人会选择离家逃亡。但天下大乱时,交通受阻、消息闭塞,安全地带难以确定,因此人们的逃亡路线非常盲目,稍有不慎就会被恶势力抓到,尤其是带着婴孩的人家,危险性更大。东汉陈寔《异闻记》中,张广定在避乱途中将四岁之女缒入古冢任其自生自灭的残忍行为实属无奈之举。杜甫《彭衙行》中"痴女饥咬我,啼畏虎狼闻。怀中掩其口,反侧声愈嗔"的描述是逃乱时携儿带女者艰辛状况的缩影。南宋叶梦得的《避暑录话》总结了在战乱的残酷环境中保护幼儿的方法:

　　　　兵兴以来,盗贼边骑所及无噍类。有先期奔避伏匿山谷林莽间者,或幸以免。忽襁负婴儿啼声闻于外,亦因得其处。于是避贼之人,凡婴儿未解事、不可戒语者,卒弃之道旁以去,累累相望。哀哉!此虎狼所不忍,盖事不得已也。有教之为绵球,随儿大小为之,缚置口中,略使满口而不闭气。或有力更预畜甘草末,临急时量以水渍,使咀味。儿口中有物实之,自不能作声,而绵软不伤儿口。或镂板以揭饶州道上。己酉冬,敌自江西犯饶信,所在居民皆空城去,颠仆流离道上,而婴儿得此全活者甚多。乃知虽小术亦有足活人者,君子可不务其大乎!此亦不可不知。许干誉为余道,愿广此言,使人无不闻也。③

　　在婴儿口中塞绵软之物以逃乱的方法是人类在苦难中总结的成功经验。但乱世时威胁生命的各种因素俯拾即是,再多的防范措施也难以解除各种危机和灾难。因此,即使能逃过乱兵的追杀而流落他乡,也要面临水

<hr>

① 阙名:《靖康朝野佥言》,载陶宗仪等编《说郛》卷四四,上海古籍出版社,2012年,第715—716页。
② 蔡絛撰,冯惠民、沈锡麟点校:《铁围山丛谈》卷四,中华书局,1997年,第68页。
③ 叶梦得撰,徐时仪校点:《避暑录话》卷四,上海古籍出版社,2012年,第165页。

土不服、气候恶劣等各种自然之灾的考验，尤其是食物匮乏、挨饿受冻等的威胁。经历过国乱的庄绰深深体会到了"丧乱死多门"的沉重感：

> 自中原遭胡虏之祸，民人死于兵革水火疾饥坠压寒暑力役者，盖已不可胜计。而避地二广者，幸获安居。连年瘴疠，至有灭门。如平江府洞庭东西二山，在太湖中，非舟楫不可到。胡骑寇兵，皆莫能至。然地方共几百里，多种柑橘桑麻，糊口之物，尽仰商贩。绍兴二年冬，忽大寒，湖水遂冰，米船不到，山中小民多饿死。富家遣人负载，蹈冰可行，遽又泮坼，陷而没者亦众。泛舟而往，率遇巨风激水，舟皆即冰冻重而覆溺，复不能免……盖九州之内，几无地能保其生者。岂一时之人，数当尔邪？少陵谓"丧乱死多门"，信矣！①

太湖附近老百姓在金人入侵时因气温骤降、湖水结冰而导致"米船不到"、人多饿死的情况充分体现了粮食无与伦比的重要性。粮食是维系人类生命的必需品，但大乱之时，正常的农业生产和商业活动被中断，人们坐吃山空，极易出现缺粮而死的现象。乱中之人对粮食的重要性体会最深，如南朝任昉《述异记》中的多则事例就说明了这一点：

> 袁绍在冀州时，满市黄金而无斗粟，饿者相食。人为之语曰："虎豹之口，不茹饥人。"刘备在荆州时，粟与金同价。
>
> 永嘉之乱，洛中饥荒。怀帝遣人观市，珠玉金银，阗委市中，而无粟麦。袁宏表云："田亩由是丘墟，都市化为珠玉。"是也。
>
> 汉末大饥，江淮间童谣云："太岳如市，人死如林，持金易粟，贵于黄金。"
>
> 洛中童谣曰："虽有千黄金，无如我斗粟。斗粟自可饱，千金何所值。"②

这四则记载都揭示了乱世时期粮食无与伦比的价值，印证了晁错所说的"珠玉金银，饥不可食，寒不可衣"的道理。任昉之所以如此关注乱世中的粮食问题，一方面因为所记述的这些事件距他的时代不远，另一方面，这

---

① 《鸡肋编》卷中，第 64 页。
② 任昉：《述异记》卷下，中华书局，1991 年，第 19 页。

一现象也是他所生活的那个年代的写照①。不论何时何代,粮食都是人类生存的根本保证。因缺粮而死的情况在各个乱离时代都极为普遍,如《新唐书》载,中和二年黄巢占领长安后"畿民栅山谷自保,不得耕,米斗钱三十千,屑树皮以食,有执栅民鬻贼以为粮,人获数十万钱"②;明代赵弼《效颦集》有"至正庚子,遭天下乱,盗贼蜂起,蜀中大荒,斗米值银百两。加以疠疫,民死十八九,虽父子兄弟亦弗相顾"③的记述。因缺粮而导致一系列人为灾难和死人事件是乱世时人类生存状况的缩影。

在乱世的缺粮环境中,为了活命,人们不断探寻存粮之法。宋代陈师道的《后山谈丛》就记述了一个成功的储粮经验:"唐末,岐、梁争长,东院主者知其将乱,日以菽粟与泥为土墼,附墙而墁之,增其屋木,一院笑以为狂。乱既作,食尽樵绝,民所窖藏为李氏所夺,皆饿死。主沃墼为糜,毁木为薪以免。陇右有富人,预为夹壁,视食之余可藏者,干之,贮壁间,亦免。"④能预料时事的东院主者将粮食与泥土混杂在一起附墙而墁,最终在乱世躲过了强权者的劫夺而保全性命,相反,那些专门用窖藏粟的老百姓却因粮食被劫一空而饿死。身处乱世,只有懂得生存技巧才能活命。除了将粮食混在泥土和藏在夹墙中的方法外,南宋末周密又记述了另一种有效的藏粮之法:

> 自兵火以来,人家凡有窖藏,多为奴仆及盗贼、军兵所发,无一得免者。独闻一贵珰家,独有窖藏之妙法,须穿土及下,置多物讫,然后掩其土石,石上又覆以土,复以中物藏之,如此三四层,始加甃砌。异日或被人发掘,止及上层,见物即止,却不知其下复有物也,多者尽藏于下。此说甚奇。⑤

虽然有人因机智存粮而保全性命,但那仅为少数,乱中因缺粮而丧命的现象更为普遍。北宋钱易的《越娘记》就借乱离之人越娘之口描述了五代时期"兵火饥馑,不能自救,故不暇畜妻子也。谷米未熟则刈,且虑为兵

---

①据《南史》载,任昉所处的南朝在梁武帝在位的侯景之乱时"米一升七八万钱,人相食,有食其子者"。见《南史》卷八○《贼臣传·侯景》,第2001页。

②《新唐书》卷二二五(下)《逆臣传(下)·黄巢》,第6460页。

③赵弼:《效颦集》卷上《玉峰赵先生传》,古典文学出版社,1957年,第18页。

④陈师道撰,李伟国校点:《后山谈丛》卷二,上海古籍出版社,1989年,第17页。

⑤周密撰,吴企明点校:《癸辛杂识·续集(上)·重窖》,中华书局,2004年,第126页。

掠焉。金革之声,日暮盈耳。当是时,父不保子,夫不保妻,兄不保弟,朝不保暮。市里索莫,郊坰寂然,目断平野,千里无烟。加之疾疫相仍,水旱继至,易子而屠有之矣"①的贫困状况。在乱世缺粮的危机面前,人们只能想方设法提前储粮或收割还不成熟的谷物,但当无粮可吃时,只能以人肉为食,甚至易子而屠、卖子而食:

> 周迪妻某氏,迪善贾,往来广陵,会毕师铎乱,人相略卖以食。迪饥将绝,妻曰:"今欲归,不两全,君亲在,不可并死。愿见卖以济君行。"迪不忍,妻固与诣肆,售得数千钱以奉迪。至城门,守者谁何,疑其诒,与迪至肆问状,见妻首已在于枅矣。②

> 自古凶年饥岁,兵革乱离之时,易子而食者有之矣!予所闻二事,抑又甚焉……近郭朱氏,有男女五人,长子曰陈僧,年十六七,能强力耕桑,最为父母所爱。值宣和旱歉,麻菽粟麦皆不登,无所谋食,尽鬻四子,而易他人子食之。独陈僧在,每为人言:"此儿有劳于家,恃以为命,不可灭。"……不见所谓陈僧者,询所在,翁泣曰:"饥困不可忍,乃与某家约,绐此子使往问讯,既至,执而烹之矣!"③

毕师铎曾是黄巢手下大将,因此"周迪妻"反映的是晚唐天下大乱时的卖人食肉现象。而"宣和旱歉"时朱家的五个孩子都被父母与他人交换而食则折射了徽宗年间老百姓贫困至极的状况,这是北宋末年民众生存面貌的缩影,"宣和中,京西大歉,人相食,炼脑为油以食,贩于四方,莫能辨也"④的记载充分暴露了当时食人行为的普遍性。宣和之后,北宋老百姓的生活愈来愈艰难,尤其是靖康之变金人围困汴京时正值寒冬大雪,"小民饿死道路,动以千计。米斗两千,肉无所食,至猫鼠杂兽捉尽。甚者杂以人肉、鼓皮、马甲,皆煎煠食用。又取五岳观、上葆真宫花叶、树皮、浮萍草之类,无不充饥"⑤。南宋初年金人持续南侵,到处都是战场,农业生产中断,因缺粮而把人作为食物或商品的情况长期存在,当时社会甚至用一些专有

---

① 《越娘记》,载《宋代传奇集》,第 111 页。
② 《太平广记》卷二七〇《周迪妻》,第 2117 页。按:此文《太平广记》没有注明出处。
③ 《夷坚志·夷坚志补》卷九《饥民食子》,第 1629 页。
④ 《鸡肋编》卷上,第 32 页。
⑤ 陈东:《靖炎两朝见闻录》卷上,载朱易安、傅璇琮主编《全宋笔记》第三编第五册,大象出版社,2008 年,第 175 页。

名词来称呼不同年龄和性别的人肉：

> 自靖康丙午岁，金狄乱华，六七年间，山东、京西、淮南等路，荆榛千里，斗米至数十千，且不可得。盗贼、官兵以至居民，更互相食。人肉之价，贱于犬豕，肥壮者一枚不过十五千，全躯暴以为腊。登州范温率忠义之人，绍兴癸丑岁泛海到钱唐，有持至行在犹食者。老瘦男子廋词谓之"饶把火"，妇人少艾者，名为"不羡羊"，小儿呼为"和骨烂"，又通目为"两脚羊"。①

除了人与人之间互相残害外，一些虎狼大虫也因社会萧条、人烟稀少而随意出没、侵害人类。《北梦琐言》有"唐大顺、景福已后，蜀路剑、利之间，白卫岭石筒溪虎暴尤甚，号'税人场'。商旅结伴而行，军人带甲列队而过，亦遭攫搏"②的记载。《夷坚志》也常以虎狼出没来反映北宋亡国后的萧条景象，如《夷坚支景》卷一《阳台虎精》虚构了乱离之后一妇人在鄂襄地区化虎食人的故事，虽然有些荒诞，但却是虎暴横行状况的生动再现，与《夷坚支景》卷一《王宣乐工》所记的绍兴初年荆襄地区"墟落尤萧条，虎狼肆暴，虽军行结队伍，亦为所虐"的情况一致。

总之，乱世时期老百姓的生存处境最为艰难，生命最为卑微，时刻面临着死亡威胁。他们不是沦为强权者的武器或食物，就是所积累的财物和粮食被劫夺一空，有时还要面临被猛兽袭击和吞噬的危险。与其他灾祸相比，人类在乱世之中经受的考验、灾难和痛苦是最为深重的。

三、乱世冤魂的悲哀诉求

正因为乱世之中人们常常面临物资匮乏、官匪残害、虎狼肆虐等灾难的威胁，时刻徘徊在死亡边缘，因此，一些小说家在生命轮回、人死为鬼等思想影响下虚构了大量冤鬼故事，借鬼的行为反映世人屈死的事实和悲凉的情感。

在早期的冤鬼形象中，有一种是以报恩者的面目出现的，如王嘉《拾遗记》中虚构了任城王曹彰死时群鬼祭送的场景："（任城王）彰薨，如汉东平王葬礼。及丧出，空中闻数百人泣声。送者皆言，昔乱军相伤杀者，皆无棺

---

① 《鸡肋编》卷中，第43页。
② 《北梦琐言·逸文》卷四《周雄毙虎》，第440页。

椁，王之仁惠，收其朽骨，死者欢于地下，精灵知感，故人美王之德。"①被乱军杀死的冤魂因为任城王的仁惠而死有所归，因此，他们知恩图报，在曹彰死时哭泣送丧。

为任城王送丧的群鬼形象折射了世人在乱中成批死亡的悲惨遭遇。这种惨状是乱世时期的常见现象，但大多数情况下世人群体死亡后不会遇到像任城王这样的仁爱者为其埋葬尸骨，因此乱世冤魂只能自我哀叹。《幽明录》中"乐安县故市经荒乱，人民饿死，枯骸填地。每至天阴将雨，辄闻吟啸呻叹声聒于耳"②的群鬼哭声就反映了死者无所归依的情况。这一情形杜甫在《兵车行》中以"古来白骨无人收。新鬼烦冤旧鬼哭，天阴雨湿声啾啾"等语给予精要概括。乱世时期地区性或家族式的群体死亡事件发生后，冤死者大多尸骨散落或无人祭奠，因此，在小说家笔下，冤死之人大多通过他人提及或自己以鬼魂现身等形式以引起世人注意。《法苑珠林·道宣律师感通录》通过天使述往的方式揭开了崇敬寺所在地"本是战场。西晋将末，有五胡大起，兵戈相煞，此地特多。地下人骨，今掘犹得。所煞无辜，残害酷滥"③的历史。西晋末年，戎狄统治中原时大批民众无辜被害的现象在外族入侵时极为普遍，除五胡乱华外，五代后晋时的辽兵入侵以及两宋之际的金兵侵宋几乎都上演着同一幕悲剧。如后晋末年，契丹军攻克相州后，"悉杀城中男子，驱其妇女而北，胡人掷婴孩于空中，举刃接之以为乐。留高唐英守相州。唐英阅城中，遗民男女得七百余人。其后节度使王继弘敛城中髑髅瘗之，凡得十余万"④。胡三省对外族欺凌残害汉人的行为极为悲愤："臣妾之辱，惟靖宋为然。呜呼！痛哉"，"亡国之耻，言之者为之痛心，矧见之者乎"⑤。诸如五胡乱华时胡兵"所煞无辜，残害酷滥"和辽兵攻克相州后"悉杀城中男子"的暴虐事件在《夷坚志》中多有反映，并且常以冤魂现身的形式表达世人无辜死亡的哀怨。如《夷坚丙志》卷一七《沈见鬼》中的越民沈氏因得异人之药而能见鬼，之后在一次入城途中路过"兵难时，多杀人于此"的跨湖桥时，看到"桥上下被发流血者，斩首断臂者，三

---

①王嘉撰，萧绮录，齐治平校注：《拾遗记》卷七《魏》，中华书局，1988年，第165页。

②刘义庆撰，郑晚晴辑注：《幽明录》卷六《鬼啸》，文化艺术出版社，1988年，第191页。

③释道世撰，周叔迦·苏晋仁校注：《法苑珠林校注》卷一四《敬佛篇》，中华书局，2003年，第504页。

④司马光编著，胡三省音注：《资治通鉴》卷二八六《后汉纪一·高祖天福十二年》，中华书局，1976年，第9351页。

⑤《资治通鉴》卷二八五《后晋纪六·齐王开运三年》，第9321、9323页。

两相扶,莫知其极,奇形异状,毫毛不能隐"的冤魂,这些"莫知其极"的群鬼及其奇异的形体特征正是广大民众被冤杀状况的再现。

《夷坚志》中的冤魂多以侵扰生者的面目出现。如《夷坚乙志》卷一七《沧浪亭》中"(沧浪亭在)金人入寇时,民入后圃避匿,尽死于池中,以故处者多不宁。其后韩氏自居之,每月夜,必见数百人出没池上,或僧,或道士,或妇人,或商贾,歌呼杂遝,良久,必哀叹乃止"的群鬼形象,他们哀叹自己的不幸遭遇,但却只能以骚扰现有居民的方式来发泄冤死后的悲怨。《夷坚支乙》卷九《宜黄县治》中"宜黄县后有游观处","绍兴初,巨盗入邑,民奔赴逃命,尽死其中,以故鬼物为厉,十政令宰不敢居正寝",显示出冤鬼令人恐怖的一面。这些为厉、为鬼的冤魂以惊扰世人的方式来显示他们的存在,但他们的最终目的不是为了害人,而是希望得到人们的同情和哀怜,进而为他们改葬以使魂魄得安。

因乱而死的冤魂求人改葬的故事在唐五代小说中已很常见。如《广异记·张琮》中,南阳县令张琮听到竹子中有呻吟声,祝告后,出来一人,自陈说"朱粲之乱,某在兵中,为粲所杀,尸骸正在明府阁前,一目为竹根所损,不堪楚痛。以明府仁明,故辄投告,幸见移葬"[①];《传奇·赵合》中,进士赵合路过五原时,遇到一位"遭党羌所虏,至此掠杀"的女鬼,她请求赵合将其尸骨携归家乡奉天安葬;《稽神录·郭厚》中,一个因"王寇犯阙,天下乱,僧辈利吾行资,杀我投此井中"[②]的冤鬼附在一个衙卒身上,请求刺史李公为其改葬。唐代小说中,在乱中惨遭杀害的冤鬼大都以个体形象出现。而在《夷坚志》中,求人改葬或超度的鬼魂则多是群体形象,如《夷坚乙志》卷一七《沧浪亭》中,老卒为金人入侵时尽死于池中的冤魂"改葬于高原"的提议得到了众鬼的赞同,第二天"掘污泥,拾朽骨,盛以大竹篓,凡满八器";《夷坚志补》卷一七《王燮荐桥宅》中,常有鬼怪作乱的邢太尉宅原来是"经兵虏之变,杀人无算"之地,后经法师建议以"黄箓大醮拔度之",入瓮的鬼魂让健卒如同担负上百斤重物一般。与唐代小说借乱世冤魂反映个人悲惨命运相比,《夷坚志》中众多骚扰生人的群鬼形象,意在揭露虏乱亡国之时民众集体被杀的事实。这些冤魂不仅反映了众多无辜而死之人渴望在阴间

---

①戴孚撰,方诗铭辑校:《广异记·张琮》,中华书局,1992年,第66页。
②徐铉撰,傅成校点:《稽神录》补遗《郭厚》,上海古籍出版社,2012年,第79页。

过上安稳日子的卑微愿望，同时也流露出后世之人对战乱难以言说的恐惧。这些冤魂迁葬故事既是当时鬼怪思想盛行的表现，同时也是古人生死轮回意识及用佛教、道教等宗教超度亡灵观念的体现。

除了冤魂求人迁葬外，还有一些是借魂灵复仇来表达含冤而死之人的愤恨。隋代颜之推的《冤魂志·江陵士大夫》记述了因儿子在乱中被杀而悲痛死去的刘姓士大夫屡次惊扰凶手梁元晖使其速死之事，这是较早描写乱世冤魂复仇的小说。唐卢肇的《逸史·乐生》中，乐生因被副将以通贼之名诬告而死，他死前索要纸笔以求在阴间诉冤，后来与此事有关的人员相继死去，乐生的复仇愿望得以实现。因他人诬告而死的鬼魂复仇故事在《夷坚志》中也屡见不鲜。《夷坚丁志》卷一《许提刑》讲述了在金人入侵的大混乱中失去告救的官员被郡守以"盗匪"之名害死的过程；《夷坚乙志》卷一九《马识远》与之相类；《夷坚支庚》卷七《盛珪都院》中，投贼的市民万某为向贼首邀功，便杀死故交，并诬陷此人为"官军谍者"，万某后被故交的冤魂痛打而死。这些故事可分为两类，一类是官员为升官而诬他人为匪，另一类是恶人为投贼而陷害他人为官军间谍。它们折射了乱世时期因利益等因素的诱惑而使人性丧失的现象。冤鬼复仇的背后是当事者希望能还原事实真相的诉求和永不屈服的斗争精神。

四、乱世婚恋悲剧

乱世时期，为了活命，人们只能背井离乡、四处逃亡，如《冥祥记》记载的"苏峻之乱，都邑人士，皆东西波迁"[①]就是老百姓在乱离中的真实写照。在逃乱之时，亲人失散、家庭残破是普遍现象。小说中那些悲欢离合的家庭故事多以婚恋为主题。

许尧佐的《柳氏传》是唐传奇中较早将男女婚恋与动乱社会相结合的优秀作品。许尧佐是礼部尚书许康佐之弟，贞元年间进士，贞元三年（787）入陇州观察节度使邢君牙幕府，元和八年（813）任吉州司户参军，官终谏议大夫[②]。《柳氏传》可能作于许尧佐贞元年间从事边幕期间，此时距安史之乱三十年左右，正处于可以全面审视这场叛乱的好时期。此传便将军中幕

---

①王琰：《冥祥记》，载王国良著《冥祥记研究》下编《辑佚校释》，台北文史哲出版社，1999年，第100页。

②《唐五代志怪传奇叙录》，第316页。

府所熟悉和喜欢谈论的战乱和豪侠话题融入男女婚恋生活中,使故事既有浓重的现实因素,又颇富传奇色彩。小说的男主角是"大历十才子"之一的韩翃,他约卒于贞元初年,这时许尧佐已步入仕途,因此许尧佐与韩翃的人生轨迹可能还有交集,这是《柳氏传》具有深厚现实基础的渊源。

《柳氏传》采用才子佳人模式,"文章特异"与"容色非常"的男女二人曾有过一段美满爱情,但战乱破坏了美好的爱情世界,在军阀跋扈、武力横行的环境中,柳氏被蕃将夺走,最后在豪侠许俊的帮助下他们才重新团聚。全篇通过韩、柳的离合悲欢,再现了乱离时期弱势群体无法把握个人命运的真实状况。与其他诸如《莺莺传》《霍小玉传》等悲剧爱情不同,《柳氏传》中,男女爱情受挫的原因并非来自习见的封建家长制下的父母干预或男方负心的道德败坏等问题,而是由于乱世和强权势力等社会因素。这种时代感极强的爱情劫难题材,是作者基于社会现实创作的,他把爱情放到更深广的时代中去考察,把个人命运同社会政治联系起来,将批判矛头指向动荡的社会。韩、柳最后团聚依赖于豪侠帮助,这不仅表明弱者要想改变命运只能依仗于强者的救助或权势的干预,也显示了在恶势力横行的情况下仍有正义存在,体现了人们对弱者的同情、支持以及对美好生活的向往。

侠士是一类特殊群体,他们不容于统治者阶层,却被底层民众大力追捧。战国的韩非子以"侠以武犯禁"表达了对侠士不遵法纪的不满。司马迁则认为游侠"其行虽不轨于正义,然其言必信,其行必果,已诺必诚,不爱其躯,赴士之厄困,既已存亡死生矣,而不矜其能,羞伐其德,盖亦有足多者焉","专趋人之急,甚己之私"[①],具有已诺必成、舍己为人的高贵品质。从乱世底层民众的生存需求来看,侠是扶危济困的正义化身,能给苦难之中的弱小者以希望,《柳氏传》中许俊的侠义行为正是这种思想的体现。

唐传奇中,乱离之中的有情人依靠豪侠帮助终得团圆的故事还有薛调的《无双传》。《无双传》的时代背景是建中年间的泾原兵变,在这场政变中,原陇右节度使朱泚称帝,德宗皇帝被迫逃出长安,朝廷威严扫地。《无双传》不仅反映了处于政治漩涡中的朝廷官员多变的命运,而且将男女二人的婚恋历程描绘得波折起伏。主人公王仙客与刘无双本是姑表兄妹,在京城大乱的危急时刻,无双之父——尚书租庸使刘震同意了他们的婚事,

---

① 司马迁:《史记》卷一二四《游侠列传》,中华书局,1996年,第3181、3184页。

但由于乱后政治形势和家庭命运的变化,刘无双被充入掖庭,与王仙客几乎没有团圆的可能,幸亏她慧眼识人,将爱情之事托付于豪侠古押衙,最后在古押衙的帮助下,她和王仙客才终成眷属。

《柳氏传》和《无双传》都将实现爱情婚姻的希望寄托在侠士身上,这既开创了一种才子佳人必赖豪侠才能团圆的小说模式,也折射出唐代侠风盛行的时代特色。唐代开放的社会氛围和文人漫游之风的兴盛为侠风的流行提供了土壤,文人"仗剑去国,辞亲远游"的行为方式将侠士与文士生活融为一体,中晚唐的动荡黑暗又为侠士提供了更为广泛的社会需求和生存空间。许尧佐和薛调在小说中塑造的豪侠形象既满足了乱世之人的情感需求,又符合唐代侠风盛行的社会现实,更为故事情节增添了浪漫气息。

与唐传奇颇具浪漫气质的婚恋故事相比,宋代的乱世离合小说则显示出较强的平实色彩和理性精神,如《夷坚志·晁安宅妻》就颇具代表性:

> 邓州晁氏,大族也……建炎二年,邓民残于胡兵,或俘或死。晁氏男女数百人,皆囚以北,至汾州青灰山,为红巾邵伯邀击,尽失所掠而去。晁安宅之妻某氏,并其女及乳母,皆为邵之党王生所得。张丞相宣抚陕蜀,邵举军来降,王生为右军小将,与晁妇同处于阆中……姬视道上一丐者病,以散纸自蔽,形容甚悴。谛观之,以告妇曰:"有丐者,绝类吾十一郎。"遣询其乡里姓行,果安宅也。妇色不动,令姬持金钗与之,约十六日复会,且戒无易服。及期相见,又与金二两,曰:"以其半诣宣抚司投牒,其半买舟置某所以待我。"安宅既通诉,宣抚下军吏逮王生。会王出猎,妇携己所有直数千缗,与姬及女赴安宅舟,顺流而下。王生家赀巨万,一钱不取也。王晚归不见其妻,而追牒又至。视室中之藏皆在,喟然曰:"素闻渠为晁家妇,今往从其夫,理之常也。"了不以介意。晁氏夫妇离而复合如初。妇人不忘故夫于丐中,求之古烈女可也。[1]

晁氏夫妻的离合过程展示了金人入侵时一些武装势力趁机作乱的混乱状况和妇女为了家庭团聚所做出的种种努力。在宋代乱世婚姻故事中,

---

[1]《夷坚志·夷坚甲志》卷一五《晁安宅妻》,第129页。

夫妻的乱后复合不再仰赖于豪侠的帮助,而主要依靠当事人的努力或与之相关者的成全,正如《晁安宅妻》中晁妻成功归夫也得力于军将王生的豁达。《夷坚志》善于展示乱离之苦中当事人的各种开明行为或思想。在《夷坚丁志》卷一一《王从事妻》中,汴人王生来临安调官,搬家途中其妻被人骗走,五年后在同僚的宴会上因为一道鳖菜与原妻所做味道相同而停箸悲泣,县宰发现后了解缘由,并将已为自己侧室的王生之妻归还。王生与妻子的离散源于战后盗贼猖獗、骗子趁乱行骗的现实,夫妻的最终团圆则赖于县宰的通情达理。散后又合的婚姻故事反映了作者及世人的美好愿望,那就是对乱世时期夫妻团圆、家庭重聚的渴求,这种情感在《夷坚志·徐信妻》中尤为强烈:

> 建炎三年,车驾驻建康,军校徐信与妻子夜出市,少憩茶肆傍。一人窃睨其妻,目不暂释,若向有所嘱者。信怪之,乃舍去,其人踵相蹑,及门,依依不忍去。信问其故,拱手巽谢曰:"心有情实,将吐露十君,君不怒,乃敢言,愿略移步至前坊静处,庶可倾竭。"……其人掩泣曰:"此吾妻也。吾家于郑州,方娶二年,而值金戎之乱,流离奔窜,遂成乖张,岂意今在君室!"信亦为之感怆,曰:"信,陈州人也。遭乱失妻,正与君等。偶至淮南一村店,逢妇人,散衣蓬首,露坐地上。自言为溃兵所掠,到此不能行。吾乃解衣馈食,留一二日,乃与之俱。初不知为君故妇,今将奈何?"其人曰:"吾今已别娶,藉其赀以自给,势无由复寻旧盟。倘使暂会一面,叙述悲苦,然后诀别,虽死不恨。"信固慷慨义士,即许之,约明日为期,令偕新妻同至,庶与邻里无嫌,其人欢拜而去。明日,夫妇登信门,信出迎,望见长恸,则客所携,乃信妻也。四人相对凄婉,拊心号咷。是日各复其故,通家往来如婚姻云。①

徐信夫妇与另一夫妻之间的离合奇遇是混乱的社会造成的。他们最后都选择了故夫和故妻,则体现了世人在婚姻中的恋旧情结。这一情结蕴含着浓重的时代色彩,因为夫妻离散是乱世造成的,而乱世不是个人能够避免的,因此,当社会安定后,人们应该尽量恢复原有的生活格局。"妻归故夫"表达了人们希望能渐渐忘掉乱世苦痛以恢复平静生活的愿望,这是

①《夷坚志·夷坚志补》卷一一《徐信妻》,第 1651 页。

《夷坚志》表现乱后家庭团聚的基本模式,它基于人们正常生活的愿望和朴素的道义要求。

王明清《摭青杂说》中的夫妻乱世离合经历也折射了通达的世俗人情。如《范希周》赞扬了范希周与吕氏在盗贼横行的乱世中忠贞不渝的爱情追求;《单符郎》中,邢春娘和单符郎的婚恋过程显示了男性士人的有情有义。与其他宣扬节义、追求贞烈的思想不同,在宋代这些夫妻离合的婚姻历程中,作者似乎都很开明,只要求夫妻团圆,而不再考虑女性曾经有过怎样的遭遇和经历,如同单符郎仍娶已是妓女的邢春娘为妻一样。对于这场婚姻,知情者对乱后为妓的邢春娘没有丝毫的鄙视或批评,对单符郎娶妓女为妻不但没有嘲笑,反而予以赞扬。这体现了乱世之后世人对人性的豁达理解和对节烈的变通态度。也就是说只要事情符合生活逻辑,能改善生存处境,那么当事人就会得到他人的同情和社会的谅解。

无论是唐代颇具浪漫精神的豪侠助人还是宋代质朴的妻归故夫,他们都对乱后婚姻充满希望。与之相比,明清小说家则完全褪去了理想主义色彩,更加重视乱世动荡给家庭和个人带来的艰辛和痛苦,在男女婚恋的悲惨境遇中寄寓了浓烈的感伤情怀,如《剪灯新话》和《聊斋志异》中的乱世爱情都蕴含着深深的悲慨情绪。

《剪灯新话·翠翠传》在刘翠翠与金定感人至深的生死爱情中寄寓了浓烈的人生辛酸之感。淮安的富家女刘翠翠爱慕出身贫寒的同学金定,在开明父母的主持下二人结为夫妻,相得之乐,如"鸳鸯之游绿水"。但不及一年,随着张士诚兄弟起兵高邮"尽陷沿淮诸郡",他们的幸福生活就此中断。翠翠被张之部将李将军掳走,从此杳无音信。金定备历艰辛,辗转平江、绍兴、湖州等地寻找翠翠下落。在七年的颠沛流离中,翠翠已成为李将军宠妾,金定无法与翠翠再续前情,只能假托兄妹关系在李将军家匆匆相认。金定因与翠翠难有复合机会,最终抑郁而死,葬在道场山下。翠翠送殡回府后,"是夜得疾,不复饮药",在嘱托李将军将她葬在金定坟旁后"言尽而卒"。由于翠翠与金定客死他乡的情况无人知晓,因此当明朝平定天下后,翠翠家的旧仆路过道场山,在朱门华屋中见到了夫妻二人,翠翠向其诉说"始因兵乱,我为李将军所掳,郎君远来寻访,将军不阻,以我归焉"的往事,并通过旧仆给父母修书传信。但当其父与仆人再到道场山下时,却只见"荒烟野草,狐兔之迹"。夜间翠翠给父亲托梦,再叙过往,"往者,祸起萧墙,兵兴属郡。不能效窦氏女之烈,乃致为沙吒利之躯。忍耻偷生,离乡去国。恨以蕙兰之弱质,配兹驵侩之下材","叫九阍而无路,度一日如三秋"①,表达了无辜遭祸、含恨而死的无限愤懑。

金定与翠翠本是自由相恋的美满夫妻,但最终双双悲愤而死,造成这种悲剧的根源就是元末天下大乱中的强权势力。作者对动荡时期的民众之苦虽深表同情,但又无可奈何,只能借鬼魂来传达乱离之悲。翠翠鬼魂给仆人的诉说和给父亲托梦时都提到了因天下大乱而使夫妻二人被迫分离的遭遇,这是对乱世罪恶的血泪控诉。翠翠魂灵之所以给仆人诉说因李将军通达而让她们夫妻团聚,一方面是为了让仆人给她父母送信,更重要的是以此传达出乱世之中弱者渴望当权者能体贴人情的理想。但这种理想是不存在的,因此,当翠翠给父亲托梦时就尽情倾诉了自己被强权者掳走后度日如年的痛苦状态。作者以冷静的笔墨借翠翠之口真实再现了王朝更迭时平民家庭的坎坷遭遇,反映了他们生活的巨大变化,以及精神上遭受的痛苦折磨。《翠翠传》充分意识到乱世女性经历的感情伤害,通过翠翠所吟诗句"一自乡关动战锋,旧愁新恨几重重。肠虽已断情难断,生不相从死亦从"得以彻底宣泄。而金定与翠翠的抑郁而终则折射出乱世给世人带来的伤痛永难愈合。

与《翠翠传》的构思方式相似,蒲松龄的《聊斋志异》也有许多借鬼魂表现人世苦难的作品,其中《公孙九娘》更是以人鬼婚恋悲剧揭露了明清易代给中原老百姓造成的巨大伤害。公孙九娘是一个在清初于七案中被迫自缢的无辜少女,她始终忘不了清兵入关镇压地方民乱时"俘数百人,尽戮于演武场中,碧血满地,白骨撑天"的恐惧和慌乱。虽然她的鬼魂与莱阳生结合,但内心深处依然孤独、惶恐,所咏"白杨风雨绕孤坟,谁想阳台更作云?忽启镂金箱里看,血腥犹染旧罗裙"之诗逼真刻画了柔弱女子在战乱之时惊恐无助以及含冤死后孤苦无依的状态。

从历代乱世婚恋故事来看,唐传奇颇具浪漫情怀和理想色彩,多通过侠士相助等方式使有情人得以团圆;宋代小说虽然世俗化倾向加强,突出男女双方在乱世中的曲折磨难,但仍带有幻想成分,夫妻双方大都在历尽苦难后破镜重圆;而明清小说家则悲观失望,不仅凸显落难者身心遭受的

---

① 瞿佑著,周楞伽校:《剪灯新话》卷三,上海古籍出版社,1981年,第74—79页。

双重折磨，并以男女殉情、尸骨飘零等形式加深乱世的悲剧意蕴。

五、乱世人民的道德要求

在悲惨的生存处境中，在生命遭到严重威胁时，人们的行为方式最能体现时代的思想意识和道德观念。古小说中人物形象的所作所为与命运遭遇就是当时社会观念与道德标准的生动再现。

亲身经历过两宋之际天下大乱的洪迈对乱世苦难感触极深。他撰集的《夷坚志》载有许多乱世民众悲惨遭遇的故事，全面反映了在社会大灾难中世人的生命状态和思想情感，如《饥民食子》暴露了老百姓在荒乱困苦时以子女为筹码互换而食，甚至要杀子食肉的残忍现象：

> 自古凶年饥岁，兵革乱离之时，易子而食者有之矣！予所闻二事，抑又甚焉……近郭朱氏，有男女五人，长子曰陈僧，年十六七，能强力耕桑，最为父母所爱。值宣和旱歉，麻菽粟麦皆不登，无所谋食，尽鬻四子，而易他人子食之。独陈僧在，每为人言："此儿有劳于家，恃以为命，不可灭。"……不见所谓陈僧者，询所在，翁泣曰："饥困不可忍，乃与某家约，给此子使往问讯，既至，执而烹之矣！"建炎中，荆襄寇盗充斥，荆南小民居城中，一妻一子，家在村野，颇赡足。常载钱米饷给，偶失期不继，民欲食其子。使妻结绳为缳，诱儿入室，置首其中，送绳出壁隙，而己从外掣绞。儿方数岁，妻知不可止，强听之，自引首入缳，而报夫云已竟，夫力掣绳，觉气绝，来视，则死者乃妻也。是日饷车至，已无及，儿幸存矣！[①]

朱氏夫妻将五子易与他人而食和荆南小民欲食其子的行为虽是荒乱之年的无奈之举，但他们为活命而杀子的做法是有悖人伦道德的。俗话说"虎毒不食子"，连野兽都不会做的事情，荒乱之人却做了，充分反映了乱世时期人性的缺失。其中荆南民妻在无法改变丈夫要杀子的决定时舍己存子的做法则显示了女性的伟大人格。这种赞扬女性仁爱而斥责男性自私的思想在《梁小二》中表现得更强烈：

> 解州安仪池西乡民梁小二，家世微贱，然皆耕农朴实，至梁独狠

---

①《夷坚志·夷坚志补》卷九《饥民食子》，第1629页。

戾,其母寡居,事之尤悖。妻王氏,性恬静,所以奉姑至谨。北虏皇统之中,河东荒饥,疫疠荐臻,流徙满道路。梁挟母妻并稚子四人,偕行至孤山之东陵,就野人乞食以哺其子。王氏念姑久不食,减半以与之。梁见之怒甚,诈使妻抱子前行,自与母在后,相望百步许,即仆母在地,曳入道侧,掬泥沙塞其喉,然后去。稍进遇妻,妻问姑安在,曰:"老人举足迟,但先到大家丐晚餐以须其到可也。"久而杳然,妻疑为夫所害,还访之,见尸已僵,拊膺悲泣,急取水扶灌,气竟绝不苏。乃奔告里保,执梁送于县,才及中途,风雨暴作,霾曀不辨人,迅雷震耀,鬼神飞焰,杂遝出没。众惧散,亦不暇顾梁所之。少选澄霁,梁乃卧土窟,头目皆为天火烧烂,惟脑骨仅全,俨成髑髅,肢体如故,目睛暗淡无光而不死,能别识人物,饮食语言皆无妨……官愍其妻子,给粟养之。梁经数年尚存。①

梁小二的害母之举遭到神灵惩罚,其妻的仁爱得到官府资助,而神灵和官府的态度正是社会痛恨不孝之行与向往仁德理念的体现。《夷坚志》充分肯定了荆南民妻和梁小二妻在困境中爱护子女、怜惜老人的美德。这表明在生死的大考验中,女性平时不被人重视的优秀品质得以挖掘,并且成为时代的标杆。

其实,《夷坚志》中诸如梁小二等男性的不孝之举在五代宋初文人笔下多是女性所为,如《稽神录》中欧阳妻的恶行恶果就颇具代表性:

广陵孔目吏欧阳某者,居决定寺之前。其家妻少遇乱,失其父母。至是有老父诣门,使白其妻:"我汝父也。"妻见其贫陋,不悦,拒绝之。父又言其名字及中外亲族甚悉,妻竟不听。又曰:"吾自远来,今无所归矣。若尔,权寄门下信宿可乎?"妻又不从。其夫劝,又不可。父乃曰:"去,吾将讼尔矣!"左右以为公讼耳,亦不介意。明日午,暴风雨从南方来,有震霆入欧阳氏之居,牵其妻至中庭,击杀之。大水平地数尺,邻里皆漂荡不自持。后数日,欧阳之人至后土庙,神座前得一书,即老父讼女文也。②

欧阳妻因为父亲贫陋而不愿相认并拒父于门外的做法是违背纲常伦

---

① 《夷坚志·夷坚支甲》卷九《梁小二》,第784—785页。
② 《稽神录》卷一《欧阳氏》,第12页。

理的,因此遭到了天神的谴责,这与梁小二的遭遇和性质相同。欧阳妻之事在当时可能确有其事,也可能是依据传闻编写的,如《北梦琐言》就记载了后唐庄宗的皇后刘氏因嫌弃其父落魄而不愿相认的事件①。徐铉与孙光宪几乎是同时代人,因此"欧阳妻弃父"可能是在传闻的基础上融入了世人的道德期许而创作的。孙光宪(896—968)的《北梦琐言》、徐铉(916—991)的《稽神录》与洪迈(1123—1202)的《夷坚志》所描述的中年夫妇杀子女、害父母事件中的女性行为的差异,折射出李唐灭亡后的二百多年间人们对女性认识的变化。女性形象由五代时期不讲孝道到宋朝爱子敬母的转变反映了北宋以来妇德的加强和人们对女性品德的重视。

　　朱氏翁媪和荆南小民食子活命的残忍做法无人指责,而梁小二和欧阳妻的不孝遭到神人共怒,可见斥责不孝是小说家的一致态度,体现了古代"百善孝为先"的道德准则。在中国传统观念中,孝道在任何时候都是最重要的,因此,那些不守孝道的人必将受到惩罚。《北梦琐言》卷一〇《薛准阴诛》中薛准因"丧乱后不养继母"而遭天诛,《夷坚丁志》卷六《叶德孚》中的叶德孚避寇时因不顾祖母而遭神殛的事件都是这一思想的体现。虽然他们的不孝可能是因为生活所迫,但父母食子不受惩罚而子不认父却遭雷劈的现象充分显示了孝的重要。正因为孝是人伦之首,因此在危乱中能坚守孝道的人就会得到神明帮助。如《夷坚三志壬》卷九《俞杰孝感》中的俞杰在父亲被巨盗打伤时从林间奔出愿代父死的行为感动了群盗,以致逃脱险境。这一经历在作者看来是"诚孝感格,故神明阴为之助"。《夷坚三志补·愿代母死》中可从世为救被执之母而主动前往盗所,被群盗聚剑射之而不中的情况亦非人力所能及,应是神为扬孝而暗中帮助的结果。众多乱

---

①《北梦琐言》:"庄宗刘皇后,魏州成安人,家世寒微。太祖攻魏州,取成安,得后,时年五六岁,归晋阳宫,为太后侍者,教吹笙。及笄,姿色绝众,声伎亦所长。太祖赐庄宗,为韩国夫人侍者,后诞皇子继岌,宠待日隆。它日,成安人刘叟诣邺宫见上,称夫人之父。有内臣刘建丰认之,即昔日黄须丈人,后之父也。刘氏方与嫡夫人争宠,皆以门族夸尚,刘氏耻为寒家,白庄宗曰:'妾去乡之时,妾父死于乱兵,是时环尸而哭,妾固无父,是何田舍翁,诈伪及此!'乃于宫门笞之。其实后即叟之长女也。"见《北梦琐言》卷一八《刘皇后舍父》,第332页。欧阳修的《新五代史》也录有此事。《新五代史》载:"其父闻刘氏已贵,诣魏宫上谒。庄宗召袁建丰问之,建丰曰:'臣始得刘氏于成安北坞,时有黄须丈人护之。'及出刘叟示建丰,建丰曰:'是也。'然刘氏方与诸夫人争宠,以门望相高,因大怒曰:'妾去乡时,略可记忆,妾父不幸死于乱兵,妾时环尸恸哭而去。此田舍翁安得至此!'因命笞刘叟于宫门。"见《新五代史》卷一四《唐太祖家人传·皇后刘氏》,第143页。

世中因孝或不孝而导致命运不同的故事表明,孝是考验人们是否丧失人伦道德的最基本准则。

正因为大乱之时丧失孝道的事例极多,因此,小说家们才用鬼、神等灵物作为惩罚不孝或褒扬孝行的载体。对于子女来说,要讲孝道;而对仆人而言,则要求忠义,《夷坚志·张禹义仆》就传达了这一理念:

> 楚州东渐民张禹,家巨富,好施与,务济民贫,不责人之报。年方壮,遭乱流离,骨肉散落,独与一仆羁栖于射阳湖中,乞食以活。为贼所掠,求货不得,缚于大木之下,将生啖之。已刲股数脔,仆窜既脱矣,见之,恸哭而出,举身遮护而拜贼曰:"此是我主,虽本富豪,今赤身逃难,尚无饭吃,岂得更挟财货。如欲饱其肉,则又瘦瘠,愿脔我以代之。"贼虽嗜杀人,亦为义所激,闻言叹异,亟解禹缚,并仆释去,且遗以钱帛。迨绍兴中,淮上安定,禹归里,事业赀产尚赢百万。仆亦存,禹以弟待之,张氏子弟皆事之如诸父。①

仆人勇救张禹的举动与俞杰、可从世挽救父、母性命的本质相同,都是在危难时刻挺身而出,舍己救人。但俞杰和可从世主动现身后虽然打动了强盗,却仍遭受了刁难或迫害,而张禹之仆不但感化了众贼,而且贼人还主动将他们主仆释放,并赠送钱帛。这些差异是基于人们对孝和义的不同看法所致。因为对常人来说,孝是最基本的,它体现的是亲情;而义更高尚,它呈现的是没有血缘关系的无私大爱。这是任何人在危难之中都渴望得到的,即使是强盗和恶人也不例外,因此,嗜杀的贼人"为义所激"而释放了张氏主仆,特别是仆人后来得以善养,体现了世人对义的最高褒扬。

在古人心中,义是比孝更高一层的道德境界,它超越了血缘或家族关系,成为维系社会和谐的重要纽带,《论语·里仁》曰:"君子之于天下也,无适也,无莫也,义之与比。"②《夷坚志》就特别赞赏那些在危急时刻能对与自己毫不相干之人施以援手的大义行为,除张禹之仆外,"黄汝楫"之事更体现了人们对仁义之举的向往:

> 越人黄汝楫,家颇富。宣和中,闻方腊犯境,以素所积金银缯钱,计值二万贯,瘗于居室,而避地于深山。忽有贼执白旗游弈者来,且揖

---

① 《夷坚志·夷坚支甲》卷九《张禹义仆》,第784页。
② 《论语译注·里仁》,第37页。

且拜,黄惊惧答拜,认其人,盖旧仆也。且言:"吾主将拘掠士民女,闭之空室,从索金帛,取赎则放,否则杀之。"黄恻然曰:"所囚人几何。"曰:"无虑千数。"黄曰:"我藏物于家,约值二万缗,欲尽举以赎千人之命,可乎?"仆曰:"足矣!"令归白之,明日当奉报,遂去。而旦至,如其请,乃悉发所瘗,辇输其营,千人皆得归。诣黄谢,为其念佛祈福,欢声如雷。乱平后,梦金甲神人长丈许,从天而下,呼谓曰:"玉帝有敕,以汝活人甚多,赐五子登科。"至绍兴中,黄为浦江令,开、阁、阅同登乙科,次举又二子中选,如神所告。①

富人黄汝楫用所藏的全部财物赎回上千人的性命后得到神灵荫护,以致五子登科。神的态度正是当时社会道德理念的体现,正如《周易》所说"天地之大德曰生",乱中救人活命就是最大的德行。这些孝行、义举和仁爱精神是人类善德的代表,尤其是在个体生命遭到极大威胁的乱世时期,最是难能可贵。

在封建王朝,除了平民处于社会的底层外,还有一种人,他们虽然有机会接近统治者,但地位却很低,即所谓的伶人工匠。在当权者那里,他们时常处于被玩弄的境地,但在国破家亡之时,他们中的一些人却能做出超越常人的忠义之举。《明皇杂录》中的宫廷乐工雷海青在被安禄山叛军威胁时,"投乐器于地,西向恸哭",以至于被"支解以示众";《录异记》中的刘万余、邓慢儿、摘星、胡弟、米生等杂技艺人虽受叛军极大恩遇,但却不忘旧朝,不为叛军做事,并尽力瓦解叛军力量以救国家。他们都是底层民众忠义之心和英雄之气的代表。

僖宗幸蜀,黄巢陷长安。南北臣僚奔问者,相继无何。执金吾张直方与宰臣刘邺、于悰诸朝士等潜议奔行朝,为群盗所觉,诛戮者至多。自是厄束,内外阻绝。京师积粮尚多,巧工刘万余、乐工邓慢儿,角抵者摘星、胡弟、米生者,窃相谓曰:"大寇所向无敌,京师粮贮甚多,虽诸道不宾,外物不入,而支持之力,数年未尽。吾党受国恩深,志效忠赤,而飞窜无门,皆为逆党所使。吾将贡策,请竭其粮,外货不至,内食既尽,不一二年,可自败亡矣。"②

①《夷坚志·夷坚志补》卷三《黄汝楫》,第 1569 页。
②《杜光庭记传十种辑校·录异记》卷三《刘万余邓慢儿》,第 43 页。

小说家对这些身份低下却具爱国情怀之人的记载传扬,反映了在国难当头的危乱时刻人们对忠勇之德的渴望和崇敬。

第二节　士大夫的乱世境遇

在王朝更迭、社会动乱时期,无论是至高无上的帝王还是普通的平民百姓,抑或官员士大夫,都会挣扎在死亡线上。与普通老百姓相比,那些曾经处在上层阶级的士人既缺乏丰富的社会经验,也没有可以谋生的劳动技能,他们在乱世之中所经受的折磨和灾难也许会更多。

一、窘困无助的生存环境

乱世时期物资匮乏,每个人都面临衣食短缺的难题。虽有知识却无劳动能力的士大夫更是如此,他们没有从事农业和手工业的经验和方法,在混乱的社会环境中失去原有的地位和财富后,大都难以谋生,甚至穷困至死。《世说新语》再现了一些魏晋士人在乱中的窘迫处境,如在西晋永嘉之乱时,郗鉴"在乡里,甚穷馁";衣冠南渡时邓攸为保全侄子而丢掉自己的亲孩子。唐末五代,政权更迭频繁,文人备受折磨,如在"时属丧乱"的大顺年间,"文学优赡,操尚甚高"的进士罗衮因"朝廷多故"而"契阔兵难,备历饥寒"[1]。自称生于"咸通庚寅岁""寇乱中土""治平盛事,罕得博闻"[2]的王定保对乱世文人之苦感触极深,所撰的《唐摭言》载述了文人的种种乱世辛酸,他们有的漂泊无依,客死他乡;有的投依权贵,在政治漩涡中被害;有的委屈困顿,不得善终。其中,僖宗年间被称为一时之杰的顾蒙的不幸命运就极具典型性:

> 顾蒙,宛陵人,博览经史,慕燕许刀尺,亦一时之杰;余力深究内典,由是屡为浮图碑,仿欧阳率更笔法,酷似前人。庚子乱后,萍梗江浙间。无何,有美姬为润帅周宝奄有;蒙不能他去,而受其豢养,由此名价减薄。甲辰淮浙荒乱,避地至广州,人不能知,困于旅食,以至书《千字文》授于聋俗,以换斗筲之资。未几,遘疾而终。蒙颇穷《易》象,

---

① 《北梦琐言》卷五《罗衮不就西川辟》,第115页。
② 王定保撰,阳羡生校点:《唐摭言》卷三,上海古籍出版社,2012年,第16页。

著《大顺图》三卷。①

　　博览经史的顾蒙既有豪侠气质又精通书法,尤其擅长欧阳询所创的欧体字。在黄巢起义中离开家乡宛陵,漂泊至江浙后,因生活所迫,被权贵周宝豢养,为此名声扫地。后又遇荒乱,逃难到广州,穷困至极,为了生存,甚至向聋俗之人兜售自己的书法作品。一位书法大家在乱世灾荒之中一再丢掉文人尊严,内心遭受的痛苦可想而知。但即使如此,也难以活命,不久便在贫病交加中死去。顾蒙的遭遇是文人士大夫在乱世中饱受物质匮乏和精神侮辱的双重折磨的缩影。

　　乱世之人无法预料自己的前途,尤其是处在政治漩涡中的官员士大夫随时都可能死于非命。官员在乱中骤然丧命的故事在唐宋小说中比较常见,如《广异记·毕杭》中的魏州刺史毕杭于安史乱中"一门遇害";《宣室志·胡澹冤死》中以文学知名的胡澹在文宗大和九年甘露事变中被宦官仇士良等人戮于辕门之外;《玉泉子·崔铉》中的宰相崔沆在黄巢起义中被"赤其族";《摭青杂说·单符郎》中邢知县一家在靖康之变中夫妻遇害,女儿沦为妓女;《夷坚丙志》卷九《聂贲远诗》中聂贲远在靖康元年冬充当和议使,欲"割河东之地以赂北房"时被绛州人"抉其目而脔之"等等。

　　为了避免在乱中丧命,在朝为官者力图寻找各种活命之法。李肇的《唐国史补》就以简短的语言刻画出朝廷官员在乱中改变身份以逃走的窘相:

　　　　朱泚之乱,裴佶与衣冠数人伴为奴,求出城。佶貌寝,自称甘草。门兵曰:此数子非人奴。如甘草者不疑。②

　　在泾原兵变中,德宗年间颇有政声的裴佶为了避免被作乱者抓获,便依仗自己相貌丑陋而假扮奴仆逃走。《无双传》中无双的父亲——租庸使刘震在这场叛乱中也企图用化装的方法逃离京城。可见临机变换身份是乱中被困官员的一种逃脱之法。裴佶等不愿陷贼而试图逃跑的行为既与忠君思想有关,也与朝廷平叛后对曾接受伪职人员的惩罚政策相关。如曾在安史乱中接受伪职的王维等人的乱后遭遇就折射了这一问题:

①《唐摭言》卷一〇,第77页。
②李肇:《唐国史补》卷上,上海古籍出版社,1983年,第25页。

安禄山之陷两京，王维、郑虔、张通皆处于贼庭。洎克复，俱囚于杨国忠旧宅。崔相国圆因召于私第令画，各画数壁。当时皆以圆勋贵莫二，望其救解，故运思精深，颇极能事，故皆获宽典。至于贬降，必获善地。①

其实，安史乱后，诸如王维等人凭借才华减轻处罚的事件只是个例，大多数曾任伪职的官员都被严惩，甚至处死，如河南尹达奚珣、宰相张说之子张垍等②。《无双传》中，刘震因逃跑失败做伪官后被朝廷处死的结局正是伪职官员的共同写照。

正因为为官之人在国乱之时极易陷入忠于中央朝廷和被迫接受伪职的两难处境中，因此，一些小说家便在命运前定理念下创作了官员依靠占卜预先做好准备的故事。唐人很相信命定思想，如钟辂的《前定录·郑虔》和卢肇的《逸史·崔圆》就蕴含着浓郁的命定意识：

开元二十五年，郑虔为广文博士。有郑相如者，年五十余，自陇右来应明经，以从子谒虔。虔待之无异礼……虔曰："吾之后事，可得闻乎？"曰："自此五年，国家当改年号。又十五年，大盗起幽蓟，叔父此时当被玷污。如能赤诚向国，即可以迁谪，不尔，非所料矣。"……至二十九年，改天宝。天宝十五年，安禄山乱东都，遣伪署西京留守张通儒至长安，驱朝官就东洛。虔至东都，伪署水部郎中。乃思相如之言，佯中风疾，求摄市令以自污，而亦潜有章疏上。肃宗即位灵武，其年东京平，令三司以按受逆命者罪。虔以心不附贼，贬温州司户而卒。③

崔相国圆，少贫贱落拓，家于江淮间，表丈人李彦允为刑部尚书。崔公自南方至京，候谒，将求小职。李公处于学院，与子弟肄业，然待之蔑如也。一夜，李公梦身被桎梏……彦允视之，乃崔公也，遂于阶下哀叫请命。紫衣笑曰："且收禁。"惊觉甚骇异，语于夫人。夫人曰："宜

---

① 郑处诲撰，田廷柱点校：《明皇杂录》卷下，中华书局，1994年，第27页。
② 《新唐书·崔器传》载："安禄山陷京师，器受贼署，守奉先。顷之，同罗背贼，贼将安守忠、张通儒亡去，渭上义兵且数万，器大惧，悉毁贼所署符救，募众以应之。渭上军败，遂走灵武。素善吕諲，得为御史中丞、户部侍郎。肃宗至凤翔，兼礼仪使。二京平，为三司使。器草定仪典，令王官陷贼者，悉入含元廷中，露首跣足，抚膺顿首请罪，令刀仗环之，以示屈从群臣。器既残忍希帝旨，欲深文绳下，乃建议陈希烈、达奚珣等数百人皆抵死。李岘执奏，乃以六等定罪，多所厚贷。"见《新唐书》卷二〇九《酷吏传·崔器》，第5918页。
③ 《太平广记》卷一四八《郑虔》，第1068页。

厚待之，安知无应乎！"自此优礼日加，置于别院……乃奏崔公为节度巡官，知留后事。发日，李公厚以金帛赠送。至西川，未一岁，遇安禄山反乱，玄宗播迁。遂为节度使，旬日拜相。时京城初克复，胁从伪官陈希烈等并为诛夷，彦允在数中。既议罪，崔公为中书令，详决之，果尽以兵仗围入，具姓名唱过，判云准法。至李公，乃呼曰："相公记昔年之梦否？"崔公颔之，遂判收禁。既罢，具表其事，因请以官赎彦允之罪。肃宗许之，特诏免死，流岭外。①

郑虔与王维相似，都是玄宗时期的著名文官，都曾在安禄山攻陷长安时被迫接受伪职，在肃宗复国后都面临着被处死的危险，但最终都躲过了死罪的惩罚。王维是因为给乱后主政的宰相崔圆作画而免死，郑虔则是在作伪官时装病自污以示心不附贼。郑虔自污以自保的行为应与他个人的高尚品行有关。杜甫有诗《醉时歌（赠广文馆博士郑虔）》："诸公衮衮登台省，广文先生官独冷。甲第纷纷厌粱肉，广文先生饭不足。先生有道出羲皇，先生有才过屈宋。德尊一代常坎轲，名垂万古知何用。杜陵野客人更嗤，被褐短窄鬓如丝。日籴太仓五升米，时赴郑老同襟期。得钱即相觅，沽酒不复疑。忘形到尔汝，痛饮真吾师。"②由此可见郑虔是一个很有品格的文人，他才华横溢、淡泊名利，和杜甫是忘年交，当众人鄙视落魄的杜甫时，他却常请杜甫饮酒畅谈。因此，郑虔在乱后没有受到死刑的惩罚主要是因为他"心不附贼"的高洁品行，但《前定录》却归结为高人郑相如的指点，以此证明命运前定。

通过官员的乱中命运阐发命定思想在《唐阙史·虎食伊璠》中表现得更为突出：

> 巢偷污踞宫阙，与安、朱之乱不侔。其间尤异者，各为好事传记，冠裳农贾，挈妻孥潜迹而出者，不可胜记。至有积月陷寇，终日逃避，竟不睹贼锋者。独前泾阳令伊璠，为戎所得，屡脱命于刃下。其后血属相失，村服晦行。及蓝关，为猛兽搏而食之。祸患之来，其可苟免？③

在黄巢起义中屡次摆脱厄难的伊璠最后竟被猛兽所食，看似命中该

①《太平广记》卷一四八《崔圆》，第 1069 页。
②杜甫著，仇兆鳌注：《杜诗详注》，中华书局，1999 年，第 174 页。
③《唐阙史》卷下，载《唐五代笔记小说大观》，第 1365 页。

死,祸来难躲,其实再现了乱世之中死亡因素随处皆是的状况。

在安定时期士人是知识和道德的传承者,备受世人尊敬。但乱世阶段,由于作乱者多是没有知识的下层武夫或是远离中原文明的少数民族,这些群体或由于阶层差别而仇视士人,或出于民族隔阂而践踏文明,更有甚者专门制定一些措施来摧残士人,因此,士人在乱中的命运尤为悲惨。后人对黄巢杀文人之事的反复书写就折射了这种现象:

> 辛丑年,黄巢在京,尚让为相,改乾符之号为金统元年。见在百司,并令仍旧。忽一日,有人潜书七言四韵,帖在都堂南门,讥讽颇深。伪相大怒,应堂门子及省院官并令剜眼倒悬,以令三省。又奏请宣下诸军,大队内收得文官会吟诗者,宜令就营屏除……是时,京城内外,杀戮三千余人。百司惊惶,皆悉逃窜。①

> 黄寇之乱,儒生多被擒戮,未暇烹宰者,用一驴驼,二人交缚其足于鞍上,面相向于腹下。有相识同罹此患,乃谓曰:"何不幸相逢此地!"②

据史书记载,原是读书人出身的黄巢本也敬重儒生,但后来对儒生迎皇帝返回长安的举动愤恨至极,因此,当他再入长安后便下令杀儒③。南宋的钟相、杨么起事后也"焚官府、城市、寺观、神庙及豪右之家。杀官吏、儒生、僧道、巫医、卜祝及有仇隙之人"④。这表明即使带有正义性质的底层势力在起事后也会做出破坏文明、杀害文人的事情。

与底层武装力量戕害儒生相比,外族入侵者的残暴恶行给士人造成的心理阴影更为严重。在北宋末的靖康之变中,汴京太学生的悲惨命运引起了文人的极大关注,南宋初洪迈、王明清等人都记载了金人围猎东京时被困太学生的死亡状况。《夷坚甲志》卷一七《徐国华》载"靖康丙午,胡骑攻城,庠序诸生多被脚气死,徐亦以是疾终。乡人董纵矩欲葬之东城墓园,而垣中列兆已无余地,乃与后死者皆瘞于垣外"。众多京城太学生死于脚气

---

①《鉴诫录校注》卷一《金统事》,第 23 页。
②苏耆:《闲谈录》,载《说郛》卷一四,第 272 页。
③《新唐书》载:"初,军中谣曰:'逢儒则肉,师必覆。'巢入闽,俘民给称儒者,皆释,时六年三月也","有题尚书省户讥贼且亡,尚让怒,杀吏,辄剐目悬之,诛郎官门阑卒凡数千人,百司逃,无在者"。见《新唐书》卷二二五(下)《逆臣传(下)·黄巢》,第 6454、6460 页。
④徐梦莘:《三朝北盟会编》卷一三七,上海古籍出版社,1987 年,第 996 页。

等疾病的传说在南宋时期流传颇广，据《靖炎两朝见闻录》载"自围闭，诸生困于藟盐，多有疾故死亡者。迨春尤甚，日不下死数人，至有千余人"①。胡舜申《乙巳泗州录》以自己的亲身经历描述了具体情况，宣和末年"余同弟汝士往国学赴试，汝士预荐，而余遭黜，独还泗州侍亲。时伯兄汝明再为监察御史，汝士寓南台公廨，以待省试，因再遭围，闷病几死。盖国学诸生例患脚气，故染是病也。使予是年预乡荐，必死于京师"②。数以千计的太学生没有死于金兵的枪剑之下，而是死于疾病传染，荒唐现象的背后是书生被困时惊慌失措、畏惧金人的心理状态的体现。

儒生在乱中丧命，不仅与作乱者因痛恨文人而实行的屠戮政策有关，也与士大夫的处事方法密切相关。如唐代流行的郡望思想使士人自矜阀阅，但当乱世到来时，他们一时难以抛弃出身高贵的优越心理以适应时局变化，甚至有人因为曾经身份沦落而羞愧至死。《独异志·李佐求父》中的李佐就是典型代表：

> 李佐山东名族，少时因安史之乱，失其父。后佐进士擢第，有令名，官为京兆少尹。阴求其父。有识者告佐，往迎之于鬻凶器家，归而奉养，如是累月。一旦，父召佐谓曰："汝孝行绝世。然吾三十年在此党中，昨从汝来，未与流辈谢绝。汝可具大猪五头，白醪数斛，蒜薤数瓮，薄饼十桙，开设中堂，吾与群党一酬申款，则无恨矣。"佐恭承其教，数日乃具。父散召两市善薤歌者百人至。初即列坐堂中，久乃杂讴。及暮皆醉，众扶佐父登榻，而薤歌一声，凡百齐和。俄然相扶垒出，不知所在。行路观者亿万。明日，佐弃家人入山，数日而卒。③

名门大姓出身的李佐在安史乱后"阴求其父"的行为表明他在寻找父亲的过程中非常担心其父地位的下降，而其父大张旗鼓地招待艺人朋友的行为则让世人都知道了他在乱后已沦落为下层乐人的事实，这让作为高官的李佐难以接受，以至于在羞惭中死去。门第成为士人内心衡量自己身份的重要准则。

由于士大夫固守自己的出身、名望，因此与生俱来的优越感常使他们

---

①陈东：《靖炎两朝见闻录》卷上，载《全宋笔记》第三编第五册，第192页。
②《玉照新志》卷三，《投辖录　玉照新志》，第78页。
③李冗撰，李剑国校证：《独异志校证》佚文《李佐求父》，中华书局，2023年，第433页。

蔑视那些新崛起的当权者,从而引来杀身之祸。这在门阀观念盛行的魏晋至唐屡见不鲜,尤其是在唐末藩镇割据的混乱社会中更为突出:

> 唐前进士崔育以中原乱离,客于边上……州民脔其肉,族其家,盖轻薄之所致也。①

> 陈磻叟者,父名岵,富有辞学,尤溺于内典。长庆中,尝注《维摩经》进上……磻叟形质短小,长喙疏齿,尤富文学,自负王佐之才,大言骋辩,虽接对相公,旁若无人,复自料非名教之器,弱冠度为道士,隶名于昊天观……自是连挫数辈,圣颜大悦,左右呼万岁。其日,帘前赐紫衣一袭。磻叟由是恣其轻侮,高流宿德多患之……上问:"边城何人?"对曰:"宰相路岩亲吏。"既而大为岩恚怒。翌日,敕以磻叟诬罔上听,讦斥大臣,除名为民,流爱州……及岩贬,磻叟得量移为邓州司马。时属广明庚子之后,刘巨容起徐,将得襄阳,不能磻叟,待以巡属一州佐耳。磻叟沿汉南下,中途与巨容幕吏书云:"已出无礼之乡,渐及逍遥之境。"巨容得之大怒,遣步健十余辈,移牒潭鄂,追捕磻叟。时天下丧乱,无人为堤防,既而为卒伍所陵。全家溯汉至贾堑,后门三十余口,无噍类矣。②

崔、陈两家在动荡不安的乱世中全部被害,就是由轻狂所致,其根源在于门阀士人的优越感以及由此养成的狂傲习气。

唐末士人在国乱之时仍墨守成规、狂妄成性而最终招致杀身之祸的情况在《北梦琐言》中有充分而深刻的记述。《李琪书树叶》以"昭宗播迁,衣冠荡析"勾画了王朝末年文人不幸的整体风貌;《王给事刚鲠》中,"以刚鲠自任""甚有时望"的王祝,因鄙视靠武力发迹的王珙而导致"一家上下,悉投黄河";《草贼号令公》中,"位望崇显,率由文雅"的王铎被乐彦祯之子所杀是因为王铎不顾时局,在乱中仍显摆自己的出身和财富;《蜀先主遭轻薄》通过"韦昭度招讨陈敬瑄时","王先主为都指挥使,三府各署幕僚,皆是朝达子弟,视先主蔑如也","他日克郫城,轻薄幕僚皆害之"的记载不仅暴露了王建的凶残性格,而且揭示了唐末易代之际名门望族仍坚持门第之见,看不起出身微贱之人的行事风格。

---

① 《太平广记》卷二六二《崔育》,第 2045 页。按:此文《太平广记》没有注明出处。
② 《唐摭言》卷九,第 67 页。

唐代盛行的郡望观念使出身鼎族的文士性格狂妄、行事轻薄，这种狂傲习性在时代大变革时是招致祸患和灾难的重要因素。"中朝士族子弟多不达时变，复存旧态"①，"大凡无艺子弟，率以门阀轻薄，广明之乱，遭罹甚多，咸自致也"②，"刚有立事，时有用舍。以柔济刚，不爽权变。当衰乱之世，须适时之宜"③。不能顺应时代变化的狂妄名士在唐末多被残忍杀害，致使五代以来士人心生恐惧，不敢再自夸出身，甚至总结出了在乱世中应时权变以自保的生存之道。

二、淡泊名利的隐逸情怀

虽然唐代有许多高门望族因不知权变而在乱世中惨遭横祸，但也有能坚守清贫的不慕荣利之士，在看破乱世的残酷后全身远祸，这类文人在《唐才子传》中多有载录。《唐才子传》是元代辛文房"游目简编，宅心史集，或求详累帙，因备先传，撰拟成篇，斑斑有据""用成一家之言"④的唐代文人传记。此书所记之人，有的是史书传载的知名文人，也有一些"方外高格，逃名散人，上汉仙侣"则是辛文房通过多方查阅资料而传述的。《唐才子传》在追述唐代才子文人的生平履历时充分展现了他们的精神风貌，其中对踪迹难考的乱世文人的记述更反映了文人士子在危急形势下复杂的人生态度。

王绩是隋末唐初的隐逸诗人，其名作《野望》不仅描摹了"树树皆秋色，山山唯落晖"的山野秋景，而且表达了"长歌怀采薇"的归隐之情。《野望》流露出的隐士情怀正是王绩淡泊名利的个性体现。王绩出身名门、才华卓越，十五岁漫游长安时被权臣杨素等人称为"神仙童子"，隋炀帝大业年间"举孝廉高第，除秘书正字"，但他"不乐在朝"，以嗜酒隐身，"时天下亦乱，遂托病风，轻舟夜遁"。王绩是身处乱世又能看破名利的隐士的典范。因此，辛文房对他非常敬佩，将他列为《唐才子传》之首，并通过王绩的生平经历表达了理想的人生境界："论曰：唐兴，迨季叶，治日少而乱日多，虽草衣带索，罕得安居。当其时，远钓弋者，不走山而逃海，斯德而隐者矣。自王

---

①《北梦琐言·逸文》卷三《薛韦轻高氏》，第410页。
②《北梦琐言·逸文》卷三《卢程以氏族傲物》，第412页。
③《北梦琐言》卷九《王给事刚鲠》，第201页。
④辛文房撰，傅璇琮主编：《唐才子传校笺》（第一册）卷一，中华书局，1987年，第2页。

君以下，幽人间出，皆远腾长往之士，危行言逊，重拨祸机，糠核轩冕，挂冠引退，往往见之。跃身炎冷之途，标华黄绮之列，虽或累聘丘园，勉加冠佩，适足以速深藏于数泽耳。"①

在"治日少而乱日多"的时代，辛文房非常看重那些在乱中能保全自身的达士。唐代通达的乱世文人有两种，一种是在仕和隐之间徘徊，尤其是在乱世时期隐居学道，如华阴的吴筠"举进士，不中，隐居南阳倚帝山为道士"，天宝年间被玄宗赏识，赐为翰林待诏，但吴筠生性高鲠，不愿媚附高力士等人，"后知天下将乱，苦求还嵩山，诏为立道观"②。吴筠是一个既有功名之心又能洞知社会变革的机敏之人，当发觉天下将乱后，就彻底断了仕途之心，转而入山修道；襄阳张子容是开元元年进士，历经战乱的漂泊生活后，"弃官归旧业"；綦毋潜是开元年间进士，"后见兵乱，官况日恶，挂冠归隐江东别业"③；洛阳李涉"早岁客梁园，数逢乱兵，避地南来，乐佳山水，卜隐匡庐香炉峰下石洞间。尝养一白鹿，甚驯狎，因名所居白鹿洞"，"归洛卜，营草堂，隐少室。身自耕耘，妾能织纴，稚子供渔樵，拓落生计，伶俜酒乡，罕交人事"，"大和中，宰相累荐，征起为太学博士，卒致仕"④；鄱阳陈陶，科举不中后，"遂高居不求进达，恣游名山，自称'三教布衣'。大中中，避乱入洪州西山，学神仙咽气有得，出入无间"⑤；沈彬"属末岁离乱，随计不捷，南游湖、湘，隐云阳山数年，归乡里。时南唐李昪镇金陵，旁罗俊逸，名儒宿老，必命郡县起之。彬赴辟，知昪欲取杨氏，因献《画山水》诗云：'须知笔力安排定，不怕山河整顿难。'昪览之大喜，授秘书郎"⑥。治世做官，乱世归隐，这些通达之士能适应世事变迁，既实现了个人的社会价值，又尽可能地保全了个体生命。

另一种文人本就颇具隐士之风，在乱世中更是看透社会，从而入山避乱，与世隔绝。颍上人张彪，"初赴举，无所遇，适遭丧乱，奉老母避地隐居嵩阳"⑦；会稽人秦系，"天宝末，避乱剡溪，自称'东海钓客'。北都留守薛

①《唐才子传校笺》（第一册）卷一，第 16 页。
②《唐才子传校笺》（第一册）卷一，第 149—153 页。
③《唐才子传校笺》（第一册）卷二，第 249 页。
④《唐才子传校笺》（第二册）卷五，第 299—307 页。
⑤《唐才子传校笺》（第三册）卷八，第 415 页。
⑥《唐才子传校笺》（第四册）卷一〇，第 447—450 页。
⑦《唐才子传校笺》（第一册）卷三，第 471 页。

兼训奏为仓曹参军,不就。客泉州,南安九日山中有大松百余章,俗传东晋时所植,系结庐其上,穴石为研,注《老子》,弥年不出"①;司空图才华横溢,咸通年间中进士,昭宗奔赴华州时召为兵部侍郎,"以足疾自乞","家本中条山王官谷,有先人田庐,遂隐不出","言涉诡激不常,欲免当时之祸"②;京兆吕洞宾,本是礼部侍郎吕渭之孙,咸通年间进士及第后曾两任县令,"值巢贼,浩然发栖隐之志,携家归终南,自放迹江湖"③。这些隐士虽然有的出身官宦之家,有的曾入仕为官,但在天下将乱时都能主动离开官场,或隐居山间,或避乱江湖,在归隐之中坚守安贫乐道的人生哲学。

唐代的有识之士之所以能在高涨的功名之心与恬淡的隐逸情怀中顺利转换,与当时道教的盛行密不可分。道教既是唐朝帝王追捧的神秘之学,也是追求名利之人求仕做官的"终南捷径"。为了迎合帝王的崇道行为以实现自己的入仕目的,一些文人一方面与所谓的道士真人频繁交往,借修道扩大声名,以求被当权者关注而步入朝堂,另一方面在学道修炼中,文人们也深受道家生活方式的影响,能在时局动荡中转而入山修道,成功躲避乱世。除此之外,在唐代浓郁的道教文化氛围中,还有一些文人本身就热爱道教,常年隐居山间修身养性,机缘巧合,成功躲避了危险的乱世。

三、仁爱忠义的价值追求

在中国古代,士大夫是一个特殊阶层,一方面他们是知识的传播者,影响着社会思潮,另一方面又是统治阶级的"预备军",与当政的官员甚至帝王有密切联系。他们在乱世时期的行为方式与人生追求代表了当时的思想、文化以及伦理道德观念。

士大夫之所以受人尊敬,不仅因为他们是读书人,象征着文明,更重要的是他们的行为体现着时代的道德标准。《世说新语·德行》中郗鉴和邓攸的做法就体现了这一点:

　　郗公值永嘉丧乱,在乡里,甚穷馁。乡人以公名德,传共饴之。公常携兄子迈及外生周翼二小儿往食,乡人曰:"各自饥困,以君之贤,欲

①《唐才子传校笺》(第一册)卷三,第592—594页。
②《唐才子传校笺》(第三册)卷八,第524—526页。
③《唐才子传校笺》(第四册)卷一〇,第392页。

共济君耳，恐不能兼有所存。"公于是独往食，辄含饭著两颊边，还，吐与二儿。后并得存，同过江。①

　　邓攸始避难，于道中弃己子，全弟子。既过江，取一妾，甚宠爱。历年后，讯其所由，妾具说是北人遭乱，忆父母姓名，乃攸之甥也。攸素有德业，言行无玷，闻之哀恨终身，遂不复畜妾。②

　　郗鉴在困窘之时仍设法抚养侄子和外甥，邓攸在危难中为保全侄子而丢掉了自己的孩子，他们先人后己的行为已超越了儒家"老吾老，以及人之老；幼吾幼，以及人之幼"③的仁爱标准，体现出士人舍己为人的高贵品格。

　　与其他历史阶段相比，魏晋南北朝的社会大动乱是士人道德品质接受考验的重要时刻。在此之前的士人或游说于各地诸侯以施展抱负，或在察举、征辟之中被推上官僚阶层，而在此之后的士人可以通过科举考试步入仕途。在士人能通过正常途径步入官场的时候，他们虽拥有知识，但入仕为官后只能以统治阶级的实际利益为准绳，因此并不代表道德。唯有魏晋南北朝时期，受门阀制度和动乱局势的影响，士人在政权频繁更迭的环境中无所适从，他们大多闲居家乡，以学问、品行自励，即使步入官场，也时常诗酒聚会，展现士人的洒脱和雅趣。诸如《世说新语》之类的文学作品就记录了魏晋六朝名士的言行举止，再现了当时士人的精神风貌。魏晋的名士风度是当时道德理念的体现，其中那些身处乱世的士人行为更承载着世人的道德理想，如荀巨伯就是典型代表：

　　　　荀巨伯远看友人疾，值胡贼攻郡，友人语伯曰："吾今死矣，子可去。"巨伯曰："远来相视，子令吾去，败义以求生，岂荀巨伯所行邪？"贼既至，谓巨伯曰："大军至，一郡尽空，汝何男子，而敢独止？"巨伯曰："友人有疾，不忍委之，宁以我身代友人命。"贼相谓曰："我辈无义之人，而入有义之国。"遂班军而还，一郡并获全。④

　　荀巨伯在乱中不忍离友而去的朋友之义感动了入侵者，并且因此保全了一郡百姓的性命。这种看似不可思议的事情背后蕴含着人们对舍己为

---

① 刘义庆撰，徐震堮校笺：《世说新语》卷上《德行》，中华书局，2001年，第14页。
② 《世说新语》卷上《德行》，第17页。
③ 《孟子译注·梁惠王（上）》，第16页。
④ 《世说新语》卷上《德行》，第6页。

人行为的赞扬，以及对士人高尚道德的推崇和期许。

在战乱的悲惨年代，人们渴望得到温情，渴望有人能在危难时刻挺身而出，尤其渴盼能有心存仁爱、有担当的官员士绅出现以解除灾难：

> 崔雍起居，誉望清举，尤嗜古书图画，故钟、王、韩、展之迹，萃于其家。尝宝《太真上马图》一轴，以为画品之上。咸通戊子岁，授禄二千石于和州。值庞勋构逆丰沛间，贼锋四掠，历阳么郡，古史儒生，非枝拒所及矣。乃命小将赍羽檄牛酒犒贼师，且以全雉堞、活黎庶为请。由是境亡剽掠之患，虽矫为款谕，而密表自陈。时宰有不协者，因置之以法，士君子相吊。①

作为州刺史的崔雍虽然知道自己犒劳作乱者可能会被上司责罚，但为了保护全城人民，他仍冒险犒贼。从政治的角度看，他的行为有损朝廷尊严，但从实际效果来看，他对乱贼的安抚保全了一州百姓的性命。因此，当他被公报私仇的时宰处死后，产生了"士君子相吊"的结果。士君子的行为既是对执政者无言的批判和指责，也是对崔雍的怀念和敬仰之情的表露。由此可见，国法和情理有时会成为一对矛盾，但是人们希望能用符合情理的仁爱来抵消那些僵硬的法律。这一思想在《夷坚志》中亦有体现，如《夷坚志补》卷三《黄汝楫》中，黄汝楫为了赎回千余人的性命而将家藏的全部财物献给作乱者，最终感动了神灵，"赐五子登科"。黄汝楫乱中赎民的行为与崔雍之举如出一辙，他们都体现了乱世之中人们对个体生命的重视。也就是说，在混乱的环境中对待一件事情应该从实际利益和结果出发，而不应完全遵从不近人情且于事无益的国法。仁爱是评判一切的标准。这一思想在李德裕《次柳氏旧闻》中玄宗逃离长安前不烧左藏库的行为中已有体现：

> 玄宗西幸，车驾自延英门出，杨国忠请由左藏库而去，上从之。望见千余人持火炬以俟，上驻跸曰："何用此为？"国忠对曰："请焚库积，无为盗守。"上敛容曰："盗至若不得此，当厚敛于民，不如与之，无重困吾赤子也。"命撤火炬而后行。闻者皆感激流涕，迭相谓曰："吾君爱人如此，福未艾也。"②

---

① 《唐阙史》卷下，载《唐五代笔记小说大观》，第 1348 页。
② 李德裕撰，丁如明校点：《次柳氏旧闻（外七种）》，上海古籍出版社，2012 年，第 9 页。

在唐代,左藏库的地位极为重要,"天下财赋皆纳于左藏库"①,尤其是玄宗天宝年间"帑藏充牣,古今罕俦"②。杨国忠为了不让安禄山得到更多的反叛资本而派上千人欲烧左藏库,但玄宗认为如果安禄山入长安后没有得到足够的财富,便会大肆搜刮民众,让老百姓陷入更困难的境地,因此禁止烧毁。玄宗的决定虽然增加了安禄山的反叛实力,但却给老百姓以喘息机会,致使人们感戴玄宗的仁爱之举。

乱世之中,百姓渴望官员仁爱,而对朝廷来说,更希望官员忠义。因为只有官员忠于国家才能保全政权。因此,正史中有忠义传,小说中也极力赞扬那些为国尽忠的官吏。

唐代戴孚的《广异记·张嘉祐》记述了开元中相州刺史张嘉祐在宅第见到"生为贤人,死为明神"的故周大将军、前相州刺史尉迟府君。尉迟府君自言在"周室作殄,杨坚篡夺"之时,身为"周之臣子",不忍见"社稷崩殒","所以欲全臣节,首倡大义,冀乎匡复宇宙,以存太祖之业",慨然"以一州之众,当天下累益之帅",结果城破,一门六十余口遇害。尉迟府君在表白忠义之情时,特地将他与"韦孝宽周室旧臣,不能闻义而举,反受杨坚衔勒"的举动做对比,极力突出自己"精诚贯天"的忠诚和孤军奋战、"四海竟无救助"③的悲壮。张嘉祐掘骸骨礼葬、立庙祭祀尉迟一家后,自己全家外出时都能得到阴兵护佑的结果反映了人们对忠义和仁爱行为的尊崇。

戴孚是唐肃宗至德年间(756—758)进士,对安史之乱的严重后果有切身体会,因此,他对作乱者是极其痛恨的。《张嘉祐》对为忠于周室而对抗杨坚篡夺帝位的尉迟府君的褒扬就是站在王朝正统的立场上做出的评判,与谁最终取得政权无关。褒扬忠义的思想在内乱不断的晚唐有更突出的表现,如颜真卿之事的流传即是明证。

《颜真卿》一篇收录在《太平广记》卷三二,文后标明出自《仙传拾遗》《戎幕闲谈》《玉堂闲话》这三部小说集,可见这篇有关颜真卿的完整故事是综合三书所载而成的。在这三部小说集中,韦绚的《戎幕闲谈》成书最早,写于晚唐,而另两部则是经历了唐末乱世的五代文人之作,这表明在晚唐及其以后的混乱时代中,至少有三位文人关注到了颜真卿的忠勇事迹。

---

①《旧唐书》卷一一八《杨炎传》,第3420页。
②《资治通鉴》卷二一六《唐纪三二·玄宗天宝七载—八载》,第6893页。
③《广异记·张嘉祐》,第54页。

在小说《颜真卿》中，书法大家颜真卿本是朝中官员，因受杨国忠排挤而出朝为平原太守；当他提前预见安禄山将反后就开始准备应对之策；在安禄山反叛、河朔尽陷时，只有他管辖的平原郡独存，之后又与兄长颜杲卿共破叛军；德宗兴元元年李希烈作乱时，奸相卢杞为加害于他而向皇帝建议让他到李希烈处宣谕，他明知有难仍大义凛然而去，到后被叛军缢杀；朝廷平定李希烈之乱后，德宗赐谥号为文忠。朝廷对颜真卿所赐的"文忠"谥号以及小说家对其忠义之事的记述都体现了世人对忠臣的敬仰。尤其是小说末尾追述颜真卿被杀后不是死去而是尸解，迁葬时出现只有空棺而无尸体等神奇现象，其实是人们借道教理念来表达忠臣永远长存的愿望。虽说颜真卿生前好神仙之说，年轻时留心仙道，是他成仙的现实基础，但小说中颜真卿尸解成仙的结局是道教信仰与人们对他的崇敬之情相结合的产物，道教称"天上无不忠不孝之仙人"，颜真卿的忠义是符合成仙条件的，他死后为仙的结果满足了人们渴望忠义永存的愿望。

曾经历过唐末乱世的前蜀神仙家杜光庭特别仰慕忠臣，这不仅体现在《仙传拾遗》对颜真卿忠义行为的记述上，而且在他的《录异记》中亦有突出表现。《录异记》卷三首篇为《忠》，所记人物都是唐末乱世时忠于朝廷之人。这些忠臣有的告诫武将要懂得忠孝之道、君臣之礼，有的不仕伪朝，有的在黄巢起义时选择跟随僖宗，有的虽身陷黄巢却心向朝廷。总之，不管这些忠义之人以何种方式行事，其精神实质都是忠于唐室的。

在爱国激情高涨的南宋时期，人们对忠臣的渴望之情尤为强烈。《夷坚志》中就有多个故事表达了对恪尽职守、爱国守城官员的推许，如《郭节士》和《吴氏父子二梦》：

> 浮梁县舍宅堂柱廊作桥三间，颇明洁，常为燕息之地。绍兴丁丑岁，永嘉薛季益为令，以夏日观吏牍于桥上，据胡床倦卧，若梦寐间，恍惚见朱衣人立其前，惊问曰："汝服饰诡异，为人为鬼，为我言之。"……曰："某姓郭氏，二十年前承乏邑宰，不幸草寇犯境，固守弗去，悉力拒敌，尽室皆死焉。既没之后，冥官录其忠义徇国，俾之为神。而朽骨犹埋后圃。愿尚书哀我，收拾掩之，为惠实大。"薛曰："吾为邑长于斯，安得以尚书见称？"曰："此在冥间，闻公当居此职，非敢为佞也。"许之，遂不见，日已曛暮。翌日，命数卒访其尸，果得于花槛之侧。乃具棺殓而葬诸原处。其后，赵善著宰邑亦感梦，不肯与人言。但求其当官政迹，

书碑录板,而塑厥像于崇圣寺。以报其忠节陨命,故目曰郭节士。①

　　吴信,字正之,洛阳人。绍兴初为武冈尉。巨贼曹成蹂躏湖湘间,势甚张。郡闻寇至,守将黄君兴与诸曹悉引避山谷。信独慨然以死自誓,留城内,集丁壮捍御。居二日,寇压境,先遣一骑将来侦城中虚实,信偶识其人,登陴呼曰:"郝大夫亦为此耶!"郝泣曰:"吾以母故,陷于此,不能自还,羞见故人。"信为言城中无豪户大家,正使掳掠,惧得不偿劳……郝曰:"然则为君全一城。"即举鞭麾众去……后数年丁巳岁,为全州清湘尉,梦人告曰:"君有阴功,生子当及第,起自东南第一州。"……又二十年丙子岁,官于建康,因出郊,见驿壁有诗,首句云"建节东南第一州",始悟前梦。是岁其子仁杰荐名乡书,竟用此举免解登科……②

　　郭县令因抵抗草寇而全家尽死的事迹不但令继任者感动,而且也惊动了地府冥官,以至于被尊为神;县尉吴信的忠义勇敢不仅保全了一郡百姓的性命,而且也惠及子孙。这类故事在好人好报的世俗理念中饱含了世人对忠臣的礼赞。

　　以士人为主的官员和士大夫在乱世时期有着各种各样的行为方式和价值追求,他们的言行举止及其后果体现了世人的伦理道德观念和价值评判标准。总体来说,人们崇尚那些仁义之士和忠勇之官。

第三节　乱世女性的生存状态

　　在古代男权社会,女性没有话语权,常被文人士大夫忽视,因此,历代记录女性生命状态的文献很少。各朝正史记载的女性不外两大类,一类是后宫嫔妃,一类是贤德烈女。从正史所载来看,乱世时期的后妃大都不得善终,有的被迫自杀;有的被新兴的当权者杀害;有的流落街头或杳无音信;有的被掳到边疆异地,受尽煎熬;有的出家为尼,了此残生。如东汉灵帝的何皇后被董卓逼死,献帝伏皇后被曹操杀害,南北朝时期的亡国皇后或"出俗为尼"或被惨杀,隋炀帝的萧皇后几易其主,唐德宗之母沈氏在安

---

① 《夷坚志·夷坚支丁》卷七《郭节士》,第 1020 页。
② 《夷坚志·夷坚志补》卷一《吴氏父子二梦》,第 1549 页。

史乱中"失其所在，莫测存亡"，靖康之变中徽、钦二帝之皇后、宫妃、公主北迁之后受尽屈辱……与贵妇相比，普通民女的遭遇虽然更加悲苦，不但在颠沛流离中饱受饥饿、惊恐和被侮辱的折磨，而且还要忍受夫权伦理观念下以贞节为标准的道德评判，但她们在日常的艰难生活中大都养成了坚韧的性格，积累了解决困难的经验，因此在乱世危急时刻，她们常常能够随机应变，靠勇敢和机智解除危难，保全性命。

一、曲折坎坷的人生经历

在男耕女织的小农社会，女性处于依附于男人的弱势地位，受三纲五常等伦理观念的约束，她们的人生没有自主权。在乱世时期，她们的命运更为悲惨，常如草芥一般任人处置，即使出身高贵的女性也难以幸免。《世说新语·德行》载，邓攸在乱后曾娶一妾，询问后才发现是他的外甥女；南朝任昉的《述异记》记载了西晋永嘉之乱后安阳公主、平城公主沦落为平民之妻和姿色美丽的义阳公主不堪忍受刘曜凌迫而自杀的事件；唐代孟棨的《本事诗·情感》记有南朝陈后主之妹乐昌公主在陈灭后沦为隋朝重臣杨素宠妾的故事；唐代阙名的《阴德传·刘敬弘》中，富人刘敬弘所买的女奴历经了"代为名家，家本河洛，先父以卑官淮西。不幸遭吴寇跋扈，因缘姓与国同，疑为近属，身委锋刃，家仍没官，以此湮沈，无处告诉"[1]的悲苦；唐代陈翰的《异闻集·独孤穆》中的女鬼是隋炀帝的孙女，遭受了"乱兵入宫，贼党有欲相逼者，妾因辱骂之，遂为所害"的不幸；后唐王毂的《报应录·范明府》中，范明府所买的婢子历经"父虽为某堰官，兵寇之后，略卖至此"的磨难；《夷坚甲志》卷一七《解三娘》中，通判之女解三娘"中原人，遭乱入蜀，失身于秦司茶马李忞户部家"，后为妾媵；《夷坚丙志》卷一六《王氏二妾》还原了"靖康二年春，都城不守，虏指取官吏军民无虚日，宗室妇女倡优多不免"的女性被献异族的画面；王明清的《摭青杂说·单符郎》中，邢春娘在其父邢知县因乱被害后沦为官妓。这些女性的不幸遭遇代表了千千万万个乱世女性的苦难人生。

宗室、贵族、官员之女在乱中沦为民妇甚至妓女的情况虽然有些出于传闻，但多数确有其事，如靖康之变后宋徽宗的二十多位公主以及众多嫔

---

①《太平广记》卷一一七《刘敬弘》，第818页。

妃宫女被俘金营,途中受尽金兵凌辱,入金后有的沦为金人奴婢或妾室,有的受尽各种折磨而死。范成大在乾道六年(1170)奉命出使金国,后将自己的见闻写入《揽辔录》,其中记有"过相州,市有秦楼、翠楼、康乐楼、月白风清楼,皆旅亭也。秦楼有胡妇,衣金缕鹅红大袖袍,金缕紫勒帛,褰帷,吴语,云是宗室女,郡守家也。遗黎往往垂涕嗟啧"①。原本锦衣玉食的贵族女性在国灭后流落他乡,沦为妓女或商女,必须通过改变旧有的生活习俗来取悦客人,可以想见她们遭受的打击与煎熬有多么深重。

为了生活下去,乱世中的女性在经历身份变化的同时,也在艰难的处境中锻炼了生存技能,有的甚至因此改变了命运。《北梦琐言》记载了黄巢攻陷长安后一个贵族之女见机依附于军士以自保的故事:

> 唐广明中,黄巢犯阙,大驾幸蜀,衣冠荡析,寇盗纵横。有西班李将军女,奔波随人,迤逦达兴元,骨肉分散,无所依托。适值凤翔奏将军董司马者,乃晦其门阀,以身托之。而性甚明敏,善于承奉,得全于蜀。寻访亲眷,知在行朝,始谓董生曰:"丧乱之中,女弱不能自济,幸蒙提挈,以至于此。失身之事,非不幸也。人各有偶,难为偕老,请自此辞。"董生惊愕,遂下其山矣。识者谓女子之智,亦足称也。②

北宋张齐贤的《洛阳搢绅旧闻记·张相夫人始否终泰》中的张相夫人出身寒微,在乱中几经辗转,数易夫婿,最终依附张从恩,被封为大国夫人,展现了一个弱女子在动荡岁月中不能掌握自己命运的辛酸以及在男人的提携下骤然富贵的命运:

> 张相,讳从恩。有继室,访其姓氏未获。河东人,有容色,慧黠多伎艺。十四五时,失身于军校,为侧室。洎军校替归洛下,与之偕来。至上党,得病……军校厌之,遂弃之道周而去……不数月,平复如故,颜状艳丽,殆神仙中人也。里民有子来结婚者,争欲娶之,张氏拒之。忽有士子过小纪,知之,坚求见之……易以鲜衣、首饰等,以车载之而去。士人遂偕往襄阳,僦宅居之。会襄帅安大王从进叛,左右利其财,杀其士子,纳其妻。从进败,为乱兵所得。人有知其殊色,遂送至都监张相寨内。张相,即从恩也。张相共获妇女十余人,独宠待士子之妻

---

① 范成大撰,孔凡礼点校:《范成大笔记六种·揽辔录》,中华书局,2002年,第13页。
② 《北梦琐言》卷九《李氏女》,第196页。

深厚。数岁，张之正室亡，遂以士子之妻为继室，后封郡夫人。及为中馈也，善治家，尤严整，动有礼法。及张加使相，进封大国夫人……①

李氏女和张夫人的遭遇既反映了女性在乱世中孤苦无依的境况，也展示了女性顽强的生命力和极强的适应能力。尤其是张夫人堪称奇迹的地位变迁勾起了作者的人情之叹："妇人女子，何先困而后遇，险阻艰难备尝之矣！前有失身求丐之厄，终享富贵大国之封。则古之贤人君子，当未遇也，则困风尘，蒙菜色，有呼天求死而不能，一旦建功业，会云龙，爵位通显，恩宠稠叠，功业书之史策，令名播之不朽者，何可胜数哉！因书之者，有以知妇人微贱者，岂可轻易之乎？况有文武才干，困布衣及下位者欤。"张夫人的富贵际遇使士人对人生命运的急剧反转寄寓了强烈期望，并以此告诫世人不要轻视暂时落魄之人。

小说家描写上层女性时主要通过她们在乱中身份、地位的升降变化来突出命运的传奇色彩，而在叙写一般平民女子时则多展现她们的悲惨遭遇。平民女性在乱离中的不幸境况有多种，如《幽明录》中的彭娥在汲水途中受到长沙贼的追杀；《独异志·官军残民》中的姜氏在怀孕五个月时被官军中的乱卒劫持后划伤腹部；《越娘记》中的越娘在做偏将的丈夫死后，"时天下丧乱，妾为武人夺而有之。武人又兵死，妾乃髡发，以泥涂面，自坏其形，欲窜回故乡。昼伏夜行，至此，又为群盗胁入古林中，执爨补衣。数日，妾不忍群盗见欺，乃自缢于古木"②；《夷坚丙志》卷一六《碓梦》中，一女鬼哭泣说"靖康中，从夫官河北，为寇所害，旅魄无所归"；《夷坚丁志》卷九《太原意娘》中的意娘不堪忍受胡酋撒八太尉的逼迫而自杀。这些平民女子的不幸遭遇反映了女性受性别和体力局限而在战乱中备受摧残的苦难命运。在众多乱世女性的悲惨经历中，最大程度地展现女性孤苦无依又惨遭虐杀的是《夷坚支乙》卷五《张花项》中的记载，盗乱头目张花项、戚方在被官军追赶途中，将所掠而不能带走的八百女子双足剁叠于庭，"刖者未即死，皆叫呼号泣，经日乃绝"。八百女子被残害的血腥场面和她们号泣的凄婉声音，是对作恶之人的血泪控诉。这些饱受战乱摧残的女性不论是被盗贼所逼还是被毫无纪律的官军所害，都是乱世时期女性凄惨境况的缩影。

---

① 《洛阳搢绅旧闻记校注》，第 83—85 页。
② 《越娘记》，载《宋代传奇集》，第 111 页。

二、忠贞刚烈的人格追求

在残酷的乱世时期，女性的生存处境极其艰难。她们不仅面临被凌辱和虐杀的危险，而且还要经受能否坚守贞节的考验。受当时社会主流话语的影响，女性守贞重节的传奇事迹是古小说的常见话题。较早记述女性在乱中守节而死的是祖冲之的《述异记》：

> 晋元兴末，魏郡民陈氏女名琬，家在查浦，年十六；饥疫之岁，父母相继死没，唯有一兄，佣赁自活。女容色甚艳，邻中士庶，见其贫弱，竟以金帛招要之。女立操贞，概未尝有许。后值卢循之乱，贼众将加陵逼，女厉然不回，遂以被害。[1]

陈氏女在贫困时不因金帛失身，可见她是一个有品格、有见识的女性。正因为她有异于普通女性的品德，因此当她面对众贼的凌逼时，才有坚守自己贞操的勇气。稍晚于祖冲之的任昉在《述异记》中记载了西晋末年义阳公主不受刘曜所逼而自杀之事，并补叙了公主死后"刘曜奇其止节""邻民怜之，为立庙"等细节，折射出当时人们对贞烈女性的赞赏。

唐宋时期的文人在记述女性节烈时融入了更多的道德评判和社会感悟，并常将贞妇烈女作为评价士子官员的参照对象。《朝野金载·高睿妻》中，赵州刺史高睿之妻秦氏在城破敌入的情势下劝其夫不要投降的做法，充分展示了女性的见识、胆略以及大无畏的精神。《三水小牍》特别重视乱世女性的命运和德行，如《郏城令陆存遇贼偷生、李庭妻骂贼被杀》中，崔氏骂贼而死与郏城令陆存的偷生行为形成鲜明对比；《殷保晦妻封氏骂贼死》讲述了黄巢入京时秘书省校书郎殷保晦之妻被俘后宁死不受辱的故事，封氏临死时所骂"我生于公卿高门，为士君子正室，琴瑟叶奏，凤凰和鸣。岂意昊天不容，降此大戾，守正而死，犹生之年。终不负秽抱羞于汝逆竖之手"之语显示了女性对作乱者的蔑视和对自己身份地位的自豪。

宋代小说中的烈女故事时常加入作者的评语，以表明写作动机。这一特点在北宋初年乐史的《绿珠传》中已初露端倪，"盖一婢子，不知书而能感主恩，愤不顾身，其志烈懔懔，诚足使后人仰慕歌咏也。至有享厚禄，盗高

---

①祖冲之：《述异记》，载鲁迅辑录《鲁迅辑录古籍丛编》第一卷《古小说钩沉》，人民文学出版社，1999年，第287页。

位,亡仁义之行,怀反覆之情,暮四朝三,唯利是务,节操反不若一妇人,岂不愧哉!今为此传,非徒述美丽,窒祸源,且欲惩戒辜恩负义之类也"①,可见征古戒今,让人明白节义理身之道是作《绿珠传》的目的。《茅亭客话·夷人妇》也是这种写法。作者不仅记述了颇有姿色的夷人妇宁死不受军卒侮辱的行为,而且感叹道:"嗟乎!虽蛮夷而能坚贞,强暴者不能侵侮之。华夏无廉洁者,得无愧乎!"②以妇人的贞节与中原士人的气节做比照,以此斥责那些毫无廉耻的士大夫。

《夷坚志》高度关注乱世中的节妇烈女,并以此寄寓作者的人生感叹和道德期许。《夷坚甲志》卷一〇《谭氏节操》中,谭氏对盗贼极口肆骂后惨遭毒害,"闻者高其节"的流传效果传达出人们的赞赏态度;《夷坚甲志》卷二〇《义夫节妇》中,小当村一民妇誓死不受辱,死后出现"尸所枕藉处,迹宛然不灭,每雨则干,晴则湿。往来者咸叹异焉。或削去之,随即复见。覆以他土,则迹逾明,至今犹存"的奇特现象,通过节妇行为感天动地的巨大反响展现了世人对贞节妇女的敬仰之情。《夷坚志补》卷一《芜湖孝女》和《程烈女》都描述了少女在贼众面前坚贞不屈、义不受辱的事迹。尤其是《芜湖孝女》末尾引入时人的议论和作者的看法,以表明世人崇尚贞烈的道德要求:"周少隐曰:'女子以柔静之姿,当白刃在前,于仓卒殆危之际,乃能雍容说贼,以活其父兄;又能归洁其身,以死其节,可谓全德矣!'其乡人谓此女平日好读《列女传》,胸中包括古今,故能作此大丈夫事。窃谓不然,盖其天资之美,非学而能。今世士大夫,口诵圣贤之言,委身从贼,徽倖以偷生者,不可胜数,曾一女子之不若!故备录之,异日用补国史也。"③在当时士人看来,芜湖孝女体现了最全备的道德准则。《夷坚志》之所以载录一大批贞烈女性,不仅是为了赞扬女性的品德,更是通过女性能坚强守节而士大夫虽日诵圣贤却投贼偷生的强烈反差,来阐明人的忠贞节烈与所受的教育无关,而是天性的显现,鼓励世人坚守节义。

南宋沈徵的《谐史》也以女子的贞烈为依据来抨击士大夫的丑行,如赵氏女和徐氏女之事。赵氏女在贝州王则叛乱时被选为叛首之妻,她的父母为保全性命便逼女顺从,而此女却在成亲的路上"自残于舆中";徐氏女在

---

①乐史:《绿珠传》,载《宋代传奇集》,第 17 页。

②《茅亭客话》卷六《夷人妇》,第 127 页。

③《夷坚志·夷坚志补》卷一《芜湖孝女》,第 1554 页。

建炎之乱时,被官府的溃卒乱兵所掠,她因大骂官军为盗的恶行而被杀。作者在这两则故事结尾都抒发了强烈的感叹:"呜呼!识去就,知廉耻,仗节死义者,天下皆常以是望士君子,而不以望众庶,常以是望男子,而不以是望妇人。今赵氏,一民家女耳,表表之节乃如是。可谓出于人所甚难,而天下之所未尝望者。彼士君子,乃号为男子者观之,宁不有愧于心耶","呜呼!士方平时自视霄汉,抵掌大言,节义自许,一落贼手,则蝇营狗苟以乞命,或出力而助虐者多矣!徐氏眇然一妇,乃能奋不顾死,与秋霜烈日争严。呜呼,壮哉"[1]。赵、徐二女虽身为平民,却在危难时刻无所畏惧,其坚贞的品格和节操远高于那些道貌岸然甚至助纣为虐的士大夫。因此,在宋代小说家眼中,女性的节烈不仅代表着个人品格,更象征着坚贞不屈的精神。

三、机智勇敢的生存本领

封建时代的女性虽然处于附属于男人的弱者地位,但是她们在日常的险恶处境中培养了坚韧的品格,积累了克服困难的经验,因此面对乱世的艰难困苦,也能发掘自身潜力,展现出非凡的聪明才智。

后魏杨衒之的《洛阳伽蓝记·法云寺》中,婢女朝云善吹箎,以音乐令叛乱的诸羌归降,留下了"快马健儿,不如老妪吹箎"的美名,表现了女性的勇敢无畏以及在危难之中的重要作用。这是较早记述乱世女性智慧的作品。王仁裕的《玉堂闲话》非常关注机智聪慧的女性在乱中自救成功的故事,如《河池妇人》中的河池一少妇被掠后,屡遭戎帅逼迫,但她总以"我姑严夫妒,请以死代之"为由拒绝,最终竟保全了自身且被送回家中。少妇的经历虽在一定程度上反映了戎帅的良知,但更重要的是揭示了只要女性能坚守信念或巧妙周旋,就有生存机会的道理;《邹仆妻》中,邹景温之仆被杀害后,其妻"殊无惶骇,但矫而大呼曰:'快哉!今日方雪吾之耻也。吾比良家之子,遭其俘掠,以致于此,孰谓无神明也!'"以此骗过贼人,等到时机成熟,便求人搭救,并杀死了匪贼;《王宰》中的民妇面对官军败类的劫掠行为,在丈夫逃跑的情况下,"以勺挥釜汤泼之,一二十辈无措手,为害者皆狼狈而奔散。妇人但秉勺据釜,略无所损失"。在《玉堂闲话》众多智勇双全的女性故事中,《村妇》中村妇的行为更具启发性:

---

[1]沈徵:《谐史》,载《说郛》卷二三,第423页。

　　昭宗为梁主劫迁之后,岐凤诸州,各畜甲兵甚众,恣以劫掠以自给。成州有僻远村墅,巨有积货。主将遣二十余骑夜掠之。既仓卒至,罔敢支吾。其丈夫并囚缚之,罄搜其货,囊而贮之。然后烹豕犬,遣其妇女羞馔,恣其饮啖。其家尝收莨菪子,其妇女多取之熬捣,一如辣末,置于食味中,然后饮以浊醪。于时药作,竟于腰下拔剑掘地曰:"马入地下去也。"或欲入火投渊,颠而后仆。于是妇女解去良人执缚,徐取骑士剑,一一断其颈而瘗之。其马使人逐官路,棰而遣之,罔有知者。后地土改易,方泄其事。[1]

　　一个普通民妇在丈夫被俘后急中生智,以家用之物和无畏的勇气杀死二十多个贼人,并且没有露出任何破绽,她的镇定和勇敢远远胜过男性士人。民妇在危乱之时巧妙利用的莨菪是一种有迷幻功效的药物,可见女性的生存本领是其将冷静沉着的个性与生活中积累的常识巧妙结合的结果。《玉堂闲话》中女性各具特色的制敌奇事实际上是对人们在危难之中如何生存下去的经验总结。它们告诉世人身处乱世不要逆来顺受或坐以待毙,而要利用既有条件想出可行办法。王仁裕生活在五代乱世,他笔下这些女性智胜乱军的事迹既可看作是他对如何战胜敌人方法的重视,也可看作是他对乱世时期人们如何生存的指导。

　　洪迈对金人入侵时民间女性智勇杀虏的行为大加赞赏,《夷坚志·淮阴张生妻》和《夷坚志·村民杀胡骑》中的村妇都是成功杀敌的典范:

　　楚民张生,居于淮阴磨盘之弯,家启酒肆,颇为赡足。绍兴辛巳冬,虏骑南下,淮人率奔京口。张素病足,不能行,漂驻扬州。已而颜亮至,张妻卓氏为夷酋所掠,即与之配。卓告之曰:"我之夫在城中,蓄银五铤,必落他人手,不若同往取之。"酋喜,偕诣张处,逼夺之。张戟手恨骂。酋益喜,以为卓氏慕己,凡是行卤获金珠,尽委之,相与如真夫妇。俄亮死军回。卓痛饮酋酒,醉卧之次,拔刀刺其喉,悉囊其物,鞭马复访张。……于是闻者交称焉。[2]

　　建炎庚戌,胡骑犯江西。郡县村落之民,望而畏之,多束手毙。间有奋不顾身者,则往往得志焉,虽妇女亦勇为之。其过丰城剑池也,铁

<hr>

①《玉堂闲话评注·村妇》,第94页。
②《夷坚志·夷坚支丁》卷九《淮阴张生妻》,第1039页。

骑行正道，通宵不绝，盖使我众闻其声而不测多寡耳。一骑挟两女子，独穿林间。女指谓避者言："可击。"于是众举梃椎之而坠，旋碎其脑。马嘶鸣不已，似寻其主，众逐而委之井，遂脱。又胡掠一妇，使汲井。妇素富家子，辞不能。胡哎哎怒骂，夺瓶器低头取水。妇推其背，失足入与井中。①

张生妻与虏酋虚以周旋，以财为诱饵，最终除掉敌人，赢得了世人称赞；江西民妇巧用周边条件推胡兵入井，保全了自身。这些故事都充满了浓郁的生活气息和斗争智慧。其中，《村民杀胡骑》中"郡县村落之民，望而畏之，多束手毙。间有奋不顾身者，则往往得志焉"的正反斗争结果的总结可谓意味深长，这是作者洪迈对身处乱世之人的忠告，那就是当人遇到危难时不要不知所措或逆来顺受，而是要利用生活经验和现实条件，想方设法对付敌人。既然普通女性都能死里逃生，那么力量强大的男人只要临危不乱、善于思考，就更有可能战胜敌人。

乱中女性不仅能智勇杀敌，而且有的还主动从军，保家卫国。《岭表录异》中所记秦朝末年的洗氏已是在乱世中涌现出的能够抵御外敌、保家护民的杰出女性：

> 洗氏高州保宁人也……秦末五岭丧乱，洗氏点集军丁，固护乡里，蛮夷酋长不敢侵轶。及赵陀称王，遍霸岭表，洗氏乃赍军装物用二百担入觐。赵陀大慰悦，与之言时政及论兵法，智辩纵横，陀竟不能折。抶委其治高梁，恩威振物，邻郡赖之。今南道多洗姓，多其枝流也。②

洗氏在秦末大乱时"点集军丁，固护乡里，蛮夷酋长不敢侵轶"，治理地方"恩威振物，邻郡赖之"，岭南的洗姓因她而支脉繁盛。可能受洗氏传奇功业和岭南洗姓声名显赫等因素的影响，南北朝时南越之地又出现了另一位洗姓女英雄。她助夫理政、抚循部众、压服诸越、亲平叛将，建立了不逊于任何男性将领的功勋：

> 洗氏，高凉人，世为南越首领，部落十余万。幼贤明，在父母家，能抚循部众，压服诸越。高凉太守冯宝闻其志行，娉为妻。每与夫宝，参

---

① 《夷坚志·夷坚支庚》卷七《村民杀胡骑》，第 1192 页。
② 《太平广记》卷二七〇《洗氏》，第 2117 页。

决词讼,政令有序。侯景反,都督萧勃征兵入援,遣刺史李迁仕召宝。宝欲往,氏疑其反,止之。后果反。宝卒,岭表大乱,氏怀集之,百越晏然……王仲宣反,夫人帅师败之。亲披甲乘马,巡抚诸州,岭南悉定。封谯国夫人,幕府署长史,官属给印章……时番州总管赵讷贪虐,黎獠多亡叛。夫人上封事论之,敕夫人招慰。夫人亲载诏书,自称使者,历十余州,宣述德意,所过皆降。①

高凉洗氏有敏锐的政治眼光,能觉察到侯景的反心,在身为太守的丈夫死后,又平定了南越之地的大乱,为国为民都贡献巨大,展现了夫权制度下大多数女性无法施展的政治才能。除了两位身世不凡、地位尊贵、功勋卓著的洗氏女英雄外,在国家危难时刻,平民女子也能主动请缨,为国杀敌,表现出强烈的主人翁意识,如北朝民歌《木兰诗》中的木兰就是其中的佼佼者。与洗氏的位高权重和木兰的世代军人出身不同,唐代的侯四娘虽为家庭妇女,却在安史乱时主动从军,讨伐叛贼:

　　至德元年,史思明未平,卫州有妇人侯四娘等三人,刺血谒于军前,愿入义营讨贼。②

侯四娘自愿参军的行为反映出女性对国家命运的关切和对叛贼的憎恨。正是由于历代都有能征善战、舍生取义的女英雄出现,因此集中体现中国传统文化思想的《红楼梦》就站在历史的制高点上对封建时代的英雄女性予以充分肯定和热烈颂扬,如第七十八回《老学士闲征姽婳词》中贾宝玉对贾政所说的恒王爱妾林四娘"带领众人连夜出城,直杀至贼营里头,众贼不防,也被斩戮了几员首贼。后来大家见不过是几个女人,料不能济事,遂回戈倒兵,奋力一阵,把林四娘等一个不曾留下,倒作成了这林四娘的一片忠义之志"非常感佩,写下了"天子惊慌恨失守,此时文武皆垂首。何事文武立朝纲,不及闺中林四娘"的愤慨之语,热情歌颂了女性超越男人的英豪之气和报国精神。

总之,古小说主要从两个方面展示乱世女性的生存状况和精神风貌。对于下层女性,重在表现个人性格的坚强不屈以及在危难面前的机智勇敢;而对于上层女性,则多展现她们地位的沉浮和命运的变化。在讲述女

①《太平广记》卷二七〇《洗氏》,第 2116 页。按:此文《太平广记》没有注明出处。
②《独异志校证》佚文《侯四娘》,第 435 页。

性的节烈行为时,除了表现出赞赏态度外,更多的是以守节的女性为参照来斥责那些背负治国职责与道德使命却毫无节义可言的当权者和士大夫。因此,古小说对女性贞节的重视和评述不仅与封建道德文化背景下士人的女性理想有关,而且还体现了作家个人的创作目的和世人的节义观。

第四节　乱世奇遇的思想倾向

人们在乱世逃亡途中会遇到各种惊险,各种奇怪的事情也会发生。四面八方的人汇集在一起,各地的奇闻或风俗就在相互交流中传播,从而产生许多新奇故事。乱中奇遇在一定程度上冲淡了动乱给社会造成的创伤,扩大了人们的见闻阅历,满足了世人的好奇心。在儒家伦理观念与宗教意识盛行时期,乱世奇遇蕴含了浓烈的教化意识。

一、褒扬善德

在乱世人人自危、妻离子散的苦难面前,人们特别渴望能有一些温情的事情发生,以冲淡现实的残酷,增加活下去的勇气和力量。陈末隋初陈后主之妹乐昌公主与丈夫徐德言乱离后破镜重圆的经历就给乱世悲惨蒙上了一层浪漫气息:

> 陈太子舍人徐德言之妻,后主叔宝之妹,封乐昌公主,才色冠绝。时陈政方乱,德言知不相保,谓其妻曰:"以君之才容,国亡必入权豪之家,斯永绝矣。倘情缘未断,犹冀相见,宜有以信之。"乃破一镜,人执其半,约曰:"他日必以正月望日卖于都市,我当在,即以是日访之。"及陈亡,其妻果入越公杨素之家,宠嬖殊厚。德言流离辛苦,仅能至京,遂于正月望日访于都市。有苍头卖半镜者,大高其价,人皆笑之。德言直引至其居,设食,具言其故,出半镜以合之,仍题诗曰:"镜与人俱去,镜归人不归。无复嫦娥影,空留明月辉。"陈氏得诗,涕泣不食。素知之,怆然改容,即召德言,还其妻,仍厚遗之。闻者无不感叹。仍与德言、陈氏偕饮,令陈氏为诗,曰:"今日何迁次,新官对旧官。笑啼俱不敢,方验作人难。"遂与德言归江南,竟以终老。①

---

① 孟棨撰,李学颖标点:《本事诗·情感》,上海古籍出版社,1991年,第7页。

　　乐昌公主在国家乱亡后虽入豪门但仍恋故夫,位高权重的杨素得知徐德言和乐昌公主的约定后竟毫不犹豫地将自己"宠嬖殊厚"的女人还给原夫,夫妻之间几乎不可能的团聚竟在瞬间实现了。这一颇具浪漫情怀和理想主义色彩的美好结局源于当权者杨素的旷达胸怀和仁爱精神,"闻者无不感叹"的效果体现了世人的赞赏态度。

　　佛教在中国盛行后,人们常将儒家的伦理道德观与佛教的报应论融为一体,使仁爱精神有了切实的现实激励。唐末五代的《刘氏耳目记》中"后官至尚书侍郎"的温琏在战乱中廉价误买银灯檠后归还卖主的故事就尽情宣扬了儒学仁义与佛教福报相结合的价值观:

　　　　幽州从事温琏,燕人也。以儒学著称,与瀛王冯道幼相善。曾经兵乱,有卖漆灯檠于市者,琏以为铁也,遂数钱买之。累日,家人用燃膏烛,因拂试,乃知银也。大小观之,靡不欣喜。唯琏悯然曰:"非义之物,安可宝之。"遂访其卖主而还之。彼曰:"某自不识珍奇,鬻于街肆。郎中厚加酬直,非强买也,不敢复收。"琏固还之,乃拜受而去。别卖四五万,将其半以谢之,琏终不纳。遂施于僧寺,用饰佛像,冀祝琏之寿也。当时远近罔不推服,以其有仁人之行。后官至尚书侍郎卒。[①]

　　在这个以"义"为核心的买卖故事中,"以儒学著称"的温琏坚持儒家的仁义品格不受非分之物,卖主则因温琏退财的高义而出钱饰佛像以保佑温琏多福多寿。温琏的品格和卖主的行为体现了作者将儒家的人格理想和佛教的报应思想融为一体的创作理念。温琏最终官至尚书侍郎的结局和"远近罔不推服"的影响印证了善有善报的福报思想。

　　"百善孝为先",在中华传统文化中,孝是人之为人的根本,只有"老吾老"才可能推而广之,行善积德。日常尽孝固然重要,但在人心惶惶的乱世更需要孝亲助老,因此,人在危难之中如果心存孝念,就很有可能得到上天眷顾。

　　　　杜羔有至行,父为河北一尉而卒。母氏非嫡,经乱不知所之,羔尝抱终身之戚。会堂兄兼为泽潞判官,尝鞫狱于私第,有老妇辩对,见羔出入,窃谓人曰:"此少年状类吾儿。"诘之,乃羔母也,自此迎侍而归。

①《太平广记》卷一六五《温琏》,第1206页。

又往来河北求父厝所,邑中故老已尽,不知所询,馆于佛庙,日夜悲泣,忽睹屋柱烟煤之下,见字数行,拂而视之,乃其父遗迹,言:"后我子孙,若求吾墓,当于某村某家询之。"羔号泣而往,果有老父年八十岁余,指其邱垅,因得归。羔至工部尚书致仕。①

杜羔与杜牧同是中唐史学家杜佑之孙,家学深厚。杜羔寻母葬父之事虽带有偶然性,但其根源是杜羔"有至行"。正是因为这个至孝之行,才使杜羔虽历经乱世,却仍有机会碰到与父母消息相关的人和事,最终实现了自己行孝的愿望。在这看似奇特的经历中体现了人们对孝行的推崇。

德是立身之本,是世人最看重的修行,因此,品德纯良之人甚至不用刻意谋划就能躲过乱世的各种灾难。《唐语林》载:"李瞻,汉之子,有文学,气貌淳古。非其人,虽富贵不交也。累迁司封郎中,归茅山,征拜给事中,不就。后两京乱,竟不罹其祸。"②李瞻虽曾做官,但由于不慕富贵,追求隐逸之乐,因此,当安史之乱到来后他并没有遭受战乱带来的灾祸。李瞻的经历反映了人们对节操高尚者的敬仰。

二、宣扬宗教

佛教在中国生根开花主要是在三国两晋社会大动乱时期。为了能够得到统治者的支持和民众的信奉,佛徒僧人充分利用人们在动乱中渴望得到救助的心理,大肆宣传佛教的神奇法力和救人功效。乱中救人最大程度地彰显了佛教的慈悲情怀,从晋代的《光世音应验记》到唐宋时期的《法华经》《金刚经》等的灵验故事都充分显示了这一特点。作者宣传佛教的意图在讲述佛能无偿救人的神异事件中得以实现。

晋宋以来创作、流传的"观世音应验记"系列是早期借观世音救护奇遇宣传佛教神验的小说。这些作品充分反映了人们在危难时刻渴望得到救助的心理以及观世音信仰能满足世人求生需要的功能。如《系观世音应验记·释道汪法师》就通过佛徒、信徒、作者三者的念佛、信佛、记佛经历,表现了动乱时期摆脱灾难的要求是民众信仰佛教的现实基础:

> 释道汪法师,北冀州长乐人,本姓潘。在益州龙渊寺,大有徒众。

①《唐国史补》卷中,第41页。
②王谠撰,周勋初校证:《唐语林校证》卷四,中华书局,1987年,第398页。

呆祖简子使君作益州时，大宗敬之。道汪尝从梁州还蜀，道中正值羌反，此聚断路，杀害无极。道汪有数十弟子，兼同行又三百余人。既值此乱，并无得计，道汪一心存观世音，又使宗旅皆称名号。行贼中二三百里，遂安隐得过。等伴有十余人，分出别道，期会一处，而竟不得会。其人后还，道："前至所期处，正见道汪过。但有数百贼断路口，不得出相就耳。"尔日贼众甚多，道汪等历边行，不见。道汪群伴亦多，复是不见之。此是神力大幸，诸人追自愧。上定林道仙道人即是汪公弟子，尔时正同行，为呆说之。[1]

早期的佛教应验故事多通过佛徒自身遭遇予以表现，如道汪法师遇乱自脱的神奇经历就是当时宣扬佛教神力的主要表达方式。唐代时这类故事依然盛行，如润州摄山栖霞寺的释智聪曾经住在扬州安乐寺，在隋末大业之乱时，"思归无计，隐江荻中诵《法华经》，七日不饥。恒有四虎绕之而已。不食已来，经今十日，聪曰：'吾命须臾，卿须可食。'虎曰：'造天立地，无有此理。'忽有一公，年可八十，腋下挟船，曰：'师欲度江，栖霞住者，可即上船。'四虎一时目中泪出，聪曰：'救危拔难，正在今日，可迎四虎。'于是利涉，往达南岸，船及老人，不知何在。聪领四虎同至栖霞，舍利塔西经行坐禅，誓不寝卧。众徒八十，咸不出院，若有凶事，一虎入寺大声告众，由此警悟，每以为式"[2]。智聪遇虎得救且顺利回寺的奇遇是建立在他诵读《法华经》的基础之上，由此达到了宣传佛教灵验的目的。

借乱世奇遇宣扬佛教神力是古小说的常见话题，此类故事自魏晋六朝至唐宋时期数量众多，性质相似。同类故事的不断敷演充分印证了古人在乱世信奉佛教的目的和佛教普及的原因是建立在满足世人救助需求基础上的，如南朝王琰《冥祥记·周闵》中，世奉佛法的周闵在苏峻之乱中随众播迁时，没有带走的佛经却"忽自外出"；唐代戴孚《广异记·李惟燕》中，李惟燕因持诵《金刚经》而多次遇险得救，其弟李惟玉"见其兄诵经有功，因效之。后泛舟出峡，水急橹折，船将欲败，乃力念经，忽见一橹随流而下，遂获济"，"其族人亦常诵《金刚经》，遇安禄山之乱，伏于荒草。贼将至，思得一

---

①《系观世音应验记》，载董志翘《观世音应验记三种译注》，江苏古籍出版社，2002年，第167页。
②道宣撰，郭绍林点校：《续高僧传》卷二〇《唐润州摄山栖霞寺释智聪传》，中华书局，2014年，第768页。

鞋以走,俄有物落其背,惊视,乃新鞋也"①;《法苑珠林·唐中书令岑文本》中,常念诵《法华经普门品》的岑文本,"曾乘船于吴江中,船坏人尽死。文本没在水中,闻有人言:但念佛,必不死也。如是三言之。既而随波涌出,已着北岸,遂免死",之后众多僧徒聚集其家,有一客僧告诉他"天下方乱,君幸不预其灾,终逢太平,致富贵也","后果如其言"②;《夷坚志》中更有大量的借念佛救人来宣传佛教灵验之事,如《夷坚甲志》卷一〇《佛还钗》、《夷坚支戊》卷四《五台文殊》、《夷坚支乙》卷六《广福寺藏》等等。

众多看似神奇的佛教护佑故事,其实质是借佛教之力满足人们在乱中渴望得到救助的心理,从而达到宣传佛教的目的,如唐代李惟燕兄弟信佛后的奇异经历,就充分反映了佛教神验后众人信佛的连锁效应。

三、渴望公正

在冤屈面前,人们希望得到公正的判决。民众的这一心理需求在公案小说中最为突出,如《鹄奔亭》在流传演变中日益强化被害者的冤屈和判案者的处理结果就有极强的代表性。《鹄奔亭》最早出现在曹丕的《列异传》中,全文只用五十余字简单概括了苏娥和婢女"为亭长龚寿所杀",被刺史发觉后将犯人处决之事。东晋干宝加工润色后收入《搜神记》中,突出了苏娥的孤苦命运和被亭长残杀的过程,并对刺史详细察验找到凶手作案证据进行周密叙述。同一事迹在不同时代的不同表现方式充分反映了人们越来越关心弱小者的冤屈能否得到伸张的心理倾向。苏娥遇害虽然不是发生在乱世时期,但通过软弱无助的女性商人被地方的强权者贪财害死的不幸遭遇,折射了社会的混乱和弱小者的无助。最后以女鬼自诉的形式使作恶者受到惩罚。鬼魂诉冤的本质是人们渴望沉冤得雪、正义能伸的理想表达,这是人类朴素的心理愿望。后世其他公案类小说尤其是女鬼诉冤题材,如《冤魂志·嫠亭》《广异记·宋参军》《夷坚志·解三娘》等都蕴含了类似的情感要求。

乱世时期人们渴望冤案得雪的心理极为强烈。因为乱世中的动荡局面已让世人的生存处境艰难至极,如果坏人再趁乱牟利、行凶作恶,那么老

---

① 《广异记·李惟燕》,第 19 页。
② 《法苑珠林校注》卷五六《富贵篇》,第 1694 页。

百姓几乎就无路可走、无法生存了，因此就特别希望当权者能伸张正义、主持公道。《唐阙史·崔尚书雪冤狱》中，河南尹崔碣替估客王可久找回家产、惩治贪吏的故事就是人们要求正义的生动体现。

商人王可久因贩卖茶叶而家产富裕，不幸在一次经商归家途中碰到庞勋起义，被迫滞留他乡。其妻到卜者杨乾夫处占卦，被杨氏觊觎家产，以所谓丈夫已死的卦象动摇王妻的寻夫念头，并劝其改嫁。王妻在杨氏"妇人茕独而积财贿，寇盗方炽，身之灾也，宜割爱以谋安适"的劝告和"夜则飞砾以惧之，昼则声寇以危之，次则役媒以饵之"的胁迫引诱下再嫁杨氏，并迁居他处。战乱平定后，王可久丐食归乡，但家已易主，他穷苦不堪，只能沿街哀叫。找到其妻新所，诉诸官府，但杨氏财厚，贿赂官吏，反被判为诬告，使他备受刑罚之苦，以至性命将尽。幸运的是遇到崔碣复权，重审此案，才让凶手伏法。

王可久在庞勋起义后的悲惨经历反映了唐末乱世中人们生活骤然改变的状况。正因为这种不幸可能会降临到每个人身上，因此，世人渴望冤案能得到公正处理。因"摘奸剪暴"，被称为"天下吏师"的崔碣"再领三川"之后，"敕吏掩乾夫一家，并素鞫吏同桎其颈。且命可久暗籍其家服玩物，所存尚夥，而鞫吏贿赂丑迹昭焉。既捶其胁，复血其背，然后擢发折足，同弃一坎。收录家产，手授可久"，使沉冤得雪。"断狱之日，阳轮洞开，通逵相庆，有至出涕者。沉冤积愤，大亨畅于是日。古之循吏，孰能拟诸。"[1]在人们对能吏的褒扬中传达了饱受痛苦的民众寻求正义的迫切愿望。

《夷坚甲志》卷一七《解三娘》以女鬼述往的形式揭开了战乱年代女性被强权者冤杀至死的过程。当女鬼的哭声传到兴州后军统领赵丰寝所后，赵丰曰："汝岂有冤欲言者乎？言之，吾为汝直。"赵丰主动为女鬼伸张正义的表白体现了弱势群体渴望得到救助的心理需求。面对赵丰愿意替她申冤的快言直语，女鬼也抓住申诉机会，讲述了自己三十年前遭受的磨难。她本是通判之女解三娘，"中原人，遭乱入蜀，失身于秦司茶马李忞户部家，实居此馆。李有女嫁郡守马大夫之子绍京，以妾为媵。不幸以姿貌见私于马君。李氏告其父，杖妾至死，气犹未绝，即命掘大窖倒下妾尸瘗之"。出身官宦之家的解三娘在亡国之乱中逃到蜀地，沦为女奴后作为陪嫁随主人

---

[1]《唐阙史》卷下，载《唐五代笔记小说大观》，第1349页。

来到马家,被公子马绍京看中后遭到主妇李氏的嫉恨,最终被李父杖打,身体还被倒着活埋。解三娘的命运因国乱而凄惨至极,她不但受尽苦楚,死于非命,而且强权者为了让她至死不得翻身而以阴险的方式埋葬。这种在国家巨变中备历艰辛的悲惨人生最能引起世人共鸣,因此,主动"为汝直"的赵丰就成了伸张正义的化身,满足了世人渴望冤情得伸的心理需求。据《解三娘》篇末"关寿卿(耆孙)初赴教官,适馆于此,尝为作记,虞并甫为渠州守,绍京正作尉"的介绍,可知解三娘一事最早由曾在赵丰所宿馆驿内住宿过的关寿卿所作。也就是说关寿卿住在此馆时听到了赵丰为解三娘申冤的奇事,便记了下来。洪迈得知后又将这个故事收录在《夷坚志》中,并通过南宋初年朝廷重臣虞允文主政渠州时与解三娘案有关的人物马绍京为其属官的介绍,证明了解三娘冤案的真实性。洪迈详细介绍故事的来龙去脉,并将其中的人物形象与现实人物相关联,这说明他是将女鬼诉冤得雪的神秘事件当作真事来传写的。这一叙事策略具有极强的写实精神,目的是借乱世冤案传达世人要求伸张正义的理想。

乱世之中,人们除了渴望有正直能干的官吏为民申冤、主持公道外,也希望借助上天的力量惩凶除恶。

> 巴、巫间民,多积黄金,每有聚会,即于席上罗列三品,以夸尚之。云安民有李仁表者,施泽金台盘,以此相高。乱离之后,州将皆武人,竞以贪虐。蜀将张彦典忠州,暴恶尤甚,将校苦之,因而作叛,连及党与数千家,张攫其金银,莫知纪极。后于蜀中私第,别构一室,以贮其金。忽一旦,屋外有火烟频起,骇,入验之,乃无延爇之处,由是疑焉。及开箧视之,悉已空矣,即向时火烟,乃金化矣。①

这则故事以蜀地夸尚金银之风为背景,揭露了乱世之中镇蜀将领张彦暴虐贪婪的丑恶面目。对于这样的武官强权势力,广大民众甚至当地行政官员是无力惩处的,因此突然出现了天火烧掉作恶者所集金银的奇事。这种奇异现象体现了老百姓要求惩治贪暴者的强烈呼声。

四、幻想发达

通常情况下,乱中之人的生活会每况愈下,甚至如解三娘一样,远离家

---

① 《北梦琐言·逸文》卷四《金银化烟》,第 430 页。

乡,由大家闺秀沦为女奴弱妾。因此在离乱的苦难中,漂泊在外的失意者常幻想能恢复旧有的生活状态,甚至出现奇迹,一夜富贵。《原化记·魏生》就通过"胡人识宝"串起了魏生乱中暴富的奇遇:

> 唐安史定后,有魏生者,少以勋戚,历任王友,家财累万。然其交结不轨之徒,由是穷匮,为士旅所摈。因避乱,将妻入岭南。数年,方宁后归。舟行至虔州界,因暴雨息后,登岸肆目。忽于砂碛间,见一地,气直上冲数十丈。从而寻之,石间见石片如手掌大,状如瓮片,又类如石,半青半赤,甚辨焉。试取以归,致之书箧。及至家,故旧荡尽,无财贿以求叙录,假屋以居,市肆多贾客胡人等。旧相识者哀之,皆分以财帛。尝因胡客自为宝会。胡客法:每年一度与乡人大会,各阅宝物。宝物多者,戴帽居于坐上,其余以次分列。召生观焉。生忽忆所拾得物,取怀之而去……遂所出怀以示之……胡云:"此是某本国之宝,因乱遂失之,已经三十余年。我王求募之,云:'获者拜国相。'此归皆获厚赏,岂止于数百万哉?"问其所用。云:"此宝母也。但每月望,王自出海岸,设坛致祭之,以此置坛上。一夕,明珠宝贝等皆自聚。故名'宝母'也。"生得财倍其先资也。①

魏生本豪富之人,曾是皇室宗亲的座上宾,安史乱时入岭南躲避,在乱平后的归乡途中,路过虔州得一奇石,经胡人介绍后得知此石原是胡国之宝,得之可聚海中珍宝。最后胡人以千万之价从魏生处买回此宝,魏生重新成为富人。魏生的奇遇展现了乱世之人渴望获得意外之财,以恢复往日生活状态的愿望。

魏生乱中流落岭南,乱后回乡时在江西虔州捡得胡国之宝的经历虽有极强的幻想成分,但也符合唐代的社会文化状况。唐朝中外交流频繁,为了便于管理海路贸易,政府专门在广州设立市舶使,使广州成为外国物产来华后的第一个集散地。但许多外国商船到广州后并不一定在此交易,胡商们更想到扬州、洛阳、长安等大城市交易以获得更多利润。因此,从广州向北,尤其沿江河流域舟行所到之地,都可能有胡人踪迹,"只要是有利可图的地方,你就会发现外国人活动的踪迹。在富庶的川中流域,或者是在

---

① 《太平广记》卷四〇三《魏生》,第 3252 页。

洞庭湖附近湿润的低地地区,你都会发现求购丝绸锦缎的外国商人"①。魏生在虔州地带发现胡宝,正符合胡人由南向北的活动轨迹,"虔州,即今赣县,位于江西省西南隅,临近广东省境,是自岭南(广东地方)北归,以及从北方向岭南而去之人的船只停留之处"②。魏生所得的这块宝石很可能就是胡人趁国乱从本国带到唐朝后无意丢失的,因此,魏生得宝致富是有一定现实基础的。

胡国之宝流入唐朝国土的传说在唐代小说中并不罕见,除《原化记·魏生》外,影响较大的还有《宣室志·清水珠》中冯翊严生在岷山所得的"若置于浊水,泠然洞彻矣。自亡此宝且三载,吾国之井泉尽浊,国人俱病"③的西胡至宝清水珠,以及《续玄怪录·苏州客》中流落苏州的洛阳人刘贯词无意中所获的"在其国大穰,人民忠孝。此碗失来,其国大荒,兵戈乱起"④的罽宾国镇国碗等。在唐人看来,中外宝物都有象征国运的功能,宝在国兴,宝失国乱。既然宝物能趁乱丢失,也就能让某些人趁乱而得,获得意外之财。

安史乱后魏生偶捡胡宝而获钱千万的奇遇充分体现了乱离之人渴望发财致富的愿望。世人在逃乱途中希望找到致富途径的心理在《稽神录·金蚕》一事中也有明显体现:"右千牛兵曹王文秉,丹阳人,世善刻石。其祖尝为浙西廉使裴璩采碑于积石之下,得一自然圆石,如球形,式加砻斫,乃重叠如壳相包,斫之至尽,其大如拳。破视之,中有一蚕,如蚑蟧,蠕蠕能动,人不能识,因弃之。数年浙西乱,王出奔至蜀下,与乡人夜会。语及青蚨西送还钱事。坐中或云:'人欲求富,莫如得石中金蚕蓄之,则宝货自至矣。'问其形状,则石中蚑蟧也。"⑤其实,石中金蚕是蓄宝之源一说,并无任何道理,却被当时人认可,折射出乱世时期世人对钱财的渴求和幻想意外发财的心理。

唐末自黄巢起事后,天下各种不满朝廷的势力纷纷而起,大乱丛生,使社会各方力量发生剧变,尤其是原先高高在上的权贵和官员几乎被斩杀殆

①〔美〕谢弗著,吴玉贵译:《唐代的外来文明》,中国社会科学出版社,1995年,第37页。
②〔日〕石田干之助著,钱婉约译:《长安之春》,清华大学出版社,2015年,第145页。
③张读撰,张永钦、侯志明点校:《宣室志》卷六《清水珠》,中华书局,1983年,第78页。
④李复言撰,程毅中点校:《续玄怪录》卷三《苏州客》,中华书局,2006年,第172页。
⑤《稽神录》卷一《金蚕》,第15页。

尽。《鉴诫录》载黄巢军到长安后"有人潜书七言四韵，帖在都堂南门，讥讽颇深……是时，京城内外，杀戮三千余人。百司惊惶，皆悉逃窜。其七言《四韵诗》曰：'自从大驾去奔西，贵落深坑贱出泥。邑号尽封元谅母，郡君变作士和妻。扶犁黑手翻持笏，食肉朱唇却吃虀。唯有一般平不得，南山依旧与天齐。'"①黄巢入长安后大批贵族和士人骤然沦落甚至被杀的遭遇让那些渴望科考入仕的文人失去了仕宦希望，因此在唐末天下大乱下层民众翻身做官、贵族儒生地位降低的社会环境里，许多士人渴望能找到尊重文化、重视文人的地方。钟传的做法满足了乱中文人富贵发达的梦想：

> 国朝自广明庚子之乱，甲辰，天下大荒，车驾再幸岐梁，道殣相望，郡国率不以贡士为意。江西节帅钟传令公起于义聚，奄有疆土，充庭述职，为诸侯表式。而乃孜孜以荐贤为急务。虽州里白丁，片文只字求贡于有司者，莫不尽礼接之。至于考试之辰，设会供帐，甲于治平。行乡饮之礼，尝率宾佐临视，拳拳然有喜色。复大会以饯之，筐篚之外，率皆资以桂玉。解元三十万，解副二十万，海送皆不减十万。垂三十载，此志未尝稍息。时举子有以公卿关节，不远千里而求首荐者，岁常不下数辈。②

由《唐摭言》的记载可知，黄巢起义后钟传任江西节度使。他虽为武将，却优待文士，每年乡贡时对考生的招待规格"甲于治平"之年，并对得中的考生提供不下十万钱的优厚资助，其中对魁首的奖励高达三十万钱。其实，钟传重奖文人的做法并不符合唐末社会实际，尤其不符合天下大乱时财力困乏的状况。追溯唐代选人政策可知，在安史乱前的太平时期，每年科举考试时每州递解的举人只有两三个，"开元二十五年二月，敕应诸州贡士：上州岁贡三人，中州二人，下州一人；必有才行，不限其数"③。安史乱后至中唐末期各州递解人数逐渐增加，后来又有减少的趋势，如会昌五年（845）规定"公卿百寮子弟及京畿内士人寄客外州府举士人等修明经、进士业者，并隶名所在监及官学，仍精加考试。所送人数：其国子监明经，旧格每年送三百五十人，今请送三百人；进士，依旧格送三十人；其隶名明经，亦

---

①《鉴诫录校注》卷一《金统事》，第 23 页。
②《唐摭言》卷二，第 12 页。
③《唐摭言》卷一，第 1 页。

请送二百人……其凤翔、山南西道东道、荆南、鄂岳……道,所送进士不得过一十五人,明经不得过二十人"①。唐武宗会昌年间朝廷规定各地选人数量的下降折射出中唐晚期中央财政收入已难以保障往日科举选人所需开支的窘况。因此,钟传在唐末战乱时的选人盛况并不属实,只是文人渴望发达的幻想而已。与《唐摭言》相比,史书中的记载是比较客观的,《新唐书》载:"广明后,州县不乡贡,惟传岁荐士,行乡饮酒礼,率官属临观,资以装赍,故士不远千里走传府。"②这说明黄巢起义后其他地方的科举选拔都已中断,只有钟传管辖之地仍举行乡贡,而且给文人以一定的礼遇和资助,这使在乱世中挣扎的文人备受鼓舞,因此他们就极尽赞誉之词宣扬钟传的重士之举。

　　钟传的逸闻逸事在唐末五代流传较广。宋初编纂的大型小说类书《太平广记》从前代的各种文献中收集了与钟传相关的六个故事,但可能编纂者对钟传本人没有详加考证,因此都将"传(傅)"误写为"傅"。从《太平广记》标注的引书来看,钟传之事主要出自《耳目记》《玉堂闲话》《北梦琐言》和《稽神录》。由于《耳目记》等原书在五代之后散佚或流传不广,宋初《太平广记》辑录成书后,人们多以它载录的为准,导致"钟传""钟傅"相混。欧阳修编修唐史时对此加以判定,他没有沿用《太平广记》所记的"钟傅",而是将旧有关于"钟传""钟傅"的事迹都载入《新唐书·钟传传》,"钟传,洪州高安人。以负贩自业,或劝其为盗必大显。时王仙芝猖狂,江南大乱,众推传为长,乃鸠夷獠,依山为壁,至万人,自称高安镇抚使……僖宗擢传江西团练使,俄拜镇南节度使、检校太保、中书令,爵颍川郡王,又徙南平……广明后,州县不乡贡,惟传岁荐士,行乡饮酒礼,率官属临观,资以装赍,故士不远千里走传府。传少射猎,醉遇虎,与斗,虎搏其肩,而传亦持虎不置,会人斩虎,然后免"③,完整刻画了出身寒微,却在唐末大乱中趁势而起,建立功勋,最后受封称王的极富传奇色彩的一方节帅形象。

　　在唐末五代记录钟传事迹的各种小说文献中,《玉堂闲话》《北梦琐言》和《稽神录》的内容都相对简单,大略涉及了钟传的地位以及与他相关的琐言细行。较详细描述钟传传奇事迹的,除《唐摭言》外,还有《耳目记》所记

①《唐摭言》卷一,第1页。
②《新唐书》卷一九〇《钟传传》,第5487页。
③《新唐书》卷一九〇《钟传传》,第5486—5487页。

钟传搏虎成名的发迹史：

> 安陆郡有处士姓马忘其名，自云江夏人，少游湖湘，又客于钟陵十数年。尝说江西钟传，本豫章人，少倜傥，以勇毅闻于乡里。不事农业，恒好射猎。熊鹿野兽，遇之者无不获焉……虎即直搏传，传亦左右跳跃，挥杖击之。虎又俯伏，传亦蹲踞。须臾，复相挐攫，如此者数四。虎之前足，搭传之肩，传即以两手抱虎之项。良久，虎之势无以用其爪牙，传之勇无以展其心计。两相擎据，而仆夫但号呼于其侧。其家人怪日晏未归，仗剑而迎之。及见相捽，即挥刃前斫。虎腰既折，传乃免焉。数岁后，江南扰乱，群盗四集。传以斗虎之名，为众所服，推为首长，竟登戎帅之任，节制钟陵，镇抚一方，澄清六郡。唐僖昭之代，名振江西，官至中书令。[1]

《耳目记》是南唐刘崇远编撰的传奇志怪杂事集，全书篇目部分存世。除《耳目记》外，刘崇远还撰有《金华子杂编》[2]。据《金华子杂编·自序》"金华子者，河南刘生……生自童蒙岁，便解爱人博学，暨乎鬓发焦秃，而无所成名。凡为文章，略知宗旨。最嗜吟咏，而所得亦不出流辈。年逾壮室，方苾官于畿甸"[3]和《稽神录》"河南刘崇远，崇龟从弟也"[4]等的记载可知刘崇远是河南人，是刘崇龟的堂弟。刘崇远于史无征，但刘崇龟一家在唐末仕宦显达，兄弟八人中有四人都官居高位。新、旧《唐书》对刘崇龟兄弟都立有传记，其中刘崇龟在僖宗咸通至昭宗大顺年间入仕做官，曾任户部侍郎、岭南东道观察处置使等职。由刘崇远与刘崇龟的关系可知刘家本是河南府的大家族，但刘崇远一家在黄巢"横行中原，竟陷京洛"后离开东都洛阳，"愚家自京洛沦陷，遂河海播迁，此流寓江南之所自也"[5]，家族南迁后刘崇远曾仕宦南唐。刘崇远的出身和个人经历表明他的家族与政治关系密切，他本人虽有才华但落魄不达，深受唐末国家动乱之害，因此，他关心时局安危，关注士人命运。《耳目记》对钟传勇斗猛虎的详细记述以及对他"镇抚一方，澄清六郡""名振江西"的功业评价，显示出诸如刘崇远等乱世

---

①《太平广记》卷一九二《钟传》，第 1441 页。

②《唐五代志怪传奇叙录》，第 1585 页。

③刘崇远撰，李如冰校注：《金华子杂编·自序》，山东人民出版社，2018 年，第 161 页。

④《稽神录》拾遗《徐明府》，第 70 页。

⑤《金华子杂编》卷下，第 210—211 页。

文人对那些在国乱中建功立业和飞黄腾达者的仰慕之情。

　　从《唐摭言》《耳目记》等唐末五代的文人小说中可以看出当时人们对钟传发迹过程和尊重文人等行为的热衷和钦佩。其实与唐代其他的英雄或达官显贵相比，钟传的功业和地位并不是特别显赫，但同一时代的文人大都或多或少传录其事，如王定保（870—954）的《唐摭言》、王仁裕（880—956）的《玉堂闲话》、刘崇远（890—960）的《耳目记》、孙光宪（896—968）的《北梦琐言》以及徐铉（916—991）的《稽神录》等。这一现象折射出乱世文人对功成名就者传奇人生的关注和羡慕。

　　不论是中唐以来胡人识宝故事的广泛流传，还是钟传发迹经历与任江西节度使期间尊重人才之事在唐末五代的迅速传播，它们都体现了士人渴望乱中发达的理想。总体来看，乱世是古人生活最悲惨的阶段，虽然有人因乱而飞黄腾达，有人在乱中凭借聪明才智脱离苦难，但这些都冲淡不了动乱给社会带来的灾难以及给老百姓造成的伤害。

第三章　悲惨来源:作乱行为

乱世时期的种种人间惨剧和社会苦难,与作乱者的行为有直接关系。在中国古代,凡是对抗朝廷或犯上作乱的人都被称为"贼"。"贼"的情况很复杂,有的是农民义军,有的是军阀集团,有的是外来侵略者。他们有的有政治目的,主要打击官吏和豪强;有的仅是为了劫掠财物或人口;有的在危害民众的同时又有一定的正义性;有的纯粹是荼毒生灵。与诸如绿林强盗、军阀武装等多逞己志的作乱者不同,平民百姓的反抗活动多是因生活所迫、被逼无奈而发生,正如唐僖宗年间频繁出现的"草贼","本是平人,迫于饥馑,驱之为盗,情不愿为"[①]。但受正统思想的影响,许多发动底层起事的将领却被视为罪大恶极的"盗贼"。不论作乱者是何出身,有何目的,他们都会利用一定的手段或方法聚集力量,如有的用宗教信仰积聚人力物力,有的通过命定观念煽动人心。他们起事后都曾做过危害社会、祸乱百姓的事情,如劫掠财物、残害生命等,这些作乱行为是导致乱世苦难的直接因素。

第一节　利用宗教积聚力量

在"有神论"盛行的古代社会,凭借某种神秘力量或现象赢得民众信服是聚集人心、扩大势力的主要手段。统治阶级利用天命、宗教等思想或方式号令天下,而那些所谓的犯上作乱者也多用相同的手段来聚众起事。陈胜、吴广起义时的篝火狐鸣、鱼腹传书[②]和东汉末张角、张鲁利用太平道、五斗米道召民起事等都是以天命观或宗教力量为组织方式的典型。

---

①《旧唐书》卷一九(下)《僖宗本纪》,第 705 页。
②《史记·陈涉世家》:"卜者知其指意,曰:'足下事皆成,有功。然足下卜之鬼乎!'陈胜、吴广喜,念鬼,曰:'此教我先威众耳。'乃丹书帛曰'陈胜王',置人所罾鱼腹中。卒买鱼烹食,得鱼腹中书,固以怪之矣。又间令吴广之次所旁丛祠中,夜篝火,狐鸣呼曰'大楚兴,陈胜王'。卒皆夜惊恐。旦日,卒中往往语,皆指目陈胜。"见《史记》卷四八《陈涉世家》,第 1950 页。

一、以道教、佛教为手段起事

在古代,宗教具有极强的实用性,它既可以被统治阶级利用成为愚昧民众的工具,也可以被下层民众加工改造,成为对抗上层统治者的武器。"民间宗教运动在特定的一些历史条件下,与农民革命运动相契合,遂从一种宗教力量转化成政治力量、军事力量,形成极大的反抗现行秩序的潮流。"①

历史上较早利用宗教起义的是张角和他领导的太平道。太平道的实质与五斗米道类似,它们都是早期道教的一种。三国时期魏人鱼豢在《典略》中对张角等人用道教替民施符水治病以聚众的方法有详细记载:"熹平中,妖贼大起,三辅有骆曜。光和中,东方有张角,汉中有张修。骆曜教民缅匿法,角为太平道,修为五斗米道。太平道者,师持九节杖为符祝,教病人叩头思过,因以符水饮之,得病或日浅而愈者,则云此人信道,其或不愈,则为不信道。修法略与角同,加施静室,使病者处其中思过。又使人为奸令祭酒,祭酒主以《老子》五千文,使都习,号为奸令。为鬼吏,主为病者请祷。请祷之法,书病人姓名,说服罪之意。作表三通,其一上之天,著山上,其一埋之地,其一沉之水,谓之三官手书。使病者家出米五斗以为常,故号曰五斗米师。实无益于治病,但为淫妄,然小人昏愚,竞共事之。"②在科技水平低下的时代,灾病极易让人失去生命,因此各种宗教派别便以能去病除灾作为宣传手段以取得民众的信任和依赖。道教的两个门派——太平道和五斗米道之所以能召集成千上万的民众就是因为它们抓住了人们的现实需求,声称能治病救人。张角领导的太平道在短时间内积聚几十万人起来反抗朝廷,充分显示了宗教的巨大威力和人们对宗教治病救人的信服。

起事者除了以宗教理念和治病救人作为聚集力量的主要手段外,他们也常将幻术融入宗教之中以蒙骗信徒。幻术和骗术都是骗人的把戏,时常被一些别有用心的人利用,成为积聚人力和物力的独特工具。陈胜所用的"篝火狐鸣"其实就是一种赢得反抗者支持的骗术。《朝野佥载》记载了多个图谋不轨之人利用类似方法作乱的事件:

　　大足中,有祆妄人李慈德,自云能行符书厌,则天于内安置。布豆

---

① 马西沙、韩秉方:《中国民间宗教史》,中国社会科学出版社,2004年,第8页。
② 陈寿撰,陈乃乾校点:《三国志》卷八《张鲁传·注》,中华书局,1959年,第264页。

成兵马,画地为江河,与给使相知削竹为枪,缠被为甲,三更于内反,官人扰乱相杀者十二三。羽林将军杨玄基闻内里声叫,领兵斩关而入,杀慈德、阉竖数十人。

高宗时,有刘龙子妖言惑众。作一金龙头藏袖中,以羊肠盛蜜水绕系之。每相聚出龙头,言圣龙吐水,饮之百病皆差。遂转羊肠,水于龙口中出,与人饮之,皆罔云病愈,施舍无数。遂起逆谋,事发逃走,捕访久之擒获,斩之于市,并其党十余人。

白铁余者,延州稽胡也,左道惑众。先于深山中埋一金铜像于柏树之下,经数年,草生其上。给乡人曰:"吾昨夜山下过,每见佛光。"大设斋,卜吉日以出圣佛。及期,集数百人,命于非所藏处劚,不得。乃劝曰:"诸公不至诚布施,佛不可见。"由是男女争布施者百余万。更于埋处劚之,得金铜像。乡人以为圣,远近传之,莫不欲见。乃宣言曰:"见圣佛者,百病即愈。"左侧数百里,老小士女皆就之。乃以绯紫红黄绫为袋数十重盛像,人聚观者,去一重一回布施,收千端乃见像。如此矫伪一二年,乡人归伏,遂作乱。自号光王,署置官职,杀长吏,数年为患。[1]

李慈德以"布豆成兵马,画地为江河"的幻术企图在皇宫内造反;刘龙子将金龙头藏于袖中造成圣龙吐水的假象来聚集人气,谋逆反叛;白铁余自埋铜像造成圣佛出世之象聚集了所需的人力和物资。虽然这三则事例是局部动乱,但是作乱者积聚人力、物力的手段却极具代表性。用妖术作乱在唐宋时期极为常见,《王氏闻见录·功德山》通过描述黄巢下属作祟惑众的过程,揭示了妖术的做法和效果:

唐巢寇将乱中原,汴中有妖僧功德山,远近桑门皆归之。至于士庶,无不降附者。能于纸上画神寇,放入人家,令作祸祟,幻惑居人,通宵继昼,不能安寝,或致人疾苦。及命功德山赠金作法,则患立除之。又画纸作甲兵,夜夜于街坊嘶鸣,腾践城郭,天明即无所见。又多画其犬,焚祝之,夜则鸣吠,相咬啮于街衢,居人不得安眠。命而赠之,即悄无影响。人既异其术,趋术者愈众。又滑州亦有一僧,颇善妖术,与功德山无异,公私颇患之。时中书令王铎镇滑台,遂下令曰:"南燕地分

---

[1]《朝野金载》卷三,第66、71、73页。

有灾,宜善禳之。"遂自公衙至于诸军营,开启道场,延僧数千人。僧数不足,遂牒汴州,请功德山一行徒众悉赴之。遂以幡花螺钹迎至衙。赴道场之夕,分选近上名德,入于公衙,其余并令散赴诸营礼忏。泊入营,悉键门而坑之,方袍而死者数千人,衙中只留功德山已下酋长。讯之,并是巢贼之党。①

以妖术行骗者抓住世人渴望驱邪治病和崇佛信道的心理,极大地神化法术的灵验性。小说家对他们行骗过程的揭露显示了头脑清醒者对骗术的正确认识,但不明真相的民众却极易相信那些看似神异的事件,如宋代方腊起事时,方腊之妻就用"红装盛饰,如后妃之象。以镜置胸怀间,就日中行,则光彩烂然,竞传以为祥瑞"②的骗术笼络了大量信徒。利用镜子迎光反射产生光晕作为神异现象的骗局在《北梦琐言》中就有记载:"高燕公镇蜀日,大慈寺僧申报堂佛光见。燕公判曰:'付马步使捉佛光过。'所司密察之,诱其童子,具云:'僧辈以镜承隙日中影,闪于佛上。'由此乖露,擒而罪之。"③起事者用幻术欺骗民众时,常将骗术附着在佛教或道教之中,反映了民众对宗教威力的崇信。各种以宗教形式组织反抗活动的事件在古代盛行不衰,其中汉唐时期是下层民众利用道教和佛教为手段聚众起事的重要阶段,史书对此有大量记载。自汉至唐,史书所载的代表性宗教起事活动如下表。

史籍所载宋代以前的宗教起事事件

年代	首领及教派	事件内容	史料出处
建武三年(27)	张丰(道教)	张丰为涿郡太守,建武三年执使者,举兵反,自称无上大将军,与彭宠连兵。命征虏将军祭遵等击之,遵急攻丰。丰功曹孟厷执丰降。初,丰好方术,有道士言丰当为天子,以五彩囊裹石系丰肘,云石中有玉玺。丰信之,遂反。既执当斩,犹曰肘右有玉玺。	《册府元龟》卷九二一

①王仁裕:《王氏闻见录》,载傅璇琮等主编《五代史书汇编》,杭州出版社,2004年,第5848页。
②《朱子语类》:"方腊之乱,愚民望风响应。其间聚党劫掠者,皆假窃腊之名字,人人曰'方腊来矣'!所至瓦解。腊之妇红装盛饰,如后妃之象。以镜置胸怀间,就日中行,则光彩烂然,竞传以为祥瑞。"见黎靖德编,王星贤点校:《朱子语类》卷一三三《本朝七·盗贼》,中华书局,1986年,第3185页。
③《北梦琐言·佚文》卷三《大慈寺佛光》,第416页。

续表

年代	首领及教派	事件内容	史料出处
东汉末	张角 （道教）	钜鹿张角奉事黄、老，以妖术教授，号"太平道"。咒符水以疗病，令病者跪拜首过，或时病愈，众共神而信之。角分遣弟子周行四方，转相诳诱，十余年间，徒众数十万，自青、徐、幽、冀、荆、扬、兖、豫八州之人，莫不毕应。或弃卖财产，流移奔赴，填塞道路，未至病死者亦以万数。郡县不解其意，反言角以善道教化，为民所归。……角遂置三十六方；方，犹将军也，大方万余人，小方六七千，各立渠帅。讹言"苍天已死，黄天当立，岁在甲子，天下大吉。"以白土书京城寺门及州郡官府，皆作"甲子"字。……角等知事已露，晨夜驰敕诸方，一时俱起，皆著黄巾以为标帜，故时人谓之"黄巾贼"。二月，角自称天公将军，角弟宝称地公将军，宝弟梁称人公将军，所在燔烧官府，劫略聚邑，州郡失据，长吏多逃亡；旬月之间，天下响应，京师震动。安平、甘陵人各执其王应贼。	《资治通鉴》卷五八
西晋咸宁三年 （277）	陈瑞 （道教）	道士陈瑞以左道惑众，自号天师，徒附数千，积有岁月，为益州刺史王濬诛灭。	《广弘明集》卷一二
太和五年 （370）	李弘 （道教）	广汉妖贼李弘与益州妖贼李金根聚众反，弘自称圣王，众万余人。梓潼太守周虓讨平之。	《晋书》卷八
东晋末	孙恩、卢循 （道教）	孙恩字灵秀，琅邪人，孙秀之族也。世奉五斗米道……（叔父）泰见天下兵起，以为晋祚将终，乃扇动百姓，私集徒众，三吴士庶多从之。于时朝士皆惧泰为乱，以其与元显交厚，咸莫敢言。会稽内史谢輶发其谋，道子诛之。恩逃于海。众闻泰死，惑之，皆谓蝉蜕登仙，故就海中资给。恩聚合亡命得百余人，志欲复仇……于是恩据会稽，自号征东将军，号其党曰"长生人"，宣语令诛杀异己，有不同者辄及婴孩。	《晋书》卷一〇〇
天兴五年 （402）	张翘 （佛教）	沙门张翘自号无上王，与丁零鲜于次保聚党常山之行唐。夏四月，太守楼伏连讨斩之。	《魏书》卷二
元嘉二十八年 （451）	司马顺则 （佛教）	青州民司马顺则自称晋室近属，聚众号齐王。梁邹戍主崔勋之诣州，五月，乙酉，顺则乘虚袭梁邹城。又有沙门自称司马百年，亦聚众号安定王以应之。	《资治通鉴》卷一二六

年代	首领及教派	事件内容	史料出处
大明二年 （458）	高阇 （佛教）	大明二年，有吴标道人与羌人高阇谋反，上因是下诏曰："佛法讹替，沙门混杂，未足扶济鸿教，而专成逋薮。加奸心频发，凶状屡闻，败乱风俗，人神交怨。可付所在，精加沙汰，后有违犯，严加诛坐。"	《宋书》 卷九七
太和五年 （481）	法秀 （佛教）	沙门法秀谋反，伏诛。	《魏书》 卷七（上）
太和 十四年 （490）	司马惠御 （佛教）	沙门司马惠御自言圣王，谋破平原郡。擒获伏诛。	《魏书》 卷七（下）
永平二年 （509）	刘惠汪 （佛教）	泾州沙门刘慧汪聚众反，诏华州刺史奚康生讨之。	《魏书》 卷八
永平三年 （510）	刘光秀 （佛教）	秦州沙门刘光秀谋反。州郡捕斩之。	《魏书》 卷八
延昌三年 （514）	刘僧绍 （佛教）	幽州沙门刘僧绍聚众反，自号净居国明法王。州郡捕斩之。	《魏书》 卷八
延昌四年 （515）	法庆 （佛教）	时冀州沙门法庆既为妖幻，遂说勃海人李归伯。归伯合家从之，招率乡人，推法庆为主。法庆以归伯为十住菩萨、平魔军司、定汉王，自号"大乘"。杀一人者为一住菩萨，杀十人为十住菩萨。又合狂药，令人服之，父子兄弟不相知识，唯以杀害为事。于是聚众杀阜城令，破勃海郡，杀害吏人。刺史萧宝夤遣兼长史崔伯骥讨之，败于煮枣城，伯骥战没。凶众遂盛，所在屠灭寺舍，斩戮僧尼，焚烧经像，云新佛出世，除去旧魔。诏以遥为使持节、都督北征诸军事，帅步骑十万以讨之。	《魏书》 卷一九（上）
正光五年 （524）	冯宜都、 贺悦回成、 刘蠡升	时有五城郡山胡冯宜都、贺悦回成等以妖妄惑众，假称帝号，服素衣，持白伞白幡，率诸逆众，于云台郊抗拒王师……良率将士出战，大破之，于阵斩回成，复诱导诸胡令斩送宜都首。又山胡刘蠡升自云圣术，胡人信之，咸相影附，旬日之间，逆徒还振。	《魏书》 卷六九
大业六年 （610）	"弥勒佛"	有盗数十人，皆素冠练衣，焚香持华，自称弥勒佛，入自建国门。监门者皆稽首。既而夺卫士仗，将为乱。齐王暕遇而斩之。	《隋书》 卷三

年代	首领及教派	事件内容	史料出处
大业九年 (613)	宋子贤 (幻术)	唐县人宋子贤，善为幻术。每夜，楼上有光明，能变作佛形，自称弥勒出世。又悬大镜于堂上，纸素上画为蛇为兽及人形。有人来礼谒者，转侧其镜，遣观来生形像。或映见纸上蛇形，子贤辄告云："此罪业也，当更礼念。"又令礼谒，乃转人形示之。远近惑信，日数百千人。遂潜谋作乱，将为无遮佛会，因举兵，欲袭击乘舆。事泄，鹰扬郎将以兵捕之。夜至其所，绕其所居，但见火坑，兵不敢进。郎将曰："此地素无坑，止妖妄耳。"及进，无复火矣。遂擒斩之，并坐其党与千余家。	《隋书》 卷二三
大业九年 (613)	向海明 (佛教)	桑门向海明，于扶风自称弥勒佛出世，潜谋逆乱。人有归心者，辄获吉梦。由是人皆惑之，三辅之士，翕然称为大圣。因举兵反，众至数万。官军击破之。	《隋书》 卷二三
武德元年 (618)	高昙晟 (佛教)	怀戎沙门高昙晟因县令设斋，士民大集，昙晟与僧五千人拥斋众而反，杀县令及镇将，自称大乘皇帝，立尼静宣为邪输皇后，改元法轮。	《资治通鉴》 卷一八六
永隆二年 (681)	刘凝静	万年县女子刘凝静，乘白马，著白衣，男子从者八九十人，入太史局，升令厅床坐，勘问比有何灾异。太史令姚玄辩执之以闻。	《旧唐书》 卷三六
弘道元年 (683)	白铁余 (佛教)	绥州步落稽白铁余，埋铜佛于地中，久之，草生其上，绐其乡人曰："吾于此数见佛光。"择日集众掘地，果得之，因曰："得见圣佛者，百疾皆愈。"远近赴之。铁余以杂色囊盛之数十重，得厚施，乃去一囊。数年间，归信者众，遂谋作乱。据城平县，自称光明圣皇帝，置百官，进攻绥德、大斌二县，杀官吏，焚民居。	《资治通鉴》 卷二○三
开元初年 (713)	王怀古 (佛教)	王怀古，玄宗开元初，谓人曰："释迦牟尼佛末，更有新佛出，李家欲末，刘家欲兴。今冬，当有黑雪下贝州合出银城。"敕下，诸道按察使捕而戮之。	《册府元龟》 卷九二二
广明元年 (880)	青城弥勒 会妖人	唐军容使田令孜擅权，有回天之力。尝致书于许昌，为其兄陈敬瑄求兵马使职，节将崔侍中安潜不允。尔后崔公移镇西川，敬瑄与杨师立、牛勖、罗元杲以打球争三川，敬瑄获头筹，制授右蜀节旄以代崔公。中外惊骇。报状云，陈仆射之命，莫知谁何。青城县弥勒会妖人窥此声势，乃伪作陈仆射行李，云山东盗起，车驾必谋幸蜀，先以陈公走马赴任。乃树一魁伟，共翼佐之。军府未喻，亦差迎候。至近驿，有指挥索白马四匹，察事者觉其非常，乃羁縻之。未供承间，而真陈仆射亦连辔而至，其妖人等悉擒缚，而俟命颍川，俾隐而诛之。	《北梦琐言》 卷四

二、以摩尼教为起事方式

利用宗教起事在唐以前多见于史书载录，唐以来除了官方记载外，许多小说作品也以此为题材。宋代以前的宗教起义多是利用佛教和道教，但佛、道在传播过程中，一些宗教领袖为了提高教派地位和扩大影响力，便对教义进行改造以得到统治阶级的认同，从而被统治者接受和利用，成为官方统治民众的思想工具。因此，佛教和道教在许多历史时期都是官方宗教，如道教在西汉和唐代，佛教在南北朝和唐朝，都处于国教的位置。与佛、道的官方性不同，摩尼教传入中国后基本上在民间流行，并且逐渐成为下层民众组织人力的主要手段。

摩尼教大约在唐高宗或武则天当政时传入中国，并且得到武则天的信奉，"慕阇，当唐高宗朝，行教中国。至武则天时，慕阇高弟密乌没斯拂多诞复入见，群僧妒譛，互相击难。则天悦其说，留使课经"[1]，"延载元年（694），敕天下僧尼旧隶司宾，今改隶祠部。波斯国人拂多诞持《二宗经》伪教来朝"[2]。摩尼教传入中国后，虽曾得到统治者的支持，但不久就被禁断了，如开元二十年（732）七月，原先允许摩尼教设置法堂的唐玄宗下令禁断此教，"末摩尼法，本是邪见，妄称佛教，诳惑黎元，宜严加禁断。以其西胡等既是乡法，当身自行，不须科罪者"[3]。尤其是在武宗会昌灭佛时，摩尼教也遭到了灭顶之灾，"会昌三年，敕天下摩尼寺并废入官。京城女摩尼七十二人死。及在此国回纥诸摩尼等配流诸道，死者大半"[4]，"会昌三年四月中旬，敕下，令杀天下摩尼师。剃发，令着袈裟，作沙门形而杀之"[5]。

这些记载表明摩尼教为了能够在中国流传而在一定程度上依托佛教，借枝繁殖。但是这种"背靠大树好乘凉"的做法也使它在"大树"被打击时遭到重创，以至于彻底失去合法地位，再也没有得到官方的允许而公开传播。但这个遭到统治者禁断的外来宗教却在民间杂糅了其他教派的内容而演化为民间秘密宗教，并成为底层民众组织反抗活动的重要手段。从五

---

① 何乔远编撰：《闽书》卷七《方域志》，福建人民出版社，1994 年，第 172 页。
② 志磐撰，释道法校注：《佛祖统纪》卷四〇，上海古籍出版社，2012 年，第 931 页。
③ 《通典》卷四〇《职官》，第 1103 页。
④ 赞宁撰，富世平校注：《大宋僧史略校注》卷下，中华书局，2015 年，第 217 页。
⑤ ［日］圆仁撰，顾承甫、何泉达点校：《入唐求法巡礼行记》卷三，上海古籍出版社，1986 年，第 160 页。

代至宋末，它的造反、作乱性质日益被统治者重视。下层民众利用摩尼教起事的最早记录是后梁贞明六年（920）的毋乙起义：

> （贞明六年）冬十月，陈州妖贼毋乙、董乙伏诛。陈州里俗之人，喜习左道，依浮图氏之教，自立一宗，号曰"上乘"。不食荤茹，诱化庸民，揉杂淫秽，宵聚昼散。州县因循，遂致滋蔓。时刺史惠王友能恃戚藩之宠，动多不法，故奸慝之徒，望风影附。毋乙数辈，渐及千人，攻掠乡社，长吏不能诘。是岁秋，其众益盛，南通淮夷，朝廷累发州兵讨捕，反为贼所败。陈、颍、蔡三州大被其毒。群贼乃立毋乙为天子，其余豪首，各有树置。①

薛居正所撰《旧五代史》并没有指明毋乙的宗教属性，只是指出毋乙等人依靠"左道惑众"，而且他们虽然依凭佛教，但又"自立一宗"，有"不食荤茹""宵聚昼散"的宗派特点。较早明确毋乙摩尼教徒身份的是北宋僧人释赞宁：

> 梁贞明六年，陈州末尼党类立毋乙为天子。发兵讨之，生擒毋乙，余党械送阙下，斩于都市。初，陈州里俗，喜习左道，依浮图之教，自立一宗，号"上上乘"，不食荤茹，诱化庸民，糅杂淫秽，宵集昼散。因刺史惠王友能动多不法，由是妖贼啸聚，累讨未平。及贞明中，诛斩方尽。后唐、石晋，时复潜兴，推一人为主，百事禀从。或画一魔王踞座，佛为其洗足，云：佛止大乘，此乃上上乘也。盖影傍佛教，所谓相似道也。②

陈垣认为"《僧史略》撰于北宋太平兴国间，与薛史同时，去朱梁之世，不过六十年。其词与薛史大同，当同所本。《释门正统》谓赞宁生于梁贞明五年，是毋乙之反，在赞宁既生以后。曰'后唐石晋，时复潜兴'，自石晋至北宋初，直三四十年耳。以三四十年闻见之近，谓为末尼，必有所据"③。因此，虽然薛居正撰写的《旧五代史》没有确定毋乙的宗教派别，但《僧史略》与《旧五代史》几乎同时成书，它的记载是可靠的，由此可以断定后梁的陈州起义就是摩尼教徒所为。

五代之后，摩尼教又杂合佛教和道教的某些因子，行为方式驳杂，但都

---

① 薛居正等撰：《旧五代史》卷一〇《梁书·末帝纪》，中华书局，1976年，第144页。
② 《大宋僧史略校注》卷下，第217页。
③ 陈垣：《陈垣学术论文集》第1集《摩尼教入中国考》，中华书局，1982年，第352页。

有侍奉魔王这一基本要义，而且在民间的影响力日益扩大，甚至成为下层民众反抗统治阶级的一支重要力量，这在宋代极为显著。宋代摩尼教徒的起事活动引起了统治者和正统文人的恐慌和重视，他们对与之相关的事件进行详细记录，提出应对的措施和方案，如宋徽宗年间的方腊起义就被定性为摩尼教作乱。

方腊起义影响极大，被认为是"方腊起而中国动"①。甚至有人将两宋之际的财政困难都归结到方腊一事上，如《青溪寇轨》曰："（方腊）前后所戕人命数百万，江南由是凋瘵，不复昔日之十一矣。迨建炎南渡，经费多端，愈益穷困，不可复支，向非腊之耗乱，江淮、二浙，公私充实，南渡后可藉为恢复之资，亦未可知也。噫，腊之耗乱可哀也已！"②方勺认为方腊起事严重危害了宋代政治和经济形势，因此对方腊一事非常留意，详察其渊源流变：

> 宣和二年十月，睦州青溪县堨村居人方腊，托左道以惑众……腊自号圣公，改元永乐，置偏裨将，以巾饰为别，自红巾而上凡六等，无甲胄，惟以鬼神诡秘事相扇摇。数日，聚恶少千余，焚民居，掠金帛子女。提点刑狱张苑、通判州事叶居中不能招致，欲尽杀乃已。故贼得胁虏良民为兵，旬日有众数万……少保刘延庆由江东入至宣州泾县，遇贼伪八大王，斩五千级，复歙州，出贼背。统制王禀、王涣、杨惟忠、辛兴宗自杭趋睦，取睦州，与江东兵合，斩获一百七十里，生擒方腊及伪相方肥等、妻邱、子亳二太子等凡五十二人，于梓桐石坑中杀贼七万，招来老幼四十余万，复使归业……是役也，用兵十五万，斩贼百余万……贼所杀平民不下二百万……故梓桐相传有天子基、万年楼，方腊因得凭藉以起。又以《沙门宝志谶记》诱惑愚民，而贫穷游手之徒，相乘为乱。青溪为睦大邑……地势迂险，贼一旦焚荡，无一存者，群党据险以守，因谓之洞。而浙人安习太平，不识兵革，一闻金鼓声，则敛手听命。不逞小民，往往反为贼向导，劫富室，杀官吏士人，以徼利。渠魁未授首间，所掠妇女自洞逃出，倮而雉经于林中者，由汤岩、榴树岭一带凡

---

① 《故礼部尚书龙图阁学士黄公墓志铭》记载了嘉定二年黄度的奏折，有"昔方腊反虽即灭，而天下之势遂动，中国由此不能立"之语。见叶适撰，刘公纯等点校：《叶适集·水心文集》卷二〇，中华书局，2010年，第395页。
② 方勺撰，许沛藻、杨立扬点校：《泊宅编·青溪寇轨》，中华书局，1983年，第113页。

八十五里，九村山谷相望，不知其数。

后汉张角、张燕辈，托天师道陵为远祖，立祭酒治病，使人出米五斗而病遂愈，谓之五斗米道。至其滋盛，则剽劫州县，无所不为，其流至今，吃菜事魔夜聚晓散者是也。凡魔拜必北向，以张角实起于北方……平时不饮酒食肉，甘枯槁，趋静默，若有志于为善者。然男女无别，不事耕织，衣食无所得，辄务攘夺以挺乱。①

方勺从正统文人的立场出发称方腊一党为贼，指责方腊部众杀掠民众、焚烧房屋、危害极大的恶劣行径。这一记载既有事实成分，也有正统文人的偏见。在对方腊托左道惑众的定性上，方勺既称他们为魔贼，又认为他们是张角五斗米道的余绪。这其实反映了方腊一派将道教融入摩尼教的宗教特色。实际上，方腊党徒以红色巾饰为标志的着装方式就具有多教派相融合的特点。摩尼教本来是穿白色法衣的"白佛"，"信徒也崇尚白色，即使摩尼教演变成民间秘密宗教以后，起初在穿着上也没有发生什么变化。可是到了北宋末，方腊起义和南宋余五婆起义时，起义军却明确记载着以红巾或赭服为标志。这一变化，表面看来只是颜色上的变换，其实则不然，它标志着摩尼教在与中国原有的民间秘密宗教相互融合的道路上，迈出了一大步"，"宋以后的摩尼教之所以采用红巾、赭服，恰恰表明在其演进过程中，接受了弥勒佛衣红着赭的传说，适应了各民间教派互相融合的历史潮流"②。

方腊集聚人力、组织反抗力量的方式就是将传统道教在民间的影响力与"魔贼"符合民众生产生活规律的"吃菜事魔夜聚晓散"的行动特色相结合的结果，其中"吃菜事魔"的摩尼教性质更为显著。有关"事魔食菜"的具体方法与宗教属性，《鸡肋编》中有详细描述：

事魔食菜，法禁甚严……而近时事者益众，云自福建，流至温州，遂及二浙。睦州方腊之乱，其徒处处相煽而起。闻其法：断荤酒，不事神佛祖先，不会宾客。死则裸葬……其魁谓之魔王，为之佐者，谓之魔翁、魔母，各诱化人。旦、望，人出四十九钱，于魔翁处烧香。翁母则聚所得缗钱，以时纳于魔王，岁获不赀云。亦诵《金刚经》，取"以色见我"

---

①《泊宅编·青溪寇轨》，第108—110页。
②《中国民间宗教史》，第79—80页。

为"邪道",故不事神佛。但拜日月,以为真佛……其初授法,设誓甚重。然以张角为祖,虽死于汤镬,终不敢言角字。传云何执中守官台州,州获事魔之人,勘鞫久不能得。或云何处州龙泉人,其乡邑多有事者,必能察其虚实,乃委之穷究。何以杂物数件问之,能识其名则非是,而置一羊角其中。他皆名之,至角则不言,遂决其狱。如不事祖先、裸葬之类,固已害风俗。而又谓人生为苦,若杀之,是救其苦也,谓之度人。度多者,则可以成佛。故结集既众,乘乱而起,甘嗜杀人,最为大患。尤憎恶释氏,盖以戒杀与之为戾耳。但禁令太严,每有告者,株连既广,又当籍没,全家流放,与死为等,必协力同心,以拒官吏。州县惮之,率不敢按,反致增多。[①]

庄绰总结了方腊宗教起义的三个特点:第一,当时政府虽对"事魔食菜"者刑罚极严,但在南方的福建、两浙地区仍有大批信徒。政府的严酷法令不但没有消灭他们,反而使信徒们更加团结;第二,方腊起事后,各地"事魔食菜"者也都起来响应;第三,这些信徒崇尚裸葬,既诵《金刚经》,又以张角为祖,且杀人成癖。

以杀人为度人,把杀人作为修行的宗教行为在早期的宗教起事中屡有发生,如东晋末年的孙恩、卢循在起义时对不响应他们的五斗米教徒——会稽内史王凝之照杀不误,且"号其党曰'长生人',宣语令诛杀异己,有不同者戮及婴孩,由是死者十七八"。他们"烧仓廪,焚邑屋,刊木堙井,虏掠财货,相率聚于会稽。其妇女有婴累不能去者,囊箧盛婴儿投于水,而告之曰:'贺汝先登仙堂,我寻后就汝。'"[②]又如在北魏宣武帝时佛教异端法庆的暴动事件中,"(法庆)说勃海人李归伯,归伯合家从之,招率乡人,推法庆为主。法庆以归伯为十住菩萨、平魔军司、定汉王,自号'大乘'。杀一人者为一住菩萨,杀十人为十住菩萨。又合狂药,令人服之,父子兄弟不相知识,唯以杀害为事"[③]。这些表明某些宗教起事首领为达到聚集人心和铲除异己等目的而采用了极其残酷的方法。

方勺和庄绰在记述方腊党徒时都提到他们是"魔贼""事魔食菜",与张

---

① 《鸡肋编》卷上,第11—12页。
② 《晋书》卷一○○《孙恩传》,第2632—2633页。
③ 魏收撰:《魏书》卷一九(上)《元遥传》,中华书局,1974年,第445页。

角的五斗米道关系密切，但并没有指明方腊信奉的是摩尼教。根据《僧史略》中摩尼教徒毋乙起事时事魔王、不食茹荤的特点来看，方腊等徒众的特征与其极为相似，而且在此之后许多学人认为宋代所说的"事魔食菜"就是摩尼教在民间发展过程中与其他教派相结合而形成的基本特征，如王国维的《摩尼教流行中国考》、陈垣的《摩尼教入中国考》等都把"事魔食菜"作为摩尼教在中国流传的主要内容。五斗米道是中国土生土长的宗教，摩尼教是典型的外来宗教，方腊起事的方式表明摩尼教在民间的发展具有与中国其他宗教，尤其是有着反抗精神的五斗米道等教派相结合的特征。

由于摩尼教主张光明战胜黑暗的"二宗三际"之说，因此，在宋代及其以后也被称为明教。北宋宣和二年（1120），就有臣僚奏报称"温州等处狂悖之人，自称明教，号为行者。今来明教行者，各于所居乡村，建立屋宇，号为斋堂，如温州共有四十余处，并是私建无名额佛堂，每年正月内取历中密日，聚集侍者、听者、姑婆、斋姊等人，建设道场，鼓扇愚民，男女夜聚晓散"①。宣和三年（1121）尚书省上奏："江浙吃菜事魔之徒，习以成风。自来虽有禁止传习妖教，刑赏既无止绝吃菜事魔之文，即州县监司不为禁止，民间无由告捕，遂致事魔之人聚众山谷，一日窃发，倍废经画。若不重立禁约，即难以止绝。"②可见在北宋末年，江浙地区信奉以"吃菜事魔"为特征的明教之人极多，并引起了朝廷恐慌。南宋绍兴四年（1134）起居舍人王居正上书，详细介绍了"吃菜事魔"的特点及状况："两浙州县，有吃菜事魔之俗。方腊以前，法禁尚宽，而事魔之俗犹未至于甚炽；方腊之后，法禁愈严，而事魔之俗愈不可胜禁……事魔者，每乡或村，有一二桀黠，谓之魔头，尽录其乡村之人姓氏名字，相与谊盟，为事魔之党。凡事魔者不食肉，而一家有事，同党之人皆出力以相振恤。盖不食肉则费省，故易足。同党则相亲，相亲故相恤，而事易济……民愚无知，谓吾从魔之言，事魔之道，而食易足事易济也。故以魔头之说为皆可信，而争趋归之。此所以法禁愈严而愈不可胜禁。"③

由于宋代统治阶层意识到以"吃菜事魔"为特征的摩尼教在民间起事时影响巨大，因此，一些正统文人就建议朝廷采取行动消灭这种宗教活动。

---

①徐松辑：《宋会要辑稿》刑法（二）《禁约》，中华书局，1987年，第6534页。
②《宋会要辑稿》刑法（二）《禁约》，第6536页。
③李心传：《建炎以来系年要录》卷七六，中华书局，1988年，第1248—1249页。

李守谦《戒事魔十诗》以诗歌形式揭露事魔的各种危害,劝诫老百姓不要受邪魔蛊惑,要明辨是非,过正常人的生活:

> 劝尔编氓莫事魔,魔成刬地祸殃多。家财破荡身狼籍,看取胡忠季子和。

> 白衣夜会说无根,到晓奔逃各出门。此是邪魔名外道,自投刑辟害儿孙。

> 金针引透白莲池,此语欺人亦自欺。何似田桑家五亩,鸡豚狗彘勿违时。

> 莫念双宗二会经,官中条令至分明。罪流更溢三千里,白佛安能救尔生。

> 生儿只遣事犁鉏,有智宜令早读书。莫被胡辉相引诱,此人决脊尚囚拘。

> 蚩蚩女妇太无知,吃菜何须自苦为。料想阿童鞭背后,心中虽悔可能追。

> 仙居旧有祖师堂,坐落当初白塔乡。眼见菜头头落地,今人讳说吕师襄。

> 贵贱家家必有尊,如何舍祖事魔神。细思父母恩难报,早转头来孝尔亲。

> 肉味鱼腥吃不妨,随宜茶饭守家常,朝昏但莫为诸恶,底用金垆爇乳香。

> 官家为是爱斯民,临遣知州诲尔谆。愿尔进知庠序教,怕嫌尔做事魔人。[1]

陆游曾上书指出摩尼教的危害性和严重性,他说:"自古盗贼之兴,若止因水旱饥馑,迫于寒饿,啸聚攻劫,则措置有方,便可抚定,必不能大为朝廷之忧。惟是妖幻邪人,平时诳惑良民,结连素定,待时而发,则其为害,未易可测。伏缘此色人处处皆有,淮南谓之二檜子,两浙谓之牟尼教,江东谓之四果,江西谓之金刚禅,福建谓之明教、揭谛斋之类,名号不一,明教尤甚。至有秀才吏人军兵亦相传习,其神号曰明使。又有肉佛、骨佛、血佛等

---

① 陈耆卿:《嘉定赤城志》卷三七《风土门》,载《中国方志丛书·华中地方》,台北成文出版社,1983年,第7366页。

号,白衣乌帽,所在成社。伪经妖像,至于刻版流布,假借政和中道官程若清等为校勘,福州知州黄裳为监雕。以祭祖考为引鬼,永绝血食,以溺为法水,用以沐浴。其他妖滥,未易概举。烧乳香,则乳香为之贵;食菌蕈,则菌蕈为之贵。更相结习,有同胶漆,万一窃发,可为寒心。汉之张角,晋之孙恩,近岁之方腊,皆是类也。"①

自方腊之后,以"吃菜事魔"为特征的民间摩尼教徒的活动引起了统治者的极大恐慌和重视,他们想方设法阻止此类教派的进一步发展,甚至对其残酷镇压。但是在黑暗统治下的劳苦大众离不开宗教活动,他们需要宗教理念的心理慰藉和宗教团体同心协力反抗当政者以求得生存。因此,诸如摩尼教、白莲教等教派的宗教起事活动在元明清各朝时有发生。这些反抗斗争都沉重打击了当权者的腐朽统治,显示了宗教在民间的巨大影响力。

由于宗教的派别之争以及起事首领个人的喜好和素质差异,许多以宗教为手段的反抗活动都带有乱杀无辜的血腥成分,严重危害了普通民众的生命安全。因此,古代民间以宗教为组织手段的反抗活动虽在一定程度上动摇了当权者的统治基础,但也做出了一些恐怖事件和荒唐行为,破坏了人们正常的生活秩序,这使许多宗教起事的性质驳杂难定。

第二节　黄巢逸事与唐末乱象

在中国古代政权斗争史上,秦末的陈胜和吴广、汉末的张角三兄弟、唐末的黄巢以及明末的李自成等领导的农民大起义是动摇了统治基础的民间反抗活动,在当时都掀起了巨大的变革浪潮,影响深远。在众多的起事将领中,黄巢是最被文人津津乐道的人物。这是因为一方面黄巢所处的时代是中国封建社会国力最强盛、文化最丰富的唐朝,后人对唐王朝灭亡原因的追索不可避免地触及黄巢起事的影响上;另一方面黄巢部属大肆杀戮权贵的行为致使长期盛行的门阀观念迅速消失,社会变革力度极大。

黄巢领导的农民大起义掀开了唐末五代社会大动荡的序幕,此后的唐王朝在风雨飘摇中走向灭亡。《北梦琐言》在概括唐末作乱行恶的武装力

---

① 陆游:《陆游集·渭南文集》卷五《条对状》,中华书局,1976年,第 2015 页。

量时说："唐运陵替,皆有历数,自黄巢既戮,蔡贼生焉。宗权灭后,而朱玫、
王行瑜继之。才舍茂贞,而有韩建。所谓一莽虽死,十莽复生。何天意不
祐乎！竟为朱温宰相。"①在亲历唐末战乱的孙光宪看来,黄巢首开晚唐暴
乱之风,之后秦宗权、朱温等六七个作乱的大头目残暴生灵,加速了唐王朝
的灭亡,尤其是暴虐无道的朱温直接篡夺了李唐江山。唐末的作乱者大都
是争权夺利、穷凶极恶之徒,《旧唐书·秦宗权传》用"为害斯甚"四字总结
了作乱者罄竹难书的罪恶。对于唐末动乱时由作乱者恶行造成的社会灾
难和民众苦难,晚唐五代文人感触极深,他们用纪实性的写法予以揭露,如
《剧谈录》《三水小牍》《北梦琐言》等小说集都广泛反映了当时的社会与
民生。

　　《剧谈录》作者康骈是乾符年间进士②,据《剧谈录》自序"骈咸通中始
随乡赋……或得史官残事,聚于竹素之间,进趋不遑,未暇编缀。及寇犯天
邑,挈归渔樵,属江表乱离,亡逸都尽……然则平昔之道,本为丁文,既未能
立匡世之功名,又安得舍穷愁之翰墨？因想时经丧乱,代隔中兴,人事变
更,邈同千载,寂寥堙没,知者渐稀"③,可知此书编于黄巢起事时,"此作记
中晚唐故事,皆作者亲所闻见。骈当唐末丧乱,故中多感慨,且时发议论,
寄其讽世之意"④。《三水小牍》的作者皇甫枚出身名门,外祖父为宣宗朝
的宰相白敏中,他在唐亡后的天祐庚午岁(910)撰成《三水小牍》时已年近
耄耋⑤,因此,唐自黄巢起事以来的种种乱象和乱中世人的情感倾向在小
说中都有极为真实的表现,"其述唐末之事,屡言妖灾祸患,虽事涉迷信,要
亦'妖由人兴,可为戒惧'之意。而彰忠烈、斥暴逆,尤可见惩恶扬善之志。
篇末多垂教训,又喜以史赞出之"⑥。《北梦琐言》作于五代,但多记唐末时
事,作者孙光宪历仕南平三世,官至荆南节度副使,他"每聆一事,未敢孤
信,三复参校,然始濡毫。非但垂之空言,亦欲因事劝戒"⑦的写作态度,使

①《北梦琐言》卷一四《韩建始终》,第285页。
②《剧谈录》的作者多题为康骈,但据李剑国先生辨证,应为康骈。见《唐五代志怪传奇叙录》,第
　1268页。
③《剧谈录·序》,载《开元天宝遗事(外七种)》,第141页。
④《唐五代志怪传奇叙录》,第1284页。
⑤《唐五代志怪传奇叙录》,第1360页。按:天祐庚午即天祐八年,唐朝已亡三年。当时皇甫枚寓
　居汾晋,而晋王李克用在唐亡后为表示不忘旧朝仍用李唐年号。
⑥《唐五代志怪传奇叙录》,第1378页。
⑦《北梦琐言·序》,第15页。

《北梦琐言》的乱世描写具有极强的实录性质和劝惩精神,其中不仅勾勒出唐昭宗年间藩镇争夺、民不聊生、帝臣被害的乱世概貌,而且也指出唐末"乱离以来,官爵过滥,封王作辅,狗尾续貂"①等细微的政治问题。这些亲历乱世的小说家的创作,不仅暴露了唐末的种种社会弊端和悲惨景象,而且对各种错综复杂的政治问题与国乱之间的关系也有深刻反思。

　　纵观唐末的亡国之路,僖宗年间的王仙芝、黄巢起义是至关重要的一环。它使晚唐的各种政治问题和社会矛盾尽皆凸显,之后国家在宦官专权和藩镇割据的权力争斗中耗尽了最后的能量,并使夹缝中的朝廷文官政治更加不堪一击,以至于趁乱发家的朱温操控朝政并彻底颠覆李唐王朝而篡权自立。正是由于黄巢起义激化了各种促使李唐王朝灭亡的矛盾和问题,因此,唐末文人对黄巢集团颇多不满,与之相关的故事也以负面的居多。

　　一、黄巢逸事的恐怖性

　　在唐宋小说家笔下,黄巢不仅是箭垛式的人物,而且是令人生畏的作乱者,如《唐阙史·虎食伊璠》指出"巢偷污踞宫阙","冠裳农贾,挈妻孥潜迹而出者,不可胜记。至有积月陷寇,终日逃避"。《鉴诫录·金统事》也称黄巢攻入长安后"京城内外,杀戮三千余人。百司惊惶,皆悉逃窜"。小说家之所以憎恶黄巢,应与黄巢军所做的恶事有关：

　　　　黄巢自长安遁归,与其众屯于陈、蔡间溵河,下寨连络,号"八山营"。于时蔡州秦宗权惧巢,以城降之。时既饥乏,野无所掠,唯捕人为食。肉尽继之以骨,或碓捣,或砲磨,咸用充饥。②

　　黄巢军"捕人为食"的传闻在五代流传颇广,除《北梦琐言》外,后晋史学家刘昫的《旧唐书》也有类似记载,中和三年(883)六月"时黄巢与宗权合从,纵兵四掠,远近皆罹其酷。时仍岁大饥,民无积聚,贼俘人为食,其炮炙处谓之'春磨寨',白骨山积,丧乱之极,无甚于斯"③。薛居正《旧五代史》亦记有黄巢军在陈州时"驱掳编氓,杀以充食,号为'春磨寨'"④之事。刘

---

①《北梦琐言》卷一八《无官酬勋》,第336页。
②《北梦琐言》卷一六《春磨寨》,第308页。
③《旧唐书》卷一九(下)《僖宗本纪》,第717页。
④《旧五代史》卷一《梁书·太祖纪》,第4页。

昫(888—947)、孙光宪(896—968)、薛居正(912—981)这三个几乎同时代的文人对黄巢"舂磨寨"事件的共同关注和文字载录,充分反映了这一野蛮恐怖行为对世人的严重冲击和深远影响,以至于事后的几十年间民众口耳相传,文人口诛笔伐。

黄巢军杀人为食的现象在古代灾荒战乱之时并不少见,如朱粲在隋末作乱时曾"驱男女小大仰一大铜钟,可二百石,煮人肉以喂贼"。唐末军营里也时常发生吃人事件,《唐阙史·军中生饤》载黄巢攻陷钟陵后,"诏会诸侯之师讨之","上命内臣之贵显者,慰抚于柳营,有军帅置生饤于皇华,发函伸幅,以肉脚冠其首。皇华喜为珍贶,不以羊呼者,意其避其心瞿之字也。则命启器,乃刑刖一足,屈于棳中,缣袽麻屦,亦不削去"①,再现了平乱时期地方将帅将人肉献给皇帝使臣的场面。《北梦琐言》记有韦昭度部下"以军粮阙乏,兵士擒曳掌武亲吏骆别驾名志者,胹而啖之"②的吃人方法。在令人恐怖的吃人事件中,黄巢部众的做法尤其残暴,他们不仅大肆捕杀居民,而且"肉尽继之以骨,或碓捣,或硙磨"。这种野蛮至极的恶劣行径定然让人恨之入骨,难以忘却。

唐末宦官专权和藩镇割据的政治乱象达到顶峰,混乱的政坛和频仍的天灾使得朝廷财政日益困匮,百姓无法生存。在这危急时刻,黄巢带领部属发动反抗活动是顺应民意、符合历史潮流的。但就黄巢和他集团的影响而言,不论是官方史书还是小说家的记述,以及民间流传的谣谚,几乎全是负面话语。这不得不让人反思黄巢军的所作所为。

黄巢等人的反抗活动虽然起于官吏盘剥、政治腐败,但是他们是一种被逼无奈下的自发行为,并没有远大的目标或者救民于水火的志向,因此,追逐名利和贪图享乐是黄巢及其部属的主要行事目的。如《新唐书》记述了黄巢在得知只有王仙芝得到朝廷封赏时击打王仙芝以及王仙芝死后他屡次向朝廷求官的事情:"巢陷桂管,进寇广州,诒节度使李迢书,求表为天平节度,又胁崔璆言于朝,宰相郑畋欲许之,卢携、田令孜执不可。巢又丐安南都护、广州节度使。"③这表明黄巢是将对抗朝廷作为提升个人地位的筹码。

---

① 《唐阙史》卷下,载《唐五代笔记小说大观》,第 1364 页。
② 《北梦琐言》卷五《韦太尉伐西川》,第 109 页。
③ 《新唐书》卷二二五(下)《逆臣传(下)·黄巢》,第 6454 页。

黄巢率军攻破洛阳和长安,建立大齐政权,彻底摧垮了唐王朝的统治基础。但由于他有屡次科考不中和起事之后求官不得的经历,使他对豪门大族痛恨至极,因此在攻陷长安后,血腥杀戮世家大族,"甫数日,因大掠,缚楇居人索财,号'淘物'。富家皆跣而驱,贼酋阅甲第以处,争取人妻女乱之,捕得官吏悉斩之,火庐舍不可赀,宗室侯王屠之无类矣","巢复入京师,怒民迎王师,纵击杀八万人,血流于路可涉也,谓之'洗城'"①。《北梦琐言》中的《李琪书树叶》《乐工关小红》和《李氏女》等篇都有"黄巢犯阙,大驾幸蜀,衣冠荡析,寇盗纵横"等相似的表述,由此可见黄巢起事对衣冠士族的打击是毁灭性的。黄巢军入长安后造成的"天街踏尽公卿骨"的悲惨场景极大地冲击了士人做官求贵的野心,以至于许多望族子弟在黄巢乱后不愿再入仕为官。

黄巢军不仅大肆屠杀大族和平民,而且也凌辱妇女,皇甫枚《三水小牍》中的《郏城令陆存遇贼偷生、李庭妻崔氏骂贼被杀》和《殷保晦妻封氏骂贼死》等都详细记述了女性被残害的过程,并传达了世人对这种恶行的痛恨和对被害女性的同情:

> 陆存者,愚儒也。衰白之后,方调授汝州郏城令,时乾符丁酉岁也。是秋,王仙芝党与起自海沂,来攻郡,途经郏城,存微服将遁,为贼所虏……存惧,急撮面两手速拍曰:"祖祖父父,世业世业。"众大笑,释之。时县尉李庭妻崔氏,有殊色。贼至为所掠,将妻之,崔氏大诟曰:"我公卿家女,为士子妻,死乃缘命,岂受草贼污辱!"贼怒,刳其心而食,见者无不洒涕。

> 渤海封夫人讳询,字景文,天官侍郎敖孙也。诸兄皆贡士,有声名场。夫人气韵恬和,容止都雅,善草隶,工文章……咸通戊子岁,始从媒妁,移天于殷门故秘省校书保晦退构。退构兄,余寮婿也。爱钟自出,姑实亲姨,凤夜蒸蒸,劬劳无怠。广明庚子岁,妖缠黄道,蚌起白丁,关辅烽飞,辇毂退狩。以天府陆海之盛,奄化为鲸鲵腹中。即冬十二月七日也……贼酋睹夫人之丽,将欲叱后乘以载之。夫人正色相拒,确然不移,诱说万辞,俱瞑目反背而莫顾。日将夕,贼因勃然起曰:"行则保罗绮于百龄,止则取齑粉于一剑。"夫人奋袂骂曰:"狂贼狂贼,

---

① 《新唐书》卷二二五(下)《逆臣传(下)·黄巢》,第 6458、6460 页。

我生于公卿高门，为士君子正室，琴瑟叶奏，凤凰和鸣。岂意昊天不容，降此大戾，守正而死，犹生之年。终不负秽抱羞于汝逆竖之手！"言讫，遇害……三婢子睹主父主母俱殒，乃相携投浚井而死……辛丑岁，遐构兄出自雍，话兹事，以余有春秋学，命笔削以备史官之阙。①

《三水小牍》所记的这两个不畏强暴、骂贼而死的女性形象应是作者根据现实事件甚至是他亲历亲闻之后创作的，这可从皇甫枚的个人经历及这两则故事所记的时间、地点和人物中得到线索。据《三水小牍》不同篇章中的作者自述可知，皇甫枚（841—911）"懿宗咸通十二年辛卯（871），居京师兰陵里第，是年又在东都洛阳，十三年壬辰，居洛阳敦化里第。十四年癸巳调补汝州鲁山县主簿，冬自汝入秦。咸通中及僖宗广明元年庚子（880）尝居汝州别业温泉。广明元年曾至洛阳，光启初（885）寓居荥阳"②。"李庭妻崔氏"发生在僖宗乾符四年（877）的汝州郏城，皇甫枚在此之前赴任汝州鲁山县主簿，此事可能发生在他任职汝州或寓居汝州别业期间。而"殷保晦妻"更是殷保晦之兄在辛丑年即僖宗中和元年（881）将自己的家族旧事告诉皇甫枚的。因此，这两件事的实录性质非常鲜明。这两则故事都赞扬了女性临危守节的德操，而凌逼、杀害女性的元凶则是黄巢部属，世人眼中的狂贼，由此揭露了反抗朝廷的农民军军无纪律、残害妇女的罪恶。

殷保晦夫妻在黄巢军入长安时惨遭杀害一事在当时流传颇广，除《三水小牍》外，《北梦琐言》也有记载："唐进士殷保晦，妻封夫人，皆中朝士族也。殷公历官台省，始举进士时，文卷皆内子为之，动合规式，中外皆知。良人偶傥疏放，善与人交，未尝以文章为意。黄寇犯阙，夫妻遭难。初，封夫人就刃，殷公失声，双血被面。其从母为尼，亲见其祸，泣言于姻亲。愚于殷之中表闻之。"③与皇甫枚亲自从殷保晦兄长那里得到的素材相似，孙光宪也是从殷家亲属那里听来的殷氏夫妻死亡情状。虽然《三水小牍》侧重于描写封氏死节的壮烈场面，《北梦琐言》重在突出封氏死后其夫殷保晦悲痛至死的惨况，但这两篇颇具时事性质的作品都揭露了黄巢起义给世人带来的深重灾难，并在着重强调殷氏夫妻二人名门望族的出身中折射了唐

---

①皇甫枚：《三水小牍》卷下，中华书局上海编辑所，1958年，第21、23页。
②《唐五代志怪传奇叙录》，第1359页。
③《北梦琐言》卷一一《垂血泪》，第245页。

末士大夫自矜阀阅的行为和对豪贵家族节操之事的重视。也可以说,唐末士大夫是将殷保晦夫妻二人作为高门大姓的楷模加以传扬的。正是由于殷家人的传颂和皇甫枚、孙光宪等文人的载录,封氏守节抗贼的行为才能在唐末以来广为流传,并被史学家作为女性楷模收录在正史中,如《新唐书》载："殷保晦妻封,敖孙也,名绚,字景文,能文章、草隶。保晦历校书郎。黄巢入长安,共匿兰陵里。明日,保晦逃,贼悦封色,欲取之,固拒。贼诱说万词,不答。贼怒,勃然曰:'从则生,不然,正膏我剑。'封骂曰:'我,公卿子,守正而死,犹生也,终不辱逆贼手!'遂遇害。保晦归,左右曰:'夫人死矣!'保晦号而绝。"[①]

从崔氏、封氏这两个女性被黄巢军杀害后的流传情况来看,她们的事迹是逐渐被世人熟知的,这可从不同时期撰写的唐史中得到印证。后晋刘昫的《旧唐书》并没有收录这两位女性,而且从《列女传》开篇"末代风靡,贞行寂寥"[②]的表述中能够感受到修史者对唐末无节烈妇女的遗憾心理。而北宋欧阳修的《新唐书·列女传》则收录了这两个女性"骂贼而死"的壮烈事件。这说明受《三水小牍》和《北梦琐言》等的影响,崔、封二人的节烈事迹日渐流传,而与孙光宪同时代的刘昫可能没有听说二女之事,因此在修《旧唐书》时反而感叹唐末没有节妇。

崔氏、封氏惨遭杀害的故事反映了黄巢起义时的两个突出现象,一是黄巢部下残忍好色、凌逼妇女的恶行;二是唐末的一些世家大族仍以门第高贵为荣,崔氏"我公卿家女,为士子妻"和封氏"我生于公卿高门,为士君子正室"的表白都体现了她们蔑视底层起义者的心理。而这一自矜门第的行为更激起了起义者仇视富贵的情绪,因此他们就用各种手段摧残、折磨被俘的世家大族。这是唐末五代文人在描述黄巢集团时竭力暴露他们残忍和无道的主要原因。

黄巢及其部属之所以被文人尽记其恶,除了他们大肆屠杀官宦与士人外,也与他们残害百姓、挟私报复有很大关系。刘崇远《金华子杂编》中的记载在一定程度上揭示了这一问题:

> 黄巢本王仙芝贼中判官。仙芝既死,贼众戴之为首,遂日盛。横

---

①《新唐书》卷二〇五《列女传·殷保晦妻封绚》,第5830页。
②《旧唐书》卷一九三《列女传》,第5138页。

行中原，竟陷京洛，数年方灭……始盗贼聚于曹、濮，皆承平之蒸民也。官吏刻剥于赋敛，水旱不恤其病馁。父母妻子，求养无计。初则窥夺谷粟，以救死命。党与既成，则连衡同恶，跨山压海，东逾梁、宋，南穷高、广。[①]

卢公携入相三日，堂判福建观察使播等九人上官之时，众词疑惑。王回、崔理、郎幼复等三人到任之后，政事乖张，并勒停见任，天下为之炭薲。黄巢势盛，遣使乞郓州节度使，敕下许之。携谓："妖乱之徒，若许则侥倖得志。"及潼关不守，銮驾将西幸，为小黄门数十人诣宅拥门诟责之，遂置董而毙。黄巢既入京，斫其棺焉。[②]

在刘崇远看来黄巢起事是在"官吏刻剥于赋敛，水旱不恤其病馁。父母妻子，求养无计"时发动的，有官逼民反的性质。但黄巢在取得短暂胜利后并没有重视民众，没有为老百姓做好事，"党与既成，则连衡同恶"，因此走上了失败之路。不仅黄巢部属作恶多端，而且黄巢本人也心胸狭窄、一心为己，如黄巢率领部下取得一些成功后渴望与朝廷妥协以求得官位，但当时的宰相卢携没有答应他的做官要求，以至于黄巢带军攻陷长安后对已死的卢携剖棺戮尸。这些行为反映了黄巢起事有极强的个人目的性和公报私仇的狭隘性。

从当时的社会矛盾来看，唐王朝的残酷剥削和压榨使黄巢军的反抗行动带有一定的必然性和正义性，但黄巢起事成功后没有实行与民有利的政策，没有赢得民心。因此，黄巢建立政权又很快失败的结局不是偶然，人们对他的仇视态度也不完全是出于文人的偏见。除了《金华子杂编》对此问题的客观描述外，《旧唐书》对黄巢的认识也较为公允，既记载了"巢众累年为盗，行伍不胜其富，遇穷民于路，争行施遗。既入春明门，坊市聚观，尚让慰晓市人曰：'黄王为生灵，不似李家不恤汝辈，但各安家。'巢贼众竞投物遗人"的善举，又揭露了"时京畿百姓皆砦于山谷，累年废耕耘，贼坐空城，赋输无入，谷食腾踊，米斗三十千。官军皆执山砦百姓，鬻于贼为食，人获数十万"和"贼围陈郡三百日，关东仍岁无耕稼，人饿倚墙壁间，贼俘人而食，日杀数千。贼有舂磨砦，为巨碓数百，生纳人于臼碎之，合骨而食，其流

---

①《金华子杂编》卷下，第 211 页。
②《金华子杂编》卷下，第 213 页。

毒若是"①的罪行。《旧唐书》编撰于李唐灭亡不久的后晋，距黄巢活动的时间大约半个世纪，主撰者刘昫等人都经历过唐末战乱，因此，对黄巢事件的载录具有纪实性的特征。从《旧唐书》可知黄巢军在形势较好时能施善于民，但在危急时刻，便不顾百姓死活，买人为食，甚至围杀民众，舂磨合骨而食。

《新唐书》也能正视黄巢军在不同时期的义举与恶行。他刚起事时善待儒生，"初，军中谣曰：'逢儒则肉，师必覆。'巢入闽，俘民绐称儒者，皆释"；但攻入福州城后就"焚室庐，杀人如蓺"；渡淮后，黄巢又"整众不剽掠，所过惟取丁壮益兵"；进入洛阳后，"劳问而已，里闾晏然"；刚入长安时，"见穷民，抵金帛与之"，但"甫数日，因大掠，缚棰居人索财，号'淘物'。富家皆跣而驱，贼酋阅甲第以处，争取人妻女乱之，捕得官吏悉斩之，火庐舍不可赀，宗室侯王屠之无类矣"；"巢复入京师，怒民迎王师，纵击杀八万人，血流于路可涉也，谓之'洗城'"②。正统史学家虽然对"贼""寇"多持批判态度，但并没有掩盖黄巢军早期的善举，可见在对待黄巢问题上，史家的态度是比较客观的。但总的来说，在正统士人心中黄巢部属恶贯满盈。

大肆屠杀民众、失去民心是黄巢起事最终失败的主要原因。本来黄巢军占领长安后粮食充足，防御坚固，有足够的力量打垮唐军，但是他犯了暂时成功的起义者都容易产生的毛病，那就是奢靡享乐、为所欲为。他大兴土木，消耗着京城的物资和能量。杜光庭《录异记》中关于刘万余、邓慢儿、摘星、胡弟等人设法削弱黄巢的战斗力和长安城防御能力的记载就揭示了黄巢军的享乐误事行为。而刘万余等人的做法则体现了人们对李唐王朝的支持和对黄巢的反感，也正是这种感情的驱使，使黄巢建立的政权走进了死胡同。

从与黄巢同时代或稍后文人的传述中，可以充分感受到当时主流社会对黄巢的仇视心态。这种态度既与黄巢部属大肆屠戮士族阶层，彻底摧垮门阀势力和文人官僚集团有关，也与黄巢军滥杀无辜的恐怖行为以及由此带来的社会混乱密不可分。受唐末以来黄巢故事的残暴性和野蛮性的影响，宋人提起黄巢仍不寒而栗，如《夷坚志·黄巢庙》中对黄巢神灵的怪异

①《旧唐书》卷二〇〇（下）《黄巢传》，第5393—5397页。
②《新唐书》卷二二五（下）《逆臣传（下）·黄巢》，第6454—6460页。

化设想就折射了这一现象:

> 柳州宜章县黄沙峒,山势险恶……山上有黄巢庙,不知何时何人所立,其前一杉木合抱。山下人每闻庙内声唶,若有数百人受令唯唶者,则峒民必啸聚而叛。淳熙中,王宣子尚书为湖南帅,留意治寇。适有作乱者,命统制官杨钦领兵讨平之,因发火箭焚其庙,且伐其树。临欲仆,有大黑蛇长丈许,顶上披发,呀然跃出,为搏噬之状,众环以弓矢射杀之……自是一方获宁。①

南宋淳熙年间(1174—1189)王宣子治寇中的怪异现象表明当时人不仅把令人害怕的黑蛇看成是黄巢的神灵,而且还认为黄巢神灵是柳州峒民作乱的根源。由此可知,在宋人心中黄巢依然被视为恶魔而不是英雄,反映了黄巢起义的负面性质在民众中的深远影响。

二、唐末政府军的罪恶

中唐以来社会问题极多,除宦官肆意专权带来的政治腐朽外,藩镇内部和藩镇之间的权力争斗更使各地民众长期饱受战火的侵害。在晚唐"贤臣斥死,庸懦在位,厚赋深刑,天下愁苦"②的政治形势下,不堪忍受剥削和压迫的下层人民奋起反抗,懿、僖年间裘甫、庞勋、黄巢等民间起事活动波及大江南北,一步步冲击着摇摇欲坠的王朝统治。在国家风雨飘摇的危急时刻,许多朝廷官兵和藩镇将士不仅不思报国,反而借救国之名抢占地盘,搜刮民财,甚至为抢劫财物而贻误战机,以致战局转胜为败。如藩镇将领陈璠和结义兄弟带兵违抗帅命,"屠平阴,掠圃田而下及沛",赶走并杀掉主帅一家,"惨酷喜杀,复厚敛淫刑,百姓怨嗟,五年中赀贿山积"③;王仙芝大兵之后,"(李)钧节制上党","至上党统众出雁门,兵既不戢,暴残居民"④等等。诸如陈璠、李钧等朝廷军官趁乱残害国家和百姓的恶行在唐末比比皆是,官修唐史对此也多有反映,《旧唐书·僖宗本纪》载朝廷主帅王铎在与黄巢战败后,他的别将刘汉宏"大掠江陵之民,剽剥不胜其酷,士民亡窜

①《夷坚志·夷坚支乙》卷五《黄巢庙》,835 页。
②《新唐书》卷二二五(下)《逆臣(下)》,第 6469 页。
③《三水小牍》卷下《陈璠临刑赋诗》,第 19 页。
④《三水小牍》卷下《暴风拔旆李钧不终》,第 34 页。

山谷,江陵焚剽殆尽"①;《新唐书·黄巢传》记述了朝廷召集地方节度使率军征剿黄巢党徒时,"都人传言巢已走,邠、泾军争入京师,诸军亦解甲休,竞掠货财子女,市少年亦冒作羿,肆为剽。巢伏野,使觇城中弛备,则遣孟楷率贼数百掩邠、泾军,都人犹谓王师,欢迎之。时军士得珍贿,不胜载,闻贼至,重负不能走,是以甚败";以及黄巢二次败离长安时,"委辎重珍赏于道,诸军争取之,不复追,故贼得整军去"②。这些记载充分暴露了唐末朝廷军队贪婪残暴和腐朽无能的本性,也可以说当时的官军就是强盗,他们打着朝廷旗号做着祸国殃民的恶事,其危害地方的严重后果丝毫不亚于那些作乱者。

在藩镇割据、军阀混战的唐末,各军事集团的明争暗斗不仅消耗着国家仅有的资源和力量,而且也使许多无辜之人丧命。具有实录精神的《北梦琐言》对唐末各股政治势力和军事集团交互争斗之事尤为关注,如《披褐至殿门》和《朱令公为昭宗拢马》都详细记了最终篡夺李唐政权的朱温在昭宗年间与宰相和宦官及地方藩镇节帅合作、争斗的过程。"天复元年,凤翔李茂贞请入观奏事,朝廷允之,盖军容使韩全诲与之交结。昭宗御安福楼,茂贞涕泣陈匡救之言。时崔胤密奏曰:'此奸人也,未足为信。陛下宜宽怀待之。'翌日,宴于寿春殿,茂贞肩舆,衣驼褐,入金鸾门,易服赴宴。咸以为前代跋扈,未有此也。时韩全诲深相交结,崔胤惧之,自此亦结朱全忠,竟致汴州迎驾,与凤翔连兵,劫迁入洛之始。识者以王子带召戎,崔胤比之。先是,茂贞入阙,焚烧京城","汴帅朱公再围凤翔,与茂贞军战于虢县西槐林驿,大败岐军,横尸不绝,鲍气闻于十里。昭宗遂杀宦官韩全诲已下二十二人首宣示,茂贞亦斩其义子继筠首以送,于是车驾还宫……至京师,以宰相崔胤判六军。乃下诏诛宦官第五可范已下七百一十人,又凤翔驾前宰相卢光启等一百余人,并赐自尽"③。宰相和宦官为了掌握朝政,分别勾结地方节度使,最终导致皇帝被劫、大臣被杀、天下大乱、死尸遍野。

《北梦琐言》对唐末军阀混战过程的全面记述,揭示了种种社会问题与国家灭亡的复杂关系。如《韦太尉伐西川》披露了朝廷要员镇守地方时临阵畏缩、"不敢近前",甚至"惧罹其祸"而托疾弃权的现象;《内官改创职事》

①《旧唐书》卷一九(下)《僖宗本纪》,第 706 页。
②《新唐书》卷二二五(下)《逆臣传(下)·黄巢》,第 6459、6462 页。
③《北梦琐言》卷一五,第 290、294 页。

指出了唐代"自安、史已来,兵难荐臻,天子播越,亲卫戎柄,皆付大阉"的宦官专权问题;《披褐至殿门》将宦官和朝臣为达到各自政治目的而与地方藩镇结交却最终致祸的斗争真相尽皆显现;《朱令公为昭宗拢马》揭露了朱温尽杀宦官、劫掠昭宗东迁的跋扈面貌;《昭宗遇弑》《谋害衣冠》等痛斥了朱温杀害昭宗和朝廷大臣的罪恶行径。

在唐末混乱的权力斗争中,打着朝廷旗号的王师只知争夺权势、残害百姓,一旦到了为国征战时,他们却畏首畏尾,毫无战斗力和忠义之心。《三水小牍·周撞子》就以揶揄的方式暴露了将官无能的现象:

> 唐广明岁,薛能失律于许昌,都将周岌代之。明年宰相王徽过许,谓岌曰:"昔闻贵藩有部将周撞子,得非司空耶? 何致此号?"岌愧赧良久,答曰:"岌出身走卒,实蕴壮心,每有征行,不避锋剑,左冲右掉,屡立微功,所以军中有此名号。"王笑,复谓岌曰:"当时扑落涡河里,可是撞不著耶!"岌顷总许卒征徐,方为贼所败,溺于涡水,或拯之,仅免,故有此言。[1]

除了官军的凶狠低能外,朝廷重臣的懦弱平庸也是导致唐末乱象加剧的重要因素,如僖宗朝的王铎,虽在当时声望甚高,实际却是庸碌无能之辈:

> 唐王中令铎,重德名家,位望崇显,率由文雅,然非定乱之才,镇渚宫为都统,以御黄巢。寇兵渐近,先是,赴镇以姬妾自随,其内未行,本以妒忌。忽报夫人离京在道,中令谓从事曰:"黄巢渐以南来,夫人又自北至。旦夕情味,何以安处?"幕僚戏曰:"不如降黄巢。"公亦大笑之。泊荆州失守,复把潼关。黄巢差人传语云:"令公儒生,非是我敌。请自退避,无辱锋刃。"于是弃关,随僖皇播迁于蜀。再授都统,收复京都,大勋不成,竟罹非命。[2]

作为朝廷宰辅的王铎在国家大乱之际毫无统军救国之法,只会不战而逃,甚至在出朝为官时还奢侈炫富,以至于被地方势力所害。这一状况在唐末并不少见,《北梦琐言·儒将成败》以不懂谋略、不会用人、临阵而逃的

---

① 《三水小牍》卷下《周撞子》,第 31 页。
② 《北梦琐言》卷三《王中令铎拒黄巢》,第 50 页。

王铎为例，列举了在"大盗移国，群雄奋戈"的危难时刻众多与之相似的无用之臣，如能"杀戮黄寇，镇静关畿"却被李昌言"胁而逐之"的郑畋，以及崔璆、崔瑾、韦岫、蔡崇、支详、薛能、李都、窦澣等在敌人面前"狼狈恐惧，求免不暇"的各地主政者，还有张浚、韩建、孙揆、朱朴和韦昭度等自视甚高却毫无谋略者。诸如王铎、韦昭度等当权者不能有效处置军国政事的现象反映了唐末政府官员没有真才实能、朝廷军队毫无战斗力，以及势力强大的军阀可以左右一切的社会现实。

当政者的昏聩愚昧不仅表现在他们性格懦弱、无力御敌上，而且也体现在他们在灾难面前的迂腐行为上。《北梦琐言》中的《侯昌业表》和《朱李骤进》就揭露了朝廷官员的荒唐面目：

> 唐自广明后，阉人擅权……而王仙芝、黄巢剽掠江、淮，朝廷忧之。左拾遗侯昌业上疏，极言时病，留中不出，命于伏内戮之。后有传侯昌业疏词不合事体，其末云："请开揭谛道场，以消兵厉。"似为庸僧伪作也，必若侯昌业以此识见犯上，宜其死也。
>
> 唐李师望，乃诸宗属也，自负才术，欲以方面为己任。因旅游邛蜀，备知南蛮之勇怯，遂上书希割西川数州，于临邛郡建定边军节度，诏旨允之。乃自凤翔少尹擢领此任。于时西川大将，嫉其分裂巡属，乃阴通南诏。于是蛮军为近界乡豪所导，侵轶蜀川。元戎窦滂不能遏截，师望亦寻受贬，黜陇西。光化中，朱朴自《毛诗》博士登庸，恃其口辩，可以立致太平，由藩邸引导，闻于昭宗，遂有此拜。对扬之日，面陈时事数条，每言"臣必为陛下致之"。洎操大柄，无以施展，自是恩泽日衰，中外腾沸。①

在黄巢部属威胁中央统治时，作为朝廷谏官的侯昌业妄图举办佛教道场来消除祸患的做法确实谬妄至极；而自负才术的李师望上疏皇帝在临邛增设定边军节度使后却无力守护蜀川的结果和以文章入仕、自我吹嘘的朱朴得到官职后只会说大话的行为也是极其荒唐的。而这些妄自尊大、迂腐可笑的庸才却能被朝廷委以重任，折射了王朝衰微之时统治者不知所措、胡乱施政的面貌，以及国家行将灭亡时无可救药的程度。

---

① 《北梦琐言》卷六，第 127、131 页。

　　与《北梦琐言》相比,成书于昭宗乾宁二年(895)的《剧谈录》①是较早提出因宰辅重臣任用不当而导致国乱日益严重的小说,如《宰相布施》和《命相日雨雹》就对以王铎为代表的宰相无力处置国家危难表示不满:

　　　　乾符中,有宰相自中书还第,使人以布囊盛钱数千,沿路以施丐者。于是贫乏相率罗路隅,所分既微,渐不能普。台铉行李无复威仪。时有朝士,投笺谏之,其略云:方今兵寇互兴,民力凋弊,所望明公弼成大化,弥纶纪纲;举贤任能,以光庶事;俾万物各得其理,百姓日用不知;损不急之官,杜私门之请。如此则刑清俗富,天下自无穷人。不宜专政庙堂,方行小惠。昔子产以己车济人于溱洧,君子谓不知为政,不如以时修桥梁。惟明公察焉,执政者览书惭怒。俄而巢寇陷京,遂及于难。

　　　　乾符六年夏五月,巢寇自广陵将及襄汉,朝廷以王铎令公为南面都统,崔相国、豆卢相国同日策拜。宣麻之际,殿庭雾气四塞;及政事堂立班贺,有雹大如鸡卵。识者以为钧轴不祥之兆。明年大寇攻陷京师,二相俱及于难。岂天意乎? 非人事也!②

　　这两则僖宗乾符年间的宰相逸事表面上是记述当政者不懂施政要略的荒唐行为以及他们在天下大乱时死于非命的遭遇,实际上却是对国家命运的反思。《宰相布施》借用文士的谏书对宰相不懂治国方略却妄图以小恩小惠收买人心的做法提出质疑;《命相日雨雹》从崔相国等执政者在黄巢起义中被杀的结局出发,表面上是从天命和人事两方面来探究国家遭乱的原因,其实"岂天意乎? 非人事也"的反问表明国乱原因是朝廷用人不当。

　　《剧谈录》《三水小牍》《北梦琐言》等时事小说集将晚唐以来政治斗争中各派势力的此消彼长以及各割据政权罪恶的发家史进行了全面展示,充分反映了处在夹缝中的平民百姓和文人士绅的艰难生活,揭露了唐末各种作乱势力尤其是朝廷官军误国害民的罪恶。南宋罗大经评价王朝末期的官吏时说:"古今国家之亡,兆之者夷狄盗贼,而成之者不肖之官吏也。且非特兵乱之后,暴驱虐取吾民而已,方其变之始也,不务为弭变之道,乃以幸变之心,施激变之术,张皇其事,夸大其功,借生灵之性命,为富贵之梯

①《唐五代志怪传奇叙录》,第 1271 页。
②《剧谈录》卷下,载《开元天宝遗事(外七种)》,第 163、169 页。

媒。甚者假夷狄盗贼以邀胁其君，展转滋蔓，日甚一日，而国随之矣。"①反观唐末的混乱局面，尤其是朝廷要员、宦官势力与藩镇节帅之间的行事方略和勾结争斗及其后果，这一见解是非常精当的。

第三节　《夷坚志》与宋代"盗贼"

北宋灭亡后，金人深入中原腹地，南宋朝廷在东躲西藏中无力治理国家，社会混乱不堪。王明清在《挥麈录》中概括了建炎年间（1127—1130）的各种作乱势力，主要有"乘贼先而恣掠卤"的官军与搜括居民、"杀掠不可胜数"的金兵，以及"村落凶顽，杀人攘劫，毒甚于虏"的无赖盗匪，甚至还有"纵其麾下剽民居窖藏""苛配强敛"的地方长官②。在金军、官兵和盗贼的轮番攻击下，南宋初年国计民生近乎崩溃，广大劳苦大众几乎没有生存空间。绍兴元年（1131）监察御史韩璜上疏曰："臣误蒙使令，将命湖外，民间疾苦，法当奏闻。自江西至湖南，无问郡县与村落，极目灰烬，所至破残，十室九空。询其所以，皆缘金人未到，而溃败散之兵先之。金人既去，而袭逐之师继至。官兵盗贼，劫掠一同，城市乡村，搜索殆遍。盗贼既退，疮痍未苏。官吏不务安集，而更加刻剥。兵将所过纵暴，而唯事诛求。嗷嗷之声，比比皆是，民心散畔，不绝如丝。"③建炎、绍兴年间的老百姓在各种强权势力的欺凌中饱受了前所未有的灾难和痛苦。

在各种侵扰百姓、危害社会的作乱势力中，"盗贼"是群体最复杂、波及面最广的一类。盗贼来源广泛，有的是与金军作战后的溃兵败卒；有的是不满将帅的军士；有的是占山为王、依海抢掠的劫匪或海盗；有的是靖康年间自发组织的民间"勤王"团体，在徽、钦二帝被俘后作乱；有的是反抗官府贪暴虐民的义军。南宋初年，频繁的盗贼作乱对国家政权和人民生活影响极大，《宋史·高宗本纪》在宋代所有帝王本纪中篇幅最长，但基本上都是对盗贼的记录。尤其是从建炎元年（1127）五月李纲诛叛卒周德至绍兴六年（1136）岳飞平定杨么起义的十年间，几乎就是当时的"盗贼史"。各地此起彼伏的盗乱集团时而投降，时而又叛，严重扰乱了社会安定，时刻威胁着

---

① 《鹤林玉露·乙编》卷三《叔世官吏》，第 168 页。
② 王明清撰，田松清校点，《挥麈录·后录》卷九，上海古籍出版社，2012 年，第 126—127 页。
③ 《建炎以来系年要录》卷四一，第 759 页。

人民的生命和财产安全。

　　由北宋亡国而产生的各种社会问题尤其是盗乱现象,激发了许多文人的使命感和创作热情,他们通过编年、杂记、小说等不同形式予以传述,如李纲(1083—1140)的《靖康传信录》、曹勋(1098—1174)的《北狩见闻录》、洪迈(1123—1202)的《夷坚志》、徐梦莘(1126—1207)的《三朝北盟会编》、王明清(1127—1202)的《挥麈录》、李心传(1166—1243)的《建炎以来系年要录》和《建炎以来朝野杂记》等等。在众多的实时文献中,洪迈的小说集《夷坚志》融纪实性和虚构性于一体,全面展现了两宋之际尤其是南宋初年的各种社会风貌,真切表达了人们的情感和愿望。

　　洪迈生活在南宋初年,《夷坚志》是其穷毕生精力编撰的小说集,它卷帙浩繁、题材广泛,尤其重视金兵入侵给宋人造成的各种灾难以及由此引起的盗贼横行问题。在注重征实求信,强调"耳目相接,皆表表有据依"[1]的创作理念下,《夷坚志》对盗乱的记述具有原生态性质,从中可以窥见当时纷繁复杂的社会乱象。

一、湘赣多盗因地形

　　金人入侵中原后,南宋王朝的统治区域主要在两江、两湖、福建和广东等地[2]。金兵为了扩大势力,还时常侵扰南宋居民。受金军围追袭扰和溃兵散卒贪暴掳掠,以及大量北方流民突然涌入的影响,南方地区物资匮乏,各种动乱此起彼伏,盗乱现象极其严重。这一状况在《夷坚志》中有非常突出的表现。《夷坚志》中的盗乱故事多发生在江西、湖南等地,如《夷坚志补》卷二《鼎州兵妻》开篇即言:"绍兴初,湖湘多盗。"其他如《夷坚甲志》卷九《宗本遇异人》、卷一四《杨晖入阴府》,《夷坚丙志》卷一九《天帝召段琛》,《夷坚丁志》卷二《富池庙》、卷一六《胡邦宁》,《夷坚支乙》卷九《宜黄县治》,《夷坚支景》卷四《扈宣赞》、卷七《王宣二犬》,《夷坚三志壬》卷九《俞杰孝感》等篇中盗乱的地点在江南东、西路,即今天江西的大部分地区;《夷坚支甲》卷一〇《褒忠庙》、《夷坚三志辛》卷四《巴陵血光》、《夷坚三志壬》卷九《复州谢黥》、《夷坚志补》卷一《吴氏父子二梦》等盗乱事件发生在荆湖。此

──────────

[1] 洪迈:《夷坚志·夷坚乙志序》,第185页。
[2]《鸡肋编》:"绍兴年间,天下州郡遂成三分:一为伪齐、金房所据;一付张浚,承制除拜;朝廷所有,唯二浙、江、湖、闽、广而已。"见《鸡肋编》卷中,第74页。

外,福建、广州等也是盗乱频发之地。从本质上讲,这些地方盗乱肆起的主要原因是官吏横行、赋税沉重。绍兴元年,谏议大夫黎确上书曰:"福建盗起,本于科敛诛剥,民不堪命。"[1]因不堪忍受剥削而奋起反抗是各地民众起事的共同原因。

　　除政策弊端外,盗乱地区之所以如此集中,还有一个特殊因素,就是与当地的地形有关。当时参加平乱的官员对此深有感触,如张浚在征讨杨么义军时就指出"寇阻重湖,春夏则耕耘,秋冬水落,则收粮于寨,载老小于船中,而驱其众四出为暴"[2]的特点。杨么部众依靠湖泊之险,选择行动方式,使官军无法征剿。岳飞后来平定杨么,也是依计去除了义军依仗地势的有利条件,"(贼舟)以数百计。舟依轮激水,疾驶如羽,左右前后俱置撞竿,官舟犯之,辄破。又官舟浅小,而贼舟高大,贼矢石自上而下,而官军仰面攻之,见其舟而不见其人。先臣取君山之木,多为巨筏,塞湖中诸港。又以腐烂草木,自上流浮而下。择视水浅之地,遣口伐者二千人挑之,且行且詈。贼闻詈,不胜愤,争挥瓦石,追而投之。俄而草木坌积舟轮下,胶滞不行。先臣亟遣军攻之,贼奔港中,为筏所拒。官军乘筏,张牛革以拒矢石,群举巨木撞贼舟,舟为之碎。杨么举钟仪投于水,继乃自仆。牛皋投水,擒么至先臣前"[3]。一代名将岳飞剿灭杨么起义的关键一步就是用激怒法让杨么部下乱扔瓦石,最终使其失去了依靠水上便利,用大舟抗击朝廷军队的优势。

　　南宋初有十几起民乱发生在虔州,因此虔州成为朝廷关注的重点区域。名臣赵鼎在绍兴三年(1133)上书曰:"虔、吉之民,素号顽狡,平日不事生产,至秋冬收成之后,即结集徒党,出没侵掠。"[4]点明了虔州盗乱与地形和民风的关系。虔州既多山又四通八达的地势极利于民众起事后从事各项活动,平盗名将岳飞对此深有体会,他的奏章说:"今年讨捕虔、吉州界盗贼,山寨计数百余座。其吉盗如彭铁大、李动天两寨,结连肆毒,其徒多至数万,侵犯江西、湖南,及以次首领号为十大王,桀黠为甚。虔盗如陈颙、罗

①《建炎以来系年要录》卷四二,第767页。
②熊克编,顾吉辰、郭群一点校:《中兴小纪》卷一八,福建人民出版社,1985年,第229页。
③岳珂编,王曾瑜校注:《鄂国金佗粹编续编校注·鄂国金佗粹编》卷六《经进鄂王行实编年·绍兴五年》,中华书局,1999年,第321—324页。
④赵鼎撰,李蹊点校:《忠正德文集》卷二《乞下邻路防托虔寇》,上海古籍出版社,2018年,第32页。

闲十等四百余党,自为头首,各成寨栅。其徒十余万众,结为表里,拒敌官军,尤为猖獗。恃赖山险,侵犯数路。"①虔州之民依靠有利地形聚众起事在南宋初年盗乱现象中特别突出,备受关注:

> 虔州本汉赣县,属豫章郡……州之四傍皆连山,与庾岭、循、梅相接。故其人凶悍,喜为盗贼,犯上冒禁,不畏诛杀。建炎初,太母携六宫避胡至彼,而陈大五长者首为狂悖。自后十余年,十县处处盗起,招来捕戮,终莫能禁……其无礼不循法度盖天性,亦山水风气致然也。②
>
> 虔之为郡,介于闽、广、江西三路之间,地形险阻,山林深密,贼知官兵之至,则云散鸟没,无有追袭。官兵一退,则又复啸聚,故得迁延岁月。③

庄绰(1079—1149)和张守(1084—1145)都是经历过北宋灭亡的朝廷官员,他们都把虔州山势复杂的地形作为当地盗贼猖獗的主要因素。其实地理优势只是促成盗乱的诱因,虔州等地盗乱不止的根源在于赋多吏贪的政策弊端,"臣契勘本路盗贼虽由风俗犷悍,亦缘军兴之后,编户死于兵火,田庐变为丘墟,复业之余民无几,赋税之旧籍散亡,省记出于临时,而县官不能核实,费多出于平日,而贪吏并缘为奸,掊剋实烦,人穷思盗,所以十余年间不得休息"④。

湖湘、虔州等地盗乱横行、盗贼屡剿不止的根本原因在于朝廷不能有效解决官贪民贫的问题,但民众依靠有利地形与官军周旋也是南宋初年盗乱不息的特有现象。

二、盗贼趁乱杀人多

在两宋之际的混乱时期,野蛮的金兵与御金失败的溃兵败卒遍布各地,他们到处劫财杀人,荼毒生灵,严重危害了社会生产和民众生活。《夷坚志三补·愿代母死》以"建炎间,大盗群起,遇人必杀,清源皆逃于蒙山。未几盗至,众多被害"的简要叙述揭露了当时的残酷现实。盗贼残害无辜

---

① 《鄂国金佗稡编续编校注·鄂国金佗稡编》卷一七《家集·再论虔州平盗赏申省札子》,第949—950页。
② 《鸡肋编》卷下,第96页。
③ 张守撰,刘云军点校:《毘陵集》卷三《论措置虔贼札子》,上海古籍出版社,2018年,第32页。
④ 《毘陵集》卷三《措置江西善后札子》,第32页。

百姓的事件在《夷坚志》中不胜枚举,《宜黄县治》和《张十万女》就反映了这种现象的普遍性:

> 宜黄县后有游观处,曰望月台,曰驯雉堂,曰百步亭,皆依山为之。绍兴初,巨盗入邑,民奔赴逃命,尽死其中。[1]

> (郢州)豪民张祥,雄于乡里,名田藏镪,金银布帛,皆以亿计,故里俗目之为十万。绍兴初,巨盗桑仲横行汉、沔间,所过赤地。张闻其且至,以赀财孥累之众不能远避,于是整顿舍馆,烹牛屠猪,多酿酒,先路邀迎之……张有笄女,从帘下窥觇,桑见其少艾,欲得之,张不许,桑怒曰:"吾业为不义,杀人如践蝼蚁……"张惧,亟以嫁之。留既久,哨聚数万众,无物可食,遂尽戕其家。[2]

乱贼团伙无论是流动劫杀还是啸聚一方,所做之事就是残害百姓、草菅人命,"所过赤地"的描述揭示了盗贼危害地方的程度之深。《张十万女》中的巨盗桑仲是绍兴年间屡次作乱的恶官乱贼,他曾是朝廷命官,后趁机作乱,受招安后再做恶事。对于这些毫无信义、只为个人私欲的盗贼,洪迈痛恨至极,多方面揭发他们的恶迹酷行。除桑仲外,《夷坚志》记述较多的另一个恶贯满盈的贼首是戚方,《张花项》就暴露了他惨无人道的罪恶:

> 建炎、绍兴之交,江湖多盗,张花项、戚方尤凶虐。张破池州,驻军于教场,所掠妇女无数,为官兵所逐,不忍弃之,乃料简其不能行者得八百人,谕其徒曰:"各纳脚子。"须臾间则八百女双足剁叠于庭,然后去。刖者未即死,皆叫呼号泣,经日乃绝。戚在宣城广德,尽戕官吏不遗余。张循王与之苦战,二盗力不敌,始就擒……戚继获免,窃位至节度使。[3]

戚方、张花项及其部属穷凶极恶,他们不但掳掠妇女供其淫乐,甚至在逃跑时还要将数百女性虐害至死。关于戚方,《宋史·高宗本纪》记载了他的大致行迹:建炎三年(1129)十二月,时任江、淮宣抚司准备将戚方拥众叛,犯镇江府,杀守臣胡唐老;建炎四年(1130)四月,戚方围宣州;五月,统领赤心队军马刘晏与戚方战于宣州,刘败死,《夷坚丁志》卷二《宣城死妇》

①《夷坚志·夷坚支乙》卷九《宜黄县治》,第862页。
②《夷坚志·夷坚支景》卷一《张十万女》,第885页。
③《夷坚志·夷坚支乙》卷五《张花项》,第828页。

所载"宣城经戚方之乱,郡守刘龙图被害,郡人为立祠,城中蹀血之余,往往多丘墟"就是对戚方攻陷宣州后所犯罪恶的揭露;同月,巨师古在宣州多次击败戚方,戚方率部离开宣州;六月,戚方犯湖州安吉县,诏令张俊追捕,之后岳飞在广德军打败戚方,戚方到张俊处投降。《张花项》就是记述戚方和张花项被岳飞战胜前所做的恶事。

戚方虽然恶贯满盈,但被朝廷打败后,不但没有被治罪,反而因为接受招安而做了大官。面对这种是非颠倒的现象,洪迈用"窃"字表达了他对朝廷授予戚方官职的强烈不满。对于普通民众和那些冤死之人来说,这种结果定然也难以接受。为了安慰民众的心理,为了告慰无辜的冤魂,洪迈只能以因果报应的方式来讲述戚方死时的惨状:

> 戚方既罢镇江都统制,谪窜长沙,后自汴卜居湖州。乾道七年,苦腰股沉重之疾,药石针艾俱弗效,既而奇痒不可忍,乃置甊炽火,横股其上,使热气蒸嘘,方得稍解。如是累月而死。正困棘时,侍妾秉烛进药,见灯焰上现人头数十,已则满帐皆然,殆巳千计,其一差大,指戚曰:"此扈宣赞也。"盖戚为巨寇时,破广德军,凡官吏自太守以下,皆举室屠戮。每斩首竟,则剖其腹,折其股,而实之以钱。独教授一家得免。扈君任兵钤,罹祸尤酷,妻卞氏色美,戚以为妻。逮命绝之际,人皆知为冤业云。卞氏亦继死。子世显,坐杀人于都城,掠其楮币,受极刑云。①

对于一个本来名不见经传的盗贼,洪迈通过不同事件揭开他的累累罪行和命运结局,充分反映了诸如戚方之类的乱贼大盗给社会带来的恶劣影响极其深远。对于这些恶人,老百姓既痛恨至极又无可奈何,只能借果报观念和怪异现象来宣泄愤恨情绪。

基于对盗贼的憎恨,在《夷坚志》中,无论是杀人如麻的溃兵败卒,还是反抗官府的义军,都是罪恶累累。如持续七年之久的钟相、杨么领导的洞庭湖大起义,是一场轰轰烈烈的农民抗暴运动,但在《夷坚志》中,钟相等人亦是让人痛恨的盗贼,《巴陵血光》在对钟相和杨么失败经过的描述中就充满了仇视:

---

①《夷坚志·夷坚支景》卷四《扈宣赞》,第911页。

建炎四年五月，武陵陈莘叔尹自巴陵舟过洞庭，夜泊青草湖金沙堆岸。是时兵戈震扰，群盗如猬……商客从城内来，言天上昨夜血光见，方金房犯湘沔北还，而钟相、孔彦舟、曹火星、刘超、彭筠，各拥众数万，遍行寇毒，一道生灵，糜灭殆尽。钟相者，邵阳人，善咒水治病，好作神语，人呼为钟颠，又称钟老爷。时已昏耄，特为其徒愚弄，遂据士大夫家伊氏女为妻。未几，为彦舟所败，执其父母妻子……余党杨太，于兄弟最幼，湖口人目为么子，据龙阳濑湖作过。至绍兴六年，岳武穆公讨平之。妖沴之气，上干星象，涉七年乃息。①

在宋代文人中，洪迈是较早记述钟相事迹的，但在他看来，钟相与为非作歹的溃乱将领孔彦舟以及其他祸乱百姓的贼首性质一样，都是"各拥众数万，遍行寇毒，一道生灵，糜灭殆尽"的恶盗。

钟相领导的反抗运动在当时声势浩大，影响深远，引起了南宋士人的广泛关注，如《建炎以来系年要录》详细记录了钟相的起事经过：

鼎州人钟相作乱，自称楚王。初，金人去潭州，群盗乃大起。东北流移之人，相率渡江……相，武陵人，以左道惑众，自号天大圣，言有神灵与天通，能救人疾患。阴语其徒，则曰："法分贵贱贫富，非善法也。我行法，当等贵贱，均贫富。"持此语以动小民，故环数百里间，小民无知者，翕然从之。备粮谒相，谓之拜父。如此者二十余年，相以故家资钜万。及湖、湘盗起，相与其徒结集为忠义民兵，士大夫避乱者多依之。相所居村有山曰天子岗，遂即其处筑垒浚濠，以捍贼为名。会孔彦舟入澧州，相乘人情惊扰，因托言拒彦舟以聚众，至是起兵，鼎、澧、荆南之民响应。相遂称楚王，改元天战，立妻伊氏为皇后，子子昂为太子，行移称圣旨，补授用黄牒，一方骚然。②

此外，《鼎澧逸民叙述杨么事迹》也载录了钟相父子利用幻术招募信徒、聚众起事的过程："府民为外有土人妖巫钟相，久以幻怪鼓惑本土乡村愚民，连络澧、峡州无知之俗，悉来归奉，谓之投拜法下，莫知其数。若受其法，则必田蚕兴旺，生理丰富，应有病患，不药自安，所以人多向之……聚集妖徒，赍送金、帛、钱、物，积累无数，道路填委，昼夜不绝。"其子钟昂在靖康

---

①《夷坚志·夷坚三志辛》卷四《巴陵血光》，第1410页。
②《建炎以来系年要录》卷三一，第613页。

二年(1127)组织勤王民兵意欲入卫王室,因徽、钦被掳,高宗登基,"推恩发遣归元来去处,各着生业。是时钟昂见世事扰攘,依旧将元募人团集在家,结成队伍,多置旗帜、器甲,意要作乱","鼓众乘势作乱,招呼龙阳县妖党,竟起虏劫出城避难人民船只,其势猖獗"①。

　　从这些宋人的载述可知,钟相早年依靠"左道惑众",以行医治病为手段拉拢民众,以"等贵贱,均贫富"为口号聚集民心,在当地形成一股较大的势力,抗击其他作恶团伙,保护避乱者。但其子钟昂起事后劫掠难民等行为又折射出即使是比较正义的队伍也带有很大的劣根性,也在一定程度上危害社会。

　　应该说钟相的队伍与那些滥杀无辜的溃兵败卒有很大不同,但是洪迈却将他们一概而论。这可能与钟相这支义军的行为方式有关,他们"焚官府、城市、寺观、神庙及豪右之家。杀官吏、儒生、僧道、巫医、卜祝及有仇隙之人"②。杀官吏显示了义军对官府横征暴敛的痛恨,而杀儒生则体现了底层民众忽视甚至仇视文化和文明的局限性。综合《夷坚志》中的感情倾向可知,出身儒学世家的洪迈对佛教比较虔诚,对治病救人的医术也很感兴趣。而钟相部属不分好坏、一味滥杀的做法,与洪迈本人的身份和思想正好相反,因此,《夷坚志》流露出痛恨所有盗乱者暴行的意识也在情理之中。

　　其实对于作乱者滥杀官吏的现象,洪迈也有较深刻的认识,他的《容斋随笔》对历代民乱中的杀官事件进行过系统总结:

> 陈胜初起兵,诸郡县苦秦吏暴,争杀其长吏以应胜。晋安帝时,孙恩乱东土,所至醢诸县令以食其妻子,不肯食者辄支解之。隋大业末,群盗蜂起,得隋官及士族子弟皆杀之。黄巢陷京师,其徒各出大掠,杀人满街,巢不能禁,尤憎官吏,得者皆杀之。宣和中,方腊为乱,陷数州。凡得官吏,必断裔肢体,探其肺肠,或熬以膏油,丛镝乱射,备尽楚毒,以偿怨心。杭卒陈通为逆,每获一命官,亦即枭斩。岂非贪残者为吏,倚势虐民,比屋抱恨,思一有所出久矣,故乘时肆志,人自为怒乎?③

①《鄂国金佗稡编续编校注·续编》卷二五《百氏昭忠录·鼎澧逸民叙述杨么事迹》,第1563—1565页。
②《三朝北盟会编》卷一三七,第996页。
③《容斋随笔·容斋续笔》卷五《盗贼怨官吏》,第280页。

　　洪迈意识到官吏"倚势虐民"是导致底层起事者痛杀官吏的主要原因，因此对乱民杀官的做法表示理解。但是，肆欲而杀的现象也确实让人感到恐怖，因此，《巴陵血光》借虚构的诡异现象来表达对作乱者的不满应是洪迈真实的感情流露。

　　钟相队伍的成员都是下层民众，这与孔彦舟等溃兵恶卒作乱极不相同。平民百姓之所以能响应钟相号召，与国家形势和政策密不可分。当时南宋政权刚刚建立，金兵不断侵扰，各地盗贼又起，朝廷的各项开支极大。但北方的广大地区已尽皆沦陷，能征税的只有江苏、浙江、江西、福建、两湖、两广等地。由于财政征收之地减少，在入不敷出的形势下政府只能用重赋来维持局面。而重徭厚赋的结果是民不聊生，甚至群起反抗，当时的官员胡寅上疏曰："臣窃见洞庭水贼，本缘官吏非人，政烦赋重所致。"[1]李心传在总结赋税沿革时详细列举了导致民乱的各种杂赋："经制钱者，宣和末，陈亨伯资政所创也。时方腊初平，用度百出，徽宗命亨伯以发运兼经制使。亨伯乃创比较酒务及头子钱……所谓经制钱者，其始行之东南，后又行之京东西、河北，岁入钱数百万缗。靖康初，废。建炎二年冬，上在维扬，四方贡赋不能如期至行在，户部尚书吕元直、翰林学士叶少蕴乃请复之。于是先取钞旁定帖钱，命提刑司掌之，仍禁不得擅用。三年冬，遂命东南八路提刑司收五色经制钱赴行在。一、权添酒钱，二、量添卖糟钱，三、增添田宅牙税钱，四、官员等请给头子钱，五、楼店务添收三分房钱……凡公家出纳，每千经、总二制共取五十六钱，视宣和时过倍"[2]，"月桩钱者，自绍兴二年冬始。是时淮南宣抚使韩世忠驻军建康，宰相吕元直、朱藏一共议，令江东漕臣月桩钱十万缗，以酒、税、上供、经制等钱应副……然所桩不能给十之一二，故郡邑多横赋于民，如江南之科罚，湖南之曲引，在上者迄无以禁之，大为东南之患"[3]。可见，两宋之际朝廷为了维持统治，便大量增加赋税名目，把经济重担全都压到南方百姓身上，致使民众无法生存。

　　当民众无法承担沉重的赋税时，必然会爆发大规模的动乱。熊克

①胡寅撰，尹文汉校点：《斐然集》卷一五《徽程千秋乞不以有无拘碍奏辟县令》，岳麓书社，2009年，第290页。
②李心传撰，徐规点校：《建炎以来朝野杂记·甲集》卷一五《经制钱》，中华书局，2006年，第317页。
③《建炎以来朝野杂记·甲集》卷一五《月桩钱》，第322页。

(1132—1204)《中兴小纪》曰:"先是江西、湖南北路正赋外,多别科米,则有正耗、补欠、和籴、斛面等,自一石输及五六石;钱则有大礼、免夫、纲夫、赡军等,自一缗输及七八缗,吏缘为奸,其名日新。复调丁壮把隘修寨,富者出财,贫者出力,民不堪命,则据险结党,抗拒县官,既免征徭之苦,且获攘掠之利,故多去为盗。"①明确指出赋多役重是小民作乱的根源。对此问题,王明清结合金人入侵后的社会形势详察源流:"祖宗开国以来,西北兵革既定,故宽其赋役,民间生业,每三亩之地止收一亩之税。缘此公私富庶,人不思乱。政和间,谋利之臣建议,以为彼处减匿税赋,乃创置一司,号'西城所',命内侍李彦主治之,尽行根刷拘催,专供御前支用。州县官吏,无却顾之心,竭泽而渔,急如星火。其推行为尤者,京东漕臣王宓、刘寄是也。人不堪命,遂皆去而为盗。胡马未南牧,河北蜂起,游宦商贾已不可行。至靖康初,智勇俱困。有启于钦宗者,命斩彦,窜斥宓、寄,以徇下宽恤之诏,然无乡从之心矣。其后散为巨寇于江、淮间,如张遇、曹成、钟相、李成之徒,皆其人也。"②

其实南宋初年为政者已意识到民乱事件风起云涌的主要原因是官酷民贫,如建炎三年给事中胡交修上疏说:"昔人常谓甑中有麦饭数升,床上有一故絮被,虽仪、秦说之于前,韩、彭驱之于后,不能使之为盗。惟其冻饿无聊,日与死迫,然后忍以其父母妻子所仰之身而弃之于盗贼……操弓矢,带刀剑,椎牛发冢,白昼为盗,皆吾南亩之民也。"③高宗在绍兴五年(1135)也说:"民穷无聊,起而为盗,多缘守令不良,扰之使然。若百姓安其田里,其肯为盗乎?"④朝廷上下虽知问题根源,却无力解决,致使盗乱现象愈演愈烈,民间惨剧绵绵不绝。

三、官吏滥杀遭恶报

在宋代众多的盗贼作乱事件中,因官府重赋科敛而引起的民乱是群体庞大但危害性最小的一类,如南宋初年钟相、杨幺领导的洞庭湖农民大起

---

① 《中兴小纪》卷九,第108页。
② 《挥麈录·后录》卷二,第64页。
③ 孙觌:《胡公行状》,载曾枣庄、刘琳主编《全宋文》第160册,上海辞书出版社、安徽教育出版社,2006年,第444—445页。
④ 《建炎以来系年要录》卷九一,第1519页。

义前后涉及约四十万人。因此如何对待平定后的盗乱民众，是当时人们特别关心的问题。《水浒传》中徽宗毒死宋江一伙后受到噩梦折磨的情节折射了北宋朝廷平盗后的滥杀行为和世人对此的反感态度。其实，恨盗又怜盗的心理在《夷坚志》中就多有体现，如《吴仲弓》和《蔡侍郎》等篇就对严酷治盗的官员表示强烈不满：

> 郑州人吴仲弓，建炎末知桂阳监。时湖湘多盗，仲弓一切绳以重法，入狱者多死。及得疾，绕项皆生痛疽，久之，疮溃，喉管皆见，如受斩刑者。一日，命家人作炙鸭，欲食未及而死。死之二日，司理院推吏忽自语曰："官追我证吴知郡公事。"即死。时衡州人刘式为司理，亲见之。①

> 宣和七年，户部侍郎蔡居厚罢，知青州，以病不赴，归金陵。疽发于背，命道士设醮，倩所亲王生作青词。少日而蔡卒。未几，王生暴亡，三日复苏……云："……俄西边小门开，狱卒护一囚，杻械联贯立庭下，别有二人舁桶血，自头浇之。囚大叫，顿掣苦痛，如不堪忍者。细视之，乃侍郎也。主者退。复押入小门，回望某云：'如今归，便与吾妻说，速营功果救我，今衹是理会郓州事。'"夫人恸哭曰："侍郎去年帅郓时，有梁山泊贼五百人受降，既而悉诛之，吾屡谏不听也。今日及此，痛哉！"乃招路时中作黄箓醮，为谢罪请命。②

这两则恶官滥杀得恶报的故事都敏锐地捕捉到了当时一个严肃的社会问题，即平叛后官员如何对待胁从作乱的民众。吴仲弓对盗乱民众施以重法导致自己痛苦死去，而将降贼全部杀掉的蔡侍郎则在阴间受尽折磨。由此可见，洪迈反对不分首恶、胁从而对作乱者全部重惩的行为。他的这种思想意识既受家族氛围的熏陶，也与他个人的为政方针一致。洪迈一家在宋代声望卓著，其父洪皓不附权贵，清正爱民，出使金国十五年不辱使命；其兄洪适、洪遵都曾官至丞相，敢于为民请命；洪迈为官期间更是忠勇有为，不惧金人，惩恶抚民。在对待盗贼问题上，其父洪皓不仅反对滥杀降民，而且痛恨官员的邀功行为，据洪迈长兄洪适的《先君述》载："方腊反，台之仙居民应之，踪捕反党。及旁县一日驱菜食者数百人至县，丞、尉皆曰可

①《夷坚志·夷坚甲志》卷一四《吴仲弓》，第120页。
②《夷坚志·夷坚乙志》卷六《蔡侍郎》，第232页。

杀,先君争不得。丞、尉用赏秩,不逾年相继死,皆见所杀为厉。"①洪迈任赣州知州时,也以自己的威望和仁德平息了军卒叛乱:"郡兵素骄,小不如欲则跋扈,郡岁遣千人戍九江,是岁,或怵以至则留不复返,众遂反戈。民讹言相惊,百姓恟惧,迈不为动,但遣一校婉说之,俾归营,众皆听,垂橐而入,徐诘什五长两人,械送浔阳,斩于市。"②因此,《夷坚志》不满恶官严苛治盗的态度不仅与洪氏父子关心民生、惩治首恶的观念一致,更体现出洪迈对治盗不当问题的重视。

官员的重法治盗行为源于朝廷的奖励政策,捕捉盗贼的多少是两宋政府考核官员政绩的一项重要指标。《夷坚丁志》卷二《李元礼》中,绍兴二十六年(1156)漳州龙溪"摄尉事"的主簿李元礼获盗六人,但因"在法,七人则应改京秩",李便"命弓手冥搜一民以充数,皆以赃满论死",充分证明了当时有杀贼多可升迁的制度。抗金名将韩世忠封王、岳飞封公的主要原因就是他们平定了令朝廷束手无策的范汝为和杨么起义。其实,杀贼立功求封赏的现象在北宋末已日渐严重,如徽宗年间征方腊时,童贯久战无功,害怕朝廷怪罪,便下令"与贼战而不能生获者,许斩首以献,亦议推赏",当时军士便"大为欺罔,偶出遇往来人,亦皆杀之","既而腊招降,余党溃散,军士追奔或入民居,全家杀之,以其首献,贯欲张大其功,亦不问也"③。与童贯做法相似,为了升迁,许多官员在剿匪中都以多杀为荣,甚至为了邀功请赏而杀害无辜平民,《夷坚志》中李元礼的做法即是这一问题的反映。诬民为盗、杀民邀功的现象在两宋之际非常普遍。朝廷官员程俱因此上书曰:"窃闻虔贼李敦仁昨犯建昌军,先经南丰县,其本县上三乡人畏惧投降,贼退之后,各以归业。而本军主兵人乃欲尽杀南丰上三乡人以为功,遣人烧荡庐舍,夺取牛畜,致其人失业,聚众却行,劫掠下三乡人。切恐兵连不解,遂为寇贼。"④官军为了邀赏,甚至诱导民众作乱,社会的混乱程度令人触目惊心。

因此,在朝廷剿贼升迁政策的驱使下,如何正确处置一般的胁从者和

①洪适:《先君述》,载《全宋文》第214册,第5页。
②《宋史》卷三七三《洪迈传》,第11572页。
③曾敏行撰,朱杰人校点:《独醒杂志》卷七《童贯讨方腊纵军士杀平民》,上海古籍出版社,2012年,第144页。
④程俱著,徐裕敏点校:《北山小集》卷三八《纳宰执论事札子》,人民文学出版社,2018年,第653页。

盗乱地区的老百姓对国计民生意义重大。尤其是在官逼民反的过程中，参与反抗的民众很多，如果处置不当，动乱局面就会愈演愈烈，如南宋初年钟相组织民众起义时响应的县有十九个，到杨幺的时候声势更大，波及范围更广，就与当时平叛官军的不当处置有关。孔彦舟在平钟相时，"虑复有应相者，遂屠其城，取其民八九，悉点为兵"①，这种残暴的做法激起了民众更强烈的抵抗情绪。钟相被平后，杨幺又在原地组织起规模更大的反抗活动就是官军滥杀行为所导致的结果。而那些能正确安顿民众的将领则受到世人尊敬，韩世忠和岳飞就是这方面的楷模。

建炎、绍兴年间福建的范汝为起义是一次影响较大的"盗乱"，波及十余万民众，婚恋传奇《范希周》的故事就是以此为背景展开的。范汝为降后又叛，朝廷最终派韩世忠前去平定，"世忠命诸军偃旗仆鼓，径抵凤凰山，俯瞰城邑，设云梯火楼，连日夜并攻，贼震怖叵测。五日城破，汝为窜身自焚，斩其弟岳、吉以徇，禽其谋主谢向、施逵及裨将陆必强等五百余人。世忠初欲尽诛建民，李纲自福州驰见世忠曰：'建民多无辜。'世忠令军士驰城上毋下，听民自相别，农给牛谷，商贾弛征禁，胁从者汰遣，独取附贼者诛之。民感更生，家为立祠。捷闻，帝曰：'虽古名将何以加。'赐黄金器皿"②。韩世忠听从李纲建议，对与盗乱相关的不同人员区别对待，保全了无辜平民和商贾的性命，赢得了老百姓的爱戴和皇帝的赞赏。

广被后人念诵的岳飞更是剿盗安民的楷模。在战乱纷扰的南宋初年，岳飞的部下军纪严明，是驻地百姓安心生活的依仗。《宋史·岳飞传》载高宗建炎初，建康留守杜充投降金人，"诸将多行剽掠，惟飞军秋毫无所犯"，绍兴三年春，"召赴行在。江西宣谕刘大中奏：'飞兵有纪律，人恃以安，今赴行在，恐盗复起。'"③不愿让岳飞调走。岳飞在征剿虔州彭友起义时，"飞列骑山下，令皆持满，黎明，遣死士疾驰登山，贼众乱，弃山而下，骑兵围之。贼呼丐命，飞令勿杀，受其降。授徐庆等方略，捕诸郡余贼，皆破降之。初，以隆祐震惊之故，密旨令飞屠虔城。飞请诛首恶而赦胁从，不许；请至三四，帝乃曲赦。人感其德，绘像祠之"④。为了挽救无辜百姓的性命，岳

---

①《建炎以来系年要录》卷三二，第 619 页。
②《宋史》卷三六四《韩世忠传》，第 11362 页。
③《宋史》卷三六五《岳飞传》，第 11378、11381 页。
④《宋史》卷三六五《岳飞传》，第 11381 页。

飞不惜冒着生命危险违抗朝廷的屠城密令,并多次向皇帝请求赦免胁从者,这种仁爱精神和勇敢担当在当时确实极为难得。

在平定杨么大起义后,面对部将牛皋"若不将其手下徒党少加剿杀,何以示我军威?欲乞略行洗荡,使后人知所怕惧"的建议,岳飞反驳道:"杨么之徒,本是村民,先被钟相以妖怪诳惑,次又缘程吏部怀鼎江劫虏之辱,不复存恤,须要杀尽,以雪前耻,致养得贼势张大。其实只是苟全性命,聚众逃生。今既诸寨出降,又渠魁杨么已被显诛,其余徒党并是国家赤子,杀之岂不伤恩,有何利益……连道数声'不得杀!不得杀!'。"[1]被朝廷视为心腹大患的杨么起义,岳飞也能看出他们是被逼无奈而加以赦免,足见岳飞的远见卓识。对此,时人感慨极深,称"岳枢相可谓贤大将矣"[2]。

人们极力称赞岳飞和韩世忠的善行,主要是因为这种行为在当时实属不易。对于大多数官吏为立功升迁而滥杀百姓的现象,诸如洪迈等仁爱之人虽难以接受却无力改变。因此,《夷坚志》只能以官吏滥杀遭报的形式来表达自己对如何处置盗乱群体问题的反思,并以因果报应理念来警示那些暴虐的官员,希望他们心存畏惧,减少杀戮。

四、招安弭盗却生盗

由于溃兵败卒中的作乱头目大都凶狠残暴、作恶多端,因此,《夷坚志》对那些贼首事后做官的现象极为不满,如《张花项》中戚方被官府征剿后"窃位至节度使"的描述就流露出对朝廷重用叛贼的反感。而戚方为官的经历也折射出当时盗贼横行的原因之一即朝廷的招安政策。

招安之策并不始于宋代,但却在南宋初年被广泛运用。靖康元年底,金人入侵,汴京沦陷,北宋灭亡,康王赵构在南京应天府称帝后难以立足,日益向南转移,许多中原人民也随之南下。在长期的逃亡生涯中,一部分人衣食无着,沦为流民,有的受抗金时败逃的溃兵散卒诱惑,以抢劫为生,在溃卒军将的带领下成为作乱的盗贼。当他们势力日盛、危害性强时,根基未稳的南宋朝廷就采用一些权宜之策,派出军队前去镇压,当官府取得一些胜利后就用招安之法给作乱头目一定的职位,让他们归顺朝廷。为了

---

[1]《鄂国金佗稡编续编校注·续编》卷二六《百氏昭忠录·鼎澧逸民叙述杨么事迹》,第 1578 页。
[2]《鄂国金佗稡编续编校注·续编》卷二六《百氏昭忠录·鼎澧逸民叙述杨么事迹》,第 1579 页。

笼络和安抚盗乱头目，南宋初年专门设立"镇抚使"这个官职：

> 镇抚使，旧无有。建炎四年，上自海道还会稽，时江、湖、荆、浙皆为金人所蹂，而群盗连横以拒州郡，大者至十余万，朝廷不能制。范觉民为参知政事，谓此皆乌合之众，急之则并死以拒官军，莫若析地以处之，盗有所归，则可以渐制。乃言于上，请稍复藩镇之制，少与之地，而专付以权，择人久任，以屏王室……上亦决意行之……时巨盗李成在舒、蕲，桑仲在襄、邓，郭仲威在维扬，薛庆在高邮，皆即以为镇抚使。①

为了"盗有所归""以屏王室"，朝廷授予巨盗镇抚使等职，但实际上这些人在招安后并不会真正洗心革面、为国出力，如李成、桑仲、郭仲威等都是叛了又降、降了再叛的巨恶。他们多次作乱不仅拖延了朝廷平叛和抗金的进程，而且严重扰乱了老百姓的生产和生活。招安政策虽在一定时间内笼络了一些盗贼，但这种委曲求全的办法又刺激了盗贼的贪念和欲望，以至于他们要挟政府、公报私仇，如《夷坚志·陈才辅》就极具代表性：

> 建炎末，建贼范汝为、叶铁、叶亮作乱。建阳士人陈才辅，集乡兵杀叶铁父母妻子，贼猖獗益甚。绍兴元年，遂据郡城。朝廷命提举詹时升、奉使谢向同招安。群盗皆听命，独叶铁不肯，曰："必报陈才辅，乃可出。"詹为立重赏擒获以畀之。铁选十辈监守……监者以巨索缚陈脚，倒垂梁间，大竹篾挃其手，剑戟成林，相近尺许，舂一刀甚利……②

士人陈才辅在盗乱期间杀死贼首的父母和家人，虽有杀害无辜之嫌，但也符合传统观念中连坐贼人家属的习俗。朝廷官员在招安过程中为了满足贼首的复仇要求反而悬赏捉拿曾为国出力的陈才辅。这种行为不仅让报国者寒心，而且也助长了作乱者的野心。从实际效果来看，南宋初的招安之策不仅没有减少盗乱，反而激起了更多的无赖投身到盗贼行列，以便要挟朝廷得到官职。招安导致了更多、更频繁的盗乱发生。建炎以来社会上流行着"仕途捷径无过贼，上将奇谋只是招""欲得官，杀人放火受招安"③等谚语，可见当时人们已意识到朝廷想要弭盗的招安政策所产生的

---

① 《建炎以来朝野杂记·甲集》卷一一《镇抚使》，第 222 页。
② 《夷坚志·夷坚丁志》卷五《陈才辅》，第 580 页。
③ 《鸡肋编》卷中，第 67 页。

负面影响。

　　其实南宋的招安政策只是权宜之计，朝廷对被招安者并不信任，因此，一方面授予贼首的官职多是虚衔，且任职的地方多是与金军作战的前沿阵地；另一方面限制他们的行为，分化他们的队伍。这些都使受招安者日益不满，以致再次作乱：

　　　　绍兴之后，巨盗多命官招安，率以宣赞舍人宠之。时以此官为耻。然清流者寄禄官下皆有兼字，至贼辈则无。又加遥郡者，尽以忠州处之，其徒亦稍有解者。甚非旷荡欲安反侧之意也。①

　　　　海寇郑广，陆梁莆、福间，帆驶兵犀，云合亡命，无不一当百，官军莫能制。自号滚海蛟，有诏勿捕，命以官，使主福之延祥兵，以徼南溟。延祥隶帅阃，广旦望趋府。群僚以其故所为，遍宾次，无与立谭者。广郁郁弗言。一日，晨入未衙，群僚偶语风檐，或及诗句，广蘧然起于坐曰：“郑广粗人，欲有拙诗白之诸官，可乎？”众属耳，乃长吟曰：“郑广有诗上众官，文武看来总一般。众官做官却做贼，郑广做贼却做官。”满坐惭噱。②

　　受招安者从官职名称和同僚态度上感受到自己所受的歧视，这使一些盗乱头目更加痛恨朝廷，只要遇到合适的机会，他们就会重新集结队伍，再次走上作乱之路。作为权宜之计的招安政策不但没有弭盗，反而养盗。一代名臣李纲对当时朝廷实行招安政策却导致盗贼丛生的现象极为担忧，他在与吕祉的信中写道：“诚恐愚民无知，见作盗贼得官，以为仕途捷径，生觊觎之心，则一盗息一盗兴，无有穷已，前日福建范汝为乃其验也。”③《夷坚志》中，桑仲、戚方和叶铁之流的猖狂都反映了南宋初年招安之策的严重后果。

五、盗亦有道

　　洪迈虽然尊奉传统纲常观念，痛恨盗乱肆起、盗贼猖獗的现象，但由于家庭的特殊经历以及自己为官时的切身感受，因此他在一定程度上能公正

①《鸡肋编》卷下，第92页。
②岳珂撰，吴企明点校：《桯史》卷四《郑广文武诗》，中华书局，1981年，第41页。
③李纲：《与吕提刑第四书》，载《全宋文》第171册，第180页。

地看待盗贼行为。如其父洪皓曾在荒年冒着生命危险为百姓借得朝廷纲粮而被称为"洪佛子"："（秀州）诸卒以城叛，掳掠，无一家免。过门，皆曰：'此洪佛子家也，毋得入。'"①洪家在叛卒掠城时能免于灾难，正是因为盗贼尊重贤良、明辨是非。这一惊险往事对洪迈来说定然终生难忘，因此他在小说中对类似情况也有所记述，并能真实表现盗贼的仁德品格，如《夷坚志·盗敬东坡》就是如此：

> 绍兴二年，虏寇谢达陷惠州，民居官舍，焚荡无遗。独留东坡白鹤故居，并率其徒，葺治六如亭，烹羊致奠而去。次年，海寇黎盛犯潮州，悉毁城堞，且纵火。至吴子野近居，盛登开元寺塔见之，问左右曰："是非苏内翰藏图书处否？"麾兵救之，复料理吴氏岁寒堂。民屋附近者赖以不爇甚众。两人皆巨贼，而知尊敬苏公如此，彼欲火其书者，可不有愧乎！②

这个故事虽然主要是表现苏轼影响之大，但也反映出"巨贼"心存善念，懂得尊重名士和保护文物图书，与某些朝廷官员因嫉恨苏轼而"欲火其书"相比，愈见出"盗亦有道"的可贵。

六、"盗贼"之源在流民

宋朝时中央专制体制日益完备，城市经济也发展迅速。据说宋太祖曾立下优待文士的祖训，因此士大夫的生存环境比较优越。优美的宋词展示了江南水乡"市列珠玑，户盈罗绮竞豪奢……有三秋桂子，十里荷花。羌管弄晴，菱歌泛夜，嬉嬉钓叟莲娃"③的富裕祥和；长幅画卷《清明上河图》再现了都城汴京繁华热闹、百业聚集的大都市风貌。但是宋代社会又是非常矛盾的，在北宋刚建立不久就发生了王小波、李顺领导的农民大起义；在徽宗大兴土木的奢靡生活中迎来了金人灭国、皇帝被俘的悲剧。这就是宋朝，在它繁华的背后暗藏着巨大的问题和危机，这些危机正是盗乱的根源。

北宋初年，除了几次军卒叛乱外，真正影响较大的内乱是王小波、李顺起义。与诸如陈胜、吴广等起事者以推翻当时政权为目的不同，王小波、李

---

①洪适：《先君述》，载《全宋文》第 214 册，第 6 页。
②《夷坚志·夷坚甲志》卷一〇《盗敬东坡》，第 87 页。
③柳永著，薛瑞生校注：《乐章集校注·望海潮》，中华书局，2012 年，第 322 页。

顺要求的是"均贫富"，南宋初年，钟相、杨幺又提出了"等贵贱，均贫富"。由此可见，宋代底层民众的反抗活动，原本就没有推翻当政者的目的，他们只是要求平等和平均。这说明宋代主要的社会问题是贫富悬殊，以及贫富差距过大引起的下层民众的反抗斗争。

宋太宗年间蜀地发生的两次大民乱都与民贫有关。当时大臣石普指出："蜀之乱，由赋敛迫急，农民失业，不能自存，遂入于贼。望一切蠲其租赋，使知为生，则不讨自平矣。"[①]曾巩在分析这些民乱时谈得更为具体："时守臣务利入之厚，常赋外更为博买务，禁民私市物帛，而兼并者释贱贩贵，小民贫，失家田业。"[②]宋太宗也曾自责地说："静言思之，非民之咎，盖由朕委任非当，烛理不明，致彼亲民之官，不以惠和为政，管榷之吏，惟用刻削为功，扰我蒸民，起为狂寇。"[③]这些当权者的反思表明北宋初年赋税重、杂役多、官吏恶、小农贫的问题已十分严重，后来愈演愈烈，直至两宋灭亡。与其他王朝社会矛盾多发生在后期不同，北宋初年民众的生存处境已非常险恶，追根溯源，主要在于宋朝的土地政策以及由此引发的流民问题。

"流民是极易引起社会动乱的"[④]，宋代盗贼猖獗的现象与流民问题有着密切关系。宋代的流民问题在仁宗时就已严重，由于仁宗为政宽和，导致土地兼并日益加剧，"势官富姓，占田无限，兼并冒伪，习以为俗，重禁莫能止焉"[⑤]，大批农民失地或破产，之后又得不到救济，致使流民日多。欧阳修曾多次上疏阐发流民为盗的严重性，如仁宗庆历三年（1043）曰："方今天下盗贼纵横……伏见吏部选人区法，自出身以来，两任县尉。初任临江军新淦县，三年之内，大小贼盗获四十余伙，内虽小盗数多，其如强劫群贼亦不为少。"[⑥]而"贼"的来源正是流民，"京东今岁自秋不雨，至今麦种未得。江淮伦贼之后，继以饥蝗。陕西灾旱，道路流亡日夜不绝。似此等处，将来盗贼必起，是见在者未减，续来者愈多"[⑦]，"今则民间之蓄尽为军储

①李焘：《续资治通鉴长编》卷三九《太宗》，中华书局，2004 年，第 838 页。
②曾巩撰，王瑞来校证：《隆平集校证》卷二〇《妖寇》，中华书局，2012 年，第 628 页。
③司义祖整理：《宋大诏令集》卷一八七《蜀盗平罪己诏》，中华书局，2009 年，第 684 页。
④王学泰：《游民文化与中国社会》，同心出版社，2007 年，第 71 页。
⑤《宋史》卷一七三《食货志》，第 4164 页。
⑥欧阳修著，李逸安点校：《欧阳修全集》卷一〇二《奏议》卷六《论捕贼赏罚札子》，中华书局，2001 年，第 1563 页。
⑦《欧阳修全集》卷一〇一《奏议》卷五《论御贼四事札子》，第 1552 页。

矣,民失其赖,流亡日众。故盗贼充斥,聚集成群,大者近百人,小亦不下数十人,所在剽掠,官司不能禁"①。流民众多,转而为盗的现象已是北宋中期突出的社会问题。

宋神宗年间的王安石变法虽以富国强兵为目的,但因新法实行中用人不当,违背了变法初衷,结果国富了,民却贫了。从宋代国库收入的对比中可以看出民贫问题在变法期间日益严重,如仁宗嘉祐年间(1056—1063)朝廷岁入为三千六百八十万贯,新法实行后的神宗熙宁至元丰年间(1068—1085)已达六千万贯②,在社会生产力没有较大提升的前提下国库突然大幅增收,只能表明财富的持有者发生了变化。司马光曾对王安石"善理财者,不加赋而国用足"的观点予以反驳,他认为:"天地所生财货百物,不在民,则在官,彼设法夺民,其害乃甚于加赋。"③正因为如此,一些正直却又保守的官员在发现新法实施中的负面影响后激烈反对新法,如司马光、韩琦、苏轼等人。苏轼曾上书进言:"臣伏见河北、京东比年以来,蝗旱相仍,盗贼渐炽,今又不雨,自秋至冬,方数千里,麦不入土,窃料明年春夏之际,寇壤为患,甚于今日……今中民以下,举皆缺食,冒法而为盗则死,畏法而不盗则饥,饥寒之与弃市,均是死亡,而赊死之与忍饥,祸有迟速,相率为盗,正理之常。虽日杀百人,势必不止……近年盐课日增,元本两路祖额三十三万二千余贯,至熙宁六年,增至四十九万九千余贯……贫民贩盐,不过一两贯钱本,偷税则赏重,纳税则利轻。欲为农夫,又值凶岁。不若为盗,惟有忍饥。所以五六年来,课利日增,盗贼日众。"④可见,流民增多和流民为盗现象在新法实行后更加严重。仁宗和神宗都是贤明君主,但已无力解决这一问题。徽宗时,以天下财富奉一人之乐,各种税、纲层出不穷,无法生存的民众数量与日俱增。到金兵入侵、北宋灭亡时,由溃兵散卒、南逃民众组成的流民人数更是难以统计。这就是两宋尤其是南北宋之际流民为盗司空见惯又恶性循环的根源和表现。宋代的流民来源广泛,分布在各行各业,严重危害了国家的安定和发展。

---

① 包拯撰,杨国宜校注:《包拯集校注》卷二《请差灾伤路分安抚》,黄山书社,1999年,第107页。
② 梁方仲编著:《中国历代户口、田地、田赋统计》,上海人民出版社,1981年,第297页。
③ 《宋史》卷三三六《司马光传》,第10764页。
④ 苏轼著,孔凡礼点校:《苏轼文集》卷二六《奏议·论河北、京东盗贼状》,中华书局,1986年,第753—755页。

(一)农民的流民化

与农民生存紧密相连的是土地政策。宋代摈弃了自北魏至唐以均田制为主的土地国有政策,而实行允许土地自由买卖的私有制,甚至为增加税收而鼓励田地买卖,这样土地集中的现象就越来越严重。根据拥有土地的情况民户分为主户和客户,主户就是有常产、承担国家赋税的人;客户就是无常产、不承担国家赋税的户,主要就是租种地主土地的佃户。宋代的客户大概在 30%—40% 之间波动[①],也就是说完全无地的贫民的比重已占三到四成。而乡村主户又依据财产的多少分为五等户:一、二等户是地主;三等户既有地主,也有较富裕的农民,被称为乡村上户;四、五等户则大都是贫苦的农民,被称为乡村下户[②],这些乡村下户随时都面临着被兼并而成为佃户的危险。主户和佃户的产品分配有主六客四和主七客三两种[③],因此佃户受剥削的程度远远高于土地国有时的交税比例。宋代主客户之间财富的两极分化是导致流民众多、盗乱不断的主要原因,“占总户数80%多的广大农民阶级,占有的耕地不过全部垦田的 30%—40%,其中占户数几乎半数的客户和第五等无产税户则不占土地,占户口 25% 的第五等户即半自耕农占的土地很少,占总户数不过 6%—7% 的地主阶级则占全部垦田的 60%—70%,其中大官僚、大地主、大商人高利贷者组成的大地主阶层,占地在 50% 左右,对比之下,宋代土地占有的不均便十分突出了,宋代社会矛盾便是在这土地占有的基础上产生的,宋代农民起义的‘等贵贱、均贫富’的口号就是在这一历史条件下提出来的”[④]。

宋代流民和农民的反抗运动主要是由土地问题滋生的,因此,在发生反乱之后,统治者都会在一定程度上减轻当地农民的负担。如王小波失败后,“西川巡检石普言:‘蜀之乱,由赋敛迫急,望一切蠲其租。’上许之,揭榜告谕,蜀民无不感悦”[⑤];南宋范汝为起义平定后,“蠲上四州今年夏秋税及

---

①邓广铭、漆侠著:《宋史专题课》,北京大学出版社,2008 年,第 124—125 页。

②王曾瑜:《宋朝划分乡村五等户的财产标准》,载邓广铭主编《宋史研究论文集》,上海古籍出版社,1982 年,第 33 页。

③朱瑞熙:《宋代社会研究》,中州书画社,1983 年,第 65 页。

④《宋史专题课》,第 134 页。

⑤陈均:《九朝编年备要》卷五《太宗皇帝》,载《景印文渊阁四库全书》第 328 册,台湾商务印书馆,1986 年,第 129 页。

夏料役钱,下四州民尝遭焚劫者,蠲今年夏税"①;剿灭杨么后,"以贼平,免沿湖民前二年逋租","蠲湖南路上供米三年及秋租之半"②。赋税沉重、人民无法生存是民乱产生的主要原因,而民众斗争也在一定程度上争取到了减租机会。正因为农民不是以推翻朝廷政权为目的,民乱后国家也在一定范围和程度上调整着统治策略,因此,地区性、自发性的底层反抗活动在宋朝时常发生,而全国性、大规模的农民起义则没有。

除了地区性的农民起义外,"流寇"之乱经常发生,这也是由宋代土地私有制引起的。土地兼并的盛行和沉重的赋税,使大量农民破产,沦为佃户或流民。宋代客户与土地的依附关系比较松散,吕大钧曰:"今访闻主户之田少者,往往尽卖其田,以依有力之家;有力之家,既利其田,又轻其力而臣仆之。若此则主户益耗,客户日益多。客户虽多而转徙不定,终不为官府之用。"③《夷坚三志壬》卷一《冯氏阴祸》中"抚民冯四,家贫不能活,逃于宜黄,携妻及六子往投大姓。得田耕作,遂力农治园"的记载就是吕大钧所谈问题的典型体现。客户可以较自由地迁移,因此,当佃户对自己的主户不满时就会从事其他行业或重新选择主户。这是一个利弊参半的现象,佃户人身的自由促使了宋代手工业的发展和城市经济的繁荣,但是当他们无法生存时就极易成为流民甚至变成游民、无赖和流寇。

(二)市民的流民化

当人们赞叹宋代城市经济繁荣的时候,却忽略了它背后的问题和危机。"城市的繁荣如果不是源于自身的经济的生命力,也就是说以生产力的发展和生产效率的提高为前提,那么这种'繁荣'只是以牺牲农村的发展,甚至是以农村土地兼并的剧烈和大批自耕农的破产、一些人脱离土地、脱离宗法以及大幅度降低农民的生活水平为前提的……这种城市的繁荣是畸形的繁荣,是社会动荡和天下大乱的前兆。"④宋代的情况就是如此。

两宋都城的繁华是建立在大量失地或破产农民和无产者从事手工业和商业的基础上的,但随着城市经济的畸形发展,一些失业的流民变为带有游民性质的浮民,他们小则偷盗、骗人,大则沦为绿林强盗,甚至组织动

---

①《建炎以来系年要录》卷五三,第930页。
②《宋史》卷二八《高宗本纪》,第521页。
③吕祖谦编,齐治平点校:《宋文鉴》卷一〇六《民议》,中华书局,1992年,第1478页。
④《游民文化与中国社会》,第151页。

乱。《谐史·我来也》就描述了"京城阛阓之区,窃盗极多,踪迹诡秘,未易跟缉"[①]的社会现象。《夷坚志补》卷八《吴约知县》《李将仕》《临安武将》《郑主簿》《真珠族姬》等篇都是写骗子骗人之事,反映了宋代那些无所事事的无赖扰民、诈骗的现实。那些无业游民已经完全没有道德感和正义性,只有作恶和害人。

　　沦为无赖的流民对社会危害很大。北宋中期的理学家程颢(1032—1085)就曾谈论过浮民问题:"古者四民各有常职,而农者十居八九,故衣食易给,而民无所苦困。今京师浮民,数逾百万,游手不可赀度;观其穷蹙辛苦,孤贫疾病,变诈巧伪,以自求生,而常不足以生,日益岁滋,久将若何!"[②]哲宗时,"都城群偷所聚,谓之'大房',每区容数十百人,渊薮诡僻,不可胜究"[③]。滋扰百姓的浮民在天下大乱时,往往趁火打劫,危害他人。金兵入侵时,"盖京师承平之久,无知小民,游手浮浪最多,平居除旅店外,多在大房、浴堂、柜坊杂处,里巷强梁,不在数也,乘此扰攘,聚众作乱"[④]。北宋灭亡之际,那些沦为无赖的浮民不仅骚扰普通老百姓的生活,而且加重社会动乱的程度。南宋定都临安后依然如此,"浩穰之区,人物盛伙,游手奸黠,实繁有徒。有所谓美人局,柜坊赌局,水功德局,不一而足。又有卖买物货,以伪易真,至以纸为衣、铜铅为金银、土木为香药,变换如神,谓之'白日贼'……其他穿窬胠箧,各有称首。以至顽徒,如拦街虎、九条龙之徒,尤为市井之害……期间雄雎有声者,往往皆出群盗"[⑤]。带有游民性质的流民成为扰乱社会秩序的主要来源。

(三)兵卒的流民化

　　宋代是流民群体形成和无业游民大量出现的时期。为了安抚流民,朝廷采用募兵制召集一部分流民参军,既解决了他们的生活问题,又充实了政府的军事力量。如熙宁元年(1068),"诏京东路募河北流民,招置教阅厢军二十指挥,以忠果为额"[⑥];熙宁三年(1070),"河朔流民寓京东者如旧制

---

①沈徽:《谐史》,载《宋代传奇集》,第881页。
②程颢、程颐著,王孝鱼点校:《二程集·河南程氏文集》卷一《明道先生文·论十事札子》,中华书局,1981年,第454页。
③《宋史》卷三四二《王岩叟传》,第10895页。
④石茂良:《避戎夜话》,神州国光社,1946年,第175页。
⑤周密著,李小龙评注:《武林旧事》卷六《游手》,中华书局,2007年,第166页。
⑥《宋史》卷一八七《兵志》,第4576页。

招募校阅，以为忠果二十指挥，分隶河北总管司，以除盗恤饥"①；宣和七年（1125）"招集逃亡军人及招刺诸处游手人充军以为备边之画"②。流民加入的厢军为"诸州之镇兵"，"是一支从事牧业、手工业的专业生产兵，这支军队分担了农民和工匠的大部分夫役"③。但这些流民士兵因为没有府兵制度下的家族牵制和正规的军事训练而变得无所顾忌，因而宋代士兵的素质很低。再加上招兵时延袭五代的"黥面涅手"制度，"使之判然不得与齐民齿。故其人益复自弃，视齐民如越人"④。士兵像罪犯一样被印上了耻辱的标记，丧失了做人尊严。他们也自甘堕落，没有任何忠义和善良可言。金兵入侵时，当时官军虽多却没有战斗力，就与军队的流民化有直接关系。金兵入侵后，流民军沦为溃兵恶卒趁乱抢劫、无恶不作，令人痛恨。如《夷坚志》里作恶多端的孔彦舟、叶浓、戚方、李成、桑仲等本是朝廷军官，却在国乱时成为军贼，干尽坏事。流民军没有战斗力，在金兵入侵时节节败退，致使金人迅速侵占了黄河流域的大片土地，这又使更多的老百姓被迫沦为流民，甚至盗贼，而朝廷为了维持政权统治，又招募流民和盗贼充军。这种失去标准的募兵制使当时军队的素质愈来愈低，军人的骄横、抢劫行为甚于盗贼。宋代社会就在这种"流民充军、军士为盗"的恶性循环中削弱着自己的力量，直至最后灭亡。

　　总之，流民为盗虽是国家政策和社会矛盾造成的，但是流民为了生存，烧杀抢掠、危害地方也是不争的事实，他们虽然可怜却也可恨。尤其是北宋灭亡后，流民大量南徙，在一些恶霸豪强或溃兵散卒的带领下，残害所到之处的老百姓，犯下了令人发指的滔天罪行。《夷坚志》中许多说不清性质的盗贼作恶故事就是如此。元末明初刘嵩所写的《南山谣》以诗歌形式反映了流民为盗的危害性和普通民众对流民的痛恨、无奈之情："淮西流民往南徙，掠财昼入南山里。裹枪负梃八十人，拒敌乡民四人死。流民只说江西熟，得食仍嗔食无肉。扶伤救死官不闻，乡民还对流民哭。东家击豕西家牛，撤屋烧火当街头。自言性命如粪土，一死不异淮西州。乡民不怕逢

①《宋史》卷一八九《兵志》，第4643页。
②《三朝北盟会编》卷二二，第159页。
③《宋代社会研究》，第84页。
④苏洵著，曾枣庄、金成礼笺注：《嘉祐集笺注》卷五《衡论·兵制》，上海古籍出版社，1993年，第127页。

豺虎,共承只怕流民怒。老翁夜出烧纸钱,祈神夜送流民去。从今莫愿多丰年,第一莫旱淮西田。流民不来贫亦好,鸡犬全家永相保。"①

宋代盗贼猖獗现象与流民关系密切,而流民的产生主要是国家土地私有政策下的土地大规模兼并和政府横征暴敛的结果。这一根本问题无法解决,因此宋代的盗乱既多又频繁,且伴随着整个王朝始终。《夷坚志》中的"盗贼"故事,真实再现了北宋末至南宋初天下大乱时的社会问题和民众苦难,堪称宋代社会的实录,体现了洪迈对宋王朝前途命运的担忧和儒家人本主义的生命关怀。

第四节　少数民族入侵

"夷狄"是古代汉族对少数民族的称呼,其中饱含了无尽的辛酸苦楚。历史上,少数民族对中原地区造成严重威胁,甚至统治中原的时期有很多。《诗经·小雅·采薇》"靡室靡家,猃狁之故"的诗句反映了周人抗击北狄的艰辛;西汉建立之初,匈奴强大,屡次骚扰汉境,甚至将汉高祖刘邦困在白登山七个昼夜;东汉末年,董卓乱京城,其部下又引来西方数个少数民族,尤其是匈奴入境,"平土人脆弱,来兵皆胡羌。猎野围城邑,所向悉破亡。斩截无孑遗,尸骸相撑拒";西晋末年,五胡乱华,在中原展开了野蛮的争夺和疯狂的厮杀;唐末五代,后晋统治者投靠契丹,以致契丹入侵,皇室成员被俘,大量文物付之一炬;北宋末年,金人入侵,把当时最繁华的城市——东京汴梁劫夺一空;南宋亡于元朝后"南人"被视为国家最低一等的人种;明末清兵入关,制造了"嘉定三屠""扬州十日"等一系列屠杀汉人的残酷事件。

受自然条件和生产水平的限制,古代边疆少数民族的发展和文明程度落后于中原地区,他们对中原的入侵是落后文化征服先进文化的过程。出于无知和贪婪,他们经常用抢掠屠杀等野蛮的方式对待相对富庶和讲究伦理道德的中原民族,做出了许多灭绝人性和毁坏文明的惨事,从而使占领区的老百姓产生了强烈的反抗情绪。在古小说中,外族入侵故事真实还原了中原人民被围困时的状况,再现了各种悲惨事件的具体细节,揭示了民

①刘嵩:《槎翁诗》卷三,载《四库提要著录丛书·集部》第63册,北京出版社,2011年,第319页。

族压迫下的社会心理。魏晋六朝小说中宣传佛教灵验的释氏辅教之书就有许多以五胡乱华为背景；而较全面展现外族入侵时各种社会悲剧的是《夷坚志》和《聊斋志异》。

一、《夷坚志》中金兵的恶行

洪迈生活在南宋初年，当时朝廷政权极不稳固，时常处在金兵的围追堵截中，因此他对金人的种种恶行感触极深，这是《夷坚志》中外族入侵故事的现实基础。《夷坚志》中明确指出"虏乱"的作品有百余篇。从故事发生的时间上看，有的是靖康之耻以前宣和年间的怪事，有的发生在两宋之际的靖康、建炎年间，有的则是南宋绍兴年间与金人对峙时的时事。在这些看似荒诞的小说中，《夷坚志》向人们展示了北宋灭亡南宋初立的种种情况，将金人入侵时的各种问题进行了纪实性质的描述。从内容上看，有的透露出人们在天下将乱时的恐惧状态和渴望躲避乱世的心理愿望，有的控诉金人贪婪暴虐、嗜杀成性的罪恶。这些故事显示了作者对乱世时期民众命运的关注和对各种社会问题的思考。

（一）再现了虏乱之时家破人亡的社会面貌

金人在靖康年间攻破汴京时，是以一副胜利者的姿态野蛮地进入宋朝都城的。面对眼前的富裕和繁华，他们贪婪纵欲，《夷坚丙志》卷一六《王氏二妾》中，"靖康二年春，都城不守，虏指取官吏军民无虚日，宗室妇女倡优多不免"的叙述精炼概括了金人颐指气使，要挟宋廷满足他们的各项条件以及掳掠各层女性供其享乐的恶行。在北宋丧亡之际，在金兵暴虐中原人民时，溃兵败卒和绿林强盗也趁火打劫、祸害百姓。《夷坚志补》卷三《郑庚赏陵》中，"建炎中，郑庚为吉州泰和丞，时虏寇曾无敌、易当世各聚众扰郡邑"的描述揭露了外寇和匪兵骚扰地方的事实。《夷坚丙志》卷六《十字经》通过吴人周举"建炎元年自京师归乡里"的经历，反映了"时中国受兵，所在寇盗如织"，各种武装势力乘机作恶的混乱状况。《夷坚志补》卷一四《解洵娶妇》中，"靖康建炎之际，（解）洵积军功帅荆南，洵独陷北境，其妻归母家，又为溃兵所掠"的家庭遭遇是虏乱时期天下混乱状况的缩影。

金人攻陷中原后，找到了以刘豫为首的伪政权作为他们的代理人来统治占领区，一些忠义之官不愿投降，誓死抵抗。伪政权为了扩充势力，便招募绿林强盗和溃兵败卒，这些伪官和恶卒在攻陷州城后，政策混乱无序，致

使地方民众不知所措,左右为难,《人鸡墓》就披露了这一现象:

> 绍兴初,河南之地陷,虏以封刘豫,州郡犹为朝廷固守。会稽冯长宁知陈州,豫攻之不能下,遣招山东剧贼王瓜角,起宿亳之民,并力进攻,逾年,城中粮尽而降,瓜角建三帜于通逵,下令二州之民:欲从军者立赤帜,欲为官立黄帜,欲还乡者立黑帜。民畏死,尽趋赤帜下。独亳人王、魏两翁,自顾年老,不能官,从军必死,而立黑帜则拂其意,均之一死,乃相与诣黑帜下。众皆愕然。瓜角重失信,谢遣之,于是得归。①

金人对宋朝的威胁是长期的,尤其是在南宋建立后双方长期对峙期间,宋金交战之地的老百姓所受灾难最为深重。《夷坚三志己》卷三《张充家怪》中,"绍兴辛巳之秋,淮海受兵,人情物态,所在俶扰"的描述,揭示了宋金双方激战时淮海之地老百姓经受各种惊扰的状态。《夷坚志补》卷五《楚将亡金》通过"隆兴元年,镇江军将吴超守楚州。魏胜在东海,方与虏抗,遣统领官盛彦来索资货"的叙述,揭露了在南宋军民抗金之时一些将领借御敌之名向地方索要财物的无耻行径。

(二)充分暴露外族入侵者滥杀无辜的罪恶

北宋王朝的软弱外交政策不仅让金人获得了大量的物质财富,而且也增强了他们进兵中原的实力和勇气。靖康之变中,金兵作为胜利者侵入中原后四处掳掠,残害生灵。金兵屠杀汉人的情况在《夷坚志》中随处可见。《夷坚甲志》卷一〇《佛还钗》中,"平江民徐叔文妻,遇金人破城,独脱身贼手"的经历,折射了金人破城后逢人必杀的暴行;《夷坚甲志》卷一五《晁安宅妻》记述了建炎二年(1128)邓州民"残于胡兵,或俘或死。晁氏男女数百人,皆囚以北,至汾州青灰山,为红巾邵伯邀击,尽失所掠而去"的苦难境遇;《夷坚甲志》卷一六《郑畯妻》通过福州的郑畯在建炎初从湖南到扬州途中被追赶的金骑用刀投中后夺走钱财的遭遇,揭露了金兵所到之处杀人抢财的恶行;《夷坚乙志》卷一一《巩固治生》"虏人犯唐州,巩氏数十口皆死其处,无一得免者"的叙述,控诉了金兵尽杀居民的罪恶;《夷坚丁志》卷一九《黄州野人》中,逃至深山的野人述说自己"靖康之难,全家死于兵,身独得脱,窜伏山间"的经历与《巩固治生》相似;《夷坚支戊》卷四《闽僧如本》中,

---

① 《夷坚志·夷坚志补》卷六《人鸡墓》,第1607页。

"绍兴辛巳,胡骑暴淮甸,本收瘗遗骸三百"的记载,再现了金人入侵淮河流域时尸骨遍野的惨景;《夷坚志补》卷一〇《王宣宅借兵》中"虏逢人辄杀,有数百尸聚一处"的描述勾勒出金人嗜杀成性、宋民无辜丧生的灾难性画面;《夷坚乙志》卷一七《沧浪亭》以冤鬼出现的方式披露了姑苏城在"金人入寇时,民入后圃避匿,尽死于池中"的悲惨状况。这些故事或出于见证者的自我表白,或是作者冷静叙述,或以鬼怪传达,都是对金人屠杀宋朝民众之罪行的控诉。

金兵大肆杀戮的行为给两宋之际的人们以极大的心理震撼。徽宗年间的大奸臣蔡京之子蔡絛虽然恶迹斑斑,但因身处其时,对金人的残暴行径印象深刻。他在《铁围山丛谈》里讲述了建炎三年金人南侵,高宗逃至越地后,跟随隆祐太后驻守豫章的三个郎官没来得及逃走,危急时刻躲在一处房梁上,见"黑衣数十百人继来,共坐于堂,命左右逻捕男女,无少长悉以挺敲杀之,积尸傍午,向暮尽死始去"[1]。数十黑衣人挺敲男女老少的画面逼真地再现了金兵洗城尽杀宋人的恐怖场景。

在金人的血腥屠杀下,宋朝军民成批死亡。金军践踏过的地方几乎人烟绝迹、尸骨遍野,以至于在宋金朝廷议和后相对安定的几十年里,这些地方的人口和经济都得不到恢复,依旧萧条凄凉,哀怨深重:

> 光州经建炎之乱,被祸最酷。民死于刀兵者,百无一二得免。虽数十年幸安,然不为善国。淳熙初,上饶郑人杰为郡守……见西廊一库……惟梁上挂数十百卷,或麻或绢所为,彼人言:"方离乱时,民逃匿无地,悉自经于兹室,此即缳索也。风雨晦冥之夕,鬼哭不堪听。非特如是,州治之内,掘土过尺,则枯骸枕藉其间,独设厅无之。又有一种名曰兵马虫,才高寸许,而上为人下为马。缯束介胄,全如骑军。各各有所执,好缘走墙壁,甚则登几案,队伍行列殊可观。率四五十骑,必有一部押者,比群辈稍高。值其为怪,则入人寝卧处或饮食间,千百环绕,弥日不去。能用矢刃伤人,极痛楚。苟怒而杀之,立致奇祸。"……令数卒治筑地面,发土未及尺,白骨纵横,所谓兵马虫稍稍出现,日复一日,其来益多。[2]

---

①《铁围山丛谈》卷四,第68页。
②《夷坚志·夷坚支癸》卷七《光州兵马虫》,第1274页。

　　从建炎(1127—1130)至淳熙(1174—1189)初,距金灭北宋已半个世纪,但光州仍"不为善国",表明其在战乱中被金人摧毁的程度极深。究其原因,就是老百姓在金人入侵时几乎全部死光了,后人只能在"枯骸枕藉""白骨纵横"的历史印记中感受如泣如诉的时代悲音。而"如骑军""用矢刃伤人"的"兵马虫",就是大肆屠杀当地居民的金人化身,他们"入人寝卧处或饮食间,千百环绕,弥日不去"的样子就是金兵占据此地后到处寻找居民、虐杀民众的折射。除《光州兵马虫》外,《王燮荐桥宅》也借鬼怪之异来映射房兵肆意杀人的罪恶。邢太尉南渡后在临安买一宅,但怪事不断,术士宋安国说"兹地经兵房之变,杀人无算,今不可胜治,不若建黄箓大醮拔度之",建醮后,"用八健卒负出门,皆云压肩甚重,若各荷百斤者"[1]。在古人心中,鬼是没有重量的,但邢太尉建醮超度亡灵时每个健卒所背的鬼魂却如百斤之重,以此披露金人所到之处居民尽皆被杀的事实。

　　众多尸骨常年堆积在一起,尸体内的某些元素受其他条件刺激,容易产生奇异现象,大多数人常将这作为鬼现身的依据。与洪迈同时代的陆游对此做了相对科学的解释:"予年十余岁时,见郊野间鬼火至多,麦苗稻穗之杪往往出火,色正青,俄复不见。盖是时去兵乱未久,所谓人血为磷者,信不妄也。"[2]陆游生于1125年,他十多岁时距靖康之变亦十余年,因此所说的乡间郊外鬼火极多,其实就是金兵入侵时成批大宋子民集体死亡的证明,因为鬼火是众多尸骸中的磷元素在黑暗中发光的结果。

　　这些鬼魂量重、鬼火闪烁的怪象是中原人民大量死亡的印记,是对金人滔天罪恶的强烈谴责。由于人口大量丧失,因此金兵过后社会生产近乎崩溃,民生凋敝、田园荒废是当时遭难地区的基本面貌。《夷坚支甲》卷一〇《复州菜圃》中"湖北罢兵戎烧残之余,通都大邑剪为茂草,复州尤甚"的描述和《夷坚支景》卷一《阳台虎精》中所写的"自鄂渚至襄阳七百里,经乱离之后,长途莽莽,杳无居民"的景象都是金兵大肆屠杀宋朝军民后天下死寂一片的缩影。时人庄绰对这种死气沉沉的状况记忆深刻:"建炎元年秋,余自穰下由许昌以趋宋城。几千里无复鸡犬,并皆积尸,莫可饮。"[3]

　　在大江南北被金人蹂躏的大灾难中,繁华的苏州一带遭受的破坏尤为

<hr>

[1]《夷坚志·夷坚志补》卷一七《王燮荐桥宅》,第1711页。
[2]陆游撰,李剑雄、刘德权点校:《老学庵笔记》卷四,中华书局,1997年,第43页。
[3]《鸡肋编》卷上,第21页。

严重，"中原大乱，胡马饮江，姑苏祸最酷"①。《夷坚乙志》卷一七《沧浪亭》以"或僧，或道士，或妇人，或商贾，歌呼杂遝，良久，必哀叹乃止"的群鬼形象折射出苏州城破时各类人群集体死亡的命运。钱穆的《收复平江记》详细记载了苏州遭难的过程："建炎四年庚戌春二月，金人首领四太子者，自明、越还师，由临安府袭秀州，二十五日犯平江府，午漏未尽四刻，兵自盘门入，劫践官府民居，庬廪积聚，虏掠子女、金帛，乃纵火延烧，烟焰见二百里，凡五昼夜。三月初一日，出闾西，寇常、润，于是平江府烧之既尽。士民前后迁避得脱者十之二三，迁避不及或杀者十之六七……初，金人烧劫之余，金帛钱谷尚多，仲威即据城纵兵掠取，昼夜搜抉不已。遗民间访旧居，即执之，笞责苦楚，穷问瘗藏之物，民益冤愤。故自金人南渡碙砂，破金陵、广德、杭、秀、常、润、明、越，惟平江被害最深。盖以兵多将庸，民始倚之而不去，既堕虏计，则又再遭官军之毒。是夏疾疫大作，米斗钱五百。有自贼中逃归者，多困饿僵仆，或骤得食而死，横尸枕籍，道路泾港为实，哭声振天地，自古丧乱之邦，未有如是之酷也。穆目睹其事，幸以身免。"②当时名臣胡舜陟之弟胡舜申在《避乱录》中记录了姑苏遭乱后的境况："过平江，至平望入平江城。市并无一屋存者，但见人家宅后林木而已……河岸倒尸则无数。出城，河中更无水可饮，以水皆浮尸。至吴江，止存屋三间，其下横尸无数……自吴江而南，有浮尸益多，有桥皆已断，其处尸最多。后问之，云：'敌骑推人过，皆死于水。'时燕子已来，无屋可巢。"③这种积尸遍地的沉寂正是金兵铁蹄肆意凌虐的结果。在这国弱民困、任敌欺凌的民族大灾难中，老百姓的命运悲惨至极，以致亲历者感慨道："自靖康丙午岁，金狄乱华，六七年间，山东、京西、淮南等路，荆榛千里，斗米至数十千，且不可得。盗贼、官兵以至居民，更互相食。人肉之价，贱于犬豕……唐止朱粲一军，今百倍于前世，杀戮焚溺饥饿疾疫陷堕，其死已众，又加之以相食。杜少陵谓'丧乱死多门'，信矣！不意老眼亲见此时，呜呼痛哉！"④

---

① 《夷坚志·夷坚志补》卷一四《辟兵咒》，第1681页。

② 《挥麈录·后录》卷一〇，第131—134页。

③ 《玉照新志》卷三，《投辖录 玉照新志》，第80页。按：《玉照新志》收录的胡舜申《避乱录》载"建炎己酉，先兄待制讳舜陟，字汝明，帅建康……十月，移待制两浙宣司参谋"，结合《宋史》卷三七八《胡舜陟传》记载"胡舜陟，字汝明，徽州绩溪人……以徽猷阁待制知建康府，充沿江都制置使"，可知《避乱录》的作者为胡舜陟之弟。

④ 《鸡肋编》卷中，第43页。

金兵的大肆杀戮和野蛮暴虐让长期生活在惊恐和绝望之中的南宋人民不堪忍受,因此期盼金国早点灭亡,"刘聪乘晋之衰,盗窃中土,身死而嗣灭,男女无少长皆戕于靳准。刘曜承其后,不能十年,身为人禽。石勒尝盛矣,子夺于虎。虎尽有秦、魏、燕、齐、韩、赵之地,死不一年,而后嗣屠戮,无一遗种……此七人者,皆夷狄乱华之巨擘也,而不能久如此。今之金虏,为国八十年,传数酋矣,未亡何邪"①。在洪迈看来,历代入侵中原的少数民族首领及他们的政权都不得善终,甚至非常短命,而如今侵略宋朝的金人,却享国日久,"未亡何邪"的感叹传达出希望金国快快灭亡的强烈愿望。

(三)展示人们的恐惧心理和渴望得到救助的愿望

靖康之变以来金兵的各种凶恶残暴行为使南宋军民对金人恐惧至极。洪迈在回顾金兵入侵的往事时,常通过怪诞故事来展示世人的惊恐心理和希望在灾难中得到救助的愿望。

借道士、异人等拥有神奇法术的人物之口预言乱世将至是《夷坚志》展现人们担心金人到来的主要形式。《夷坚丙志》卷九《沈先生》以和州道人沈先生为叙述中心,他以"有米莫做粥,有钱莫做屋"之语来指点世人,但人们却不能领会其意,"是岁,虏犯淮西,和州受祸最酷"的结语揭示了沈先生之前的话语是在大乱前指导人们该如何行动的暗语。《夷坚丙志》卷一四《龙可前知》中能预知未来事的龙可在宣和末曾说:"京师将有大变","火龙其日,飞雪满天"。第二年果然金虏犯都城,东京在丙辰日失守,当时大雪连绵,龙可的符语一一应验。这个以预言形式回顾靖康之变发生的具体时间和当时天气状况的故事虽然没有详细描写人们逃难和死亡的惨状,但靖康之变时汴京的老百姓在大雪纷飞中困顿欲绝的场景却如在眼前。

异人预言灾难的形式源于人们对国家命运和个体生存环境的担忧。《夷坚乙志》卷一三《九华天仙》写绍兴九年(1139)侍郎张渊道的女儿请大仙,果有九华天仙以写词的方式下降,共赋词九首,其中第三首《蓬莱景》曰:"下俯浮生,尚自争名逐利,岂不省,来岁扰扰兵戈起,天惨云愁。念时衰如何是,使我辈,终日蓬宫下泪。"故事末尾又特别点出"其第三篇所云'来岁扰扰兵戈起',时虏人方归河南,人以此说为不然。明年,渊道自祠官起提举秦司茶马,度淮而北,至鄜阳,虏兵大至,苍黄奔归,尽室几不免,河

---

①《容斋随笔》卷九《五胡乱华》,第 117 页。

南复陷。考词中之句，神其知之矣"。开篇"绍兴九年"的介绍说明这则事件发生在南宋刚刚正式定都临安之后的动荡时期，当时朝廷时常处在金人的围追侵扰中，因此虚构的九华天仙所赋之词在第二年得以应验的情况折射出南宋民众对政局的担忧，以及无法把握前途命运时的惊慌失措之状。

通过梦境展示大乱时民众受苦的场面也是表现人们惧怕心理的一种方式。《夷坚甲志》卷一《三河村人》写宣和乙巳岁（1125）三河村一村民，"一夕，惊魇而觉，战栗不自持"，醒后告诉妻子他梦见在田间行走时见道上有七胡骑，其中一个穿白衣乘白马之人要射死他。为了避难，他第二天便到六十里外的亲戚家躲避，走到一半路程时，"忽有骑驰至，连叱众令住，行者皆止。老父回视，正见七骑内一白衣人，骑白马，宛如梦中所睹。因大骇，绝道亟走。骑厉声呵止之，不听。白衣大怒曰：'此交加人。'遂鞭马逐之，至其前，引弓射，中心，应弦而毙。七人者，皆女真也"。宋金交界地区的村民因为噩梦而选择外出逃难反映了人们对金人入侵的恐惧和担忧，而梦中之事得到应验则表明在金人的铁蹄下无论汉人怎么预防也难逃一死的可悲状态。《夷坚支甲》卷二《卫师回》中，卫渊做梦身游他所，"或报沉湎国入寇，居民挈老稚散走，渊苍忙伏窜。既还家，尽室皆已遭俘掠"，借梦境再现了众多家庭在外敌入侵时尽遭毒害的境遇和在外之人时刻担心家人命运的心理。

在国乱的混乱状态下，世人的生命和财产时刻都有丧失的危险，因此，人们渴望能在神灵或智者的指点下躲过灾难。《夷坚支戊》卷四《五台文殊》写"宣和六年，江遹举邈为隆德府教授"，"靖康之末，报胡马饮湖，弃官赴京师，除大学博士，居竹檀巷。未几，梦菩萨告以急请外，即挈家东下。出水门，值泗水上便舟舣汴岸，遂迤逦还严陵，阖门安堵。时京师已受敌矣。间关乱离，不受怖恐"。文殊菩萨用梦示方式给人指点行程，告诉手无寸铁的人们如何躲避。《夷坚支庚》卷八《黎道人》借黎道人先知先觉助人救难的事迹反映了苦难中的老百姓渴望得到护佑的愿望："建炎多难，黎归故乡，结庐官道侧，卖药乞食。若有兵寇火疫，率预知之，辄告别邑人而去。踪迹稍露，人视其去留以卜安居。宗室子共为营庵，事之甚谨。一夕，县市灾，居民鼎沸。黎助之救火，同时四门各有一黎。自是人愈崇礼。"黎道人分身救人的行为满足了人们在乱中生存下去的期待。《夷坚志补》卷一四《辟兵咒》写宣和年间，姑苏卢彦仁遇一异人教他辟兵咒，"后数岁，中原大乱,胡马饮江,姑苏祸最酷。卢氏亲党邻里,死亡略尽,独彦仁一家,周旋逾年,虽僮仆婢媪,无一伤者"。卢彦仁因学辟兵咒而全家得到庇佑,看似荒唐,却体现了人们寄希望于咒语以寻找生机的要求。

(四)刻画人们寻找生存之道的途径和方法

在金人铁蹄的蹂躏下,不堪忍受迫害的中原民众冒着生命危险向南迁移,"中原士民,扶携南渡,不知其几千万人"①。《夷坚志》真实再现了沦陷区人民大量南迁的状况。其中有的概括群体性的迁移情况,如"建炎初,车驾驻跸扬州。中原士大夫避地来南,多不暇挈家"②,"西北士大夫遭靖康之难,多挈家南寓武陵"③,"绍兴三十一年,虏寇迫淮上,池州青阳人相率至九华山搜索隐邃,□□□家避地处"④等;有的以个体避乱反映南迁现象,如"田道人者,河北人,避乱南度,居京口"⑤,"有哮张二者,密州诸城人,遭乱南徙"⑥,"王耕,字乐道,宿预桃园人……绍兴之季,去虏从化,侨居于山阳。甲申秋,虏再犯边,避地丹阳北固山之后"⑦,"何蓑衣先生,淮阳朐山人,祖执礼,官朝议大夫。家素富盛,为鼎族,遭乱南来,寓姑苏"⑧,"蔡人李枢,避建炎之难,同数乡人入蜀"⑨等等。这些群体和个体的避乱经历都是当时老百姓流离南迁的缩影。

在民族大难面前,在连皇帝都辗转逃跑的国家危难之际,迁移也改变不了苦难的命运,《夷坚支戊》卷一《张汉英》中,张汉英"本长安人,遭乱南徙,家于福州,贫困无所依,寓宿于万岁寺僧堂之后,仰僧饭以自给"的遭遇是当时人们在乱中丧失一切、贫穷至极境况的共同写照。因此,为了生存,一些胸怀大志或机智勇敢之人奋起反抗。《夷坚三志己》卷三《大伊山神》中,淮阳宿预人葛万迁徙楚州后,"绍兴辛巳岁,胡尘不靖,倡率乡人子弟,立忠义军,自称统领",被海州军官追杀,一青袍人自称大伊山神,称他三年之后当建功于国家,并送他回淮北岸上。三年后,"因获反者萧荣,补阁门

---

①《建炎以来系年要录》卷八六,第 1422 页。
②《夷坚志·夷坚支景》卷五《圣七娘》,第 919 页。
③《夷坚志·夷坚三志辛》卷四《武陵布龙帐》,第 1412 页。
④《夷坚志·夷坚丙志》卷二〇《九华山伟人》,第 531 页。
⑤《夷坚志·夷坚丁志》卷一一《田道人》,第 626 页。
⑥《夷坚志·夷坚支甲》卷八《哮张二》,第 773 页。
⑦《夷坚志·夷坚支丁》卷九《清风桥妇人》,第 1038 页。
⑧《夷坚志·夷坚志补》卷一二《蓑衣先生》,第 1657 页。
⑨《夷坚志·夷坚志补》卷二三《解蛊毒咒方》,第 1764 页。

祗候，充沿淮都巡检"。葛万组织乡人子弟建立反抗义军的举动是当时有识之士成功御敌的典型代表。与小说中葛万有赖于山神帮助不同，豪放词派的领袖辛弃疾二十一岁时参加抗金义军，并带领军队成功回归南宋的事迹是当时沦陷区老百姓勇敢抗敌的楷模。洪迈对这位"壮岁旌旗拥万夫，锦襜突骑渡江初。燕兵夜娖银胡䩮，汉箭朝飞金仆姑"①的大英雄非常钦佩，在《稼轩记》中以"壮声英概，懦士为之兴起，圣天子一见三叹息"②之语予以称扬。除了有勇有谋的英雄人物外，《夷坚志》也充分挖掘普通民众在大难面前的英勇事迹，如《夷坚支丁》卷九《淮阴张生妻》和《夷坚支庚》卷七《村民杀胡骑》通过描述淮阴张生妻和江西村民成功杀敌的详细经过展示了下层民众有效御敌的宝贵经验。这可能是作者在实际生活中寻找到的可用之法，希望困境中的老百姓能有所借鉴。

（五）表达了北方遗民渴望归宋的情感要求

北宋亡国后，大量生活在中原地区的老百姓沦入金人以及金人指定的傀儡政权的统治之下。身处异族和伪政权统治地区的老百姓对宋王朝仍有很深的感情，他们渴望朝廷能收复失地，使自己重新成为宋朝子民。《陕西刘生》就表达了人们归宋的愿望以及为此所做的努力：

> 绍兴初，河南为伪齐所据，枢密院遣使臣李忠往间谍……至京师，遇旧友田庠。庠，亡赖子也，知其南来，法当死，捕告之赏甚重，辄持之曰："尔昔贷我钱三百贯，可见还。"……陕西人刘生者闻其事，为李言："极知庠不义，然君在此如落井中，奈何可较曲直？身与货孰多？且败大事，盍随宜饵之。"李犹疑其为庠游说，然亦不得已，与其半……庠得钱买物，将如晋绛，刘曰："我亦欲到彼，偕行可乎？"即同途……刘曰："然则汝乃中国民，尝食宋朝水土矣。"庠曰："固然。"刘曰："我亦宋遗民，不幸沦没伪土，常恨无以自效。朝廷每遣人探事，多采道听途说，不得实。幸有诚愨如李三者，吾曹当出力助成之，奈何反挟持以取货？"庠诟曰："是固负我。"刘曰："吾素知此，且询访备至，甚得其详。吾与汝无怨恶，但恐南方士大夫谓我北人皆似汝，败伤我忠义之风耳。"遂运斤杀之。仆亦杀其仆，投尸于河，并其物复回京师，尽以付

---

① 辛弃疾著，辛更儒笺注：《辛弃疾集编年笺注》卷一四《鹧鸪天》，中华书局，2015年，第1711页。
② 《辛弃疾集编年笺注·附录》，第2214页。

李，乃告之故。①

　　刘生虽为普通的中原遗民，但有主动报效宋朝之心，因此，当得知无赖田庠为了钱财而要挟在沦陷区探听军情的南宋使臣李忠时，他仗义而出，亲手杀死田庠。刘生的行为体现了毫无个人私心的民族大义和心向宋朝的遗民情感。这正是当时民众民族心理的真实反映。《夷坚支甲》卷二《丹州石镜鼓》所说的"绍兴中，地虽陷虏，而秦民聚众起义欲归本朝者未尝绝，此寨常屯万人"，就是当时民心思宋状况的再现。

　　出于对金兵的痛恨和心向赵宋王朝的民族情感，人们渴望能成功御敌，甚至希望天佑神助，战胜金人。《夷坚丙志》卷一六《王少保》通过虏兵到来之前人们见到王德少保等人的魂灵"急领兵过淮北扞御"的奇事折射了宋人渴望神勇将帅抗击金兵的愿望；《夷坚丁志》卷六《翁吉师》中，言事如神的翁吉师于绍兴辛巳（1161）九月旦，为人祈祷时说，"番贼南来，上天遍命天下城隍社庙各将所部兵马防江"，至十二月旦，复附语曰："已杀却番王，诸路神祇尽放遣矣。"在古人心中，神的威力远大于人为努力，因此，如果神灵助宋，就可以不战而胜，如《任天用梦》和《张翼德庙》就是这种理念的表达：

　　　　绍兴辛巳冬，江上用兵，任天用守官南康，摄星子县事，治山寨于黄石岩，作草舍五百间，日役五百人，设三隘口，甚险固。将奏功，夜梦人著黄道服携杖来谒，语之曰："重役良苦，然终亦无用，空扰民耳。"天用意殊不平。数日间，报虏亮自焚，果如神告。②

　　　　绍兴初元，北虏震摇关辅，张魏公宣抚处置秦蜀，移屯阆中。秋八月，死卒有更生者，转传神戒语，欲助顺诛逆。已而虏首兀术娄室连犯汉中，皆折角而退。③

　　虽然民众渴望收复失地，但在朝廷投降政策驱使下，用人不当、战略失误等原因导致宋军节节败退，留给中原人民的只能是无尽的失望和永远的遗憾。岳飞"白了少年头，空悲切"的无奈和陆游"塞上长城空自许，镜中衰鬓已先斑"的失落英雄梦都是对国家投降政策的指责。洪迈在《郫县铜马》中借黄

①《夷坚志·夷坚丁志》卷九《陕西刘生》，第614页。
②《夷坚志·夷坚三志己》卷八《任天用梦》，第1367页。
③《夷坚志·夷坚三志壬》卷七《张翼德庙》，第1516页。

伯渊的《铜马歌》表达了南宋士人对国土沦丧和国运衰败的无限哀伤：

> 君不见武皇逸志役九垓，追风蹑影思龙媒。鲁班门外立铜马，天厩万匹皆尘埃！又不见伏波将军破交贼，归来殿前献马式。据鞍习气殊未衰，想见老子真矍铄。两京翻覆知几秋，只有山河供客愁。孤烟落日蚕丛国，惯出神物与荒丘。千年黄壤谁作主，犹把归心泣风雨。①

辽阔的中原大地到处都是金兵的足迹，遗民心念赵宋王朝收复失地的愿望化为泡影，留下的只有痛苦和悲伤。

二、明清易代之际的民族情结

明清是中国封建王朝的最后阶段，国家政权相对稳定，但在这表面的安定之下，隐藏着令人窒息的因素。明朝自立国之后，为强化帝王权威，加强专制统治，对臣民采取极其严酷的压制手段，除了设立厂、卫等特务机构外，科举上规定四书五经的考试内容和八股文的写作方式亦严格限制了文人思想和言论自由，道德上大力宣扬忠孝节烈观念进一步泯灭了世人尤其是女性的个体意识。面对比以往更加狭隘的统治方式，一些进步士人产生了强烈的抵制情绪，试图用新思想来突破僵化的正统理念，如王阳明提出"格物致知"，李贽提倡"童心说"等。而明末清初易代战争造成满人统治中原的现实又严重冲击了士人内心，他们从"夷狄"的角度反思清朝入关造成的灾难和痛苦。受时代文化思潮影响，清初与易代相关的小说在暴露清军之恶的基础上更透出伤感的情感倾向。

清初陆次云的《宝婺生传》以清军入关后夫妻二人在战乱中离散的悲欢为主线，虽然重在赞扬义气，但其中所蕴含的感时伤事之情还是非常深刻的。小说一开始便描述了"顺治初，我师破金华，宝婺生夫妇相散失，生卧积尸中得免死，妇行不知所向，为健儿所获。无何健儿移师驻华亭，生觅耗于华亭，不可得"的乱世概貌，展现了清军攻陷江南时，老百姓四处逃散，清兵大开杀戒，浮尸遍地，许多女性被清军掳走，或成为将领玩物或被军人变卖的社会现实。这个外族入侵者草菅人命、残害生灵的场景犹如东汉蔡琰《悲愤诗》中"平土人脆弱，来兵皆胡羌。猎野围城邑，所向悉破亡。斩截

---

① 《夷坚志·夷坚三志壬》卷七《郯县铜马》，第 1518 页。

无子遗，尸骸相撑拒……马边悬男头，马后载妇女"的重现。作者在结尾发出"乱离之际，镜破珠沉，不胜数矣"的感慨，尽情表达了对乱世时期人们悲惨遭遇的同情和痛惜。

钮琇的《觚賸》"编成于康熙庚辰，皆记明末、国初杂事"，"幽艳凄动，有唐人小说之遗。然往往点缀敷衍，以成佳话，不能尽核其实"①。其中《睐娘》讲述了一个文静多才的少女在清军南下时被迫与父母分离后的痛苦遭遇和不幸命运。故事先铺写睐娘在乱世前的温馨书香生活，接着笔锋一转，展开了明清易代时"海内鼎沸，兵燹所被，诸郡县皆陆沉"的乱世风貌。而睐娘一家在战乱来临时仓皇出逃、变卖旧物的窘境和战乱结束后"睐父将理故业，而无资可缮"的遭遇折射了清军进驻江南后广大老百姓在生产、生活上遭受的巨大破坏与打击。

除了以普通人的悲欢离合来揭示乱世巨变外，蒲松龄的《聊斋志异》还以一些奇异怪事来披露易代之际的苦痛。《聊斋志异》中涉及乱世的小说主要有《野狗》《鬼哭》《张诚》《林四娘》《夜叉国》《宫梦弼》《狐妾》《公孙九娘》《颜氏》《林氏》《乱离二则》《柳生》《张氏妇》等篇。它们有的揭露清军入关后的恶行，有的抒写乱世带给人的心理恐惧和情感伤痛。

《野狗》以顺治年间的一场民乱为背景。开篇即以"于七之乱，杀人如麻"的概述揭示了清廷在平定地方农民起义后杀戮过度的状况。接着通过一个农夫的见闻经历具体再现了当时血淋淋的场景，"乡民李化龙自山中窜归。值大兵宵进，恐罹炎昆之祸，急无所匿，僵卧于死人之丛，诈作尸"。为了躲避作乱嫌疑，乡野百姓李化龙逃往山中，但当于七起义被官军平定后，李化龙在回乡途中却发现朝廷大军将许多民众都列入乱军的行列而大肆杀戮。他为了保全性命，只能藏在死人堆中。《野狗》充分反映了老百姓在民乱之时无所适从，甚至含冤被杀的悲苦境遇。而李化龙"兵过既尽，未敢遽出。忽见阙头断臂之尸，起立如林"②的见闻则折射出官兵杀人无数的罪恶。

蒲松龄对清廷入关后官兵乱杀、百姓遭殃的现实感触极深。除《野狗》外，《鬼哭》中"谢迁之变，宦第皆为贼窟。王学使七襄之宅，盗聚尤众。城

---

①《四库全书总目提要》卷一四四《子部·小说家类》，第743页。
②《聊斋志异详注新评》卷一，第124页。

破兵入，扫荡群丑，尸填墀，血至充门而流。公入城，扛尸涤血而居。往往白昼见鬼，夜则床下磷飞，墙角鬼哭。一日，王生皞迪寄宿公家，闻床底小声连呼：'皞迪！皞迪！'已而声渐大，曰：'我死得苦！'因哭，满庭皆哭"①的描述，虽然具有浓郁的鬼怪恐怖气息，但也逼真地再现了民乱时官员下令大开杀戒的残忍行为及其深远影响。蒲松龄对官员不分青红皂白的乱杀是非常反感的，因此在"异史氏曰"中说"普告天下大人先生：出人面犹不可以吓鬼，愿无出鬼面以吓人也"，将官员作恶比作以鬼面示人，憎恶之情，溢于言表。

对于民乱时期官军的滥杀无辜和民众的深重灾难，蒲松龄痛彻心扉。这些情感在《公孙九娘》中表现得尤为深刻。《公孙九娘》一开始便展开了"于七一案，连坐被诛者，栖霞、莱阳两县最多。一日俘数百人，尽戮于演武场中，碧血满地，白骨撑天"②的血淋淋场面。那些被诛之人，多是无辜的，尤其是公孙九娘作为一个与外界毫无联系的闺中少女，却在于七起义后被俘至济南，最后自刭而死。这样一个冤死之女，死后仍孤魂飘零，"千里柔魂，蓬游无底"，实在让人心酸。而公孙九娘的鬼魂与莱阳生结为夫妻后，唯一的要求就是希望莱阳生能将她的尸骨葬于父母旁边，"使百年得所依栖"。但由于莱阳生忘记问清九娘坟墓的志表，致使公孙九娘这个卑微的愿望没有实现。从表面上看，公孙九娘魂难返乡的结局在"坟兆万接，迷目榛荒"的环境里并不算特别，但这正是作者要表达的内容，一方面揭示了于七之变中冤死之人极多的社会现实，更重要的是借公孙九娘的生死悲剧传达了官军的残酷杀戮给当地人民造成永难愈合的伤痛这一事实。

谢迁、于七之变都是发生在清初顺治时期的民间起义。谢迁之变发生在顺治三年（1646），波及山东的长山、新城、淄川等县；于七起义从顺治五年至康熙元年（1648—1662），持续时间长，波及面广。于七起事失败后，清廷大肆株连，对事件发生地尤其是栖霞、莱阳等地的老百姓痛下杀手。这两次民众反抗活动都发生在蒲松龄的青少年时期，他或亲眼所见，或从父辈亲朋等处了解了当时的残酷状况和恐怖气息，因此借鬼怪、魂灵等奇异现象表达对官员滥杀无辜的不满和对冤屈至死者的同情，揭露了朝廷高压

①《聊斋志异详注新评》卷一，第135页。
②《聊斋志异详注新评》卷三，第796页。

统治造成的严重后果。

《聊斋志异》不仅摄取了与蒲松龄同时代的乱离故事，抨击了清初朝廷镇压地方民众的罪恶，而且在展现天下大乱的社会惨象中表达了强烈的易代感受。如《张诚》一篇虽借兄友弟恭宣扬好人好报的道理，但张别驾、张讷、张诚这同父异母兄弟三人在明末天下大乱中的悲欢离合则映射出乱世社会妻离子散、家毁人亡的普遍现象。《张诚》开篇即叙述张氏之妻在明末大乱中被北兵掠走的遭遇，后又通过张讷的回忆，补续了"清兵入境，掠前母去。父遭兵燹，荡无家室"的家族经历。这些叙述充分暴露了清军进入中原后抢掠妇女、劫夺民财的罪行，这些罪恶正是清廷入关后汉人屡有反抗行为的根源，但统治者并没有从自身找原因，反而一味屠杀所谓的作乱之人和地方百姓。这种易代之痛，使传统的知识分子难以承受，因此，汉人的故国之思在《聊斋志异》中时有流露，即使在不以易代之际为背景的作品中亦有这种情感，《林四娘》就是如此。

林四娘本是明末崇祯年间青州衡王府的宫人，死于与民乱军作战之中，并没有经历明清的易代变故。但在《聊斋志异》中通过她与青州士人陈宝钥的交往，表达的却是清代文人的亡国之痛。当陈宝钥请她弹琴时，她"俯首击节，唱'伊凉'之调，其声哀婉。歌已，泣下。公亦为酸恻，抱而慰之曰：'卿勿为亡国之音，使人邑邑。'"林四娘哀婉的歌声，不仅让陈宝钥唏嘘感叹，而且"家人窃听之，闻其歌者，无不流涕"，暗示了她的所咏之情与陈家人的悲痛心理相通。在故事最后，林四娘要投胎托生，与陈公离别，临别时，她作了一首意味深长的七言诗："静锁深宫十七年，谁将故国问青天？闲看殿宇封乔木，泣望君王化杜鹃。海国波涛斜夕照，汉家箫鼓静烽烟。红颜力弱难为厉，惠质心悲只问禅。日诵《菩提》千百句，闲看贝叶两三篇。高唱梨园歌代哭，请君独听亦潸然。"[1]从表面上看，这首诗是对国家衰亡的感叹，但如果追索诗中众多典故的本义，就可深刻感受到中原民族被外族灭亡后的哀伤情绪，"高唱梨园歌代哭，请君独听亦潸然"，借玄宗故事既暗指"胡虏之乱"给世人造成的心灵创伤，又传达出文人士大夫无法言说的易代之痛。

《聊斋志异》的乱离题材展现了以蒲松龄为代表的正统士人内心深处

---

①《聊斋志异详注新评》卷二，第454—455页。

的民族之痛。从表面上看蒲松龄好像适应了清政府的统治机制，一生参加十余次乡试，完全融入了当时的文化和教育体系中，但其实面对清初的高压政策和文化压制，他内心深处仍埋藏着中原遗民的民族情感和对清廷的反感之情。

第五节　屠牛与社会动乱

牛虽然只是一种家畜，但却是古代农业社会最主要的生产工具，在日常生活中发挥着重要作用。与屠杀其他动物不同，在古代私自屠牛要受法律制裁，尤其是在城市经济繁荣、人口繁衍迅速的宋代，为保证农业生产对人类各种生存物资的有效供应，政府对私自杀牛行为进行严格监管，如脍炙人口的包拯智断盗割牛舌案[1]，以及神宗年间穆衍的巧断牛舌案[2]，都反映了当时禁止私自杀牛的国家制度和人们对屠牛禁令的熟悉程度。屠牛行为之所以被上升到法律层面，是因为它涉及了农耕社会中与国家命运相关的一系列问题，反映了老百姓的日常活动与社会治乱的密切关系。

古人重视耕牛的现象在古小说中有生动表现，它们大多通过杀牛受恶报的形式予以展示。但与其他单纯的杀生受报应的性质不同，屠牛受恶报体现了牛在古代农业社会中的重要价值，以及人们赋予它的独特地位。

一、古小说中屠牛遭报的独特性

在魏晋六朝小说中，禁止杀牛的意识已很明显，特别是《幽明录》中几篇主题鲜明的牛故事就折射了世人对杀牛事件的重视。如《终祚》中"时桓玄在南州禁杀牛，甚急"的记述反映了东晋时期官府有禁止杀牛的政策，《侯官县神》中神灵逼迫官吏杀牛祭祀自己则体现了牛在祭祀礼仪中的尊贵地位，而《牛役》更透露出食牛肉者当死的社会理念：

> 桓玄时，牛大疫。有一人食死牛肉，因得病亡。复生，云初死时见

---

[1] "有盗割人牛舌者，主来诉。拯曰：'第归，杀而鬻之。'寻复有来告私杀牛者，拯曰：'何为割牛舌而又告之？'盗惊服。"见《宋史》卷三一六《包拯传》，第10315页。

[2] "民牛为仇家断舌而不知何人，讼于县，衍命杀之。明日，仇以私杀告，衍曰：'断牛舌者乃汝耶？'讯之具服。"见《宋史》卷三三二《穆衍传》，第10691页。

一人执录,将至天上。有一贵人问云:"此人何罪?"对曰:"此人坐食疫死牛肉。"贵人云:"今须牛以转输,肉以充百姓,何以复杀之。"催遣还。①

东晋立国后,权臣把控朝政,政局多变,但无论是当权者还是老百姓甚至是被祭祀的神灵,都对杀牛行为非常重视,对吃牛肉现象极为关注,这表明在当时牛的地位特殊,不允许私自宰杀或食用。

受佛教果报思想影响,劝人戒杀题材在唐代小说中极为常见,其中屠牛恶报故事则超出了传统的报应理念,显示了杀牛行为的特殊性。在高宗年间唐临的《冥报记·唐孔恪》中就有记室参军孔恪在阴间被官府追问杀牛之事。虽然孔恪辩解说杀牛是安抚獠人的国事,但阴司官员却说:"汝杀牛会獠。欲以招慰为功,用求官赏,以为己利。"②由此可见,在唐初杀牛设宴是非常隆重的礼节。代宗时戴孚《广异记》中有数条戒杀故事,其中"皇甫恂"条记载了相州参军皇甫恂生前接受僧人所赠的二十斤牛肉,暴卒入冥后就被判官追问"何故杀牛"。晚唐张读《宣室志·朱岘女》讲述湖南武陵郡的朱岘之女被夜叉捉住后发现夜叉虽凶,却害怕一个穿白衣之人,通过询问,夜叉告诉她因为"白衣自少不食太牢",所以他不能接近。并且说出"牛者,所以耕田畴,为生人之大本。苟不食其肉者,则上天佑之"③的原因。从《冥报记》至《宣室志》的屠牛故事,折射出有唐一代流行着屠牛者死后受折磨,敬牛者生前得庇佑的社会观念。

屠牛恶报主题在宋代小说中更为普遍,甚至出现了专门的杀牛受报故事集。元祐年间李象先的《禁杀录》虽以"集录古今冥报事,以为戒杀"为目的,但仅有的佚文就是齐州宋浚明因好食牛肉而减官减寿的故事④,从中或可得知禁止屠食牛肉是此书的主要内容。而"作于北宋宣和以前"的《屠牛阴报录》则更明确地指出了编写目的就是专门警告那些杀牛食肉者:"虽

①《幽明录》卷四《牛役》,第 117 页。
②唐临撰,方诗铭辑校:《冥报记》卷下,中华书局,1992 年,第 67 页。
③《宣室志》卷三《朱岘女》,第 37 页。
④《宋代志怪传奇叙录》:"《分门古今类事》卷二〇《为恶而削门》引《浚明减官》,注出《戒杀录》,一字之差而禁、戒同义,疑即本书佚文。事云齐州宋浚明好食牛肉,梦入阴府,见吏阅籍簿,己姓名在上,官至端明殿学士,寿至八十,以食牛肉若干而减官减寿。后浚明累举不第,年四十六而卒。"见李剑国:《宋代志怪传奇叙录》,中华书局,2018 年,第 282 页。

以佛教阴报为旨,然于保护耕牛乃有益焉。"①另一部《阴戒录》也有"艾彦明绰有乡行,事神甚谨,祈祷辄应。一日祀以太牢,神乃不降,且曰:'牛有功于民,非祀天不杀,吾何敢享?'时刑部贾若水闻之,遂严戒不食。有三婢旧在雇主家无岁不病疫,至公家乃不病。梓州路连岁疾疫,及公为提刑,力劝人不食,屠者皆令改业,牛自毙者瘗之,疫疾为衰"②之事,表达了不食牛肉有好报的理念。这三部宋代的小说集都体现了当时屠牛遭恶报、护牛得安康的社会意识。

　　牛在宋朝受到尊重和保护的现象,在《夷坚志》中也有突出表现。《夷坚志》不但讲述了许多因杀牛、食牛而得恶报的故事,而且谴责屠牛行为的情感极其强烈。如《董白额》《江牛屠》和《何百九》等都通过逼真的场面描写让从事屠牛行业的人在痛苦中死去或让子孙受到疼痛难忍的惩罚,以表达人们对屠牛者的痛恨:

　　　　饶州乐平县白石村民董白额者,以侩牛为业,所杀不胜纪。绍兴二十三年秋,得疾。每发时,须人以绳系其首及手足于柱间,以杖痛捶之,方欣然忘其病在体,如是七日方死。董平生杀牛正用此法,其死也,与牛死无少异云。③

　　　　婺源奸民以屠牛为业者,或能用药毒牛,但慢火焚乌头汁,济以他药,浸铁针长三寸余,插于牛胁皮中,不经日必死,则唤之使宰剥,肉既非带疫,人食之无害,谓为良杀,厥价差高。数年前,鄱阳村屠颇传习之。有江六三者,居城东十五里,常得此伎……至昏暮不归,妻子遍诣平日所来往处访寻,彼人皆云不曾见。明日过午,妻见群鸦及鹅鹰翔噪居舍百步间污池畔,试往视之,江已溺死于中,水才深尺耳。临棺殓,仵匠于其腰囊得铁针两枚,方知行诈已久,时将谋适何人家而为鬼所诛也。④

　　　　赣州石城县丰义里小民何百九,强悍亡赖,以屠牛为业……绍熙四年春,主簿郑绾因审究公事到彼里,适见何鼓刀解牛,有粗皮小片仅三寸,割而掷之。其子五孜适从旁过,正著其右目上,揭之不落,即时

①《宋代志怪传奇叙录》,第354页。
②《宋代志怪传奇叙录》,第392页。
③《夷坚志·夷坚甲志》卷一三《董白额》,第112页。
④《夷坚志·夷坚支乙》卷八《江牛屠》,第860页。

生合，不可脱，黑毛森然，才为指误触则痛楚异常。此子盖与父同恶者，人以为业报。①

除此之外，《夷坚乙志》卷一《赵子显梦》中任赣州行政长官的赵子显梦到"门庭毛血狼藉"，调查中得知是宗族之子依仗与他有旧交而"屠数牛为市"，于是"逮捕穷治"；《夷坚三志辛》卷一《二屠鼎烹》中"酷于屠牛"的德清人郑八等被天神处以"赴汤镬狱"的惩罚后死去；《夷坚三志壬》卷一〇《汪三宰牛》中"以宰牛为务"的汪三最终被已宰杀的牛蹄挂伤，痛不可忍而死。这些因屠牛而不得好死或受到严惩的故事都显示了世人对屠牛者的愤恨之情。虽然屠牛者让人憎恶，但之所以有人以屠牛为业，是因为有市场需求，《夷坚志》也意识到了这一问题，因此让那些爱食牛肉者也受到惩罚或训诫。《海岛大竹》中让曾食牛肉而受到警告的当事人现身说法以收到更有效的宣传效果的故事就极具代表性：

> 明州有道人，行乞于市，持大竹一节，径三尺许，血痕浣其中。自云本山东商人，曾泛海遇风，漂堕岛上，登岸，纵目望，巨竹参大，翠色欲滴，叹讶其异，方徘徊赏玩，俄有皂衣两人来，云："寻汝正急，乃在此耶。"答曰："适从舟中来，尚不知此为何处，何为觅我？"皂衣不应，夹挟以前。满路崒嵂，如棘针而甚大，刺足底绝痛，不可行。问其人，曰："牛角也。"益怪之。复前行，至一处，主者责曰："汝好食牛，当受苦报。"始大恐，拜乞命。曰："请后不敢。"主者曰："汝既悔过，今释汝。可归语世人，视此为戒。"②

《海岛大竹》中神灵告诫人们好食牛肉者当受如"满路崒嵂，如棘针而甚大，刺足底绝痛，不可行"等苦报是《夷坚志》对食牛肉者的一贯态度。这类故事发生在南宋各地，如《夷坚乙志》卷一《食牛梦戒》中寓居湖州的泰州人周阶生病后梦入官府，被一吏责问"何得酷嗜牛肉"，"叱令鞭背"，周阶答应与全家戒食后梦醒，病得痊愈；《夷坚乙志》卷一三《食牛诗》中秀州人盛肇"好食牛肉"，突然收到好友信笺，里面写着"君看横死者，尽是食牛人"的戒语，"肇惧，自此不食牛"；《夷坚乙志》卷一七《翟楫得子》中"居湖州四安县"的翟楫五十岁仍无子，为求子而诚恳供奉观音，在友人提醒他"子酷嗜

---

① 《夷坚志·夷坚支景》卷三《何百九》，第899页。
② 《夷坚志·夷坚乙志》卷一三《海岛大竹》，第295页。

牛肉,岂谓是欤"后全家戒食牛肉,最终得子并长大成人;《夷坚支甲》卷一〇《扣冰堂僧》中好"椎牛酾酒"的建安人程虞卿梦中见僧人告诉他如果再食牛肉"必刖汝足",醒后在大中寺扣冰堂见到梦中僧人画像,之后程生"怖悸益甚,遂绝意太牢";《夷坚志补》卷三《赵善忒梦警》中池州的赵善忒常"椎牛供客馔",梦中被追到冥府,不但受到冥主"牛之为物,有大功于世,汝何忍屠剥不少贷"的斥责,而且被狱吏施以"巨钉尺余,铦利可吹毛,钉其首,血流洒地,痛楚切骨"的惩罚。梦醒后,赵生将家人要杀之牛捐入寺中为长生牛,其后家庭日渐发达富贵。这些遍及明州、湖州、泰州、秀州、建安、池州等地的食牛者被警告的故事,折射了南宋时期各地民众对杀牛吃肉行为的不满,以及希望世人不吃牛肉以断绝屠牛者获利的愿望。

总体来看,在《夷坚志》的众多牛故事中,对屠牛和食牛肉者的惩罚程度略有差别,屠牛者受的恶报比吃牛肉的更重。《夷坚志》等小说之所以给屠、食牛肉者以恶报的惩罚,主要是为了劝诫人们不要杀牛。虽然杀生受恶报是佛家教义的主要内容,但它主张的是普遍的戒杀行为,而以《夷坚志》为代表的杀牛故事则在果报的外壳下揭示了杀牛求利违反国家制度的事实。国家禁止私自杀牛,老百姓痛恨屠牛者,主要是因为在农耕社会里牛是主要的劳动力,保护耕牛就能保证生产效率。《宣室志》中"牛者,所以耕田畴,为生人之大本。苟不食其肉者,则上天佑之"的观念,反映了唐人已充分意识到牛在农业耕作中的重要性;《夷坚志》中"牛之为物,有大功于世""万物皆心化,唯牛最苦辛"等对牛的礼赞更体现了宋人对耕牛的珍视。

二、屠牛是社会动乱的表征

古小说中大量的屠牛遭恶报故事折射了人们对牛的重视程度,反映了农耕时代牛在社会生产和人们生活中的重要性。因此,屠牛不仅是个人行为,更是国家政治层面的大事件,甚至是社会动乱的表征。

(一)屠牛挑战太牢祭祀的权威性

"国之大事,在祀与戎"①,在古代,祭祀是国家的头等大事。根据祭祀者身份的不同,主要有少牢和太牢两种。少牢是用豕和羊祭祀;太牢是用牛、羊、豕三牲祭祀社稷。《礼记·王制》曰:"天子社稷皆大牢,诸侯社稷皆

————————

① 李梦生撰:《左传译注》卷一三,上海古籍出版社,1998年,第578页。

少牢。大夫、士宗庙之祭,有田则祭,无田则荐。庶人春荐韭,夏荐麦,秋荐黍,冬荐稻;韭以卵,麦以鱼,黍以豚,稻以雁。祭天地之牛角茧、栗,宗庙之牛角握,宾客之牛角尺。诸侯无故不杀牛,大夫无故不杀羊,士无故不杀犬、豕,庶人无故不食珍。"①牛是君主祭祀天地时的专用之物,象征了天子的最高地位,因此普通民众杀牛祭祀就是僭越的表现。西晋末年匈奴人刘曜统治中原后规定"自季秋农功毕,乃听饮酒,非宗庙社稷之祭不得杀牛,犯者皆死"②,民间杀牛祭祀被定为死罪,充分显示了太牢祭祀的至尊性。

　　民间私自杀牛祭祀不仅易使耕牛数量减少,危害农业发展,而且是藐视君威的僭越行为,因此一些地方官就把禁止杀牛作为自己的行政职责。汉明帝时的第五伦在这方面成效显著,"会稽俗多淫祀,好卜筮。民常以牛祭神,百姓财产以之困匮,其自食牛肉而不以荐祠者,发病且死先为牛鸣,前后郡将莫敢禁。伦到官,移书属县,晓告百姓。其巫祝有依托鬼神诈怖愚民,皆案论之。有妄屠牛者,吏辄行罚。民初颇恐惧,或祝诅妄言,伦案之愈急,后遂断绝,百姓以安"③。第五伦意识到以牛祭神的弊端,用峻法制止百姓的愚昧举动,保护了农业生产,维护了社会安定。自此之后官方开始禁止民间屠牛,"第五伦守会稽,有妄屠牛者,吏辄行罚,州郡禁屠牛始于此。晋元帝时,丁潭书云:'杀牛有禁,买者不得辄屠。'朝廷禁屠牛始于此"④。《幽明录》中的牛故事就是晋朝禁止屠牛的生动表现。

　　晋朝时人们对禁止杀牛的认识就非常明确,如"张茂字伟康,少单贫,有志行,为乡里所敬信。初起义兵,讨贼陈斌,一郡用全。元帝辟为掾属。官有老牛数十,将卖之,茂曰:'杀牛有禁,买者不得辄屠,齿力疲老,又不任耕驾,是以无用之物收百姓利也。'帝乃止"⑤。由此可知,晋代颁布过杀牛禁令。隋朝时私自杀牛就是犯罪,"刘弘基,雍州池阳人也。父升,隋河州刺史。弘基少落拓,交通轻侠,不事家产,以父荫为右勋侍。大业末,尝从炀帝征辽东,家贫不能自致,行至汾阴,度已后期当斩,计无所出,遂与同旅屠牛,潜讽吏捕之,系于县狱,岁余,竟以赎论"⑥。刘弘基巧用屠牛禁令而

①《礼记译注·王制》,第 153 页。
②《晋书》卷一〇三《刘曜载记》,第 2692 页。
③《后汉书》卷四一《第五伦传》,第 1397 页。
④朱翌:《猗觉寮杂记》卷下,载《全宋笔记》第三编第十册,第 75 页。
⑤《晋书》卷七八《张茂传》,第 2064 页。
⑥《旧唐书》卷五八《刘弘基传》,第 2309 页。

获罪入狱折射出屠牛是违反国家法律制度的犯罪行为。两宋时期，禁止民间杀牛祭祀成为考核官员的一项重要指标。仁宗时的范师道"知广德县。县有张王庙，民岁祠神，杀牛数千，师道禁绝之。通判许州，累迁都官员外郎，吴育举为御史"①。孝宗年间的李彦颖"知婺州，禁民屠牛，捐属县税十三万三千缗。复知绍兴府，进资政殿大学士，再奉祠，进观文殿学士"②。诸如范师道、李彦颖等有效阻止民间杀牛祭祀，进而维护百姓利益的地方官，在当时都得到了升迁或重用。

惩治屠牛得力的官员得到升迁，而那些私自杀牛或没有处理好屠牛事件的官宦则会受到惩罚。南朝宋明帝时的王宽为国讨贼立下大功，"明帝嘉之，使图画宽形"，齐高帝"建元初，为散骑常侍、光禄大夫"，齐武帝"永明元年，为太常。坐于宅杀牛，免官"③。曾经为国立功的王宽却因为在家中杀牛而被夺官，折射出朝廷严惩私自屠牛者的态度。无独有偶，梁武帝时名臣谢朏之子谢谖不爱钱财，颇有名士风度，"官至司徒右长史，坐杀牛免官"④。南朝政权动荡、政治腐朽，皇帝或信鬼神或崇释教，但却对违反杀牛禁令的官员毫不留情，牛的尊贵地位可见一斑。

(二)屠牛危害农业生产，致使民贫国乱

政府之所以禁止民间私自杀牛，除了维护太牢祭祀的至尊性外，更主要的是因为耕牛对促进农业发展、提高农业生产效率作用极大。中国是最早驯化野牛使之成为生产用具的国家之一，早在春秋时期，牛已成为主要的耕作工具。西汉时随着铁制农具的广泛使用和铁犁的改进推广，全国耕地已是"皆与犁牛"。随着农业的发展和农田开垦的增多，牛的作用越来越重要，因此，国家对屠牛的限制也越来越严格。

为了发展农业，许多有见识的帝王都明确下令禁止屠牛。北魏自孝文帝突破重重阻力迁都洛阳以来，力主汉化政策，为保护农业生产，曾屡次下达杀牛禁令，如延兴五年(475)六月下令"禁杀牛马"⑤，孝明帝熙平元年(516)"秋七月庚午，重申杀牛之禁"⑥。唐代安史乱后社会生产破坏严重。

---

① 《宋史》卷三〇二《范师道传》，第 10025 页。
② 《宋史》卷三八六《李彦颖传》，第 11867 页。
③ 萧子显：《南齐书》卷二七《王玄载传》，中华书局，1972 年，第 510 页。
④ 姚思廉：《梁书》卷一五《谢朏传》，中华书局，1973 年，第 264 页。
⑤ 《魏书》卷七(上)《高祖纪》，第 141 页。
⑥ 《魏书》卷九《肃宗纪》，第 224 页。

为恢复国力,唐宣宗多次下令禁止屠牛,"大中二年二月制:爰念农耕,是资牛力,绝其屠宰,须峻科条。天下诸州屠牛,访闻近日都不遵守。自今以后,切宜禁断,委所在州府长官并录事参军等严加捉搦。如有牛主自杀牛,并盗窃杀者,宜准乾元元年二月五日敕,先决六十,然后准法科罪。其本界官吏不钤辖,即委所在长史,节级重加科责,庶令止绝","大中五年正月敕:畿甸及天下州,应屠宰牛犊,宜起大中五年正月一日后,三年内不得屠宰,仍切加禁断。如郊庙缩祀合用牛犊者,即以诸畜代之。其年五月敕,寿昌节,天下不得屠杀"①。唐宣宗能在在位的十三年中使国力得以恢复,与他对农业生产和发展的重视密不可分。虽然五代十国是中国政坛最混乱的时期之一,但当时一些比较有作为的皇帝也重视牛力、关心农业。后唐庄宗在同光元年(923)十二月下令"禁屠牛马"②,继之而起的后唐明宗更是多次下令不赦屠牛者的罪行,"天成、长兴中,以牛者耕之本,杀禁甚严"③。为了能让老百姓贯彻杀牛禁令,后唐明宗天成二年(927)三月下令"所在府县纠察杀牛卖肉,犯者准条科断。其自死牛即许货卖,肉斤不得过五钱,乡村民家死牛,但报本村所由,准例输皮入官"④。这一法令,实际上是用降低牛肉价格的办法来制止人们的杀牛获利行为,具有很强的针对性和可操作性,显示了国家保护耕牛的决心。宋代对粮食的需求因人口激增而愈显迫切,为保护耕牛,宋真宗大中祥符九年(1016)因宫中派遣的使者发现洛阳"鬻牛者甚众,虑不逞辈因缘屠杀"而"诏自今屠耕牛及盗杀牛,罪不至死者,并系狱以闻,当从重断"⑤,用重法来惩罚屠牛者。

　　为了保护耕牛,有些君主甚至放弃特权停止用太牢祭祀。南朝宋孝武帝大明二年(458)三月"以田农要月,太官停杀牛"⑥,宋明帝泰始三年(467)"春正月庚子,以农役将兴,诏太官停宰牛"⑦。中兴明主唐宣宗明确下令祭祀不用太牢:"两京天下州府,起大中五年正月一日已后,三年内不

①王溥:《唐会要》卷四一《断屠钓》,中华书局,1998 年,第 733 页。
②《旧五代史》卷三〇《唐书·庄宗纪》,第 421 页。
③陶毂撰,孔一校点:《清异录》卷上《钝公子》,上海古籍出版社,2012 年,第 59 页。
④《旧五代史》卷三八《唐书·明宗纪》,第 521 页。
⑤《续资治通鉴长编》卷八七《真宗》,第 2005 页。
⑥沈约:《宋书》卷六《孝武帝本纪》,中华书局,1974 年,第 121 页。
⑦《南史》卷三《宋本纪(下)》,第 80 页。

得杀牛。如郊庙享祀合用者,即以诸畜代。"①

牛既是最主要的农业生产工具,也是人们食肉的材料来源,因此在天下困苦时期容易产生一种矛盾现象。一方面,农业在民生凋敝时亟需发展,需要利用耕牛提高耕作效率,稳固农业根基地位。另一方面,由于生存困难,人们饥不择食,甚至只能宰杀耕牛为食。这样就产生了利用杀牛来暂时活命和保护耕牛以发展生产的矛盾。对民间这种食牛活命和杀牛危害农业的冲突,一些有识之士非常担忧,如中唐的元结看到了战乱中百姓因无法生存而杀牛为食所形成的恶性循环的弊端,写诗感叹道:"兵兴向九岁,稼穑谁能忧?何时不发卒,何日不杀牛。耕者日已少,耕牛日已希。皇天复何忍,更又恐毙之!自经危乱来,触物堪伤叹。"②北宋司马光曾对王安石变法后农民因贫困而杀牛的做法深感忧虑,他专门上书论述此事:"又青苗、免役,赋敛多责见钱。钱非私家所铸,要须贸易,丰岁追限,尚失半价,若值凶年,无谷可粜,卖田不售,遂致杀牛卖肉,伐桑鬻薪,来年生计,不暇复顾,此农民所以重困也。"③民间杀牛谋生的做法无异于饮鸩止渴,极不利于农业的再生产,甚至严重威胁社会安定。因此统治者常从禁止屠牛入手以发展生产,如南宋刚立国时,国乱民贫,朝廷严令禁止私自杀牛,"绍兴元年,车驾在会稽,时庶事草创,有旨禁私屠牛甚严"④,宋高宗在被金人追赶、东躲西藏中仍下达屠牛禁令足见牛对国家存亡和发展的重要影响。

(三)屠牛是谋反作乱的形式

在物资匮乏和生产效率低下的小农经济时代,人们认为屠牛食肉、聚会宴饮是浪费行为,影响恶劣。西汉桓宽的《盐铁论》就具体分析了当时人们聚会食肉风气的不良后果:"古者,庶人粝食藜藿,非乡饮酒腊腊祭祀无酒肉。故诸侯无故不杀牛羊,大夫士无故不杀犬豕。今闾巷县佰,阡伯屠沽无故烹杀,相聚野外。负粟而往,挈肉而归。夫一豕之肉,得中年之收,十五斗粟,当丁男半月之食。"⑤在男耕女织的有序社会里,人们过度屠牛、聚众吃喝容易造成社会资源的浪费和农业生产的延误。东晋的虞预曾向

---

① 《旧唐书》卷一八(下)《宣宗本纪》,第 628 页。
② 《元次山集》卷二《酬孟武昌苦雪》,第 34 页。
③ 《宋史》卷一七七《食货志》,第 4311 页。
④ 《夷坚志·夷坚丙志》卷五《长生牛》,第 404 页。
⑤ 王利器校注:《盐铁论校注》卷六《散不足》,中华书局,1992 年,第 351 页。

皇帝上书曰："盖老牛不牺,礼有常制,而自顷众官拜授祖赠,转相夸尚,屠杀牛犊,动有十数,醉酒流湎,无复限度,伤财败俗,所亏不少。"①民间屠牛食肉行为不但容易形成奢靡之风,败坏社会风气,而且易于使人借机做坏事。

正因为屠牛沽酒的吃喝之风不利于社会风俗的纯正,因此人们就把屠牛和社会无赖的盗窃甚至作乱行为相联系。在严格执行屠牛禁令的时代,那些爱好畋猎或从事屠牛的人常被视作不守礼法的无赖之徒,甚至是反抗政府的作乱者。刘宋时的名臣王僧达出身贵族,学问深厚,且娶临川王刘义庆之女为妻,但他"性好鹰犬,与闾里少年相驰逐,又躬自屠牛",皇帝不仅批评他"轻险无行",而且为了打击他不拘礼法的行为,将他陷入高阇谋反事件,"于狱赐死"②。稍后的侯昱也是因为这种不羁行为而影响前程:"昂弟昱字子真,少而狂狷,不拘礼度,异服危冠,交游冗杂。尤善屠牛,业以为常。于宅内酤酒。好骑射。历位中书侍郎。每求试边州,武帝以其轻脱无威望,抑而不许。"③王僧达和侯昱的遭遇说明即使在门阀观念盛行的南朝,统治者对爱好屠牛沽酒的上层士人仍难以容忍。屠牛有违礼法,屠牛者则被看作是无赖,前蜀开国者王建的出身经常遭人嘲笑即是由此:"王建字光图,许州舞阳人也。隆眉广颡,状貌伟然。少无赖,以屠牛、盗驴、贩私盐为事,里人谓之'贼王八'。"④王建因为从事了被社会禁止的屠牛、贩盐行业而被称作"贼王八",世人对屠牛等行业的鄙视态度可见一斑。

由于屠牛者多是无赖,因此人们又常将屠牛视为谋反作乱的一种形式,而作乱者也常以杀牛为手段组织反叛活动。三国时,"(韩)综欲叛,恐左右不从,因讽使劫略,示欲饶之,转相放效,为行旅大患……所幸婢妾,皆赐与亲近,杀牛饮酒歃血,与共盟誓"⑤。韩综以牛酒为盟誓手段积聚党徒反叛朝廷。刘宋时的徐佩之亦有同样的举动,"佩之聚党百余人,杀牛犒赐,条牒时人,并相署置,期明年正会,于殿中作乱"⑥。

韩综杀牛歃血盟誓、徐佩之杀牛犒赐党徒,这说明在古代杀牛置酒是

①《晋书》卷八二《虞预传》,第 2146 页。
②《宋书》卷七五《王僧达传》,第 1951、1958 页。
③《南史》卷五一《梁宗室传》,第 1264 页。
④《新五代史》卷六三《前蜀世家·王建》,第 783 页。
⑤《三国志》卷五五《韩当传·注》,第 1286 页。
⑥《宋书》卷四三《徐羡之传》,第 1335 页。

作乱者反叛前的盟誓形式。隋代的刘黑闼曾"杀牛会众，举兵得百余人，袭破漳南县"①；宋代的区希范不满长官行为而谋乱，"会有日者石太清至，因使之筮，太清曰：'君贵不过封侯。'乃令太清择日杀牛，建坛场，祭天神，推蒙赶为帝，正辞为奉天开基建国桂王，希范为神武定国令公、桂州牧，皆北向再拜，以为受天命"②。在反叛者那里，屠牛祭天不再是国君的专利，而是他们称雄作乱、挑战君权的方式。

正因为如此，一些地方当政者常把屠牛者看作是社会动乱分子而大加惩治。唐代的韩滉就是严惩屠牛者的典范，他在镇守浙江期间，"痛断屠牛者，皆暴尸连日。谓人曰：'草贼非屠牛酾酒，不成结构之计。深其罪，所以绝其谋耳。'"③"时里胥有罪，辄杀无贷，人怪之。滉曰：'袁晁本一鞭背史，禽贼有负，聚其类以反，此辈皆乡县豪黠，不如杀之，用年少者，惜身保家不为恶。'又以贼非牛酒不啸结，乃禁屠牛，以绝其谋。婺州属县有犯令者，诛及邻伍，坐死数十人。又遣官分察境内，罪涉疑似必诛，一判辄数十人，下皆愁怖。"④韩滉以代宗时农民起义领袖袁晁的例子作为禁止屠牛吃酒的依据，把严惩屠牛作为防止动乱的主要途径。

宋代城市经济发达，那些繁华的大城市既是百业兴盛之地，也是游民无赖的聚集之处，他们往往私自屠牛、铸钱，为害一方。一些地方官员对屠牛等不法行为所带来的严重后果极为重视。英宗时的马从先，"由进士累官太常少卿、知宿州。宿在淮、汴间，素难治，从先取囊博者、重坐者厚赏以求盗。禁屠牛、铸钱，严甚"⑤；哲宗时李昭玘曾上书言道："守御不修，则群小啸聚，屠牛发冢，焚烧区落，白昼杀人。"⑥这些官员都将屠牛视为盗贼的作乱方式而严加防范。

《夷坚志》也有关于屠牛与盗乱互相关联的事件，"黄池镇隶太平州，其东即为宣城县境，十里间有聚落，皆无赖恶子及不逞宗室啸集。屠牛杀狗，酿私酒，铸毛钱，造楮币，凡违禁害人之事，靡所不有"⑦。洪迈非常痛恨屠

①《旧唐书》卷五五《刘黑闼传》，第 2258 页。
②《宋史》卷四九五《蛮夷传》，第 14220—14221 页。
③《唐语林校证》卷一，第 62 页。
④《新唐书》卷一二六《韩滉传》，第 4435 页。
⑤《宋史》卷三三一《马从先传》，第 10650 页。
⑥李昭玘：《重外》，载《全宋文》第 121 册，第 189 页。
⑦《夷坚志·夷坚支戊》卷四《黄池牛》，第 1080 页。

牛等无赖行为,希望用严法惩处这些恶行。他说:"赦过宥罪,自古不废。然行之太频,则惠奸长恶,引小人于大谴之域,其为害固不胜言矣。唐庄宗同光二年大赦,前云:'罪无轻重,常赦所不原者,咸赦除之。'而又曰:'十恶五逆、屠牛、铸钱、故杀人、合造毒药、持仗行劫、官典犯赃,不在此限。'此制正得其中。当乱离之朝,乃能如是,亦可取也。而今时或不然。"①

宋代无业游民危害社会的问题极为严重,南宋的王栐就从游民的行动方式中论述了屠牛等事与盗贼作乱的关系:

> 世有恶少无赖之人,肆凶不逞,小则赌博,大则屠牛马、销铜钱,公行不忌……淳化二年闰二月己丑,诏:"相聚蒲博、开柜坊屠牛马驴狗以食,私销铜钱为器用,并令开封府严戒坊市捕之,犯者定行处斩,引匿不以闻与同罪。"所以塞祸乱之源,驱斯民纳之善也。其后刑名寝轻,而法不足以惩奸,犯之者众。尝怪近世士大夫,莅官视此三者为不急之务,知而不问者十尝七八,因诉到官有不为受理者,是开盗贼之门也,毋乃不思之甚乎。②

王栐指出无赖的屠牛、赌博等习气是当时盗乱横行的主要表现形式,应该对这些行为施以重罪,"以塞祸乱之源"。在宋代,屠牛行为被视为社会动荡和盗乱丛生的根源而备受重视。朱熹的弟子陈淳明确提出禁止屠牛,以防止盗贼作乱。他说:"屠牛之风,与盗贼实相表里。盖屠牛者盗杀人之牛,与承盗者之牛而屠之,以盗遇盗,岂但姑为一牛之故而已?必无不盗之所由长也。此间屠牛,在城是宗室不检者,乡村是亡命浮浪者……果屠牛能禁止,则是亦去盗贼之一端也。"③清初顾炎武追溯屠牛禁令的渊源,阐明禁屠求治的观念:"天子无故不杀牛,而今之回子终日杀牛为膳,宜先禁此,则夷风可以渐革。唐时赦文每曰:'十恶五逆,火光行劫,持刃杀人,官典犯赃,屠牛铸钱,合造毒药,不在原赦之限。'可见古法以屠牛为重也。若韩滉之治江东,以贼非牛酒不啸结,乃禁屠牛,以绝其谋。此又明识之士所宜豫防者矣。"④

①《容斋随笔·容斋三笔》卷七《赦恩为害》,第495页。
②王栐撰,诚刚点校:《燕翼诒谋录》,中华书局,1997年,第16页。
③陈淳:《上傅寺丞论民间利病六条札》,载《全宋文》第295册,第181页。
④顾炎武著,黄汝成集释,栾保群等校点:《日知录集释》卷二九,上海古籍出版社,2006年,第1667页。

由于屠牛影响农业生产，并且代表着僭越与作乱，因此国家对屠牛行为极其警惕，如在大赦令中不赦屠牛者就是明证。唐代已有不赦杀牛之罪的诏令，唐昭宗《改元天复赦》中明确提出："大辟罪以下，罪无轻重……常赦所不原者，咸赦除之。惟十恶五逆、屠牛盗钱、合造毒药、谋故杀人及持仗行劫者……并不在原免之限。"[1]在此之后与此相同的赦令极多。后唐庄宗、后唐明宗、后晋时期都曾在大赦令中规定"屠牛铸钱"等罪不在赦免之列。许多罪行都能在皇帝大赦时被免除，而杀牛之罪却不被赦免，这说明封建统治者已充分意识到屠牛这种看似简单的个人行为对国家治乱的深远影响。

总之，举国上下之所以重视屠牛问题，一方面是因为屠牛不仅挑战太牢祭祀的权威性，而且牛对农业生产作用重要，如果耕牛减少，农业生产效率就会下降，容易造成粮食匮乏，民贫则国乱；另一方面屠牛是不法分子的行动方式，预示着将有动乱发生。因此，不论是僭越君权，抑或危害农业生产，或者是不法者作乱的仪式，屠牛行为都易带来动乱。

---

① 宋敏求编，洪丕谟等点校：《唐大诏令集》卷五《帝王·改元》，学林出版社，1992年，第27页。

第四章　生命渴求:神异救助

在乱世时期失去家园、饥寒交迫、丧失性命的危险处境中,人们特别希望能在外力帮助下渡过难关,这一心理在古小说中有特别真切的表露。与之相关的乱世救助故事不仅突出了人类强烈的求生愿望,而且在上天显灵、神仙降临、观音现身或鬼神助力等施救主体的救助方式中折射了古人的思想信仰和生命意识。

第一节　乱世救助思想溯源

早期人类受落后的生产条件和恶劣的自然环境等因素制约,生活物资匮乏,因此希望通过上天帮助或神灵庇佑以获得生存资源。"大禹时,天雨稻。古诗云:'安得天雨稻,饲我天下民。'"①"天雨稻"蕴含了人们在艰难处境中活下去的愿望。东汉以来道教强调救助理念,尤其是张陵的五斗米道提出人类互救思想,使道教的社会影响力和民间群众基础日益扩大。佛教在传入中国初期,并未引起社会重视,直至东汉末年天下大乱时,康僧会、佛图澄等高僧通过对当权者传输佛法灵异、信佛有益等观念才使佛教日渐普及。

道教和佛教在民间的传播、发展与道士、僧侣等施行"救济"的行为有很大关系。东汉"安、顺以后,风威稍薄,寇攘寖横,缘隙而生。剽人盗邑者不阕时月,假署皇王者盖以十数。或托验神道,或矫妄冕服"②,在皇权旁落、盗匪横行、社会混乱的东汉中后期,人们转而信仰宗教或打着宗教的旗号起事反叛。"在这种以宗教为思想基础和组织纽带的长期的社会动乱背后,激荡着民众渴求改变现状的思想潮流"③,特别是道教和佛教在天下大乱时迎合世人渴望救助或改变现状的心理,强化救济功能,最终使其民间

---

①任昉:《述异记》卷下,第18页。
②《后汉书》卷三八《百官志》,第1288页。
③孙昌武:《中国文学中的维摩与观音》,天津教育出版社,2005年,第19页。

影响力日益扩大。"民众中的这种迫切要求救济、向神秘的宗教力量乞援的热忱,被容纳、升华到道教之中,又成为接收佛教的积极条件"①,"到了大乘佛教阶段,更突出发展了'愿生'思想,特别是发展了'他力救济'的观念,即强调信仰者可以依靠佛的救世的愿力而得到救济"②,道教的世俗化和佛教的本土化都与它们宣扬的救助功能密不可分。

　　道教与佛教强化救济能力以改变人类困境,与它们本身宣扬的修成正果的目标并不矛盾,"道教和佛教教义的基础奠定在人可以成仙或成佛的信仰上。这首先要对'命定'论给以否定,实际上就是得承认人可以改变自己的命运。这种意识上的转变表现在宗教的形式之下,实际上曲折地反映了在社会和思想大变动的形势之下人们掌握和改变自身命运的要求和信心的增强"③,通过宗教救助,人类可以解除生命困境,这不仅使宗教的影响力大增,而且也使信仰者在保全性命中增强了掌握自身命运的自信心。但在对待命定论的态度上,"佛教对'命定'论的否定,比道教彻底得多。在道教神仙思想中,仍有一派主张仙之可求是命定的……而大乘佛教则把修证的前途完全归结到个人,归结到人的主观态度与行动上。这从而也就肯定了人的能力的无限性"④。由于佛教更为彻底地否定"命定论",因而它的救助方式更多、救助内容更广,影响力也越来越大,甚至一度超过道教这一本土宗教在世人心中的地位。

　　佛教自传入中国后正是凭着它的非命定思想和"救济"功能在社会大动乱时给人以活下去的希望,给想要称帝的人以理论支撑,给受苦受难的民众以精神慰藉,从而使它的影响力普及到各个阶层,无论是帝王将相还是朝士布衣都成了它的信仰者。与中国土生土长的宗教——道教灵验故事相比,魏晋六朝时的观世音应验故事不论是数量还是影响力,都占绝对优势,这是佛教尤其是观世音信仰在此时盛行的突出表现。相对于六朝观世音救难的一枝独秀,唐代的救助故事类型增多,一方面,佛救众生的观念畅行于世,另一方面,道教与统治者的结合使神仙之说盛极一时,人们对神仙救助寄予厚望。除此之外,旧有的鬼神能惩恶扬善意识也使人们寄希望

①《中国文学中的维摩与观音》,第 20 页。
②《中国文学中的维摩与观音》,第 22 页。
③《中国文学中的维摩与观音》,第 25 页。
④《中国文学中的维摩与观音》,第 25 页。

于神灵。因此，在唐代的乱世救助小说中，仙、佛、神、鬼各显其能。宋代的救助故事更为纷繁驳杂。在宋人心中，观音、《金刚经》、鬼神、道人、异僧等都能救凡人于困厄。他们救助的范围非常广泛，有的在危难中劝说敌兵，护佑境内百姓；有的在混乱中保护个人的生命和财产；有的向人预言灾难，指点如何躲避；有的以神秘力量警告作乱者，阻止他们屠杀民众，等等。

总之，乱世救助故事既是人类的生命要求和生存愿望的表达，亦是人们在时代大变革中希望改变自身命运和社会状况的体现，各种民间信仰和宗教类的救助故事最大程度地满足了世人渴望救助的心理需求。

第二节　佛教救助

据《洛阳伽蓝记》载，佛教在东汉明帝时正式传入中国，"白马寺，汉明帝所立也。佛教入中国之始。寺在西阳门外三里御道南，帝梦金神，长六丈，项背日月光明。胡神号曰佛，遣使向西域求之，乃得经像焉。时以白马负经而来，因以为名"①。但它真正被民众接受则是在东汉之后的乱世时期。在魏晋六朝近四百年的社会大动荡中，儒学的独尊地位被打破，各种思想观念摆脱了约束机制而有了自由发展的空间，人们在满足自身需求中审视着各种学说理念。在相对宽松的环境中，佛教传播日渐迅速，其中诸如康僧会、佛图澄等西域高僧借统治者之力传播佛教推动了佛教中国化的进程，使佛教影响力遍及大江南北。三国末期避地于吴的高僧康僧会"以皓性凶粗，不及妙义。唯叙报应近事，以开其心"，劝服了残暴的孙皓，"皓见慈愿广普，普增善意，即就会受五戒，旬日疾瘳。乃于会所住更加修饰，宣示宗室，莫不毕奉"②，使佛教在南方迅速传播；佛图澄在刘曜入侵中原时审时度势，以预言帮助石勒躲过灾难，并劝说石勒、石虎减少杀戮，挽救百姓性命，"慈洽苍生，拯救危苦。二石凶强，虐害非道，若不与澄同日，孰可言哉。但百姓蒙益，日用而不知耳"，最终使中原人士多信佛法，当时"受业追游，常有数百，前后门徒，几且一万。所历州郡，兴立佛寺八百九十三

---

① 杨衒之撰，周祖谟校释：《洛阳伽蓝记校释》卷四，中华书局，1963年，第150页。
② 释慧皎撰，汤用彤校注：《高僧传》卷一《译经·魏吴建业建初寺康僧会》，中华书局，1992年，第18页。

所,弘法之盛,莫与先矣"①。康僧会、佛图澄等早期传佛者抓住了当时世乱民苦、人人自危的契机,以救苦救难为宗旨,"当中土人士正困于'命运'的束缚、渴求救济的时候,佛教的这种具有反对'命定'论内容的救济观念无疑是有着极其巨大的吸引力的。人们在这里看到了得救的希望。这种救济观念体现在菩萨身上,人们自然对他们表现急切的向往。佛教的救济思想也就成为推动它在中国发展的一个巨大动力"②。

天下大乱时,世人接受和信仰佛教的目的是希望它能带来现世的利益。观世音故事的盛传就是因为观世音普遍的、即时救济的功能给危难之中的人们以心灵慰藉。而当人们在传说和讲述这些故事时,也是他们虔诚心愿的表达,寄托着求生的愿望和理想。而且观世音"若有无量百千万亿众生,受诸苦恼,闻是观世音菩萨,一心称名,观世音菩萨即时观其音声,皆得解脱"③的特点满足了受难之人的心理期待。六朝观世音救难故事大多是这种"呼名得救"模式,这种形式具有非常强的简易性和可操作性,即使是没有文化的普通民众也能接受和掌握。唐代观音救助类故事依然盛行,但随着《金刚经》在统治者心中地位的提升,有关《金刚经》救民于难的主题逐渐占据主流地位。宋朝时随着民间宗教的发展,以观音信仰为主的救助类故事与其他民间信仰相结合,产生了各种佛教观念相杂糅的救助形式。

一、六朝观世音救助

魏晋六朝佛教救济故事以观世音救助为最盛,这不仅显示了观音信仰的广泛影响,而且又通过观世音能普救众生的救济功能诱导了更多的追随者笃信佛教。《光世音应验记》《续光世音应验记》《系观世音应验记》这三部专门讲述观世音灵验的释氏辅教之书是当时观世音信仰在中国盛行的最有力证据。

据统计,在三种"观世音应验记"的八十六个故事中,发生在北方的有五十个,南方的有三十个左右,"尽管记录故事的是南方的士人,大部分传说却产生于北方。这是因为北方在少数民族的劫夺杀戮之下,民众的苦难更为深重,观音信仰也更为普及……许多在北方产生的观音传说随着过江

---

①《高僧传》卷九《神异·晋邺中竺佛图澄》,第 356 页。
②《中国文学中的维摩与观音》,第 26 页。
③《妙法莲华经·观世音菩萨普门品第二十五》,载《观世音应验记三种译注·附录》,第 221 页。

的僧侣、难民而传到南方"①。这一论断充分说明乱世是促成观音信仰普及化的主要契机。观世音的基本功能是救人危难，尤其是被追杀或被囚禁之人，只要心念"观世音"，就会出现枷锁自断、敌人视而不见、刀砍不入等奇迹。这表明乱世时期"人们幻想的是实际的救济，寄希望于像观音那样的大慈大悲、力大无边的神明"②。这时的观音救助故事形成了"陷入灾难—心念观音—神奇得救—笃信佛教"的固定模式。这种模式一方面表明这些故事的流传和编撰目的是宣扬佛教，另一方面在灾难深重与救助简易的强烈对比中突出了观世音的强大威力，让人们对观世音产生信赖感，从而给那些处在乱世苦难中的人们以精神安慰。

　　魏晋六朝流传的各种观世音应验类小说的思想本质是基本相同的，这在三种观世音灵验类小说中有充分体现。刘宋时期的傅亮在兵乱之后整理保存了成书于晋朝的《光世音应验记》中的七个故事，主要通过观世音能够制止火灾、警告无赖、助人回家、脱离船难、医治疾病、延人寿命、解人桎梏等功能来宣传他的神力。这些故事大都发生在战乱之时，其中有两个是直接描写乱世危难的，如《邺西寺三胡人》中"石虎死后，冉闵杀胡"再现了政权更迭中僧人的危险处境；《宝傅》首先展现了在两个地方割据势力的争斗中被俘人员遭囚禁的状况，接着重点表现他们即将被杀时因心念观世音而免除灾难的过程和结果，其中通过被追杀的紧张气氛和因观世音施灵而得救的场面对比，使观世音的神力最大程度地得以彰显，并由此产生了"乡里敬信异常，咸信奉佛法"的效果。

　　《续光世音应验记》的作者张演是刘宋时期的太子中舍，"少因门训，获奉大法，每钦服灵异，用兼绵慨"③，他的写作目的就是宣扬佛法，尤其是宣传观世音的威力。在《续光世音应验记》的十个故事中，《徐义》《张展》《孙恩乱后临刑二人》《毛德祖》都是乱中被俘之人在生命即将终结时因信奉光世音而突然得到救助，最终保全了性命："尚书徐义为贼所获，仍被羁。复连手发于野树，埋其两足。众共防守，终晨逮夜。义素奉佛，乃自归于光世音菩萨，虑苦意专……忽得免脱"；"张展者，广宁郡人也，为县吏。时大军经过，督敛租税。展县阙不上，军制当死。同事并伏法，次将至展。时司刑者乘

①《中国文学中的维摩与观音》，第 124 页。
②《中国文学中的维摩与观音》，第 130 页。
③《续光世音应验记》，载《观世音应验记三种译注》，第 28 页。

马奏事,展奏当入,仍独思念归诚光世音。忽见骑马者两边有二道人,与骑俱入。既出,便特原展命,罚而赦之";"昔孙贼扰乱海陲,士庶多离其灾。有十数人临刑东市。一人独奉法,便至意诵光世音……遂得免";"毛德祖始归江南,出关数里,虏便遣人骑追寻之。其携持家累十余口,闻追在近,便伏道侧蓬莱之中,殆不自容,且徒骑相悬,分无脱理。唯阖门共归念光世音菩萨……德祖遂合家免出"①。在这几个故事中,作者极力渲染受害者被救前的险恶处境,从而使人们崇拜观世音威力的现实基础得以强化。

　　和《冥祥记》的作者王琰处在同一时代的陆杲②,"幸邀释迦遗法,幼便信受,见经中说光世音,尤生恭敬,又睹近世书牒及智识永传其言,威神诸事,盖不可数。益悟圣灵极近,但自感激。申人人心有能感之诚,圣理谓有必起之力,以能感而求必起,且何缘不如影响也。善男善女人,可不勖哉"③,所作的《系观世音应验记》就是明显的"释氏辅教"之书。由于陆杲身处政权动荡多变的南朝齐梁之际④,因此,在《系观世音应验记》的六十九个故事中,至少有三十一个是以乱世为背景的,这些小说最大程度地印证了南北朝时期世人信仰观世音的原因在于乱世苦难。而且陆杲在宣扬佛法灵验时也通过看似真实的故事反映了佛教的盛传情况和人们日益接受它的过程,其中《杜贺敕妇》最具代表性:

　　　　宋泰始之初,四方兵乱。沈文秀作青州,为士人明僧骏所攻。沈有健将杜贺敕,敕每战,破明氏。其妻姓司马,为诸明所执录。伺杜来战,送出城上斩之。遂至下刀斫颈,了自不伤。队父凶悖,人人竞斩,纵不为疮,势足得折。而其平生不动,都无改容。群伧惊骇,咸怪此老妪颈韧。诸明以为有神,即便放去。于时彭城游敬安独寻问其师,得如答曰:"自初被录,至于得斩,唯在观世音,念念不绝,遂得不死,当是以此因缘。"游闻此耸然,于是释进。杲以齐永明十年作临汝公辅国功

<hr/>

①《续光世音应验记》,载《观世音应验记三种译注》,第30、34、39、51页。
②《系观世音应验记·彭子乔》载:"义安太守太原王琰,与杲有旧,作《冥祥记》。"见《观世音应验记三种译注》,第142页。
③《系观世音应验记》,载《观世音应验记三种译注》,第59页。
④《南史·陆杲传》载"陆杲字明霞,吴郡吴人也。祖徽字休猷,宋补建康令,清平无私,为文帝所善",杲"(齐时)为司徒从事中郎。梁台建,为相国西曹掾。天监五年,位御史中丞。性婞直,无所顾望……杲素信佛法,持戒甚精,著《沙门传》三十卷"。见《南史》卷四八《陆杲传》,第1204—1205页。

曹，尔时在姑孰识游，问其何起事佛？见答："少作将，本无信情，泰始初，为黄县。随诸明共攻沈，在其军中，亲睹司马氏事，乃知圣神去人，极自不远。匹妇送心，明见感激。从是不敢为罪，实由此始。"说此语时，尚追嗟叹，不能已已。①

　　这则故事有三个重要人物，杜贺敕妇、游敬安和作者陆杲。杜贺敕妇被斩而刀不能入的奇遇引起了游敬安的好奇，游氏得知是因为观世音的神力后便笃信佛教，作者陆杲又从游氏处了解了杜贺敕妇的神奇经历。故事内容和叙事方式既宣扬了观世音的无穷威力，又以当事人的口述证明了所写事件的真实性，从而表明世人信佛是因为受身边某些灵验事件的影响。这种创作方式不仅使"传说者、创作者往往就直接出现在故事之中，故事与接受者、读者的距离从而也就更接近了"，而且"如此来说明传承有据，又有另外的一种意义，就是表明了作品是经过众人、依据事实编撰起来的，作品从而也就不带个性的色彩。因此这些传说的著作权并不重要，重要的是它们能够流传并让人们相信"②。

　　《系观世音应验记》在宣扬以观世音为代表的佛教法力上是非常全面的，不仅证明了观世音的救助能力，而且还再现了社会急剧动荡之时众人接受佛教、信奉佛教的过程和程度。如《会稽库吏姓夏》中，夏氏在梦中得到化为道士的观世音的解救后，便"归家作金像，著颈发中，菜食断谷，入剡山学道"；《唐永祖》中的唐永祖也是因为念观世音而脱离牢狱之灾，他便"推宅为寺，请道人斋会"；《刘度》则反映了平原聊城之地，"乡里千余家并事佛，造立形象，供养众僧"的民众信佛盛况。尤其是《释道汪法师》中，道汪法师"在益州龙渊寺，大有徒众。杲祖简子使君作益州时，大宗敬之"，"尝从梁州还蜀，道中正值羌反，此聚断路，杀害无极。道汪有数十弟子，兼同行又三百余人。既值此乱，并无得计，道汪一心存观世音，又使宗旅皆称名号。行贼中二三百里，遂安隐得过"，"上定林道仙道人即是汪公弟子，尔时正同行，为杲说之"，将亲历者、传播者与写作者都纳入故事中，增强了小说的可信度。"这些观音故事由于注重征实，除了造成作品具有强烈真实感的艺术效果之外，还赋予它们以特殊的现实精神。不少作品反映当时的社会实

①《系观世音应验记》，载《观世音应验记三种译注》，第92—93页。
②《中国文学中的维摩与观音》，第127页。

际情形相当尖锐与深刻"①,以"观世音应验记"为代表的佛教灵验故事在虚构中不仅展现了佛教盛行的真实状况,而且"相当形象、深刻地暴露了在当时各分立政权的纷争劫夺之下,民众在死亡线上挣扎的悲惨现状"②。

除了这三种专门记述"观世音应验"的小说集外,刘义庆的《宣验记》和王琰的《冥祥记》等也有许多涉及乱世时期人们崇信观音的成分,体现了当时观世音信仰的广泛性和普遍性。为了突出观世音的救助功能,六朝时期的佛教小说在构思上还显得比较粗疏,如虽然救助对象多是乱世中的遭难者,但也有一些被救之人是扰乱社会秩序或违背道德准则的罪犯,如《系观世音应验记》和《宣验记》中都记述的高荀就是一个杀害官长的罪犯,但在危急之时也能念佛得救:

> 高荀,荥阳人也……忿吏政不平,乃杀官长,又射二千石。因被收,辄锁颈,内土埘中。同系有数人,共语曰:"当何计免死?"或曰:"汝不闻西方有无量佛国,有观世音菩萨救人有急难,归依者,无不解脱。"荀即悚惕,起诚念,一心独至,昼夜不息。因发愿曰:"若我得脱,当起五层塔供养众僧。"经三四日,便钳锁自脱。至后日,出市杀之,都不见有钳锁。监司问故,荀具以事对。监司骂曰:"若神能助汝,破颈不断则好。"及至斩下,刀下即折。一市大惊,所聚共视。于是顷令绞杀,绳又等断。监司方信神力,具以事启,得原。③

> 荥阳高荀,年已五十。为杀人被收。锁顿地牢,分意必死。同牢人云:"努力共念观音。"荀云:"我罪至重,甘心受诬,何由可免。"同禁劝之,曰始发心,誓当舍恶行善,专念观音,不离造次。若得免脱,愿起五层浮图,舍身作奴,供养众僧。旬日用心,钳锁自解。监司惊惧,语荀云:"若佛神怜汝,斩应不死。"临刑之日,举刀刃断。奏得原免。④

除《高荀》外,《系观世音应验记》中的《高度》《唐永祖》等篇所写的也是偷盗、犯法之人因念观世音而得救的事情。这种恶人得救的故事并不符合中国传统的善恶理念,但这表明作者的创作目的是宣传观世音的应验作用和

---

① 《中国文学中的维摩与观音》,第 126 页。
② 《中国文学中的维摩与观音》,第 127 页。
③ 《系观世音应验记》,载《观世音应验记三种译注》,第 89 页。
④ 刘义庆:《宣验记》,载《鲁迅辑录古籍丛编》第一卷《古小说钩沉》,第 271 页。

强大威力，因此不管是什么人，只要一心向佛，就会得到救助，"另一方面，也是因为在当时佛教的伦理观与中国传统的伦理观还没有完全融合，因而传说者可以取不顾甚至是背离中土伦理的姿态"①。这种不论得救者身份的思想倾向在后世小说中逐渐改变为佛教应验与中国的善恶报应理念相融合，这是后来"扬佛类小说"的新发展。但直到唐朝，仍有与六朝应验类小说中不计较得救者是否作恶相似的故事，如《报应记·蔡州行者》②中的金刚和尚因常念《金刚经》而受到蔡州全郡百姓的敬奉，后被作乱者秦宗权派为细作探查黄州郡事，郡守宋汶捉住他后，虽屡次想杀他却都没有成功。这个故事在强调《金刚经》灵验的核心思想下也忽视了被救者的身份和行为。

　　总之，在六朝崇佛小说中，观世音的功能是救人脱难，这与后来观音祈福、送子、如愿等主旨不同，折射出在魏晋六朝乱世中由人为因素造成的灾难往往需要外力帮助才能让世人生存下去的状况。观世音的作用是"现实救济，拔苦与乐，解脱人们的水火刀兵之灾等等，它适应了人们超离苦难现实的要求"③。六朝观世音救助故事虽为宣扬佛法而作，但体现了乱世时期人们对"他力救济"的渴求。宣扬佛教的宗旨和世人的生命要求紧密地融合在一起。

二、唐代《金刚经》救助

　　与魏晋六朝相比，唐代佛教救助类故事的最大变化就是施救主体从以观音为主要内容的《法华经》变成了《金刚经》。与六朝时期因人们崇拜观音而编撰《观世音应验记》的方法相同，唐代也出现了多部有关《金刚经》灵验的小说集，如《金刚经灵验记》《酉阳杂俎·金刚经鸠异》《金刚经报应记》等，这些都表明唐人所信仰的佛教对象从观音转移到了《金刚经》。为了最大程度地印证《金刚经》的威力，小说家在讲述故事时常将它的灵验程度置于其他佛教经典之上④。唐人尊崇的佛典由以观音为代表的《法华经》向

---

① 《中国文学中的维摩与观音》，第 125 页。
② 李剑国先生认为本篇虽言《金刚经》灵验，但是由于所写内容为唐末之事，因此不是卢求《金刚经报应记》中的故事，而应是唐末王毂《报应录》中的内容。见《唐五代志怪传奇叙录》，第 997、1487 页。
③ 《中国文学中的维摩与观音》，第 8 页。
④ 如戴孚《广异记·钳耳含光》中陆氏在病中答应僧人请求写《金光明经》而未果，死后在地狱受苦，其子筹钱往五台山写经，路遇化身为老僧的文殊菩萨，教其写《金刚经》，后陆氏托生；段成式《酉阳杂俎·续集》卷七《金刚经鸠异》载：王翰死去的兄长让王翰给他做功德，"（王）翰欲为设斋及写《法华经》《金光明经》，皆曰不可，乃请曰持《金刚经》曰七遍与之，其兄喜曰：'足矣。'"由此可见，在当时《金刚经》的地位高于《法华经》《金光明经》等其他佛经。

《金刚经》①转移的现象是逐渐形成的,如太宗年间的唐临(600—659)编撰了反映因果报应观的《冥报记》,在此书的佛教故事中,有十五个(其中包括被误收在《冥报拾遗》中的徹禅师、董雄两个②)信奉以观音为主的《法华经》③,宣扬《金刚经》的有七个;之后郎余令(614—681)的《冥报拾遗》中有关《法华经》灵验的有三个,而与《金刚经》有关的有七个;到代宗年间戴孚的《广异记》时,佛经灵验故事除了七个记述观音外,其余大约二十三个都是世人抄录《金刚经》而免于罪罚的奇事。《冥报记》《冥报拾遗》和《广异记》的信佛故事印证了在唐立国后的一百余年内,《金刚经》日渐取代观音的神圣地位,成为人们主要的信奉对象。这一现象在有关乱世的佛教救助类故事中尤为常见,此类救助故事大都以《金刚经》为主要施救主体。

各种佛教经典在《冥报记》《冥报拾遗》和《广异记》中出现的数量及占比统计

佛典名目	《冥报记》			《冥报拾遗》			《广异记》		
	应验类小说篇目	篇目数	占全书佛教应验类篇目比例	应验类小说篇目	篇目数	占全书佛教应验类篇目比例	应验类小说篇目	篇目数	占全书佛教应验类篇目比例
法华经	《隋释信行》《唐释僧彻》《唐尼法信》《陈严恭》《隋崔彦武》《隋大业客僧》《隋萧璟》《唐韦仲珪》《唐卢文励》《唐苏长》《唐董雄》《唐岑文本》《唐李山龙》《北齐仕人梁》《唐顿丘李氏》	15	62%	《唐杜智楷》《唐石壁寺》《唐徹禅师》	3	25%	《僧道宪》《成珪》《王琦》《扶沟令》《李迥秀》《裴龄》《张瑶》	7	17%

———————————

① 唐代刘肃的《大唐新语》载:"高祖尝幸国学,命徐文远讲《孝经》,僧惠乘讲《金刚经》,道士刘进嘉讲《老子》。"可见在唐高祖时《金刚经》已被统治者高度重视。见《大唐新语》卷一一,第162页。

② 在方诗铭辑校的《冥报拾遗》中有这两条,李剑国认为这两则故事均是"误《冥报记》为《冥报拾遗》"。见《唐五代志怪传奇叙录》,第179页。

③ 书中故事已不再像六朝"观世音应验记"的那种直呼观音名字就可脱难的佛教信仰方式,而多是写人们对《法华经》等经书的念诵和抄写。其实人们崇信《法华经》,其本质仍是对以观音为主的佛教信仰的体现。因为宣传观音的《观世音普门品》是《法华经》中的一卷。

续表

佛典名目	《冥报记》			《冥报拾遗》			《广异记》		
	应验类小说篇目	篇目数	占全书佛教应验类篇目比例	应验类小说篇目	篇目数	占全书佛教应验类篇目比例	应验类小说篇目	篇目数	占全书佛教应验类篇目比例
金刚经	《唐豆卢氏》《隋宝室寺》《唐柳俭》《唐赵文信》《唐刘弼》《唐陆怀素》《隋赵文若》	7	29%	《唐济阴县》《唐石壁寺》《唐任五娘》《唐任义方》《唐孙寿》《唐李虔观》《唐司马乔卿》	7	58%	《婺州金刚》《长安县系囚》《卢氏》《陈利宾》《王宏》《田氏》《李惟燕》《孙明》《三刀师》《宋参军》《刘鸿渐》《张嘉猷》《魏恂》《杜思讷》《龙兴寺主》《陈哲》《张御史》《李捎云》《钳耳含光》《韦训》《费子玉》《张瑶》《卢弁》	23	56%
涅槃经	《唐释道县》	1	4.2%				《崔明达》《裴龄》	2	5%
十方佛	《唐杨师操》	1	4.2%						
般若心经				《唐李虔观》	1	8.3%			
维摩经				《唐姜滕生》	1	8.3%	《裴龄》	1	2.4%
多心经							《王琦》	1	2.4%
金光明经							《李洽》《钳耳含光》《裴龄》	3	7.3%

续表

佛典名目	《冥报记》			《冥报拾遗》			《广异记》		
	应验类小说篇目	篇目数	占全书佛教应验类篇目比例	应验类小说篇目	篇目数	占全书佛教应验类篇目比例	应验类小说篇目	篇目数	占全书佛教应验类篇目比例
千手千眼咒							《李昕》《李元平》《蔡四》	3	7.3%
如意轮咒							《王乙》	1	2.4%

　　由此表可见，从《冥报记》到《广异记》，《法华经》灵验类故事所占比例越来越低，由62%下降到17%；而《金刚经》类则逐渐占据主流地位，由29%上升至56%。而且在《广异记》及其稍后的小说中，人们持诵的对象越来越多样化。

　　从观音到《金刚经》，世人信奉的施救主体的变化与当时社会流传的观音角色的改变有关。在六朝社会大动荡的年代里，佛教信徒的目标是得救，而不是成佛，"从把佛看成是救主，当做实现'他力救济'的神明，到把佛看成是榜样，当作自身可以实现的目标，这一净土教理与教法上的转变，要到六朝末期、主要是隋唐时期才得以完成。到那时，中国佛教的净土信仰才发展到了高潮，与之相关联的净土观音信仰也随之兴盛起来"①。观音功能在唐代发生了变化，即从六朝帮助信徒解除灾难的救助者转变为引导人们成佛入天堂的接引佛，"信仰上由救苦观音向净土观音的侧重点的转移，从现象上看是自'他力救济'的信仰向自身成佛的信仰的转化，实质则表明了中国佛教发展中的重大演变，即由信仰外在的说法者、救济者转向祈愿自身成佛"②。净土观音信仰在初唐已深入人心，"在高宗、武后朝所写的《观经》《观音经》题记里，把观音当作'三身佛'中的胁侍、祈望往生净土的内容在比重上也大为增加了"③。也就是说唐高宗时观音的性质已从六朝的救苦救难转变为引导众人到净土成佛。这一变化与小说中救难主

────────────

①《中国文学中的维摩与观音》，第175页。
②《中国文学中的维摩与观音》，第187页。
③《中国文学中的维摩与观音》，第185页。

角的转变时间是基本一致的,如太宗年间的《冥报记》到高宗时的《冥报拾遗》中施救主体从观音逐渐转变到《金刚经》即是明证。

唐朝时观音的主要角色是引导信仰者升入天堂的接引佛。由于观音及时救助的功能日渐弱化,因此,当乱世再次来临世人渴望救济时,需要重新寻找新的施救主体,《金刚经》就逐渐成为人们希望的寄托。

《金刚经》全称《金刚般若波罗蜜经》,是大乘佛经中十分重要的一部,也是中国佛教三论宗、天台宗、禅宗、唯识宗等教派研习的主要典籍。唐人对《金刚经》信奉程度的日渐高涨与禅宗的兴盛关系密切。"禅宗是隋唐时期乃至整个中国历史上影响最大的佛教宗派","禅宗所宗奉的最主要经典先是《楞伽经》,后为《金刚经》"①。高宗咸亨年间(670—674)禅宗六祖慧能倡导顿悟,不专坐禅,尤其推崇《金刚经》,禅宗因之宏大炽盛,《金刚经》也因此得到广泛传播。到禅宗七祖神会时,"极力排斥《楞伽经》,强调依持《金刚经》,重视般若之智的运用"②,使《金刚经》成为禅宗最主要的修持经典。禅宗信仰也日益被统治者接受,尤其是在平定安史之乱时,为了筹集平叛资金,郭子仪曾支持当时禅宗的领袖人物——神会设坛度僧收钱以供军需③。正因为禅宗领袖曾支持中央王朝,因此贞元年间德宗亲自出面主持会议,推尊神会为禅宗七祖④,禅宗得到了统治者的大力支持而成为当时影响最大的佛教流派。在禅宗地位被抬高的同时,作为禅宗信奉的《金刚经》就顺理成章地成为人们崇奉的对象。从《金刚经》灵验之事在小说中的表现来看,《金刚经》分量的增加与禅宗地位日渐提高的轨迹是完全一致的⑤。

---

① 张国刚:《佛学与隋唐社会》,河北人民出版社,2002年,第64—65页。
② 任继愈主编:《佛教大辞典》,江苏古籍出版社,2002年,第969页。
③《宋高僧传》:"(天宝)十四年,范阳安禄山举兵内向,两京版荡,驾兴巴蜀。副元帅郭子仪率兵平殄,然于飞輓索然。用右仆射裴冕权计,大府各置戒坛度僧,僧税缗谓之香水钱,聚是以助军须。初洛都先陷,会越在草莽,时卢奕为贼所戮,群议乃请会主其坛度。于时寺宇宫观,鞠为灰烬,乃权创一院,悉资苫盖,而中筑方坛,所获财帛顿支军费。代宗、郭子仪收复两京,会之济用颇有力焉。肃宗皇帝诏入内供养,敕将作大匠并功齐力,为造禅宇于荷泽寺中是也。会之敷演,显发能祖之宗风,使秀之门寂寞矣。见赞宁撰,范祥雍点校:《宋高僧传》卷八《唐洛京荷泽寺神会传》,中华书局,1987年,第180页。
④ 贞元十二年(796),唐德宗"敕皇太子集诸禅师。楷定禅门宗旨,遂立神会禅师为第七祖。内神龙寺,敕置碑记见在,又御制七祖赞文。见行于世"。见《圆觉经大疏释义钞》卷三,载《大正藏》第245册,第532页。
⑤《冥报记》中以崇奉观音为主的《法华经》灵验故事与《金刚经》灵验故事的比例为17:6,到《广异记》中则变为3:16。

在《金刚经》救乱故事中,有一种是继承了六朝小说中念经可以解除个人灾难的传统模式,如《广异记·陈哲》和《报应记·陆康成》:

> 唐临安陈哲者,家住余杭,精一练行,持《金刚经》。广德初,武康草贼朱潭寇余杭,哲富于财,将搬移产避之。寻而贼至,哲谓是官军,问贼今近远,群贼大怒曰:"何物老狗,敢辱我!"争以剑刺之。每下一剑,则有五色圆光,径五六尺,以蔽哲身,刺不能中。贼惊叹,谓是圣人,莫不惭悔,舍之而去。①

> 唐陆康成尝任京兆府法曹掾,不避强御……(吏)曰:"此幽府文簿。"康成视之,但有人姓名,略无他事。吏曰:"皆来年兵刃死者。"问曰:"得无我乎,有则检示。"吏曰:"有。"因大骇曰:"君既旧吏,得无情耶!"曰:"故我来启明公耳,唯《金刚经》可托。"即允之,乃遂读《金刚经》,日数十遍。明年,朱泚果反,署为御史,康成叱泚曰:"贼臣敢干国士!"泚震怒,命数百骑环而射之。康成默念《金刚经》,矢无伤者。泚曰:"儒以忠信为甲胄,信矣。"乃舍去。②

陈哲和陆康成在战乱中面对作乱者刀枪剑戟的刺杀竟能安然无恙,就是因为他们修持了《金刚经》,这与六朝宣传观世音灵验的模式完全相同。此外,《广异记·李惟燕》和《金刚经报应记》中的《崔宁》《杜之亮》等篇也与之相似。

唐代佛法救人于危难的灵验类故事在继承六朝小说的叙事模式中,又产生了新内容,即佛经的灵验不是为了救助个人,而是为了维护国家利益。这在成书于穆宗长庆四年(824)的《集异记》中已有表露:

> 赠工部尚书邢曹进,至德已来,名为河朔之健将也。守职魏郡,为田承嗣所縻。曾因讨叛,飞矢中目,左右与之拔箭,而镞留于骨,微露其末焉。即以铁钳,遣有力者挟而出之,痛毒则极,其镞坚然不可摇动。曹进痛楚,计无所施……忽因昼寝,梦见胡僧入于庭中,曹进则以所苦诉之。胡僧久而谓曰:"能以米汁注于其中,当自愈矣。"及寤,登言于医工,医工曰:"米汁即泔也,岂宜溃疮哉?"遂令广询于人,人莫谕者。明日忽有胡僧诣门丐食,因遽召入。而曹进中堂遥见,乃昨之所

①《广异记·陈哲》,第25页。
②《太平广记》卷一〇六《陆康成》,第715页。

梦者矣。即延之俯近,告以危苦。胡僧曰:"何不灌以寒食饧？当知其神验也。"曹进遂悟饧为米汁,况所见复肖梦中,则取之,如法以点,应手清凉,顿减酸楚。然既夜,其疮稍痒,即令如前绷缚,用力以拔。钳才及脸,镞已突然而出。后傅药,不旬月而差矣。吁！西方圣人,恩祐显灼,乃若此之明征邪！①

邢曹进因讨伐跋扈的魏博节度使田承嗣而受了重伤,在痛苦不堪却又无法医治时胡僧突然出现,并对他施救成功。作者发出"西方圣人,恩祐显灼,乃若此之明征邪"的感叹,虽有宣传佛教灵验的目的,但主要还是借佛表达对叛乱者的痛恨和希望有人能助国平乱的愿望。

佛经救国的理念在晚唐小说中更为显著,《宣室志·金刚驱贼》和《报应记·杨复恭弟》就是其中的代表:

> 宁勉者,云中人也。年少,有刚勇气……北都守健其勇,署为衙将。后以兵士千人军于飞狐城。时蓟门帅骄悍,弃天违法,反书闻阙下,唐文宗皇帝诏北都守攻其南。诏未至,而蓟门兵夜伐飞狐,钲鼓震地。飞狐人恟然不自安……勉自度兵少,固不能折蓟师之锋,将听邑人语,虑得罪于天子;欲坚壁自守,又虑一邑之人悉屠于贼手;忧既甚,而策未有所决。忽有谍者告曰:"贼尽溃矣。有弃甲在城下,愿取之。"勉即登城垣望……纵兵逐之,生擒卒数千人,得其遗甲甚多。先是,勉好浮屠氏,常诵佛书《金刚经》,既败蓟师,擒其虏以讯焉。虏曰:"向者望见城上有巨人数百,俱长三丈余,雄猛可惧,怒目呿吻,袒肱执剑。蓟人见之,尽惨然汗栗,遂驰走远避。又安有斗心乎？"勉始悟巨人乃金刚也,益自奇之。②

> 唐内臣姓杨,忘其名,复恭之弟也。陷秦宗权、鹿晏洪、刘臣容贼内,二十余年,但读《金刚经》,虽在城中,未尝废。会宗权男为襄阳节度使,杨为监军使。杨因人心危惧,遂诱麾下将赵德言攻杀宗权男,发表举德言为节度使,由是军府稍定,民复旧业矣。杨于课诵之功,益加精励。尝就牙门外柳树下,焚香课诵之次,欻有金字《金刚经》一卷,自空中飞下,杨拜捧而立,震骇心目:"得非信受精虔,获此善报也！"故陷

---

①薛用弱:《集异记》卷二《邢曹进》,中华书局,1980 年,第 13 页。
②《宣室志》卷七《金刚驱贼》,第 98 页。

于贼党二十年间,终能枭巨盗,立殊勋,克保福禄者,盖佛之冥祐也。①

面对叛军攻城,作为守城将领的宁勉能够不战而保全城池,其原因就在于他常年修持《金刚经》,以至于危难之时,金刚显身,吓退敌兵;杨复恭弟身陷贼营而能计除巨盗,所靠的也是《金刚经》。这两则故事在宣传《金刚经》威力的同时,都显示了作者忠于王室、反对叛臣的思想。宁勉守城发生在唐文宗时期,当时国家危机四伏,文宗虽然想重振皇权,但无奈外有藩镇割据,内有宦官牵制。这段历史对唐代文人来说,着实让人悲愤。《金刚驱贼》在再现唐代藩镇称雄的社会问题中反映了作者张读对国运的关心和期望。张读(834—886)曾任礼部侍郎,是文宗时宰相牛僧孺的外孙,这样的身世和经历注定了他痛恨割据者,维护中央政权的国家意识,但当时主弱藩强的现实又是无法改变的,因此在《金刚驱贼》中只能借助佛力来表达自己的政治理想。

被收在《报应记》中的《杨复恭弟》虽然也是宣扬《金刚经》灵验的小说,但它并不是卢求《金刚经报应记》中的内容,而是出自唐末王毂的《报应录》②。本书多讲佛家报应之说,"稍可取者,或可睹唐季乱世之象"③,《杨复恭弟》就借《金刚经》的威力表达了忠于朝廷、铲除作乱者的理想,其中所涉及的人物如杨复恭、秦宗权等都实有其人。秦宗权是唐末的节度使,投降黄巢后又作恶多端。杨复恭是僖宗、昭宗年间的著名宦官,因迎立昭宗登基有功而飞扬跋扈,被昭宗夺去权柄后退隐商山别居,最终因谋反罪被处死。杨复恭弟的原型应该是与杨复恭同朝为官且声名显赫的另一个宦官杨复光。杨复恭是杨玄价的侄子,杨复光是杨玄价的养子④,因此杨复恭和杨复光可以说是兄弟。《杨复恭弟》中杨复恭弟是内臣,"陷于贼党二十年间,终能枭巨盗,立殊勋"的经历与杨复光基本相同。杨复光在唐末藩

---

① 《太平广记》卷一〇八《杨复恭弟》,第 736 页。

② 《太平广记》注明出处为《报应记》,李剑国认为:"中称复恭弟陷秦宗权贼党二十余年。考《唐书》,宗权于僖宗中和三年(883)叛,龙纪元年(889)被杀,不出本书甚明。"见《唐五代志怪传奇叙录》,第 996 页。

③ 《唐五代志怪传奇叙录》,第 1488 页。

④ "杨复恭,贞元末中尉杨志廉之后。志廉子钦义,大中朝为神策中尉。钦义子三人:玄翼、玄价、玄寔。玄翼,咸通中掌枢密……玄价,河阳监军。复恭,即玄翼子也","杨复光,内常侍杨玄价之养子也。幼以宦者入内侍省,慷慨负节义,有筹略"。见《旧唐书》卷一八四《宦者传·杨复光》,第 4774、4772 页。

镇叛乱时为国建功之事在《旧唐书》中有明确记载："时秦宗权叛叛，据蔡州。复光得忠武之师三千入蔡州，说宗权，俾同义举。宗权遣将王淑率众万人从复光收荆襄。次邓州，王淑逗留不进，复光斩之，并其军，分为八都。鹿晏弘、晋晖、李师泰、王建、韩建等，皆八都之大将也。进攻南阳，贼将朱温、何勤来逆战，复光败之，进收邓州，献捷行在，中和元年五月也。复光乘胜追贼，至蓝桥，丁母忧还。寻起复，受诏充天下兵马都监，押诸军入定关辅。王重荣为东面招讨使，复光以兵会之……贼将朱温守同州，复光遣使谕之。九月，温以所部来降……及收京城，三败巢贼，复光与其子守亮、守宗等身先犯难，功烈居多。"[1]杨复光虽是宦官，但他"慷慨有大志，善抚士卒，及死之日，军中恸哭累日。身后平贼立功者，多是复光部下门人故将也"[2]。因此，《杨复恭弟》中的主人公应是杨复光。

　　当推断出杨复恭弟的原型后，《杨复恭弟》的写作用意就清晰了，它通过《金刚经》帮助官军完成杀敌任务的神奇构思，表达了对中央朝廷的拥护和对作乱者的痛恨。

　　唐代的《金刚经》灵验故事和六朝观世音应验记一样，都是为宣传佛教服务的，但《金刚经》的功能逐步突破了仅仅救助个人的狭小范围，而扩展到对国家和民众的救护上。这不仅反映了人们对佛经威力增强的期望，而且蕴含着作者和世人的生存理想及对国家统一和安定的向往。在这些作品中，宣传佛法的目的已渐渐淡化，套用佛典灵验的思想和模式来表达家国理想才是最主要的。

　　《金刚经》灵验类故事的盛传是以《金刚经》为主要教义的禅宗在佛教中日益占统治地位的体现。唐代盛行《金刚经》有多方面原因，从现实政治上来说，"唐玄宗曾御注《金刚经》，这对《金刚经》的普遍流行是有绝对的作用"[3]，而且在安史之乱中作为禅宗代表人物的神会为平叛做出了贡献，这都有助于《金刚经》的宣传以及在百姓心目中地位的提升；从世人心理上来看，《金刚经》中诸如"若有善男子，善女人，能于此经受持、读诵，皆得成就无量无边功德"等宣教内容最大程度地满足了人们信佛的目的。

①《旧唐书》卷一八四《宦者传·杨复光》，第4773页。
②《旧唐书》卷一八四《宦者传·杨复光》，第4774页。
③郑阿财：《敦煌灵应小说的佛教史学价值》，见《唐研究》第四期，北京大学出版社，1998年，第35页。

三、宋代施救主体多样化

宋代的佛教救助小说在继承前代写作模式的基础上施救主体日益驳杂。除了观音信仰的流行和观音救难范围的普遍化外,金刚灵验的思想也使《金刚经》广为流传,而且有关《孔雀明王经》《金光明经》《大悲咒》等一些佛典和咒语救人也较常见。这反映出人们信仰对象的多样化以及佛教各教派信仰的融合,如"在民间社会里,密教信仰主要与观世音、毗沙天王等密教神灵的崇拜和对《孔雀明王经》《大悲咒》《金刚经》等的信仰结合在一起,成为一个非常世俗化、大众化的信仰系统"①。

《夷坚志》是广泛反映宋代社会观念与世人生活的小说集,其中收录的观音灵验故事有四十余个,"虽然保持着宣扬灵验和救济的传统主旨,但其构思显然有着更多的'作意好奇'的意味,其语言和表现方法也更富艺术性,从而其文学创作和艺术欣赏的色彩也就更为明显"②。宋代的观音主要充当治病、送子等满足人们世俗愿望的角色。在有关乱世救助的故事中,观音救难所包含的时代特征和作者的个人理想都很明显,如《夷坚志·真州异僧》:

> 金华范茂载,建炎二年以秀州通判权江淮发运司干官,官舍在仪真。方剧贼张遇寇淮甸,民间正喧然……其妻张夫人,平生耽信佛教,每游僧及门,目所见物,悉与之,不少吝。郡有僧,鸣铙钹行乞于岸……张邀至舟所,僧于袖间出雕刻木人十许枚……又以药一粒授张,戒使吞之……后两日,贼船数百渡江而南,将犯京口,最后十余船,独回泊真州,杀人肆掠。是时岸下舟多不可计,舳舻相衔,跬步不得动。范氏之人无长少皆登津散走。张以积病不能行,与一女并妾宜奴者三人不去,但默诵救苦观世音菩萨……亦无伤焉,贼惊异,释仗问曰:"汝有何术至是?"曰:"我以产后得病,故待死于此,但诵佛尔……"③

金兵攻占汴京后进一步深入中原腹地,流民溃卒也乘机作乱、危害百姓,在这人人自危的年代,张夫人却在群贼包围中不受伤害,甚至一家老小

①《佛学与隋唐社会》,第84页。
②《中国文学中的维摩与观音》,第321页。
③《夷坚志·夷坚乙志》卷一二《真州异僧》,第281页。

都能在乱后团聚,其主要原因是张夫人平日笃信佛教、厚待僧人,以至于观音菩萨显灵、真州异僧赠药。《夷坚支庚》卷八《芜湖储尉》中,"建炎间,太平州寇陆德叛,烧劫居民,杀害官吏。芜湖尉储生窜避不及,为贼党缚去。德自临斩之。已脱衣搦坐。德见其顶有毫光三道出现,乃释之",原来是因为"储尉每日诵《圆觉经》一部,观世音菩萨千声"而获果报的故事和《真州异僧》主旨相似,都在证明观音的灵验性。它们与六朝以来宣传观音灵验的思想一致,而《夷坚志·辟兵咒》则在这一模式下有所改变:

> 姑苏卢彦仁,龙图阁直学士秉之孙也。宣和中居乡,梦与外兄张元英游行后圃……有男子在傍,持幅纸,大书佛咒语九字为三行,曰:"唵阿游阿哒利野婆诃",以授彦仁,曰:"能持此咒,可免兵难。"是时天下大宁,殊不以介意,男子作色曰:"此事甚迫,独不惧邪!"彦仁异之,即跪受,连诵十数遍……自尔日诵百二十遍。后数岁,中原大乱,胡马饮江,姑苏祸最酷。卢氏亲党邻里,死亡略尽,独彦仁一家,周旋逾年,虽僮仆婢媪,无一伤者。[1]

卢彦仁在梦中得到佛咒,每天持诵百余遍,这一信佛举动是卢氏一家在金人入侵、乡里尽亡时能全部幸存的主要原因。辟兵咒能躲避兵乱祸害的神奇效能不仅宣传了咒语的灵验,更折射了兵乱之时人们的恐惧情绪和艰难处境。《辟兵咒》开头介绍卢彦仁是姑苏人,最后结尾处又说中原大乱时,"姑苏祸最酷",首尾呼应的方式表明作者是借咒语灵验来表达对金兵入侵后姑苏城毁人亡的悲叹。

繁华的姑苏在靖康之变后惨遭毁灭是宋人心中挥之不去的阴影。尤其是亲历这场灾难的文人感触最深,《避乱录》载:"过平江,至平望入平江城。市并无一屋存者,但见人家宅后林木而已。菜园中间有屋,亦止半间许。河岸倒尸则无数。出城,河中更无水可饮,以水皆浮尸……后问之,云:'敌骑推人过,皆死于水。'"[2]《避乱录》揭开了虏乱时广大人民被金兵推入水中整体性死亡的真相。苏州城毁人亡的遭遇是当时各地饱受战乱之灾的缩影。深陷灾难中的老百姓,最盼望能脱离苦海,因此,人们就把施救的希望寄托在了佛法的神力上。《辟兵咒》就在展示人们的悲惨境遇中

---

①《夷坚志·夷坚志补》卷一四《辟兵咒》,第1681页。
②《玉照新志》卷三,《投辖录 玉照新志》,第80页。

表达了渴望被救助的迫切心情,战乱过后"卢氏亲党乡里,死亡略尽,独彦仁一家,周旋逾年,虽僮婢媪,无一伤者"的情况,不仅最大程度地宣扬了佛咒的灵验,更传达出人们希望成功得救的愿望。

《夷坚志》中除了与六朝以来佛教救人灵验类模式基本相似的故事外,《广福寺藏》则在宣传佛教神圣方面蕴含了更多的思想内涵:

> 江州彭泽县北四十里广福寺有轮藏,极华壮妥洁。绍兴初,巨盗李成犯江西,驻军寺下,留一宿,将以质明焚烧而南,且欲尽戕县人。是夜成设榻藏殿,睡正熟间,藏转动不止,疑其下有寺家所伏仆隶将为己害,起呼健将在帐前者。秉炬伏剑,接续入视,则寂无一人,而藏声愈响,旋运愈速。成甚惧,即具衣冠诣佛所,焚香谢过,随即阒然。迨旦,引众行过县,秋毫不犯,百里赖以全活。①

佛寺里的轮藏以奇异方式震慑了欲作恶的盗贼,使民众得以保全。这既是人们在乱中心情焦虑的折射,也是对巨盗李成没有烧掉彭泽县原因的解释,只不过因为作者信仰佛教又痛恨盗贼,所以就把功劳都归到了佛的名下。这则故事揭开了一个严重社会问题的事实真相,即盗贼过后频发的火灾基本都是贼人纵火所致。李成"将以质明焚烧而南,且欲尽戕县人"的行为与金人侵犯姑苏时"掠子女、金帛,乃纵火延烧,烟焰见二百里,凡五昼夜"②的性质一致。贼人纵火毁城是南宋初年的普遍现象,如建炎四年"台州守臣晁公为弃城遁。虔州卫兵及乡兵相杀,纵火肆掠三日","金人陷潭州,将吏王晫、刘价、赵聿之战死,向子谭率兵夺门亡去,金兵大掠,屠其城","金人入平江,纵兵焚掠"③等都是明证。《宋史·高宗本纪》中,绍兴二年(1132)五月、八月、十一月、十二月、三年十一月、四年正月等都有"临安府火"的记载,虽未说明起火原因,但临安府在绍兴元年被设为"行在",二年春正月高宗驻跸后就多次发生火灾,这表明频繁的火灾就是恶人有意放纵或趁乱而纵。洪迈对乱兵焚城恶行深为担忧,因此在《夷坚志》中通过怪异故事来反映这一严重的社会问题,并以佛的威力来警戒作乱者。

总之,佛教救助类故事所宣扬的内容与不同佛教经典在各个阶段的流

---

① 《夷坚志·夷坚支乙》卷六《广福寺藏》,第842页。
② 《挥麈录·后录》卷一〇,第131页。
③ 《宋史》卷二六《高宗本纪》,第475—476页。

传情况关系密切。从隋至宋，"《法华经》是各时期均流行的经典，《维摩经》盛于中期，《金刚经》的诵读则特别盛行于后期，即唐高宗至宋真宗这个时段"①。乱世中佛经救助类故事与各佛经的流行趋势是一致的。就观音救助故事而言，六朝的观世音主要是拯救人的性命，充分体现了社会大动荡带给世人的恐慌以及人们由此产生的对命运的担忧，这正是观音故事的现实意义。而宋代的观音救助功能更多，不但救人性命，而且还保护财物，吓退乱贼，内容的丰富化体现出观音功能的增加以及观音信仰发生了复杂性、多样性的演化。

第三节　道仙救助

与佛教救助相似，道教救助类故事也是宣传自身教义的工具，但是道教救助类题材出现较晚，主要是在唐及以后由信道之人创作。这是由道教自身发展状况决定的。虽然道教在秦汉时期颇受帝王信奉，但自东汉张角创立太平道领导了黄巾大起义和东晋的五斗米道徒孙恩、卢循反抗朝廷之后，这些为下层民众所信仰的道教教派就以作乱者的面貌在统治者那里遭到排斥，转而在民间秘密传播，因此汉魏以来鲜有文人公开宣传道教助人理念。而南北朝时在士大夫中流传的天师道，经过道教理论家们的改造后与统治阶级结合，成为官方道教。唐朝皇帝以道教始祖老子的后人自居，当时的上层人士也对道教内容进行改革，使之进一步符合统治者的宗教要求，因此，道教在唐代自上而下都很盛行，帝王勋贵出资修建的道观遍布全国。正是由于道教和统治者的结合，使得道教救助类题材在形成之时，就已具备了心怀天下、救助国家的家国意识，这与早期佛教只救助个人的特征大不相同。

在帝王崇信道教的唐朝，一些所谓的神仙道士时常出入宫廷，备受礼遇，与一般的朝士相比，他们能接触更多的国家前沿信息，因此就具有了看似比一般人更高的预判能力，也就是世人眼中的先知先觉。由道士创作的自神其术的传道书就更要展示他们的预言本领，如高宗时道士胡慧超作《十二真君传》，其中《许真君》中的许逊因"晋室梦乱，弃官东归"，在王敦作

---

① 《敦煌灵应小说的佛教史学价值》，见《唐研究》第四期，第38页。

乱之时，"假为符竹，求谒于敦，盖将欲止敦之暴，以存晋室"①。许逊虽在乱世看破红尘弃官学道，但仍关心国家命运，心系天下，体现出道家拥护中央王朝的大格局。安史之乱彻底摧毁了盛唐人的安定生活，骤然而至的大乱使身处其中的人们特别渴望得到救护，《逸史·魏方进弟》就以异人现身的方式表达了这种理念②。当玄宗逃至马嵬坡时，一直以来痴呆邋遢的魏方进之弟用尸解和障眼法救护了姐姐家中差点被族诛的三个孩子，不仅反映了马嵬之变时世人对杨国忠及其党羽势力的痛恨，更传达出大难来临时人们渴望得到道仙救助的愿望。

杜光庭是唐末五代著名的文人道士，投靠前蜀皇帝王建后，受到宠遇，在比较优越的环境中创作了大量神仙小说，如《神仙感遇传》《墉城集仙录》《王氏神仙传》《仙传拾遗》等。这些以宣传神仙道教思想为主的作品，具有强烈的救乱意识，其中《神仙感遇传·道士王纂》就充分宣扬了道仙的救国护民精神：

> 道士王纂者，金坛人也，居马迹山。常以阴功救物，仁逮蠢类。值西晋之末，中原乱离，饥馑既臻，疫疠乃作。时有毒瘴，殒毙者多，间里凋荒，死亡枕籍。纂于静室，飞章告玄，三夕之中，继之以泣。至第三夜，有光如昼，照其家庭。即有瑞风景云……告纂曰："太上道君至矣。"……道君曰："子愍念生民，形于章真，剖心投血，感动幽冥。地司列言，吾得以鉴躬于子矣。"纂匍匐礼谢竟。道君告曰："夫一阴一阳，化育万物，而五行为之用。五行互有相胜，各有盛衰，代谢推迁，间不容息……以《神化》《神咒》二经，复授于子，按而行之，以拯护万民也。"……纂按经品斋科，行于江表，疫毒镇弭，生灵乂康。自晋及兹，蒙其福者，不可胜纪焉。③

以《道士王纂》为代表的道仙救助故事具有浓郁的道教至上观念，如天帝是太上道君的侍从，奉道之人都关心国家大事和民生疾苦等。尤其是当道士王纂痛心于百姓乱离之年的灾难而向道仙求助时，太上道君被他的诚挚精神感动，助他完成了救民愿望。这不仅宣传了神仙思想，而且也传达

---

① 《太平广记》卷一四《许真君》，第98页。
② 《太平广记》卷三六《魏方进弟》，第229页。
③ 《杜光庭记传十种辑校·神仙感遇传》卷六《道士王纂》，第508页。

了阴阳循环的乱世观和道经救天下的救世方法。

杜光庭常借信道者得到救助和道仙护国等形式突出道教的灵验，如《墉城集仙录·魏夫人》中的魏夫人因为奉道而在乱世中能"自洛邑达江南，盗寇之中，凡所过处，神明保佑"；《仙传拾遗·冯大亮》中的冯大亮"家贫好道"，道仙赐给他财富，让他在安史乱中资助玄宗；《神仙感遇传·韩滉》中，"强悍自负，常有不轨之志"的浙西节帅韩滉被神仙传书警告，让他"谨臣节，勿妄动"；尤其是《神仙感遇传·二十七仙》中自称是二十八星宿的仙人对唐玄宗所说的"与陛下镇护国界，不令戎虏侵边"则将道教的救国思想推向极致。杜光庭所写的这些以乱世为背景宣传道教的故事既是一部分像他这样的信道文人对道教威力的宣扬，同时也是道教人士心系国家安危、拥护中央朝廷的观念的表达。

与杜光庭相似，《王氏闻见录·金州道人》亦将平定国家内乱的希望寄托在道士身上：

> 金统水在金州。巢寇犯阙之年，有崔某为安康守。大驾已幸岷峨，惟金州地僻，户口晏如。忽有一道人诣崔言事曰："方今中原版荡，乘舆播迁，宗社陵夷，鞠为茂草，使君岂无心殄寇乎？"……崔曰："公将如何？"客曰："使君境内有黄巢谷、金统水，知之乎？"曰："不知。"请询其州人，州人曰："有之。"客曰："巢贼禀此而生，请使君差丁役，赍畚锸，同往掘之，必有所得。"乃去州数百里，深山中果有此名号者。客遂令寻源而劚之，仍使断其山冈，穷其泉源。泉源中有一窟，窟中有一黄腰人，既逼之，遂举身自扑，呦然而卒。穴中又获宝剑一。客又曰："吾为天下破贼讫。"崔遂西向进剑及黄腰，未逾剑、利，闻巢贼已平，大驾复国矣。[①]

在《金州道人》中，黄巢起义乃是禀气而生，斩断他的源泉，战乱就可以不战而平。在政治立场上，作者仍倾向于李唐王朝，而且将国家命运完全寄托在道家身上，从而无限地夸大道的神力。这是对道术极端信任和推崇的表现。

道士在乱世救国救民的观念在宋代小说中也屡有体现。吴淑的《江淮

---

①《王氏闻见录》，载《五代史书汇编》，第5830页。

异人录·聂师道》中,在唐末藩镇将帅围困歙州城时,道士聂师道主动请缨劝说骄横的节度使不要杀戮抵抗的百姓,最终"城中人获全,师道之力也"。聂师道没有用神奇的法术,而是以普通人的面貌出现在强权者面前,并且完成了使命,展现了道士乐于救人的品质和精神。赵鼎的《林灵蘁传》中深受徽宗信任的道士林灵蘁屡次劝说徽宗远离奸臣、杜绝奢华以救国家,显示了道士关心国运的气度。南宋王禹锡《海陵三仙传》也通过道人预言乱世将至表达了对国家命运的担心。

时刻关心民众命运的洪迈在《夷坚志》中也载录了许多以解救乱世苦难为己任的法术高强的道士,如《夷坚丁志》卷一一《田道人》中的田道人在乱世疾疫大起之时,找到神奇的丹砂,揉成丸药救人,挽救了上千人的性命;《夷坚志补》卷一二《梁野人》中的梁野人学会铅汞修炼之术,梦见神人给钱,让他"周人之急";尤其是《夷坚支庚》卷八《黎道人》中的黎道人以分身术救民的行动更将道教的施救精神发挥到极致:

> 建炎多难,黎归故乡,结庐官道侧,卖药乞食。若有兵寇火疫,率预知之,辄告别邑人而去。踪迹稍露,人视其去留以卜安居。宗室子共为营庵,事之甚谨。一夕,县市灾,居民鼎沸。黎助之救火,同时四门各有一黎。自是人愈崇礼。①

道教救助类故事大都体现了道仙对国家命运的关注和对天下苍生的关心,与佛教同类题材相比,具有更为广泛的社会性和人民性。与佛教故事中诵经念佛的救助方式不同,道家主要是施行一定的法术或采取一些神秘行动来展示神力。这一方面宣扬了道教法术的神奇性,另一方面也折射出道家没有什么经典可以教人诵念的事实,也正是由于这一原因,道教救助不像佛教题材那样具有较强的类型化特征和丰富的内涵,在数量上也相对较少。

第四节　神鬼救助

在有神论时代,神和鬼是存在于人类周围且拥有超人本领的特殊群

---

① 《夷坚志·夷坚支庚》卷八《黎道人》,第 1200 页。

体。虽然在日常生活中世人惧怕神灵或鬼魂现身，但在灾难来临时，人们又常常祷告它们出现以求得到救助。神鬼救助的范围极为宽泛，除了救人性命之外，还有给人钱物、教人避祸、助官灭贼、救助将帅、招待官员、授人武艺等等，展现了中国神鬼观念的丰富性和实用性。

与佛教救助类故事主要为了宣传、传播宗教观念的目的不同，神鬼救助与道仙救助相似，都是为了表达世人渴望得到救济的心理需求，因此救助方式极为简便。虽然在观音施救故事中，人们只要心念观世音的名号就可以脱难，祈祷形式已经很简单了，但在神鬼救助中，世人得救的方式更为容易，甚至不需要祈祷仪式，危急时刻只要心有所想，就会得到救助。如《幽明录》中的《安定人》和《贻枣》^①等篇就以神灵主动现身展现了乱世之人渴望救助的迫切性：韦氏在避乱时因饥饿难耐而"思欲一羹"，果然有人告诉说"官与君钱"；而"太原王仲德年少时遭乱，避胡贼，绝粒三日，草中卧。忽有人扶起头呼云：'可起啖枣。'王便瘄……乃有一囊干枣在前。啖之，小有气力，便起"，更突出了神鬼救助的主动性。《北梦琐言·逸文》卷三《崔从事梦神赐药》中的崔从事逃难之中身患疾病，在延平津庙"梦为庙神赐药三丸，服之，惊觉顿愈"也充分反映了乱世时期世人活命的愿望。

在国人心中，与自己关系最密切、最关心自己的就是长辈和家人，因此当人处在危难之时，极易将希望寄托于祖上的庇佑和亲人的帮助，尤其渴望已故家人的魂灵能现身施救，因此许多神鬼救助都带有浓厚的家族意识。经历过安史之乱的戴孚在《广异记》中就通过众多神鬼救乱表现出浓郁的家庭观念，如《豆卢荣》讲述的是已经死去的豆卢荣指点妻子躲避袁晁起义；《薛万石》中的鬼魂不但替妻子在代宗广德年间筹集粮食，而且还催促妻子加快行程以避盗贼。"鬼魂救家"也是《夷坚志》的常见题材，如《夷坚支庚》卷三《天池庙主》中，凡人死后做了庙主，在作为西北屏障的河外麟府两州陷于夏羌前指点家人说"只有西川好"，并且催促家人启程以避乱。

除救助个人外，神鬼还有极强的国家观念和正义感。《博异志·阎敬立》中，阎敬立在朱泚乱长安时为朝廷大臣段秀实送信，天晚路遥，在废弃的驿馆中遇见县尉的鬼魂招待食宿。《定命录·李太尉军士》^②讲述了在

<hr />

① 《幽明录》，第43、149页。
② 《太平广记》卷三七六，第2991页。

朱泚之乱时鬼为被杀的士卒缝好身体使其复活的奇事。这些缥缈的鬼影传达了对作乱者的不满和对朝廷的支持。

　　神助官兵主题大都表达了对朝廷的拥护和对作乱者的痛恨。这一意识在南齐祖冲之《述异记》神降大雨诛灭卢循乱军一事中已有表露,此后类似的故事很多,如《宣室志·元载张谓》《两京记·史万岁》①《玉堂闲话·仆射陂》、《夷坚甲志》卷一四《杨晖入阴府》、《夷坚丁志》卷二《富池庙》、《夷坚丁志》卷五《陈才辅》、《夷坚丁志》卷六《翁吉师》、《夷坚三志己》卷三《大伊山神》、《摭青杂说·阴兵》等等。这些小说中的神灵或是帮助官军御敌,或是警告作乱者不要作恶。虽然故事内容和讲述方式有所不同,但主旨是一致的,即表达了扫除动乱、保护众生的愿望,正如郑辂《得宝记》中面对"丧乱时久,杀戮过多"的现实,天神主张以"神宝压之",以求"兵可息,乱世可清"②。神助官军的主题蕴含了渴望战胜敌人的国家观念,如对金人入侵深恶痛绝的洪迈在《夷坚志·翁吉师》中借"番贼南来,上天遍命天下城隍社庙各将所部兵马防江"的构想,就展现了饱受外族入侵的南宋军民渴望成功御敌的强烈情感,而《夷坚志·富池庙》则借神灵之力警告作乱者不能屠城:

　　　　兴国江口富池庙,吴将军甘宁祠也,灵应章著,舟行不敢不敬谒,牲牢之奠无虚日。建炎间,巨寇马进自蕲黄度江至庙下,求杯珓,欲屠兴国,神不许,至于再三,进怒曰:"得胜珓亦屠城,得阳珓亦屠城,得阴珓则并庙爇焉。"复手自掷之,一堕地,一不见,俄附著于门颊上,去地数尺,屹立不坠。进惊惧,拜谢而出。迄今兔护于故处,过者必瞻礼。③

　　神灵惩戒作乱者的构思体现了强烈的救民愿望,这是南宋初年世人的共同心愿。这一思想在早于《夷坚志》的《暌车志》④中已有明显表露,如"道州孚惠庙"中,当"郴寇大作,侵轶州境"时,"以郡无城池,听民避寇自便,而自誓死守"的郡守赵汝谊梦中见二儒生劝告他不要害怕。当寇遁民还后,"闻贼言道州号令明信,能使人不可犯,乃舍而去",也就是说郴州没

－－－－－－－－－－

① 《太平广记》卷三二七,第 2597 页。
② 郑辂:《得宝记》,载《唐五代传奇集》第一编卷一二,第 408 页。
③ 《夷坚志·夷坚丁志》卷二《富池庙》,第 547 页。
④ 《贵耳集》:"宪圣在南内,爱神怪幻诞等书。郭象《暌车志》始出,洪景卢《夷坚志》继之。"见张端义撰,李保民校点:《贵耳集》卷上,上海古籍出版社,2012 年,第 93 页。

有遭难是因为神灵现身组织武装力量吓退了作乱者。南宋初年众多贼寇、军卒的作恶行为使老百姓几乎无法生存，因此借用神灵力量警告作乱者成了人们主要的精神支柱。《睽车志·许浦戍卒》中，神告诫戍将并让他立军令状的故事就是这一理念的体现：

> 淳熙庚子八月十五日，平江常熟县大火，屋居焚爇大半，灼烂死者十余人。先一夕，许浦戍卒自府请冬衣还，顿止距县一舍。戍将梦被追至一所，有冠服坐殿上，呼戍将至庭下，谓之曰："明日常熟有变，毋得纵部下为乱。"且令责军令状。既寤惊疑。及晓令戍卒皆止未得进，独从数卒先止郭外塔院，迟疑未敢入，俄而火作。方烈焰猛炽，若戍卒入邑，必因救火剽掠为乱矣。神告何其昭昭也。①

神鬼救乱折射出古人对乱世必然来临的无奈以及渴望世人免遭灾难的愿望，因此，在危难之时神灵大都主动出现，而且对凡人无私施救。皇甫氏《原化记·张仲殷》就生动诠释了这一特征：

> 户部侍郎张滂之子，曰仲殷，于南山内读书，遂结时流子弟三四人。仲殷性亦聪利，但不攻文学，好习弓马……见一老人持弓，逐一鹿绕林，一矢中之，洞胸而倒，仲殷惊赏。老人曰："君能此乎？"仲殷曰："固所好也。"……仲殷乃拜乞射法……老人即命弓矢，仰首指一树枝曰："十箭取此一尺。"遂发矢十只，射落碎枝十段，接成一尺，谓仲殷曰："此定如何？"仲殷拜于床下曰："敬服。"又命墙头上立十针焉，去三十步，举其第一也，乃按次射之，发无不中者也。遂教仲殷屈伸距跗之势，但约臂腕骨，臂腕骨相拄，而弓已满，故无强弱，皆不费力也。数日，仲殷已得其妙。老人抚之，谓仲殷曰："止于此矣，勉驰此名，左右各教取五千人，以救乱世也。"遂却引归至故处，而仲殷艺日新，果有善射之名。受其教者，虽童子妇人，即可与谈武矣。后父卒，除服，偶游于东平军，乃教得数千人而卒。其老人盖山神也。②

山神主动教授凡人箭法，目的是"救乱世"，显示出神鬼对人间战乱纷扰的关切和希望英雄救世的愿望。除了动荡、危险之外，饥饿、物资匮乏也

---

① 郭彖撰，李梦生校点：《睽车志》卷一，上海古籍出版社，2012年，第97页。
② 皇甫氏：《原化记·张仲殷》，载《唐五代传奇集》第三编卷二一，第1698页。

是困扰乱中世人生存的大问题。唐末柳祥的《潇湘录·王常》中,神仙主动向凡人王常传授"黄金可成,水银可化,虽不足平祸乱,亦可济人之饥寒"的神术,王常学后"以黄金赈济乏绝",给身处祸乱中的人们以生活资料。神人传授凡人神术的背后是文人对乱中人们生存处境的担忧和渴望免除苦痛的理想表达。

神鬼救助大都包含了强烈的爱憎情感。如唐窦维鋈《广古今五行记·薛延陀》中,神人变为野狼,吃掉凶暴的可汗薛延陀,这个故事与宣扬佛教的佛杀暴君佛佛虏的性质相似①,都表达了对暴虐之主的痛恨。而《夷坚志补》卷三《黄汝楫》中,黄汝楫在乱中为救上千人性命而散尽家财,最终神灵助他五子登科,则反映了世人对那些慷慨救人者的褒扬。

与"释氏辅教之书"以宣扬佛教理念为主的乱世救助主题相比,神鬼救助类故事没有那么丰富的宗教内容和文化内涵,它主要表达了人们在乱世中的理想和愿望,因此显得比较直白浅近。

第五节　"天雨粟"

乱世时期人们幻想佛法、道术、神鬼的救助方式是在古代宗教思想和神灵意识的文化氛围中产生的,具有极强的心理主观性。除此之外,还有一种救助方式虽也带有主观幻想色彩,但有更厚重的客观现实基础,它是从农业生产中孕育产生的救助模式,即"天雨粟"。

自古及今,食物是维系人类生命的基本要素。在小农经济时代,农作物是食物的最主要来源,因此,人们非常重视农业生产。相传神农氏是我国农耕文明的始祖,他向民众传授农作物的种植方法,并创制耒耜等农耕用具。《淮南子·修务训》载:"古者,民茹草饮水,采树木之实,食蠃蟨之肉。时多疾病毒伤之害,于是神农乃始教民播种五谷,相土地宜燥湿肥硗

---

① 《宣验记》:"佛佛虏破冀州,境内道俗,咸被奸戮,凶虐暴乱,残杀无厌。爰及关中,死者过半,妇女婴稚,积骸成山。纵其害心,以为快乐。仍自言曰:'佛佛是人中之佛,堪受礼拜。'便画作佛像,背上佩之,当殿而坐。令国内沙门:'向背礼佛,即为拜我。'后因出游,风雨暴至,四面暗塞,不知所归,雷电震吼,霹雳而死。既葬之后,就冢霹雳其棺,引尸出外,题背曰'凶虐无道'等字。国人庆快,嫌其死晚。少时,为索头主涉圭所吞,妻子被刑戮。"见《鲁迅辑录古籍丛编》第一卷《古小说钩沉》,第279页。

高下。"①晋挚虞的《神农赞》曰:"神农居世,通变该极。民众兽鲜,乃教稼穑。聚货交市,草木播植。务济其本,不道其饰。"②在有关神农氏如何懂得农业耕种的问题上,人们幻想了"天雨粟"的传说,《周书》曰:"神农之时,天雨粟,神农耕而种之,作陶冶斤斧,为耜锄耨,以垦草莽。然后五谷兴,以助果蓏之实。"③

周人将自己的始祖神农氏的兴起归于"天雨粟"而五谷兴。在他们眼中,"天雨粟"是上天赋予人的生存本领,这是"天雨粟"故事在流传之始的核心内容。但由于这一现象具有极强的偶然性和神奇色彩,因此在流传中产生了灾异论和救助论这两种不同的观念。

一、"天雨粟"与灾异观念

在科技不发达的时代,人们只能从天地运行规律中寻找生存机会,因此对那些不符合规律的现象非常重视,常将异常之事视为某种灾难降临的预示。《左传·宣公十五年》曰:"天反时为灾,地反物为妖,民反德为乱,乱则妖灾生。"④从这个意义上看,"天雨粟"就是一种违反常理和常态的自然现象,属于"天灾地妖"范畴。因此在汉代,文人大都认为天雨粟是一种异兆,如《淮南子·本经训》曰"仓颉作书而天雨粟,鬼夜哭",高诱对此的解释是:"仓颉始视鸟迹之文造书契则诈伪萌生,诈伪萌生则去本趋末,弃耕作之业而务锥刀之利,天知其将饿,故为雨粟;鬼恐为书文所劾,故夜哭也。"⑤

与《周书》中助人兴农的理念不同,《淮南子》认为天雨粟是预示灾难的异常现象。自《淮南子》之后,一些学者将天雨粟与雨土、雨沙、雨毛、雨草等自然现象都视为灾异。但由于天雨粟兼具异常性与助人生存之效于一体,因此这两种截然相反的寓意有时也会出现在对同一事件的理解上,如汉代学者对流传颇广的燕太子丹因被拘而出现"天雨粟,马生角"的传闻就有两种不同的解释。司马迁说:"世言荆轲,其称太子丹之命,'天雨粟,马

---

① 《淮南子集释》卷一九《修务训》,第 1311—1312 页。
② 严可均辑:《全晋文》卷七七,商务印书馆,1999 年,第 816 页。
③ 欧阳询撰,汪绍楹校:《艺文类聚》卷一一《帝王部·神农氏》,上海古籍出版社,1982 年,第 208 页。
④ 《左传译注》卷一一,第 494 页。
⑤ 《淮南子集释》卷八《本经训》,第 571 页。

生角'也,太过。"①王充对这个传闻也提出质疑,他说:"燕太子丹何人,而能动天?"②可见司马迁和王充虽然不相信这个传说,但都认为天雨粟是上天施惠于人的一种方式。而灾异论者京房则把此事看成是燕国即将灭亡的征兆,"燕丹因于秦,天雨粟于燕。后,秦灭之"③,并明确指出天雨粟是一种咎征,"天雨粟,不肖者食禄与三公易位;天雨稻黍者,亡;天雨稻,大臣当诛","雨五谷,人相食"④。受灾异论的影响,汉代以后,史书大都将与雨粟性质相同的雨麦、雨豆之类录入《五行志》。

历代正史五行志之所以将灾异作为记录对象,其目的是以所谓的奇异现象对应某灾来警示世人,但实际上史书记载的众多灾异事件对社会并没有产生多大影响。明代谢肇淛的《五杂俎》对灾祥瑞应之说的批评就颇有见地:"灾祥之降也,谓天无意乎?吾未见圣世之多灾,乱世之多瑞也。谓天有意乎?亦有遇灾而反福,遇瑞而遭凶者。又有灾祥同而事应复然不同者,必求其故则牵合傅会……自《汉书·五行志》以某事属某占,至今仍之,然史氏既事而言,言之何益?司天氏未事而言,言多不验。于是人主每遇灾变,恬然无复畏惧之心矣。"⑤虽然谢肇淛认为灾异与社会状态没有多少对应关系,但在摘录历代五行志的"尤异"者如雨肉、雨土等现象时还是看中了它们的征兆作用,如"哀帝建平四年,山阳湖陵雨血,广三尺,长五尺,大者如钱,小者如麻子","桓帝建和三年,北地雨肉,似羊肋,又大如手","愍帝时,平阳雨肉","咸通八年七月,下邳雨沸汤,杀鸟雀"⑥等等,在他看来,这些发生在某个王朝行将灭亡时的异象就是预示亡国的灾异。但他没有选录雨粟、雨豆之类,因为他从传说中月桂飘香的现象中明白了所谓的雨粟事件其实是大风把粮食从其他地方吹来了,是客观存在的状况:"传记六和塔顶有月桂,因风飘落,此说不经之甚。月中岂真有桂耶?夜静风高,从山外飘来者耳。史传所载雨粟、雨麦,及魏河内雨枣、安阳殿雨朱李者,皆此类也。盖自天而下,故通谓之雨耳。"⑦

---

①《史记》卷八六《刺客列传》,第 2538 页。

②王充:《论衡》卷五《感虚篇》,上海人民出版社,1974 年,第 76 页。

③李昉等撰:《太平御览》卷八七七《咎征部》,中华书局,1995 年,第 3897 页。

④《太平御览》卷八四〇《百谷部》、卷八七七《咎征部》,第 3756、3897 页。

⑤谢肇淛:《五杂俎》卷一《天部》,上海书店出版社,2001 年,第 5 页。

⑥《五杂俎》卷一《天部》,第 6—7 页。

⑦《五杂俎》卷一《天部》,第 13 页。

因此,虽然雨粟与雨肉、雨血一样神秘,但天雨粟自产生之初就与中国古代农业生产密切相关,因此在民间社会里,天雨粟并不是灾异,而是危急时刻的救命源泉。

二、"天雨粟"与乱世民生意识

虽然一些史学家把天雨粟归为灾异,但在民间社会和小说家眼中,天雨粟是上天的恩惠,蕴含着"民以食为天"的精神。南朝刘宋时的刘敬叔在《异苑》中记载的一则天雨谷事件就完全摆脱了灾异色彩:"梁州张骏字公彦。九年,天雨五谷于武威、燉煌,植之悉生,因名'天麦'。"①"植之悉生"的"天麦"应该是甘肃武威等地开始种植五谷的反映,只不过是用虚幻手法传达了人们探索五谷在这个地方种植成功的原因。这与《周书》所记的神农兴五谷有异曲同工之处。

天雨粟不仅能引导百姓从事农业生产,更能给苦难中的人们带来生存希望。张华《博物志》载:"孝武建元四年,天雨粟。孝元竟宁元年,南阳阳郡雨谷,小者如黍粟而青黑,味苦;大者如大豆赤黄,味如麦,下三日生根叶,状如大豆,初生时也。"②任昉《述异记》有"吕后三年,秦中天雨粟"和"汉武帝时,广阳县雨麦"的记录。考察张华和任昉所写的"雨粟"时期,不难发现这一现象多出现在灾荒或非正常年代,如吕后三年(前185)是汉刚立国不久的困难阶段和"牝鸡司晨"之时,汉武帝时由于连年征战,"功费愈甚,天下虚耗,人复相食"③,"府库空虚,盗贼蜂起,百姓嫁妻卖子,流离于道路者万计"④。而且武帝年间灾荒极多,据《汉书·五行志》载,"元光四年四月,陨霜杀草木","元光五年秋,螟;六年夏,蝗","元光六年夏,大旱","元朔五年春,大旱","元狩元年十二月,大雨雪,民多冻死","元狩三年夏,大旱","元鼎二年三月,雪,平地厚五尺","元鼎三年三月水冰,四月雨雪,关东十余郡人相食","元鼎五年秋,蝗","元封六年秋,蝗","太初元年夏,蝗从东方飞至敦煌;三年秋,复蝗","天汉元年夏,大旱;其三年夏,大旱",

---

① 刘敬叔撰,范宁校点:《异苑》卷四,中华书局,1996年,第28页。
② 《博物志校证》卷七,第86页。
③ 《汉书》卷二四(上)《食货志》,第1137页。
④ 《旧唐书》卷八九《狄仁杰传》,第2890页。

"征和元年夏,大旱","征和三年秋,蝗;四年夏,蝗"①。因此这些时候出现天雨粟,其目的就是救助贫苦百姓。这种救助思想在《述异记》中明确表述为:"大禹时,天雨稻。古诗云:'安得天雨稻,饲我天下民。'"②

战乱和天灾是威胁人类生存的两大主要因素,而且它们常常一起来袭,给人类社会带来毁灭性打击。尤其是在物资匮乏、难以生存的乱世时期,为了维持生命,人们极力渴望得到"他力救济",天空向下抛洒谷物就是人类幻想的一种上天救助方法。除了幻想天雨粟外,一些博学之士也试着寻找能够代替粮食的东西,如《博物志》详细介绍松、柏的食用方法:"荒乱不得食,可细切松柏叶,水送令下,随能否以不饥为度。粥清送为佳。当用柏叶五合,松叶三合,不可过度。"③其目的就是为了解决世人面临的食物断绝问题。

天雨粟这一奇特现象也有一定的现实基础。《述异记》载:"汉宣帝时,江淮饥馑,人相食,天雨谷三日,秦(寻)魏地奏,亡谷二千顷。"④这表明一些真实存在的天雨粟其实是自然界的大风将粮食从一个地区吹至另一个地方。虽然天雨粟可能是大风吹出的结果,但"江淮饥馑,人相食"的背景折射出人类生命受到饥饿威胁时渴望得到救助的强烈愿望,因此,即使是真实的自然现象也包含着极强的理想成分。

人们对天雨粟的设想虽来源于天降雨雪或大风所吹等自然现象,但它毕竟是一种违反常态的异象,因此在古代谶兆观念影响下,这一具有民生意识的异事就有了更为丰富的内涵。如张鷟《朝野佥载》就将开元二年(714)"终南山竹开花结子,绵亘山谷,大小如麦。其岁大饥,其竹并枯死。岭南亦然,人取而食之。醴泉雨面如米颗,人可食之"⑤等事与当年长安出现大风拔屋及其后太上皇驾崩联系在一起。虽然张鷟和那些历史学家一样是把天雨粟、竹结实作为灾异来看待,但无意中也透露了这些异常之物所起到的救助作用。从张鷟的记述可知,唐代文人把竹结实和天雨粟都看作是同一性质的异象。

①《汉书》卷二七(中)《五行志》,第1392—1435页。
②任昉:《述异记》卷下,第18页。
③《博物志校证·佚文》,第134页。
④任昉:《述异记》卷下,第18页。
⑤《朝野佥载》卷一,第21页。

在乱世的困苦时期,处在饥饿之中的人们一旦得到一些可以食用的东西,就会觉得美味异常。唐末文人就生动再现了世人在饥饿之中的这种幻觉:

> 至德初,当安史乱,河东大饥,忽然荒地十五里生豆谷,及扫却又复生,约得五六千石。其米甚圆细复美,人赖焉。①

> 唐天复甲子岁,自陇而西,迫于襄梁之境,数千里内亢阳,民多流散。自冬经春,饥民啖食草木,至有骨肉相食者甚多。是年,忽山中竹无巨细,皆放花结子。饥民采之,舂米而食,珍于粳糯。其子粗,颜色红纤,与今红粳不殊。其味犹更馨香。数州之民,皆挈累入山,就食之……其竹,自此千蹊万谷,并皆立枯,十年之后,复产此君。可谓百万圆颅,活之于贞筠之下。②

> 临洮之境,有山民曰仲小小……临洮以西,至于叠、宕、嶓岷之境,数郡良田,自禄山以来,陷为荒徼。其间多产竹牛,其色纯黑,其一可敌六七骆驼,肉重千万斤者……一牛致干肉数千斤。新鲜者甚美,缕如红丝线。乾宁中,小小之猎,遇牛群于石家山,嗾犬逐之,其牛惊扰,奔一深谷。谷尽,南抵一悬崖。犬逐既急,牛相排蹙,居其首者,失脚堕崖,居次者,不知其偶堕,累累接迹而进,三十六头,皆毙于崖下。积肉不知纪极。秦、成、阶三州士民,荷担之不尽。③

这三则故事发生在至德、乾宁和天复年间,这些都是唐代的大乱之年,而此时荒地产豆谷、翠竹生稻米、上天降大牛,老百姓不但解决了温饱问题,而且还能享受美味,真是美好的幻想。从本质上讲,这些想象都是天雨粟式的变体,但与《博物志》所记"雨谷"味苦、如麦的食用效果相比,唐人更注重味觉享受,因此,在他们笔下豆谷"甚圆细复美"、竹实"味犹更馨香"、秦地居民乱世中食肉不尽。这些不但丰富了"天雨粟"的内容,而且生动体现了乱世中人们对食物的渴望程度和改变贫困状态的心理需求。这些美味食物虽出自幻想,但却与唐代社会的变迁有一定关系。唐朝是中国封建社会的鼎盛时期,尤其在安史乱前是一个"小邑犹藏万家室"的富庶时代,

---

① 《大唐传载(外三种)》,第27页。
② 《玉堂闲话评注·竹实》,第251页。
③ 《玉堂闲话评注·仲小小》,第260页。

享乐、奢靡之风盛行;而安史乱后直至唐末,战乱频仍,天灾不断,民众饥馑相望。往昔的丰裕富饶和如今的赤贫困顿使身处乱世的小说家们更善于幻想,因此他们想象了多样化的救助形式和美味异常的食物。

其实诚如《博物志》和《朝野佥载》对粟豆、竹实的客观介绍一样,它们只是能食而已,并不像《玉堂闲话》描述得那么美味。竹实就是竹米,是竹子开花后结的种子。《异苑》载:"晋惠帝元康二年,巴西郡界竹生花,紫色。结实如麦,外皮青中赤白,味甚甘。"①北宋唐慎微《证类本草》从药学的角度说竹实有"通神明,轻身益气"之效,并载录了前代陶隐居"竹实出蓝田,江东乃有花而无实,而顷来斑斑有实,状如小麦,堪可为饭"和《陈承别说》"今近道竹间,时见开花,小白如枣花,亦结实如小麦子,无气味而涩。江浙人号为竹米,以为荒年之兆"②的异事。陶隐居即南朝齐梁的著名道士陶弘景,他自号"华阳隐居"。从《异苑》与陶弘景的记述可知西晋以来人们已发现竹米可以食用。而北宋《陈承别说》的记载则表明竹实是老百姓在荒乱之年所找的一种可食之物,但并不美味。史书中也屡有竹生实及民众以之为食的记载,如《宋史·高宗本纪》载绍兴十八年(1148)六月,"福州侯官县有竹实如米,饥民采食之。是夏,浙东西、淮南、江东旱"③等。因此《玉堂闲话》等小说中的描述正反映出乱世之人对食物的渴望和想象。

明代郎瑛的《七修类稿》对历代流传的竹米现象做了系统总结,并客观说明了竹米的食用效果:"竹结实如麦则见于晋元康之时,如米则见于唐开成、宋咸平之时,然不言其色与味也。嘉靖二十年,杭州昌化县长亘五十里,竹叶之间笆络成毯而实焉,采之而舂,得黑色碎米,炊之而食,味少涩而饱,人和饴为饼饵最佳,其地时遂就丰熟。又见传云,竹实如鸡子味,食之清凉满口,故谓凤凰食也。此恐不然。"④

三、乱世"天雨粟"类故事的价值

虽然天雨粟是一种偶然现象,但从天雨粟类故事的出处及其作者来看,《博物志》《异苑》《述异记》《玉堂闲话》的作者张华、刘敬叔、任昉和王仁

---

①《异苑》卷二,第 10 页。
②唐慎微著,郭君双等校注:《证类本草》,中国医药科技出版社,2011 年,第 413、415 页。
③《宋史》卷三〇《高宗本纪》,第 568 页。
④郎瑛:《七修类稿》卷五〇《奇谑类》,上海书店出版社,2001 年,第 529 页。

裕分别生活在混乱的西晋、南朝刘宋初、宋齐梁三朝和军阀混战的五代。这些都是中国历史上政局最动荡、社会破坏最严重的阶段。当时粮食极其缺乏,如南朝梁代在侯景之乱时,"芰实荇花,所在皆罄,草根木叶,为之凋残。虽假命须臾,亦终死山泽。其绝粒久者,鸟面鹄形,俯伏床帷,不出户牖者,莫不衣罗绮,怀金玉,交相枕藉,待命听终。于是千里绝烟,人迹罕见,白骨成聚如丘陇焉"①。在《述异记》中,任昉记载了"永嘉之乱,洛中饥荒,怀帝遣人观市,珠玉金银填委市门而无粟麦"的乱世饥饿场面。任昉的记录与史书对他所处时代的描述极其一致,可见诸如任昉等乱世文人对天雨粟现象的关注是有极强的现实意义的,反映了乱世时期世人对生存处境的担心,以及在粮食严重匮乏之时渴望活命的愿望。

天雨粟类故事不仅是民众生存愿望的表达,同时也反映了某个时代的民众心理。《夷坚志》就在天雨粟故事中融入了极强的现实因素,如《舒州雨米》和《湘潭雷祖》的记载就极具代表性:

> 乾道四年春,舒州大雨,城内外皆下黑米,其硬如铁,嚼碎米粒,通心亦黑。人疑向来米纲舟覆于江,因龙取水行雨而卷至也。②

> 庆元二年,湖湘粒米翔贵,郊郭间无不艰食。湘潭境内有昌山,周回四十里,中多篠簜,环而居者千室,寻常于竹取给焉。或捣为纸,或售其骨……先是乙卯岁,连山之竹皆开花,花谢而结实,如麦粒而长,人以长篙击竹杪,取米治之,如稻谷,每石可得米五斗或四斗。其次法,和以粳米十之一,沃以汤,其香全与粳等。民赖以济,至贩粜于县市,远近百里,皆竞取之,谷价为平。有负米而归者云:"昌山元有庙曰雷祖,欲得米者先谒神,尽敬则可不劳而厚获,徒加慢戏者正得亦不多。"③

洪迈不仅记述了雨谷和竹实事件,而且对其出现的原因进行探讨,一为神龙将原先沉江的米纲席卷上岸,一是雷神给世人降下竹米。神龙卷米上岸、雷神为平抑谷价而使"竹结实"的现象看似怪异,但其实都是对某些现实问题的折射,《舒州雨米》表达了当时人们对赋税沉重的不满,《湘潭雷

---

① 《南史》卷八〇《贼臣传·侯景》,第 2009 页。
② 《夷坚志·夷坚丙志》卷一二《舒州雨米》,第 466 页。
③ 《夷坚志·夷坚三志辛》卷八《湘潭雷祖》,第 1448 页。

祖》则揭示了人们对高昂米价的恐惧。

　　总之，天雨粟式故事大都发生在灾荒、乱世之时，出现的目的是"饲我天下民""人皆赖此活"。因此在小说家笔下，天雨粟不仅是一种奇异或独特的现象，更是民众救济要求和活命愿望的表达，与其他诸如佛教和道教救助类故事相比，更具民本和民生意识。

第五章　生存理想:离世避乱

在各种武装力量争权夺利和滥杀无辜的乱世时期,如何保存性命,找寻生存机会,不仅是普通老百姓而且也是文人知识分子,甚至是达官显贵首先要考虑的问题。当认清他力救助的虚妄后,为了活命,人们只能背井离乡,逃往相对安全的区域,尤其是远离战乱的深山野林。在新的生存环境中,既能遇到之前难以经历的异闻怪事,更希望能有胜过以前的相对合理、和谐的生活状态。因此,人们的避乱经历与对美好生活的向往融合在一起,成为文人构建理想社会的源泉。

第一节　避乱母题源流

追溯中国文学的避乱意识,先秦时期的诗歌已露端倪,如《诗经·魏风·硕鼠》中"逝将去汝,适彼乐土"等诗句就体现了下层民众难以忍受统治阶级的剥削和压迫而打算另寻出路的要求。自《诗经》以来,吟诵人们在苦难中逃往他处的歌谣日渐增多,甚至有些歌谣在流传过程中内涵日益向避乱主题转化,如东汉出现的《董逃歌》:

> 《董逃歌》,后汉游童所作也。后汉有董卓作乱,率以逃亡。后人习之以为歌章,乐府奏之以为儆戒焉。①

《董逃歌》原是预言董卓虽骄横跋扈但终被灭族的谣谶,《后汉书·五行志》载:"灵帝中平中,京都歌曰:'承乐世董逃,游四郭董逃,蒙天恩董逃,带金紫董逃,行谢恩董逃,整车骑董逃,垂欲发董逃,与中辞董逃,出西门董逃,瞻宫殿董逃,望京城董逃,日夜绝董逃,心摧伤董逃。'案'董'谓董卓也,言虽跋扈,纵其残暴,终归逃窜,至于灭族也。"②但在之后的传唱中逐渐演变为乱世人们的逃亡之行。这一思想的转变可从唐代贞元年间的诗人张

---

①崔豹撰,牟华林校笺:《古今注校笺》,线装书局,2014年,第86页。
②《后汉书》志十三《五行》,第3284页。

籍所写的《董逃行》中得到印证："洛阳城头火瞳瞳，乱兵烧我天子宫。宫城南面有深山，尽将老幼藏其间。重岩为屋橡为食，丁男夜行候消息。闻道官军犹掠人，旧里如今归未得。董逃行，汉家几时重太平。"[1]《董逃行》细致地刻画了避乱民众躲避深山、有家难回的情形，彻底改变了《董逃歌》反映董卓祸乱天下最终逃窜被杀的主旨。

在混乱年代，为了生存，人们只能抛弃原有的生活处所，逃往人迹罕至的山川湖泽，古代相对广阔的土地和复杂的地势地貌为人们的这种选择提供了可能。"父子携手共入江湖，或弟兄相要俱缘山岳"[2]，是乱世的常见现象。无论名士布衣，还是官员宫人，都常常避乱于山谷。如晋代名人董养有感于"天人之理既灭，大乱作矣"，"与妻荷担入蜀，莫知所终"[3]；《幽明录·彭娥》中，彭娥一家在"永嘉之乱，郡县无定主，强弱相暴"时住在山间坞壁的情况是战乱时期老百姓在山中生活的真实写照；《广异记·笛师》中，宫廷的梨园弟子在"禄山作乱，潼关失守，京师之人于是鸟散"时，"窜于终南山谷"的经历正是乱离时期的普遍现象。

深山野林虽然远离尘世、生活清苦，但是漫山遍野的花草果实和与世隔绝的环境还是为人类生存提供了物资和处所，因此到山中生活是古小说避乱题材形成的现实基础。西汉刘向《列仙传》中的"毛女"故事已想象了避乱者在山中的生活面貌：

> 毛女者，字玉姜，在华阴山中，猎师世世见之，形体生毛。自言秦始皇宫人也，秦坏，流亡入山避难。遇道士谷春，教食松叶，遂不饥寒，身轻如飞，百七十余年。所止岩中，有鼓琴声云。[4]

虽然《列仙传》主要是宣扬神仙奇术及其异于凡人的生活方式，如仙人大都不吃五谷而服食花草、松实等植物和云母、丹砂等矿物，其中玉姜食松叶后长寿能飞的经历就是凡人成仙过程的生动表现。但玉姜食用松叶并不是她的主动选择，而是在躲避天下大乱逃入山中后为了活下去的无奈之举。玉姜从秦朝宫女到毛女的转变过程开创了凡人避乱入山而成仙的小

---

[1] 张籍撰，徐礼节、余恕诚校注：《张籍集系年校注》卷七《乐府》，中华书局，2011年，第813页。
[2] 《南史》卷八〇《贼臣传·侯景》，第2009页。
[3] 《晋书》卷九四《隐逸传·董养》，第2434—2435页。
[4] 刘向：《列仙传》卷下，上海古籍出版社，1995年，第18页。

说题材。

受道教养生理念的影响，玉姜食松叶后不知饥寒、身轻如飞，达到了成仙境界。但从物理常识来看，松叶味苦难咽，并不适合食用，而玉姜能吃松叶是因为有道士谷春给她传授方法，因此毛女食松叶而成仙的情况不仅是人们在山中生存状态的真实反映，更是美好的幻想。《列仙传》虽然宣扬松叶的神奇功效，但并没有介绍如何食用。西晋博物学家张华为帮助荒乱中的饥饿之人，在《博物志》中详细说明了四季常青的松叶和柏叶的食用方法：

> 荒乱不得食，可细切松柏叶，水送令下，随能否以不饥为度。粥清送为佳。当用柏叶五合，松叶三合，不可过度。①

从松柏叶所含的成分看，虽然它们确实有让人强身健体的功效，但由于味涩难咽，因此世人之所以以之为食，其原因大多如玉姜一样是饥荒战乱中迫不得已的行为。在如何食用松叶上，相对于刘向的"教食松叶，遂不饥寒"的概括性描述而言，张华所讲的食用方法更具可操作性和实用性。

自《列仙传》之后，类似毛女的传闻日渐增多，但都强调秦宫人入山避乱和身体生毛这两个基本要素，如东晋道教理论家葛洪的《抱朴子》中记载了汉成帝时猎者于终南山见一身生黑毛的妇女，她自言："我本是秦之宫人也，闻关东贼至，秦王出降，宫室烧燔，惊走入山。"②晚唐卢肇详细记述了毛女身体生毛的过程："昔秦宫人遭乱避世，入太华之峰，饵其松柏。岁祀寖久，体生碧毛尺余。或逢世人，人自惊异，至今谓之毛女峰。"③秦宫人避乱入山食松叶而成毛女之事在历代多有流传④。这使《列仙传》中的"毛女玉姜"呈现出"入山避乱"的母题元素。

李剑国指出："用原型批评的方法分析，毛女这一'原始意象'无疑构成了古代神仙传说和古代小说中的一个'原型'，就是说'毛女'启发和代表了一类意象，一类母题，一类叙事模式。毛女模式可概括为：避难入山—遇道

---

① 《博物志校证·佚文》，第134页。
② 葛洪撰，王明校释：《抱朴子内篇校释》卷一一《仙药》，中华书局，1985年，第207页。
③ 卢肇：《逸史·姚泓》，载《唐五代传奇集》第三编卷一五，第1498页。
④ 五代杜光庭的《墉城集仙录》、北宋苏轼《东坡志林》卷三《异事下·孙抃见异人》、南宋王明清《投辖录·毛女》、清光绪刊《华岳志》卷二《人物·女真·秦》等处，均有对"毛女"的记载。具体论述参看《古椑斗筲录》，第113—117页。

士—食松叶—生毛能飞—成仙。其中最主要的是避秦乱（并延伸为乱世避难）入山和形体生毛成仙，这是毛女原型的基本特征，也正是在这两方面毛女发挥着其原型意义。"①毛女题材的叙事模式和其中所蕴含的"避乱入山"母题，在后世小说家和神仙家各自不同的讲述动机中都得到了运用和发挥。

在毛女传说的影响下，避乱成仙题材内容日渐丰富，避乱之地、入山之人及所食之物皆有变化：

> 汉末大乱，官人小黄门上墓树上避兵，食松柏实，遂不复饥，举体生毛长尺许。乱离既平，魏武闻而收养，还食谷，齿落头白。②
>
> 武陵源在吴中，山无他木，尽生桃李，俗呼为桃李源……世传秦末丧乱，吴中人于此避难，食桃李实者，皆得仙。③

这两则南朝人所写的避乱故事应该是对毛女题材改造的结果。《列仙传》中的毛女原本是宫女，《异苑》中的毛人转变为宦官小黄门。与玉姜留在山中不同，小黄门乱平后被魏武帝曹操收养，因此没有成仙，由此印证了吃松叶柏实能成仙的理论。而《述异记》则明确指出到武陵源避乱的吴中人因食用桃李之实后皆得成仙，这在宣扬桃李养生成仙之效的同时满足了人们不再经受松叶苦涩难食就能成仙的愿望。

唐代小说家在养生与成仙之中又融合了其他元素，进一步丰富了毛女题材，如戴孚《广异记·秦时妇人》、裴铏《传奇·陶尹二君》、卢肇《逸史》中的《李元》《姚泓》《萧氏乳母》等，不仅扩充了入山人物的身份，除秦宫人外，还有阉人、役夫和普通百姓；而且也丰富了故事内容，除避乱之外，入山原因还有躲避秦朝暴政和劳役等。其实暴政和重役正是秦朝丧乱的根本原因，因此它们仍属于避乱题材。这些作品显著体现了避乱与古人养生成仙理念的密切关系，避乱主题正是在宣扬养生理念和成仙信仰的动机中形成和发展的，尤其是《逸史·萧氏乳母》中萧氏乳母辗转山中与家中时的不同生命状态所反映的乱中入山与养生修仙及俗世误仙理念就印证了这一现象：

---

① 《古稗斗筲录》，第 123—124 页。
② 《异苑》卷八，第 82 页。
③ 任昉：《述异记》卷下，第 19 页。

萧氏乳母，自言初生遭荒乱，父母度其必不全，遂将往南山，盛于被中，弃于石上，众迹罕及。俄有遇难者数人，见而怜之，相与将归土龛下，以泉水浸松叶点其口。数日，益康强。岁余能言，不复食余物，但食松柏耳。口鼻拂拂有毛出，至五六岁，觉身轻腾空，可及丈余……至王母宫，听天乐，食灵果。然每月一到所养翁母家，或以名花杂药献之。后十年，贼平，本父母来山中……父母走前抱之，号泣良久，喻以归还。曰："某在此甚乐，不愿归也。"父母以所持果饲之。逡巡，异儿等十数至，息于檐树，呼曰："同游去，天宫正作乐。"乃出。将奋身，复堕于地。诸儿齐声曰："食俗物矣，苦哉！"遂散。父母挈之以归，嫁为人妻，生子二人，又属饥俭，乃为乳母。[1]

在以毛女为代表的避乱入山食松柏成仙题材形成时，文人还构想了山中生活的具体状况——洞窟世界，最早的洞窟故事——邛子入山穴仙府就与毛女一样都出自《列仙传》[2]：

邛子者，自言蜀人也，好放犬子。时有犬走入山穴，邛子随入，十余宿行，度数百里。上出山头。上有台殿宫府，青松森然。仙吏侍卫甚严，见故妇主洗鱼，与邛子符一函并药，便使还与成都令乔君。乔君发函，有鱼子也。着池中，养之一年，皆为龙形。复送符还山上。犬色更赤，有长翰，常随邛子，往来百余年。遂留止山上，时下来护其宗族。蜀人立祠于穴口，常有鼓吹传呼声。西南数千里，共奉祠焉。[3]

与毛女题材形成的前提不同，洞窟奇遇不是基于避乱，而是来源于凡人遇仙。《邛子》表现的就是仙凡相通的神仙思想。此后《搜神后记》中的《袁柏根硕》和《幽明录》中的《刘晨阮肇》《黄原》等洞窟故事大都有凡人成仙或人仙之恋的影子。在凡人遇仙故事发展的同时，魏晋南北朝长期动荡战乱的形势和人们朝不保夕的命运促使文人在仙凡感通的洞窟故事中另辟蹊径，创造了"桃花源"式的乱世洞窟奇遇。

从地理形势上看，深山地形复杂、山脉连绵、山外有山的特点很容易使人们在寻找食物或采集野果时发现新天地。而且，山与洞本就是一体的，

---

①《太平广记》卷六五《萧氏乳母》，第407页。

②"小说中的洞窟传说，以西汉刘向的《列仙传》为早。"见《古稗斗筲录》，第95页。

③《列仙传》，第23页。

洞是山的一部分。在深山老林中,那些未被开发的地方可能确实存在着一些奇异的山川地理,被隐居或避乱之人找到而成为居住之所,如《地理志》载:"峄山在邹县北,绎邑之所依,名也。山东西二十里,南北一十三里。高秀独出,积石相临,殆无壤。石间多孔穴,洞达相通,往往有如数间居处,其俗谓之峄孔。遭乱辄将居人入峄,外寇虽众,无所施害。永嘉中,太尉郗鉴将乡曲逃此山,胡贼攻守不能得。"①因此,即使某些文人没有见过深山居民,一些民间传说或者他们自己偶尔的入山见闻也会丰富想象能力,从而构建洞中世界。陶渊明的《桃花源记》就描绘了和谐安宁的洞窟生活。

《桃花源记》中,捕鱼人在"林尽水源"之处,进入山中仅容一人通过的小入口,"复行数十步,豁然开朗。土地平旷,屋舍俨然,有良田、美池、桑竹之属。阡陌交通,鸡犬相闻。其中往来种作,男女衣着,悉如外人。黄发垂髫,并怡然自乐"。但生活在这里的并不是仙人,而是"先世避秦时乱,率妻子邑人来此绝境"的因避秦乱而来的秦人后裔②。他们虽与外界隔绝,不知人世变迁,但却非常快乐。这个故事虽有浓郁的理想色彩,但也有深厚的现实基础。因为乱世时期以家族或乡人为中心的避乱者入山聚集在一起,形成一个小社会的事例确实存在,如《晋书·庾衮传》载"张泓等肆掠于阳翟,衮乃率其同族及庶姓保于禹山……峻险厄,杜蹊径,修壁坞,树藩障,考功庸,计丈尺,均劳逸,通有无,缮完器备,量力任能,物应其宜,使邑推其长,里推其贤,而身率之。分数既明,号令不二,上下有礼,少长有仪,将顺其美,匡救其恶。及贼至,衮乃勒部曲,整行伍,皆持满而勿发。贼挑战,晏然不动,且辞焉。贼服其慎而畏其整,是以皆退"③;《晋书·苏峻传》载"永嘉之乱,百姓流亡,所在屯聚,峻纠合得数千家,结垒于本县"④。晋代的郗鉴也是避乱入山者的首领,《晋中兴书》载:"中原丧乱,乡人遂共推郗鉴为主,与千余家俱避难于鲁国峄山,山有重险。"⑤

人们逃往深山湖泽是魏晋六朝天下大乱时的普遍现象,"父子携手共

---

① 《太平御览》卷四二《地部》,第 202 页。
② 苏轼《和桃花源并引》:"世传桃源事,多过其实。考渊明所记,止言先世避秦乱来此,则渔人所见,似是其子孙,非秦人不死者也。"见王文诰辑注,孔凡礼点校:《苏轼诗集》卷四〇,中华书局,1982 年,第 2196 页。
③ 《晋书》卷八八《孝友传·庾衮》,第 2283 页。
④ 《晋书》卷一〇〇《苏峻传》,第 2628 页。
⑤ 《艺文类聚》卷九二《鸟部》,第 1597 页。

入江湖，或弟兄相要俱缘山岳"①。避乱民众依赖山川之险保护自己，如东晋成帝时，太末县界深山中"有亡命数百家，恃险为阻"②，孝武帝太元中"海陵县界地名青浦，四面湖泽，皆是菰葑，逃亡所聚"③，刘宋时期"民赋役严苦，贫者不复堪命，多逃亡入蛮。蛮无徭役，强者又不供官税，结党连群，动有数百千人，州郡力弱，则起为盗贼，种类稍多，户口不可知也。所在多深险"④。一些山上的坞壁遗址也印证了世人入山避乱的事实，如郦道元《水经注·洛水》载："洛水又东经檀山南，其山四绝孤峙，山上有坞聚，俗谓之檀山坞"，"洛水又东经一合坞南，城在川北原上，高二十丈，南、北、东三箱，天险峭绝，惟筑西面即为固，一合之名，起于是矣。刘曜之将攻河南也，晋将军魏该奔于此"⑤。这些逸闻或历史遗址充分证明了《桃花源记》中洞中世界存在的现实可能性。

《列仙传·邗子》等描绘的洞窟世界表明洞窟传说虽不因乱世而产生，但却在避乱观念的推动下丰富发展，甚至在后世它的避乱色彩远远超过了最初宣扬仙凡感通的理念，从而成为文人建构理想社会的载体。在《桃花源记》的基础上，小说家们不断构想着理想世界，使洞窟故事彻底成为文人的"理想国"。

总之，古小说避乱主题的形成是多个因素造成的。首先，中国古代社会的运行规律使乱世成为必然，乱世对社会的严重破坏和人类大量死亡的后果促使人们远离尘世寻找避乱之所和生存机会，这是避乱题材逐渐形成并历代流传的社会因素。其次，以道教人士为代表的隐逸者隐居深山的生活方式为避乱之人开创了理想场所和生存方法，而古代相对辽阔的土地和许多尚未被开发的山区也为之提供了现实基础。再次，道家"小国寡民"的社会理念为古代文人对理想社会的憧憬与设想提供了理论支撑和借以发挥的余地。因此，在现实社会不可能被改变的前提下，人们另辟蹊径，以避乱为由，在深山野林创造自己心中的美好世界。这是避乱题材不断丰富发展的内在动力。

①《南史》卷八〇《贼臣传·侯景》，第 2009 页。
②《晋书》卷八三《江逌传》，第 2171 页。
③《晋书》卷八一《毛宝传》，第 2126 页。
④《宋书》卷九七《夷蛮列传》，第 2396 页。
⑤郦道元著，陈桥驿校证：《水经注校证》卷一五《洛水》，中华书局，2007 年，第 365、366 页。

第二节　养生成仙

自秦汉以来,道教思想盛行,为方便身心修炼或寻找长生之道,道教徒们大都选择到山中生活。这与乱世时期人们到山中避难的生存方式一致,两者的融合使得小说中的避乱奇遇带有浓重的仙道气息,如《列仙传·毛女》中,宫人玉姜入山避乱时从道士那里学会了食松叶而成仙。在浓郁的仙道氛围中,宣传道家养生之法成为避乱题材的主要内容,这在历代流传的毛女故事中最为显著。

毛女题材最早出现在《列仙传》中,虽然刘向的创作目的是宣扬成仙之道和神奇仙术,但毛女因乱入山,由宫人到修得长生之法的奇遇还是被历代热衷神仙道教的文人看中,成为他们表达成仙理想的工具,如在葛洪笔下,食叶长生理念就特别明显:

> 汉成帝时,猎者于终南山中,见一人无衣服,身生黑毛……言我本是秦之宫人也,闻关东贼至,秦王出降,宫室烧燔,惊走入山,饥无所食,垂饿死。有一老翁教我食松叶松实,当时苦涩,后稍便之,遂使不饥不渴,冬不寒,夏不热。计此女定是秦王子婴宫人,至成帝之世,二百许岁,乃将归,以谷食之,初闻谷臭呕吐,累日乃安。如是二年许,身毛乃脱落,转老而死。向使不为人所得,便成仙人矣。[1]

与《列仙传》名为玉姜的毛女相同,《抱朴子》中避乱入山的秦宫人也是在食松叶松实后成为形体生毛、身轻如燕的毛女,但《抱朴子》又增加了毛女被猎人抓住带回人间后食谷而死的结局。在两个毛女一仙一死的对比中,神仙家宣扬养生修仙之法的目的就更为明显。之后成仙的毛女仍被文人关注,如前蜀杜光庭的《墉城集仙录》[2]和宋朝李石的《续博物志》[3]等都有转述,体现了神仙们对它的浓厚兴趣。

毛女故事不但开创了凡人食松叶生毛成仙的题材,而且开启了秦人避

---

[1]《抱朴子内篇校释》卷一一《仙药》,第207页。

[2] 如《墉城集仙录》:"玉姜者,毛女也,居华山,自言秦人。始学食松叶,不饥寒,止岩中。其行如飞。今号其处为毛女峰。"见《杜光庭记传十种辑校·墉城集仙录》卷一〇《毛女》,第735页。

[3]《续博物志》卷七:"毛女在华山,山客猎师世世见之,体生毛。自言秦始皇宫人。陈抟在华山,或谤以与毛女往来。"见李石:《续博物志》,中华书局,1985年,第94页。

乱主题的先河。此后形成了"避秦难毛人"系列,如卢肇《逸史·李元》中避秦难的是宫中的宦官,但因为他遵从了山中的生活规律,懂得养生之道,最终不但"须鬓伟甚",而且长生不死;北宋杨亿的《杨文公谈苑·华阴隐人》中将避秦难者组织为一个带有神仙性质的聚落①。深受道教思想影响的文人在宣传养生之道时之所以常以秦人为表现对象,裴铏《传奇·陶尹二君》揭示了这一现象的深层社会原因:

> 唐大中初,有陶太白、尹子虚二老人……遂久伺之。忽松下见一丈夫,古服俨雅;一女子,鬟髻彩衣,俱至……陶君启:"神仙何代人,何以至此?既获拜侍,愿祛未悟。"古丈夫曰:"余,秦之役夫也。家本秦人。及稍成童,值始皇帝好神仙术,求不死药,因为徐福所惑,搜童男童女千人,将之海岛;余为童子,乃在其选……恐葬鱼腹,犹贪雀生。于难厄之中,遂出奇计,因脱斯祸。归而易姓业儒,不数年中,又遭始皇煨烬典坟,坑杀儒士,搢绅泣血,簪绂悲号;余当此时,复在其数。时于危惧之中,又出奇计,乃脱斯苦。又改姓氏为板筑夫,又遭秦皇欢信妖妄,遂筑长城,西起临洮,东之海曲,陇雁悲昼,塞云咽空,乡关之思魂飘,砂碛之劳力竭,堕趾伤骨,陷雪触冰;余为役夫,复在其数;遂于辛勤之中,又出奇计,得脱斯难。又改姓氏而业工。乃属秦皇帝崩,穿凿骊山,大修茔域,玉墀金砌,珠树琼枝,绮殿锦宫,云楼霞阁,工人匠石,尽闭幽隧。余为工匠,复在数中,又出奇谋,得脱斯苦。凡四设权奇之计,俱脱大祸。知不遇世,遂逃此山,食松脂木实,乃得延龄耳。此毛女者,乃秦之宫人,同为殉者;余乃与同脱骊山之祸,共匿于此,不知于今经几甲子耶?"②

秦丈夫经历的四难是秦朝暴政的集中展现。正是这些乱政,才导致了秦末乱世,所以尽管《陶尹二君》中的役夫和宫人是在秦末大乱前入山的,但他们的遭遇其实就是乱世社会的真实写照。秦丈夫的人生历程,虽然有极强的巧合性,但由他一人经历折射出了乱政全貌,揭示了秦亡国乱的根

---

① "华山南有川,广袤百里,连山洞,不知其极。人有登莲花峰绝顶俯瞰,人烟舍屋相望,四时常有花木,疑灵仙之窟宅。又云,秦人避难者居此,其后裔也。开宝中,有数人衣服异制,出华阴市中。人诘之,曰:'我居华阴川,因采药迷路至此,何地也?'后不知所诣。或疑其地仙。"见杨亿撰,李裕民辑校:《杨文公谈苑》,上海古籍出版社,2012年,第59页。

② 裴铏著,周楞伽辑注:《裴铏传奇》,上海古籍出版社,1980年,第108页。

本因素，反映了以裴铏为代表的唐代文人对亡国之策的深刻认识和反思。《陶尹二君》之所以能将抨击朝廷乱政与辟谷成仙思想融合在一起，与作者的身份及所处时代关系密切。裴铏是一个极力向往修道成仙境界的道教徒，而且生活在唐末乱世，对乱政感悟颇深，因此能寓政治反思于神仙理念中。虽然秦丈夫人山是为了避难，并非有意出世修道，但"能绝其世虑，因食木实，乃得凌虚"，也就是说他的行为暗合了修仙之道而成为仙人。

其实，山中的环境和生活方式是单调寂寞的，对凡夫俗子来说长期辟谷食叶、不食人间烟火的日子是很难坚持的，即使是诸如葛洪、裴铏这样的笃信者也难以做到。因此，在古小说中那些能够在山中以野果树叶为食的得道者往往是避乱逃难之人，也就是说能成仙者大都是在无可奈何的生存状态下练就了长生之法。《抱朴子》中避乱的秦王子婴宫人和《异苑》中在汉末大乱时"上墓树上避兵"的宫人小黄门都是与毛女玉姜经历相似的避乱者，但"身轻如飞，百七十余年"的玉姜不知所踪，而小黄门和子婴宫人返回人间后迅速衰老，由此证实了松柏益人、食谷衰老的仙凡之道。

唐代卢肇的《逸史》对避乱修道身体生毛现象很感兴趣。《李元》中隐居嵩山的唐朝谏议官遇到因居住山中而"须髯伟甚""避祸得道"的秦朝阉人；《姚泓》中逃跑的作乱者姚泓，"逃窜山野，肆意游行，福地静庐，无不探讨。既绝火食，远陟此峰，乐道逍遥，唯餐松柏之叶。年深代久，遍身生此绿毛，已得长生不死之道矣"[①]；《萧氏乳母》中的萧氏乳母本是在逃乱中被遗弃的小孩，"食松柏耳，口鼻拂拂有毛出。至五六岁，觉身轻腾空，可及丈余。有少异儿，或三或五，引与游戏，不知所从。肘腋间亦渐出绿毛，近尺余。身稍能飞"。无论是秦朝阉人还是东晋末的姚泓，他们都是距离唐代数百年甚至近千年的人物，因在山中食松柏等物而得道长生；而萧氏乳母原本是在战乱中被弃山中因食松柏已能自由飞翔的小孩，但在被父母"持果饲之"后便无法腾空。这表明卢肇继承了前代神仙家的养生理念，即食物是人能否成仙的最关键因素。

宋代也盛行着自汉至唐以来的食松长生、食谷易衰观念，如《投辖录·毛女》和《夷坚志·黄州野人》等都蕴含了这一理念。尤其是"黄州野人"极具代表性，他"年四十余。靖康之难，全家死于兵，身独得脱，窜伏山间。山

---

① 卢肇：《逸史·姚泓》，载《唐五代传奇集》第三编卷一五，第 1498 页。

有高岩，可扳援藤萝而上，上有草如毯可覆。饥餐草实木叶，渴钊涧泉饮之。久而惯习，遍体生毛，亦无疾痛，忘其去家而居深山也。且敏捷如猿猱……与之食，又强使受室。久之，肤毛皆脱，不复轻趫。人皆以为若复纵之还山，或可不死"①。"黄州野人"亦是"毛女"的翻版，毛人题材的不断敷演反映了道教养生思想的流行和人们对"食叶生毛"的确信态度。

与小说家借乱世奇遇来宣传养生理念而形成的毛人题材相似，龟吸养生观念也在乱世背景中产生。古小说中最早将乱世求生与龟吸活命理念融合在一起的是《异闻记》中张广定女之事：

> 郡人张广定者，遭乱避地。有女年四岁，不能步涉，又不可担负。计弃之固当饿死，不欲令其骸骨之露……下此女于冢中，以数月许干饭及水浆与之，而舍去。候世平定，其间三年，广定得还乡里，欲收冢中所弃女骨，更殡埋之。广定往视，女故坐冢中，见其父母，犹识之，喜甚……女言，粮初尽时甚饥，见冢角有一物，伸颈吞气；试效之，转不复饥。日月为之，以至于今。父母去时所留衣被，自在冢中，不往来，衣服不败，故不寒冻。广定索女所言物，乃是一大龟耳。女出食谷，初小腹痛，呕逆，久许乃习。②

《异闻记》的作者陈寔（104—187），曾任县吏、郡西门亭长、功曹、太丘长等职，颇有治绩，灵帝初为大将军窦武的掾属③。据陈寔的仕宦生涯和所处时代，可推断出他写张氏女的神奇经历可能是为了总结乱中生存之法。之后，此事经过葛洪的加工，内涵发生变化，成为宣传龟息长生之法的手段，如《抱朴子内篇·对俗》录入此事后曰："此又足以知龟有不死之法，及为道者效之，可与龟同年之验也。"④此外，《抱朴子内篇》又载录南阳文氏之祖"汉末大乱，逃去山中，饥困欲死。有一人教之食术，遂不能饥，数十年乃来还乡里，颜色更少，气力胜故。自说在山中时，身轻欲跳，登高履险，历日不极，行冰雪中，了不知寒"⑤的食术强身经历。这些表明借避乱奇遇宣扬养生理念是葛洪的主要目标。

---

① 《夷坚志·夷坚丁志》卷一九《黄州野人》，第 693 页。
② 陈寔：《异闻记》，载《鲁迅辑录古籍丛编》第一卷《古小说钩沉》，第 448 页。
③ 《后汉书》卷六二《陈寔传》，第 2065—2067 页。
④ 《抱朴子内篇校释》卷三《对俗》，第 48 页。
⑤ 《抱朴子内篇校释》卷一一《仙药》，第 207 页。

之后,《幽明录》和《独异志》对此事亦有转述①。与陈寔和葛洪相比,刘义庆和李伉的叙述比较简略,主要强调在乱中如何生存的道理。从陈寔到葛洪再到刘义庆、李伉,张广定女在乱世用龟吸之法保全性命的故事在流传过程中经过变异又回到了原来的主旨,即从总结乱中生存方法到宣传养生理念再回到以传达乱中活命思想为主。在一批小说家的转录传播下,龟吸养生观念影响颇深,世人甚至信以为真,如《东坡志林》就以当时人的经历来印证此说的真实性:

> 富彦国在青社,河北大饥,民争归之。有夫妇襁负一子,未几,迫于饥困,不能皆全,弃之道左空冢中而去。岁定归乡,过此冢,欲收其骨,则儿尚活,肥健愈于未弃时,见父母,匍匐来就。视冢中空无有,惟有一窍滑易,如蛇鼠出入,有大蟾蜍如车轮,气咻咻然,出穴中。意儿在冢中常呼吸此气,故能不食而健。自尔遂不食,年六七岁,肌肤如玉。②

从与乱世奇遇有关的这两种养生理念产生的时间和契机上看,毛女食叶要早于龟吸存命,张广定女的龟吸存活经历很可能是从毛女题材中得到灵感而构思的。但与毛女产生之初就为宣扬养生成仙理念不同,龟吸保命故事本来是传达乱世生存之法的,在流传过程中经过神仙家的加工润色,逐渐增强了养生理念。

第三节　离世修道

中国古代文人士大夫的社会理念基本上是在积极入世的儒家和避世自修的道家之间徘徊。春秋战国以来,儒、道思想都曾被纳入政治体系,但自汉武帝"独尊儒术"之后,儒家确立了一尊的正统地位,道家思想退出政

---

①《幽明录》载:"汉末大乱,颍川有人将避地他郡,有女七八岁,不能涉远,势不两全。道边有古冢穿败,以绳系女下之。经年余还,于冢寻觅,欲更殡葬。忽见女尚存,父大惊,问女得活意,女云:'冢中有一物,于晨暮际辄伸头咽气,为试效之,果觉不复饥渴。'冢人于冢寻索此物,乃是大龟。"见《幽明录》卷一《龟息》,第22页。《独异志》载:"陈仲弓《异闻记》曰:'张广定者,遭乱避地,有一女子,四岁,不能走,又不忍弃之,乃悬笼于古冢中,意为他日得骸骨。及三年归,引取之,见其尚活。问之,女答曰:食尽则馁,见其旁有物,引颈呼吸,则效之,故能活。广定入视之,乃一龟也。'陈寔之言,固当不妄。"见《独异志校证》卷下《张广定女》,第379页。
②苏轼撰,王松龄点校:《东坡志林》卷三《冢中弃儿吸蟾气》,中华书局,1997年,第52页。

治舞台，成为失意文人或乱世之人的生存哲学。尤其是道家自我修持和道教神仙方术的融合，为乱世之人提供了强大的精神支柱和可行的生存方式，如《神仙传》中具有长生之术的彭祖三岁丧母，"遇犬戎之乱，流离西域"，修得养生长寿之术；庐江的左慈"少明五经，兼通星纬"，见天下乱起，感叹"值此衰运，官高者危，财多者死，当世荣华，不足贪也"，转而学道。在道家隐逸精神和道教养生理念的共同影响下，小说家热衷于乱世隐居求道，其中有的以表达人生无常、避世逃难为主，如达官显贵弃世入山；有的以避乱为契机进而宣扬养生之法和成仙之道，如历代流传的"毛女"和"龟吸"系列。

　　乱世之人祸福无常，眨眼之间就可能失去生命、地位和财产，最容易产生避世心理。任昉的《述异记》不仅有"晋永嘉乱，既过江，诸公主不得随去。安阳公主与平城公主等奔入两河界，悉为民家妻"的贵族落魄为民的记载，也有公主看破富贵入山学道的记述：

> 公主山，在华山中。汉末王莽秉政，南阳公主避乱，奔入此峰学道，后得升仙。至今岭上有一双朱履，传云公主既于山中得道，驸马王咸追之不及，故留二履以示之。潘安仁有《公主峰记》。①

　　与安阳公主等沦落为民妇相比，南阳公主学道成仙更符合世人的心理期望。由于任昉身处社会大动荡之中，乱世中的种种灾难对他震动很大，因此避世躲祸心理在《述异记》中非常强烈。除"公主山"外，"武陵源"中"世传秦末丧乱，吴中人于此避难，食桃李实者，皆得仙"的传说不仅再现了世人逃难入山后因缺乏谷物而以野果为食的真实处境，而且也表达了人们在苦难之中的美好愿望。凡人避乱山中餐叶食果的成仙题材来自《列仙传》中的"毛女"，而离世修道主题则自东汉末年以来日渐增多，如东晋葛洪《神仙传》对汉末颇负盛名的左慈在乱中学道修仙传闻的集录：

> 左慈者……见汉祚将尽，天下乱起，乃叹曰："值此衰乱，官高者危，财多者死，当世荣华，不足贪也。"乃学道，尤明六甲，能役使鬼神，坐致行厨。精思于天柱山中，得石室中《九丹金液经》，能变化万端……曹公遂益欲杀慈，试其能免死否，乃敕收慈，慈走入群羊中，而

---

① 任昉：《述异记》卷下，第22页。

追者不分……后慈以意告葛仙公，言当入霍山合九转丹，遂乃仙去。①

左慈精通阴阳五行，因洞彻乱世"官高者危，财多者死"的规律，转而学道，而且道行颇高。左慈虽然学道成功，但并没有彻底避世，仍时常游走人间，与曹操、刘表等当政者周旋，展示神仙法术的威力。后世确有与左慈一样虽看破人世，但并没有完全隐遁，而是在仕与隐之间徘徊的得道之人，如南朝齐梁时期被称为"山中宰相"的道教上清派重要传人陶弘景和唐朝历经玄、肃、代、德四朝却长期隐居嵩山、华山等地被后人称为"朝披一品衣，夜抱九仙骨"的李泌。这些奇人道士融合了古代文人学道修身与经世报国的双重理想。

与左慈等来往于尘世和山中，以隐修身、入世传道的生存哲学不同，大多数乱世学道者与南阳公主一样隐居山间、不问人事：

> 后魏元道康字景怡，居林虑山，云栖幽谷，静掩衡茅，不下人间，逾二十载，服饵芝术，以娱其志。高欢为丞相，前后三辟不就。道康以时方乱，不欲应之。至高洋，又征，亦不起。②

后魏的元道康栖居山谷二十多年，以芝术为食，过着与世隔绝的生活，虽然皇帝多次征召他为丞相，但都不为所动。与元道康相似，五代的陈曙，在"王氏末年避地淮南，隐于蕲州山中……其所居，屋一间，道书数卷而已。与蛇虎杂处，而泰然无所忌。元宗遣中书舍人高越赍束帛征之，三往不应，后移居鄂州，不知所终"③。元道康和陈曙在社会动乱时完全抛弃功名之念而屡征不起，将入山修道作为躲避乱世、全身远害、保全性命的途径。虽然他们长期隐居山中修道，但并不是仙人，由此可见，这类故事的讲述者并不是为了宣传学道成仙的神仙之术，而是在表达文人的乱世选择。

将宣扬养生之道融入避乱入山生活的意识在道教盛行的唐代特别风行。由于安史之乱彻底摧垮了盛唐社会，因此借安史之乱阐发修道理念是唐代小说家的常用手法。中唐小说家戴孚曾亲历此乱，因此描写士人乱中修道的作品在《广异记》中颇为常见。如《张李二公》中，张、李二公同在泰山学道，后因李公是"皇枝""思仕宦"而下山，张公继续学道，在安史乱时，

---

① 葛洪撰，谢青云译注：《神仙传》，中华书局，2017年，第197—204页。
② 《太平广记》卷四六一《元道康》，第3776页。按：此篇《太平广记》没有注明出处。
③ 《江南余载》卷下，载《五代史书汇编》，第5120页。

李公"携其家累,自武关出而归襄阳寓居","衣服泽弊,伴若自失",而张公已修道成功,尽享珍膳美乐。戴孚通过张、李二人在乱中的不同处境,阐发了舍弃功名、学道修仙是乱世最佳出路的道理。

乱中追求仕宦显达常常得不偿失,因此乱世是士人功名心最易消失的时期,即使是号称奇人异士的政治骗子也会趁乱躲避。如《广异记》记述了距离作者年代不远的术士孙甑生在天宝末被玄宗杀死的故事,但晚唐郑处海的《明皇杂录》却给孙甑生设计了另一条出路,"及禄山之乱,不知所之"①,这实际上是唐末文人在乱中舍弃功名利禄的思想表现。晚唐张读的《宣室志·游仙都稚川》通过僧人契虚在安史乱中的遭遇,亦深刻阐明了修道和乱世的关系:

> 浮屠契虚者……居长安佛寺中。及禄山破潼关,玄宗西幸蜀门,契虚遁入太白山,采柏叶而食之,自是绝粒。尝一日,有道士乔君……谓契虚曰:"师神骨甚孤秀,后当遨游仙都中矣。"……契虚既望已在山顶,见有城邑宫阙,玑玉交映于云霞之外……捧子云:"此人名杨外郎也。外郎乃隋氏宗室,尝为外郎于南官。属隋末,帝主荒淫,天下分裂,兵戈四起,国属他人,因避地居山,今已得道。"……契虚悟其事。自是而归。因庐于太白山,绝粒吸气……②

契虚在安史乱时入山修道,并游历神仙洞府,碰到了避乱成仙者,更坚定了他的避世修炼之心。契虚的修道历程反映了人们恐惧乱世与得道成仙追求的深度融合,这既符合唐代中晚期动荡的社会现实,又迎合了当时浓郁的道教神仙信仰。

以乱世为契机宣扬避世修道理念在唐末小说中比比皆是。《剧谈录》中,唐宣宗大中末年的严士则在入山采药时偶然走到"林岫深僻,风景明丽"之地,碰到了自称"自安史犯阙居此,迄于今日"的修道高寿之人,严士则吃了他的一粒丸药便可三十年不复饥渴③;《原化记》中的萧颖士路遇"遭李明之难,遂尔逃亡,苟免患耳。因入山修道,遂得度世"④的老人;《逸

---

① 《明皇杂录》补遗,第42页。
② 《宣室志》卷一《游仙都稚川》,第12—14页。
③ 《剧谈录》卷下《严使君遇终南山隐者》,载《开元天宝遗事(外七种)》,第167页。
④ 《太平广记》卷四二《萧颖士》,第264页。

史》中的李虞误入仙洞,拜见了"逢乱避世,遇仙侣,居此已数百年"①的洞主杜子华。除此之外,《逸史》中"须鬓伟甚"的秦时阉人、自言为姚泓的绿毛人等都是乱世入山修道的典型代表。这些人物形象及其神奇经历都证明了避乱入山是修道成仙的缘起。即使在集中批判王朝暴政的《传奇·陶尹二君》中,作者裴铏的主要目的仍是宣传食松脂柏子的道家自然修道之法。

　　处在唐末五代乱世的杜光庭更把乱世作为宣传修道成仙理念的契机,如《神仙感遇传》中,文广通误入仙境一事来自《广异记》,但加入了洞中仙人的来历,他们是"避夏桀难来此,因学道得仙"②;《墉城集仙录》中,南阳公主于华山修道取材于《述异记》,但虚构了公主与丈夫所说的"国危世乱,非女子可以扶持。但当自保恬和,退身修道,稍远嚣竞,必可延生。若碌碌随时,与世进退,恐不可免于支离之苦,奔迫之患"③的道理。这些增加的内容正是身处乱世的作者要阐发的神仙之道,即修道可以躲避灾乱,修道能带来现实福利。

第四节　信佛逃生

　　魏晋以来佛教之所以在中国迅速传播,与它宣扬的救人济世功能关系很大。那些早期将佛教传入中国的西域僧人大都在乱世时期宣称佛能助人而得到了统治者的支持和世人的信奉,如康僧会说服孙权,使得佛教在江东大兴,并且警戒孙皓,让他的暴行有所收敛;五胡乱华时佛图澄迎合石勒、石虎等人想称雄夺权的野心而鼓吹佛的威力,不仅减少了统治者的残暴滥杀行为,而且使佛教在得到当权者的支持后广泛传播。正是由于康僧会和佛图澄等高僧努力宣扬佛能助人,佛教才在大江南北迅速传扬,并且在世人心中形成了"我佛慈悲"的心理定式。动乱年代的生存痛苦使人们求助于"他界的力量",僧人传佛与世人信佛在乱世的大背景下完全融合在一起。

　　在佛教救济功能的影响下,当人们遭遇乱世时,就常把生存的希望寄

①《太平广记》卷四二《李虞》,第 267 页。
②《杜光庭记传十种辑校·神仙感遇传》卷六《文广通》,第 513 页。
③《杜光庭记传十种辑校·墉城集仙录》卷九《南阳公主》,第 709 页。

托在佛的身上。尤其是那些处在乱世中的达官贵人更渴望通过学佛以避灾自保，《宣室志·惠照长寿》中元和年间的开元寺僧惠照的身世经历就颇具代表性：

> 我，刘氏子，彭城人，宋孝文帝之玄孙也……常与吴兴沈彦文为诗酒之交。后长沙王叔坚与始兴王叔陵皆广聚宾客，大为声势，各恃权宠，有不平心。吾与彦文俱在长沙之门下。及叔陵被诛，吾与彦文惧长沙之不免，则祸且相及，因偕遁去，隐于山林。因食橡栗，衣一短褐，虽寒暑不更。一日，有老僧至吾所居……谓我曰："尘俗以名利相胜，竟何有哉？唯释氏可以舍此矣。"吾敬佩其语，自是不知人事，凡十五年。又与彦文俱至建业，时陈氏已亡，宫阙尽毁；台城牢落，荆榛蔽路；景阳结绮，空基尚存；衣冠文物，阒无所睹。故老相遇，捧袂而泣曰："后主骄淫，为隋氏所灭，良可悲乎！"吾且泣不能已……吾因髡发为僧，遁迹会稽山佛寺……①

僧人惠照本是南朝刘宋的皇室宗亲，在频繁的政治更迭中感到祸乱无常，为保全性命而隐居山林，在一位僧人的开导下学佛避世。后来他目睹了陈亡后繁华尽失、荆棘丛生的宫城，悲慨世事变迁，彻底断了世俗情欲而削发为僧，不仅成功躲避了国灭人亡的灾难，而且在修炼佛法中得以长生不死。

乱世为僧，不仅是那些渴望避祸求生之人的选择，而且也是作乱者失败后的归宿。古稗野史中，众多关于作乱者沦落为僧的传闻正反映了人们对佛教避祸救人功能的期望：

> 则天朝，徐敬业扬州作乱，则天讨之，军败而遁。敬业先养一人，貌类于己，而宠遇之。及敬业败，擒得所养者，斩其元，以为敬业。而敬业实隐大孤山，与同伴数十人，结庐不通人事，乃削发为僧，其侣亦多削发。天宝初，有老僧法名住括，年九十余，与弟子至南岳衡山寺，访诸僧而居之。月余，忽集诸僧徒，忏悔杀人罪衍。僧徒异之，老僧曰："汝颇闻有徐敬业乎？则吾身也。吾兵败，入于大孤山，精勤修道。"②

---

① 《宣室志》卷九《惠照长寿》，第 115—116 页。
② 牛肃撰，李剑国辑校：《纪闻辑校》卷二《徐敬业》，中华书局，2018 年，第 26 页。

> 宋考功以事累贬黜，后放还，至江南，游灵隐寺，夜月极明，长廊行吟，且为诗曰："鹫岭郁岧峣，龙宫隐寂寥。"第二联搜奇思，终不如意。有老僧点长明灯……曰："何不云'楼观沧海日，门听浙江潮'？"之问愕然，讶其遒丽……寺僧有知者，曰："此骆宾王也。"之问诘之，曰当敬业之败，与宾王俱逃，捕之不获。将帅虑失大魁，得不测罪，时死者数万人，因求戮类二人者，函首以献。后虽知不死，不敢捕送，故敬业得为衡山僧，年九十余乃卒。宾王亦落发，遍游名山，至灵隐，以周岁卒。当时虽败，且以匡复为名，故人多护脱之。①

这两则故事反映了世人对李唐王朝的忠诚和对被武则天镇压的徐敬业等人的同情。徐敬业、骆宾王败后为僧的传说折射出入佛逃生行为在唐代的盛行。自此之后，作乱者败后为僧之说渐多，信者颇众，如文人对唐末农民军主帅黄巢为僧之说的传载：

> 陶穀《五代乱纪》载："黄巢遁免，后祝发为浮屠，有诗云：'二十年前草上飞，铁衣着尽着僧衣。天津桥上无人问，独倚危栏看落晖。'"近世王仲言亦信之，笔于《挥麈录》。殊不知此乃以元微之《智度师》诗窜易碟裂，合二为一。元集可考也。②

据新、旧《唐书》记载，黄巢是被他的外甥兼部下林言所杀。应该说林言不会因为不太清楚黄巢相貌而杀错人，因此黄巢败后逃脱的可能性极小，那么黄巢为僧的传闻极可能是谣传。但《五代乱纪》不但记述了黄巢逃跑为僧的事迹，并且录入了一首他为僧期间所写的诗作，南宋初年的王明清相信这一传说并在《挥麈录》里加以转载。虽然《宾退录》通过考索所谓黄巢诗作的文学渊源来证明此诗不是黄巢所作，但并没有否定黄巢曾经为僧的经历。这说明黄巢败后逃走为僧的说法是被人信服的。

作乱者败后为僧的传闻在宋人笔下不断演绎，如沈括的《梦溪笔谈》与陆游的《老学庵笔记》都记述了北宋初年农民军领袖李顺败后的传奇经历：

> 蜀中剧贼李顺，陷剑南两川，关右震动，朝廷以为忧。后王师破贼，枭李顺，收复两川，书功行赏，了无间言。至景祐中，有人告李顺尚

---

① 《本事诗·征异》，第21页。
② 赵与时撰，傅成点校：《宾退录》卷四，上海古籍出版社，2012年，第44页。

在广州,巡检使臣陈文琏捕得之,乃真李顺也,年已七十余。推验明白,囚赴阙,覆按皆实……文琏,泉州人,康定中老归泉州,予尚识之。文琏家有《李顺案款》,本末甚详。顺本味江王小博之妻弟,始王小博反于蜀中,不能抚其徒众,乃共推顺为主。顺初起,悉召乡里富人大姓,令具其家所有财粟,据其生齿足用之外,一切调发,大赈贫乏;录用材能,存抚良善;号令严明,所至一无所犯。时两蜀大饥,旬日之间,归之者数万人,所向州县,开门延纳,传檄所至,无复完垒。及败,人尚怀之,故顺得脱去三十余年,乃始就戮。①

蜀父老言:王小皤之乱,自言"我土锅村民也,岂能霸一方?"有李顺者,孟大王之遗孤。初,蜀亡,有晨兴过摩诃池上者,见锦箱锦衾覆一褓襁婴儿,有片纸在其中,书曰:"国中义士,为我养之。"人知其出于官中,因收养焉,顺是也,故蜀人惑而从之。未几,小皤战死,众推顺为主,下令复姓孟。及王师薄城,城且破矣,顺忽饭城中僧数千人以祈福。又度其童子亦数千人,皆就府治削发,衣僧衣。晡后分东西门两门出。出尽,顺亦不知所在,盖自髡而遁矣。明日,王师入城,捕得一髡士,状颇类顺,遂诛之,而实非也……及真庙天禧初,顺竟获于岭南……②

从《梦溪笔谈》的载录可以看出作为科学家的沈括对李顺起义事迹的态度是比较客观的,虽然从封建正统的立场出发称李顺为"贼",但也明确表露出李顺起义的正义性和老百姓对他的怀念。因此,李顺逃跑之说或实有其事,或者就是世人对他的惋惜和同情心理的表达。而《老学庵笔记》在讲述李顺事迹时则有浓郁的传奇色彩,不但赋予李顺后蜀孟姓皇族的身份,而且如同徐敬业一样,李顺在战败之前就已找到了替身,做好了逃跑准备。与陆游同时代的王明清在《挥麈录》中将古代作乱者败后为僧的传闻加以系统总结,并阐发了"桀黠之徒,多能逃命于一时"的观点:

《太宗实录》:"淳化五年五月,李顺之平,带御器械张舜卿奏事言:'臣闻顺已遁去,诸将所获非也。'……"明清后观沈存中《笔谈》云:"蜀中剧贼李顺陷剑南,两川、关右震动,朝廷以为忧,后王师破贼,枭李顺,收复两川,书功行赏,了无间言……及败,人常怀之,故顺得脱去。

---

① 沈括撰,诸雨辰译注:《梦溪笔谈》卷二五,中华书局,2017年,第573页。
② 《老学庵笔记》卷九,第112页。

三十余年,乃始就戮。"如此,则当平蜀时逃去,无可疑矣。……王仁裕
《洛城漫录》云:"张全义为西京留守,识黄巢于群僧中。"而陶谷《五代
乱纪》云:"巢既遁免,祝发为浮屠……"《僧史》言:"巢有塔在西京龙
门,号翠微禅师。"……《太平广记》载:"则天时,宋之问谪官,过杭州,
遇骆宾王于灵隐寺……"《夷坚集》言:"南岳寺僧见姚泓。"《五季泛闻
录》云:"太祖仕周,受命北伐,以杜太后而下寄于封禅寺……韩通闻
乱,亟走寺中访寻,欲加害焉,主僧守能者,以身蔽之,遂免。太祖德
之,即位后极眷宠之。年八十余,临终,语其弟子曰:'吾即泽州明马儿
也。'马儿,五代之巨寇也。"赞宁《续传载》云:"开宝末,江州圆通寺旦
过寮中,有客僧将寂灭,袒其背以示其徒,有雕青'李重进'三字,云:
'我即其人。脱身烟焰,至于今日。'"而近日陆务观《清尊录》言:"老内
侍见林灵素于蜀道。"……要是桀黠之徒,多能逃命于一时,皆此类。①

世人之所以相信并不断转述作乱者败后为僧的故事,其实质是佛教文
化传入中国后其实用功能得到充分发挥的体现。这一题材融合了人们同
情失败者的心理和佛教出世救人的思想,延续了乱中求佛的传统。明代郎
瑛系统考察了历代作乱者败后为僧的传闻后明确指出作乱者混迹佛门以
逃避罪责是真实存在的,是他们早已提前做好的准备,"意皆素养貌相似
者,急则诡充其名,一旦临危,得之者只欲立功,不辩真伪,不知真者早具文
牒,一时毁形,去之远而未可识也"②。

总之,作乱者败后为僧题材,既有现实基础,也蕴含着后人的情感和愿
望。它既是封建文人繁华过后一切皆归于虚无的思想表露,同时也体现了
人们对作乱失败者的同情以及对统治者残酷镇压的不满,《梦溪笔谈》中所
说的李顺败后"人尚怀之,故顺得脱去"即是明证。因此,从佛教救济功能
衍生出的为僧避祸主题既反映了佛法威力的强大,更折射了人们对某些英
雄人物的同情和惋惜。

第五节　构建理想社会

在古代小农社会里,受农业生产要素的制约,人们安土重迁,但当无法

①《挥麈录·后录》卷五,第91页。
②《七修类稿·续稿》卷四《辩证类·亡命为僧》,第570页。

忍受统治阶级的剥削或面临灾荒、战乱时，为了生存下去，便渴望找到一个安全稳定的场所。自《诗经·魏风·硕鼠》唱出被剥削者要离开旧有家园，去寻找"乐土""乐国""乐郊"的愿望以来，构建理想社会成为世人追寻幸福生活的主要表达方式。东晋隐逸文人陶渊明的《桃花源记》就借避秦乱者开创的安宁和谐、快乐舒适的山中世界，反映了人们对黑暗、动荡现实的不满以及对美好社会的向往：

> 晋太元中，武陵人捕鱼为业……林尽水源，便得一山。山有小口，仿佛若有光。便舍船从口入。初极狭，才通人。复行数十步，豁然开朗。土地平旷，屋舍俨然。有良田、美池、桑竹之属。阡陌交通，鸡犬相闻。其中往来种作，男女衣著悉如外人。黄发垂髫并怡然自乐。见渔人，乃大惊……村中闻有此人，咸来问讯。自云先世避秦时乱，率妻子邑人，来此绝境，不复出焉，遂与外人间隔。问今是何世，乃不知有汉，无论魏晋。此人一一为具言所闻，皆叹惋……[1]

陶渊明生活在时局动荡、政治黑暗的晋宋之间，对当时的社会状况甚为不满，为了生存，曾多次在仕与隐之间徘徊，直至彻底远离官场，过着"种豆南山下，草盛豆苗稀。晨兴理荒秽，带月荷锄归"的艰辛生活。他的诗文充溢着厌恶污浊现实与向往诗酒田园的隐逸意识，《桃花源记》就将躲避乱世的现实需求与表达文人社会理念的美好愿望融合在一起，开创了一个人人向往的"世外桃源"。

借秦人避乱构建完美世界的《桃花源记》虽然理想色彩浓郁，但并不虚无缥缈，而且具有存在的现实可能性。第一，渔人发现的桃源世界是在水穷林尽的偏僻之所，这符合人们避乱时向人迹罕至的山中逃亡的规律；第二，山洞居民来源于躲避战乱的秦朝人，由于曾受暴政折磨和乱离之苦，因此，创建了一个安居乐业、自给自足的祥和世界；第三，渔人见到的是"先世避秦难"的秦人后裔，他们是与洞外世人一样的凡人，并不是长生不死的仙人。因此，陶渊明在塑造这个桃源美境的时候并不是像后人那样借机阐发长生不老的修养之道，而主要是为了表达理想的生活状态。这种理想既有

[1]陶渊明著，逯钦立校注：《陶渊明集》卷六，中华书局，2018年，第183页。

幻想成分,也有深厚的现实基础①。

　　陶渊明构建理想社会的意愿是非常强烈的,他特别渴望能为人类找到一个安然的生存场所。除《桃花源记》外,他的志怪小说集《搜神后记》中几篇凡人开拓山穴世界的故事也是这种理念的表达。如《韶舞》中,荥阳士人何生在隐逸期间见到一个身着黄衣的巨人请他观看《韶舞》,且边舞边走,带他来到一处"初入甚急,前辄开广"的山穴,何生"遂垦作,以为世业"。《韶舞》虽没言明何生是哪个时代的人,但巨人让他观看的《韶舞》据说是舜时的乐舞,蕴含尽善尽美之意。《梅花泉》中,长沙醴陵县的两个樵夫"见崖下土穴中水流出,有新斫木片,逐水流。上有深山,有人迹……一人便以笠自鄣入穴,才容人。行数十步,便开明朗然,不异世上"②。何生于山穴外开垦良田,樵夫在水尽头入穴后见到开阔之地,他们都与桃源世界相似,都展现了一种美好的生活之境。虽然洞中仙人的传说自汉代以来颇为盛行,如《列仙传》中邗子入穴见仙府、《幽明录》中"黄原遇仙""刘晨阮肇"等等,但陶渊明构想的洞中世界生活的是凡人,而不是虚无玄远的神仙,因此,陶渊明是借与仙界相似的山中祥和之境来诠释理想的社会面貌。自此之后,这种"洞中福地"就成为文人表达社会理想的载体。

　　陶渊明创造的桃源之境为历代文人向往。不仅著名诗人如庾信、王勃、李白、杜甫、王维、孟浩然、苏轼、黄庭坚等都作诗唱和,而且诸如韩愈、刘禹锡、汪藻等人还对此境批评阐释,致使"文人竞相推毂,桃源故事遂日益深入人心"③,直到清代,《红楼梦》借荣、宁二府之地建造的大观园,亦是曹雪芹心中理想世界的显现。继陶渊明之后,不满现实的文人继续演绎着心中的理想世界,但受道教思想的影响,这类作品多带有浓郁的神仙色彩。其中能较好承继《桃花源记》之旨,借世人避乱建构理想社会的是唐代顾况的《游仙记》:

　　　　温州人李庭等,大历六年,入山斫船,迷不知路……忽到一处……

---

① 陈寅恪认为:"陶渊明桃花源记寓意之文,亦记实之文也","记实之部分乃依据义熙十三年春夏间刘裕率师入关时戴延之等所闻见之材料而作成","寓意之部分乃牵连混合刘麟之入衡山采药故事,并点缀以'不知有汉,无论魏晋'等语所作成"。见陈寅恪:《金明馆丛稿初编·桃花源记旁证》,生活·读书·新知三联书店,2015年,第188、199页。

② 陶潜撰,李剑国辑校:《搜神后记》卷一,中华书局,2020年,第413页。

③ 袁行霈撰:《陶渊明集笺注》卷六,中华书局,2018年,第479页。

有好田泉竹果药，连栋架险，三百余家。四面高山，回还深映。有象耕雁耘，人甚知礼。野鸟名鸲，飞行似鹤。入人社中，唯祭得杀，无故不得杀之，杀则地震。有一老人，为众所伏。容貌甚和，岁入数百匹布，以备寒暑。乍见外人，亦甚惊异，问所从来，袁晁贼平未，时政何若，具以实告。因曰："愿来就居得否？"云："此间地窄，不足以容。"……既而办行，斫树记道还家。及复前踪，群山万首，不可寻省。①

顾况是肃宗、代宗时人②，曾经历安史之乱，因此他的这篇世人入山奇遇虽题作《游仙记》，但是所写的并不是仙境，山中生活的也不是仙人，而是避乱的凡人，这可从故事中提及的时间来推断。主人公李庭在大历六年（771）入山，碰到的山中人是为躲避袁晁起义而来。袁晁起义发生在代宗宝应元年八月至二年四月，也就是 762 至 763 年，此时距大历六年不足十年，因此在这里生活的都是当时的凡人。山中世界只不过是避乱者组成的一个小社会而已，也可以说是像顾况一样饱经乱世折磨的人们构建的理想社会。因此在这个理想国中，主事者为人信服，到处是"象耕雁耘"，没有时政之苦。但与《桃花源记》中渔人"停数日，辞去"的主动离开不同，《游仙记》中的李庭想在山中安家而不被批准。这表明这个群山环抱的理想世界，是不允许外人破坏它的清净和谐的。这种处理方式，既是对美好世界的保护，同时也暗示了理想之境难以寻觅。

《游仙记》在继承《桃花源记》构建理想世界的理念时，又加入了治国观念，如"象耕雁耘，人甚知礼""有一老人，为众所伏"、没有苦政役民。这是作为官员的顾况不满当时政局后设想的理想社会状态，这些与恬淡自适的陶渊明在《桃花源记》中所要表达的"黄发垂髫并怡然自乐""不知有汉，无论魏晋"的隐逸之情不尽相同。《游仙记》之后，历仕宪、穆、敬、文、武五朝的高官牛僧孺在《玄怪录·古元之》中亦将社会理想通过虚构的世界加以表现：

　　　古元之，不知何许人也，尝暴疾，尸卧数日，家以为死，已而醒，却生矣。元之云：当昏醉时，忽如有人沃冷水于体中。仰见一衣冠，绛裳

---

① 顾况：《游仙记》，载《唐五代传奇集》第一编卷一二，第 399 页。
② 顾况在《戴氏广异记序》中介绍戴孚时曾说"至德初，天下肇乱，况始与同登一科"。见《广异记》，
　第 2 页。

霓帔,仪容甚伟,顾元之曰:"吾乃古弼也,是汝远祖。适欲至和神国中,无人担囊侍从,故来取汝。"即令负一大囊……已至和神国。其国无大山,山皆积碧岷,石际生青彩籍篠筱……四时不改。唯一岁一度,暗换花实叶等,更生新嫩,人不知觉……人得足食,不假耕种……人无私积囷仓,余粮栖亩,要者取之。无灌园鬻蔬,野菜皆足人食。十亩有一酒泉,味甘而香。国人日相携游览歌咏,陶陶然,暮夜而散,未尝昏醉。人人有婢仆,皆自然谨慎,知人所要,不烦役使……其国千官皆足,而仕官不自知其身之在仕,杂于下人,以无职事操断也。虽有君主,而君不自知为君,杂于千官,以无职事升贬也……古弼既到其国,顾谓元之曰:"此和神国也,虽非神仙,风俗不恶……"……自是元之疏逸,无宦情之意,游行山水,自号知和子,竟不知其终也。[1]

《古元之》虽没点明乱世背景,但篇末对和神国"一国之人,皆自相亲,有如戚属,人各相惠多与"的和平、安定、淳朴风气的描述,可见作者对动荡社会的不满。古元之所到的和神国是一个美满和谐、没有等级差别的世界。它环境优美、四时常春、财物自生、没有害虫恶兽;人们可以不耕而食、任意享用,但都仁爱自律;尤其是官员和国君既不用行使职权也无什么特权意识。这与世人心中的仙境福地相似,但作者为了避免读者产生神仙意识而特意在故事结尾通过"和神国"居民古弼之口强调这里并不是神仙之所,以此表明这个远离人世扰攘的理想之境是基于对现存社会的不满而构建的。其实这个看似尽善尽美的世界是自相矛盾的,如这里的人们长相相同,没有爱憎之情,人人都有婢仆,而且都自力更生、自给自足,那么他们就失去了为人的基本情感,婢仆也没有存在的必要,因此这是一个不符合自然界和人类社会生存发展规律的静止不动的世界。《古元之》将陶渊明创造的"洞天福地"之境发挥到了极致,展示了文人纯粹至极的社会理想,但这种理想失去了人性和社会性,没有存在的现实基础和合理依据。

平等、自在、和谐的社会是乱世文人普遍的心理渴望。继牛僧孺之后,僖宗时李绰的《尚书故实》也构建了类似的社会形态,它以卢钧表弟韦卿材在大和年间自京城至江淮赴任途中遇到一位自称"因世乱,百家相纠,窜避于此。推某为长,强谓之'上公'。尔来数百年"的世外仙人,提出"无教令

---

① 牛僧孺撰,程毅中点校:《玄怪录》卷三《古元之》,中华书局,2006年,第79页。

约束，但任之自然而已"①的治理模式。由于身处乱世的人们深知各种弊政带来的恶果，因此在李绰笔下世乱中定居某处的人家形成聚落后产生了新的管理方式，即虽有长官，却清静无为。结合李绰的生活年代，可以推断这是天下大乱之时处在权力争斗中的官员向往平静生活的情感流露。

《桃花源记》《游仙记》《古元之》等小说建构的理想世界是远离尘世的另一个人世社会，它们都不是仙境，也不允许其他尘世凡人入住，因此与现实世界没有关系。这种理想与现实关系的处理方式在唐末和宋代小说中有所改变。晚唐皇甫氏的《原化记·裴氏子》中以孝义闻名、"虽贫，好施惠"的裴氏三兄弟在安史乱时被神仙请入山中，"咸受道术，乱定复出，兄弟数人，皆至大官"②，折射了乱世文人既要保全性命，又想施展才华的完美理想。卢肇的《逸史》中，李虞与杨稜俱有栖遁之志，同游华山入一洞，遇洞主杜子华，杜自言"逢乱避世，遇仙侣，居此已四百年矣"，且欲使二人住此隐逸，二人"色难"而别。杜子华避乱得长生，邀请世人隐逸而不果的情况反映了唐代文人既向往成仙长生又留恋世俗的复杂心理。

靖康之变使宋人在敌侵国亡中饱受饥饿、贫困、死亡等的威胁，对乱世极为恐惧，因此他们试图在人仙世界中搭建沟通的桥梁。如南宋初年的王明清在《玉照新志》中记述了宋神宗熙宁年间的文人李彦高寻访至九疑山顶，遇到一位自称"唐末人，因离乱避世，隐历名山"，"避世久，不接人事，闻今国号宋，不知天子姓氏，传代几叶，年号为何"③的老人，李彦高反复数次上山与老人交往谈论，老人将修身养生要诀传授给他。这个故事在避乱之中加入了修仙成分，体现了文人渴望隐居成仙的愿望。

南宋文人对战乱的畏惧感非常强烈，因此特别渴望在大乱时找到生存之所。康誉之的《昨梦录·杨氏三兄弟》通过仙、凡之间的多次沟通将宋人在天下纷乱时寻找安定之所的愿望展现得无以复加：

> 宣、政间，杨可试、可弼、可辅兄弟……三人皆名将也。自燕山回，语先人曰："吾数载前，在西京山中，遇老人语甚款。老人颇相喜，劝予勿仕，隐可也……即田土鸡犬陶冶，居民大聚落也。至一家，其人来

①李绰撰，罗宁点校：《尚书故实》，载《大唐传载（外三种）》，中华书局，2019年，第130页。
②皇甫氏：《原化记·裴氏子》，载《唐五代传奇集》第三编卷二〇，第1664—1665页。
③《玉照新志》卷五，《投辖录　玉照新志》，第96页。

迎，笑谓老人曰：'久不来矣。'老人谓曰：'此公欲来，能兼容否？'对曰：
'此中地阔，而民居鲜少，常欲人来居而不可得，敢不容邪？'……语杨
曰：'速来居此，不幸天下乱，以一丸泥封穴口，则人何得而至？'又曰：
'此间居民虽异姓，然皆信厚和睦，同气不若也，故能同居……吾此间，
凡衣服、饮食、牛畜、丝纩、麻枲之属，皆不私藏，与众均之，故可同处。
子果来，勿携金珠锦绣珍异等物，在此俱无用，且起争端，徒手而来可
也。'指一家曰：'彼来亦未久，有绮縠珠玑之属，众共焚之。所享者惟
米薪鱼肉蔬果，此殊不缺也。惟计口授地，以耕以蚕，不可取衣食于他人
耳。'杨谢而从之，又戒曰：'子来或迟，则封穴矣。'迨暮，与老人同
出……"于是三杨自中山归洛，乃尽捐囊箱所有，易丝与绵布绢，先寄穴
中人……俟天下果扰攘，则共入穴，自是声不相闻……及绍兴和好之成，
金人归我三京，予至京师访旧居。忽有人问："此有康通判居否？"出一书
相示，则杨手札也……未几，金人渝盟，予颠顿还汀南，自此不复通问。①

　　杨氏兄弟在山中偶遇一老人，带着他们来到大穴中一个和平安宁的聚
落，洞中人对杨氏兄弟热情款待。这些境况与《桃花源记》相似，但与"桃
源"精神不同的是此地居民"常欲人来居"，并主动向杨氏兄弟预言天下将
大乱，邀请他们来此生活。康誉之构想的这个山洞世界具有浓郁的农业社
会特色，人们贵五谷而贱金玉，形成了自力更生、丰衣足食的平等社会。这
一社会模式充满了小农经济时代安定、自足的和平之象，是身处乱世的文
人对理想社会的美好幻想。其中，洞中人屡次对杨氏兄弟言及乱世，让他
们早点远离世俗社会的建议具有极强的现实意义。因为杨氏兄弟与老人
的交往始于宋徽宗政和、宣和年间，此时距金人入侵的靖康之变只有七八
年的时间，因此作者的"桃源"理想是在真实的社会体验基础上萌生的，展
现了经受天下大乱之苦的人们对安定、幸福生活的渴慕。

　　从构思上看，作者康誉之的先人与杨氏兄弟有交往，杨氏兄弟向康的
先人谈起他们在西京洛阳山中遇到一老人，并与之交往进入洞穴福地的经
过，而且在天下大乱时他们住进了那个"信厚和睦"的理想处所，大乱发生
后，杨氏又寄书康誉之邀他入山，康因要奉养老母而回绝。这种叙述方式
既有口耳相传又有亲历其间的纪实性特点，意在向世人证明故事的真实

<hr>

① 康誉之：《昨梦录·杨氏三兄弟》，载《宋代传奇集》，第 548—549 页。

性。由此可见,这个看似传信的虚构故事传达了饱经乱世苦难的人们对"桃花源"式生活的强烈渴望。

明初瞿佑的《剪灯新话》是明代文言小说的佼佼者,其中"桃源"洞窟式的作品个性鲜明,它保留了以往洞窟世界淳朴宁静的意境,但洞中人的精神风貌却冷漠孤寂。《剪灯新话》中的洞中人在述说往事时总带有浓重的伤感情绪。如《天台访隐录》中到天台山采药的徐逸沿着涧水,越过巨石,来到"民四五十家,衣冠古朴,气质淳厚,石田茅屋,竹户荆扉,犬吠鸡鸣,桑麻掩映,俨然一村落"的地方。但此地居民看到徐逸后,"相顾不语,漠然无延接之意",只有一个自称是陶上舍的老人因为"山泽深险,豺狼之所嗥,魑魅之所游,日又晚矣,若固相拒,是见溺而不援"而邀请徐生至其家,却以"避世之士,逃难之人,若述往事,徒增伤感耳"为由不愿谈起他们来洞的渊源。在徐逸"固请其故"后才具述曰:"仆生于理宗嘉熙丁酉之岁,既长,寓名太学,居率履斋,以讲《周易》为众所推。度宗朝,两冠堂试,一登省荐,方欲立身扬名,以显于世,不幸度皇晏驾,太后临朝,北兵渡江,时事大变。嗣君改元德祐之岁,则挈家逃难于此。其余诸人,亦皆同时避难者也。年深岁久,因遂安焉。种田得粟,采山得薪,凿井而饮,架屋而息。寒往暑来,日居月诸,但见花开为春,叶脱为秋,不知今日是何朝代,是何甲子也。"当徐逸告诉他"宋德祐丙子岁,元兵入临安,三宫迁北……宋祚遂亡,实元朝戊寅之岁也……今则大明肇统,洪武万年之七年也。盖自德祐丙子至今,上下已及百岁矣"的时代变迁后,老人唱了一支自制的《金缕词》:"梦觉黄粱熟。怪人间、曲吹别调,棋翻新局。一片残山并剩水,几度英雄争鹿!算到了谁荣谁辱?白发书生差耐久,向林间啸傲山间宿。耕绿野,饭黄犊。　　市朝迁变成陵谷。问东风、旧家燕子,飞归谁屋?前度刘郎今尚在,不带看花之福,但燕麦兔葵盈目。羊胛光阴容易过。叹浮生待足何时足?樽有酒,且相属。"次日,送徐逸出路口前又作诗表达对南宋灭亡的历史感叹,其中以"携家避世逃空谷,西望端门捧头哭。毁车杀马断来踪,凿井耕田聊自足。南邻北舍自成婚,遗风仿佛朱陈村。不向城中供赋役,只从屋底长儿孙","舍下鸡肥何用买,床头酒熟不须沽。君到人间烦致语,今遇升平乐安处"[①],传达出洞中人安心在山中生活,不愿再涉人间纷争的避世心理。

---

①《剪灯新话》卷二《天台访隐录》,第37—40页。

天台洞中人的避世意识非常强烈，他们不愿与外界接触，更不希望外人打扰他们的平静生活。因此，虽然徐逸离开时"沿途每五十步插一竹枝以记之"，但当他"率家僮辈赍往访之"，"则重冈叠巘，不复可寻，丰草乔林，绝无踪迹。往来于樵蹊牧径之间，但闻谷鸟悲鸣，岭猿哀啸而已"。徐逸再次寻找而不得的遭遇虽与《桃花源记》中渔人"处处志之"，太守刘歆"即遣人随之往，寻向所志，不复得焉"的情况相似，但徐逸在寻找途中听到极具悲凉色彩的"谷鸟悲鸣，岭猿哀啸"是《天台访隐录》独有的，充分传达了作者内心的悲凄怅惘之情。

《天台访隐录》的伤感之情之所以如此浓烈，应与作者的人生阅历和创作心态有关。瞿佑（1347—1433）是元末明初文人，亲历改朝易代之乱，入明后又仕途坎坷，因此整部《剪灯新话》中悲凉之情随处可见，尤其是与乱世有关的故事悲怨情绪极浓。如《翠翠传》中刘翠翠与金定这一对美满夫妻在乱世之中遭遇悲苦；《华亭逢故人记》中自称侠士、自负其能的松江士人全、贾二生在元末明初大乱中投靠张士诚，不久，张氏失败，"师溃，皆赴水死"，他们的鬼魂发出"几年兵火接天涯，白骨丛中度岁华""漠漠荒郊鸟乱飞，人民城郭叹都非。沙沉枯骨何须葬，血污游魂不得归"①的悲声，传达了乱世文人人生无望的落寞之情；《滕穆醉游聚景园记》中元代文人滕穆游览杭州聚景园时碰到宋理宗朝的宫人鬼魂，唱出"繁华总随流水，叹一场春梦杳难圆"的哀怨之词。由于乱世伤感之情始终萦绕在瞿佑心中，因此，在《剪灯新话》中，不论是回忆往事还是表现理想都潜藏着一股挥之不去的哀伤，就如同徐逸所遇的洞中老人虽然过着安然的洞窟生活但仍忘不掉"携家避世逃空谷，西望端门捧头哭"的辛酸往事。

公开宣称模仿洪迈和瞿佑而创作小说的赵弼②，在他的《效颦集·青城隐者记》中也虚构了乱世时期逃难入山者建构洞中理想世界的故事。《青城隐者记》与《天台访隐录》的内容与形式基本相似，都是凡人在山中遇到自称是数百年前到山中避乱的隐者，进而与隐者谈论往日社会政治的变迁，并表达物是人非、愿老山间的感叹，而且都以凡人回去后再寻旧路，却荆榛丛生，无处寻找结束全篇。

---

① 《剪灯新话》卷一《华亭逢故人记》，第 20—21 页。
② 《效颦集后序》曰："余尝效洪景庐、瞿宗吉，编述传记二十六篇。皆闻先辈硕老所谈，与己目之所击者。"见《效颦集》，第 118 页。

　　虽然《青城隐者记》与《天台访隐录》有许多相似之处，但《青城隐者记》更突出士人的隐逸情怀。与《天台访隐录》中采药人徐逸偶然走入洞中世界不同，《青城隐者记》中的李有是一个"涉猎书史，工于诗词，而乐山水之趣"，具有隐者气息的士人。他在游览青城山"叹玩不足""饱烟霞而饫风月"欣赏山野风光时见到衣冠甚伟的老人，在老人带领下来到"云寒翠巘，烟锁琪林，岩桧铺青，泉声漱玉，真若神仙之境""川平地广，茆屋参差，鸡犬声喧，桑麻掩映，居有百余家"的山中社会。在二人交谈中得知号称青城隐者的老人是后蜀孟昶时的太常典礼，在宋军入蜀时，"携妻子避兵于此，其诸比邻亦皆同时来者"，他们"披榛诛茆，创立居第，耕田而食，凿井而饮"，过着与世隔绝的田园生活，并逐渐达到了无功名意识、自给自足、长生不死的安乐境界。青城隐者借自制《醉蓬莱》唱出了这里宁静无扰的生活状态："退隐林泉，竹篱茅舍，木枕藤床。自甘卑陋，面麦雕胡，薿薿连云茂。女织男耕，桑麻满圃，不用青蚨售。酒酿松花，羹烹葵菽，自歌还自寿。"①

　　《青城隐者记》描绘的男耕女织的理想社会充满了隐逸之趣，这与号称青城隐者的老人对社会政治的认识有关。在他看来，后蜀灭国是由国君的奢侈昏聩造成的："向使后主不极奢靡，不荒游宴，尊贤用能，时使薄敛，纵然宋之兵甲精强，未必王全斌以五万众六十六日而能取全蜀之地也。盖由当时兵民已困，财力已殚，人多含怨，欲其速亡耳。"当国家灭亡时，面对大量无辜之人的丧生，他这个在朝廷任职的太常典礼顿时醒悟，决心要远离充满名利的是非之地，"一朝舆榇诣军门，降卒三千尽流血。塞余幸得归林泉，女有桑麻男有田。自甘淡泊老丘壑，岂希名像图凌烟"。正是由于国君昏庸、国家灭亡给天下苍生带来了无尽痛苦和磨难，才使那些有思想的文人对尘世功名产生了厌倦情绪，转而希望从山野生活中找到精神支撑。其实号称青城隐者的老人就是作者的代言人。

　　青城隐者的隐逸之情代表了明代文人彻底反思社会与人生后的生活态度，这在明代小说中很常见，如《剪灯新话》中《三山福地志》《滕穆醉游聚景园记》等篇的主人公或"弃家修道，遍游名山，不知所终"或"入雁荡山采药，遂不复还"等都是如此。这是因为一方面明代文人对治乱更迭的社会运行模式所造成的乱世灾难倍感无奈，如《剪灯新话·天台访隐录》中老人

———————————

①《效颦集》卷下《青城隐者记》，第77—83页。

唱的"梦觉黄粱熟。怪人间、曲吹别调,棋翻新局。一片残山并剩水,几度英雄争鹿"与青城隐者所唱的"万死功成就。地老天荒,英雄安在?惟有青山依旧"的如出一辙的情感内涵都是这种心理的外化;另一方面处在安定中的文人在当时的政治环境中依然找不到出路,所以只能以深山洞中类似"上古无怀民"的生活模式表达社会理想。但这种理想境界其实是不存在的,所以他们要么内心凄凉无助,如《剪灯新话·天台访隐录》中表露的感伤情绪;要么抛弃人间欲望,如《青城隐者记》中李有归家后再寻旧路见"苍崖翠壁,白石青松,老树生风,寒猿长啸而已","生惆怅久之,无聊而归,因追思世事,乃有泉石烟霞之志,遂弃家入青城山修道,不知所终"。

类似《青城隐者记》中的隐逸之情在《效颦集》中极为常见。从内容安排来看,《效颦集》分为上、中、下三卷,上卷主写忠义德行,中卷、下卷以奇人异行为主。在作者看来忠义之人虽然尽力报国甚至以身殉国,但难以挽回国家覆灭的命运。因此,《效颦集》一方面借历史人物回顾往事,记述忠臣的英雄事迹,指责各个时代奸臣的误国之举,另一方面塑造一些看破红尘的异人道士,如《玉峰赵先生传》中被乡人举为神童的赵先生不乐仕进,"徜徉于云林烟水间";《愚庄先生传》中"生而颖异"且进士及第并仕途顺利的潘文奎"力辞致政""暇则徜徉山水间,哦诗缀文以自适""择晴川幽僻之处,置别墅以居之"等等。特别是下卷结篇的《梦游番阳彭蠡传》以"余"在梦中与真人的诗歌对话表明正是由于作者看透了"竞虚名,夺浮利,日夜劳心哭焦思,一朝撒手俱成空""稽汉书,考唐史,多少英雄只如此,青山依旧昔人非"的人生规律,因此"求至道,学神仙,清心寡欲断尘缘"[①],借道教养生修炼来表达避世情怀。

总之,从洞窟题材的发展演变来看,魏晋之人虽曾到山中,但不能长留;唐宋时人到洞中避世只是一时之需,因此,作品蕴含着借洞中世界改造现实的理想色彩;而明代小说主要展现山中人的思想状态,他们对乱世充满恐惧,对人世悲观绝望,完全不愿再回人间。因此,唐宋文人虚构山中世界是为了弥补现实生活的痛苦和遗憾,充满了世俗欲望;而明代文人的理想社会是封闭的,是他们对现实极为不满却又无可奈何的不合作心态的流露。

除了借洞中世界构建理想社会外,也有一些小说直接表述乱中世人的

---

① 《效颦集》卷下《梦游番阳彭蠡传》,第 115 页。

社会理想。如晚唐小说"隋炀三记"不仅在对炀帝奢侈生活的描述中完成了帝王政治批判，而且还在《迷楼记》中通过幸臣王义所说的人生三乐论来表达乱世之人对安定生活的向往：

> 臣闻古者有野叟，独歌舞于磐石之上。人询之曰："子何独乐之多也？"叟曰："吾有三乐，子知之乎？"曰："何也？"叟曰："人生难遇太平世，吾今不见兵革，此一乐也；人生难得支体全完，吾今不残废，此二乐也；人生难得老寿，吾今年八十矣，此三乐也。"其人叹赏而去。[①]

王义是在隋朝将亡、天下将乱的时候向隋炀帝提出了人生三乐论，这三乐其实就是没有战争、能得长寿的太平社会。纵观古代中国，"三乐"理念一直是普通老百姓努力谋求的生存理想，而且一定程度上在某些历史阶段也出现过，如文景之治、光武中兴、贞观之治、开元盛世等治世。向往治世是乱世亲历者的共同愿望，北宋初钱易的《越娘记》借死于战乱的女鬼之口喊出"宁作治世犬，莫作乱离人"的卑微心声，浓缩了千百年来老百姓希望和平安定的社会理想。《越娘记》以人鬼之恋的形式架起了乱世与治世沟通的纽带，通过饱受五代乱世之苦的越娘和宋代书生杨舜俞对各自所处时代特点的介绍，完成了士人对理想社会的构想：

> 妾非今世人，乃后唐少主时人也。妾之夫奉命入越取弓矢，将妾回。良人为偏将，死于兵。时天下丧乱，妾为武人夺而有之。武人又兵死，妾乃髡发，以泥涂面，自坏其形，欲窜回故乡……当时自郎官以下，廪米皆自负，虽公卿亦有菜色。闻宫中悉衣补完之服，所赐士卒之袍袴，皆宫人为之。民间之有妻者，十之二三耳。兵火饥馑，不能自救，故不暇畜妻子也。谷米未熟则刈，且虑为兵掠焉。金革之声，日暮盈耳。当是时，父不保子，夫不保妻，兄不保弟，朝不保暮。市里索莫，郊坰寂然，目断平野，千里无烟。加之疾疫相仍，水旱继至，易子而屠有之矣，兄弟夫妇又可知也！当时人诗云："火内烧成罗绮灰，九衢踏尽公卿骨。"古语云："宁作治世犬，莫作乱离人。"复流涕曰："今不知是何代也？"舜俞曰："今乃大宋也。数圣相承，治平日久，封疆万里，天下一家。四民各有业，百官各有职，声教所同，莫知纪极。南逾交趾，北

---

① 《隋炀帝迷楼记》，载《唐五代传奇集》第四编卷六，第 2686 页。

过黑水,西越洮川,东止海外,烟火万里,太平百余年。外户不闭,道不拾遗,游商坐贾,草行露宿,悉无所虑。百姓但饥而食,渴而饮,倦而寝,饮酒食肉,歌咏圣时耳。"①

　　杨舜俞所说的"道不拾遗,游商坐贾,草行露宿,悉无所虑。百姓但饥而食,渴而饮,倦而寝"的宋人生活,虽有美化北宋王朝的因素,但也是人们心中理想生活图景的展现,它体现了世人对和平、安定、富足的生活状态的渴求。

　　与其他时代相比,宋人比较务实,不论在思想上还是生活上,他们都不再追逐不切实际的虚妄,而是渴望得到真正的实惠。生活在和平年代的钱易是这样,经历过南北宋之际天下大乱的人们更是如此,如康誉之笔下的杨氏三兄弟在国乱时进入山中"桃源"世界躲避就是这种思想的强烈体现。两宋之际的文人尤其渴望天下安定,与康誉之相似,出身官宦世家的张邦基在《墨庄漫录》中或转述他人记载或记述亲耳听闻来表达太平理想。在《明州陈生海上奇遇》中,宋哲宗年间明州士人陈生渡海时偶至奇异之境"天宫之院",这里的人们衣食无忧,自言:"我辈皆中原人,自唐末巢寇之乱,避地至此,不知今几甲子也。中原天子今谁氏,尚都长安否?"陈生也向此地之人说明自己所处时代的特征:"自李唐之后,更五代,凡五十余年,天下大定。今皇帝赵氏,国号宋,都于汴,海内承平,兵革不用,如唐虞之世。"②避乱者创造出的衣食无忧的新世界与陈生所处时代的"海内承平,兵革不用"之状,都是人们向往安定自足的理想社会的体现。而《关子东三梦》则通过在"宣和二年,睦寇方腊起帮源,浙西震恐,士大夫相与奔窜"时"避地携家于无锡之梁溪"③的关子东屡次梦到仙人演奏《太平乐》的情景折射了乱世之人对安定生活的渴望。总之,不论是对北宋升平状况的描述还是对避乱之人心理愿望的描写,宋人创作的一系列涉及乱世理想的小说都展现了人们对和平、富足生活的追求。

　　纵观历代小说中的"桃源"题材,理想社会基本都是远离尘世的山中世界,小说家借避乱入山者的生活方式勾画了理想的社会模样,既反映了世人对和平安定生活的向往,又浸透着不同时代的文人对理想世界的理解和建构。

---

①《越娘记》,载《宋代传奇集》,第111—112页。
②张邦基撰,孔凡礼点校:《墨庄漫录》卷三《明州陈生海上奇遇》,中华书局,2002年,第84页。
③《墨庄漫录》卷四《关子东三梦》,第122页。

第六章　探察乱迹:谶应妖异

当整个社会遭遇战乱侵袭时,人们虽然渴望得到外力救助或期望找到理想的生存处所,但实际上在困境中能成功得救或逃离危险的概率是很低的,因此人们更希望通过某种方法提前预知灾难到来的时间和地点,从而能够躲避或减少乱离之苦。

趋吉避凶是人类与生俱来的本能,其先决条件在于能预知吉凶。星占巫祝、求神问卜的目的就是祈求吉祥,躲避灾难。殷商时期占卜之风大兴,无论是决定国家事务还是选择日常生活方式,都要通过占卜。人们在占卜时,常以某种奇异现象作为卜辞含义的显示,这样就产生了征兆观念。自周代以来神龙和凤凰崇拜的日益盛行就与龙凤所起到的良好预示作用有关,"天子布德,将致太平,则麟凤龟龙先为之祥"[①]的寓意满足了世人追求美好生活的心理需求。尤其是凤凰之所以能在自周至清的近三千年时间里被国人尊奉,就是因为它"见则天下安宁"[②]"箫韶九成,凤皇来仪"[③],是和平的象征、吉祥的预示。与安宁相反的是动乱,战乱是人类最恐惧的社会状态,《山海经》中时常出现的某种动物"见则国内有兵"的记述就是人们对战乱担忧的表露。《山海经》中各种动物"见则天下安宁"或"见则其国有大兵"等的预兆功能充分印证了早期人类对征兆现象的重视。

由于征兆的预示作用强大,因此人们认为它的出现不是偶然,而是上天意志的表达。上天会选择不同的象征物来显示它的意图,如宝物和祥瑞是天下安定或执掌天下的征兆,《搜神记·玉历》曰:"虞舜耕于历山,得玉历于河际之岩。舜知天命在己,体道不倦。"[④]把舜在耕作时得到玉历作为天命归舜的前兆和凭证。而怪异与天灾则是国家将乱的预示,如《异苑》载"隆安初,吴郡治下狗常夜吠,聚皋桥上人家,狗有限而吠声甚众。或有夜

---

①白冶钢译注:《孔丛子译注·记问》,上海三联书店,2014年,第81页。
②袁珂校注:《山海经校注》卷一《南山经》,上海古籍出版社,1980年,第16页。
③李学勤主编:《十三经注疏·尚书正义》卷五《益稷》,北京大学出版社,1999年,第127页。
④《搜神记》卷四,第57页。

觇视之,见一狗有两三头者,皆前向乱吠,无几有孙恩之乱"①,《太平御览》介绍华山时曰:"《舆地志》云:山上有石鼓,晋隆安中鸣,乃有孙恩之乱。"②这两则事例分别将动物和地理的怪异之象作为孙恩起义的预示,阐发了乱前有兆的观念。南朝梁人萧绮就强烈地感叹说:"信盛衰之有兆乎!"③

第一节　乱世谶兆思想源流

在古代,人们常将与家、国命运相关的预言和征兆称作谶兆。谶是"诡为隐语,预决吉凶"④,能"立言于前,有征于后"⑤。虽然谶语包含的范围很广,但人们更看重与国家或民族命运相关的征兆,唐代李贤曰:"谶,符命之书。谶,验也,言为王者受命之征验也。"⑥早在西周时期就流传着与国运相关的谶语,《国语·郑语》所载周宣王时"檿弧箕服,实亡周国"⑦的谣谚,就是从周幽王宠后褒姒的出身来揭示西周灭亡的预言⑧。《左传》也载录了大量的谣谶,如预言晋假途灭虢成功的童谣"丙之晨,龙尾伏辰,均服振振,取虢之旗。鹑之贲贲,天策焞焞,火中成军,虢公其奔"⑨等等。秦朝时,一度流行的"亡秦者胡也"的谶语加大了秦始皇对周边少数民族的征伐力度。虽然这些记载在当时是零星散碎的,但也显示出人们对与国运兴亡之类有关的谶语的重视。

预示天下衰亡的征兆现象有很多,山川之变、物人异象是最常见的。《国语·周语》载录的西周末年伯阳父对幽王二年(前780)国都镐京地震现象的解释就充分体现了执政者对反常地理现象的警觉:

---

① 《异苑》卷四,第 31 页。
② 《太平御览》卷四六《地部》,第 224 页。
③ 《拾遗记》卷五《前汉(上)》,第 125 页。
④ 永瑢等撰:《四库全书总目》卷六《经部·易类六·易纬坤灵图》,中华书局,2003 年,第 47 页。
⑤ 《后汉书》卷五九《张衡传》,第 1912 页。
⑥ 《后汉书》卷一《光武帝纪》,第 3 页。
⑦ 《国语》卷一六《郑语》,第 519 页。
⑧ 《史记·周本纪》:"宣王之时童女谣曰:'檿弧箕服,实亡周国。'于是宣王闻之,有夫妇卖是器者,宣王使执而戮之。逃于道,而见向者后宫童妾所弃妖子出于路者,闻其夜啼,哀而收之,夫妇遂亡,奔于褒。褒人有罪,请入童妾所弃女子于王以赎罪。弃女子出于褒,是为褒姒。"见《史记》卷四,第 147 页。
⑨ 《左传译注》卷五,第 203 页。

幽王二年，西周三川皆震。伯阳父曰："周将亡矣！夫天地之气，不失其序；若过其序，民乱之也。阳伏而不能出，阴迫而不能烝，于是有地震。今三川实震，是阳失其所而镇阴也。阳失而阴在，川源必塞；源塞，国必亡。夫水土演而民用也。水土无所演，民乏财用，不亡何待？昔伊、洛竭而夏亡，河竭而商亡。今周德若二代之季矣，其川源又塞，塞必竭。夫国必依山川，山崩川竭，亡之征也。川竭，山必崩。若国亡不过十年，数之纪也。夫天之所弃，不过其纪。"是岁也，三川竭，岐山崩。十一年，幽王乃灭，周乃东迁。①

伯阳父利用自然界阴阳运行的特征来解释地震作为亡国前兆的原因。这种征兆观在春秋时已进行了规律性的总结，如《左传·宣公十五年》载"天反时为灾，地反物为妖，民反德为乱，乱则妖灾生"②，指明了国乱与天灾地妖的对应关系。当天地自然不按正常规律运转而出现异常现象时，就表明要有"灾""妖"出现，而天灾、地妖是天下大乱的预兆。《吕氏春秋·季夏纪·明理》记载了一大批兔生雉、马牛言、雄鸡生五足等奇怪现象，并断言"此皆乱国之所生也"。

《国语·周语》中，伯阳父用阴阳运行说来解释异常现象中蕴含的社会问题，在自然变化和社会治乱之间建立起必然联系。之后，战国后期齐人邹衍将阴阳说和五行说结合起来，利用五行相生相克和周而复始的理念建构起历代君王兴衰更替系统，推断古往今来的社会发展变化。自此之后，相生相克的历史循环观与异常现象谶应论一直颇为流行，成为解释朝代更迭、治乱相间的主要理论依据。先秦的征兆意识在汉代董仲舒"天人感应"论的推动下日趋丰富繁杂。汉武帝时董仲舒为提倡"君权神授"和在一定程度上限制君主特权，提出"天人感应"说，指出自然界的各种现象都代表着某种意义，如彗星出现、地震、大雨、大风、冰雹等都是国家动乱、社会不安的征兆。在他的"帝王之将兴也，其美祥亦先见；其将亡也，妖孽亦先见"③等学说的助推下，史学家也日益重视征兆现象，如《史记·天官书》提出"岁星所在，五谷逢昌。其对为冲，岁乃有殃"④，就以星宿的运行状态思

①《国语》卷一《周语（上）》，第26页。
②《左传译注》卷一一，第494页。
③董仲舒撰，张世亮等译注：《春秋繁露·同类相动》，中华书局，2012年，第480页。
④《史记》卷二七《天官书》，第1342页。

考天下吉凶命运。

在"天人感应"的基础上,董仲舒又提出"推灾异",目的是用自然界的异常现象来警告统治者,希望君主有所戒惧,改正错误,使社会回归正途。经过先秦阴阳五行、天灾地妖等观念的酝酿生发和董仲舒"天人感应"等理论的推波助澜,以谶应思想为主的谶纬之学在西汉末年勃兴。谶纬是两汉征兆观念的主要表现方式,它的远因应出于古代的巫蓍占梦,直接源头则是秦时方士卢敖的图谶录书《录图书》①。东汉是谶纬学说大盛时期,南朝梁代的萧绮在《拾遗记·录》中说"童谣信于春秋,谶辞烦于汉末"②。谶纬之学在西汉哀、平之时大行于世,东汉愈演愈烈,之后虽有衰弱之势,但威力仍在。谶纬之学之所以长期盛行,与别有用心之人的利用、推演有关,《隋书·经籍志》曰:"汉末,郎中郗萌,集图纬谶杂占为五十篇,谓之《春秋灾异》。宋均、郑玄,并为谶律之注。然其文辞浅俗,颠倒舛谬,不类圣人之旨。相传疑世人造为之后,或者又加点窜,非其实录。起王莽好符命,光武以图谶兴,遂盛行十世。"③

灾异谶应思想在东汉及其以后长期流行,《汉书·五行志》将火灾、水患、草妖、虫孽、畜祸、人痾及各种眚祥现象解析得极为详尽,并将它们和社会动乱等一些灾难之事相对应。自《汉书》之后,历代史书基本上都有《五行志》,所记述的大都是自然界和人类社会的各种灾变异象。在史学家看来,地震、大雨、男女变体、服饰变化、人死复生、动物异变等都是国家发生灾难或动乱的预兆。在谶应意识盛行的时代,君主大都非常看重自然灾害的征兆作用,即使是少数民族统治者也不例外,如延昌三年(514)春,北魏宣武帝元恪就因山鸣地震而省身恤民,下诏说:"自去年四月以来,山鸣地震,于今不已,告谴彰显,朕甚惧焉,祇畏兢兢,若临渊谷,可恤瘝宽刑,以答灾谪。"④

从科学的角度看,天灾地妖等反常现象与国乱家危之间并没有必然联系,但由于乱世惨况让人震惊、恐惧,因此世人对灾变异事特别敏感,常将其作为天下将乱的征兆予以解释、传扬,希望引起统治者的重视,以便能改

---

① "儒者多称谶纬,其实谶自谶,纬自纬,非一类也。谶者诡为隐语,预决吉凶。《史记·秦本纪》称卢生奏《录图书》之语,是其始也。纬者,经之支流,衍及旁义。"见《四库全书总目》卷六《经部·易类六·易纬坤灵图》,第47页。

② 《拾遗记》卷七《魏》,第161页。

③ 魏徵、令狐德棻撰:《隋书》卷三二《经籍志》,中华书局,1973年,第941页。

④ 《魏书》卷八《世宗纪》,第214页。

革弊政，延长国运。小说家们对带有奇异色彩的谶兆故事兴趣极浓，广为搜罗，致使谶应征兆类小说在各朝各代比比皆是，如北宋以前的小说总集《太平广记》就载录了大量的征兆异事，并分为征应和谶应两大类，共十二卷，其实这些只是宋代以前谶兆故事的代表，但从中足可看出世人对谶兆现象的关注。

第二节　《山海经》与乱世征兆意识的萌生

在人类社会早期，人们对自然规律和社会本质的认识有限，当面对一些从没遇到过的困难或奇异现象时，既无法解释，又无可奈何，就会产生强烈的恐惧意识。这一心理特征在反映远古及上古时期世人生活状态和思想理念的先秦小说中特别突出，如"语怪之祖"《山海经》和"纪异之祖"《汲冢琐语》里就包藏着浓郁的敬畏自然、害怕反常的观念。

《山海经》的成书时间历来没有定论，它最早被人提及是在《史记·大宛列传》中："太史公曰……至《禹本纪》《山海经》所有怪物，余不敢言之也。"[①]由《山海经》的内容分类和记述特点可以看出它不是一人一时之作，而是长期流传累积而成。有可能是早期人类口耳相传本民族游猎时代的见闻经历，之后在代代传承过程中被赋予了更多的神奇和怪异色彩，到战国中后期，一些巫祝之徒将历代积累的资料纂集成书。

《山海经》非常重视物产性能对人类生存的影响，因此对动植物的功能多从能否有益于人类生命健康和增强生存技能等方面介绍，反映了早期人类了解自然、利用自然的强烈愿望。如山经之首《南山经》开篇即是"南山经之首曰䧿山……多桂，多金玉。有草焉，其状如韭而青华，其名曰祝余，食之不饥。有木焉，其状如谷而黑理，其华四照，其名曰迷谷，佩之不迷。有兽焉，其状如禺而白耳，伏行人走，其名曰狌狌，食之善走。丽麂之水出焉，而西流注于海，其中多育沛，佩之无瘕疾"[②]，其中祝余草能"食之不饥"，迷谷木能"佩之不迷"，狌狌兽有"食之善走"，育沛可以"佩之无瘕疾"等等。虽然《山海经》注重动植物对人的影响，但对动物和植物的描述也各有侧重，

---

①《史记》卷一二三《大宛列传》，第3179页。
②《山海经校注》卷一《南山经》，第1页。本节所引《山海经》均出自该书，不再一一注出。

对于植物,多指出其生长习性及对人的功效,对于动物,除了说明它的形体特征及行为习惯外,还重点阐释这种动物出现的社会影响,如给人类社会带来和谐安宁、洪涝灾害、疾疫战争等,这其实就是对动物预兆作用的定性,显示出人类将美好愿望或忧患意识寄附在其他生灵身上的思维方式。

早期人类不仅面临物资匮乏、缺衣少食的困扰,而且还要经受猛兽吞噬、部族争斗的威胁。面对危险不断、多灾动荡的局面,人们渴望有抵御的武器或者可以使用的工具。《山海经》记载的功能各异、数目众多的动植物中就有一些能够战胜灾祸和敌人的神奇物种,如《西山经》中阴山"有兽焉,其状如狸而白首,名曰天狗,其音如榴榴,可以御凶",翼望之山"有兽焉,其状如狸,一目而三尾,名曰谨……是可以御凶",有鸟焉"名曰鹎鵨,服之使人不厌,又可以御凶";《北山经》中谯明之山有兽,"名曰孟槐,可以御凶",虢山"其鸟多寓,状如鼠而鸟翼,其音如羊,可以御兵";《中山经》中騩山"多飞鱼,其状如豚而赤文,服之不畏雷,可以御兵",大𦐘之山有草,"其名曰牛伤,其根苍文,服者不厥,可以御兵",少室之山"多𩽾鱼……可以御兵",讲山"有木焉,名曰帝屋……可以御凶"。这些奇形怪状的鸟兽虫鱼和草木的主要功能是御凶、御兵,折射出人类渴望战胜凶灾兵祸的愿望。

只要人类能用某种工具或物种抵御灾害,人们就能创造出安定祥和的生活场所,而某种动物的出现也就成了天下安定的标志,如《南山经》中丹穴之山"有鸟焉,其状如鸡,五采而文,名曰凤皇,首文曰德,翼文曰义,背文曰礼,膺文曰仁,腹文曰信。是鸟也,饮食自然,自歌自舞,见则天下安宁",《西山经》中女床之山"有鸟焉,其状如翟而五采文,名曰鸾鸟,见则天下安宁"等。人们对这些象征天下安宁的祥瑞之物的记载,其实是源于畏惧战乱而寻找的解决办法。

《山海经》中具有预示战乱、动荡功能的动物许多是人兽的结合体。如《南山经》中尧光之山"有兽焉,其状如人而彘鬣,穴居而冬蛰,其名曰猾裹,其音如斫木,见则县有大繇"。猾裹的本质是兽,但它形态像人,又长着彘的鬣毛,有点类似于人类早期还没有完全进化成人的状态。这种兽的出现是人类社会某种不好现象的预示,即"县有大繇"。关于"繇"的含义,郭璞认为"谓作役也,或曰其县是乱",袁珂也认为"繇、乱形近易讹"[1],也就是

---

[1]《山海经校注》卷一《南山经》,第10页。

说繇就是乱。因此，"猾襃"就是战乱的征兆。与猾襃特点相似的动物在《山海经》中俯拾皆是，尤其在《西山经》中特别突出，它们的表述方式也基本相同，如鹿台之山"有鸟焉，其状如雄鸡而人面，名曰凫徯，其名自叫也，见则有兵"，小次之山"有兽焉，其状如猿，而白首赤足，名曰朱厌，见则大兵"，钟山中"钦䲹化为大鹗……见则有大兵"，槐江之山"有天神焉……见则其邑有兵"，英鞮之山"多冉遗之鱼……可以御凶"，中曲之山"有兽焉，其状如马而白身黑尾，一角，虎牙爪，音如鼓音，其名曰駮，是食虎豹，可以御兵"，鸟鼠同穴之山"多鰠鱼……动则其邑有大兵"等等。这些动物现身后会有兵、凶之灾，或可以为人类抵御兵、凶，其实这都是人们恐惧战乱和灾祸的心理折射，因此既希望从某些动物身上找到兵、凶的征兆，又希望有防御这些灾难的能力。

除《西山经》外，其他各经也有许多具有相似特征的物种，如《中山经》中，蛇山"有兽焉，其状如狐，而白尾长耳，名她狼，见则国内有兵"，熊山"有穴焉，熊之穴，恒出入神人。夏启而冬闭；是穴也，冬启乃必有兵"，倚帝之山"有兽焉，状如默鼠，白耳白喙，名曰狙如，见则其国有大兵"，历石之山"有兽焉，其状如狸，而白首虎爪，名曰梁渠，见则其国有大兵"；《大荒西经》中，玄丹之山"有五色之鸟，人面有发。爰有青鸑、黄鹜、青鸟、黄鸟，其所集者其国亡"，金门之山"有赤犬，名曰天犬，其所下者有兵"等。

总之，《山海经》载录的各种能量强大、寓意丰富的神奇生物，体现了早期人类对自然灾害、社会动乱等危急状况的担忧以及对和平安定的向往，同时也孕育了后世盛行不衰的祥瑞凶兆观念。特别是那些能够"御凶、御兵"，或者出现后"有兵、国亡"，抑或"见则天下安宁"的动植物，对人类社会产生了重要影响，它们的象征或预示性质能"有效"地指示和引导人类的行为，反映了人类早期朦胧的征兆意识。

第三节　《搜神记》与乱世妖谶的盛行

自董仲舒提出"天人感应"并形成理论体系后，世人对各种反常事件特别关注，常将它们视为国家动乱的重要标志。西汉之后乱世频繁出现，特别是魏晋南北朝持续数百年的大分裂、大动荡使人们对统治者的弊政误国行为感触极深，因此以谶兆之象来警告当权者的理念盛行。张华在《博物志》中系统阐释了自然界的异常现象之所以作为国家衰亡、天下大乱征兆的原因:"五岳视三公,四渎视诸侯,诸侯赏封内名山者,通灵助化,位相亚也。故地动臣叛,名山崩,王道讫,川竭神去,国随已亡。海投九仞之鱼,流水涸,国之大诚也。泽浮舟,川水溢,臣盛君衰,百川沸腾,山冢卒崩,高岸为谷,深谷为陵,小人握命,君子陵迟,白黑不别,大乱之征也。"①汉魏以来关注怪兆与国乱关系的文人极多,有的甚至专门撰集征兆异事,如自《汉书》之后正史必撰的"五行志"和志怪小说中的"妖怪篇"。其中,魏晋六朝志怪小说的怪兆主题在《搜神记》中最为突出。

《搜神记》的作者干宝(?—336)生活在西晋衰亡、东晋初立的战乱年代,耳闻目睹了国运衰微、国家灭亡、皇帝被俘、人口大量死亡等一系列社会灾难,对乱世之灾感触极深,在谶兆意识和鬼神观念盛行的时代,"明神道之不诬"的《搜神记》常用"天灾地妖"的征应形式来反思乱世灾难:

> 元康五年三月,吕县有流血,东西百余步。至元康末,穷凶极乱,僵尸流血之应也。后八载而封云乱徐州,杀伤数万人,是其应也。②

《搜神记》非常重视怪异现象及其社会寓意,专门编有《妖怪篇》。妖怪就是人和自然界的异常现象,《左传·宣公十五年》曰:"天反时为灾,地反物为妖,民反德为乱。"古人认为如果人类的行为违背了常道,就会出现怪异现象,"妖由人兴。人亡衅焉,妖不自作。人弃常,故有妖"③。《汉书》对妖怪类别做了细致区分:"凡草物之类谓之妖。妖犹夭胎,言尚微。虫豸之类谓之孽。孽则牙孽矣。及六畜,谓之祸,言其著也。及人,谓之疴。疴,病貌,言浸深也。甚则异物生,谓之眚;自外来,谓之祥。祥犹祯也。气相伤,谓之沴。沴犹临莅,不和意也。"④"妖孽祸疴眚祥沴"都是蕴含灾难的异象,是个人或国家遭祸的征兆。在《汉书·五行志》的基础上,《搜神记·妖怪篇》提出了完整的妖怪论:"妖怪者,盖是精气之依物者也。气乱于中,物变于外,形神气质,表里之用也。本于五行,通于五事。虽消息升降,化动万端,然其休咎之征,皆可得域而论矣。"⑤由于干宝重视异常之象

---

① 《博物志校证》卷一,第 11 页。
② 《搜神记》卷一四,第 194 页。
③ 《汉书》卷二七(下之上)《五行志》,第 1467 页。
④ 《汉书》卷二七(中之上)《五行志》,第 1353 页。
⑤ 《搜神记》卷一〇,第 137 页。

的社会寓意,因此诸如地震、人疴、服妖等与国家动乱密切关联的谶兆故事在《搜神记》中分量很重。

一、地理变迁

山崩地陷本是地壳运动的结果,但在科技落后的古代,人们常从山势河流形态的变化中窥探国家命运。周代史官伯阳父就说"国必依山川,山崩川竭,亡之征也",将地震河枯视为亡国之兆。从本质上讲,这种观念反映了自然地理对农业生产和国家存亡的重要作用与影响。因为在小农经济时代,河流山川是农业生产的依凭,如果出现山崩河竭等大的地理变动,人类就失去了生产和生活资源,极易产生不安定因素,甚至天下大乱。因此,在古代谶兆观念支配下,人们常把这些地理巨变引申为国亡乱生的征兆,正如汉代谶纬之学的代表人物刘向所说"山阳,君也,水阴,民也,天戒若曰,君道崩坏,下乱,百姓将失其所矣。哭然后流,丧亡之象也"①。《搜神记》进一步深化了前代的谶应思想,在地理变化与国家动乱之间建立了神秘而必然的联系,如《山徙》提出"凡山徙,皆不极之异也"的观点,就充分体现了干宝对山川之变的重视:

> 夏桀之时,厉山亡。秦始皇之时,三山亡。周显王三十二年,宋大丘社亡。汉昭帝之末,陈留昌邑社亡。京房《易传》曰:"山默然自移,天下有兵,社稷亡也。"……凡山徙,皆不极之异也。②

《搜神记》搜集了大量带有战乱预示性的地动事件,如《山鸣》将"建安七八年中,长沙醴陵县有大山常大鸣"的现象与东汉末年曹操、刘表、孙权、刘备等军事集团在权力争斗中的兵戈斗争联系起来,认为"于时战争四分五裂之地,荆州为剧,故山鸣之异作其域也"。其他如《大石自立》《太兴地震》和《石来》等篇直接将石移、地震等现象作为政权更迭、臣下反叛或国体丧失的征兆。《搜神记》不仅载录这些地理变化,而且常从阴阳运行特点中找寻其与国家命运的关系,如《齐地暴长》就用阴阳变化规律解释地理之变是国家乱兆的道理:

> 周隐王二年四月,齐地暴长,长丈余,高一尺五寸。京房《易妖》

---

① 《汉书》卷二七(下之上)《五行志》,第1456页。
② 《搜神记》卷一〇,第138页。

曰:"地长四时暴,占春夏多吉,秋冬多凶。"历阳之郡,一夕沦入地中而
为泽水,今厤湖是也,不知何时。《运斗枢》曰:"邑之沦,阴吞阳,下相
屠焉。"①

《齐地暴长》从阴阳观上解释平地变水泽是"阴吞阳",预示着"下相屠"
的底层民众互相争斗残杀事件,虽然看似荒唐无理,但如果结合《易妖》中
"地长四时暴,占春夏多吉,秋冬多凶"的卜辞,可以看出古人仍是从农业生
产的角度对待地理变化的,因为春夏是植物播种、生长的季节,如果这时地
理发生变动,人们仍可根据地势情况从事农业生产,而秋冬是收获、储藏时
节,如果这时发生地动,则会导致颗粒无收或无法储藏。因此神秘的阴阳
论其实蕴藏着与农业生产相关的基本问题。

二、怪异形体

在古人看来,自从自然界的物种出现之后,人和各种动植物就具有了
自己正常的形体特征和生长习性,一旦其偏离了原有的生长面貌,就表示
有"妖",预示着将有祸事发生。这种形体怪异现象被精通五行学说的人称
为人疴、畜祸、虫孽和草妖。在信息闭塞和认知方式简单的时代,人们一旦
发现动物形体出现变异,就会津津乐道,甚至夸大其词。汉魏时期的祸孽
传闻大都被《搜神记》载录,并被赋予了丰富的政治意蕴,如对马、狗生角的
描述与政治解读就颇有代表性:

> 汉文帝十二年,吴地有马生角,在耳,上向……后五年六月,齐雍
> 城门外有狗生角。刘向以为马不当生角,犹下不当举兵向上也,吴将
> 反之变云。京房《易传》曰:"臣易上,政不顺,厥妖马生角,兹谓贤士
> 不足。"②

这个预示西汉初期齐国之乱的怪兆故事来自《汉书·五行志》:"文帝
后五年六月,齐雍城门外有狗生角。先是帝兄齐悼惠王亡后,帝分齐地,立
其庶子七人皆为王。兄弟并强,有炕阳心,故犬祸见也。犬守御,角兵象,
在前而上乡者也。犬不当生角,犹诸侯不当举兵乡京师也。天之戒人蚤
矣,诸侯不寤。后六年,吴、楚畔,济南、胶西、胶东三国应之,举兵至齐。齐

---

① 《搜神记》卷一〇,第142页。
② 《搜神记》卷一一,第150页。

王犹与城守，三国围之。会汉破吴、楚，因诛四王。故天狗下梁而吴、楚攻梁，狗生角于齐而三国围齐。汉卒破吴、楚于梁，诛四王于齐。京房《易传》曰：'执政失，下将害之，厥妖狗生角。君子苟免，小人陷之，厥妖狗生角。'"①《汉书》从西汉文、景时期吴、楚等诸侯国反叛的过程中追溯狗生角之怪象的社会寓意，揭示出怪异事件的历史价值，与之相比，《搜神记·马狗生角》更强调某类怪兆的规律性寓意。

为了充分印证物体之怪是社会动乱之兆，《搜神记》广泛搜罗各种象征灾难、国乱的畜祸、虫孽传闻，《马生人》《五足牛》《马化狐》《犬豕交》《乌斗》《牛祸》《大厩马生角》《零陵树变》《校别作树变》《人状草》《怀陵雀斗》《鱼集武库屋上》《鬼目菜》《彭蜞化鼠》《鲤鱼现武库》《张骋牛言》《陈门牛生子两头》等与物怪相关的故事比比皆是。《搜神记》在记载动物异象时常用阴阳、五行等理论将之与兵革战乱建立联系，如《彭蜞化鼠》中对"南阳获两足虎"的解释是"虎者阴精，而居乎阳，金兽也；南阳，火名也。金精入火，而失其形，王室乱之妖也"②和《鲤鱼现武库》中"武库，兵府；鱼有鳞甲，亦是兵之类也。鱼又极阴，屋上太阳，鱼现屋上，象至阴以兵革之祸干太阳也……自是祸乱构矣。京房《易妖》曰：'鱼去水，飞入道路，兵且作。'"③等等皆是如此。

在具有动乱征兆功能的怪异形体中，人痾是比较特殊的。人痾就是人的肢体或行为出现异常，如《下密人生角》中的人长角现象：

> 汉景帝二年九月，胶东下密人，年七十余，生角，角有毛生。故京房《易传》曰："冢宰专政，厥妖人生角。"《五行志》以为人不当生角，犹诸侯不当举兵向京师也，其后有七国之难起。④

其实，与畜祸、虫孽相比，世人对人痾现象更感兴趣，因为世人最熟悉人类形体变化规律，因此一旦人体发生异变，就会觉得古怪神秘，最易让人产生联想，正如《汉书·五行志》在评析肢体生长错位时说："上失威仪，则下有强臣害君上者，故有下体生于上之痾。"⑤人痾有多种类型，除了长角、

①《汉书》卷二七（中之上）《五行志》，第1397页。
②《搜神记》卷一四，第188页。
③《搜神记》卷一四，第190页。
④《搜神记》卷一一，第151页。
⑤《汉书》卷二七（中之上）《五行志》，第1353页。

部位错乱外，还有如《魏女子化丈夫》《男女二体》《豫章男子》《越巂男子》《洛阳女子》《长安女子》《赵春》《夫妇相食》等篇中所记的男女互变、一人二体、女人生怪儿、人死复生、夫妇相食等稀见现象，这些人类异常都是王朝更替、社会动乱的预兆。《搜神记》对人疴本质的剖析应深受《汉书》的影响，如《夫妇相食》中所说的"夫妇，阴阳二仪之体也，有情之深者也。今反相食，阴阳相侵，岂特日月之眚哉！灵帝既没，天下大乱，君有妄诛之暴，臣有劫弑之逆，兵革伤残，骨肉为仇，生民之祸至矣。故人妖为之先作。而恨不遭辛有、屠黍之论，以测其情也"①，就与《汉书·五行志》"国君，民之父母；夫妇，生化之本。本伤则末夭，故天灾所予也"②的观点基本一致。

　　《搜神记》常运用阴阳理论阐释人疴为大乱之兆，除了用"夫妇，阴阳二仪之体也，有情之深者也。今反相食，阴阳相侵，岂特日月之眚哉"解释夫妇相食现象外，其他如《魏女子化丈夫》中"魏襄王十三年，有女子自首化为丈夫，与妻生子。故京房《易传》曰：'女子化为丈夫，兹谓阴昌，贱人为王；丈夫化为女子，兹为阴胜阳，厥咎亡也。'"③和《豫章男子》中对"豫章有男子化为女子，嫁为人妇，生一子"的怪事，从"阳变为阴，将亡继嗣"的角度把它看成是"哀帝崩，平帝没，而王莽篡焉"的预示，以及《赵春死后出棺》以"至阴为阳，下人为上"为依据将女人死后复生作为王莽篡位的征兆等等。总之，从《搜神记》数量众多的畜祸、虫孽、人疴奇事中，可以感受到干宝的乱兆思想是当时盛行的谶应论与源远流长的阴阳观深度融合的结果。

　　《搜神记》对怪异物象的关注与记述多来源于正史记载，特别是受《汉书·五行志》的影响，主要表现在两方面，一是在解释怪异本质时直接用"《五行志》以为"的表述方式；第二是化用《汉书》的内容，如《零陵树变》就与《汉书》所载"哀帝建平三年，零陵有树僵地，围丈六尺，长十丈七尺。民断其本，长九尺余，皆枯。三月，树卒自立故处。京房《易传》曰：'弃正作淫，厥妖木断自属。妃后有颛，木仆反立，断枯复生。天辟恶之。'"④基本相同。类似《零陵树变》的转载，在《搜神记》中不胜枚举。

---

①《搜神记》卷一二，第168页。
②《汉书》卷二七（上）《五行志》，第1322页。
③《搜神记》卷一〇，第145页。
④《汉书》卷二七（中之下）《五行志》，第1413页。

三、服妖

服装式样本是人们的日常行为选择，但在等级森严的古代，世人所穿衣服的颜色和样式都有专门的规定限制，要与人的地位、身份相一致，否则就有僭越之嫌。因此在等级社会里，服饰制度也是一种重要的礼制，每个王朝建立后都要制定本朝的服饰礼仪，"王者易姓受命，必慎始初，改正朔，易服色，推本天元，顺承厥意"①。从政治角度上看，服饰的改变，包括衣服样式、发型、配饰的变化都与王朝的兴亡更替密切相关。在某个朝代，如果人们的穿着习惯突然发生变化，就会被看作"服妖"，就意味着社会状态将会发生大的变动，《汉书》曰："风俗狂慢，变节易度，则为剽轻奇怪之服，故有服妖。"②基于服饰与国家命运的密切关系，《搜神记》非常重视服妖现象，如《吴服制》《衣服车乘》《胡器胡服》《方头履》《缬子髻》《五兵佩》《江淮败屦》《生笺单衣》《无颜帢》《中兴服制》等等都是明显的服妖事件，特别是《衣服车乘》《五兵佩》《江淮败屦》等故事在服妖意识下蕴含着强烈的国乱反思：

> 晋兴后，衣服上俭下丰，又为长裳以张之，着衣者皆厌褛盖裙。君衰弱，臣放纵，下掩上之象也。陵迟至元康末，妇人出两裆，加乎胫之上，此内出外也。为车乘者，苟贵轻细，又数变易其形，皆以白篾为纯，古丧车之遗象。乘者，君子之器，盖君子立心无恒，事不崇实也。及晋之祸，天子失柄，权制宠臣，下掩上之应也。永嘉末，六宫才人，流徙戎翟，内出外之应也。及天下乱扰，宰辅方伯，多负其任，又数改易，不崇实之应也。
>
> 元康中，妇人之饰有五兵佩。又以金银、象角、玳瑁之属为斧钺戈戟，而戴之以当笄。男女之别，国之大节，故服物异等，贽币不同。今妇人而以兵器为饰，又妖之大也。遂有贾后之事，终以兵亡天下。
>
> 元康之末，以至于太安之间，江淮之域有败屦自聚于道，多者或至四五十量……说者曰：夫屦者，人之贱服，最处于下，而当劳辱，下民之象……败屦聚于道者，象下民罢病，将相聚为乱，绝四方而壅王命。在

----

① 《史记》卷二六《历书》，第 1256 页。
② 《汉书》卷二七（中之上）《五行志》，第 1353 页。

位者莫察。太安中，发壬午兵，百姓嗟怨。江夏男子张昌遂首乱荆楚，从之者如流。于是兵革岁起，天下因之，遂大破坏。[①]

从《搜神记·妖怪篇》所记怪异之兆的年代来看，形体异常多发生在两汉，干宝也常用京房《易传》和《汉书·五行志》的观点去解释异兆的本质，而服妖现象大都发生在两晋尤其是西晋时期，如《衣服车乘》《胡器胡服》《缬子髻》《五兵佩》《江淮败屩》都是晋惠帝元康年间（291—299）的现象；《生笺单衣》《无颜帕》发生在晋怀帝永嘉之年（307—313）；而《中兴服制》中"晋中兴，着帻者以带缚项。下逼上，上无地也。作袴者直幅为口，无杀，下大失裁也，王敦之征"[②]的记录表明这是发生在东晋立国后元帝、明帝朝的时事。如果对这些时段的国家状况加以考察，就能深深感受到干宝对晋朝衰亡命运的思考和担忧，如元康年间由于晋惠帝不理政事，政权由皇后贾南风执掌，导致八王之乱爆发，西晋陷入长期的内乱；永嘉年间匈奴人攻入洛阳，晋怀帝被俘，掀开了五胡乱华的序幕。元康和永嘉时期不仅是西晋衰败覆灭的转折点，而且也是汉民族遭受欺侮践踏的开始；而晋室南渡后的王敦之乱则揭开了东晋主弱臣强、内乱不断的政治序幕。西晋短暂又混乱的统治及东晋权臣乱国的现状让身处其时且具有史家精神的干宝倍感痛苦，因此他敢于直书当时的各种社会问题，以探究国家兴衰规律。在有神论及阴阳五行观盛行的氛围中，以服妖为代表的征兆之象成了他关注的焦点，"夫毡，胡之产者也，而今天下以为绲头、带身、袴口，胡既三制之矣，能无败乎？元康中，氐、羌反，至于永嘉，刘渊、石勒遂有中原。自后四夷迭据华土，是其应也"，"元康中，妇人结髻者，既成，以缯急束其环，名曰'缬子髻'。始自中宫，天下翕然化之。及其末年，有愍怀之事"，"永嘉以来，士大夫竞服生笺单衣。识者怪之曰：'此古襚衰之布，诸侯大夫所以服天子。'其后怀、愍晏驾"[③]等等都是在服饰变化之后追述国家发生的灾难，由此显示服妖之兆的应验性。总之，通过服妖之象追索晋室亡乱之兆，这使《搜神记》具有鲜明的纪实性特质，显示了干宝关注时事、反思时政的忧患意识和现实主义精神。除服妖外，《搜神记》也载录了其他许多发生在元康、永嘉

---

①《搜神记》卷一四，第 185、196、197 页。

②《搜神记》卷一四，第 209 页。

③《搜神记》卷一四，第 186、196、202 页。

年间的怪事,它们都是干宝关心和反思晋朝国事的体现。

自《搜神记》大肆鼓吹服妖为国家动乱之兆后,服妖现象备受世人关注。五代王仁裕在解释安史之乱时就从皇宫中妃嫔的妆容变化入手:"宫中嫔妃辈,施素粉于两颊,相号为泪妆,识者以为不祥,后有禄山之乱。"[①]陆游反思靖康之乱时,也多次从衣服样式的变化上找线索:"靖康初,京师织帛及妇人首饰衣服,皆备四时。如节物则春幡、灯球、竞渡、艾虎、云月之类,花则桃、杏、荷花、菊花、梅花皆并为一景,谓之一年景。而靖康纪元果止一年,盖服妖也"[②];"宣和末,妇人鞋底尖以二色合成,名'错到底';竹骨扇以木为柄,旧矣,忽变为短柄,止插至扇半,名'不彻头'。皆服妖也"[③]。岳珂在《桯史》中也将金狄乱华归为服妖:"宣和之季,京师士庶竞以鹅黄为腹围,谓之'腰上黄';妇人便服不施衿纽,束身短制,谓之'不制衿'。始自宫掖,未几而通国皆服之。明年,徽宗内禅,称上皇,竟有青城之邀,而金虏乱华,卒于不能制也,斯亦服妖之比欤。"[④]对严重影响中国古代社会进程的安史之乱与靖康之变,唐宋文人也从服饰变化中找到了迹象,足见服妖意识在政治生活中的重要性。总之,自魏晋以来,重视服妖与国家动乱的关系成为古人的一种普遍思维方式。

四、谣谶与古语

谣谶虽不属于"妖怪"范畴,但也是志怪小说中谶兆意识的常用载体。古代统治者对民间歌谣极为重视,曾设立专门机构如乐府来搜集民间诗歌,采诗以观天下,"孟春之月,群居者将散,行人振木铎徇于路,以采诗,献之大师,比其音律,以闻于天子。故曰王者不窥牖户而知天下"[⑤]。政府通过民歌了解社会风俗和老百姓的生活状况、思想倾向,别有用心之人也会把歌谣作为谶语来左右民间思潮,进而开展政治鼓动和宣传。"谶谣传播的目的,就是为了掀起舆论狂飙,影响大众心理。"[⑥]由于谣谶具有诗歌短小精炼的特点,因此能够根据需要生发出不同含义,如《董逃歌》本是讽刺

①王仁裕撰,丁如明校点:《开元天宝遗事(外七种)》卷下《泪妆》,第 24 页。
②《老学庵笔记》卷二,第 27 页。
③《老学庵笔记》卷三,第 40 页。
④《桯史》卷五《宣和服妖》,第 54 页。
⑤《汉书》卷二四(上)《食货志》,第 1123 页。
⑥谢贵安:《中国谶谣文化研究》,海南出版社,1998 年,第 15 页。

董卓虽然残暴跋扈但终被灭族的民谣,而西晋崔豹在《古今注·音乐》中对此歌谣的解释却是"《董逃歌》,后汉游童所作也。后汉有董卓作乱,率以逃亡。后人习之以为歌章,乐府奏之以为儆戒焉"[1]。谣谶模糊多义的特点能满足不同人的需求和目的,如帝王利用它来宣教政策,民众用它表达心理诉求,而起事造反者则用它蛊惑人心、积聚力量。

《搜神记》中预言乱世的谣谶故事基本上涵盖了古人运用谣谶的各种途径和方法,如《折杨柳》和《江南童谣》中用谐音、推理等方式解释民歌和童谣中蕴含的乱象:

> 太康末,京、洛始为《折杨柳》之歌。其曲始有"兵革苦辛"之辞,终以禽获斩截之事。后杨骏被诛,太后幽死,"折杨"之应也。

> 太康后,江南童谣曰:"局缩肉,数横目,中国当败吴当复。"又曰:"官门柱,且莫朽,吴当复,在三十年后。"又曰:"鸡鸣不拊翼,吴复不用力。"于时吴人皆谓在孙氏子孙,故窃发乱者相继。按"横目"者"四"字,自吴亡至元帝兴,几四十年,皆如童谣之言。[2]

童谣歌谶大都是在政治混乱、国运衰退的背景下流传的,它们具有预言国家命运的作用。那些谣谶的创作者或传播者通过对社会政局的细微体察,散布表达社会理念的谶语,因此许多歌谣都具有见微知著的意味。

儿童传谣是谣谶主要的传播途径之一,因为在人们心中普遍存在着"小儿口中吐真言"的观念,认为儿童所传的歌谣不是出于人为之力,而是来自天意。因此通过儿童之口所传的谣谶更具煽动性和蛊惑性,如《搜神记·荧惑星》就将魏、蜀、吴三家归晋的历史发展轨迹归结于异儿所告"三公锄,司马如"的预言:

> 吴以草创之国,信不坚固,边屯守将皆质其妻子,名曰"保质"。童子少年,以类相与嬉游者,日有十数。永安二年三月,有一异儿,长四尺余,年可六七岁,衣青衣,来从群儿戏……儿乃答曰:"尔恶我乎?我非人也,乃荧惑星也。将有以告尔:'三公锄,司马如。'"诸儿大惊,或走告大人。大人驰往观之,儿曰:"舍尔去乎!"竦身而跃,即以化矣……时吴政峻急,莫敢宣也。后四年而蜀亡,六年而魏废,二十一年

①《古今注校笺》,第 86 页。
②《搜神记》卷一四,第 192、193 页。

而吴平，于是九服归晋。魏与吴、蜀，并为战国，"三公钮，司马如"之谓也。①

除童谣外，古语和俗谚也具有传播能力强、易被人信服的效果，因此也常被用在政治生活中，作为解释国家命运或聚集民众的思想依据，如《搜神记·赤厄三七》对汉代衰亡历程的分析就浓缩了古语和俗谚的双重效应：

> 汉灵帝数游戏于西园，令后宫婇女为客舍主，身为商贾，行至舍间，婇女下酒，因共饮食，以为戏乐。盖是天子将欲失位，降在皂隶之象也。其后天下大乱，遂传古志之曰"赤厄三七"。三七者，经二百一十载，当有外戚之篡，丹眉之妖。篡盗短祚，极于三六，当有龙飞之秀，兴复祖宗。又历三七，当复有黄首之妖，天下大乱矣。自高祖建业，至于平帝之末，二百一十年，而王莽篡位，盖因母后之亲。十八年而山东贼樊崇、刁子都等起，实丹其眉，故天下号曰"赤眉"。于是光武以兴祚，其名曰秀。至于灵帝中平元年而张角起……角等初以二月起兵，其冬十二月悉破。自光武中兴至黄巾之起，未盈二百一十年，而天下大乱，汉祚废绝，实应三七之运也。②

汉末大乱结束了四百余年的两汉统治，开启了军阀割据和五胡乱华的序幕，对中国历史进程和国家政治制度都产生了深远而恶劣的影响。一些具有国家观念的文人时常反思这段历史时期的社会问题，试图追寻致乱之源，干宝就是其中的代表。但囿于封建王朝世袭制的正统观和当时无法解决的政治弊端，他对难以避免的国乱只能用神秘理念去解释，《赤厄三七》就是利用古语的威力把两汉四百多年间导致国家灭亡的乱象用数字推理的方法推演、阐释。

《搜神记》是魏晋六朝最著名的志怪小说集，虽然不以专门反映乱世面貌为主旨，但由于作者身处国家乱亡的动荡时代，因此乱世题材是其主要内容之一。在汉代谶纬灾异之学的影响下，"推灾异"成为魏晋文人解释祸乱的基本理论工具，这使《搜神记》的谶兆故事大多是对《汉书·五行志》的承继和阐发。追溯五行学说的演进历程，魏晋六朝是其最泛滥的阶段之

①《搜神记》卷一三，第180页。
②《搜神记》卷一二，第166页。

一，"五行之学，源于《尚书·周书·洪范》，曰：'五行，一曰水，二曰火，三曰木，四曰金，五曰土。水曰润下，火曰炎上，木曰曲直，金曰从革，土爰稼穑。'五行各有本性，失性则灾异生焉，所谓'天反时为灾，地反物为妖'者也。汉代今文经学以天灾地妖配五行相胜之理而以比附人事，学者遂盛推灾异之事，谓为洪范五行之学，而史官逢异必书，《五行志》作焉。《汉书》发轫于前，《后汉》《晋》《宋》《齐》《魏》（曰《灵征志》）《隋》诸史继之于后，遂成大观。《五行志》题例，乃据伏生《尚书大传》及刘向《洪范五行传论》、刘歆《五行传》之义于五行之下分作细目系事，以《宋书》为例，木下有木不曲直、貌不恭、恒雨、凶饥、服妖、龟孽、鸡祸、青眚青祥，金沴木，金下有……目类颇繁，包括自然现象与人事现象"①。东晋以来五行学说的盛行和发展，与《搜神记》对谶兆故事的俗化和演绎有着密不可分的关系。《搜神记》对妖怪灾祥谶应的记述，既是当时阴阳五行学说盛行的表现，也开启了后代小说重视妖灾与国衰世乱关系的先声。之后许多小说家在探讨国家衰亡时都采用了征兆理念，并且不断敷演、细化，使谶应故事的表现方式更加多样化。

第四节　《搜神记》后乱世谶兆的嬗变

　　在中国古代，受科技水平和认知能力的限制，具有神秘色彩的谶应思想盛行不衰，尤其是当国家动乱之时，人们更易相信谶应的灵验性。不同时代的乱世谶应故事也各有特点，早期多是简短的记录，所举事例只是谶应观的证明材料，如《搜神记》就是典型代表；而唐及以后的小说，不仅将各种谶应、征兆事件融合在一起，而且虚构成分增大，包含的内容更多，体现了文人在谶兆观念主导下对国乱原因的多方面思考。

　　"国之将亡，其兆先见。"②《搜神记》之后，许多谶应小说仍多载录与国家灭亡相关的征兆。前秦神仙家王嘉的《拾遗记》对歌谣类的谶应效用非常重视，如在解释神异鸡兆时说："谣言曰：'三七末世，鸡不鸣，犬不吠，宫中荆棘乱相系，当有九虎争为帝。'至王莽篡位，将军有九虎之号。其后丧

乱弥多,宫掖中生蒿棘,家无鸡鸣犬吠。"①《拾遗记》在流行的"赤厄三七"
理念下,用谣言的方式预示了作乱方式、作乱之人及乱后境况。但《拾遗
记》里的谣谶故事并没有指出歌谣的来源和流传情况,而之后的一些谣谶
大都有具体的流传时间,如《异苑》中写道:"晋时长安谣曰:'秦川城中血没
踠,唯有凉州倚柱看。'及惠愍之间,关内歼破,浮血漂舟。张轨拥众一方,
威恩共著。"②这个故事用当时流传的诗谣来印证西晋惠帝时期国乱民死
的必然性。其实,这句诗的来历很难查证,或许它出现在惠帝国乱以前,或
许它是后人在晋乱后对乱世历史的感叹,不论它何时产生,其中所反映的
乱世时期死伤无数、血流成河的场景和权臣作威作福的状况是真实的。

隋唐文人继承了《汉书·五行志》的谶兆观和魏晋志怪的写作模式,创
作了大量的征应类小说。隋代萧吉的《五行记》和初唐窦维鋈的《广古今五
行记》,从书名上看就是谶兆类专书。武则天时张鷟的《朝野佥载》也记录
了大量的谶应传闻。正是历代文人不厌其烦的撰集敷演,使谶兆小说成为
一个庞大的门类。

一、《搜神记》后乱世"妖怪"的嬗变

古代的阴阳五行学家认为五行变化与社会治乱相辅相成,"夫物愈淖
而逾易变动摇荡也……是故常以治乱之气,与天地之化相殽而不治也。世
治而民和,志平而气正,则天地之化精,而万物之美起;世乱而民乖,志僻而
气逆,则天地之化伤,气生灾害起。是故治世之德润草木,泽流四海,功过
神明;乱世之所起,亦博若是"③。"天反时为灾,地反物为妖,民反德为乱,
乱则妖灾生"④,世乱之时就是妖灾频出的时候。受汉代谶纬学说的影响,
《搜神记》中的乱世妖怪故事形成了"妖怪—乱世"这种一对一的因果对应
和解释模式。《搜神记》之后,乱世妖怪故事在继承前代"妖怪"理念的基础
上,内容日益丰富,不仅展示了乱世的破坏程度,而且真实再现了人们在大
乱到来前的恐惧情绪,并深入探讨世乱原因。

回顾中国历史,从东汉末年的天下大乱直至隋朝重新统一期间的魏晋

---

①《拾遗记》卷五《前汉(上)》,第122页。
②《异苑》卷四,第28页。
③《春秋繁露·天地阴阳》,第647页。
④《左传译注》卷一一,第494页。

南北朝是中国古代分裂时间最久、战乱持续最长的时期。追根溯源,司马氏建立的晋朝及其腐朽统治是造成这一重大社会灾难的关键因素。身处其时的文人对此感受极深,如干宝《搜神记》对与元康、永嘉之乱相关的各种征兆的描述就是揭露西晋种种社会问题的典型体现;而与东晋王朝相关的国乱怪兆,则在南朝小说家笔下多有记述:

> 晋永嘉元年,车骑大将军东瀛王司马腾……行次真定,时久积雪而当其门,前方十数步,独液不积。腾怪而掘之,得玉马高尺许,口齿皆缺。腾以为马者国姓,称吉祥焉。或谓马无齿,则不得食。未几晋遂大乱。腾后为汲桑所杀。

> 晋孝武太元末,帝每闻手巾箱中有鼓吹鼙角之音,于是请僧斋会。夜见一臂长三丈许,手长数尺,来摸经案。是岁帝崩,天下大乱,晋室自此而衰。①

《异苑》中的妖怪故事与《搜神记》的叙事模式基本相似,即只记载妖怪与乱世的对应关系,而较少涉及天下大乱后的悲惨状况。而稍后于干宝的前秦人王嘉则在妖怪故事中加入了对乱世惨状的描述,如《拾遗记》中的"背明鸟":

> 黄龙元年,始都武昌。时越巂之南,献背明鸟,形如鹤……时人以为吉祥。是岁迁都建业,殊方多贡珍奇。吴人语讹,呼背明为背亡鸟。国中以为大妖,不及百年,当有丧乱背叛灭亡之事,散逸奔逃,墟无烟火。果如斯言。②

背明鸟是国家丧乱的预兆,暗含了世人对这种鸟的厌恶。其实先秦时期的《山海经》中就有大量预示国家命运的怪鸟,其中既有代表安宁的吉鸟,如"见则天下安宁"的凤凰;更有象征灾难的恶鸟,如"有鸟焉,其状如鸮,而一足彘尾,其名曰跂踵,见则其国大疫"③和"有五色之鸟,人面有发。爰有青鴍、黄鹜、青鸟、黄鸟,其所集者其国亡"④等等。《拾遗记》继承了自《山海经》以来的怪鸟乱兆论,并再现了丧乱之时"散逸奔逃,墟无烟火"的

---

①《异苑》卷四,第 30 页。
②《拾遗记》卷八《吴》,第 184 页。
③《山海经校注》卷五《中山经》,第 162 页。
④《山海经校注》卷一六《大荒西经》,第 405 页。

境况,突出了战乱的破坏性。

背明鸟先被视作吉祥后又成为丧乱之兆的特点,体现了征兆意识的虚幻性和人为主观性,也就是说所谓的征兆现象其实是人们在社会现实的基础上将大众心理倾向附着在一个被视作神秘的事物上。但由于当时许多社会矛盾无法解决,因此异物征兆观就盛行不衰,南北朝之后征兆论依然流行。初唐窦维鋈的《广古今五行记》"记古今征验妖怪之事,而又颇援入释子报应之说","其旨亦为发明五行变化之道"①,其中所记梁武帝大同元年(535)的鱼怪预示侯景之乱和北周静帝大象元年(579)的鱼龙争斗为兵乱之兆等都有浓郁的国家意识:

> 梁武帝大同元年,幸玄武湖。湖中鱼皆骧首见于水上,若顾望焉。帝入官方没。此下人将举兵睥睨乘舆之象,寻有侯景之乱。

> 周靖帝大象元年夏,荥阳汴水北有龙斗。初见白光直属天,自东方而来,有白龙长十许丈,西北向,舐掌而鸣。西北有黑龙,亦乘云而至。风雷相击,乍合乍离,暴雨大注,自午至申。白龙升天,黑龙坠地。复有大鲤鱼三,从小鱼无数,乘空而斗……明日,有两黑蛇,大者长丈五,小者半之,并伤腰颈,死于窦前。黑蛇者,周天元帝及靖帝之象,大鱼三而斗者,尉迟迥、王谦、司马消难,三方起兵乱之异。②

唐代是中国封建社会的鼎盛时期,特别是以开元盛世为标志的盛唐气象最为后人称道。然而,安史之乱摧毁了盛唐繁荣、开放的成果,使唐王朝从此一蹶不振;唐末的黄巢起义彻底击垮了李唐王朝的统治基础,使国家陷入大分裂、大动荡之中,因此文人一回想起这些重大动乱,就感慨万千。"我唐之受命也,置器于安,千年惟永,百蛮向化,万国来王。但否泰之无恒,故夷险之不一。三百算祀,二十帝王。虽时有窃邑叛君之臣,乘危徼倖之辈,莫不才兴兵革,即就诛夷。其间沸腾,大盗三发,安禄山、朱泚、黄巢是也"③,"广明元年,巢始盗京师,自陈'唐去丑口而著黄,明黄且代唐也'。鸣呼,其言妖欤!后巢死,秦宗权始张,株乱遍天下,朱温卒攘神器有之,大

---

①《唐五代志怪传奇叙录》,第 231 页。
②《广古今五行记》,第 31、35 页。
③《旧唐书》卷二○○(下),第 5399 页。

氏皆巢党也"①。对于安史之乱、黄巢起事等危及唐朝命运的重要乱象,具有忧患意识的唐代小说家不断追寻其发生的迹象,在谶兆观的影响下,与之相关的怪异故事也充满神秘色彩。

《宣室志》以张皇鬼神为宗旨,其中《无畏师责巨蛇》通过高僧解释巨蛇现世之谜,推演安禄山攻陷洛阳时的境况,既丰富了动物征兆主题,又揭露了安史之乱的巨大破坏力:

> 天宝中,无畏师在洛。是时有巨蛇,状甚异,高丈余,广二三尺,蜿蜒若盘绕出于山下。洛民咸见之。于是无畏师曰:"后此蛇决水潴洛城。"即说佛书义,其蛇至夕则驾风雷来,若倾听状。无畏乃责之曰:"尔,蛇也,营居深山中,固安其所,何为将欲肆毒于世耶?速去,无患生人。"其蛇闻之,遂俯于地,若有惭色,顷而死焉。其后禄山据洛阳,尽毁宫庙。果无畏所谓决洛水潴城之应。②

《宣室志》特别重视征兆现象,不论是个人命运如李林甫、王涯等重臣之死,还是国家衰亡,如安史之乱等,都多从特异现象中寻找线索。在国运征兆上,除《无畏师责巨蛇》将巨蛇现洛作为安禄山反叛的预兆外,《上党人参》也将隋朝乱前的怪事与隋文帝废立太子相联系,进而探究隋乱的原因:"隋文帝时,上党有人,宅后每夜有人呼声,求之不见。去宅一里,但见一人参枝。掘之,入地五尺,如人体状。掘去之后,呼声遂绝。时晋王广阴有夺宗之计,谄事权要。上,君也;党,与也。言朋党比而潜,太子竟见废,隋室因此而乱。"③张读之所以重视征兆之事,除了家族传统外④,应与他身处唐末乱世有很大关系,据《旧唐书·僖宗本纪》可知,张读在乾符五年(878)十二月以中书舍人的身份"知礼部贡举",乾符六年(879)十月"以礼部侍郎""权知左丞事"⑤。张读亲历黄巢起义,又是朝廷要员,因此关注国家命运,探索王朝败亡之因应是《宣室志》的主要创作动机。

---

① 《新唐书》卷二二五(下)《逆臣传(下)·黄巢》,第 6464 页。
② 《宣室志》卷一〇《无畏师责巨蛇》,第 140 页。
③ 《宣室志》辑佚《上党人参》,第 187 页。
④ 据李剑国考证,"张读为张荐之孙,而荐为张鷟之孙,则读为鷟玄孙也"。见《唐五代志怪传奇叙录》,第 1020 页。按:张鷟是武则天时期的重要文臣,在其所作的《朝野佥载》中就有大量的征兆故事。张读祖父张荐作有《灵怪集》,外祖父牛僧孺作有《玄怪录》,都以讲述怪异之事为主。
⑤ 《旧唐书》卷一九(下)《僖宗本纪》,第 702、704 页。

何光远《鉴诫录·金统事》把天降血水、彩蚁聚斗、长虹贯斗星等灾异、妖怪、天象融合在一起作为僖宗年间黄巢破长安、皇帝逃跑的征兆，并通过众多不合理现象反映黄巢起义给社会造成的冲击之强、灾难之深：

> 僖宗乾符中，靖陵雨血三日。丹凤楼前赤蚁、黄蚁聚斗七日，扫尽复生。己亥岁，天泻血流，大地俱赤。是夜，长虹贯斗星，奔西南。明年，黄寇犯阙，翠华奔幸之兆也。辛丑年，黄巢在京，尚让为相，改乾符之号为金统元年……是时，京城内外，杀戮三千余人。百司惊惶，皆悉逃窜。[1]

无论是《无畏师责巨蛇》还是《金统事》，它们都继承了久盛不衰的妖怪论和征兆观，突出灾异之象的社会影响，反映乱世的苦难状况，在斥责作乱者毁灭宫庙、草菅人命的主旨下体现了小说家的王朝正统论。

唐朝之前，历代王朝的兴废已呈现出"治—乱"相间的循环模式，这使唐人产生了"乱世必然论"。受古代征兆意识的影响，唐人甚至开始总结那些带有规律性质的乱世异兆，如天宝至大历年间的封演所作的《封氏闻见记》就从历代石鼓鸣后的国乱情况总结出"石鼓之鸣，咸非吉征也"：

> 邺西鼓山东北有石鼓，俗传"石鼓鸣则兵起"……高齐时石鼓鸣，未几而齐灭。隋季又鸣，无何，海内崩乱。近天宝末，石鼓复鸣，俄而幽、燕俶扰。记传临海、零陵、南康、建平、天水诸处皆有石鼓，其说多同。晋武帝时，吴郡临平湖岸崩，出一石鼓，扣之不鸣，张华云："取蜀郡桐木作鱼形击之则鸣。"于是声闻数十里。后十六国迭据三百余年，攻战不息。是石鼓之鸣，咸非吉征也。[2]

这则故事将五胡乱华至安史之乱四百余年间的"石鼓鸣"与"乱世出"之间建立起——对应的关系，从而得出石鼓鸣"咸非吉征"的结论，也就是告诉世人，既然存在这一规律，就应该特别关注石鼓鸣的现象，从而加以防备。

与五代十国的混乱割据状态相比，北宋的统一让老百姓回归了治世的安定和平，但人们也担心乱世再次出现，因此对征兆现象非常在意，甚至将

---

①《鉴诫录校注》卷一《金统事》，第 23 页。
②封演撰，赵贞信校注：《封氏闻见记校注》卷七，中华书局，2005 年，第 68 页。

某些日常现象也纳入治乱之思中,如成书于神宗熙宁年间的《湘山野录》载"雍熙二年,凤翔奏岐山县周公庙有泉涌,旧老相传时平则流,时乱则竭。唐安史之乱其泉竭,至大中年复流,赐号润德泉。后又涸。今其泉复涌,澄甘莹洁,太宗嘉之"①,虽有为宋太宗粉饰太平之意,但润德泉"时乱则竭"的传闻折射了北宋文人对治乱征兆的警觉。

对于北宋末年徽、钦二帝国灭被俘的耻辱遭遇,南宋士人总有一种难以言说的悲愤,在扼腕叹息之余,寻找乱前怪兆成了人们解释乱因的方式之一。宋人孔偶的《宣靖妖化录》虽已亡佚,但从书名和现存的《鬼书》《花木之异》和《羊犬同群》这三篇佚文可以推断此书主要载录宣和、靖康年间与国乱相关的妖怪异象:

> 宝箓宫之建也,极土木之盛,粲金碧之辉。巍殿杰阁,瑶室修廊,为诸宫之魁。宣和末,忽有题字数行于瑶仙殿左扉,云:"家中木蛀尽,南方火不明。吉人归塞漠,亘木又摧倾。"始不可辨,后方知金贼之变。家中木,宋也;南方火,乃火德,吉人、亘木,乃二帝御名。又有鬼书一纸,其纸薄如蝉翼……乃宣和七年十二月二十八日围城时,有一黄衣自称鬼郎中,送书与宝箓宫徐知官……其中大率言金人变盟兆乱之事,其末有一项不晓,今记于后,云:"东中西里六化四,失能以千尺丝系之,必可达三权而辅三极也。北溟闹,南海兴,能康济天下者,真人出焉。泰华虽崩,衡岷特起,龙鱼燕凤在,人可记乎?"凡六十字,其书徐知官徒弟周泰安收之,予曾见之,非人世物也。②

"鬼书"之怪预示了金人入侵、徽钦被俘、康王登基的宋亡历程。但从作者不知"能康济天下者,真人出焉"这个预言的寓意可推断出这个故事载录于金人入侵的靖康大乱之际,当时的康王即后来的宋高宗赵构还没有建立南宋政权。由此可知,在那些正在发生动乱的日子里,已经有人开始收集与国乱相关的怪兆了,折射出北宋末年人们对金人入侵无比愤恨又无可奈何的情感。

靖康之乱源于徽宗年间的腐朽政治,宋人对此有深刻认识。《花木之异》就把批判矛头指向了宋徽宗为满足个人私欲而到处搜刮民间奇异之物

---

①文莹撰,郑世刚、杨立扬点校:《湘山野录》卷上,中华书局,1997年,第11页。
②孔偶:《宣靖妖化录》,载《说郛》卷四三,第700页。

的错误行为上：

> 宣和七年，京城诸园苑中，盛夏六月间，牡丹皆开始作金色，又变黑色而褪。诸柳皆生黄花，大如林檎，葶结子，黄色，食之甜苦。又瓜圃中瓜生双蒂，酸不堪食。靖康元年，梨树生豆荚，木香架上生葡桃……又童贯轿中木板上生杂草，斫划复生，盖妖异也。未几，京师遭金人破荡，异花文木皆为薪。盖妖变先有兆焉。①

徽宗爱好文物珍玩，企图将各地的珍奇宝贝都汇集宫中，一时间花石纲、生辰纲等运送奇珍异宝的队伍源源不绝，这是北宋晚期政治腐败、民贫国弱以致国家灭亡的主要原因。世人对徽宗搜刮民脂民膏的亡国害民之举痛恨至极，但无力改变，因此只能沿用前代的妖异观念，《花木之异》就总结了北宋末年各种树木花果的反常现象，并将它们与金人入侵后珍贵树木沦为薪火的灾难相对照，既点明了怪象的乱兆作用，又披露了敌侵国乱中文明成果毁灭殆尽的事实。

除了用植物异象揭露金人入侵的危害外，动物异兆更让人感受到一种遭到强权者欺凌的悲愤和痛苦：

> 宣和五年，京师城北乃官民放养羊地，忽有野犬不知所从来，入群羊中鸣叫，左右前后诸犬皆来聚会。一羊间一犬，黑白交映。至次日，城内外诸犬毕集，或缚者绠断索而来。凡扰扰两日，犬多羊少，皆啮杀其羊。识者知为不祥，后果有北虏犬羊之祸。②

犬吃羊的惨异之象既是金人入侵的预兆，亦是金兵入侵后宋人备受摧残的象征，由此反映了靖康之变时北宋王朝软弱可欺、任人宰割的悲惨状况。对中原老百姓来说，靖康之变中金兵的野蛮残暴行为就如同野兽一般让人畏惧，"羊犬同群"就是这一社会心理的再现。以怪兆暴露金人之恶并传达民众心声是中原士人反映北宋亡国主题的主要表现形式。与《宣靖妖化录》相似，《宣政杂录》今亦亡佚，但现存的几则故事都是讲述金人入侵中原前的怪兆，如《狐登御座》和《人妖》：

> 政和壬寅，有狐登崇政殿座。卫士晨起叱狐，不动，呼众逐之，至

---

① 《宣靖妖化录》，载《说郛》卷四三，第 700 页。
② 《宣靖妖化录》，载《说郛》卷四三，第 700 页。

西廊下不见。即日得旨,坏狐王庙。亦胡犯阙之先兆也。

　　宣和初,都下有朱节,以罪置外州。其妻年四十许……忽一夕,颐颔痒甚,至明,须出长尺余。后召问其实,莫知所以……盖人妖。而女胡犯阙之先兆也。又淮南民家,儿四岁,自耳目下皆生髯,长寸余,能作大字。其父入都持儿示人,日得数缗。月余,人传曰:"于某处看胡儿也。"亦胡寇之警云。①

　　狐登庙堂、妇女长须、幼儿生髯,在当时人看来都是怪异之事。事情发生时,世人只是以好奇的心态去传播。但当金国灭宋后,人们开始反思这些异事,发现它们都是"胡"的暗示,预示着金兵入侵。世人对这两个妖异事件的分析,透露出对金人入主中原的敌视和无奈。

　　南宋初年的洪迈,对北宋灭亡的历史深以为憾,对南宋国弱民贫的现实深感痛惜,在《夷坚志》中,他也试图通过妖怪现象展示国家大乱时的种种隐患,以及金兵入侵带来的各种灾难:

　　宣和七年,西洛市中忽有黑兽,仿佛如犬,或如驴,夜出昼隐。民间讹言,能抓人肌肤成疮痍。一民夜坐檐下,正见兽入其家,挥杖痛击之,声绝而仆。取烛视之,乃幼女卧于地,已死。如是者不一。明年而为金虏所陷。②

　　宣和七年(1125),即宋徽宗自知为政腐朽、无力御金而把皇位禅让于钦宗之年,当时老百姓已敏锐地觉察到了国家危亡的紧张局势。《洛中怪兽》不仅在"西洛市中忽有黑兽"与"明年而为金虏所陷"之间建立起了对应关系,表明黑兽现洛是金人入侵之兆,而且通过黑兽到洛后居民夜间不睡、坐等防备的状况,暗示了民众在国家将乱时的警觉与害怕。这个故事在妖怪论的外壳下折射出北宋将亡时世人的担忧和恐惧,以及外敌侵入后老百姓无辜死亡的状况。

　　绍兴十年春,有野豕入海州,居人共刺杀之。是时州陷虏地。其夏,镇江军帅魏胜攻取之。明年,南北讲和,以地与虏,悉空其民渡江。三十年,一巨虎昼入城……明年,魏胜举州归国,竟亦徙民如曩时。乃

---

① 谯郡公:《宣政杂录》,载《说郛》卷二六,第 455 页。
② 《夷坚志·夷坚丁志》卷三《洛中怪兽》,第 558 页。

知野兽辄入郭，非吉利也。[①]

绍兴十年（1140）是宋高宗定都临安后的第三年，这期间朝廷虽然也派大将抗金，但私下里却以议和为主，最终在绍兴十一年（1141）与金人签订和议，致使大量国土拱手让出，岳飞等抗金将领含冤被杀。这一投降政策让有民族自尊心的文人备受打击，洪迈就是其中的代表，《海州虎豕》中"野豕入海州"的怪象就是映射"明年，南北讲和，以地与虏，悉空其民渡江"的软弱国策导致的割地移民后果，在看似牵强的征兆中揭示了老百姓在世乱国危中辗转迁徙的不幸遭遇。

金人侵入宋境后激起了宋朝军民复国的民族自尊心，尤其是沦陷之地出现了许多自发的抗虏武装，但由于朝廷实行屈辱的投降政策，因此那些抗金武装力量大都以失败告终。

> 丹州之境有两山寨……下有石镜石鼓，其傍勒铭云："石鼓响，兵云屯。石镜明，面南尊。"绍兴中，地虽陷虏，而秦民聚众起义欲归本朝者未尝绝，此寨常屯万人。来者必击鼓，寂无声；照镜，则昏暗。郡人曹布子，少贫困，以纺绩养父母，故里俗以布子呼之。虏天眷三年秋，归身于西寨。或邀之诣石所，试扣鼓，声铿铿然，远近皆震；洎临镜，镜倏明。傍观者见布子容貌自若，而冠冕若王侯，遂相率罗拜，奉以为主。久之，东寨亦听命。关中群寇，蚁聚无时，战争辄败衄而退。岁余，胜兵至十万，遂据延安称王。然未能二年，卒戕于虏，石铭乃为祟云。[②]

《丹州石镜鼓》借石镜之异兆反映了宋朝军民的抗金要求及被金人杀害的悲惨遭遇，在征兆观中表达了沦陷区老百姓渴望恢复中原的情感倾向。其中提到金国的"天眷三年"即公元1140年，当时正是宋金绍兴和议期间，因此《丹州石镜鼓》与《海州虎豕》发生的时代背景相同，都是对宋金在对战与议和中南宋民众生存境遇及抗金情感的展示，体现了洪迈对绍兴年间国家形势及民众情绪的重视。

与洪迈同时代的陆游对宋亡国乱的局势尤为感愤，不仅写出了大量的

---

①《夷坚志·夷坚三志己》卷三《海州虎豕》，第 1326 页。
②《夷坚志·夷坚支甲》卷二《丹州石镜鼓》，第 725 页。

爱国诗篇,而且随笔记录各种奇闻逸事,甚至总结了北宋灭亡的种种征兆:"政和、宣和间,妖言至多。织文及缬帛,有遍地桃冠,有并桃香,有佩香曲,有赛儿,而道流为公卿受箓。议者谓:桃者,逃也;佩香者,背乡也;赛者,塞也;箓者,戮也。蔡京书神霄玉清万寿宫及玉皇殿之类,玉字旁一点,笔势险急。有道士观之曰:'此点乃金笔,而锋芒侵王,岂吾教之福哉?'侍晨李德柔胜之亲闻其言,尝以语先君。又林灵素诋释教,谓之'金狄乱华'。当时'金狄'之语,虽诏令及士大夫章奏碑版亦多用之,或以为灵素前知金贼之祸,故欲废释氏以厌之。其实亦妖言耳。"①陆游的记述体现了世人对徽宗登基以来各种政坛现象的不满,正是因为他开启了乱政祸端,因此各种乱兆一一显现,如人们对穿戴的叫法、道士的言论、蔡京的书法、林灵素对佛教的称呼等等似乎都蕴含着丧乱之意,这些看似牵强附会的联系却正是人们指责徽宗亡国之罪的体现。

总之,《搜神记》及之前的妖怪故事仅仅记述怪异与乱世的一一对应关系,自南北朝以来妖怪小说突出乱世的悲惨状况。唐宋时期的小说家在继承传统写作模式的同时又增添了新内容,如补叙乱世后果、反思乱世原因、表达作者情感等。历代流传的怪异故事体现了妖怪论的巨大影响力。

二、谣谶与唐宋乱世

作为一种舆论工具,谣谶的主要功能是鼓动人心。随着古代语言文字的发展演化,唐宋时期谣谶的运用范围越来越广,当时的文人充分认识到谣谶在政治生活中的作用,因此无论在形式上还是内容上都对谣谶进行了精心构思和生动表现。

(一)谣谶的表达方式

谣谶的神秘性、预言性和可操作性等特点常被别有用心的人利用,成为他们实现政治目的的工具。为了让言简意赅的谣谶达到预期效果,他们一方面选择有效的传播方式,另一方面采用拆字、谐音、双关等方法来解释谣谶的内涵。唐宋时期的乱世谣谶主要有以下特征:

第一,作乱者在作乱前请人写谣谶,教人传唱,向世人表明即将到来的作乱行为是上天的意志。如徐敬业在谋反前为拉拢中书令裴炎,便令骆宾

---

① 《老学庵笔记》卷九,第120页。

王写了一首预示裴炎必反的歌谣让人传唱:

> 裴炎为中书令,时徐敬业欲反,令骆宾王画计,取裴炎同起事。宾
> 王足踏壁,静思食顷,乃为谣曰:"一片火,两片火,绯衣小儿当殿坐。"
> 教炎庄上小儿诵之,并都下童子皆唱。炎乃访学者令解之。召宾王
> 至……宾王曰:"但不知谣谶何如耳。"炎以谣言"片火绯衣"之事白,宾
> 王即下,北面而拜曰:"此真人矣。"遂与敬业等合谋。扬州兵起,炎从
> 内应,书与敬业等合谋。唯有"青鹅",人有告者,朝臣莫之能解,则天
> 曰:"此'青'字者十二月。'鹅'字者我自与也。"遂诛炎,敬业等寻败。①

骆宾王用拆字法制造谣谶鼓动宰相裴炎造反并且取得了预期效果,武
则天也是用拆字法来解读作乱者的隐语。由此可见,在唐代,上至君王,下
至臣民,对谶语都是极为敏感和熟悉的。

第二,前代文人无意之中写的一些诗句,被后来的小说家利用,将它们
与某些动乱现象相对应,并作为朝代更迭的谶语,如《茅亭客话·蜀先兆》
对后蜀灭亡前某些语词所蕴含的朝廷更迭之意的揭示:

> 圣朝乾德二年,岁在甲子,兴师伐蜀。明年春,蜀主出降。二月,
> 除兵部侍郎参知政事吕公余庆知军府事,以伪皇太子策勋府为理所。
> 先是,蜀主每岁除日,诸宫门各给桃符一对,俾题"元亨利正"四字。时
> 伪太子善书札,选本官策勋府桃符,亲自题曰"天垂余庆,地接长春"八
> 字,以为词翰之美也。至是,吕公名余庆,太祖皇帝诞圣节号长春,天
> 垂地接,先兆皎然,国之兴替,固前定矣。②

这一异事将毫不相关的对联、人名、称呼等联系在一起,借汉字丰富的
思想意蕴宣扬大宋正统论。这个蜀亡宋兴的先兆论在宋代影响很大,如宋
初杨亿口述的《杨文公谈苑·蜀中桃符》、秦再思《洛中记异录·桃符语
谶》、南宋委心子所编的《分门古今类事·谶兆门》等文献中都有载录。

第三,将一些寓意模糊的诗歌或谚语做一番解释,作为后世一些与社
会动乱事件相关的谶语,用以表明这一乱象在事前就有预示:

> 永淳之后,天下皆唱"杨柳,杨柳,漫头驼"。后徐敬业犯事,出柳

---

① 《朝野佥载》卷五,第 117 页。
② 《茅亭客话》卷一《蜀先兆》,第 99 页。

州司马,遂作伪敕,自授扬州司马,杀长史陈敬之,据江淮反。使李孝逸讨之,斩业首,驿马驼入洛。"杨柳,杨柳,漫头驼",此其应也。①

除此之外,诗歌、梦境、年号等也都能成为解释国家乱亡征兆的谶语。诗谶就是将谶兆的神秘性和预言性附会到文人诗词上,如明代杨慎的《古今风谣》载《梁武帝父子诗谶》:"梁武帝冬日诗:'雪花无有蒂,冰镜不安台。'梁简文帝咏月诗:'飞轮了无彻,明镜不安台。'竟成台城之谶。"②从本义上看,梁武帝的《冬日诗》描绘了冬天雪花纷飞、冰光如镜的景色,简文帝的《咏月诗》写出了月光清澈似明镜的样子,但由于诗中都有"台"字,这和梁代的宫城——台城相合,因此后人就将这两首"不安台"的诗歌看作是他们父子最终在侯景之乱中被囚死和被逐台城的谶语。自汉武帝建元以来,年号被认为是王朝正统的标志,称为"奉正朔",但本来具有美好寓意的年号也会被人注解为谶语,如唐僖宗的"广明""光启"年号在后人的解释下就成为唐末天下大乱的预言,《玉泉子真录》载:"广明之年号,识者以为黄巢日月,明年两京没焉,议者尤之。"③《唐语林》曰:"僖宗幸蜀回,改元光启。俗谚云:'军中名血为光,又字体户口负戈为启,其未宁乎?'俄而未久乱作,长安复陷。"④

北宋末年的靖康之变使汉民族遭受了前所未有的灾难。追溯原因,宋徽宗的荒唐政治是导致这场大乱的罪魁祸首。但在徽宗在位时,人们似乎并未觉察,直至大乱到来,才有所反思。《宣政杂录》的一则诗谶反映了这一状况:

> 徽宗逊位前一年,中秋后,在苑中,赋晚间景物一联,云:日射晚霞金世界,月临天宇玉乾坤。写示臣下,谓甚得意,臣下称赞取对精切,韵格高胜,圣学非从臣可及。然次年戎马犯顺,后国号金,亦先兆金世界也。⑤

(二)谣谶预言乱世帝王命运

与乱世帝王命运相关的预言,在古小说中主要通过诗歌和梦兆的形式

①《朝野佥载》卷一,第9页。
②杨慎:《古今风谣》,中华书局,1985年,第36页。
③无名氏:《玉泉子真录》,载《说郛》卷一一,第220页。
④《唐语林校证》卷七,第672页。
⑤《宣政杂录》,载《说郛》卷二六,第457页。

来表现。在历代乱国帝王的谶兆故事中，以唐玄宗和宋徽宗的为多。

由于安史之乱对唐王朝及唐代社会的破坏极其严重，因此，身处其中的几个核心人物特别是唐玄宗、杨贵妃及作乱者安禄山的逸闻琐事最为小说家青睐，与之相关的预言故事也极富神秘色彩。《明皇杂录》就详细记述了李遐周题诗预言安史之乱的奇事：

> 李遐周者，颇有道术，唐开元中，尝召入禁中，后求出，住玄都观……天宝末，禄山豪横跋扈，远近忧之，而上意未寤。一旦遐周隐去，不知所之，但于其所居壁上题诗数章，言禄山僭窃及幸蜀之事，时人莫晓，后方验之。其末篇曰："燕市人皆去，函关马不归。若逢山下鬼，环上系罗衣。""燕市人皆去"，禄山悉幽蓟之众而起也；"函关马不归"者，哥舒翰潼关之败，匹马不还也；"若逢山下鬼"者，马嵬蜀中驿名也；"环上系罗衣"者，贵妃小字玉环，马嵬时，高力士以罗巾缢之也。其所先见，皆此类矣。①

李遐周的四句诗歌是对安史之乱中作乱之人、朝廷平叛过失以及由此导致玄宗西逃、杨贵妃在马嵬被缢杀等一系列乱中事件的预言，反映了唐代文人对安史之乱产生原因和相关人物乱中命运的关注和反思。借异人预言杨贵妃被缢死的传说也吸引了后代小说家的目光，如宋代乐史的《杨太真外传》就选取了李遐周一事。

前蜀杜光庭的《仙传拾遗·成真人》中虽然向玄宗预言的异人变成了成真人，但所采用的叙事形式及内容主题与李遐周诗谶一事基本相同：

> 成真人者，不知其名，亦不知所自。唐开元末，有中使自岭外回……以驿骑载之到京，馆于私第，密以其事奏焉。玄宗大异之，召入内殿，馆于蓬莱院。诏问道术及所修之事，皆拱默不能对，沉真扑略而已。半岁余，恳求归山。既无所访问，亦听其所适。自内殿挈布囊徐行而去，见者咸笑焉。所司扫洒其居，改张帏幕，见壁上题曰："蜀路南行，燕师北至。本拟白日升天，且看黑龙饮渭。"其字刮洗愈明。以事上闻。上默然良久，颇亦追思之。其后禄山起燕，圣驾幸蜀，皆如其谶。②

①《明皇杂录》卷下，第 33 页。
②《杜光庭记传十种辑校·仙传拾遗》卷二《成真人》，第 811 页。

安史乱中,唐玄宗仓皇出逃并被迫处死杨贵妃的落魄境遇让正统文人难以接受,他们只好编造一些有针对性的谶语,通过道士异人之口,表明安史之乱及当事人的命运都是前定的,用迷信思想掩盖帝王政治之失等本质问题。虽然命运前定意识在一定程度上掩饰了玄宗因错误政策而导致的国家之乱,但由于谶语含义丰富,有时文人也常借谶语的外衣反思国乱之因。如《广德神异录·僧一行》以僧一行在开元年间所说的预言为线索,把预言、乐谶、童谣等各种谶语方式组织在一起,揭示了导致安史之乱出现的各种军政问题及叛乱造成的恶果:

> 唐开元十五年,一行禅师临寂灭,遗表云:"他时慎勿以宗子为相,蕃臣为将。"后李林甫擅权于内,安禄山弄兵于外,东都为贼所陷。天宝中,乐人及闾巷好唱《胡渭州》,以回纥为破。后逆胡兵马,竟被回纥击破。国风兴废,潜见于乐音。时两京小儿,多将钱摊地,于穴中更争胜负,名曰投胡。后士庶果投身于胡庭。两京童谣曰:"不怕上兰单,唯愁答辩难。无钱求案典,生死任都官。"及克复,诸旧像朝士,系于三司狱,鞠问罪状,家产罄尽,骨肉分散,申雪无路,即其兆也。①

这个简短的故事在征兆观的外壳下折射了唐人对与安史之乱相关的各种问题的思考。首先,僧一行的预言揭开了玄宗年间朝廷内外任人不当的问题,即在内用奸相李林甫,使政治日益昏暗腐朽;在外对安禄山过分信任,使他拥兵自重,萌生反心。接着,用审音知变审视了唐朝借助回纥兵打败叛乱者之后的负面影响。最后,用流行的童谣暗示了官员投降伪朝后的可悲下场。全篇用谶兆方式对安史之乱前后的政局和时代风貌做了全面概括和分析,虽有牵强附会之处,但政治反思意识强烈。

以帝王梦兆预言国乱形势既增强了事件的神秘感,又显示出事后方知、无法挽回的无奈状况,如《宣政杂录·丙午》关于靖康之变的梦兆:

> 徽宗崇宁间曾梦青童自天而下,出玉牌,上有字,曰:"丙午昌期,真人当出。"上觉,默疏于简札……至乙巳冬内禅,钦宗即位,意当丙午之期矣。而次年金人犯顺,有北狩之祸。仆实从徽宗北行,每语青童梦,怪其无验。后乃悟,曰:"岂丙午是猖獗之期,而女真之人出也。"盖

---

①《太平广记》卷一四〇《僧一行》,第 1009 页。

事未经变，不能悉其婉言。①

作者以见证人的身份，用传信的笔法将徽宗禅位时间以及金人入侵之事通过徽宗之梦加以预示，但是当后来明白梦中内容时，一切已晚。它表明即使人们已经知道了预言，也无法洞悉其意，仍无法避免国乱之祸。

总之，谶兆观虽然是古人的一种迷信行为，是人们对诸如乱世等社会现象出现原因的主观探测，没有科学道理，但在古代家天下的统治方式下，也有一定的积极作用。正如魏徵所说的"臣闻自古帝王未有无灾变者，但能修德，灾变自销。陛下因有天变，遂能戒惧，反复思量，深自剋责，虽有此变，必不为灾也"②，希望帝王以灾变征兆自惧，防止乱世发生，表现出对谶兆论的强大政治功能的重视。

第五节　音乐声中寓乱象

自先秦以来，礼乐制度是治理国家的重要手段，音乐不仅是娱乐形式，更承担着教化民众、维持统治秩序的职责。当政者大都重视音乐与国家治乱的关系，常从音乐中了解世人的生活状态和情感倾向，音乐成为解读政治、了解天下形势的途径之一。音乐与国家命运的关系在《礼记》中已有详细论述："凡音者，生人心者也。情动于中，故形于声。声成文，谓之音。是故治世之音安，以乐其政和。乱世之音怨，以怒其政乖。亡国之音哀，以思其民困。声音之道，与政通矣。宫为君，商为臣，角为民，徵为事，羽为物，五者不乱，则无怗懘之音矣。宫乱则荒，其君骄。商乱则陂，其官坏。角乱则忧，其民怨。徵乱则哀，其事勤。羽乱则危，其财匮。五者皆乱，迭相陵，谓之'慢'。如此，则国之灭亡无日矣。郑卫之音，乱世之音也，比于慢矣。桑间濮上之音，亡国之音也，其政散，其民流，诬上行私而不可止也。"③治、乱之音都有自己独特的格调，其中乱世之音的声调特征就是政乱民散的亡国之象的预示。荀子在《乐论》中明确指出治世与乱世之乐的区别："乐中平则民和而不流，乐肃庄则民齐而不乱。民和齐则兵劲城固，敌国不敢婴

①《宣政杂录》，载《说郛》卷二六，第456页。
②吴兢撰，谢保成集校：《贞观政要集校》卷一〇，中华书局，2003年，第525页。
③《礼记译注·乐记》，第468—470页。

也。如是,则民莫不安其处,乐其乡,以至足其上矣。然后名声于是白,光辉于是大,四海之民莫不愿得以为师,是王者之始也。乐姚冶以险,则民流慢鄙贱矣。流慢则乱,鄙贱则争。乱争则兵弱城犯,敌国危之。如是,则百姓不安其处,不乐其乡,不足其上矣。"①由于乐声特点蕴含国家兴亡之意,因此某些音乐现象常被视为国家动乱的征兆和抒发亡国之思的载体。

一、审音知变察乱机

由于音乐声调承载着丰富的情感内涵并具有反映时代特征的功能,因此先秦时期就流行着审音以辨吉凶的观念,如战国小说《汲冢琐语》中已有师旷辨瑟音之事。当人们将宫、商、角、徵、羽五音与君、臣、民之间建立起对应关系后,乐人在制作曲调时都很小心谨慎。当乐曲不合规制时,就预示着国君不重视礼仪或社会失去了秩序,而这些正是国家动乱前的表征。审音之人在对音乐的理解中包含着对国家政策和治乱兴衰的感悟。

在唐代繁荣的音乐艺术与治乱变化剧烈的时代氛围中,小说家常用音乐声调去反思国家乱亡。有些故事明确指出某些音调是天下大乱或与乱世原因有关的预兆,人们听到这些乐调就会有某种不祥预感:

> 隋炀帝幸江都时,乐工王令言子自内归。令言问其子:"今日所进曲子何?"曰:"《安公子》。"令言命其子奏之,曰:"汝不须随驾去,此曲子无宫声,上必不回。"果如其言。②

> 韩皋生知音律,尝观弹琴,至《止息》,叹曰:"妙哉,稽生之为是也。"其当晋魏之际,其音主商,商为秋声,秋也者,天将摇落肃杀,其岁之晏乎。又晋承金运之声也,此所以知魏之季,而晋将代之也。慢其商弦,以宫同音,是臣夺君之义也,此所以知司马氏之将篡也。司马懿受魏明帝顾托,后返有篡夺之心。自诛曹爽,逆节弥露。王陵都督扬州,谋立楚王彪。毌丘俭、文钦、诸葛诞前后相继为扬州都督,咸有匡复魏室之谋,皆为懿父子所杀。叔夜以扬州故广陵之地,彼四人者,皆魏室文武大臣,咸散败于广陵,故名其曲为《广陵散》。言魏氏散亡,自广陵始也。《止息》者,晋虽暴兴,终止息于此也。其哀愤戚惨痛迫切

---

① 《荀子校释》卷一四《乐论》,第 814 页。
② 《太平广记》卷二〇四《王令言》,第 1547 页。

之音，尽在于是。永嘉之乱，是其应乎。叔夜撰此，将贻后代之知音者，且避晋祸，所以托之鬼神也。皋之音，可谓至矣。①

王令言根据曲中无宫声而断定炀帝必死，其依据就是《礼记·乐记》中"宫为君，商为臣，角为民，徵为事，羽为物"的论断。宫主君，无宫声，则表明没有君主，那么天下就大乱了。韩皋将《止息》②中的宫商之哀与曹魏、西晋大臣之死及国家灭亡相联系，在审音知变中蕴含了浓郁的征兆意识和悲哀之情。

唐朝有造诣的音乐名家极多，除了受世人追捧的董庭兰、贺怀智、李謩、李龟年等专攻音乐的艺人外，许多王公贵族甚至帝王后妃也精通音律，唐玄宗就是其中的佼佼者。由于玄宗统治后期政治腐朽，特别是爆发了致使唐朝走向衰败的安史之乱，因此，小说家便将与玄宗相关的音乐逸事融入对国家衰乱之因的思考中：

> 西凉州俗好音乐，制新曲曰《凉州》，开元中列上献。上召诸王便殿同观……宁王进曰："此曲虽嘉，臣有闻焉：夫音者，始于宫，散于商，成于角、徵、羽，莫不根柢囊橐于宫、商也。斯曲也，宫离而少徵，商乱而加暴。臣闻宫，君也；商，臣也。宫不胜则君势卑，商有余则臣事僭，卑则逼下，僭则犯上。发于忽微，形于音声，播于歌咏，见之于人事。臣恐一日有播越之祸，悖逼之患，莫不兆于斯曲也。"上闻之默然。及安史作乱，华夏鼎沸，所以见宁王审音之妙也。③

当晚唐人反思安史之乱爆发的原因时，安禄山虽为蕃将却大权在握的殊遇成为文人关注的焦点。他们认为诸如安禄山等胡人将领之所以备受玄宗重用，与当时国家开放政策所形成的"胡汉杂陈"状况有极大关系。在胡风的不断渗入下，人们开始忽视尊卑秩序，唐玄宗也轻视了边境将领的不轨行为，最终导致安禄山在地方起兵，攻城略地。为了突出胡风传入对国家命运的影响，小说家借宁王之口指出音乐中蕴含的国家危机。宁王即玄宗的哥哥李宪，因早年主动让出储君之位而受到玄宗倚重。他既通晓音律又是皇室要员，因此借他之口分析音乐异兆中的政治问题就颇有说服

---

① 《太平广记》卷二〇三《韩皋》，第 1540 页。
② 《唐语林》："《止息》与《广陵散》，同出而异名也。"见《唐语林校证》卷三，第 258 页。
③ 郑綮撰，丁如明校点：《开天传信记》，载《开元天宝遗事（外七种）》，第 76 页。

力。宁王把《凉州曲》中宫、商曲调的特点与国家将有以下犯上大乱发生的政治问题相关联,正是对古人"宫为君,商为臣,角为民,徵为事,羽为物,五者不乱,则无怗懘之音矣。宫乱则荒,其君骄。商乱则陂,其官坏。角乱则忧,其民怨。徵乱则哀,其事勤。羽乱则危,其财匮。五者皆乱,迭相陵,谓之'慢'。如此,则国之灭亡无日矣"①音乐观的继承。

《凉州曲》在开元年间从凉州传入中原后被广为传唱,但由于是边疆音乐,因此它既是文化交流的见证,也常被人视为边疆文化甚至胡人侵入内地的象征。除"宁王辨音"外,《大唐传载》用谐音法将《凉州》等曲的"入破"之音与边境被西蕃攻破的局势对应起来:

> 天宝中,乐章多以边地为名,若《凉州》《甘州》《伊州》之类是焉,其曲遍繁声名入破,后其地尽为西番所没。"破",其兆矣。②

从本质上讲,外来音乐在内地的流行是各民族之间文化交流和融合的产物,与国家动乱没有直接联系,但正统文人却从传统的音乐理论入手,探寻音乐与天下大乱的关系,具有强烈的审音知变意识。

音律特征之所以被视为国家治乱的标志,使人们能够审音知变,是因为社会流行的音乐风格是民间风俗和社会风尚的体现,而民风民俗是社会状况和政治生态的表征之一。如果民风浮夸,那么就表明社会问题很多,国家离乱亡不远了,《仙传拾遗》中"万宝常"一事就反映了这一问题:

> 万宝常,不知何许人也。生而聪颖,妙达钟律,遍工八音。尝于野中遇十许人,车服鲜丽,麾幢森列,如有所待。宝常趋避之,此人使人召至前曰:"上帝以子天授音律之性,将传八音于季末之世,救将坏之乐……"命坐而教以历代之乐,理乱之音,靡不周述。宝常毕记之……自此人间之乐,无不精究……开皇初,沛国公郑译定乐,成奏之,文帝召宝常问其可否。常曰:"此亡国之音,哀怨浮散,非正雅之声。"极言其不可。诏令宝常创造乐器,而其声率下,不与旧同……由是,损益乐器,不可胜纪。然其声雅澹,不合于俗,人皆不好,卒寝而不行。宝常听太常之乐,泣谓人曰:"淫厉而哀,天下不久相杀尽。"……及大业之

---

①《礼记译注·乐记》,第 469 页。
②《大唐传载》,第 18 页。

末,卒验其事。①

神仙在"季末之世"传授万宝常"理乱之音"以"救将坏之乐",万宝常也尽其所能规劝隋文帝不要听"哀怨浮散"的亡国之音,并且自制雅乐以救世俗,但最终仍不被世人传唱,天下不久亦乱。这个故事以具体事例证明了音乐风格预示国家命运的乐理观,万宝常想借改变世俗之音以救世乱而不可的遭遇既折射出雅乐不被世人喜爱的现实,也表达了不良的社会风气是国乱诱因的思想。

二、亡国之音哀以思

某些乐曲的盛行常被人们视为国家动乱的先兆,而在动乱之时流传的某些音律亦常被视作亡国之音,亡国之音总能引起人们多方面的思考。

唐玄宗不仅是唐代最具争议性的帝王,而且也是当时的乐坛领袖,据说盛极一时的《霓裳羽衣曲》《雨霖铃》《一斛珠》等就是由他创制的。由于安史乱后他的地位和境遇日益窘迫,因此他在晚年创作出的一系列凄凉乐曲备受世人关注:

> 唐玄宗自蜀回,夜阑登勤政楼……唯力士及贵妃侍者红桃在焉。遂命歌《凉州词》,贵妃所制,上亲御玉笛为之倚曲。曲罢相睹,无不掩泣。上因广其曲,今《凉州》传于人间者,益加怨切焉。
>
> 明皇既幸蜀,西南行初入斜谷,属霖雨涉旬,于栈道雨中闻铃,音与山相应。上既悼念贵妃,采其声为《雨霖铃》曲,以寄恨焉……洎至德中,车驾复幸华清宫,从官嫔御多非旧人。上于望京楼下命野狐奏《雨霖铃》曲,未半,上四顾凄凉,不觉流涕,左右感动,与之歔欷。②

《凉州词》本为边疆乐曲,但《明皇杂录》称是杨贵妃所制,玄宗幸蜀后让此曲广为流传以表达对贵妃的思念。由于玄宗借此曲来思念贵妃,因此它的哀怨之情极浓。其实在对贵妃的思念中已包含了玄宗对安史叛乱、自己丢掉皇位的懊恼和悔恨之情。玄宗是唐朝由盛转衰的始作俑者,亦是受害者,幸蜀之后所作的《雨霖铃》不仅表现了他的国乱之痛,更在今昔境遇

---

①《杜光庭记传十种辑校·仙传拾遗》卷一《万宝常》,第769页。
②《明皇杂录》补遗,第46页。

的极大反差中突出了悲凉、哀伤的情感。

玄宗晚年的凄凉处境虽说是咎由自取，但与中晚唐其他帝王相比，他仍算得上是英明之主。因此晚唐文人在回顾历代帝王功过时，对玄宗仍有很深的怀恋，如“记中晚唐故事，皆作者亲所闻见。鉼当唐末丧乱，故中多感慨，且时发议论，寄其讽世之意”[①]的《剧谈录》，就通过乐曲《广谪仙怨词》的来历来表现玄宗的自我反省：

> 玄宗天宝十五载正月，安禄山反，陷没洛阳。王师败绩，关门不守，车驾幸蜀。途次马嵬驿，六军不发，赐贵妃自尽，然后驾发……谓力士曰：“吾取九龄之言，不到于此。”乃命中使往韶州以太牢祭之。中书令张九龄每因奏对，未尝不谏诛禄山。上怒曰：“卿岂以王夷甫识石勒，便杀禄山！”于是不敢谏矣。因上马，遂索长笛吹于曲。曲成，潸然流涕，伫立久之。时有司旋录成谱，及銮驾至成都，乃进此谱，请曲名……上良久曰：“吾省矣，吾因思九龄，亦别有意，可名此曲为《谪仙怨》。”其旨属马嵬之事。[②]

玄宗谱写《谪仙怨》，与其说是悼念张九龄，不如说是自我反思、自我哀伤。面对安禄山恩将仇报而发动的叛乱，回想自己斥良任奸的用人政策，玄宗的怨切、悲愤是发自肺腑的。《广谪仙怨词》既蕴含了对玄宗昏庸的批判，亦表达了对其晚年凄凉境遇的同情。

如果说唐人对玄宗的感情是爱恨交织的话，那么对唐昭宗的悲惨命运就只有难以言说的同情。昭宗也是一位有理想、有抱负的帝王，可惜生不逢时[③]，懿、僖年间的昏庸奢侈留给他的是难以挽回的败局。在唐王朝日趋没落的局势中，专横的宦官和跋扈的藩帅使昭宗的境遇痛苦不堪。当振兴唐朝的梦想在现实中夭折，自己也要任人摆布时，那种滋味只能通过音乐来抒发了：

---

①《唐五代志怪传奇叙录》，第 1284 页。

②《剧谈录》卷下《广谪仙怨词》，载《开元天宝遗事(外七种)》，第 171 页。

③《旧唐书·哀帝本纪》：“史臣曰：……昭宗皇帝英猷奋发，志愤陵夷，旁求奇杰之才，欲拯沦胥之运。而世途多僻，忠义俱亡，极爵位以待贤豪，罄珍奇而托心腹。殷勤国士之遇，罕有托孤之贤，豢丰而犬豕转狞，肉饱而虎狼逾暴。五侯九伯，无非问鼎之徒；四岳十连，皆畜无君之迹。虽萧屏之臣扼腕，岩廊之辅痛心，空衔毁室之悲，宁救丧邦之祸？及扶风西幸，洛邑东迁，如寄珠于盗跖之门，蓄水于尾闾之上，往而不返，夫何言哉！”见《旧唐书》卷二〇(下)《哀帝本纪》，第 812 页。

　　乾宁三年,凤翔李茂贞与朝臣有隙,将欲构乱,干犯神京。上乃顺动,欲幸太原。行至渭北,华州韩建迎归郡中。上郁郁不乐,时登城西齐云眺望。明年秋,制《菩萨蛮》词二首曰:"登楼遥望秦宫殿,茫茫只见双飞燕。渭水一条流,千山与万丘。　　远烟笼碧树,陌上行人去。何处是英雄,迎奴归故宫?"又一曰:"飘飘且在三峰下,秋风往往堪沾洒。肠断忆仙宫,朦胧烟雾中。　　思梦时时睡,不语常如醉。早晚是归期,苍穹知不知?"……甲子岁全忠迎上幸洛,四月改天祐元年。八月十一日,乃行篡逆,寰海莫不冤痛也。①

　　天复三年,汴人拥兵杀宰相崔胤、京兆尹郑元规,劫迁车驾,移都东洛。既入华州,百姓呼万岁,帝泣谓百姓曰:"百姓勿唱万岁,朕弗能与尔等为主也。"沿路有《思帝乡》之词,乃曰:"纥干山头冻杀雀,何不飞去生处乐?况我此行悠悠,未知落在何所?"言讫,泫然流涕。②

五代文人尉迟偓与孙光宪所记的这两则故事与其说是在展示昭宗写词作曲的才华,毋宁说是在悲叹他虽为帝王却被迫东奔西走、任人宰割的命运。昭宗借音乐来表达亡国之痛,而后人则通过所讲的故事来表达对昭宗失去皇威、受权臣摆布的凄惨命运的同情与悲叹。

　　国家衰亡时的音乐多是凄迷哀婉的,而国家的灭亡又使这种伤感的曲调成为人们哀叹的内容,两者相互影响更增添了亡国之音的深沉韵味和反思力量。《鉴诫录》就从历代亡国之音蕴含的社会问题中指出国君的淫靡无道是亡国之音产生的根本原因:

　　王后主咸康年……内臣严凝月等竞唱《后庭花》《思越人》,及搜求名公艳丽绝句,隐为《柳枝词》,君臣同座,悉去朝衣,以昼连宵,弦管喉舌相应。酒酣则嫔御执扈,后妃填辞,令手相招,醉眼相盼,以至履舄交错,狼籍杯盘。是时淫风大行,遂亡其国。《后庭花》者,亡陈之曲,故杜牧舍人《宿秦淮》有诗曰:"烟笼寒水月笼沙,夜泊秦淮傍酒家。商女不知亡国恨,隔江犹唱《后庭花》。"又胡曾《咏史》诗曰:"邻国机权未可涯,如何后主恣骄奢。不知即入宫前井,犹自听歌《玉树花》。"《思越人》者,亡吴之曲。故胡曾《咏史》诗曰:"吴王恃霸弃雄才,贪向姑苏醉

①尉迟偓撰,恒鹤校点:《中朝故事》,载《唐五代笔记小说大观》,第1782页。
②《北梦琐言》卷一五《朱令公为昭宗拢马》,第294页。

渌醅。不觉钱塘江上月，一宵西送越兵来。"《柳枝》者，亡隋之曲。炀帝将幸江都，开汴河种柳，至今号曰隋堤，有是曲也。胡曾《咏史》诗曰："万里长江一旦开，岸边杨柳几千栽。锦帆未落干戈起，惆怅龙舟更不回。"又韩舍人《咏柳》诗曰："梁苑隋堤事已空，万条犹舞旧春风。那堪更想千年后，谁见杨花入汉宫。"①

无论是亡国之曲的产生、传唱还是文人对亡国之音的政治解读，其中都弥漫着浓郁的感伤色彩和无奈之情。

第六节　宝物为信显国运

古代家天下的统治方式使世人觉得何姓何家能夺得政权全是天意，因此，君主被称为天子。天子出世或掌握政权时上天会赐予宝物或信物作为天意的象征，如舜得"宝历"而知"天命在己"，如果宝物丧失，就意味着天意将变，因此，宝物得失关系着国家兴亡。宝物天命观在古代影响很大，西汉时期的刘歆对此已有系统阐述。他的杂事小说《西京杂记》载："樊将军哙问陆贾曰：'自古人君皆云受命于天，云有瑞应，岂有是乎？'贾应之曰：'有之。夫目瞤得酒食，灯火华得钱财，乾鹊噪而行人至，蜘蛛集而百事喜。小既有征，大亦宜然……况天下大宝，人君重位，非天命何以得之哉？瑞者，宝也，信也。天以宝为信，应人之德，故曰瑞应。无天命，无宝信，不可以力取也。'"②宝物瑞应观在古小说中有生动表现，如《续玄怪录·苏州客》中，罽宾国镇国碗"在其国大穰，人民忠孝。此碗失来，其国大荒，兵戈乱起"；《原化记·魏生》中，胡国贝母乃"本国之宝，因乱遂失"，宝物得失与国家治乱互相对应。

魏晋六朝持续不断的天下大乱，使文人开始着重关注、反思前代的兴亡迹象，除了妖怪故事外，前秦王嘉的《拾遗记》和南朝任昉的《述异记》都从宝物为信的角度对两汉兴亡之兆进行探寻：

董偃常卧延清之室，以画石为床，文如锦也。石体甚轻，出郅支国。上设紫琉璃帐，火齐屏风，列灵麻之烛，以紫玉为盘，如屈龙，皆用

①《鉴诫录校注》卷七《亡国音》，第 163—164 页。
②《西京杂记校注》卷三《樊哙问瑞应》，第 151 页。

杂宝饰之。侍者于户外扇偃。偃曰:"玉石岂须扇而后清凉耶?"侍者
乃却扇,以手摸,方知有屏风。又以玉精为盘,贮冰于膝前⋯⋯此玉精
千涂国所贡也。武帝以此赐偃。哀、平之世,民家犹有此器,而多残
破。及王莽之世,不复知其所在。[①]

光武时,南海献珊瑚妇人,帝命植于殿前,谓之女珊瑚。一旦柯叶
甚茂。至灵帝时树死,咸以谓汉室将亡之征也。[②]

宝物出现象征国家兴盛,宝物失去就预示着王朝将灭,宝物的征兆功
能极强。纵观历代的宝物国运故事,以《拾遗记》和《述异记》为代表的汉魏
六朝小说多通过两者的对应关系来证明宝物为信的观念,缺乏虚构性和感
染力,而真正生动阐释宝物命运与国乱家亡关系的是唐传奇的早期名篇
《古镜记》。

《古镜记》作者王度的生平事迹于史无征,从《古镜记》中作者自述及其
他相关材料来看,王度早年师事汾阴侯生,隋炀帝大业七年(611)前后为御
史台御史,八年(612)兼任著作郎,奉诏撰《周史》。大业九年(613)兼芮城
令,此年冬以御史带芮城令持节河北道,开仓赈济陕东饥民,大业末撰写
《隋书》,唐高祖武德初年病逝,《古镜记》即作于他离世之前[③]。作为隋炀
帝时期的史官和地方官,王度对隋朝的短暂命运深感遗憾,因此借历来盛
行的宝物兆应观来解释。为了展示宝物灵验的真实性,《古镜记》以王度和
其弟王勋持有宝镜后的亲身经历为线索,通过宝镜的神奇功效和持镜人与
镜子的神秘关系,再现了隋末的社会风貌,表达了奇妙的气数历史观,抒发
了哀隋伤己的感伤之情:

汾阴侯生,天下奇士也。余常以师礼事之。临终,赠余以古镜,
曰:"持此则百邪远人。"余受而宝之⋯⋯侯生常云:"昔者吾闻黄帝铸
十五镜。其第一,横径一尺五寸,法满月之数也。以其相差,各校一
寸。此第八镜也。"虽岁祀攸远,图书寂寞,而高人所述,不可诬矣。昔
杨氏纳环,累代延庆;张公丧剑,其身亦终。今余遭世扰攘,居常郁怏,
王室如毁,生涯何地! 宝镜复去,哀哉! 哀哉! 今具其异迹,列之于

①《拾遗记》卷五《前汉(上)》,第 121 页。
②任昉:《述异记》卷上,第 2 页。
③《唐五代志怪传奇叙录》,第 3—10 页。

后。庶千载之下倘有得者，知其所由耳……

　　庐山处士苏宾，奇识之士也。洞明《易》道，识往知来。谓勋曰："天下神物，必不久居人间。今宇宙丧乱，他乡未必可止。吾子此镜尚在，足以自卫，幸速归家乡也。"勋然其言，即时北归。便游河北，夜梦镜谓勋曰："我蒙卿兄厚礼，今当舍人间远去，欲得一别，卿请早归长安也。"……大业十三年七月十五日，匣中悲鸣，其声纤远。俄而渐大，若龙咆虎吼，良久乃定。开匣视之，即失镜矣。①

　　为了借宝物征兆观抒发亡国之叹，《古镜记》以开篇和结尾前后呼应的形式，既交代了宝镜的不凡来历和驱邪奇效，并以"杨氏纳环，累代延庆；张公丧剑，其身亦终"的典故强调它的征兆之灵，又在文末以镜子的无端悲鸣和悄然自失表达了对宝物丧失的痛惜和对国家将乱的无奈。文中写到的大业十三年正是隋炀帝的卒年，作者当时也处于病重状态，宝镜在此时丧失，就意味着个人和国家都将丧亡，古镜象征着人与国家的命运。《古镜记》中宝去而世乱、物去而身亡的思想虽源于悠久的信兆观念，但它的巧妙构思和富有感染力的语言使作品充满了浓郁的哀伤之情。

　　盛唐时期辽阔的疆域、强盛的国力和中外文化的频繁交流使社会上流传的宝物数量和种类都极为丰富，这为各种宝物故事的产生提供了充足的素材。受前代宝物为信观念的影响，唐代的宝物故事特别重视它对个人和国家的神奇效能。继《古镜记》之后，将宝物国运论推向高潮的是楚州刺史郑辂"作于大历后期数年间"的《得宝记》②，它不仅把代宗继位之初平定安史叛军完全归功于天降宝物的强大威慑力，而且在宣扬宝物为信的观念中展示了唐代手工业的高超水平和精湛工艺：

　　开元中，有李氏者，嫁于贺若氏。贺若氏卒，乃舍俗为尼，号曰真如……天宝末，禄山作乱，中原鼎沸，衣冠南走，真如展转流寓于楚州安宜县。肃宗元年建子月十八日夜，真如所居，忽见二人，衣皂衣，引真如东南而行……一人衣紫衣，戴宝冠，号为天帝。复有二十余人，衣冠亦如之，呼为诸天。诸天坐定，命真如进。既而诸天相谓曰："下界丧乱时久，杀戮过多，腥秽之气，达于诸天，不知何以救之。"一天曰：

---

① 王度：《古镜记》，载《唐五代传奇集》第一编卷一，第 2、9 页。
② 《唐五代志怪传奇叙录》，第 120 页。

"莫若以神宝压之。"又一天曰:"当用第三宝。"又一天曰:"今厉气方盛,秽毒凝固,第三宝不足以胜之,须以第二宝授之,则兵可息,乱世可清也。"天帝曰:"然。"因出宝授真如,曰:"汝往令刺史崔侁,进达于天子。"……其一曰玄黄天符,形如笏,长可八寸余,阔三寸,上圆下方,近圆有孔,黄玉也,色比蒸栗,泽若凝脂,辟人间兵疫邪疠。其二曰玉鸡,毛文悉备,白玉也,王者以孝理天下则见。其三曰谷璧,白玉也,径五六寸,其文粟粒自生,无异雕镂之状。王者得之,则五谷丰稔。其四曰王母玉环,二枚,亦白玉也,径六寸,好倍于肉。王者得之,能令外国归服。其五曰碧色宝,圆而有光,玉色光彩溢发,特异于常……侁乃遣卢恒随真如上献。时史朝义方围宋州,又南陷申州,淮河道绝,遂取江路而上,抵商山入关,以建巳月十三日达京。时肃宗寝疾方甚,视宝,促召代宗,谓曰:"汝自楚王为皇太子,今上天赐宝,获于楚州。天许汝也,宜保爱之。"代宗再拜受赐,以得宝之故,即日改为宝应元年……自后兵革渐偃,年谷丰登,封域之内,几至小康。宝应之符验也。①

《得宝记》以尼姑真如作为宝物灵应的见证者,把代宗登基后"兵革渐偃,年谷丰登"归为天降宝物助国平乱,以此印证"宝盖天授,非人事也"的宝物符验论。代宗因"得宝之故"而改元宝应的说法看似神秘荒诞,其实是当时统治阶级对代宗继位复国的神化,是为树立代宗威信服务的。这种以上天意志为帝王正统论造势的做法在历朝历代不胜枚举,是古代统治者聚拢民心、稳定政权的有效手段。代宗即位时天降宝物的传说在中唐以后颇有流传,如晚唐段成式的《酉阳杂俎》载:"代宗即位日,庆云见,黄气抱日。初,楚州献定国宝一十二,乃诏上监国。诏曰:'上天降宝,献自楚州,神明生历数之符,合璧定妖灾之气。'"②与《酉阳杂俎》的简短记述相比,《得宝记》在详尽的叙述中更加突出宝物的具体社会效用,这可能是因为作者郑铧本身是代宗时人,对改元宝应的来历知之甚详。其实真如被上天授予宝物以助代宗的故事是小说家对当时神化代宗行为的敷演,"真如献宝当有

---

① 郑铧:《得宝记》,载《唐五代传奇集》第一编卷一二,第408—410页。按:本篇故事《太平广记》所引出处为《杜阳杂编》,但《杜阳杂编》三卷今存,而无此篇。苏鹗自序云其记事起自代宗广德元年(763),而此为肃宗上元三年(762)事,出处必误。《广记》清孙潜校本末有'楚州刺史郑铧作记'八字,则知郑铧。见《唐五代志怪传奇叙录》,第1138页。
② 段成式撰,曹中孚校点:《酉阳杂俎·前集》卷一,上海古籍出版社,2012年,第3页。

其事,否则不得改元宝应也。至于真如入天廷见诸天,天授五宝八宝,纯系此尼编造,乃欲神其事而惑其君,以祥瑞邀宠。真如最终封宝和大师,宠锡有加,售奸得逞"①。有关楚州献宝、改元宝应之事在《旧唐书·肃宗本纪》和《新唐书·五行志》中亦有记载,可见不论是文学家还是史学家,他们都相信肃、代之际宝物为应、叛乱平定的神秘正统论。

安史之乱自爆发至平定历经了玄宗、肃宗、代宗三朝。虽然最终以代宗登基后史朝义兵败自杀为叛乱结束的标志,但这场内乱严重削弱了唐朝国力,而且战乱结束后衍生出了危害王朝统治的各种政治危机,如宦官专权和藩镇割据。虽然唐代宦官权势增大始于玄宗朝的高力士等人,但宦官把持朝政则起于肃宗朝的李辅国。李辅国因拥立肃宗继位有功而飞扬跋扈,甚至为所欲为,肃宗在位时"宰臣百司,不时奏事,皆因辅国上决"②,代宗登基后,他甚至狂妄地说:"大家弟坐宫中,外事听老奴处决。"③由于李辅国首开唐代宦官专政的恶端,因此中唐以来世人对他痛恨至极,如《杜阳杂编·玉辟邪》就以李辅国得到国宝后的败死经历折射出唐人对宦官害政误国的愤恨之情:

> 肃宗赐辅国香玉辟邪二,各高一尺五寸,奇巧殆非人间所有。其玉之香,可闻于数百步,虽锁之金函石匮,终不能掩其气。或以衣裾误拂,则芬馥经年,纵浣濯数四,亦不消歇。辅国常置于座侧。一日方巾栉,而辟邪忽一大笑,一悲号。辅国惊愕失据,而鞭然者不已,悲号者更涕泗交下。辅国恶其怪,碎之如粉,以投厕中,其后常闻冤痛之声。其辅国所居里巷,酷烈弥月犹在,盖春之为粉而愈香故也。不周岁而辅国死焉。始碎辟邪,辅国嬖奴慕容官人,知异常物,隐屑二合。而鱼朝恩不恶辅国之祸,以钱三十万买之。及朝恩将伏诛,其香化为白蝶,竟天而去。当时议者以奇香异宝非人臣之所蓄也。④

宝物被皇帝赐给大阉之后,怪状百出,而且发出冤痛之声,暗示国宝所属非人。由此提出"奇香异宝非人臣之所蓄",反映了唐人对权臣僭越、天

①《唐五代志怪传奇叙录》,第120页。
②《旧唐书》卷一八四《宦者传·李辅国》,第4760页。
③《新唐书》卷二〇八《宦者传(下)·李辅国》,第5882页。
④苏鹗撰,阳羡生校点:《杜阳杂编》卷上,载《开元天宝遗事(外七种)》,第113页。

下失序的担忧。

中唐以来国力越来越弱，对于晚唐人而言，曾经的大唐繁荣早已遥不可及，面对日渐没落的王朝命运也无可奈何，因此唐末小说家只能在痛惜中追索国运衰败的踪迹，借宝物征兆论表达亡国悲慨，如苏鹗《杜阳杂编》中的宝物故事就极具政治色彩，这是生于乱世的文人对唐代衰亡命运的反思。苏鹗在僖宗"光启中进士第"①，创作《杜阳杂编》时"访问博文强记之士或潜夫辈，颇得国朝故实，始知天地之内，无所不有。或限诸夷貊，隔于年代，泊贡艺阙下，一不中所司抡选。屡接朝士同人语事，必三复其言，然后题于简册，藏诸箧笥"②。因此，《杜阳杂编》虽然内容驳杂，但创作态度谨严，特别是《玉辟邪》《软玉鞭》《同昌公主》等都借宝物命运反映了与唐朝兴亡相关的一些重要问题。

在《软玉鞭》中，苏鹗从盛唐天宝年间异国所献软玉鞭的得失中寻找宝物流失与国家衰亡之间的神秘关系：

> 上尝幸兴庆宫，于复壁间得宝匣，匣中获玉鞭，鞭末有文曰"软玉鞭"，即天宝中异国所献。光可鉴物，节文端妍，虽蓝田之美不能过也。屈之则头尾相就，舒之则劲直如绳，虽以斧锧锻斫，终不伤缺。上叹为异物，遂命联蝉绣为囊，碧玉丝为鞘。碧玉蚕丝即永泰元年东海弥罗国所贡……上令藏之于内府。至朱泚犯禁闱，其鞭不知所在。③

兴庆宫是玄宗当政时的政治中心，是玄宗召集、宴饮群臣和各国使臣的主要场所，画家曹霸曾"承恩数上南薰殿"，杨贵妃曾"沉香亭北倚栏杆"，可以说兴庆宫是盛唐繁华的见证。德宗在兴庆宫找到了玄宗年间外国进贡的软玉鞭，后又用代宗时弥罗国进献的碧玉丝装饰。因此在唐人眼中，软玉鞭不仅是珍贵的宝物，更是唐朝国力强盛的象征。但当朱泚发动叛乱时，名贵的软玉鞭神秘失踪了，这也预示着德宗时期已是唐朝的衰微阶段。软玉鞭的精美贵重及不知所踪都体现了宝物为信的观念，同时也揭示出在国家动乱年代，一切美好的事物和人类创造的文明成果都将遭到破坏甚至毁灭的事实。《明皇杂录》中，唐玄宗所驯舞马在国乱时被毙命的遭遇就印

---

① 《新唐书》卷五九《艺文志·小说家类注》，第 1541 页。
② 《唐五代志怪传奇叙录》，第 1120 页。
③ 《杜阳杂编》卷上，载《开元天宝遗事（外七种）》，第 111 页。

证了这一状况：

> 玄宗尝命教舞马，四百蹄各为左右，分为部，目为某家宠，某家骄。时塞外亦有善马来贡者，上俾之教习，无不曲尽其妙。因命衣以文绣，络以金银，饰其鬃鬣，间杂珠玉，其曲谓之《倾杯乐》者数十回，奋首鼓尾，纵横应节……其后上既幸蜀，舞马亦散在人间。禄山常观其舞而心爱之，自是因以数匹置于范阳。其后转为田承嗣所得，不之知也，杂之战马，置之外栈。忽一日，军中享士，乐作，马舞不能已。厮养皆谓其为妖，拥篲以击之。马谓其舞不中节，抑扬顿挫，犹存故态。厩吏遽以马怪白承嗣，命棰之甚酷。马舞甚整，而鞭挞愈加，竟毙于枥下。时人亦有知其舞马者，惧暴而终不敢言。[①]

舞马虽然是供玄宗娱乐之用，但它毕竟是人类聪明才智的结晶。安史乱后拥兵自重的节度使田承嗣将舞马看作妖怪而杀戮，折射了国乱时期人类文明极易遭受摧残和毁灭的命运。国乱时宝物丧失，而宝物丧失也就象征着国乱：

> 严遵仙槎，唐置之麟德殿，长五十余尺。声如铜铁，坚而不蠹。李德裕截细枝尺余，刻为道像。往往飞去复来。广明已来失之，槎亦飞去。[②]

广明是唐僖宗的年号，从公元 880 年开始，至 881 年结束，使用了两年。这时黄巢领导的农民起义军已攻陷洛阳，并入主长安，建立了大齐政权，唐僖宗被迫逃往四川，全国一片混乱。广明年间麟德殿上的仙槎自动飞去其实就是天下大乱的征兆。

宋代市民文化兴起，文人的关注点从帝王贵胄转向市井平民，即使描写帝王个人，亦多涉及生活琐事或个人私事，但宝物为信的观念依然流行，如宋初乐史的《杨太真外传》也继承了宝物运兆观。《杨太真外传》既铺叙了唐玄宗对杨贵妃的恩爱宠遇，也描写了安禄山起兵攻陷潼关后，贵妃被缢杀，玄宗被迫禅位，所有的富贵荣华都化为乌有的凄凉状况。整篇故事在昔盛今衰的强大反差中蕴藏着浓郁的感伤情绪，尤其是当玄宗自蜀还长

---

① 《明皇杂录》补遗，第 45 页。
② 《太平广记》卷四〇五《严遵仙槎》，第 3272 页。

安后,女伶谢阿蛮将杨贵妃所赐的臂环献出,玄宗言其来历:"此我祖大帝破高丽获二宝,一紫金带,一红玉支。朕以岐王所进《龙池篇》,赐之金带,红玉支赐妃子。后高丽知此宝归我,乃上言:'本国因失此宝,风雨愆时,民离兵弱。'朕寻以为得此不足为贵,乃命还其紫金带,唯此不还。"①玄宗对臂环的介绍不仅带有物在人亡的伤感,更显示出他对宝物国运论的重视。作为战利品,臂环是唐朝国力强盛的象征,特别是当玄宗得知高丽失去此宝而"风雨愆时,民离兵弱"后便留而不还,充分显示出不论是在中国还是在高丽,都非常重视宝物与国家命运的关系。

　　以谶语、宝物等为征兆的灵应事件,其实是人类将自己的主观意图附加在某种事物上的神秘主义的体现。北宋时期,一些头脑清醒的文人开始反思征兆论的荒诞:"凤凰,鸟之远人者也。昔舜治天下,政成而民悦,命夔作乐,乐声和,鸟兽闻之皆鼓舞。当是之时,凤凰适至,舜之史因并记以为美,后世因以凤来为有道之应。其后凤凰数至,或出于庸君缪政之时,或出于危亡大乱之际,是果为瑞哉……圣人已没,而异端之说兴,乃以麟为王者之瑞,而附以符命、谶纬诡怪之言。凤尝出于舜,以为瑞,犹有说也,及其后出于乱世,则可以知其非瑞矣。若麟者,前有治世如尧、舜、禹、汤、文、武、周公之世,未尝一出,其一出而当乱世,然则孰知其为瑞哉。"②

　　虽然谶兆观具有极强的主观性,但在君主专制时期,由于国君的权力不受制约,国家兴亡系于帝王个人,而谶兆观念和谶应故事能起到警示帝王使其自律或促使统治者对所定政策进行反省和调整,以避免国家滑向灭亡深渊的作用,因此,古代谶兆小说有一定的积极意义。

---

① 乐史:《杨太真外传》,载《宋代传奇集》,第 31 页。
②《新五代史》卷六三《前蜀世家》,第 795 页。

第七章　追寻乱因:上天意志

在科学不发达的时代,人们非常重视天意,认为人类社会和自然界都由天命主宰。即使是人为因素起决定作用的事件,也以天命作为让人信服的依据,如尧为了传位于有才德之人而考察舜十九年,但在禅位时却说"天之历数在尔躬"①;陈胜、吴广发动中国历史上第一次农民大起义时,虽然民众对秦的暴政已无法容忍,但为了聚拢民心,仍利用"狐鸣鱼书"的神异形式以表明他们是秉承天意;汉高祖刘邦为了证明自己是天子而编造出赤帝之子的神话。天命是古人解释事件合理性的最有力依据。

纵观古小说中的乱世天命主题,历代流行的谶兆故事就有极强的天命成分。但谶兆故事形式单一,内容较为穿凿,且大多只记表面现象。而虽直言天命却反思乱世本质的小说从唐代开始大量出现,它们在天命论中触及了许多社会问题和政治理念。这一创作倾向以隋末唐初的《古镜记》为开端,"《古镜记》表面看似乎是若干怪异小故事的连缀,其实是一个以运数为基本思想、以古镜为线索的统一叙事结构,在荒诞形式中凝聚着悲凉的家国之感"②。古镜虽然是气数的象征,有浓烈的以神奇之物支配国家命运的天命色彩,但作者更揭示了国乱之前的各种社会问题,如大业九年"天下大饥,百姓疾病,莁陕之间,疠疫尤甚"和大业十年(614)"盗贼充斥"等民不聊生、盗乱肆起的衰世景象。正是这些具体的社会观照,才使宝镜的丧失和国家丧乱之间的关系具备了让人信服的力量,使天命意识有了坚实的现实基础。自此之后,无论是天道循环、异人预言还是命定主宰成败等各种天命形式的乱世故事,它们都蕴含着深厚的现实基础。

第一节　天道循环乱世出

"天下大势,分久必合,合久必分。周末七国分争,并入于秦。及秦灭

---

① 《春秋繁露·郊语》,第537页。
② 《唐五代志怪传奇叙录》,第43页。

之后,楚、汉分争,又并入于汉"的社会演进历程,使人们在总结分合交替、治乱相间的根源时,出现了与之相匹配的天道循环论。这一思想在唐末极其盛行,这是因为一方面到唐朝为止,中国封建社会运行了千余年,政权更迭频繁,乱世经常出现,这使人们感到国家的治乱如同季节的更替一般;另一方面,唐朝本身也是一个治乱相间的王朝,开元盛世时虽然国强民富,但安史乱后,曾经的辉煌一扫而光,社会弊端日渐增多,政治危机重重,百姓日益困苦,宣宗中兴的短暂恢复仍阻止不了李唐王朝衰落的趋势,直至僖宗年间黄巢起义,昭宗之后朱温废唐自立。面对安史乱后的种种政治问题,晚唐时期借小说反思治乱之理的作品增多,如唐末的《大唐奇事记·管子文》就通过一个化名管子文的笔精与奸相李林甫的交往,不仅阐述"当举文治天下之民,举武定天下之乱"的为相之道,又明确提出"夫治生乱,乱生治,今古不能易也。我国家自革隋乱而治,至于今日,乱将生矣"的治乱循环思想。

　　治乱循环论在晚唐以来的小说中特别突出,除《大唐奇事记》外,柳祥的《潇湘录》及杜光庭的神仙小说也多有类似观念。《潇湘录》是一部思想性和艺术性都很高的小说集,对乱世的思考有较完整的系统性,其中《奴苍璧》借鬼神之口表达了天道循环观。《奴苍璧》也以致使盛唐政治日益腐败的奸相李林甫为谈论话题,以李林甫的家奴暴死后魂游阴府的经历为线索,通过天神之口预言安禄山将叛,并提出"唐君绍位临御以来,天下之人,安堵乐业,亦已久矣。据期运推迁之数,天下之人,自合罹乱惶惶"[1],把安史之乱的出现归为天数运行,把乱中人们遭难、死亡的命运看成是天道运行的结果。

　　杜光庭依附前蜀王建时编撰的大量神仙类书籍虽有取媚于王氏之嫌,但在阐述神仙之道时经常表露出对王朝兴废的看法,如《墉城集仙录·云华夫人》中,王母之女云华夫人向禹讲道时说"废兴之数,治乱之运",皆"禀之于道,悬之于天"[2]。尤其是在"旨乃弘扬仙凡通感"的《神仙感遇传》中,《道士王纂》由神仙之口阐述盛衰循环论,不仅有厚重的理论基础,而且充满了浓郁的伤感情怀。当悲天悯人的王纂痛惜"西晋之末,中原乱离,饥馑

①柳祥:《潇湘录·奴苍璧》,载《唐五代传奇集》第四编卷一〇,第2810页。
②《杜光庭记传十种辑校·墉城集仙录》卷三《云华夫人》,第605页。

既臻，疫疠乃作。时有毒瘴，殒毙者多，闾里凋荒，死亡枕籍"的状况，希望上天能够救助生灵时，道君劝导说："夫一阴一阳，化育万物，而五行为之用。五行互有相胜，各有盛衰，代谢推迁，间不容息。是以生生不停，气气相续，亿劫以来，未始暂辍也……然而季世之民，浇伪者众，淳源既散，妖诈萌生。不忠于君，不孝于亲，违三纲五常之教，自投死地。由是，六天故气，魔鬼之徒，与历代已来，将败军死，聚结为党，亦戕害生民，驾雨乘风，因衰伺隙，为种种病。中伤极多，亦有不终天年，罹其夭枉者。"①道君用五行相胜论来解释无法避免的乱世，把乱中百姓的丧亡归结为劫数及末世之民违背纲常伦理的结果，这是在前代五行观的基础上对乱世必然来临的自我安慰。

南唐刘崇远的《耳目记》多载"唐以降耳闻目睹朝野遗事"②，其中《大明神》也借天数来解释无法避免的乱世。天祐年间的李甲在唐末乱世靠入山伐薪度日，夜间听到众神谈话，面对众神所谈的治理方略，大明神却说："诸公镇抚方隅，分理疆野，或水或陆，各有所长。然而天地运行之数，生灵厄会之期，巨盗将兴，大难方作。虽群公之善理，其奈之何？……余昨上朝帝所，窃闻众圣论将来之事。三十年间，兵戎大起。黄河之北，沧海之右，合屠害人民六十余万人。"③也就是说众神的励精图治也不能阻挡天地运行的规律，阻止不了大乱的出现。

唐末五代小说家借神鬼阐发天道循环的乱世论其实是饱经乱离之苦的人们对大乱必然来临的一种无可奈何的自我慰藉方式。南宋小说家也深受唐代盛行的治乱循环论的影响，并以此来解释北宋末年突然发生的靖康之变，如《夷坚志·倪辉方技》运用术数理念推演北宋亡国时间：

> 成都人倪辉，妙于数术。靖康丁未之春，王室不靖，蜀去朝廷远，音驿断绝，识者以为忧。成都倅虞齐年、窦审度同谒辉，询之曰："国势如此，先生当知之？"辉曰："此正古人所谓三月无君之时。历家以闰月为天纵，去年置闰在十一月，北方愈盛，火至此衰歇。京城苟不守，必以是月。使日官有先见之明，移闰在五月，以助火德，犹有可扶之理。

---

①《杜光庭记传十种辑校·神仙感遇传》卷六《道士王纂》，第 508 页。

②唐五代志怪传奇叙录》，第 1592 页。

③刘崇远：《刘氏耳目记·大明神》，载《唐五代传奇集》第五编卷一一，第 3290 页。

今无及矣。然吾以数推之,国家历数,至丙午才余一算,今年五月一日,算当复生,其数无穷。然去今尚两月,未知能及此日否?"因请虞、窦各布课。虞之占得申酉戌,窦之占得戌酉申。卦成,喜曰:"无忧矣。二课初传极艰棘,中传而定,末传极佳。宋祚当从是愈永,然课中赦书神动,不出百日当有大需,可验也。"二公且喜且惧。既而闻京师果以闰月陷,五月一日上即位于南京,赦书至成都,与辉筮日相去盖九十五日。①

这个故事把北宋灭亡、赵构称帝统统归之于卜筮历算。这很可能是洪迈借术士推断国事来宣传卜术的方法,它和《夷坚志》中其他替人卜课的故事在本质上是一致的。宋代文人的神秘意识甚于唐代,他们常用看似精细的演算来推测人事,诸如为了宣传谢石拆字之神,就讲述他曾因徽宗写一"朝"字而预测他的皇帝身份和"黥配远行"的命运②,将家国兴亡完全归之于神秘力量,这使有关治乱的天道循环理念陷入机械的占卜论。与唐人在治乱相循中揭示社会问题和政治弊端相比,其实是一种退步。

在封建王朝世袭制的传承方式下,帝王是国家的象征,对国家兴衰起着决定作用,因此,用天道循环思想解释乱世时出现了另一种形式,即"帝王冤报致国乱"的报应论。因果报应是古人解释国家及个人命运时的主要思想依据,它其实是天命观的变种,体现了人们朴素的善恶理念,反映了世人对某人某事的同情或愤怒之情,如把三国时期曹操、刘备、汉献帝说成是韩信、彭越和刘邦的后身③,就折射了世人对刘邦定天下后杀戮功臣的不满;而把灭北宋的金军统帅斡离不说成是赵匡胤的后身④则表达了人们对赵匡胤死因不明、其后代不能继位等遭遇的同情。可以说帝王报应论是用

---

①《夷坚志·夷坚甲志》卷一七《倪辉方技》,第 147 页。

②何莲:《谢石拆字》,载《宋代传奇集》,第 454 页。

③冯梦龙《喻世明言》卷三一《闹阴司司马貌断狱》写的就是韩信、刘邦、彭越等人在冥司被判后身为曹操、汉献帝、刘备的故事。

④亲历北宋灭亡的佚名文人所写的记录当时情况的《呻吟语》中有这一传说的影子:"吴乞买当金太祖朝尝使汴京,其貌绝类我太祖皇帝塑像,众皆称异。"(见《靖康稗史笺证》,第 225 页。)而金人入侵北宋制造靖康之变时的统治者正是吴乞买。后来宋人所编的野史则称侵宋的主帅斡离不(即完颜宗望)是赵匡胤的后身,如《宋稗类钞》中有这样的话:"斡离不破汴京,杀太宗子孙几尽。宋臣有诣其营者,观其貌绝类艺祖。伯颜下临安,有识之者。后于帝王庙见周世宗像,分毫不爽。"(见潘永因编,刘卓英点校:《宋稗类钞》卷一,书目文献出版社,1985 年,第 33 页。)可见在宋代,赵匡胤屈死的说法已经形成。

民间惩恶扬善的意识来评判统治阶级内部的争权夺位事件。

魏晋南北朝以来，随着佛教的传入，冤报思想泛滥，《宣验记》《应验记》《冥祥记》《冤魂志》等小说如雨后春笋般出现，它们多是"释氏辅教之书"，常用因果报应解释国家命运及个人遭遇，如《冤魂志·夏侯玄》就将西晋国内大乱归为曹氏集团的冤报所致：

> 魏夏侯玄字太初，亦当时才望，为司马景王所忌而杀之。玄宗族为之设祭，见玄来灵座，脱头置其旁，悉取果实酒肉以内颈中，既毕，还自安，言曰："吾得诉于上帝矣，司马子元无嗣也。"寻而景王薨，遂无子。其弟文王封次子为齐，继景王后。攸薨，攸子冏嗣立，又被杀。及永嘉之乱，有巫见帝云："家倾覆，正由曹爽、夏侯玄二人，诉怨得申故也。"①

张鷟的《朝野佥载》多记初唐及前朝的政坛逸闻，果报意识鲜明，尤其在有关国乱的问题上表现得更为突出：

> 梁武帝萧衍杀南齐主东昏侯，以取其位，诛杀甚众。东昏死之日，侯景生焉。后景乱梁，破建业，武帝禁而饿终，简文幽而压死，诛梁子弟略无孑遗。时人谓景是东昏侯之后身也。②

> 梁简文之生，志公谓武帝曰："此子与冤家同年生。"其年，侯景生于雁门，乱梁，诛萧氏略尽。③

张鷟将梁代的侯景之乱完全归于佛教的三世论和统治阶级内部的私人冤报，显示出善恶报应论和佛教人生论的融合。

虽然因果报应论充满神秘色彩，但也有小说家借此来抨击帝王之失，如晚唐曹邺的《梅妃传》就借冤报思想来批评玄宗的怠政误国。"殊不知明皇耄而忮忍，至一日杀三子，如轻断蝼蚁之命。奔窜而归，受制昏逆，四顾嫔嫱，斩亡俱尽。穷独苟活，天下哀之。传曰：'以其所不爱，及其所爱。'盖天所以酬之也。报复之理，毫忽不差。"④在报应外壳下，表达了对玄宗宠信奸臣、杀害亲子行为的强烈不满，其实质是对玄宗任人失误的犀利批判。

---

① 颜之推著，罗国威校注：《冤魂志校注》，巴蜀书社，2001年，第26页。
② 《朝野佥载》补辑，第155页。
③ 《朝野佥载》卷六，第147页。
④ 曹邺：《梅妃传》，载《唐五代传奇集》第三编卷一一，第1364页。

第二节　异人预言乱世降

古人为了表现先见之明,常用预言和谣谶的形式予以展示。在古小说乱世天定故事中预言和谣谶的功能相似,都以提前预示的形式表明乱世必然来临。但谣谶具有隐晦性,大都表现为学识渊博之人在乱世到来后解释谶语的具体含义,将其与国乱时的社会、民生相关联;而预言则多是世外高人或鬼神直接说出战乱到来的时间或地点,易被人理解和接受。

汉魏以来,神仙之学勃兴,那些经过长期修炼拥有神奇法术或医术的道士、异人大都受到世人的尊崇。晋代葛洪的《神仙传》以宣传道教神仙思想为目的,在展示道仙的奇异本领时虚构了大量能够预言乱世的得道之人,如卫叔卿在太上老君的派遣下拜访汉武帝,"诚帝以大灾之期,及救危厄之法,国祚可延",被武帝怠慢后,告诫其子"今世当大乱,天下无聊,后数百年间,土灭金亡",让他学习神素书,按方服之;太原尹轨,"言天下盛衰安危吉凶,未尝不效";安定人尹思在晋元康五年(295)告诉其子"当大乱三十年"①。这些道人、神仙都关注国家兴亡,预言天下大乱,反映了世人对国乱时艰的担忧。

魏晋南北朝的长期割据动荡,使人们对乱世甚为恐惧,因此渴望有能预知天下形势的智者出现。《九江记·顾保宗》通过顾保宗与化为老翁的鱼精的对话预知国家变革。老翁首先告诉他"世方兵乱,闲退何词",接着推算"后年易号。复一岁,桓玄盗国。盗国未几,为卯金所败",又说"不及二十稔,当见大命变革"。结果老人所说之事都一一应验,"后二岁,改隆安七年为元兴,元兴二年,十一月壬午,桓玄果篡位。三年二月,建武将军刘裕起义兵灭桓玄,复晋安帝位。后十七年,刘裕受晋禅。一如鱼之所言"②。鱼精老翁的预言实际上是对东晋末至刘宋建立的二十年间天下大乱形势的总结。

在唐玄宗统治的四十多年里,唐人既充分感受到了盛世荣耀,也深刻体会到了战乱的残酷,因此一些思想敏锐的文人在安史之乱结束不久就借

①《神仙传》,第 300、344、378 页。
②《太平广记》卷四六八《顾保宗》,第 3858 页。

异人预言来反思这场叛乱的严重后果。代宗年间戴孚的《广异记》对国乱问题多有反映，据顾况《戴氏广异记序》所说"至德初，天下肇乱，况始与同登一科。君自校书终饶州录事参军，时年五十七"①，可知戴孚亲历了安史之乱。由于他亲历战乱且乱后在地方做官，对乱世中的各种灾难感触颇深，因此，《广异记》虽以记异为目的，但笔锋所至触及了许多与乱世相关的社会与人生。如《赵佐》通过天宝末年的赵佐梦游地府，遇见秦始皇告诫他"人间不久大乱，宜自谋免难，无久住京城也"，表现了人们对乱世的恐惧以及渴望能提前得知以成功避乱的愿望；《李及》中，被误抓入冥府的李及听到鬼吏说"禄山反，杀百姓不可胜数，今日车般死案耳"，揭示了乱世中百姓无辜丧命的事实；《郑相如》中，异人郑相如告诉他在朝做官的叔父郑虔，"然国家至开元三十年，当改年号，后十五年，当有难。天下至此，兵革兴焉，贼臣篡位。当此时，叔应授伪官，列在朝省，仍为其累。愿守臣节，可以免焉。此后苍生涂炭未已"②。无论是鬼神预告安禄山反叛杀人，还是异人郑相如预言天宝年间必有乱生，而且乱后"兵革兴焉"，"苍生涂炭未已"，都折射出曾饱受乱世创伤的作者虽深知战乱的破坏力却又无力改变的痛苦心理。

薛用弱的《集异记》"取材多涉文士将相之属，人事者多，虽颇及神异，要亦神仙异人、幽明感应之事，罕有狐鬼精魅，是故怪诞气少而趣旨雅正"③，其中对安史之乱及玄宗幸蜀的必然性多有涉及。如《徐佐卿》④讲述了变为仙鹤的青城道士徐佐卿在游历途中被玄宗射中，之后他把箭送至青城，并预言箭主必将身临此地，后来安史之乱爆发，玄宗幸蜀，见到此箭，大为惊异。作者通过徐佐卿的玄妙道术，凸显了安史之乱及玄宗幸蜀的必然性。《崔圆》写天宝末年崔圆在益州做官见到诸神移舟，神人预言"天子将幸巴剑，蜀中诸望神祇，迁移避驾，幸无深怪"⑤，与《徐佐卿》的主旨如出一辙。《汪凤》采用《古岳渎经》的叙事模式，通过发石柜得石铭的方式，表明

---

① 《广异记》，第 2 页。
② 《太平广记》卷八二《郑相如》，第 531 页。按：此篇原缺出处，《太平广记》明钞本作出《广异记》，中华书局方诗铭辑校本《广异记》没有收入。
③ 《唐五代志怪传奇叙录》，第 655 页。
④ 《太平广记》注出《广德神异录》，但据李剑国考证，认为"疑后人取《集异记》以益《广德神异录》"。见《唐五代志怪传奇叙录》，第 644 页。
⑤ 《集异记》补编《崔圆》，第 39 页。

早在南朝陈后主时就有道士预言唐朝时胡人安禄山会发动叛乱,乱世前定的思想强烈。与《集异记·汪凤》相似,韦绚《刘宾客嘉话录》也讲述了早在南朝梁代就有人预言安禄山将要作乱的奇事①;《感定录·张九龄》中,张九龄在开元末对同僚说"乱幽州者,是胡也"②,预测了安禄山叛乱的必然性。众多围绕安史之乱而展开的前定故事,将这场大乱给唐代社会及士人心理造成的巨大冲击展示得淋漓尽致。

安禄山叛军攻破潼关后,玄宗仓皇离京,在马嵬驿被迫赐死杨贵妃,杨国忠及其他杨氏姐妹也被一网打尽。应该说杨氏被灭是民意所向,大快人心之事,但从仁爱的角度看,那些没有危害朝政的杨氏家族成员或婴幼儿则是无辜的。中唐的韦绚就关注到了这个问题,如《戎幕闲谈·郑仁钧》写郑仁钧兄弟与姑母和表弟住在洛阳上东门,郑氏的姑表弟看似凡人,实乃"天曹判官",郑氏的姑表妹则是杨国忠的儿媳。安史乱前,郑之表弟向其母预言,"此地当有兵至,两京皆乱离","此时杨氏百口,皆当诛灭。唯姊与甥,可以免矣",果然"明年,禄山叛。驾至马嵬,军士尽灭杨氏,无少长皆死。其姊闻乱,窜于旅舍后,潜匿草中得脱","其姊遽往视之,则其儿尚寐。于是乃抱之东走"③。郑仁钧表弟的预言意在表明安禄山叛乱的必然性,其中杨国忠儿媳及其孙子在乱中逃生的命运,反映了马嵬之变时的混乱场面以及人们对弱小无辜者的同情和体谅。

唐朝末年,社会千疮百孔,宦官专权、藩镇割据、朋党之争等各种问题相互交织,一起侵蚀着国家生存的根基,王朝行将覆灭。《南楚新闻·尔朱氏》中,白马神在咸通年间预言"天下将乱,今天子亦不久驭世也"④,就表现出文人对国家即将灭亡的担忧和痛惜。《稽神录·华阴店姬》通过昭宗天复年间士人杨彦伯在华阴旅店听老板娘告诫说"京国将有乱,当不可复振,君当百艰备历"⑤,并一一应验的经历,反映了人们对唐末大乱丛生、人生艰难的无奈情绪。

---

① 《刘宾客嘉话录》:"逆胡将乱于中原,梁朝志公大师有语曰:'两角女子绿衣裳,却背太行邀君王,一止之月必消亡。'两角女子,'安'字;绿者,'禄'字也;一止,正月也,果正月败亡。圣矣,符志公之寓言也。"见韦绚撰,陶敏、陶红雨校注:《刘宾客嘉话录》,中华书局,2019 年,第 22 页。
② 《太平广记》卷一七〇《张九龄》,第 1242 页。
③ 韦绚:《戎幕闲谈·郑仁钧》,载《唐五代传奇集》第三编卷一,第 1024—1025 页。
④ 《太平广记》卷三一二《尔朱氏》,第 2469 页。
⑤ 《稽神录》拾遗《华阴店姬》,第 71 页。

　　北宋灭亡后,中原民众遭受的蹂躏和痛苦使宋人在宣扬政治天命观时带有浓烈的人事反思。宋人在思考亡国之因时,宋徽宗成了众矢之的。由于道士是最有预言本领的异人,徽宗又是宋朝最佞道的帝王,因此通过道士之口更能揭示出北宋灭亡的核心问题。徽宗最宠信的道士是林灵素,"林灵素,温州人……帝心独喜其事,赐号通真达灵先生,赏赉无算。建上清宝箓宫,密连禁省。天下皆建神霄万寿宫……灵素益尊重,升温州为应道军节度,加号元妙先生、金门羽客、冲和殿侍晨,出入呵引,至与诸王争道。都人称曰'道家两府'","在京师四年,恣横愈不悛,道遇皇太子弗敛避"①。在林灵素的蛊惑下,宋徽宗下令各州县广建道观"神霄宫",并将各地宫观道士与各级地方官员职位等同。道士由此仗势豪夺,以"神霄宫"之名大量兼并田产,致使民不聊生。

　　林灵素的种种传道和狂妄行为被当时的朝廷官员耿延禧纳入笔端,写下了《林灵素传》②。继耿延禧之后,南宋初的中兴名臣赵鼎又创作了《林灵蘁传》(林灵蘁即林灵素)。耿延禧和赵鼎都亲身经历了徽宗朝的腐败政局和靖康之变的乱世场景,对北宋亡国时的种种灾难和痛苦感触极深。但与力主割地议和的耿延禧不同,赵鼎在两宋之际力挽狂澜的政治才能和政治贡献是独一无二的。因此耿延禧的《林灵素传》只相对客观地记述了徽宗对林灵素的宠爱和钦宗对林氏的不满,而赵鼎的《林灵蘁传》不但暴露了徽宗崇信道教、沉迷道术的荒唐行为,而且通过林灵蘁的预言和神术披露了大乱之前朝臣对徽宗的劝谏以及徽宗不知悔改而使乱至的罪恶。在《林灵蘁传》中,林灵蘁自幼聪慧至极,后又得神书而道行极高,入宫后受到徽宗宠信。在他的神符作用下,徽宗见到了已经逝世成仙的皇后,皇后告诫徽宗:"愿陛下知丙午之乱,奉大道,去华饰,任忠良,灭奸党,修德行,诛童、蔡,此祸可免,他时玉府再会。天颜不然,则大祸将临。"后又施符让北斗七真降语劝帝,"幸速避地,勿尚奢华,当出圣断,毋听奸邪所败";让西王母进言,"察奸臣,迁都长安,法太祖、太宗行事,虽见小灾,不为大祸。不然,后悔无及矣"。这些仙人、天星对徽宗的预言和告诫,与其说是警示他大难将至,不如说是在指责他奢侈无度、宠奸误国的罪行,旨在向世人宣告天意降下的丙午大

---

①《宋史》卷四六二《林灵素传》,第 13529 页。
②耿延禧:《林灵素传》,载《宋代传奇集》,第 438 页。

祸实际是徽宗的昏聩奢侈造成的。

赵鼎看似对林灵蘁充满崇敬,其实这只不过是他表达政治观念的方式。由于徽宗对林灵蘁极为尊崇,以至于他可以自由出入宫中,有机会洞察徽宗的各种心理想法,因此通过林灵蘁的行为和言语来暴露徽宗误国亡国之举更有说服力。如林灵蘁在奏章中说:"臣初奉天命而来,为陛下去阴魔,断妖异,兴神霄,建宝箓,崇大道,赞忠贤。今蔡京鬼之首,任之以重权,童贯国之贼,付之以兵卫。国事不修,奢华太甚。彗星所临,陛下不能积行以禳之;太乙离宫,陛下不能迁都以避之。人心则天之舍,皇天虽高,人心易感也,故修人事可应天心。若言大数不可逃,岂知有过期之历……切忌丙午、丁未,甲兵长驱,血腥万里,天眷两宫不能保守。"①林灵蘁预测的丙午、丁未之年即钦宗继位后的靖康年间,正是金人入侵汴京、国家大乱之时,因此他的言论其实是赵鼎对徽宗朝腐败问题的揭露和对国家大乱的担忧,通过林灵蘁之口,赵鼎表达了天命就是人事的大命观。

徽宗朝的种种祸国乱政之举人人愤恨,甚至连奸臣自身也深感不安,如与其父蔡京同样奸邪的蔡絛,参与了徽宗年间的各种政治事件,并目睹靖康之变后动荡、衰败的社会现实,因此他在《铁围山丛谈》中对"宋代君臣的穷奢极欲,下级官吏的贪婪暴虐,官宦之争,民间之苦,以及岭南地区的风俗民情,在客观上也有不同程度的披露和记述"②。其中记载了徽宗朝的一个异人魏汉津,他"明乐律,晓阴阳数术,多奇中",崇宁年间朝廷"制《大晟乐》,铸九鼎,皆其所献议",他告诉亲近之人"不三十年,天下乱矣"③。崇宁是徽宗继位后的第二个年号,从 1102 年开始,二十五年后导致北宋灭亡的靖康之变发生,因此魏汉津对天下大乱的预言是准确的,也就是说在徽宗当政初年就有人感受到天下将乱的气氛了。这个预言看似神奇灵验,其实折射出徽宗时期人们对国家形势的敏锐判断。

南宋初的王明清在《投辖录》中记载了一个自称是龙主的异人与京城太学生在宣和七年的交往经历,龙主告诫诸生"不过一岁,此城当毁,虽外城亦然,地皆瓦砾之场","胡骑将犯阙,天子当北狩,城破日大雪,天下自此遂乱。诸君毋以升斗之计顾惜弗归,宜各怀亲念家,急出都即可免。不然

---

①赵鼎:《林灵蘁传》,载《宋代传奇集》,第 448—451 页。
②《铁围山丛谈·点校说明》,第 3 页。
③《铁围山丛谈》卷五,第 87 页。

非某所知"①。龙主的劝告其实就是对金人入侵、徽钦二帝被俘的预言，因为宣和七年十二月徽宗禅位给钦宗，未及一年，即靖康元年冬金人就攻陷了汴京城。据时人记载，自靖康元年闰十一月十一日至靖康二年正月二十八日，京城时常大雪，"小民饿死道路，动以千计。米斗两千，肉无所食，至猫鼠杂兽捉尽"②，可见王明清是用预言的方式暗示靖康之乱时世人饥寒交迫的悲惨状况。与之相似，《夷坚志·龙可前知》用暗语和预言折射了大乱到来的时间以及大乱之前人们的警觉之态：

> 东平龙可，字仲堪，邃于历学，能逆知未来事。宣和末，赵九龄见之于京师。赵以父病急归，遇可于门，可曰："京师将有大变，吾亦从此去矣。"扣之，曰："火龙其日，飞雪满天。"明年，金虏犯都城，以丙辰日不守。时大雪连绵，皆符其语。③

面对国家覆亡的命运，人们虽惊慌惧怕，却无力扭转，因此乱世前定成了最好的借口，除《龙可前知》外，《夷坚志·王俊明》以望气之理预言汴京王气已尽也是天定思想的体现：

> 蜀人王俊明，洞知未来之数，虽瞽两目，而能说天星灾祥。宣和初在京师，谓人曰："汴都王气尽矣。君夜以盆水直氐房下望之，皆无一星照临汴分野者。更于宣德门外密掘地二尺，试取一块土嗅之，躁枯索寞，非复有生气。天星不照，地脉又绝，而为万乘所都，可乎?"即投匦上书，乞移都洛阳。时中国无事，大臣交言其狂妄，有旨逐出府界，寓于郑许间。靖康改元，颇思其言，命所在津遣，召入禁中询之，犹理前说曰："及今改图，尚为不晚。"④

精通历学的王俊明虽是盲人，但却察天地之气而知"天星不照，地脉又绝"的汴京将不能再为帝都，并预言国家将乱以及乱中的社会状况，其本质就是国运天命观。望气说在中国古代源远流长，信服者多，如秦始皇见金

---

①《投辖录　玉照新志》，第27页。
②《靖炎两朝见闻录》卷上，载《全宋笔记》第三编第五册，第175页。
③《夷坚志·夷坚丙志》卷一四《龙可前知》，第486页。
④《夷坚志·夷坚乙志》卷一四《王俊明》，第301页。

陵有王气便埋宝物以当之①，五代异人郑山古通过望气而断定前蜀当灭："此国于五行中少金气，有'剥金'之号，曰'金炀鬼'。此年蜀宫大火，至甲申、乙酉，则杀人无数。"②

南宋文人从北宋灭亡中感受到世事无常，因此便把许多国乱事件归结为前定和神力主宰。《鸡肋编》就以前人预言的形式表明唐代朱泚之乱和宋高宗时金人入侵浙东是必然的：

> 建炎三年己酉，胡骑至浙东破四明，明年虏去。时吕源知吉州，葺筑州城，役夫于城脚发地，得铜钟一枚，下覆瓷缶，意其中有金璧之物，竟往发之，乃枯骨而已。众忿其劳力，尽投于江中。视铜钟之上有刻文，云"唐兴元初，仲春中巳日，吾季爱子役筑于庐陵，陨于西垒之巅。吾时司天文昭政令晦明。康定之始，末欲茔于他山，就瘗于西垒之垠。吾卜兹土，后当火德，五九之间，世衰道微。浙、梁相继丧乱之时，章、贡唐昌之日，复工是垒，吾亦复出是邦。东平枭工决使吾爱子之骨，得同河伯听命于水府矣。京兆逸翁深甫记。"按唐兴元元年甲子岁，朱泚、李怀光僭叛，德宗自奉天移幸梁州之岁。二月十二日甲子，李怀光反，中巳盖十七日己巳也。康定之始，则六月甲辰，泚始伏诛，七月壬午至自兴元之时也，迨建炎四年庚戌，三百四十七年矣。如火德浙、梁，相继唐昌、东平水府之谶，莫不皆符。但五九之数未解，而复出是邦，未知为谁。则逸翁之术亦可谓精矣！③

除了异人直接预言乱世将至外，还有一种是通过个人命运变化而预示国家将有大乱。《广异记·郑相如》中，郑相如为族叔预言官运并指点他任职伪朝时守臣节就折射了国乱的必然性。《明皇杂录·僧人义福》和《剧谈录·李邺侯救窦庭芝》两篇在预言官员命运巨变的同时也证明了乱世前定：僧人义福预言房琯为中兴名臣而张均兄弟将遭大难，葫芦生指出李泌

---

①《综别传》："胡综博物多识。吴孙权时，有掘地得铜匣长二尺七寸，以琉璃为盖，雕缕其上。得一白玉如意，所执处皆刻龙虎及蝉形。时莫能识其所由者。权以综多悉往事，使人问之。综云：'昔秦始皇东游，以金陵有天子气，乃改县名。并掘凿江湖，平诸山阜，处处辄埋宝物，以当王土之气。事见于秦记，此盖是乎。'众人咸叹其洽闻，而怅然自失。"见《太平广记》卷一九七《胡综》，第1475页。

②《北梦琐言·逸文》卷一《郑山古授黄承真阴符》，第379页。

③《鸡肋编》卷下，第101—102页。

必贵而点拨窦庭芝厚待以求日后免祸,后来房琯、张均兄弟及窦庭芝的个人命运确如预言那样随着乱世的来临而发生逆转。这些故事都通过官员个人命运的变化表达了乱世天定论,正如《感定录·李泌》中肃宗发出"天下之事,皆前定矣"的命运之叹一样,都有一种无可奈何的味道。

《剧谈录》中窦庭芝因葫芦生指点而结交李泌的传说在《感定录》①《邺侯外传》②和《唐语林》等文献中均有载录,《广异记》中郑相如预言的灵验性在钟籅《前定录》③中亦有记载。这些可能是同一故事的不同流传版本,它们被小说家津津乐道的转载充分显示出世人对这一题材的浓厚兴趣。

唐人卢求的《报应记》多为"僧俗持念《金刚经》化凶为吉之事"④,其中《陆康成》中鬼吏让陆康成念《金刚经》而在乱中保全性命的经历亦是通过个人遭遇反映国乱前定的典型:

> 唐陆康成尝任京兆府法曹掾,不避强御。公退,忽见亡故吏抱案数百纸请押。问曰:"公已去世,何得来?"曰:"此幽府文簿。"康成视之,但有人姓名,略无他事。吏曰:"皆来年兵刃死者。"问曰:"得无我乎,有则检示。"吏曰:"有。"……明年,朱泚果反,署为御史,康成叱泚曰:"贼臣敢干国士!"泚震怒,命数百骑环而射之。康成默念《金刚经》,矢无伤者。泚曰:"儒以忠信为甲胄,信矣。"乃舍去。康成遂入隐于终南山,竟不复仕。⑤

以个人命运前定展现国家动荡局势的故事在《夷坚志》中颇为常见,如《大散关老人》和《蜀中道人》:

> 政和末,张魏公自汉州与乡人吴鼎同入京省试。徒步出大散关……老父出迎客……二人同辞而问曰:"老父岂能相乎?"……吴生指魏公曰:"张秀才前程如何?"起而答曰:"此公骨法,贵无与比。异日中原有变,是其奋发之秋,出将入相,为国柱石。"⑥

> 张魏公宣和中为成都士曹,母卜冀夫人奉道……尝有一客至,叹

---

①《太平广记》卷一五〇《李泌》,第1079页。

②《太平广记》卷三八《李泌》,第244页。

③《太平广记》卷一四八《郑虔》,第1068页。

④《唐五代志怪传奇叙录》,第997页。

⑤《太平广记》卷一〇六《陆康成》,第715页。

⑥《夷坚志·夷坚乙志》卷一二《大散关老人》,第283页。

曰:"夫人当有贵子,今安在?"……拱白曰:"公之贵相在语声与行步间。从此不十年,海内将乱,公当出入将相,掌握兵柄,为国家立事建功。愿自爱。"①

这两则故事都是宣扬张浚命中该做大官的命定思想,但张浚发达的机缘却是在国家乱亡之时。个人命运的变化源于国家大乱,大散关老人的"异日中原有变"和蜀中道人"不十年,海内将乱"的话语都是对靖康之变的预示。在异人对张浚命运的预言中,蕴含了宋人渴望能出现力挽狂澜的忠勇之士以担当起振兴国家重担的愿望。其实张浚并没有像《夷坚志》所说的那样功勋卓著,周密《齐东野语·张魏公三战本末略》就通过富平之战、淮西之变、符离之师三次战役的败绩揭露了张浚公报私仇、任人不当、不听劝谏而使国家失去大将、人心和战机的事实。

异人预言乱世的故事大都出现在乱世之后或作者正在乱中挣扎之时,其写作目的是通过预言表现出对乱之原因的探讨或对国家一些重大事件的思考,具有一定的反思精神。

第三节　成败死亡由天定

天命所归不仅指王朝的建立是上天的意志,而且王朝的灭亡也是天意的结果,因此,乱军的出现或作乱分子的成败亦是天意的显示。

卢肇《逸史·回向寺狂僧》以仙人预言的形式表明安禄山叛乱是"权代汝主者。国内当乱,人死无数。此胡名磨灭王"②的奉仙命而行事,首开叛乱之人乃秉天命而行的先河③。继《逸史》之后,皇甫氏的《原化记·西市人》④中,一市人梦中入冥后看到朱泚荷枷带锁恳请不叛,但冥吏却斥责他"君合当此事,帝命已行,诉当无益"⑤,把朱泚作乱看成是被逼无奈的替天行事,在细致的场景描写中表现了叛乱者受天命而作乱的观点。《逸史》和

①《夷坚志·夷坚支景》卷二《蜀中道人》,第894页。

②卢肇:《逸史·回向寺狂僧》,载《唐五代传奇集》第三编卷一五,第1511页。

③卢肇曾受知于李德裕,会昌三年状元及第,《逸史》所载之事"多神仙异人、前定感通,罕涉鬼魅精怪"。见《唐五代志怪传奇叙录》,第868、895页。

④据李剑国考证,《原化记》的作者"皇甫氏,名不详,自号洞庭子,本书遗文记事下逮开成中,又采录卢肇《逸史》之事,武宗、宣宗时人也"。见《唐五代志怪传奇叙录》,第911页。

⑤《太平广记》卷二八〇《西市人》,第2233页。

《原化记》中"乱乃天命"的主题体现了作者对唐代藩镇作乱的消极态度。

唐末柳祥的《潇湘录》中有预言黄巢乱天下之事,可以推测此书应成于广明之后,当时唐王朝在黄巢起义的打击下已名存实亡,皇帝的权威丧失殆尽,任由权臣摆布。这时的文人对中央王朝的看法与中唐忠于李氏的思想已大不相同。如《奴苍璧》中的奴苍璧在冥府看见一朱衣人给殿上贵人的上奏文簿,说是"新奉命乱国革位者安禄山,及禄山后相次三朝乱主,兼同时将相悖乱,贵人敕定乱案"①。这个案卷是"敕定"的,也就是天定的唐朝乱臣贼子的案卷,包括安禄山乱唐篡位,以及此后的三朝逆乱之主。作者将安禄山等"乱国革位"说成是"奉命",即奉"上天"之命,可见是上天要乱臣作乱害国。而《张勍》中,聚众杀害行旅的绿林强盗张勍被幽地王授以兵书,让他投奔史思明②,这表明鬼神要帮助作乱者。这两篇小说的主题都是鬼神让叛军作乱,且帮助叛军,折射出作者对安史之乱必然出现和安史乱后国乱丛生问题的反思以及对李唐王朝的失望。

成书于昭宗乾宁二年的《剧谈录》,是康骈"因想时经丧乱,代隔中兴,人事变更,邈同千载,寂寥埋没,知者渐稀;是以耘耨之余,粗成前志"③之作。生逢唐末乱世的康骈,对危乱局势有切身体会,对李唐王朝的复兴也不抱希望,因此在《刘平见安禄山魑魅》中以虚构的怪象表明安禄山反叛是"鬼诱其乱":

> 平,天宝中居于齐鲁间,尤善吐纳之术,能夜中视物,不假灯烛。安禄山在范阳,厚币致于门下。平见禄山左右常有鬼物数十,殊形诡状,持炉执盖以为导从,平心异之,谓禄山必为人杰。及禄山朝觐,与平俱至辇下,行至华阴县,值叶天师投龙于西岳,平见二青衣童子承虚而至,所卫禄山魑魅,皆弃炉投盖,狼狈而行。平因知禄山为邪物所辅,必不以正道克终。及禄山却归范阳,遂逃入华山而隐。④

唐亡之后,由于唐朝已不复存在,因此文人回顾李唐的衰亡史更容易产生天命所为的意识,在他们看来导致唐亡的各种作乱行为都可能是奉天

---

① 《潇湘录·奴苍璧》,载《唐五代传奇集》第四编卷一○,第 2809 页。
② 《潇湘录·张勍》,载李时人编校《全唐五代小说》卷五五,中华书局,2014 年,第 1907 页。
③ 《剧谈录·序》,载《开元天宝遗事(外七种)》,第 141 页。
④ 《剧谈录》卷上《刘平见安禄山魑魅》,载《开元天宝遗事(外七种)》,第 144 页。

命而行,如安禄山、黄巢、秦宗权等对唐亡影响较大的作乱者都是如此。
《鉴诫录·灌铁汁》就明确指出唐末秦宗权和时浦作乱都是秉承鬼神意志,
"唐末徐州廉使时太师溥,忽于公暇设寝,梦到太山府君殿前",见府君审问
许州押衙秦宗权,称其为国贼,秦宗权自认为职小力微,不愿作乱,但是府
君称运数使尔,不可违,令鬼卒以铁汁自顶门灌,其声爆烈,烟焰勃然。府
君又命令时溥到时帮助秦宗权作乱。几年后,秦宗权持礼来徐州,二人歃
血为盟。后来许州节度使派秦宗权平上蔡之乱,秦乘机灭蔡人,并自据城
垒,时溥发兵三万支援,"兼助粮储,以副所梦"①。秦宗权受鬼神指使发动
叛乱的主题在北宋后期的小说《青琐高议·秦宗权》②中亦有表现,该篇详
细描述了秦宗权梦游地府时见冥王用各种酷刑逼迫黄巢和自己必须作乱
以顺上天之意的情形,在构思上应受《鉴诫录》的影响。

　　这一系列乱国者因神鬼指使而作乱的小说是文人在天命观的影响下
对唐朝大乱原因的思考,它们都以鬼神意志的天定观表达了对李唐王朝统
治的失望。

　　作乱者作乱是奉天而行,他们失败也是上天的意志。《广异记·慈心
仙人》中,代宗年间的袁晁起义最终被袁傪等朝廷官员平定的故事就是这
一理念的表达:

　　　　唐广德二年,临海县贼袁晁寇永嘉,其船遇风,东漂数千里,遥望
　　一山……贼等观不见人,乃竞取物。忽见妇人从金城出,可长六尺,身
　　衣锦绣上服紫绡裙,谓贼曰:"汝非袁晁党耶? 何得至此? ……"……
　　妇人曰:"此是镜湖山慈心仙人修道处。汝等无故与袁晁作贼,不出十
　　日,当有大祸。宜深慎之。"……群贼拜别,因便扬帆,数日至临海。船
　　上沙途不得下,为官军格死,唯妇人六七人获存。浙东押衙谢诠之配
　　得一婢,名曲叶,亲说其事。③

　　作者通过一名曾参与袁晁起义的女婢的转述表明所讲故事的真实性,
并利用仙妇斥责袁晁部属的行为表达了不满。《慈心仙人》对颇具正义性

①《鉴诫录校注》卷二《灌铁汁》,第63—68页。
②此篇小说,《青琐高议》今本不载,乃佚文。李剑国辑校的《宋代传奇集》从《永乐大典》中辑出此
　篇。见《宋代传奇集》,第355—357页。
③《广异记·慈心仙人》,第7—8页。

的起义者的仇视态度是中唐文人拥护李唐王朝的体现，与唐末文人对国家的失望态度不同。

正是由于乱由天定，因此作乱之人的命运也由上天决定。如《集异记·张光晟》和《补录记传·柳晦》等即反映了这种理念：

> 贼臣张光晟，其本甚微，而有才用……忽梦传声云："唤张光晟。"迫蹙甚急，即入一府署，严邃异常。导者云："张光晟到。"拜跪讫，遥见当厅贵人，有如王者，谓之曰："欲知官禄，但光晟拜相，则天下太平。"言讫惊寤冷汗，独怪之。后频立战功，积劳官至司农卿。及建中德宗西狩，光晟奔从，已至开远门，忽谓同行朝官曰："今日乱兵，乃泾卒回戈耳，无所统，正应大掠而过。如令有主，祸未可知。朱泚久在泾源，素得人心，今者在城，倘收泾卒扶持，则难制矣。计其仓遽未暇此谋。诸公能相逐径往至泚宅，召之俱西乎？"诸公持疑，光晟即奔马诣泚曰："人主出京，公为大臣，岂是宴居之日？"泚曰："愿从公去，命驾将行。"而泾卒已集其门矣。光晟自将逃去，因为泚所縻。然而奉泚甚力，每有战常在其间。及神麚之阵，泚拜光晟仆射平章事，统兵出战，大败而还。方寤神告为征矣。①

> 柳晦，河东人，少有文学，始以荫补。咸通末，官至拾遗，因上疏不纳，乃去官……忽遇一人求食，晦与之。此人但三嗅而已，晦怪而问之，答曰："吾阴府掌事者，蒙君设食，深愧于心。君自此三年，当为相。"言讫不见，晦未之信也。及黄巢犯阙，求能檄者，或荐晦。巢乃驰骑迎之，逼使为檄……巢命晦为中书舍人，寻授伪相。②

张光晟，《旧唐书》有传，他本是朝廷命官，"大历末，迁单于都护、兼御史中丞、振武军使"，后参加朱泚之乱，"贼泚僭逆，署光晟伪节度使兼宰相。及泚众频败，遂择精兵五千配光晟，营于九曲，去东渭桥凡十余里。光晟潜使于李晟，有归顺之意……乃斩之"③。柳晦原本也曾在朝为官，但被黄巢逼迫而做了伪相。这两个出身朝廷之人突然叛乱的行为可能让人难以理解，因此便被小说家作为表达天命观的工具，把他们的反叛归为神祇的

---

① 《集异记》补编《张光晟》，第 39—40 页。
② 《太平广记》卷三一二《柳晦》，第 2468 页。
③ 《旧唐书》卷一二七《张光晟传》，第 3573、3574 页。

意愿。

对于两宋之际靖康、建炎年间复杂的政治形势,南宋文人也以天定观来分析当时的政权更迭,如岳珂《桯史》中对张邦昌、刘豫的态度即是如此:

> 崇宁间,望气者上言,景州阜城县有天子气甚明,徽祖弗之信。既而方士之幸者颇言之,有诏断支陇以泄其所钟。居一年,犹云气故在,特稍晦,将为偏闰之象,而不克有终。至靖康,伪楚之立,逾月而释位。逆豫既僭,遂改元阜昌,且祈于金酋,调丁缮治其故尝夷铲者,力役弥年,民不堪命,亦不免于废也。二僭皆阜城人,卒如所占云。①

岳珂用望气之说解释张、刘二人及他们所建立的伪政权的存亡命运。也就是说张、刘僭位改元是上天早已安排好的,他们家乡所现天子气象的强弱就是他们成败的预示。

为抵抗金人南侵而耗尽国力人力是南宋时期一个重要的社会问题,当时一些官员甚至借抗金之名聚敛钱财,劳民以邀功,《夷坚志·任天用梦》就揭示了这一现象:

> 绍兴辛巳冬,江上用兵,任天用守官南康,摄星子县事,治山寨于黄石岩,作草舍五百间,日役五百人,设三隘口,甚险固。将奏功,夜梦人著黄道服携杖来谒,语之曰:"重役良苦,然终亦无用,空扰民耳。"天用意殊不平。数日间,报虏亮自焚,果如神告。②

洪迈对任天用治理星子县时每天役使五百人修筑防御工事并以此邀功的行为是极其不满的,因此用神人托梦的方式指责他"重役良苦,然终亦无用,空扰民耳"。洪迈不仅憎恶朝廷官员的贪酷,更痛恨金人的侵扰,因此在尊重绍兴辛巳年(1161)宋金大战中金人失败、金国皇帝完颜亮被部下缢杀的事实基础上,用神人预言的"无用"来表明金人败亡乃天意所使,以天意来表达宋军战胜金兵后的畅快之情。

战乱是人口锐减的最主要因素,如安史乱后,唐朝人数由天宝末年的五千多万减少到一千多万,"唐朝户口数字的高峰出现在天宝十四载(755年),有户8914709,口52919309","安史之乱平息后的次年广德二年(764

①《桯史》卷八《阜城王气》,第88页。
②《夷坚志·夷坚三志己》卷八《任天用梦》,第1367页。

年)户口统计数只有 239 万户,1699 万口"①。大量人口在战乱中突然减少,使世人只能把生死归为"命","生死有命"成为乱世时期人们解释自己或他人遭遇的主要思想依据,甚至将作乱者杀人也解释为天命所为。唐末黄巢起义以来人口锐减,小说家便把许多杀人之事附会在黄巢身上,如僧人赞宁在《传载》中就记载了天祐丙寅年间(906)高澧为湖州刺史,"性粗暴,括诸县民户,三丁抽一,立都额为三丁军。因人言三丁军思乡图反,澧召聚,一时斩戮。初,州南有渔人采捕,至一高塘,芦苇夹道。渔者舍舟,行百余步,见一大古宅。登堂,见一人头荷铁炉,炎炎火起,呼渔人曰:'汝勿奔走,寄语澧,吾是黄巢,天遣吾诛戮天下,为不入湖州,藉汝之手速杀人。'"②将唐哀帝天祐年间官员的贪暴杀人说成是早已死去的黄巢所为,而老百姓之死也是上天的意志。

乱世时期,各种灾难难以预料,即使一些聪慧博学之人能敏锐判断当时的局势,也无法躲过突发的祸患,如《稽神录·李汉雄》中懂得风角推步之术的李汉雄能多次预测大祸将至却仍死于非命的故事就是如此:

> 李汉雄者,尝为钦州刺史,罢郡居池州。善风角推步之奇术,自言当以兵死。天祐丙子岁,游浙西,始入府而叹曰:"府中气候甚恶,当有兵乱,期不远矣。吾必速回。"既见府公,厚待之,留旬日,未得遽去。一日,晚出逆旅,四顾而叹曰:"祸在明日,吾不可留。"翌日晨,入府辞,坐客位中。良久曰:"祸即今至,速出犹或可。"遂出,至府门,遇军将周交作乱,遂遇杀害于门下。③

这种明知将在乱中死去却无法躲过的思想在《夷坚志》中也很突出,如异人王俊明两目虽瞽,却能洞知未来之数,向当政者预言国家将乱并建议迁都,当友人问他的命运时,他却说:"吾命尽今年,必死于此,但恨死时妻子皆不见耳。"在靖康之变中,皇帝想请他帮忙,"遣四卫士舆轿急召俊明,至宫门,闻胡人已登城,委之而去。匍匐下车,莫知其所往,疑挤于沟壑矣"④。像王俊明这样一个洞晓国家和个人命运的术士却无法改变自己在

①葛剑雄:《中国人口发展史》,四川人民出版社,2020 年,第 172、185 页。
②僧赞宁:《传载》,载《说郛》卷五,第 101 页。
③《稽神录》补遗《李汉雄》,第 76 页。
④《夷坚乙志》卷一四《王俊明》,第 302 页。

乱中必死的结局,不仅反映了乱世之中人口大量丧亡的事实,更体现了作者对乱世之苦的无可奈何。

第四节　天命警告叛乱者

　　天命观是晚唐小说的一个重要思想倾向,李剑国在论述晚唐裴铏小说《传奇·虬须客传》时说:"铏当唐末,藩镇割据,祸乱频仍,大唐气数将尽,心存忧惧。观其传末论赞,欲以真人天命之说,儆人臣之思乱者,可谓用心良苦。铏同时人袁郊撰《甘泽谣》,述魏先生语李密云:'吾尝望气汾晋,有圣人出,能往事之,富贵可取。'前此韦绚大中十年(856)撰《刘宾客嘉话录》,中载玄宗相德宗事,末议云:'乃知圣人应天受命,享国绵远,岂徒然哉!'凡此皆如一辙,晚唐士人心态愈可明矣。"①的确,唐自安史之乱以后,国运日衰,虽然顺宗、宪宗、文宗、宣宗等为重整山河、恢复帝王权威而劳心焦思,但是藩镇割据、宦官专权已经成为国家无法铲除的毒瘤,表面统一的中央王朝难掩节度使跋扈、宦官骄狂等社会问题。对于中晚唐的民众而言,唐前期的盛世景象是他们向往的天堂,而安史乱后藩镇割据称雄的乱象和节度使骄横残暴的为政方式令人恐惧,大多数老百姓仍心向朝廷,因此小说家便借一些传奇事件宣传李唐天命,表达拥护李唐王朝和中央权威的思想。

　　《虬须客传》是唐代最优秀的豪侠小说,讲述了李靖和脸上有虬须的张姓侠士偶然相遇后一同去有"奇气"的太原拜见李世民,虬须客看出李世民是真天子后便放弃了自己争霸天下的雄心,并把所集财宝赠予李靖,让他辅佐李世民,自己则到海外寻找机会。《虬须客传》不仅再现了隋末大乱时英雄们趁势而起寻找"真主"的豪侠气概,而且在英雄的人生选择中融入了强烈的天命意识。其实《虬须客传》所写的历史人物与史实并不相符,但为了体现英雄主义和李唐天命观,作者构想了一系列与之相关的人物行为和思想言论:

　　　　(虬须客)曰:"望气者言,太原有奇气,使吾访之……"……(李世民)不衫不履,裼裘而来,神气扬扬,貌与常异。虬须默居末坐,见之心

①《唐五代志怪传奇叙录》,第750页。

死。饮数杯,起招靖曰:"真天子也!"……道士对弈,虬须与公旁侍焉。俄而文皇到来,精采惊人,长揖而坐,神清气朗,满坐风生,顾盼炜如也。道士一见惨然,下棋子曰:"此局全输矣……"罢弈而请去。既出,谓虬须曰:"此世界非公世界也,他方图之可也。勉之,勿以为念。"……虬须指谓曰:"此尽宝货泉贝之数,吾之所有,悉以充赠。向者某本欲于此世界求事,或当龙战三二十载,建少功业。今既有主,住亦何为。太原李氏,真英主也,三五年内,即当太平。李郎以奇特之才,辅清平之主,竭心尽善,必极人臣……圣贤起陆之渐,际会如斯,虎啸风生,龙吟云萃,固非偶然也。持予之赠,以佐真主,赞功业也,勉之哉!……"……乃知真人之兴也,非英雄所冀,况非英雄者乎?人臣之谬思乱者,乃螳螂之拒走轮耳。①

　　具有英雄气概和才能的虬须客在李世民面前甘愿退出,另寻出路,表现了强烈的天命归唐意识。因此,作品虽属豪侠题材,但英雄的风云际会都是为李唐天命说服务的。末尾议论,明显地表达出对那些想作乱的臣子的警告,希望他们不要不自量力,与天命对抗而作乱,折射出唐末文人的忧世情怀。

　　《神告录·丹丘子》也是李唐天命思想的拥护者。一老翁在隋文帝开皇年间就预言"李氏将兴",姓李之人只要秉天命就可以不劳而定,但天命将先属于丹丘子。李渊为了除掉对手,袖剑去找丹丘子。而丹丘子久厌浊世,无意于天下,因此天下就归李唐了:

　　　(老翁对李渊)曰:"隋氏将绝,李氏将兴,天之所命,其在君乎?愿君自爱。"……翁曰:"公积德入门,又负至贵之相,若应天受命,当不劳而定。但当在丹丘子之后。"……(丹丘子)曰:"盖功业随时,不可妄致。废兴既自有数,时之善否,岂人力所为?"②

----

① 裴铏:《传奇》,载《唐五代传奇集》第三编卷四三,第2456—2458页。按:由周楞伽辑注,上海古籍出版社于1980年发行的单行本《裴铏传奇》中没有辑录此篇,而李剑国先生认为《虬须客传》应为裴铏《传奇》中的作品。

② 《太平广记》卷二九七《丹丘子》,第2362—2363页。按:《神告录》为陆藏用所撰,陆藏用"仕履不详,唯知乾符前人",《神告录》中所写"隋亡而李兴,题旨与《虬须客传》相近,皆李唐神授之意。惟《虬传》之虬须客知天命而退,此丹丘者虽应天命而无心于龙战,使李渊独获神器,有此不同耳"。详见《唐五代志怪传奇叙录》,第529页。

因为天命归李,因此李渊可以不劳而定天下,相反,那些想要作乱的贼子,不秉天命,将会徒劳无功。《神告录·丹丘子》正是借宣扬李唐天命来警示作乱者,劝诫他们要主动收手,不要做逆天悖理、丧身败家的事情。

生于宰相之家、昭宗时曾为翰林学士的袁郊[①],对李唐王朝的感情很深。他在咸通年间"久雨卧疾"之中所撰的《甘泽谣》,具有浓郁的关心国家命运、担心天下大乱的思想。在《素娥》中,武三思的幸姬素娥所说"某非他怪,乃花月之妖,上帝遣来,亦以多言荡公之心,将兴李氏"的论调,就是李唐天命意识的体现。侠义小说《红线传》在侠女红线盗金盒以警告不愿受中央节制的魏博节度使田承嗣的过程中,表达了对那些骄横狂妄、对抗朝廷的藩镇节帅的不满,以及忠于李唐王朝的心理。特别是《魏先生》通过世外高人魏先生告诉隋末的起义将领李密没有天子气,希望他能投靠李渊以应天命的故事,将文人试图以天命观劝告那些谋权篡位者的心理展现得淋漓尽致:

> 先生(对李密)曰:"吾子无帝王规模,非将相才略,乃乱世之雄杰耳。"李公曰:"为吾辨析行藏,亦当由此而退。"先生曰:"夫为帝王者,包罗天地,仪范古今。外则日用而不知,中则岁功而自立……凡为将军者,幕建太一旗,驱无战之师,伐有罪之民。乃雕戈既授,玉弩斯张,诚负羁之有言,那季良之犹在。所以务其宴犒,致逸待劳,修其屯田,观衅而动。遂使风生虎啸,不可抗其威;云起龙骧,不可攘其势……至有秉其才知,动以机钤,公于国则为帅臣,私于己则曰乱盗。私于己,必掠取财色,屠其城池……天人厌乱,历数有归。时雨降而妖祲除,太阳升而层冰释。引绳缚虎,难希飞兔之门;赴水持鳌,岂是安生之地?吾尝望汾、晋有圣人生,能往事之,富贵可取。"[②]

洞晓天命的魏先生是"有道之士",因此他论述的帝王规模、将帅之责、天命之气在凡人看来都是至理真言。其中"公于国则为帅臣,私于己则曰乱盗"的论断就是针对那些不知天命、妄想称霸的藩镇将帅而谈的,显示出作者希望那些骄狂的节度使能节制个人私欲,从国家立场出发维护中央王朝的良苦用心。尤其是"汾、晋有圣人生,能往事之,富贵可取"的劝谏强烈

---

① 《唐五代志怪传奇叙录》,第1095页。
② 袁郊撰,李宗为校点:《甘泽谣》,载《次柳氏旧闻(外七种)》,第165页。

表达了作者渴望手握重权之人能忠于李唐王朝的忠君之心。总之，《甘泽谣》充分展现了袁郊"寓盛唐黍离之感，末世板荡之忧"[①]的复杂心情。

裴铏的《传奇·虬须客传》、陆藏用的《神告录·丹丘子》和袁郊的《甘泽谣·魏先生》这三篇传奇大概都成书于咸通、乾符年间。此时的李唐王朝行将灭亡，社会问题错综复杂。在统治集团内部，不但各藩镇之间互相争夺地盘发动战争，而且宦官们也勾结藩镇将帅，寻找势力支持[②]；在民间，浙东的裘甫改元铸印，带领义军占领浙江多座县城，王仙芝、黄巢领导的农民大起义波及大半个中国。虽然全国各地都处在战乱之中，王朝即将瓦解，但小说家们仍在大谈"李唐天命"，希望规劝图谋不轨之人，表达出对国运的担忧和对重振李唐王朝的期盼。士人之所以在唐朝末期仍支持李唐王朝，主要是因为与以往朝代的帝王和当时武装势力的残暴统治相比，唐朝的统治者仍显得比较开明和仁慈。唐人对李唐的眷恋之心不仅体现在以高祖和太宗的开国立业来宣扬"李家天命"上，而且表现在始终怀恋对国运衰退负有不可推卸责任的唐玄宗身上：

> 玄宗西幸，车驾自延英门出，杨国忠请由左藏库而去，上从之。望见千余人持火炬以俟，上驻跸曰："何用此为？"国忠对曰："请焚库积，无为盗守。"上敛容曰："盗至若不得此，当厚敛于民，不如与之，无重困吾赤子也。"命撤火炬而后行。闻者皆感激流涕，迭相谓曰："吾君爱人如此，福未艾也。虽太王去豳，何以过此乎？"[③]

作为中唐晚期的国家重臣，李德裕对玄宗的评价显然有溢美之词，但是他所提及的玄宗在逃离长安时因心念百姓而不烧国库以及时人对玄宗的期待和依恋之情还是基本属实的，如玄宗幸蜀回来后"复幸华清宫，父老奉迎，壶浆塞路"[④]的场面就是人们心念玄宗的体现。其他如唐末的康骈

[①] 袁郊的《甘泽谣》八篇传奇"篇篇皆佳，唐稗第一流也……至又寓盛唐黍离之感，末世板荡之忧，亦见郊志矣"。见《唐五代志怪传奇叙录》，第1108页。

[②] 《北梦琐言》："天复元年，凤翔李茂贞请入观奏事，朝廷允之，盖军容使韩全诲与之交结。昭宗御安福楼，茂贞涕泣陈匡救之言。时崔胤密奏曰：'此奸人也，未足为信。陛下宜宽怀待之。'翌日，宴于寿春殿，茂贞肩舆，衣驼褐，入金銮门，易服赴宴。咸以为前代跋扈，未有此也。时韩全诲深相交结，崔胤惧之，自此亦结朱全忠，竟致汴州迎驾，与凤翔连兵，劫迁入洛之始。识者以王子带召戎，崔胤比之。先是，茂贞入阙，焚烧京城。"见《北梦琐言》卷一五《披褐至殿门》，第290页。

[③] 《次柳氏旧闻（外七种）》，第9页。

[④] 《明皇杂录》补遗，第46页。

对唐朝繁华的向往及对唐朝皇帝的称赞①，尉迟偓对昭宗才德的赞扬和对他被弑的同情②，也是这种感情的流露。与此相比，《感定录·隋炀帝》所说的"隋末望气者云：'乾门有天子气，连太原甚盛。'故炀帝置离宫，数游汾阳以厌之。后唐高祖起义兵汾阳，遂有天下"③，虽然蕴含李唐天命的意味，但显得直观简单，了无深意。

　　总之，在思考国家命运时，封建文人虽然以天命来解释兴亡成败，但大多是借天命来反思王朝政治，包含着对失误政策、帝王昏庸、权奸误国等问题的指责，体现出鲜明的"道德天命观"。道德天命观就是在天命思想的基础上，加入人们的道德评判，特别是对乱世问题的探讨，多从人事方面寻找致乱原因，如《林灵蘁传》中所说的"人心则天之舍，皇天虽高，人心易感也"，就是在天命观的外壳下表达了对人事因素的重视。

---

① 《剧谈录》："含元殿，国初建造……识者以为自姬汉之代迄于亡隋，未有如斯之盛。京城自朱泚之乱，逮乾符中，近百年无事，君臣和叶，四表靖谧，文物之盛，笼罩姬汉，藩方职贡。府无虚月。上至士君子，下及庶民，皆修饬廉谨，以邀时誉。食禄者守其官，耕贾者专其业，八纮四海，遂同文轨。承平既久，务务奢逸。贵族豪家，轻视稼穑；征镇牧守，或非其才，黔黎兴杼轴之嗟，郡邑有萑蒲之盗。然主上劳谦端委，无亏圣政，亦使寇犯神州，銮辂播越；况秦汉之代，魏晋之时，主荒臣残，岂不颠覆！今则睹淳辉之列，启中兴之期，亿兆人心复新于唐德矣。"见《剧谈录》卷下《含元殿》，载《开元天宝遗事（外七种）》，第172页。

② 《中朝故事》："昭宗皇帝即僖皇弟也……体貌端明，人望伟如也。虽运钟艰险，智量过人。每与侍臣言论，商较时政，曾无厌倦……（天复元年）四月冬节，上又为凤翔兵士拥幸政城，朱全忠将兵迎驾围逼。时涉三载，癸亥岁正月二十三日，驾出朱全忠寨中，乃还辇毂。甲子岁全忠迎上幸洛，四月改天祐元年。八月十一日，乃行篡逆，寰海莫不冤痛也。"见《唐五代笔记小说大观》，第1782页。

③ 《太平广记》卷一三五《隋炀帝》，第970页。

第八章　考究乱源:帝王政治

虽然在天命观的影响下,人们常把国家乱亡归为上天意志。但天意其实源于人为,历代王朝的兴替大都有迹可循,尤其是隋唐时期出现的开皇之盛、大业之乱、贞观之治、开元盛世、安史之乱等盛衰的强烈反差让人充分体会到一人兴邦、一人亡国的治乱本质。但"秦人不暇自哀,而后人哀之;后人哀之而不鉴之,亦使后人而复哀后人也"①,相同的亡国悲剧在各个朝代不断重演。这种重复循环的国家兴亡史,使许多目光敏锐的文人从"人事"方面探讨国家命运,反思帝王政治得失,如"魏郑公上书于太宗云:'方隋之未乱,自谓必无乱;方隋之未亡,自谓必无亡。臣愿当今动静以隋为鉴。'马周云:'炀帝笑齐、魏之失国,今之视炀帝,亦犹炀帝之视齐、魏也。'"②贤能的君主也重视帝王政治与国乱的关系,如唐太宗就认为乱国之责首在皇帝,"自古帝王多任情喜怒,喜则滥赏无功,怒则滥杀无罪。是以天下丧乱,莫不由此"③,"夫安人宁国,惟在于君,君无为则人乐,君多欲则人苦,朕所以抑情损欲,剋己自励耳"④。《旧唐书·玄宗本纪》中评价安史之乱时说:"厉阶之作,匪降自天,谋之不臧,前功并弃。"自唐以来,把国乱之由归为"人事"成为反思乱世的主流意识。

文人对帝王政治的思考在小说中也有突出表现,尤其是中唐以来大量涌现的历史主题全力探讨治乱得失,"盖其时盛世已过,唐人把自己的危机感、失落感和历史政治认识,寄托在对往昔的反思上。隋亡、唐兴、盛唐衰微的历史含义成为作家探求的中心"⑤。在反省唐朝衰亡因素时,唐玄宗是箭垛式的人物,"唐代皇帝谁也比不上唐玄宗受到小说家那么多的注意,这是一个把伟大和渺小、大功和大过、盛和衰都集中在自己身上的特殊君

---

① 《杜牧集系年校注·樊川文集》卷一《阿房宫赋》,第 10 页。
② 《容斋随笔》卷一六《前代为鉴》,第 209 页。
③ 《贞观政要集校》卷二,第 87 页。
④ 《贞观政要集校》卷八,第 424 页。
⑤ 《唐五代志怪传奇叙录》,第 66 页。

王"①,在唐人小说中,与玄宗相关的题材大都有浓郁的兴衰感叹。

第一节　玄宗逸事小说的盛衰反思

安史之乱不仅是唐朝由盛至衰的转折点,而且也影响了中国整个封建社会的发展进程,因此当时的在位者唐玄宗就成了人们评说的对象。中唐以来,出现了多篇与玄宗朝政相关的传奇小说,如《高力士外传》《开元升平源》《长恨歌传》《梅妃传》《杨太真外传》《玄宗遗录》等从名字上看就与玄宗有关,而在唐末出现的《大业拾遗记》《隋炀帝海山记》《隋炀帝开河记》《隋炀帝迷楼记》等表面上写的是隋炀帝,其实也是借炀帝来反思唐朝衰乱原因的作品。

在"叙事婉转,文辞华艳"的唐传奇"帝王系列"中,《高力士外传》"约作于大历四年或二三年间"②,《长恨歌传》作于元和元年(806),《东城老父传》作于元和五年(810),《梅妃传》约作于"大中二年(或八年)之前"③。自大历至大中(766—860)这将近一百年的时间里,唐王朝正处在安史乱后的恢复和调整时期,而且在大中年间,经过宣宗的励精图治,国家甚至达到了安史乱后的最好局面,被称为"小中兴"。因此这一阶段的文人对复兴唐朝还抱有一定的希望,在创作中仍有较强的参政意识,希望借小说让世人了解国家兴衰的各种问题,以便警示统治者。而《大业拾遗记》和"隋炀三记","是一组晚唐人探求隋朝灭亡根源的作品,它们对炀帝的暴虐、昏昧、荒淫作了全面的描写,并围绕着他描写了一批佞臣贪官的罪恶","但是这里仍有气数的神秘观念,而且历史批判常被淹没在浓重的感伤情绪中,批判不免失于冷峻性。这同晚唐人的悲观情绪相同,他们从隋代衰亡看到了已失去往日繁华的大唐命运,哀隋其实就是哀唐了"④。到宋朝时,与玄宗逸事相关的《杨太真外传》《玄宗遗录》《骊山记》《温泉记》等仅仅把帝妃爱情或杨妃艳闻作为消遣之资、娱人工具,政治借鉴之旨消失殆尽。

①《唐五代志怪传奇叙录》,第66页。
②《唐五代志怪传奇叙录》,第103页。
③《唐五代志怪传奇叙录》,第693页。
④《唐五代志怪传奇叙录》,第66页。

一、玄宗朝政的治乱得失

安史之乱造成的严重后果致使身处其时的士人深入反思国家政治问题。《高力士外传》是现存最早以玄宗事迹为主的传奇，堪称纪实性质的时事小说。作者郭湜生于武周久视之年（700），卒于德宗贞元四年（788），为人"风标清秀，文学渊邃"，做官"察能擿伏，直不避权"[①]。作为一个全程经历过玄宗朝盛衰沉浮以及目睹安史乱后国家衰败局面的正直官员，他对朝政策略的得失有切身体会，再加上他和玄宗宠信的宦官高力士都曾因李辅国的诬陷而被贬，因此，《高力士外传》不仅直言陈述玄宗用人、为政的失误之策，而且更愤怒地指责肃宗权宦李辅国恣行威福、专权害人的恶行。虽然郭湜痛感自己和高力士的不幸遭遇，出于"每接言论，敢不书申"的目的而撰写此传，但高力士只不过起一个线索作用，让他作为见证人将"自开元至宝应五十年间，凡玄宗慢政、安史作乱、玄宗幸蜀、马嵬兵变、肃宗即位、崔圆拜相、上皇返京、辅国弄权等，或详或略"[②]加以讲述。因此，全传一方面通过高力士的见闻经历批评玄宗的怠政误国，另一方面则在高力士与李辅国的鲜明对比中，斥责李辅国"谬承恩宠，窃弄威权，蒙蔽圣聪，恣行凶丑"的罪行。全篇在悲叹高之不幸命运、批评李之专权跋扈的过程中表露出对忠臣"卒为谗佞所恶，生死衔冤"的愤懑情绪，表达了对肃宗以来宦官专权的强烈不满。

《高力士外传》把从玄宗开元后期到肃宗末代宗初二三十年间的各种时政变迁都融贯在高力士的亲身体验中，以总结历史教训，阐发治乱之道。在作者郭湜和小说人物形象高力士看来，安史之乱主要是玄宗的过失造成的。第一，玄宗在开元末年不纳高之"军国之柄，未可假人"的谏言而任用奸相李林甫，导致"五六年间，道路以目，禄山之祸，自此兴焉"；第二，玄宗为了享乐而将"朝廷细务，委以宰臣；藩戎不奢，付之边将"，不听高之"臣恐久无备于不虞，卒有成于滋蔓，然后禁止，不亦难乎"的建议而导致李、杨二相争权夺势，最终使"两京失守，万姓流亡。西蜀、朔方，皆为警跸之地，河南、汉北，尽为征战之场。天下之臣，莫不增痛"。全传在高力士和唐玄宗

[①]《唐五代志怪传奇叙录》，第 100 页。
[②]《唐五代志怪传奇叙录》，第 104 页。

的对话中完成了帝王政治批判。但作者不仅是为了批判昏君权臣的弊政恶行,更重要的是反思错误政策对国家造成的灾难,以便探寻治乱之理,"原湜之心,乃以力士比观辅国,忠奸之际以察治乱之道,是故多抨弹君主怠政,奸臣弄权"①。正是由于国策失误而使盛世景象毁于一旦,正是由于权奸作恶而使忠臣含冤受难,作为大理司直的郭湜不仅揭开了玄宗朝衰乱的主要过程,而且通过揭示致乱之因来警示当政者任人施政时要谨慎周详,否则酿成大错就无法挽回了。

在玄宗四十多年的统治时间里,唐朝经历了盛衰两重天的变化。近三十年的开元盛世让唐人充分体会到了万国来朝、国强民富、安定清明的自豪和自足;而玄宗在天宝年间的肆欲享乐、昏庸怠政行为又让人感受到了国家衰落前的失落、无奈和痛苦;安史之乱骤然而起后,京城陷落、台阁化为丘墟、人口大量死亡的灾难则使人们在震惊、惶恐中怀恋盛世的繁华,痛恨国乱的荒寂。因此向往治世之盛、总结治世之道、反思国乱之因,是中唐文人的主要思想倾向。在众多以玄宗逸事为主的小说中,《高力士外传》以揭露和痛悼为主,而《开元升平源》则从反思前代问题中总结盛世产生的条件。

陈鸿的小说《长恨歌传》和《开元升平源》都以玄宗为表现重心,可见他对玄宗朝政的重视和思考。据《长恨歌传》篇末所说"元和元年冬十二月,太原白乐天自校书郎尉于盩厔,鸿与琅邪王质夫家于是邑。暇日,相携游仙游寺,话及此事,相与感叹",可知陈鸿与白居易是同时代人,宪宗初年两人曾在盩厔一起交游,他们对玄宗事迹都很感兴趣,并据此分别创作了《长恨歌传》和《长恨歌》。《长恨歌传》和《长恨歌》都以描写帝妃感情为主,而《开元升平源》重在政治反思,"本乎传闻而参酌文献,撰此记以索究开元盛世之源"②。

《开元升平源》通过玄宗与贤相姚崇的交往及对话反映了贤臣被帝王任用的曲折经历和革除弊政以求治的思想。其中姚崇受到玄宗信任后提出的十项治国建议是全篇的中心,确立了促使国家强大的基本方略,主要有政先仁义、不求边功、宦官不能干政、国亲不能任台省要职、要依法处理

---

① 《唐五代志怪传奇叙录》,第 105 页。
② 《唐五代志怪传奇叙录》,第 363 页。

近密佞幸之人、停止下对上的进贡献礼、严禁修建寺观宫殿、君臣要以礼相待、臣下能直言进谏、要以武则天和韦后专权为鉴等。这十条国策"关涉政治、法律、经济、军事等,拨乱反正,起废补弊,诚良相之见。开元之治,姚实有功。陈鸿以为升平之源,非虚美矣"①。从文学与政治的关系来看,《开元升平源》乃"史家小说,笔墨简炼有法,姚崇、玄宗十问十答,尤见匠意。姚之十意,错落参差,末皆以'可乎'作结,玄宗十答无一雷同,末答潜然良久,明动情矣。前节射猎问对,为献事铺垫,实有伊尹负鼎干汤之意。末节姚、张让座,乃戏剧化细节,张之情态顿出,良称妙笔"②。

姚崇所献十事其实是对前代弊端的总结,这表明,只要消除了弊政,盛世就会自然而来。而玄宗后期之所以衰落甚至国乱,不仅因为前代的弊病重新显现,而且又出现了新的隐患,尤其是他由勤政变为怠政,由任人唯贤转为任人唯亲。《长恨歌传》就是从玄宗的过失来反思天宝年间国家衰乱的。虽然《长恨歌传》主要记述唐玄宗与杨贵妃的感情生活,但开篇"开元中,泰阶平,四海无事。玄宗在位岁久,倦于旰食宵衣,政无大小,始委于右丞相,稍深居游宴,以声色自娱"和结尾"亦欲惩尤物,窒乱阶,垂于将来者"的直白叙述,都体现了强烈的现实观照感和历史反思意识,这与《开元升平源》在本质上是一致的。与《开元升平源》所提的治安之策相比,《长恨歌传》中的玄宗行为恰好与之相反,如"玄宗在位岁久……政无大小,始委于右丞相……以声色自娱",暴露出玄宗后期懒政的作风;玄宗宠爱杨贵妃后,杨妃的"叔父昆弟,皆列位清贵,爵为通侯。姊妹封国夫人,富埒王宫","天宝末,兄国忠盗丞相位,愚弄国柄",折射出玄宗晚年抛弃国亲不能任台省要职的正确方略。《开元升平源》和《长恨歌传》充分展现了陈鸿对国家治乱兴衰问题的重视和思考。

二、帝妃爱情生"乱阶"

由于"李杨"爱情导致了国家几近倾覆的严重后果,致使唐代小说家对女色亡国论深信不疑,甚至提出了"尤物论",这在《长恨歌传》中有突出表现。从人性上看,帝王有与普通人一样的情感需要是无可厚非的,但由于

---

① 《唐五代志怪传奇叙录》,第366页。
② 《唐五代志怪传奇叙录》,第366页。

帝王的特殊身份和使命职责决定了帝妃爱情不可能仅仅只关系着当事人自身,而是影响着整个国家存亡。由于帝王情欲关系国家兴亡,而国家的衰亡又影响着他们自身和老百姓的命运,容易形成个人悲剧和国家悲剧相互渗透的复杂关系,这就使以"李杨"为代表的帝王爱情故事陷入既艳羡帝妃风情,又"欲惩尤物,窒乱阶,垂于将来"的矛盾状态中,《长恨歌传》就是如此。在作者陈鸿看来,正是因为杨贵妃的艳冶容貌和便佞机巧迷惑了玄宗,致使玄宗重用其兄杨国忠,而杨国忠的不当行为激怒了安禄山,最终酿成国乱大祸,因此"尤物"杨贵妃是导致玄宗怠政和任奸的根源。其实,从本质上说,天宝年间安禄山发动叛乱是中央王朝多方面失误政策造成的,玄宗宠爱杨贵妃只是一个诱因,因此,将杨妃视为"乱阶"是有失公允的。

虽然"尤物论""女祸论"没有抓住问题实质,但就李杨爱情与国家关系来说,杨贵妃依靠美色,恃宠而骄、奢侈浪费,不单使玄宗"从此君王不早朝",而且因她而使整个杨家权势熏天,尤其是杨国忠把持朝政后加速了安禄山叛乱的步伐。这说明后宫嫔妃的言行在一定程度上左右着君主的判断和决策,因此杨贵妃对国家的负面影响是不容忽视的。正因为如此,继《长恨歌传》之后,曹邺的《梅妃传》[①]有意地突出了贤妃风采。曹邺用对比手法在描绘杨妃与梅妃的争宠过程中突出梅妃借宠谏帝的贤德。但是正像历史上忠臣总被奸臣陷害一样,才貌俱佳的梅妃最终败给了骄横跋扈的杨贵妃,并在失宠后死于叛军之手。杨妃和梅妃的不同遭遇,正是玄宗个人选择的结果。因此,曹邺虽然也写风情,但得出的结论与陈鸿的"惩尤物,窒乱阶"完全不同,他把批判矛头直指玄宗:

> 明皇自为潞州别驾,以豪伟闻,驰骋犬马鄠、杜之间,与侠少游。用此起支庶,践尊位。五十余年,享天下之奉,穷奢极侈,子孙百数。其阅万方美色众矣。晚得杨氏,变易三纲,浊乱四海,身废国辱,思之不少悔,是固有以中其心、满其欲矣……议者谓或覆宗,或非命,均其媚忌自取,殊不知明皇耄而忮忍,至一日杀三子,如轻断蝼蚁之命。奔窜而归,受制昏逆。四顾嫔嫱,斩亡俱尽,穷独苟活,天下哀之。传曰:

---

① "曹邺撰传在大中二年(或八年)之前,殆在会昌中,时未及第,早年之作也。邺有《四怨三愁五情诗》,乃未及第前自伤之词。中《五情诗》之二云:'阿娇生汉宫,西施住南国。专房莫相妒,各自有颜色。'又有《恃宠》诗,咏昭仪、飞燕。此皆托后妃失宠自伤失意,其撰《梅妃传》,题材既同,命意亦似,哀梅复悯己也。"见《唐五代志怪传奇叙录》,第693页。

"以其所不爱及其所爱。"盖天所以酬之也。报复之理,毫忽不差。是岂特两女子之罪哉！①

《梅妃传》在天酬、报复的外衣下指出是玄宗本人的错误导致了"浊乱四海,身废国辱"的结果,因此不应将乱国之罪归于女子。这一见解抓住了帝王政治的核心问题,超出了前辈陈鸿,也高于后来修唐史的刘昫和欧阳修。这正是《梅妃传》的独到之处。"禄山之乱,唐人每归咎杨氏,嫉其专宠祸国。本传虽颇述杨妃专横,然赞中谓明皇'浊乱四海,身废国辱',自取其祸,非两女子罪,良为卓识。唐人传奇,传文与论赞每不相切,本传一似《长恨歌传》,赞讽明皇之失政而传颂帝妃之情,乃又以其情掩其过矣。而述梅妃薄命,意哀调楚,以杨妃之专,见其失宠之悲,禄山之乱,明其丧身之由,系一人命运于治乱,此其所以良足动人者也。"②《梅妃传》虽有风情之意,但其独到价值是在对治乱之道的探究中触及了帝王政治的本质。

晚唐以来屡有文人对"女祸论"提出质疑。经历过唐末乱世的韦庄在《立春日作》中说"九重天子去蒙尘,御柳无情依旧春。今日不关妃妾事,始知辜负马嵬人"③,在怜惜杨贵妃无辜被杀的情感中将乱国的责任指向皇帝。南宋罗大经在总结北宋灭亡的惨痛教训时指出"今无妃子之孽矣,而銮舆乃再蒙尘,何哉？此其胎变稔祸,必有出于女宠之外者矣,是不可不哀痛而悔艾也"④,也在反思与女人无关的国家乱亡之因。

三、斗鸡小儿叹盛衰

小说家从多个方面展现玄宗朝的政治不仅在于反思玄宗的问题,更希望以玄宗之失警示后人。与《长恨歌传》"垂于将来"的意图相似,陈鸿祖《东城老父传》以百岁老人的亲身经历掀开了开元至元和近百年的社会画卷,在今昔对比中完成了反思中唐政治的目的。

《东城老父传》作于元和五年,是作者从历经玄、肃、代、德、顺、宪六朝的老人——贾昌那里得到素材创作而成。贾昌本是虚构的人物,但在小说中却起着历史见证人的作用。此传前半部分写贾昌的生平经历,重点在安

---

① 曹邺：《梅妃传》,载《唐五代传奇集》第三编卷一一,第 1364 页。
② 《唐五代志怪传奇叙录》,第 695 页。
③ 韦庄著,聂安福笺注：《韦庄集笺注》卷二,上海古籍出版社,2002 年,第 71 页。
④ 《鹤林玉露·丙编》卷一《唐再幸蜀》,第 253 页。

史乱前的发迹变泰,后半段着重写贾昌对战乱前后社会变化的感触和议论。作者试图通过以斗鸡发迹的"五百小儿长"贾昌的一生,透视玄宗朝的治乱之道,并以开元社会反照现实,对宪宗朝的时政特点提出疑问和反思。

作品首先描述玄宗爱斗鸡、治鸡坊,以至于"上之好之,民风尤甚",从诸王外戚到民间百姓均以"弄鸡为事",斗鸡成风。其实斗鸡只是一个切入点,通过斗鸡更全面展开了玄宗朝的整个娱乐盛况,因此贾昌"导群鸡,叙立于广场,顾眄如神,指挥风生。树毛振翼,砺吻磨距,抑怒待胜,进退有期,随鞭指低昂,不失昌度"的斗鸡场景和"角觝万夫,跳剑寻橦,蹴毬踏绳,舞于竿颠者,索气沮色,逡巡不敢入"的各种杂技活动的气势场面都很恢宏,从而折射出整个社会的娱乐风气。既然号为神鸡童的贾昌在天宝年间举国沉溺于声色犬马的背景下能成为幸臣,获得荣华富贵,那么其他娱乐行业的艺人一样能获得贾昌这样的待遇。事实上,的确有人在玄宗朝像贾昌一样因斗鸡等术而受宠发迹,如当时权臣王镍之子王准"以斗鸡侍帝"后的尊宠情状甚至超过贾昌①。贾昌小小年纪凭斗鸡获宠得贵的不合理现象,是天宝年间朝政腐败的缩影,它揭露了玄宗后期玩物丧志、不思国政的错误行径。因贾昌发迹而流传的歌谣"生儿不用识文字,斗鸡走马胜读书。贾家小儿年十三,富贵荣华代不如。能令金距期胜负,白罗绣衫随软舆",与《长恨歌传》中因杨妃而产生的谣咏"生女勿悲酸,生男勿喜欢""男不封侯女作妃,看女却为门上楣"意义相同,都充满了强烈的讽刺性和批判色彩,折射了世人对玄宗因肆欲无度而导致是非颠倒的不满。

安史乱前贾昌与妻子贵盛无比,而安史乱起,全天下都陷入无法控制的大灾难中,贾昌全家也颠沛流离,"家无遗物,布衣憔悴",与乱前的锦衣玉食形成鲜明对比。贾昌命运的沉浮巨变像一面镜子反照出唐王朝的兴衰,尤其是他皈依佛门后对个人命运和社会变迁的大彻大悟,具有否定往昔、反思时事的作用。贾昌在个人沉浮的切身感悟中开始反省政策、世风与国家兴衰的关系。他以开元之治为参照对象,赞扬开元年间朝廷对守边

---

① "王镍之子准为卫尉少卿,出入宫中,以斗鸡侍帝左右。时李林甫方持权恃势,林甫子岫为将作监,亦入侍帷幄。岫常为准所侮,而不敢发一言。一旦,准尽率其徒过驸马王瑶私第,瑶望尘趋拜,准挟弹,命中于瑶巾冠之上,因折其玉簪,以为取笑乐。遂致酒张乐,永穆公主亲御匕。公主即帝之长女也,仁孝端淑,颇推于戚里,帝特所钟爱。准既去,或有谓瑶曰:'鼠辈虽恃其父势,然长公主帝爱女也,君待之或阙,帝岂不介意邪?'瑶曰:'天子怒无所系,但性命系七郎,安敢不尔?'时人多呼准为七郎,其盛势横暴,人之所畏也如是。"见《明皇杂录》卷上,第18页。

大臣不轻易加授高官,对国库钱财粮食不轻易动用,重视从地方官员中选拔人才等各种正确的治国策略,进而思考中唐时期"天下之人皆执兵"、科举重文辞而轻道德政术、汉胡杂处等不合理现象。贾昌的反思表明作者的写作目的不仅是批评玄宗的朝政过失,而是重在从玄宗朝的治乱得失中挖掘中唐的时政之误。贾昌指出的时政问题体现了作者对国家政治弊端的深入思考,其中对中唐藩镇割据、天下执兵等现象的认识就非常敏锐。

　　藩镇跋扈确实是安史乱后困扰整个中晚唐国家局势的核心问题。追溯藩镇割据缘由,应始于玄宗时期节度使权力的增大,使节度使由军事长官而成为集军政、民政和财政权于一身的地方最高统治者。安禄山之所以能发动叛乱,就是节度使权限大增的结果。中唐时期伴随着中央朝廷平定叛乱的需要,又设置了更多的地方节度使,他们拥兵自重,世代相传,甚至僭越称帝。藩镇的权势与危害在许多中唐小说中都有折射,如《红线传》《聂隐娘传》《上清传》等都有藩帅跋扈的影子。北宋王谠的《唐语林》系统阐述了藩镇亡唐的危害性:"天宝元年,置十节度经略使以备边……节度之立,其初固止于沿边十道耳。自安禄山之乱,则内地始置九节度以讨之……自朱氏之倡乱中原也,则自国门之外,皆方镇矣。盖其先也,欲以方镇御四夷,而其后也,则以方镇御方镇。十道既已兆乱,则内地必置九道,以除其乱;九道又兆乱,则关外近郡又不得不置矣。至代宗广德元年,以田承嗣为魏博节度,李怀仙为卢龙节度,李宝臣为成德节度,是谓河北三镇,各有其地。其风俗犷戾,过于蛮貊,吾知其河北之地,非复朝廷有矣……盖唐之乱,非藩镇无以平之,而亦藩镇有以乱之。其初跋扈陆梁者,必得藩镇而后可以戡定其祸乱,而其后戡定祸乱者,亦足以称祸而致乱。故其所以去唐之乱者,藩镇也;而所以致唐之乱者,亦藩镇也。"①藩镇确实是加剧唐朝日益衰落的罪魁祸首,应对中唐以来的长期战乱状态负首责。

　　总之,《东城老父传》以一个斗鸡小儿的遭遇和见闻指出了帝王纵欲误国的本质,在今昔比照中显示出了历史的纵深感和现实感。"鸿祖述昌少时荣幸,于玄宗多有微词,以昌之荣枯系唐之盛衰,暗讽玄宗荒政误国,其愤深矣。然贾昌论开元四事,以昔较今,生今不如昔之慨,乃又于玄宗之治多有旌美。鸿祖托昌之口,意在指陈中唐弊政,虽四事者未尽合事实,所见

_____

①《唐语林校证》卷八,第 695 页。

多迁,然云中唐天下执兵,深忧藩镇割据,乃称卓识。"①小说作于元和庚寅(810)年,当时正是各个藩镇积聚力量、争权夺势之时,因此作品蕴藏着对国家命运的关切之情,包含着以天下为己任的胸襟。这是中唐文人参政意识的表现,体现了人们希望当政者改正错误,恢复国力,重现大唐盛世的梦想。

"开元盛世,唐人每喜称道;禄山之乱,社稷大坏,唐人又每痛入骨髓,遂反思往昔,寻治乱之道,多归咎于玄宗荒怠……小说则有本传(即《东城老父传》)及陈鸿《长恨歌传》《开元升平源》及郭湜《高力士外传》等,特亦借言'开元之理乱',发明兴废之道,皆历史反思小说也。"②众多玄宗题材的小说揭示出的社会问题是由中唐文人所处的历史时期决定的。因为安史乱后大唐盛世虽已消失,但并不遥远,世人仍渴望国家在平定叛乱后能重新振兴,因此文人探寻治乱之源,以历史针砭现实,寻找国家治理之道,表现出深沉的历史责任感和政治参与意识。

中唐以来,探究玄宗时期的政治得失似乎是唐人的历史使命,李濬的《松窗杂录》③通过德宗和李泌的对话较为全面地揭示了帝王在国家政治中的作用和影响:

> 德宗命李泌为相,以泌三朝顾遇,礼待信用不与诸宰相等。常于便殿语及玄宗朝,尤惜谬用李林甫,因再三叹息重言曰:"中原之祸,自林甫始也。然以玄宗英特之姿,何始不察耶?"泌因奏曰:"玄宗盛年始初,已历则天、中宗多难之后……备闻人间疾苦。又以天纵英姿,志除内难,有汉宣之多异,仗萧王之赤城。故英威一震,奸凶自殚。而凤尚儒学,深达政经,薄汉高马上之言,美武帝更仆之问。自初登宝位,乐近正人。惟帝之难,力所能举。上既勤俭,政事无不施行,又得良臣,天下自化。及东封之后,上每览帝籍,有自多之言。用声色为娱,渐堂阶之峻……及嗜欲稍深,则政亦怠矣。故林甫善为承迎上意,招顾金玉,托庇左右,安国委相之迹如是,则百吏可知。是以扬雄言:昔武帝

---

①《唐五代志怪传奇叙录》,第377页。
②《唐五代志怪传奇叙录》,第377页。
③李濬,"会昌间宰相李绅子","乾符四年,自秘书省校书郎入直史馆","撰《松窗杂录》一卷,录唐代逸闻佚事,为其早年闻于公卿间"。详见周祖譔主编:《中国文学家大辞典·唐五代卷》,中华书局,1992年,第346页。

运帑藏之财,填庐山之壑,未为害也。今货入权门,甚于此矣。林甫未厌,仙客继之。"①

对于中唐人来说,他们虽然感到社会弊病很多,国家危机重重,但由于各种政治隐患还没有达到无药可救的地步,当政者也在解决现实问题中探索治国之道,因此人们对朝廷还没有完全丧失信心,在忧患中仍怀有希望。但到唐末,大唐盛世对文人来说已是空中楼阁,他们对重振李唐王朝已不抱希望,面对主弱臣强、国贫民困、危机四伏的衰败局面已毫无办法,只能在想象往日盛世图景、批判致乱帝王的罪恶行径中哀叹乱世人们的不幸遭遇,以感伤情绪代替中唐文人的反思精神。这种情感在以隋炀帝为叙事中心的"炀帝系列"小说中有突出表现。

第二节　"炀帝系列"小说与致乱帝王的罪恶

面对国家行将灭亡的局势,唐末文人对当政者已失去了幻想,反观帝王政治,他们看到的只有罪恶。在唐末问世的帝王小说中,"《大业拾遗记》和'隋炀三记'是一组晚唐人探求隋朝灭亡根源的作品。它们对炀帝的暴虐、昏昧、荒淫作了全面的描写,并围绕着他描写了一批佞臣贪官的罪恶,同时也表现了河工、纤夫、兵士、宫女、儿童及广大人民群众在炀帝统治下的巨大苦难。揭露是广泛而深刻的,特别是从纤夫的悲愤呼喊中显示出人民的反抗情绪,从杨谢李荣的歌谣中暗示出人心向背,从而揭示出隋朝'巨厦之崩'的必然性,表达了'水可载舟,亦可覆舟'那样的认识。但是这里仍有气数的神秘观念,而且历史批判常被淹没在浓重的感伤情绪中,批判不免失去冷峻性。这同晚唐人的悲观情绪相关,他们从隋代衰亡看到了已失去往日繁华的大唐命运,哀隋其实就是哀唐了"②。与玄宗逸事小说褒贬相间、思弊求治的倾向不同,"炀帝系列"小说全是暴露隋炀帝导致国灭身丧的种种罪恶,反映了处在王朝末期的人们对帝王政治的不满和对致乱帝王的痛恨。

历代文人对帝王奢侈以致亡国的现象感触很深。西晋的张华从夏朝

---

①李濬编,阳羡生校点:《松窗杂录》,载《开元天宝遗事(外七种)》,第67页。
②《唐五代志怪传奇叙录》,第66页。

"昔有洛氏宫室无常,囿池广大,人民困匮,商伐之,有洛以亡"①的历史中得出了奢侈亡国的教训。初唐文人对历代帝王因大兴土木而亡国的教训也极为戒惧:"张玄素为给事中,贞观初修洛阳宫以备巡幸,上书极谏,其略曰:'臣闻阿房成,秦人散;章华就,楚众离;及乾阳毕功,隋人解体。且陛下今时功力,何异昔日,役疮痍之人,袭亡隋之弊。以此言之,恐甚于炀帝。'"②历史总是惊人地相似,许多以文治武功闻名于世的帝王,往往都是集功过于一身。秦始皇统一了全国,却因大兴土木、实行暴政而使民不聊生;汉武帝派兵打败匈奴,解除了边疆外患,却使国库空虚、人民困苦不堪;隋炀帝时期疏通大运河,便利了南北交流和江南的发展,但老百姓却家破人亡、怨声载道;唐玄宗更是集大是大非、大治大乱于一体的帝王。对于唐末文人来说,秦皇汉武已年深日久,本朝玄宗逸事也是老生常谈、不言自明,而荒淫奢侈、好大喜功的亡国之君隋炀帝正可作为祸国殃民的帝王代表。《大业拾遗记》和"隋炀三记"即《海山记》《开河记》《迷楼记》就是唐末小说家借隋炀帝来暴露乱国帝王罪恶的小说。

从社会发展和时代需求上看,隋炀帝在位期间营建东都洛阳、疏通大运河等都是有利于国家大一统的举措,对隋朝的中央集权统治和后世王朝的发展稳定都功不可没。晚唐皮日休在《汴河怀古》中说"尽道隋亡为此河,至今千里赖通波。若无水殿龙舟事,共禹论功不较多"③,客观地指出了大运河对后世深远而积极的影响。但问题的关键是,隋炀帝推行这些功业的初衷主要是为了奢靡享乐和炫耀己功,有极强的个人目的性。他为了实现自己的政治目标和个人的英雄业绩而任性妄为,无视老百姓的承受能力;为了达到威震异域、巡游纵欲的目的而西征北讨、屡下江南。他在位的十多年间穷兵黩武、穷奢极欲、滥用民力、重敛赋税,以至于百姓疲于奔命、日益穷困,最终天下大乱。因此在世人眼中,那些耗费大量民力财力的工程就成了祸国殃民的罪证,隋炀帝就成了制造国亡世乱的罪魁祸首。小说家们对炀帝在位期间种种恶政暴行的细致描述,虽然很多具体细节于史无据,但是隋炀帝开河巡视、役使百姓却是众人皆知的,因此,"炀帝系列"小说正是在尊重历史事实的基础上展开的,它们冷峻地揭开了亡国之君的荒

---

① 《博物志校证》卷九,第 104 页。
② 《大唐新语》卷二,第 20 页。
③ 皮日休著,萧涤非、郑庆笃整理:《皮子文薮》,上海古籍出版社,1981 年,第 220 页。

唐面目。

在唐末以隋炀帝逸事为中心的传奇小说中，《大业拾遗记》和"隋炀三记"是其中的代表作品。这四记叙事写人，多有相似，"炀帝事传至晚唐，浸染时尚而增华艳怪诞。隋炀三记与《大业拾遗》皆采其时传闻，时代既同，故多相合，而人言言殊，故又时时相异也"[①]。从问世时间上看，《大业拾遗记》最早，作于唐宣宗大中年间[②]，它以概括性的笔墨描写炀帝的好色纵欲、荒淫享乐、不思国事，以及征辽、开河等事。与《长恨歌传》相比，《大业拾遗记》也主要突出帝王宠幸美女、吟诗作乐的风貌情致，但没有讽喻意味，只是在放大了的风情艳事中暴露帝王的荒淫无耻。炀帝在游乐纵欲中忘记了作为帝王的职责，对萧皇后"闻说外方群盗不少，幸帝图之"的劝谏毫不在意，竟以"纵有他变，侬终不失作长城公"来宽慰自己，对众人纷传天命将归李渊的传言不置一词。因此，他最终在"焚草之变"中被杀是顺理成章的。《大业拾遗记》通过隋炀帝的奢靡纵欲展示了帝王误国、亡国的历程。

"隋炀三记"，"唐末人所为也，其出僖、昭、哀三朝间"[③]。三篇内容似乎是在《大业拾遗记》的基础上分开叙述炀帝开山凿湖搜奇异、开挖运河修长城、虐民害物死百姓、沉迷女色亡天下的种种过失，处处显露出对隋朝灭亡的哀叹和痛惜。"《开河》与《海山》《迷楼》三作，分则各有所重，合则成一隋炀野史。"[④]《海山记》贯穿炀帝从出生到死亡、从登基到国乱的全过程，重在展现他搜罗全国奇花异草、凿湖游乐的贪婪奢靡行为，篇末借幸臣王义的陈述批判了炀帝刚愎独断、荒淫虐民行为导致的民心离散、国危无救的罪责；《开河记》重在披露炀帝为大兴河道而役民无数以致百万人口丧生，为巡游江南征调民船致使百姓破产，以及开河都护麻叔谋受贿盗宝、以小儿为食的罪恶，"此记不唯抨弹炀帝，又颇揭爪牙之恶。多述鬼神者，实人神共愤之意。作者愤激既深，故而笔致严峻"[⑤]；《迷楼记》着重表现炀帝的好色纵欲，与《大业拾遗记》多有相似，但"作者于乐事中暗寄悲意，味之

---

①《唐五代志怪传奇叙录》，第 1225 页。
②《唐五代志怪传奇叙录》，第 705 页。
③《唐五代志怪传奇叙录》，第 1220 页。
④《唐五代志怪传奇叙录》，第 1225 页。
⑤《唐五代志怪传奇叙录》，第 1225 页。

调伤旨苦。其悲非悲隋亡也,悲隋政之失也"①,感情基调深沉悲怆。

"隋炀三记"这三篇各有侧重的小说主要是暴露亡国之君的种种误国害民行为,尤其是炀帝大兴土木、滥用民力的罪恶,如《海山记》中,在国家将亡、盗贼蜂起之时,炀帝"犹与群臣议,诏十三道起兵,诛不朝贡者";《开河记》中,炀帝为开河而"诏发天下丁夫,男年十五已上,五十以下者皆至","丁夫计三百六十万人",开汴渠时"点检丁夫,约折二百五十万",偶然提起修长城便征"丁夫一百二十万";《迷楼记》中,炀帝为了"人主享天下之富,亦欲极当年之乐"而役夫数万建造宫殿楼阁。这些把国家大政方针视作儿戏、把全国人民视为草芥的行为,是炀帝在短时间内身死国灭的主要原因。

为了近距离感知炀帝之恶造成的严重后果,《海山记》借他的幸臣王义之口细致评述。当炀帝自感天下将乱,让王义陈"成败之理"时,王义首先指出"天下大乱,固非今日,履霜坚冰,其来久矣",点明炀帝之败是积弊已久的结果,并进一步通过王义上书进言详细陈述炀帝的各种恶行:

> 臣虽至鄙,酷好穷经,颇知善恶之本源,少识兴亡之所自。还往民间,颇知利害,深蒙顾问,方敢敷陈。自陛下嗣守元符,体临大器,圣神独断,谏诤莫从,独发睿谋,不容人献。大兴西苑,两至辽东,龙舟逾于万艘,宫阙遍于天下。兵甲常役百万,士民穷乎山谷。征辽者百不存十,没葬者十未有一。帑藏全虚,谷粟踊贵。乘舆还往,行幸无时。兵士侍从,常逾数万。遂令四方失望,天下为墟。方今百家之村,存者无几,子弟死于兵役,老弱困于蓬蒿。兵尸如岳,饿殍盈郊。狗彘厌人之肉,乌鸢食人之余。臭闻千里,骨积如山……乱离方始,生死孰知?人主爱人,一何如此?陛下情性毅然,孰敢上谏?或有鲠言,随令赐死。臣下相顾,缄口自全。龙逢复生,安敢议奏?高位近臣,阿谀顺旨,迎合帝意,造作拒谏。皆出此途,乃逢富贵。陛下过恶,从何得闻?方今又败辽师,再幸东土。社稷危于春雪,干戈遍于四方。生民方入涂炭,官吏犹未敢言。陛下自惟,若何为计?……天下不可复得。大势已去,时不再来。巨厦将倾,一木不能支;洪河已决,掬壤不能救。②

作者让王义作为一个历史见证人的角色去展示时代变迁,抨击帝王之

---

①《唐五代志怪传奇叙录》,第 1230 页。
②《隋炀帝海山记》,载《唐五代传奇集》第四编卷六,第 2649 页。

失,增强真实性和感染力。与《海山记》相似,《迷楼记》也有贡民王义指责炀帝沉溺声色不理朝政的纵欲之过。特别是《迷楼记》中,炀帝受王义所感准备远离声色但两天后又欲壑难禁、复入迷楼的行为,揭示了古代帝王不受任何约束后极易放肆纵欲的真实状况。"观王义上书,陈说隋帝之过,辞意痛切,语语皆中其弊,直是良史之论;而夜半悲歌,发乎草野,堪为隋末实录。安史乱后唐室渐衰,逮末世大厦将倾,唐人每痛君主怠政,权奸祸国,此借隋炀旧事陈兴衰之感,成败之理。"①炀帝故事蕴含了浓烈的末世感慨、盛衰反思。

《海山记》中,矮民王义作为幸臣向炀帝上书谏言得到默认,当炀帝责问他为何没有及早进谏时,王义辩解说"臣不早言,言即臣死",指明炀帝闭塞言路、独断专行的过失。历史证明能否正视谏言、修正自身对于帝王来说非常重要,许多亡国之君都是错在不纳谏言、专权任性、肆欲享乐上。隋炀帝就是典型代表。如《隋书·炀帝本纪》载大业十二年(616)炀帝行幸江都时,"奉信郎崔民象以盗贼充斥,于建国门上表,谏不宜巡幸。上大怒,先解其颐,乃斩之。戊辰,冯翊人孙华自号总管,举兵为盗……车驾次汜水,奉信郎王爱仁以盗贼日盛,谏上请还西京。上怒,斩之而行"②,在国乱之际,崔民象、王爱仁等先后因谏阻炀帝南游而被杀,充分暴露出炀帝不顾国事、贪图享乐的本性。王义对炀帝的进谏与《炀帝本纪》多有相似之处,应是小说家对历史观点的文学化处理。尤其是《炀帝本纪》末尾对炀帝的批评似乎就是小说"隋炀三记"的思想纲领:

> 以天下承平日久,士马全盛,慨然慕秦皇、汉武之事。乃盛治宫室,穷极侈靡,召募行人,分使绝域。诸蕃至者,厚加礼赐,有不恭命,以兵击之……奸吏侵渔,内外虚竭,头会箕敛,人不聊生。于时军国多务,日不暇给,帝方骄怠,恶闻政事,冤屈不治,奏请罕决。又猜忌臣下,无所专任,朝臣有不合意者,必构其罪而族灭之……事君尽礼,謇謇匪躬,无辜无罪,横受夷戮者,不可胜纪。政刑弛紊,贿货公行,莫敢正言,道路以目。六军不息,百役繁兴,行者不归,居者失业。人饥相食,邑落为墟,上不之恤也。东西游幸,靡有定居,每以供费不给,逆收

---

① 《唐五代志怪传奇叙录》,第 1221 页。
② 《隋书》卷四《炀帝本纪》,第 90 页。

数年之赋……区宇之内,盗贼蜂起,劫掠从官,屠陷城邑,近臣互相掩蔽,隐贼数不以实对。或有言贼多者,辄大被诘责,各求苟免,上下相蒙,每出师徒,败亡相继。战士尽力,必不加赏,百姓无辜,咸受屠戮。黎庶愤怨,天下土崩,至于就擒而犹未之寤也。①

以魏徵为代表的初唐政治家对隋炀帝肆欲亡国的罪恶有深刻认识,除《炀帝本纪》的评价外,魏徵也常以隋朝的亡国教训来劝谏唐太宗:"昔在有隋,统一寰宇,甲兵强盛,三十余年,风行万里,威动殊俗,一旦举而弃之,尽为他人之有。彼炀帝岂恶天下之治安,不欲社稷之长久,故行桀虐,以就灭亡哉?恃其富强,不虞后患。驱天下以从欲,罄万物而自奉,采域中之子女,求远方之奇异。宫苑是饰,台榭是崇,徭役无时,干戈不戢。外示严重,内多险忌,谗邪者必受其福,忠正者莫保其生。上下相蒙,君臣道隔,民不堪命,率土分崩。遂以四海之尊,殒于匹夫之手,子孙殄绝,为天下笑,可不痛哉!"②

历史总是让后人警醒,而身处其中的人却执迷不悟,"隋炀三记"中的隋炀帝就是如此,他始终不能正视因自己而造成的国家乱亡之罪,如他看过王义分析天下乱离的奏章后说:"自古安有不亡之国,不死之主乎?"在无奈的环境下仍为自己开脱,没有丝毫自责之心。作者对他的这种无赖心理非常痛恨,将他以往要与秦皇汉武相比埒的雄心壮志与当时盗乱四起、国贫民穷的现实进行对比,在强烈的反差中痛斥炀帝的暴政害民之罪。隋炀帝继位后改年号为大业,可见他确实有建立千秋伟业的理想。只是在帝王至尊、个人集权的封建王朝中,隋朝国力在他的骄横专权、奢侈无度下全部耗尽,以至于政乱国困、民怨沸腾,他的大业之梦在短短十四年间便灰飞烟灭。隋炀帝有成就大业之愿却无实现伟业之德,《隋书·炀帝本纪》和"炀帝系列"小说反映了唐人对以隋炀帝为代表的封建帝王肆意为政、专权跋扈、诛贤绝谏、大兴土木、奢靡享乐等种种误国害民行为的不满与愤恨。

"隋炀三记"在暴露炀帝之恶时也融入了天命思想和谶兆意识,如《海山记》中,以"李木当茂""鲤鱼有角"反映天意归李氏,以"星文大恶,贼星逼帝"预示炀帝将死;《开河记》中,因炀帝栽柳而出现"天子先栽,然后百姓

---

①《隋书》卷四《炀帝本纪》,第 94 页。
②《贞观政要集校》卷一,第 16 页。

裁"的谣言暗指国家将面临灾难;《迷楼记》中,面对宫人唱"河南杨柳谢,河北李花荣。杨花飞去落何处? 李花结果自然成"的歌谣,炀帝默然久之而曰:"天启之也,人启之也?"提出了"天启"和"人启"的问题。这表明作者是从天意和民意两个方面揭示亡国之因的,而天意和民意是统一的,天意是民意的表露,正因为人民不满,才有天意昭示隋朝将亡。因此,表面上的谣谶、木妖、梦兆、星相等"天启"事件正是隋炀帝乱政暴行引起的天怒人怨。其实《海山记》中王义对炀帝恶行后果的揭露就将作者之前所说的有关李木当茂、鲤鱼有角、庆儿噩梦、贼星逼帝等一系列预示着天下将乱、李唐将兴的谶兆意识完全抛弃,指明隋朝之亡在于炀帝祸国殃民的政策和做法。这表明炀帝故事中的谶兆天命论并没有陷入神秘主义。

　　唐末的"炀帝四记",不仅是在历史的基础上对炀帝罪恶的全面复原,而且也是借炀帝逸事来暴露和批判唐玄宗,是晚唐文人有感于大唐式微的借古讽今之作。虽然玄宗没有炀帝那么荒淫无耻,但是他们也有很多相似之处,如二人都好大喜功,在位期间都尽力追求个人的文治武功;统治后期都奢侈享乐、刚愎自用,炀帝曾将上书谏言国家盗贼充斥、皇帝不应再巡幸的官员杀死,玄宗则把向他报告安禄山将反的大臣交由安禄山处置。这些荒唐昏聩、自欺欺人的做法不但使天下大乱,而且也使帝王自身陷入绝境,隋炀帝被臣下杀死,唐玄宗弃都而逃、凄凉以终。但与中唐小说家的"玄宗系列"在对比中反思,在批判中寄托政治理想不同,以"炀帝四记"为代表的晚唐文人笔下的帝王故事只暴露恶行恶政,而不再与现实政治做对比,反映了末世文人对乱国帝王的痛恨和对乱世将至的无奈。

　　帝王之失导致国家灭亡是唐末文人的共同感触,除"炀帝系列"小说外,唐末柳祥的志怪传奇小说集《潇湘录》也有多篇批判帝王政治的作品,并对唐代亡国的思考形成了系统性的观点,体现了唐末文人对唐代衰亡历史的全面反思。

第三节　《潇湘录》与唐末文人的衰乱反思

　　除了暴露帝王之恶外,通过影响李唐王朝命运的动乱事件探讨王朝政治得失,提出国家治理之道,是唐末小说家家国情怀的体现,柳祥的《潇湘录》就是其中的典范之作。《潇湘录》现存四十四篇,有四十三篇收录在《太平广记》中,是唐末小说的佼佼者。虽然多写异类化人的奇闻怪事,但在怪异故事中折射国事和时局,并明确提出治理之道,蕴含强烈的国家意识,具有"因言设事,假托神怪,而针砭现实。议论不乏警拔,亦庄亦谐,乃自具面貌,而其文辞清丽,善事形容,间用抒情笔墨,不失传奇之体。足称唐末佳制"①的特点。从内容上看,关切时政之忧心令人震撼;从形式上看,寓真情于精怪,寄感慨于神鬼,虚实相生,充分显示出作者敏锐的眼光和精巧的构思。

　　中唐以来,虽屡有文人借小说探究唐朝国乱之由,提出治理之策,但都未有柳祥用心深切。柳祥的身世现已不可考,从小说集《潇湘录》的名字来看,他极有可能是湖南人。此书著录在《新唐书·艺文志》小说类中,从《张琎》中"黄氏将乱东夏"之语,可推断出柳祥生活在唐末的最后几十年间,尤其是黄巢起义之时。"柳祥生当乱世,故书中多言乱象,《杜修己》《张勔》之叙盗贼群起,《牟颖》之叙借鬼力劫财劫色,《呼延冀》《孟氏》之叙妇道不贞,天下不宁,道德沦丧见矣。而唐鼎将移,忧愤交作,遂曲折致意。《益州老父》之谈治乱,《马举》之论用兵,《王常》之言救世,《王祐》之欲化人以还淳朴,知祥颇有意于世","至若《奴苍璧》《杨贵妃》《杨国忠》之刺李、杨祸国,《梁守威》之讽肃宗不孝,则蓄愤深矣"②。

一、安史黄巢,乱因帝王

　　《潇湘录》非常重视故事发生的时间,以此表明作者对某些社会问题的关注。它的时间介绍主要有两种情况,一种是标明具体时段,如贞观元年、万岁元年、则天末、开元初、天宝中、玄宗时、至德二年、大历中、贞元末、顺宗时、咸通末等;第二是根据故事人物折射时代背景,如相国李林甫、马举镇淮南等。《潇湘录》涉及的时、事基本贯穿了唐朝自兴至亡的整个历程和重要事件,其中《张琎》中"咸通末年,张琎自徐之长安"和"黄氏将乱东夏"③所提及的时段应是作品中所标时间的下限,由此可知作者经历了僖宗年间的黄巢起义。黄巢军的活动时间是 878 年至 884 年,从 884 年算起,此时距唐亡(907)不过二十四年的时间,唐王朝确实到了日薄西山、乱

---

①《唐五代志怪传奇叙录》,第 1357 页。

②《唐五代志怪传奇叙录》,第 1356 页。

③《潇湘录·张琎》,载《唐五代传奇集》第四编卷一一,第 2843 页。

象丛生的阶段，这正是反思唐朝历史的最佳时机。昔日国富民强、诸番臣服的盛世气象早已荡然无存，万里江山早就陷入"名城大邑，旷荡无人，美地平原，目断草莽"①的境地。唐朝盛衰的巨大反差怎不令那些有见识、有抱负的文士深思、悲叹。

安史之乱掀开了唐朝衰亡的序幕，而乱之原因，在于玄宗因好色、好仙而怠政，因任用奸相而误国。柳祥对此深有感触，因此《潇湘录》有多篇故事指责帝王的误国之举。《奴苍璧》直接批评"大唐之君奢侈不节俭"的靡费行为；《王常》虽然表面上是谴责前朝君主的慕道求仙爱好，"秦皇、汉武，帝王也。帝王处救人之位，自有救人之术而不行，反求神仙之术则非"②，但由于秦皇、汉武和唐玄宗这三位帝王在位时的文治武功和在位后期爱好仙道的特点极其相似，唐人就常以秦皇、汉武来暗指玄宗，因此，《王常》其实是抨击玄宗身居君位却不思治世之政，不怀爱民之心，反而醉心于神仙之术的错误行径，反映了柳祥对帝王职责、个人爱好与国家衰亡关系的深刻认识。在众多探讨治乱原因的小说中，把国家衰亡归结为命运、天数的比比皆是，而柳祥却明确指出帝王实为祸乱之源。

安禄山攻陷长安后，玄宗禅位，开启了以肃宗为首的平叛之路。但柳祥对肃宗更是深恶痛绝。在《梁守威》中，当梁守威言"方今太子承桃，上皇又存，佐国大臣，足得戮力同心，以尽灭丑类"，并欲平叛报君时，一个鬼少年对梁加以反驳："今太子传位，上皇犹在，君以为天下有主耶？有归耶？然太子至灵武，六军大臣推戴，欲以为天下主。其如自立不孝也，徒欲使天下怒，又焉得为天下主也？设若太子但奉行上皇命，而征兵四海，力剪群盗，收复京城，往抚而辑之，爵赏军功，亦行后而闻之，则不期月而大定也。今日之大事已失，卒不可平天下。我未闻自负不孝之名，而欲诛不忠之辈者也。若欲安天下，宁群盗，必待仁主得位。"③提出如果玄宗不退位，以其号召力征兵平叛，则国家不久即可安定，而肃宗逼迫玄宗禅位、自立为帝的不孝行为使天下愤怒，以至于国家最终也不得太平。柳祥直言不讳地将叛乱久持难平的原因归结到肃宗身上，并加以痛责，虽有一定的道理，但却有失公允。因为安禄山起兵后，玄宗虽任用了高仙芝、封常清、哥舒翰等大将

---

① 《续玄怪录》补遗《韦氏子》，第 200 页。
② 《潇湘录·王常》，载《唐五代传奇集》第四编卷一一，第 2857 页。
③ 《潇湘录·梁守威》，载《唐五代传奇集》第四编卷一○，第 2818 页。

领兵平叛,但却又受宦官边令诚和外戚杨国忠蛊惑致使这些大将都兵败被
杀。尤其是哥舒翰战败后,潼关失守,才导致玄宗幸蜀、肃宗即位。因此,
《梁守威》中认为玄宗能速平叛乱,而肃宗主政后国乱难平的观点实有偏颇
之处。

　　虽然将战乱难平归罪于肃宗有失公允,但从玄宗、肃宗的才德和威望
上看也有一定道理。因为玄宗晚年虽因怠政而付权柄于奸相,导致政治腐
败、天下大乱,但玄宗的雄才大略远胜于肃宗,玄宗的威望和知人之明亦远
高于肃宗。"帝之幸蜀也,给事中裴士淹以辩学得幸。时肃宗在凤翔,每命
宰相,辄启闻。及房琯为将,帝曰:'此非破贼才也。若姚元崇在,贼不足
灭。'至宋璟,曰:'彼卖直以取名耳。'因历评十余人,皆当。至林甫,曰:'是
子妒贤疾能,举无比者。'士淹因曰:'陛下诚知之,何任之久邪?'帝默然不
应。"[1]可见玄宗晚年依然头脑清醒、善知人才,只可惜他倦怠政治、沉溺享
乐而任用权奸庸戚,以致佞幸横行、国乱民贫。"政才勤倦,妖集廷除"[2],
道出了玄宗的本质。肃宗即位后,成为组织平叛的中枢力量,然而他却昏
聩无能,受宦官李辅国等的牵制和操纵,导致屡次错失大好时机,延缓了平
叛进度。肃宗的庸懦无能和放权于宦官的举动又给安史乱后的政局造成
了极其恶劣的影响,自他继位以后直至唐朝灭亡,藩镇跋扈、宦官专权一直
是阻挠国家复兴的大问题。柳祥总结整个王朝兴衰,反思帝王政治得失,
感慨颇深,"虽嗣主复位,乃至于末,终不治也"[3],对肃宗及其以后的帝王
失望至极。

　　《梁守威》对肃宗的批评和厌恶,从表面上看主要是因为肃宗的不孝以
及自他以来的国乱难平。以孝作为评价帝王的标准似乎对肃宗并不公平,
因为肃宗逼玄宗禅位的行为与唐太宗李世民在玄武门之变后逼迫其父李
渊让位的做法如出一辙,但唐人却没有指责太宗不孝。因此,柳祥批评肃
宗不孝只是表面借口,其目的可能重在抨击肃宗以来的宦官专权等弊政。
宦官权力的增大虽始于玄宗朝,"玄宗尊重宫闱,中官稍称旨,即授三品将
军,门施棨戟"[4],但其真正猖狂无忌、左右朝政,却始于肃宗朝的李辅国。

---

①《新唐书》卷二二三(上)《奸臣传(上)·李林甫》,第 6349 页。
②《旧唐书》卷九《玄宗本纪》,第 237 页。
③《潇湘录·奴苍璧》,载《唐五代传奇集》第四编卷一〇,第 2810 页。
④《旧唐书》卷一八四《宦者传·高力士》,第 4757 页。

李辅国因拥立肃宗称帝有功而狂妄至极，又因帮助代宗继位成功而更加目中无人。他藐上欺下，曾对代宗说："大家但内里坐，外事听老奴处置。"①肃宗登基后李辅国专权跋扈，"州县狱讼，三司制劾，有所捕逮流降，皆私判臆处，因称制敕，然未始闻上也，诏书下，辅国署已乃施行，群臣无敢议"②。宦官李辅国的骄横干政为王朝没落开了恶端，宦官专权日渐成为中晚唐尾大不掉的问题。中唐以来，许多宦官像李辅国一样左右朝政，操纵帝王，甚至谋害皇帝，如顺宗、宪宗和敬宗都是被宦官所杀。宦官虽为家奴，却掌控着皇帝人选的废立，如宣宗死后，宦官欲立懿宗，"宰相将有不同者，夏侯孜说：'三十年前，外大臣得与禁中事；三十年以来，外大臣固不得知。但是李氏子孙，内大臣立定，外大臣即北面事之，安有是非之说？'"③"唐自穆宗以来八世，而为宦官所立者七君。然则唐之衰亡，岂止方镇之患？盖朝廷天下之本也，人君者朝廷之本也，始即位者人君之本也，其本始不正，欲以正天下，其可得乎"④，身心残缺甚至心理扭曲的宦官把立帝的主动权牢牢掌握在自己手中，只能让国家政治日益腐朽。肃宗就是导致宦官专权的罪魁祸首。

　　安史乱后，对唐朝命运打击最大的就是黄巢起义，它使唐朝由衰败走向了彻底灭亡。黄巢起事虽属农民起义，但其最初起事的目的是为了封赏和权力，"蕲州刺史裴渥为贼求官，约罢兵。仙芝与巢等诣渥饮。未几，诏拜仙芝左神策军押衙，遣中人慰抚。仙芝喜，巢恨赏不及己，诟曰：'君降，独得官，五千众且奈何？丐我兵，无留。'因击仙芝，伤首"，"巢陷桂管，进寇广州，诒节度使李迢书，求表为天平节度，又胁崔璆言于朝，宰相郑畋欲许之，卢携、田令孜执不可。巢又丐安南都护、广州节度使"⑤。在起事过程中，黄巢部下纪律涣散、贪财嗜杀，老百姓为此流离失所，甚至惨遭杀害，因此黄巢军亦难称正义之师。柳祥对此深有体会，因此，对黄巢起事以"乱"字评定。但这并不表示他把感情倾向于皇帝及其所代表的朝廷，因为他没有像其他文人那样以"贼"来称呼黄巢部属。

---

①《旧唐书》卷一八四《宦者传·李辅国》，第 4761 页。

②《新唐书》卷二〇八《宦者传（下）·李辅国》，第 5880 页。

③裴庭裕撰，田廷柱点校：《东观奏记》，中华书局，1994 年，第 197 页。

④《新唐书》卷九《僖宗本纪》，第 281 页。

⑤《新唐书》卷二二五（下）《逆臣传（下）·黄巢》，第 6452、6454 页。

深切体会到乱离之苦的柳祥对黄巢部属的恶行极为不满,但在反思致乱根源时他目光敏锐,敢于直接归罪于最高统治者。《张班》在谈到黄巢起义产生的原因时,一个化为人形的玉精说"若皇上修德好生,守帝王之道,下念黎庶,虽诸黄齿长,又将若何",把黄巢等人起义直接归结为懿宗皇帝不守王道、不爱百姓。从中晚唐政局的变化来看,这一观点是正确的。安史乱后,唐朝进入长期的缓冲、恢复期,虽然代宗、德宗以来宦官专权、藩镇割据等问题无法彻底解决,但国家仍维持了整体的稳定局势,尤其是经过宣宗的励精图治,唐王朝甚至呈现了"中兴"局面,但宣宗之后,被宦官拥立的懿宗昏庸无能、奢侈纵欲,直接导致王朝迅速衰败。懿宗当政期间,面对宣宗留下来的中兴基业,他不但不勤于王事,反而完全不顾国家兴衰。生活上肆意挥霍、穷奢极欲,在"徐寇虽殄,河南几空"时,"犹削军赋而饰伽蓝,困民财而修净业,以谀佞为爱己,谓忠谏为妖言","是以干戈布野"①;政治上任用奸臣,信任宦官,使宣宗朝"四海承平,百职修举,中外无秕政,府库有余资,年谷屡登,封疆无扰"②的局面荡然无存。对于懿宗的昏聩豪奢,懿、僖年间的小说家苏鹗在传奇《同昌公主》中有详细描述,懿宗为嫁心爱之女而倾内库所有,"逮诸珍异不可具载。自两汉至皇唐,公主出降之盛,未之有也"③。国家将亡,民不聊生,皇帝却以奢侈为本,"土德凌夷,祸阶于此"④,唐王朝葬送在了懿宗之手。

历代史臣在探求唐亡原因时,虽然也指出了帝王政策的过失,但却总以某种理由为借口,或称女色亡国,"女子之祸于人者甚矣!自高祖至于中宗,数十年间,再罹女祸,唐祚既绝而复续,中宗不免其身,韦氏遂以灭族。玄宗亲平其乱,可以鉴矣,而又败以女子"⑤;或以天灾人祸为托词,"乾符之际,岁大旱蝗,民愁盗起,其乱遂不可复支,盖亦天人之会欤"⑥;或简单地归为天命,"运历将穷,人君幼冲,尘飞巨盗,波骇群雄,天既降丧,人罕输忠"⑦。作为"以古为镜,可以知兴替"的史书本以总结历史、探索治乱为目

---

① 《旧唐书》卷一九(上)《懿宗本纪》,第685页。
② 《旧唐书》卷一九(上)《懿宗本纪》,第684页。
③ 《杜阳杂编》卷下,载《开元天宝遗事(外七种)》,第130页。
④ 《旧唐书》卷一九(上)《懿宗本纪》,第685页。
⑤ 《新唐书》卷五《玄宗本纪》,第154页。
⑥ 《新唐书》卷九《僖宗本纪》,第281页。
⑦ 《旧唐书》卷一九(下)《僖宗本纪》,第730页。

的，但却总在天命和红颜祸水之间周旋，而作为小说家的柳祥却大胆指出帝王对国家治乱应负首责，其勇气和见识都高于后来的史学家。

二、唐运已尽，求诸神佑

柳祥是经历过黄巢起义的晚唐人，他反思唐朝近三百年的兴亡历程后认为衰败肇始于肃宗朝，"大事已失，卒不可平天下"①，"虽嗣主复位，乃至于末，终不治也"②，对肃宗及其以下的历代帝王都失望至极。在失望之余，甚至产生了在正统人士看来极其离经叛道的意识，即不再忠于唐廷，而是渴望推翻李唐江山，如《张勔》中的感情倾向就完全违背了正统的忠义观。张勔是一个聚众抢劫、杀害行旅的绿林强盗。当他遇到冥间幽地王时，幽地王告诉他："安禄山父子死，史氏僭命，君为盗，奚不以众归之，自当富贵。"且又"出兵书一卷，以授之而去"，他得到此书后"颇达兵术，寻以兵归史思明，果用之为将"③。幽地王在人间叛乱不断、生灵涂炭时，不是像其他神灵那样阴助官军平叛，而是帮助叛军作乱。从传统伦理道德看，这种政治态度似乎难以理解，其实这正说明作者对李唐王朝早已不抱希望，甚至渴望能有一个新的政权来代替它。这种目无君主的反乱意识源于对当朝者的绝望。

柳祥对唐王朝的失望和对唐帝王的厌恶，不仅表现在他指责帝王误国、乱国和对朝廷的抵触情绪上，而且也体现在他对乱世之中民众生存状况的关注上。安史乱后唐王朝的政局再也没有平静过，而在乱世中受伤害最深的就是老百姓："安禄山之后，数人僭伪为主，杀害黎元"④，"自三盗合从，九州鼎沸，军士膏于原野，民力殚于转输，室家相吊，人不聊生"⑤，"丧乱时久，杀戮过多，腥秽之气，达于诸天"⑥，"癸卯岁，西原贼入道州，焚烧杀掠，几尽而去"⑦。安史乱后人口大量丧亡，幸存的老百姓不仅穷困无食、一无所有，而且还要饱受入不敷出的朝廷更繁重的徭役和兵役的盘剥。

---

① 《潇湘录·梁守威》，载《唐五代传奇集》第四编卷一〇，第 2818 页。
② 《潇湘录·奴苍璧》，载《唐五代传奇集》第四编卷一〇，第 2810 页。
③ 《潇湘录·张勔》，载《全唐五代小说》卷五五，第 1907 页。
④ 《潇湘录·奴苍璧》，载《唐五代传奇集》第四编卷一〇，第 2810 页。
⑤ 《旧唐书》卷一一《代宗本纪》，第 316 页。
⑥ 郑辂：《得宝记》，载《唐五代传奇集》第一编卷一二，第 408 页。
⑦ 《元次山集》卷三《贼退示官吏有序》，第 38 页。

《舂陵行》是元结在安史乱后癸卯年（763）任道州刺史时所写，其中揭示的战乱时期本已贫困至极的老百姓却要遭受朝廷更多压榨的问题是中唐以来社会状况的缩影，"道州旧四万余户，经贼已来，不满四千，大半不胜赋税"，但处在战乱中的朝廷却是"军国多所需，切责在有司"，老百姓只得狂呼"所愿见王官，抚养以惠慈。奈何重驱逐，不使存活为"①。

唐末乱世，民众饥寒交迫的悲惨处境更甚于安史乱时。面对百姓的贫困无依，柳祥既痛心又关切，《王常》就充分体现了他心兼天下、一心救民的愿望。当王常感叹"我欲平天下祸乱，无一人之柄以佐我，无尺土之封以资我。我欲救天下饥寒，而又衣食亦不自充"时，神仙降临，传授王常炼金之术，让他"虽不足平祸乱，亦可少济人之饥寒"，对王常的欲平天下和济人之志予以鼓励和资助。由于晚唐朝廷已千疮百孔，世人对当政帝王失望至极，因此神人亦无平天下之策，只能用神术减轻世间灾难。神仙救难虽是一种幻想，但体现了乱世时期世人活下去的愿望。因为当老百姓处在缺衣少食、饥寒交迫的乱世时，本应实施救民措施的官府为了维持统治反而实施更重的盘剥，人们只能在渴望神佑中得到心理慰藉。

指责帝王、神助叛军、借神救民的思想，使柳祥的心理倾向越来越背离李唐王朝的正统道路，同时也形成了自己的帝王观念和政治理想。

三、帝王治国，宰帅司责

在封建专制制度下，帝王个人的爱好和选择对国家命运至关重要，"社稷安危，国家理乱，在于一人而已"②。柳祥在反思乱世、抨击政治时也提出了自己的治理理念。

《益州老父》塑造了一个"得钱即转济贫乏"的卖药老人，他不仅为人治病，向人谈论治病之理，更在分析人体器官各自功用及职责时宣扬理想的帝王政治观："夫人一身，便如一国也，人之心即帝王也；傍列脏腑，即内辅也；外张九窍，即外臣也。故心有病，则内外不可救之。又何异君乱于上，臣下不可正之哉。"③卖药老人用比喻手法将人体的心、脏腑、九窍的关系与帝王、内辅、外臣的关系等同起来。对人体而言心是最重要的，如果心脏

①《元次山集》卷三《舂陵行》，第37页。
②《贞观政要集校》卷一〇，第540页。
③《潇湘录·益州老父》，载《全唐五代小说》卷五五，第1890页。

坏了，其他部分想运转也无济于事；对国家而言，帝王是核心，如果帝王不正，则纵有内辅之贤、外臣之忠，也不能使国家太平。以此类推，如果国家生乱，那么罪魁即是帝王。作者通过卖药老人之口直截了当地指出了"乱自君作"的帝王政治本质。

益州老父的人体病理学非常重视心脏的重要性，指出要想心无病，就必须能经受住各种诱惑和困扰，"但凡欲身之无病，必须先正其心。不使乱求，不使狂思，不使嗜欲，不使迷惑，则心先无病。心先无病，则内辅之脏腑，虽有病不难疗也；外之九窍，亦无由受病矣"。以此推之，对于国家来说，要想政治清明，帝王个人就应该保持清醒的头脑，不乱求、不狂思、不嗜欲、不迷惑。唐玄宗宠爱杨贵妃后引起的奢侈淫靡、外戚执政、小人当道等一系列问题充分证明了嗜欲和迷惑是帝王政治最大的软肋。玄宗朝由盛至乱的过程正可用《新五代史·伶官传序》所说的"夫祸患常积于忽微，而智勇多困于所溺"予以概括。北宋末名臣李纲也曾用五脏比喻国事来劝谏徽宗："夫灾异变故，譬犹一人之身，病在五脏，则发于气色，形于脉息，善医者能知之。所以圣人观变于天地，而修其在我者，故能制治保邦，而无危乱之忧。"[1]李纲的阐述似乎是《益州老父》的翻版。

在帝王政治中，任人是否得当也影响着国家命运。正如益州老父说的"药亦有君臣，有佐有使。苟或攻其病，君先臣次，然后用佐用使，自然合其宜。如以佐之药用之以使，使之药用之以佐，小不当其用，必自乱也，又何能攻人之病哉？此又象国家治人也"。用药要分清佐使，任人要据以才能。如果小才大用，则必生乱，最终导致"良医自逃，名药不效"。治病如治国，国君如果任人不当，最终将使贤才尽黜，问题丛生。玄宗朝的政治现象就是如此，"开元任姚崇、宋璟而治，幸林甫、国忠而乱"[2]，从开元到天宝，玄宗从选贤任能到黜贤使奸的用人策略的改变正是他个人选择的结果。

益州老父以治病用药之理来比喻帝王政治，指出导致国乱的两个根源：国君之纵欲与任人之不当；指明帝王对国家命运应负首要责任，选用人才要有标准，要人尽其才。这是对帝王政治本质的全面考量，与《张珽》中"若皇上修德好生，守帝王之道"的观点基本相同，也与《魏徵》中以鬼神来

①《宋史》卷三五八《李纲传》，第11246页。
②《旧唐书》卷一〇六《李林甫、杨国忠传》，第3256页。

喻治理之道的构思异曲同工。如魏徵谈论鬼神之理时说"有天地来有鬼神,夫道高则鬼神妖怪必伏之,若奉道自未高,则鬼神妖怪,反可致之也,何轻之哉"①,表面上是重视鬼神的作用,实际上是暗示帝王之道的重要性。人身正则可战胜鬼神,国君正,则可以黜退奸臣。柳祥以各种方式来比喻帝王政治中皇帝的重要职责,可谓用心良苦、感慨至深。

　　治国之道除了国君要正直有为外,辅臣尤其是宰相的职责亦不可轻视,"宰相之职,佐天子总百官、治万事,其任重矣"②。柳祥深知此理,因此对误国的宰相大加挞伐。《杨国忠》开篇即写"天宝中,杨国忠权势渐高,四方奉贡珍宝莫不先献之,豪富奢华,朝廷间无敌",对杨的不满之意溢于言表。一怪妇直造其门,严厉批评道:"公为相国,何不知否泰之道? 公位极人臣,又联国戚,名动区宇,亦已久矣。奢纵不节,德义不修,而壅塞贤路,谄媚君上,又亦久矣。略不能效前朝房、杜之踪迹,不以社稷为意。贤与愚不能别,但纳贿于门者,爵而禄之;大才大德之士,伏于林泉,曾不一顾。以恩付兵柄,以爱使牧民。噫! 欲社稷安而保家族,必不可也。"③斥责杨国忠以国戚关系登上宰相之位,却奢侈纵欲、卖官鬻爵、嫉贤妒能,最终引来国乱的罪恶。以妇人之口痛斥杨国忠的恶行劣迹,足见杨国忠的罪责真是妇孺皆知、人神共愤。《旧唐书》在追溯唐乱历程时也把杨国忠视为罪魁祸首,"乘舆迁幸,朝廷陷没,百僚系颈,妃主被戮,兵满天下,毒流四海,皆国忠之召祸也"④,似乎就是对《潇湘录》观点的继承。

　　毫无政治才能的外戚杨国忠为相后祸国殃民,最终激起安禄山起兵叛乱。而叛乱发生后,朝廷不能有力地组织力量进行平叛,亦反映了当时严重的社会问题。自开元以来,唐朝内部一直相对安定,"天下承平日久,人不知战"。安禄山叛乱打破了四十余年的平静,当叛兵来临时,不仅民众不知所措,而且"官吏骇窜,无复贵贱,坐宫门大树下"⑤;当准备战斗时,"时兵暴起,州县发官铠仗,皆穿朽钝折不可用,持梃斗,弗能亢,吏皆弃城匿"⑥,常年的歌舞升平使国家忽视了军事备战。至僖宗朝王仙芝起义时,

---

①《太平广记》卷三二七《魏徵》,第 2599 页。

②《新唐书》卷四六《百官志》,第 1182 页。

③《潇湘录·杨国忠》,载《全唐五代小说》卷五五,第 1903 页。

④《旧唐书》卷一〇六《杨国忠传》,第 3247 页。

⑤《旧唐书》卷一〇六《杨国忠传》,第 3246 页。

⑥《新唐书》卷二二五(上)《逆臣传(上)·安禄山》,第 6417 页。

朝廷仍是"时承明之代,郡国悉无武备"①。这些都暴露出唐王朝不能居安思危,在国家安定时不知军备,当战乱到来后,无力平定,以致战乱持续日久,危害深远等问题。基于中唐以来的国乱状态,柳祥充分认识到了用兵的重要性,《马举》就专门谈论用兵之道。

《马举》通过一个棋局精化身为"屡经战争,故尽识兵家之事"的老翁和马举的对话提出了将帅职责与用兵方略②。马举是懿宗时的大将军,曾镇压了咸通九年至十年(868—869)辗转桂州、泗州、宿州等地的庞勋起义。由马举的经历可知这篇寓言是针对唐末的混乱政局而作的。当马举驻守淮南时,一位老人前来拜访,向他提出"方今正用兵之时也,公何不求兵机战术",老翁积极主动的态度显示出人们对天下大乱的担忧,希望能有懂兵之人力挽狂澜。因此当马举推辞说"仆且治疲民,未暇于兵机战法"时,老翁反驳道"夫兵法不可废也。废则乱生,乱生则民疲,若待民疲而治,则非所闻",一语道破兵法备战与治乱的密切关系。只有懂兵法,善用兵,才能在战场上取胜,使老百姓安居乐业,这样才能从根本上解决民疲的问题。结合唐朝历史,老翁之语确实切中要害,如安史之乱造成了十室九空、民资匮乏的严重后果,而朝廷为了准备打仗之资,屡次征兵增赋,使本已贫困的民众更加衣食无着。这样的恶性循环,最终使唐王朝走向崩溃。柳祥正是从社会实际教训中看到了用兵与国家兴衰的关系,提出了用兵的重要性。

重视用兵,亦要重视兵法,分清将帅职责,"夫将校者,在乎识虚盈,明向背,冒矢石,触锋刃也。士卒者,在乎赴汤蹈火,出死入生,不旋踵而一焉","夫为帅也,必先取胜地,次对敌军。用一卒,必思之于生死;见一路,必察之于出入。至于冲关入劫,虽军中之余事,亦不可忘也"。老翁对士卒、将校、统帅的责任予以明确,讲解条理清晰,尤其是对统帅职责及其统兵方法都予以详细说明,以突显统帅在战场上的重要作用。这正是对唐王朝组织平叛活动屡次失败的深刻总结,如安史乱时因用人不当而使胜局为败的情况不胜枚举,"哥舒翰守潼关,诸将以函关距京师三百里,利在守险,不利出攻。国忠以翰持兵未决,虑反图己,欲其速战,自中督促之,翰不获已出关,及接战桃林,王师奔败,哥舒受擒,败国丧师,皆国忠之误惑也"③。

---

① 《三水小牍》卷上《董汉勋谏阵没同僚》,第10页。

② 《潇湘录·马举》,载《唐五代传奇集》第四编卷一一,第2840页。

③ 《旧唐书》卷一〇六《杨国忠传》,第3246页。

如果哥舒翰能坚守潼关，或许就不会有后来的潼关失守、玄宗幸蜀。"封常清、高仙芝相次率不教之兵，募市人之众，以抗凶寇，失律丧师。哥舒翰废疾于家，起专兵柄，二十万众拒贼关门，军中之务不亲，委任又非其所。及遇羯贼，旋致败亡，天子以之播迁，自身以之拘执，此皆命帅而不得其人也。"①正是由于权奸误判，统帅不能坚持正确的作战方针，致使平叛的有利形势化为乌有，国家陷入长期的战乱中，民众也遭受了巨大痛苦。《马举》中，老翁的强烈参政意识和对军事方略的独到见解充分体现了唐末文人对国运的关注以及渴望找到解除国乱危局的方法。

　　总之，《潇湘录》中，柳祥借化白鹤飞去的益州老父、传兵书于贼寇的幽地王、与魏徵论战的鬼神、与马举谈兵的精怪等这些神人异物的言行来尽情展现他对兴亡治乱之理的孜孜探求。当这些神精异怪评述政治、指责帝王时，它们的言行感受就如凡人一样体现着时代的脉搏，让人们在虚构的故事中体会到乱世的沧桑和残酷。柳祥站在国家的高度，对整个唐王朝甚至是以往封建王朝的帝王政治进行了哲理性的思考和批判，对乱中民众的生存状况给予了高度的关注和同情，这些都使他的政治观点与治国理念具有了整体性和系统性，体现了他观察现实、感悟历史、反思社会的敏锐目光与无所畏惧的胆智。这是满怀抱负的封建知识分子心怀天下的宽阔胸襟的展现，也是他们忧国忧民之情的浓缩。

第四节　宋代小说家的乱世帝王反思

　　在中国历史上，宋朝是一个经济富裕却国力衰弱的王朝。北宋立国后，吸取了唐朝藩镇称雄等武人掌权乱国的教训，采取重文抑武国策，营造了一个表面上和平安定的社会环境。在发达的商业和手工业等的刺激下，城市经济日益繁荣，市民阶层勃兴，文学的娱乐功能需求旺盛，一些小说家迎合市场需要，创作了大量通俗易懂、华艳轻靡的作品。在有关帝王的题材中，距宋不远的唐玄宗逸事最受关注，尤其是与杨贵妃相关的艳闻传说大受欢迎。在唐人创作的《次柳氏旧闻》《明皇杂录》《安禄山事迹》等一大批与玄宗相关的杂事小说的基础上，北宋文人有了进一步描写帝王生活的

---

① 《旧唐书》卷一〇四《高仙芝、封常清、哥舒翰传》，第 3216 页。

资本。他们杂取种种资料，在玄宗故事中融入了更多的琐碎细节和世俗化风情。宋代以唐玄宗和杨贵妃为叙事对象的传奇作品主要有乐史的《杨太真外传》、秦醇的《骊山记》《温泉记》，以及《玄宗遗录》等。由于宋人的爱好、风尚与唐人迥异，因此"李杨"题材由唐人的以玄宗为叙事中心转变为以铺叙杨贵妃香艳生活为主的新风貌。

北宋末年，官僚集团的党派倾轧日益严重，尤其是毫无政治才能的宋徽宗继位后，他"既无力驾驭错综复杂的政治局势，其轻佻、浮华、软弱的天性又为奸佞所利用，君臣沆瀣一气，朝政国事日非。宋江、方腊起义是当时社会矛盾的集中反映。最后，面对北方女真族的兴起，北宋统治者判断失误，举措失当，最终开门揖盗，自取灭亡"[1]。北宋亡国后，中原老百姓或沦为金人的奴隶被随意欺凌，或奔波在南逃途中朝不保夕。面对大好河山的迅速陷落和民众遭受的苦难，南宋文人愤慨不已，进一步反思帝王政治，批判导致国家乱亡的君主和奸臣。

一、"李杨"题材的感性认识

北宋初叙写玄宗与杨贵妃感情生活的小说以《杨太真外传》为代表。《杨太真外传》是史学家乐史采录、缀合各种前代资料创作而成的，主要来源有《旧唐书》的《杨贵妃》《杨国忠》《安禄山》《陈玄礼》等列传，以及《长恨歌传》《唐国史补》《明皇杂录》《乐府杂录》《酉阳杂俎》《开天传信记》《安禄山事迹》《松窗杂录》《开元天宝遗事》《仙传拾遗》等野史杂编，可谓"杨贵妃系列"的集大成者。

《杨太真外传》所述事迹，实录和传闻并存，又涉及众多怪异之事，因此命名为"外传"。但由于是拼凑成篇，因此缀合的痕迹很明显，有时甚至直接转抄他书，如篇末"乘舆迁播，朝廷陷没，百僚系颈，妃王被戮，兵满天下，毒流四海，皆国忠之召祸也"的评语就几乎与《旧唐书·杨国忠传》中的语句完全相同。鲁迅评论说："本荟萃稗史成文，则又参以舆地志语；篇末垂诫，亦如唐人，而增其严冷。"[2]指出了其行文不带感情，以劝惩旨意冷静组织材料的特点。篇末通过史臣曰"今为外传，非徒拾杨妃之故事"，表明此

①卜宪群：《中国通史·隋唐五代两宋》，华夏出版社，2016年，第415页。
②鲁迅：《中国小说史略·宋之志怪及传奇文》，上海古籍出版社，2019年，第76页。

传并不是以铺写帝妃的艳史逸文为主，而是要让人知道"唐明皇之一误，贻天下之羞"的"惩祸阶"宗旨。而杨贵妃死前"妾诚负国恩，死无恨矣"的表白正是对"女祸论"的诠释：

> 悲夫！玄宗在位久，倦于万机，常以大臣接对拘检，难徇私欲，自得李林甫，一以委成。故绝逆耳之言，恣行燕乐，衽席无别，不以为耻，由林甫之赞成矣。乘舆迁播，朝廷陷没，百僚系颈，妃王被戮，兵满天下，毒流四海，皆国忠之召祸也。

> 史臣曰：夫礼者，定尊卑，理家国。君不君，何以享国？父不父，何以正家？有一于此，未或不亡。唐明皇之一误，贻天下之羞，所以禄山叛乱，指罪三人。今为外传，非徒拾杨妃之故事，且惩祸阶而已。①

虽然乐史提出杨贵妃为乱国祸根，但在总结安史之乱原因时又能从帝王、宰相、宠妃的行为和影响等方面综合考虑，反映了作者在"女祸论"的前提下对玄宗朝政局的全面审视和对国家政治的系统思考。

《玄宗遗录》也是在"女祸论"中反思帝王政治的，如在虚构马嵬事变的具体情节中，杨贵妃两次被称作"祸胎""贼本"。但《玄宗遗录》的独特之处在于它第一次把帝王作为普通人看待。与其他小说着重塑造玄宗九五至尊的帝王面貌而缺少真性情的单一化特征不同，《玄宗遗录》②充分展现了玄宗在国乱危急时的无助和妥协状态。小说开篇便叙写玄宗听完《霓裳曲》后感知天下将变、大乱将至的后悔心理。尤其是在马嵬事变中，玄宗的随机应变与迫于无奈被刻画得极为生动，如当臣下以叛国罪诛杀杨国忠后，玄宗随口辩解说"国忠非叛也"，在高力士"蹑帝足"和"军情万变，不可有此言"的提醒下，玄宗马上意识到刚才的言论不利于笼络臣下、安抚军士，便立即说"国忠族矣"；当神卫军挥使侯元吉要求斩杀杨贵妃时，玄宗虽大怒而斥，但还是说"何必悬首而军中方知也，但令之死则可矣"，同意了赐死杨妃的请求，甚至答应了高力士要他"面赐妃子死，贵左右知而慰众军士之心"的奏请；当杨贵妃被侍从带走缢杀时，他"起立目送"，"涕下交颐"，无奈之中饱含深情；杨贵妃死后，军士鸣鼓作乐庆祝，玄宗伤感不已，想制止军士的行为，高力士劝他"不可，今日之理，且顺人情"后他也不再坚持。总

---

① 乐史：《杨太真外传》，载《宋代传奇集》，第 32—33 页。
②《玄宗遗录》，载《宋代传奇集》，第 236—238 页。

之,马嵬之变中玄宗虽然受情势所迫迅速答应了臣下诛杀杨国忠和杨贵妃等的要求,但他的言行举止颇多无奈之态和伤感之情。这一幕幕生动的画面充分展示了帝王在危急时刻的无助和凄凉,而这一切悲剧正是玄宗自己造成的,因此,作者的帝王批判意识也就在看似感情化的描写中完成了。

《骊山记》和《温泉记》都是北宋文人秦醇以杨贵妃为中心创作的传奇小说。《骊山记》以表现杨贵妃与安禄山的私情艳事为主,揭露了唐玄宗宠爱杨贵妃、宠信安禄山、日常生活奢侈享乐、不能居安思危等错误行为。与唐人笔下李杨之间的帝妃生活"虽多言贵妃风流,然大抵在帝妃之间,罕有言其与安禄山有私者"①不同,《骊山记》在描写杨贵妃与安禄山的关系上笔墨香艳,应是宋人的想象之词。虽然作者在宫中秘闻里寄寓了"优游感讽"②之意,但对玄宗放纵安禄山而导致国家大乱的严重后果却仅假托田翁所说的"《易》曰:'慢藏诲盗,冶容诲淫。'正为此也。妇人女子,性犹水也,置于方器则方,置于圆器则圆"③进行辩解,将安禄山兴兵犯阙归结为因宫闱不严而导致安禄山和杨贵妃私通,安禄山为与杨贵妃会面进而发动叛乱的男女情感之争,从而使影响深远的重大政治斗争变成了一桩风流事件。除此之外,还用野鹿游宫中衔走牡丹花的不祥之兆和开元末与安禄山相关的童谣去解释安禄山叛乱的原因,谶兆观念和天命思想突出。因此,《骊山记》的政治批判意味很轻,而世俗猎奇色彩颇浓。

《温泉记》也以杨贵妃艳事为叙事中心,但与《骊山记》的微讽之旨不同,《温泉记》"殊无寓意"④。在解释"李杨"命运时,毫无深意地将他们二人分离的结局归为"人主皆天之高真也,明皇乃真人下降,今住玉羽川"⑤。全篇在继承唐代流传的太真成仙传说的基础上,不仅将李杨爱情悲剧归为仙人被谪凡间经历磨难,死后各归仙界的"天理",而且对杨贵妃和安禄山的风流韵事也以"事系天理"进行开脱,以简单的天理解释历史人物行为,毫无政治批判精神。

与《杨太真外传》《玄宗遗录》等的反思意识和感伤情绪不同,秦醇的这

---

①《宋代志怪传奇叙录》,第 241 页。
②《宋代志怪传奇叙录》,第 242 页。
③秦醇:《骊山记》,载《宋代传奇集》,第 213 页。
④《宋代志怪传奇叙录》,第 243 页。
⑤秦醇:《温泉记》,载《宋代传奇集》,第 220 页。

两篇传奇都是在传闻基础上对杨贵妃的风流韵事津津乐道,虽然也涉及一些政治事件,但它们将天下大乱不是归于男女的爱情恩怨就是归于个人因缘,显得极为肤浅、随意,体现了帝妃故事的世俗化、艳情化色彩。

二、徽宗故事的批判意识

北宋末年,官僚集团的党派倾轧日益严重,尤其是徽宗继位后,他毫无政治才能却自揽权纲,肆意妄为,致使政治腐朽、民不聊生。因此,当北宋灭亡后,面对皇室被掳北方、金人肆虐中原、生灵饱受涂炭的局面,灵魂深处挥之不去的耻辱感及反省历史以警示当政者的强烈意识,使文人在思考国家乱亡问题时,把矛头首当其冲地指向了亡国之君宋徽宗。赵鼎的传奇《林灵蘁传》就是从徽宗的各种失误出发完成了对帝王政治的批判。

赵鼎是两宋之际著名的政治家。靖康之变时他在东京周旋于各种政治势力之间,力图恢复赵宋江山,南宋初曾两度出任宰相、荐贤任能、巩固政权,被誉为南宋中兴贤相之首。作为一个终生为宋廷效力、正直能干的大臣,赵鼎对国家局势的判断和对朝政问题的分析都很精准。在北宋灭国问题上,他敢于将乱国之责直接归罪于徽宗。《林灵蘁传》就通过徽宗所宠道士林灵蘁多次警告徽宗祸乱将至,希望他能改变治国方针、放弃个人爱好以救国难的形式,指出了徽宗的种种错误行为。首先是徽宗梦游神府拜见玉皇大帝时,玉帝劝他"修国事,去奸臣,任忠贤,守宗社";第二次是林灵蘁使用法术,让已逝的皇后现身,向徽宗传达避免丙午之乱的办法是"奉大道,去华饰,任忠良,灭奸党,修德行,诛童、蔡";第三次是北斗星君传语徽宗"勿尚奢华,当出圣断,毋听奸邪所败";第四次是林灵蘁评价"元祐奸党碑",以"苏黄不作文章客,童蔡反为社稷臣。三十年来无定论,不知奸党是何人"批评蔡京等人误国;第五次是西王母告诫徽宗要"察奸臣,迁都长安,法太祖、太宗行事"以维护政权;第六次是林灵蘁上奏徽宗"今蔡京鬼之首,任之以重权,童贯国之贼,付之以兵卫,国事不修,奢华太甚"①,希望能除国贼、勤政事、尚节俭。林灵蘁以所谓的仙术招来各种神灵规劝徽宗黜奸任贤、修正自身,但都没有成功,以此完成了对徽宗政治的批判,揭示了徽宗年间奸邪当道、奢侈淫靡等误国之气以及最后的天下大乱都是徽宗自己

①赵鼎:《林灵蘁传》,载《宋代传奇集》,第446—451页。

造成的等本质问题。《林灵蘁传》将国家大乱的责任完全归罪于徽宗,这在徽宗之子赵构当权的时代是需要极大勇气的,充分体现了赵鼎对国家政治问题的思考及对国家命运的担心。

虽然《林灵蘁传》铺叙了林灵蘁的各种神奇灵验之事,但这并不意味着赵鼎也信奉道教,很可能是他为表达政治观点而采用的方法,即让徽宗信任的道士暴露当时的社会问题,以收到更加真实可信的效果。《林灵蘁传》提及的徽宗朝的种种亡国之因是符合历史实际的。对于徽宗因任用奸臣、奢侈享乐、大兴土木、劳民伤财等错误而导致国乱身辱的结果,经历过靖康之变的文人感触极深,如《乙巳泗州录》曰:"金敌凭陵,国家颠危,实上之人为权倖诱惑,造成此祸……因思宣和间,京师奢侈正盛,一相识言曰:'《书》云:内作色荒,外作禽荒,甘酒嗜音,峻宇雕墙。有一于此,未或不亡。古人法度之严如此。是数者有一则必亡,岂有兼是数者,而复有逾于此者,安得无祸乎?'靖康果有其应。"①

靖康之变是徽宗朝各种政治弊端和社会问题综合侵蚀的结果。徽宗的肆欲与昏庸致使大量佞幸之徒迎合他的爱好,大肆挥霍财富,"元符末,掖庭讹言祟出。有茅山道士刘混康者,以法箓符水为人祈禳,且善捕逐鬼物。上闻,得出入禁中,颇有验。崇恩尤敬事之,宠遇无比……祐陵登极之初,皇嗣未广,混康言京城东北隅地叶堪舆,倘形势加以少高,当有多男之祥。始命为数仞岗阜,已而后宫占熊不绝。上甚以为喜,繇是崇信道教,土木之工兴矣。一时佞幸因而逢迎,遂竭国力而经营之,是为艮岳"②。徽宗宠信道士、随意用兵、官员冗滥、大兴土木等错误举措导致财政开支大增、民众不堪重负,最终招来大乱,"崇宁间初兴学校……议罚不少贷。已而置居养院、安济坊、漏泽园,所费尤大。朝廷课以为殿最,往往竭州郡之力,仅能枝梧……而神霄宫事起,土木之工尤盛。群道士无赖,官吏无敢少忤其意。月给币帛、朱砂、纸笔、沉香、乳香之类,不可数计,随欲随给。又久之,而北取燕蓟,调发非常,动以军期为言。盗贼大起,驯至丧乱,而天下州郡又皆添差,归明官一州至百余员,通判、钤辖多者至十余员"③。南宋小说

---

①《玉照新志》卷三,《投辖录 玉照新志》,第 78 页。
②《挥麈录·后录》卷二,第 49 页。
③《老学庵笔记》卷二,第 27 页。

家对徽宗的荒唐政治和错误行为感触极深,如《李师师外传》①在渲染帝妓爱情中批评他"奢侈无度,卒召北辕之祸"的罪行,沈徵《谐史》点明了"宣和用兵燕云,厚赋天下,缗钱督责甚峻,民无贫富,皆被其害"②的失误国策。

朝廷奢靡重敛、帝王肆欲废公是宋末民困国乱的根本原因。《青溪寇轨》通过方腊之口揭示了当时重赋害民的深远影响:"今赋役繁重,官吏侵渔,农桑不足以供应,吾侪所赖为命者,漆楮竹木耳,又悉科取,无锱铢遗。夫天生烝民,树之司牧,本以养民也。乃暴虐如是,天人之心,能无恫乎?且声色、狗马、土木、祷祠、甲兵、花石靡费之外,岁赂西北二虏银绢以百万计,皆吾东南赤子膏血也。二虏得此益轻中国,岁岁侵扰不已,朝廷奉之不敢废,宰相以为安边之长策也。独吾民终岁勤动,妻子冻馁,求一日饱食不可得……当轴者皆龌龊邪佞之徒,但知以声色土木淫蛊上心耳。朝廷大政事,一切弗恤也。在外监司、牧守,亦皆贪鄙成风,不以地方为意,东南之民,苦于剥削久矣。近岁花石之扰,尤所弗堪。"③《桯史》从汴京城格局的变化揭露徽宗为个人爱好而破坏城市防御体系的严重后果:"开宝戊辰,艺祖初修汴京,大其城址,曲而宛,如蚓诎焉……及政和间,蔡京擅国,亟奏广其规,以便宫室苑囿之奉,命宦侍董其役。凡周旋数十里,一撤而方之如矩,墉堞楼橹,虽甚藻饰,而荡然无曩时之坚朴矣……靖康胡马南牧,黏罕、斡离不扬鞭城下,有得色,曰:'是易攻下。'令植炮四隅,随方而击之。城既引直,一炮所望一壁,皆不可立,竟以此失守。"④《宣和遗事》反思了徽、钦时期盗贼横行与金人入侵的相互关系,如"置花石纲而激两浙之盗起,科免夫钱而激河北、京东之盗炽。此盗贼之夷狄也。自古未有内无夷狄而外蒙夷狄之祸者。小人与夷狄皆阴类,在内有小人之阴,足以召夷狄之阴……以类召类,此理之所必至也。宣和之间,使无女真之祸,必有小人篡弑、盗贼负乘之祸矣"⑤。《曲洧旧闻》以无名诗人之口批评了花石纲政策的恶劣影响:"花已栽成愁叹本,石仍砌出乱亡基。如今应奉归真宰,论道经邦付

---

① 李剑国考证后认为是南宋的作品,详见《宋代志怪传奇叙录》,第667—675页。
② 《谐史》,载《说郛》卷二三,第422页。
③ 《泊宅编·青溪寇轨》,第112页。
④ 《桯史》卷一《汴京故城》,第8页。
⑤ 《宣和遗事校注》,第168页。

与谁。"①徽宗因贪恋苑囿宫殿之奇、声色犬马之乐而厚赋重敛、四处搜刮，导致政治腐败、国乱身辱，是宋人对徽宗朝社会政治问题的共同认识。

　　除了奢侈挥霍、耗尽民力外，徽宗宠溺宦官，也是导致朝政腐败、国家危乱的主要因素。被人们视为奸臣的蔡絛虽是徽宗宠臣，但对徽宗因宠信宦官而致亡国的问题亦有较深认识："本朝宦者之盛，莫盛于宣和间……政和三四年，由上自揽权纲，政归九重，而后皆以御笔从事，于是宦者乃出，无复自顾藉，祖宗垂裕之模荡矣……政和末，遂浸领枢管，擅武柄，主庙算，而梁师成者则坐筹帷幄，其事任类古辅政者。一时宰相执政，悉出其门，如中书门下徒奉行文书……又当是时，御笔既行，互相抵排，都邑内外，无所适从。群臣有司大惧得罪，必得宦人领之，则可入奏，缓急有所主，故诸司务局争奏，乞中官提领。是后大小百司，上下之权，悉由阉寺……宣和之初暨中间，宦人有至太保少保，节度使、正使承宣观察者比比焉。朝廷贵臣，又皆由其门，遂不复有庙堂……群阉既惧，思脱祸无术，则愈事燕游，用蛊上心，冀免夫朝夕。识者深忧，且疑有萧墙之变，汉唐之事，了在目前。俄祸自外来，大敌适破，都人愤泄，立杀至唆之。"②由蔡絛梳理的宦官干政历史可知，在徽宗之前，宦官没有大权，但政和之年（1111—1118）皇权强化，徽宗独断专行，宦官受到重用，诸如梁师成等宦官的地位如同宰辅，官员任免皆由宦官掌管。尽管徽宗后来觉察到宦官之恶，惩治了一些大阉，但这反而让宦官之间因恐惧而蝇营狗苟，结党营私现象更加严重，最终导致金人入侵，祸自外来。蔡絛本是大奸臣蔡京之子，而且作恶多端，他指出的宦官之祸虽有为自己开脱之嫌，但也确实认识到了宦官专权在徽宗朝的严重性。

　　徽宗因无力解除危机而将皇位匆忙禅让给钦宗，但钦宗亦懦弱无能、无才治国，甚至将救国希望寄托于歪门邪道，以至于开门揖盗，金兵长驱直入汴京城。《靖炎两朝见闻录》对此有详细记载："（靖康年间）得郭京于殿虎，得傅临政于草泽，得杨僧于释子，自云操六壬妙术，掷豆为兵，且能隐形。廊庙诸公以为神人。一京翕然，共倚为重。傅临政云挟术膂力人也。自是密除擢，不能问否。微贱自布衣而为统制，由伎术而掌机谋，令商贾任

---

①朱弁撰，孔凡礼点校：《曲洧旧闻》卷八《宣和末畿北马铺无名子题诗》，中华书局，2002年，第197页。

②《铁围山丛谈》卷六，第109页。

将佐甚众,其弊殆有不可胜言者。例皆领兵,往来城市,真类儿戏……二十五日,大雪,贼乘雪攻城愈急。诏令班直悉上城。城上及虚棚人物戈戟如织。郭京领六甲正兵七千七百七十七人,大开宣化门出敌。城中士庶,延颈企踵于门,立俟捷报者余数千人……贼兵分两翼而进,冲京前军,一扫殆无噍类。余皆坠护龙河,积尸不可计数。"①

　　宋代文人参与政治之风盛行,许多文官了解政治内情,对国乱问题感触极深,因此现实精神和批判意识强烈。如李纲《靖康传信录》不但将汴京保卫战的许多细节尤其是钦宗庸碌无能的行为尽皆展现,而且直接揭露宋亡的失误政策:"然一岁之间,再致大寇,虽曰天数,亦人事也。去春致寇,其病源于崇、观以来军政不修,而起燕山之役;去冬致寇,其病源于去春失其所以和,又失其所以战。"②《靖炎两朝见闻录》也尖锐指责了靖康之变前的各种不合理现象:"盖自靖康虏退之后,犹有宣和之遗风,君臣上下,专自佞谀,恶闻忠说。寇至而不罢郊祀,恐碍推恩;寇至而不告中外,恐妨恭谢;寇迫而不撤彩山,恐妨行乐。此宣和之覆辙,可戒也。"③

　　宋末民众对徽、钦二帝的误国亡国之罪愤恨不已,甚至公开批评。《铁围山丛谈》记载了宣和六年元宵节期间徽宗在御楼观灯时,一个异僧突然从上万的民众中冲出来,指着徽宗说:"汝是耶,有何神?乃敢破坏吾教。吾今语汝,报将至矣。"徽宗听后,"命中使传呼天府亟治之","又加诸炮烙,逼询其谁何","又断其足筋,俄施刀劙,血肉狼籍"④。宣和六年就是徽宗退位的前一年,即1124年,三年后靖康之变发生,徽、钦二帝被俘至金国,受尽侮辱。虽然异僧指责徽宗不信佛教将遭报应有宣传佛教之意,但在上万人的观灯队伍中公开指责徽宗的恶行,充分反映了民众对徽宗政治的不满和痛恨。蔡绦最后以"呜呼,浮屠氏实有人"的感叹,表达了对异僧仗义执言的钦佩。

　　人们不但痛恨徽宗之昏,而且对当时误国亡国的奸臣亦深恶痛绝。"靖康兵乱,宣和旧臣悉已远窜。黄安时居寿春,叹曰:'造祸者全家尽去岭

①《靖炎两朝见闻录》卷上,载《全宋笔记》第三编第五册,第150、155页。
②李纲:《靖康传信录·序》,载《全宋文》第172册,第2页。
③《靖炎两朝见闻录》卷下,载《全宋笔记》第三编第五册,第196页。
④《铁围山丛谈》卷五,第92页。

外避地,却令我辈横尸路隅耶!'"①陆游借黄安时之口抒发了对误国奸臣躲过亡国之灾的不合理现象的愤慨。《靖炎两朝见闻录》在记录靖康之变的悲惨场面中,通过被金人俘掠的宫廷女子责骂官员"尔等任朝廷大臣,作坏国家如此。今日却令我塞金人意尔,果何面目"②之语,表达了对乱国奸臣的斥责。传奇《李师师外传》在描写徽宗与李师师的感情生活中蕴含强烈的批判精神,除了反映徽宗淫靡奢侈外,也对祸国殃民的奸臣予以斥责。主要有蔡京、章惇、王黼等人借治国之名侵占民利,大增赋税,使政治腐败;宦官张迪引诱徽宗宠幸李师师,并以管理御林军之名,侵占百姓土地;以及在国势危急之时,一些官员无耻卖国,如张邦昌之流媚附金人。尤其是篇末李师师"若辈高爵厚禄,朝庭何负于汝,乃事事为斩灭宗社计? 今又北面事丑虏,冀得一当,为呈身之地"③的骂语,强烈抒发了对祸国、卖国之臣的痛恨之情。

　　宋亡时期官员的无耻卖国行为不仅让当时的老百姓感到耻辱,甚至连一些误国的奸臣也愤慨不已,如《铁围山丛谈》中讲述"靖康末有避乱于顺昌山中者",来到一处茅舍,这里的主人问他世乱的原因,并介绍说其家自仁宗嘉祐年间来到山中定居,从此与世隔绝,不知"今为几何年矣","不知世间有熙、丰、元祐是非矣",最后作者感叹道"士大夫者,似亦愧我山中主人"④,委婉地指责了国乱之时士大夫的可耻行径。

　　宋末元初,徽宗及其统治集团的恶劣影响仍广为人知,《宣和遗事》对此做了全面概括:"哲宗崩,徽宗即位。说这个官家,才俊过人:口赓诗韵,目数群羊;善写墨君竹,能挥薛稷书;通三教之书,晓九流之典。朝欢暮乐,依稀似剑阁孟蜀王;论爱色贪杯,仿佛如金陵陈后主。遇花朝月夜,宣童贯、蔡京,值好景良辰,命高俅、杨戬,向九里十三步皇城,无日不歌欢作乐。盖宝箓诸宫,起寿山艮岳,异花奇兽,怪石珍禽,充满其间;画栱雕梁,高楼邃阁,不可胜计。役民夫百千万,自汴梁直至苏杭,尾尾相含;人民劳苦,相枕而亡。加以岁岁灾蝗,年年饥馑,黄金一斤,易粟一斗;或削树皮而食者,或易子而飨者。宋江三十六人,哄州劫县;方腊一十三寇,放火杀人。天子

①《老学庵笔记》卷五,第60页。
②《靖炎两朝见闻录》卷上,载《全宋笔记》第三编第五册,第176页。
③《李师师外传》,载《宋代传奇集》,第915页。
④《铁围山丛谈》卷三,第52页。

全无忧问,与臣蔡京、童贯、杨戬、高俅、朱勔、王黼、梁师成、李彦等,取乐追欢,朝纲不理。"①爱美色、嗜饮酒、搜珍宝、建宫观、役民夫、信奸臣,宋徽宗几乎集亡国君主的各种恶行于一身。

总之,小说家在进行帝王政治批判时,关注点是多方面的。总的来说帝王对国乱应负首责,如杜光庭的《仙传拾遗·申元之》批评唐玄宗的崇道行为,"虽汉武元魏之崇道,未足比方也"②,就极为严厉。但在唐末那样一个动荡年代,皇帝的废立由宦官掌控,皇帝的生死由权臣决定,因此权奸是乱国的主因,《大唐杂记·金龙子》中,唐昭宗在得到宝贝金龙子后说"朕不以金龙为祥瑞,以偃息干戈为祥瑞,卿等各宜尽忠,以体朕怀"③,指出了大臣应对国事负责的问题。《大唐奇事记·管子文》通过管子文对李林甫指明为相之道,"君为相,相天子也。相天子,安宗社保万国也。宗社安,万国宁,则天子无事","夫为相之道,不必独任天下事,当举文治天下之民,举武定天下之乱"④,表达了对奸相专权误国的不满。北宋末年张邦基的《歙州叶世宁梦游金源洞》借鬼吏之口批评宦官专权而致乱的严重问题:"吾姓严,前唐宦者,亲见当时中官势盛,士人知有中官,不知有朝廷。吾私窃笑而薄之。有能言中官太盛者,吾必咨嗟叹赏。闻近代亦然。"⑤

唐宋的乱世帝王题材虽然都重在批判帝王的误国之罪,但唐代小说家不仅反思帝王之失,而且也重视当政的宰相或权臣的责任,宋人则更看重帝王之责。唐宋小说各有侧重的帝王政治观一方面与唐玄宗时诸如李林甫、杨国忠等宰相弄权误国和晚期宦官专权、藩镇跋扈的复杂政治形势有关,另一方面也与唐宋帝王的处事方法相关,如徽宗明知蔡京、童贯等人奸邪无比,但为了满足自己骄奢淫逸的生活和好大喜功的心理,又屡次将已免官的蔡京等人召回京城并提升官职,这与玄宗没有看透李林甫、杨国忠之恶不同,也与昭宗被宦官或藩镇劫持、身不由己迥异。

---

①《宣和遗事校注》,第22页。

②《杜光庭记传十种辑校·仙传拾遗》卷二《申元之》,第810页。

③《太平广记》卷四二三《金龙子》,第3446页。

④李隐:《大唐奇事记·管子文》,载《唐五代传奇集》第四编卷五,第2628页。

⑤《墨庄漫录》卷三《歙州叶世宁梦游金源洞》,第87页。按:洪迈《夷坚志补》卷六《金源洞》亦载有此事,文字稍有改动。

第九章 艺术表现：以虚映实

志怪和传奇是古小说的两种基本形式。志怪虽以神怪等为表现对象，但在有神论时代，神仙鬼怪透露着真实的力量。尤其是最具现实性的乱世题材更是以客观、冷静的叙事策略彰显着鬼怪的恐怖性和真实性。从志怪发展衍生出来的传奇更加注重叙事技巧，与乱世相关的题材主要通过近距离叙事和远距离叙事这两种方式来展示虚构的可靠性。由于大的战乱给人类社会造成了极其深重的灾难和难以估量的损失，因此许多乱世题材都在展示社会苦难中蕴含了强烈的悲怆之情。

第一节 乱世书写的时空构建

在中国古代，被人们视作"稗官野史"的小说自带史学特性，特别是乱离故事常常涉及一些重大的历史事件或重要的历史人物，因此，在写作方法上与史传有颇多相似之处。一些小说人物和传说故事也被后来的史学家采录，被编入正史，如牛肃《纪闻·吴保安》就被收入《新唐书·忠义传》，《北梦琐言》有关黄巢军队杀害百姓，以人为食，谓之"舂磨寨"的描写被《旧唐书》和《旧五代史》收录，而且史书中很多烈女的事迹也是从小说作品中传抄来的，因此，史传文学与小说创作有着深厚的渊源。小说故事之所以被史家采纳，是因为小说家以看似客观冷静的笔触对人物事迹进行身临其境般的描述，彰显了事件的真实性，甚至呈现出同时同地、亲眼所见的特点。

在古小说定型期的魏晋六朝，小说家的表达方式多以直接叙述为主，这样可使人物或鬼怪的行为一目了然，事件的发展过程清晰可见。在有神论的氛围里，通过鬼怪现身，再现人类曾经经受的乱世之苦，是古小说展现乱世社会的常用方法，魏晋六朝以来的志怪小说大都如此。随着小说艺术的发展和题材的增加，叙事方法也在不断丰富。为了使乱离生活和世人情感得到充分展示，小说家常调动各种手段，有的托之鬼神，有的借助寓言，有的打破时空界限,有的转述他人见闻,叙述视角随着故事情节和作者抒发感情的需要而自由转换。不论是亲历乱世的小说家回忆自身经历,还是身在治世却关注乱世生活的作家转述他人遭遇,他们大都希望借往日的乱世风貌警戒当世社会。为了增强真实感,造成征实传信的效果,小说家们特别重视时空构建。打开回忆之门,再现乱离时代是唐代以来乱世书写的常用方法。通过记忆展现曾经发生的往事主要包括两种情况:一种是近距离叙事,主要叙述自己或他人的见闻经历;另一种是远距离叙事,即作家打破时间限制,通过前人的记录或虚拟人物对遥远历史的回顾,反映时代变迁和人物命运。

近距离叙事的情况有两种:第一种,作者是当事人,所记之事就是他自己的亲身经历;另一种,作者不是当事人,是转录他人的见闻或感受。作者是当事人的时候,大多数情况下是直接将故事讲出来。而转述他人见闻时,就需要交代讲述者的身份,以营造真实可信的氛围,中唐陈鸿祖的《东城老父传》就是典型代表:

> 老父姓贾名昌,长安宣阳里人。开元元年癸丑生,元和庚寅岁,九十八年矣。视听不衰,言甚安徐,心力不耗,语太平事,历历可听。父忠,长九尺,力能倒曳牛,以材官为中宫幕士。景龙四年,持幕竿随玄宗入大明宫诛韦氏,奉睿宗朝群后,遂为景云功臣,以长刀备亲卫,诏徙家东云龙门。昌生七岁,矫捷过人,能抟柱乘梁,善应对,解鸟语音。玄宗在藩邸时,乐民间清明节斗鸡戏。及即位,治鸡坊于两宫间……开元十三年,笼鸡三百,从封东岳。父忠死太山下,得子礼奉尸归葬雍州。县官为葬器丧车,乘传洛阳道。十四年三月,衣斗鸡服,会玄宗于温泉。当时天下号为"神鸡童"……十四载,胡羯陷洛,潼关不守,大驾幸成都。奔卫乘舆,夜出便门。马踏道阱,伤足,不能进,杖入南山。每进鸡之日,则向西南大哭。禄山往年朝于京师,识昌于横门外。及乱二京,以千金购昌长安、洛阳市。昌变姓名,依于佛舍,除地击钟,施力于佛。洎太上皇归兴庆宫,肃宗受命于别殿,昌还旧里。居室为兵掠,家无遗物,布衣憔悴,不复得入禁门矣……鸿祖默不敢应而罢去。[1]

---

①陈鸿祖:《东城老父传》,载《唐五代传奇集》第二编卷一一,第 768—771 页。

为了让读者相信故事的真实性，《东城老父传》开篇便详细介绍了讲述人是亲历玄宗至宪宗六朝的百岁老人。这种叙事方式在中唐文人反思治乱时是比较常见的，如与陈鸿祖同时代的元稹于宪宗元和十三年（818）所作的歌行《连昌宫词》就是在"宫边老翁为余泣，小年进食曾因入。上皇正在望仙楼，太真同凭阑干立"的盛世回忆与日后"尔后相传六皇帝，不到离宫门久闭。往来年少说长安，玄武楼成花萼废"的巨大反差中折射了近一个世纪的盛衰历程。郑嵎在文宗开成年间创作长篇歌行《津阳门诗》，据诗前序言可知此诗是作者基于与经历了自玄宗以来九朝社会的老翁对话而作："开成中，嵎常得群书，下帷于石瓮僧院，而甚闻宫中陈迹焉。今年冬，自虢而来，暮及山下，因解鞍谋餐，求客旅邸。而主翁年且艾，自言世事明皇，夜阑酒余，复为嵎道承平故实。"[1]不论是《东城老父传》，还是《连昌宫词》《津阳门诗》，它们都是通过亲历玄宗盛世又对当时政治有所感悟的老翁作为讲述人来展开百年历史的沧桑巨变，营造出确有其事的传信效果。

在玄宗开元至宪宗元和的百余年时间里，唐朝社会发生了翻天覆地的变化，既出现过最为清明繁盛的开元盛世，也经历了安史之乱的巨大打击，以及安史乱后藩镇割据、宦官猖獗的严重冲击。其中，宪宗朝又是一个特殊阶段，它是安史乱后国家逐步恢复、重建的重要时期，而宪宗本人的政治经历也颇具反思价值。他即位初年曾励精图治，平定魏博、淮西等地节度使的叛乱，使皇权大增，但晚年又痴迷丹药，荒唐怠政。宪宗不能善始善终的为政特点与玄宗有相似之处，因此，中唐文人常借玄宗政治折射、反思宪宗时政，如《连昌宫词》就通过老翁在歌颂开元年间"姚崇宋璟作相公，劝谏上皇言语切。燮理阴阳禾黍丰，调和中外无兵戎"的太平盛世中对宪宗提出了"努力庙谟休用兵"的殷切期望；《津阳门诗》以开元末期曾为御林军的老人对玄宗时期皇家生活的种种奢华场面进行全景式的描绘，尤其是将玄宗生日时"千秋御节在八月，会同万国朝华夷。花萼楼南大合乐，八音九奏鸾来仪"的盛况与安史之乱后"雪衣女失玉笼在，长生鹿瘦铜牌垂。象床尘凝篝飒被，画檐虫网颇梨碑"的物是人非、衰败凄凉做对比，表达了"开元到今逾十纪"的百年盛衰之叹。因此无论是创作于宪宗年间的《东城老父传》与《连昌宫词》，还是创作于文宗时的《津阳门诗》，它们都以百岁老人为叙

---

①彭定求等编：《全唐诗》卷五六七，中华书局，1979年，第6561页。

述者的近距离叙事方式营造出了身临其境的真切画面。尤其是采用讲故事形式的《东城老父传》在成功运用近距离叙事法中通过百年巨变反思了中唐的时政问题,现实主义精神强烈。

从现存文献看,以老人回忆为手段的近距离叙事以《东城老父传》为早,该传作于宪宗元和五年。作者采用年近百岁的老人贾昌做见证人的方式回忆往事、今昔对比,让人真切感受到安史之乱前后盛唐与中唐的巨大反差,以及宪宗时代天下多战乱的现实问题。为了让人确信贾昌所言皆实,小说开篇便介绍了这个讲述人的基本情况,他虽已九十八岁,但是"视听不衰,言甚安徐,心力不耗。语太平事,历历可听"。贾昌年老身健、智力不减,增加了回忆的可靠性。为了进一步增强故事的真实感,作者还对贾昌的生活环境进行典型化处理。首先,他是长安宣阳里人。长安是都城,唐代重要的政治事件和历史人物都曾在这里留下痕迹,宣阳里是长安的著名里坊之一,西北近临国家办公机关——皇城,东边为繁华的商业市场——东市,里坊内多是达官显贵宅第,如舒国公韦巨源、陕州刺史刘希进、刑部尚书李乂、太子宾客郑惟忠、兵部尚书郭元振、宰相杨国忠、虢国夫人杨氏、驸马都尉郭暧、右羽林军大将军高仙芝[1]等一大批名公巨卿都曾居于此里;而且由于其父贾忠曾助玄宗铲除韦氏一派有功,又被赐宅东云龙门,从而全家搬迁到宫城附近,进一步接近皇权中心。这个居住环境和他父亲的身份都让贾昌自小就有机会接触宫廷内幕,感受开元年间的繁华气象。贾昌少年时因斗鸡被玄宗宠爱,成年之后又与杨贵妃身边的歌女结为夫妻,享尽荣华富贵。这使通过贾昌折射盛衰巨变的近距离叙事极富真实性和感染力。

虽然以百岁老人作为见证人反映盛衰之变极有说服力,但是如果要讲述更遥远的历史,想找到比贾昌更为年长之人几乎是不可能的,因此近距离的叙事方式和作者想要表达的内容就容易产生矛盾,这就需要能超越时空的远距离叙事。

凡人的生命时长有限,为了回忆更遥远的历史,小说家们就创造了远距离叙事法。远距离叙事就是对作者和同时代的其他人不可能经历的往昔历史进行描述。这种叙事方式深受中国古代佛教、道教思想及神鬼意识

①杨鸿年:《隋唐两京坊里谱》,上海古籍出版社,1999年,第184—186页。

的影响，其主人公多是具有奇异本领的神仙、僧人或鬼怪。《宣室志·惠照
长寿》就通过僧人惠照的回忆展开了自南朝梁至唐文宗时期三百余年的历
史变迁，再现了梁、陈亡国时的乱世景象：

> 元和中，武陵郡开元寺有僧惠照，貌衰体羸……后有陈广者……
> 尽访群僧，至惠照室。惠照见广……照乃曰："我刘氏子，彭城人，宋孝
> 文帝之玄孙也……吾生于梁普通七年夏五月，年三十方仕于陈……常
> 与吴兴沈彦文为诗酒之交……吾与彦文俱在长沙之门下。及叔陵被
> 诛，吾与彦文惧长沙之不免，则祸且相及，因偕遁去，隐于山林。因食
> 橡栗……又与彦文俱至建业，时陈氏已亡，宫阙尽毁；台城牢落，荆榛
> 蔽路；景阳结绮，空基尚存；衣冠文物，阒无所睹……吾因髡发为僧，遁
> 迹会稽山佛寺，凡二十年。时已百岁矣，虽容状枯瘁，而筋力不衰，尚
> 日行百里。因与一僧同至长安，时唐帝有天下，建号武德……"……至
> 大和初，广为巴州掾，于蜀道忽逢照，惊喜再拜曰："愿弃官从吾师，为
> 物外之游。"照许之。其夕偕舍于逆旅氏。天未晓，广起而照已去矣。
> 自是不知其所往。然照自梁普通七年生，按梁史，普通七年，岁在丙
> 午，至唐元和十年乙未，凡二百九十年，则与照言果符矣。愚尝考梁、
> 陈二史，校其所说，颇有同者，由是益信其不诬矣。[①]

据惠照自述可知他本是南朝刘宋皇室子弟，生于梁武帝普通七年
(526)，唐文宗大和(827—835)初年还曾往来人间，由此推算惠照已三百多
岁，这在现实中是不可能存在的。但由于惠照在战乱时期隐居山林，以橡
栗为食，已修炼成功，因此，在古代仙人长生观念的支配下，惠照所说的内
容让人信服。作者在篇末补充说明惠照所讲的乱世状况与官修史书基本
一致，由此更易让人相信惠照其人其事的真实性。这正是作者的狡狯之
处，其实他就是在官修史书的基础上进行的小说创作，只不过把历史事件
作为虚构人物的亲身经历加以讲述，以达到生动、可信的目的。这种叙事
方式，既能让人了解前代历史，又可传达作者的创作目的和感情倾向。

利用高僧异人讲述乱世经历固然有传信效果，但从本质上讲，这样的
异人在现实中几乎是不存在的，因此还必须煞有介事地交代他们的年龄和

---

① 《宣室志》卷九《惠照长寿》，第 115—117 页。

身世，以及作者与他们的渊源关系，叙述起来比较麻烦，而且也只能讲述异人所处时代的那一段见闻，不能有更广泛的时空跨度。真正能超越时空限制，在历史和现实中自由对话的是利用鬼魂精怪等形象展开故事内容。特别是在抒发亡国之痛时，多用亡灵忆往的叙事策略，如《周秦行纪》《传奇·颜濬》等等，这些鬼魂多是与乱世帝王关系密切的达官贵人或后宫嫔妃。这些人活着时能接触社会高层，了解一些政治内幕，而且他们的个人遭遇受国家命运影响极大，大多在国乱中死于非命，因此在表达兴亡之感上，是最合适的抒情主人公。

除亡灵忆往外，利用精怪抒发兴亡感慨也是小说打破时空限制的常用方法。如唐末柳祥的《潇湘录》就通过精怪随心所欲地畅谈治乱感悟和政治理念，当精怪灵异评述政治、阐述兴亡道理时，人们就仿佛感受到了文人对天下兴亡、政治得失的关切和反思。

自唐传奇问世以来，小说家的构思能力和表达技巧日益多样化，在乱世题材上他们更是调动各种手段，力求逼真、生动地再现动荡历史，反思治乱之道，尤其是亡灵忆往和精怪寓言的形式最有特色。在叙事方式的使用上，采用直接叙述和亡灵忆往的形式，作者所要表现的内容是再现战乱历史，反映乱离生活，抒发人们对国家命运和个人遭遇的伤感之情；通过精怪言论讲述故事的形式，作者的写作目的是探究治乱之源，抒写对乱世的感慨。不同的叙事方式满足了不同的写作目的。

第二节　亡灵忆往幽怨多

为达到征实传信的效果，小说家在回顾历史、反思政治得失时常用当事人现身讲述的方式。当事人有两类，一类是仍然在世的亲历者，另一类是早已死亡但能现身人间的鬼魂。通过在世的当事人述说往事时，受凡人生命时长的限制，反映的历史时段有限；而由在战乱中死亡的鬼魂回忆乱世场景、感叹时代变迁的亡灵忆往形式则不受时空局限。在中国传统观念中，鬼魂是可以穿越时空的，而且鬼魂渺茫无依、无从考证。因此通过它们追溯过往，不仅可以随意出入历史时空，拉近历史与现实的距离，而且还可以自由陈述、阐释、评价历史事件和历史人物。"亡灵忆往模式是唐宋传奇作家的卓越创造，它用零距离的叙事方式把千百年前的历史通过当事人亦即鬼神之口展现在眼前，于是历史被赋予'信实'品格，至少在形式上获得'信实'感。"①

唐宋传奇中，采用亡灵忆往的零距离叙事来抒发乱离感慨的小说不乏名篇，如戴孚的《广异记·常夷》、托名牛僧孺而实为韦瓘所作的《周秦行纪》②、张读的《宣室志·陆乔》、裴铏的《传奇·颜濬》、陈翰的《异闻集·独孤穆》、钱易的《越娘记》、刘斧《青琐高议》中的《范敏》《西池春游》《蒋道传》等。这些小说中回忆往事的鬼魂除了越娘是平民女子外，其他的多是宫廷后妃或皇亲显贵。因为"只有通过后妃才可深入宫廷，触及兴亡大事，从而评判历史"，而且"这些嫔妃宫人大都经历过乱世烟尘，有国破身死之痛，她们的个人遭遇和国家命运密不可分，倘要凭吊古今，感叹兴亡，她们实在是最合适的抒情主人公"③。

唐传奇中，较早以亡灵忆往表现时代变迁的是《广异记·常夷》。与以后采用同样叙事方式的小说多通过女性形象述说往事相比，《常夷》中的鬼魂是男性。他主动与家居建康清溪的常夷结交，魂灵现身后自称是朱异从子，"梁朝时，本州举秀才高第，属四方多难，遂无宦情，屏居求志"，对常夷说起梁陈逸事掌故"历历分明"，主要包括梁武帝、元帝、简文帝、侯景、陈武帝等与战乱有关的帝王和事迹。以朱异侄子的鬼魂作为讲述人具有较强的真实性和反讽色彩。这是因为朱异是梁武帝年间的著名宠臣和奸臣，他善于迎合武帝心思，是导致侯景之乱的祸国大臣之一，《梁书·朱异传》载"异居权要三十余年，善窥人主意曲，能阿谀以承上旨，故特被宠任"，"异及诸子自潮沟列宅至清溪，其中有台池玩好，每暇日与宾客游焉。四方所馈，财货充积。性吝啬，未尝有散施。厨下珍馐腐烂，每月常弃十数车，虽诸子别房亦不分赡"④。对于朱异的奢侈、贪婪、吝啬以及迷惑武帝招降侯景最终导致侯景灭梁篡权的恶行，一些亲历梁朝政局的人是极为愤慨的，"及寇至，城内文武咸尤之"，皇太子萧纲把他比作"虺蜴"。因此，小说通过了解甚至亲自参与过梁陈年间政治斗争的鬼魂——朱异侄子之口描述朝代交

---

① 《古稗斗筲录》，第 167 页。
② 《周秦行纪》著者原署牛僧孺，即作品中的男主人公。据考证，该篇实为唐代牛李党争小说，乃李德裕门人韦瓘所作，意在诋毁牛僧孺之不臣之心。详见《唐五代志怪传奇叙录》，第 663—676 页。
③ 《古稗斗筲录》，第 136 页。
④ 《梁书》卷三八《朱异传》，第 540 页。

替频繁之时帝王的残暴行为和他们在乱中的悲惨处境,颇具说服力。

由《广异记》开创的以亡灵忆往抒发乱离感慨的书写形式在中唐末期之后日益流行,但除了《宣室志·陆乔》与《广异记》中的鬼魂是男性外,其他亡灵忆往大都是人间书生夜遇女鬼的形式。特别是《周秦行纪》将上自汉文帝之母薄太后下至杨贵妃等近千年间颇富传奇色彩的后妃鬼魂集合起来,在男女之间的诗歌唱和中传达了浓郁的感伤情绪和女性悲剧意识。其中,与国家衰乱相关并死于非命的潘贵妃、杨贵妃等的诗句最能代表亡灵的悲慨之情,如杨贵妃吟唱的"金钗堕地别君王,红泪流珠满御床。云雨马嵬分散后,骊宫不复舞霓裳",就尽情表露了她在马嵬之变中被缢杀的悲苦境遇和凄凉心情。

小说家用亡灵忆往可以尽情表现对历史人物的看法,如《周秦行纪》就对潘贵妃进行了美化处理。潘贵妃是南齐东昏侯萧宝卷的宠妃,宋代喻良能所写的"潘妃步步生莲花"就是吟咏她在铺着金莲花的地上行走的姿态。东昏侯是齐明帝次子,永泰元年(498)即位后暴虐荒淫,滥杀大臣,引起内乱。永元三年(501),其弟南康王萧宝融在江陵即位,同年十二月,雍州刺史王珍国等率兵入宫,杀死年仅十九岁的萧宝卷,并追封他为东昏侯。东昏侯虽然在位时间不长,但却是南齐灭亡的始作俑者。他淫靡享乐、昏庸荒唐,登基后"日夜于后堂戏马,与亲近阉人娼伎鼓叫","拜爱姬潘氏为贵妃,乘卧舆,帝骑马从后","乃毁典则,乃弃彝伦,玩习兵火,终用焚身"①。潘贵妃与东昏侯一样骄横奢侈,"潘妃放恣,威行远近。父宝庆与诸小共逞奸毒,富人悉诬为罪,田宅赀财,莫不启乞"②,"潘氏服御,极选珍宝,主衣裤旧物,不复周用,贵市民间金银宝物,价皆数倍"③。正是由于东昏侯和潘贵妃的骄奢淫逸,最终导致南齐亡国,但潘妃是仗着东昏侯的宠爱才敢胡作非为的,因此,《周秦行纪》就淡化了潘妃的亡国之罪,并借她之口指责东昏侯"疏狂,终日出猎"的纵欲行为。

与《周秦行纪》一夜纵论千年事不同,晚唐裴铏的《传奇·颜濬》主要感叹陈隋间事。裴铏是一位优秀的传奇小说家,擅长神仙和鬼魂题材,在他流传下来的三十余篇传奇作品中,采用亡灵忆往模式描写书生夜遇女鬼的

①《南齐书》卷七《东昏侯本纪》,第103、108页。
②《南史》卷五《齐本纪(下)》,第155页。
③《南齐书》卷七《东昏侯本纪》,第104页。

有《萧旷》《薛昭》《颜濬》《赵合》等。这些故事中的女鬼大都死于非命,因此,有浓烈的悲凉情绪,她们与书生唱和诗歌时常用孤、愁、幽、悲等词来抒发人生感受。其中借女鬼之口集中表达亡国之悲的是《颜濬》,它以会昌年间落榜进士颜濬游览建业时与陈后主的宫妃鬼魂诗酒唱和为线索,串起了陈灭隋亡的亡国往事,将落魄书生的不遇之悲与后宫嫔妃的亡国之叹融合在一起,感伤色彩浓厚。据《南史·后妃传》载,陈后主时,除了贵妃张丽华外,还有"龚、孔二贵嫔","王、季二美人,张、薛二淑媛,袁昭仪、何婕妤、江修容等七人","并有宠"[1]。《颜濬》就在依附历史的基础上,将众多的宫妃鬼魂集中在一起,以张丽华为主打开了回忆往事和品评历史的大门,并让江修容、何婕妤、袁昭仪谒见张丽华,通过她们吟诵张丽华、孔贵嫔和颜濬所写之诗后"捧而泣"的状态完成了亡灵忆往的历史感叹和落魄书生的生命悲慨。由于张丽华和孔贵嫔是在隋军攻破台城时由晋王杨广下令处死的,因此,她们对杨广的残暴不仁痛恨至极。而杨广即位后同样落得身死国灭的下场,这使张丽华在死于非命的悲伤中又有了报仇雪恨的畅意之情。但人事无常,生命已逝,往日的欢快难以挽回,浓重的伤感挥之不去,因此,她们所吟的"秋草荒台响夜萤""清溪犹有当时月""两朝唯有长江水,依旧行人逝作波"等诗句都在热闹与寂寞的对比中蕴含了往事成空、繁华已逝的无尽感伤。

　　隋朝的短暂统治及国乱丧亡的动荡局面对唐人来说是表达兴亡感慨的极好素材,晚唐文人尤其重视隋炀帝亡国时惊慌失措的历史往事。小说作品中,除了直接暴露炀帝亡国罪恶的《大业拾遗记》和"隋炀三记"外,陈翰辑录的《异闻集·独孤穆》也颇有特色。与《周秦行纪》《颜濬》等忆往的主人公是宫妃之魂不同,《独孤穆》中的女鬼是隋炀帝的孙女。在古代国为一姓之家的观念下,县主杨氏对导致隋亡的各种因素都是非常愤恨的。因此,她一方面悲愤地叙述"妾父齐王,隋帝第二子。隋室倾覆,妾之君父,同时遇害。大臣宿将,无不从逆"的悲惨经历,另一方面又通过"江都昔丧乱,阙下多构兵。豺虎恣吞噬,干戈日纵横。逆徒自外至,半夜开重城。膏血浸宫殿,刀枪倚檐楹。今知从逆者,乃是公与卿。白刃污黄屋,邦家遂因

---

[1]《南史》卷一二《后妃传(下)·张贵妃》,第347—348页。

倾。疾风知劲草,世乱识忠诚"①的吟咏,再现了隋亡时乱兵肆意杀戮的血腥场面。

唐传奇中众多亡灵忆往题材的出现与唐代文人的冶游之趣、逞才之意关系极大,小说家们描写的人鬼遇合之事不仅满足了男人的情感需要,而且在人鬼诗酒唱和中展现了文人的诗歌才华,尤其是通过女鬼对国乱往事的回忆和感慨展示了文人的史学才能和反思精神。亡灵忆往既以男女之情吸引世人的阅读兴趣,又以悲古悼往抒写历史沧桑之感,不仅丰富了人鬼结合类题材,而且扩展了人们对历史人物、历史事件的认识途径。

以《广异记·常夷》《周秦行纪》《传奇·颜濬》《宣室志·陆乔》《异闻集·独孤穆》等为代表的亡灵忆往小说都在人鬼交往的过程中观照历史,具有浓郁的历史感慨。但由于不同作者的创作目的并不一致,因此小说对历史观照的侧重点也各不相同,如《常夷》重在讲述逸闻遗事,《周秦行纪》《颜濬》主要在于伤时和怀古,《独孤穆》则以抒发亡国悲愤为主。虽然观照历史的侧重点不同,但以盛衰对比表达感伤情怀是亡灵忆往的共同特点,《宣室志·陆乔》中"六代旧江川,兴亡几百年。繁华今寂寞,朝市昔喧阗。夜月琉璃水,春风柳色天。伤时与怀古,垂泪国门前"的伤怀及"自梁及今,四百年矣。江山风月,不异当时,但人物潜换耳,能不悲乎"的悲哀,《周秦行纪》中"共道人间惆怅事,不知今夕是何年"的慨叹,《独孤穆》中"今来见禾黍,尽日悲宗周。玉树深寂寞,泉台千万秋"的感伤等等,都体现出哀婉的历史情思。总体来看,唐传奇中的亡灵虽对战乱有所感慨,但更多的是抒发悲凉沧桑之情。

宋代的亡灵忆往式小说以北宋年间的《越娘记》《范敏》《西池春游》等最有特色。北宋距离唐末五代乱世并不遥远,乱世的破败场景和民生苦难在文人心中仍记忆犹新,再加上受宋代文人政治所激发的参政热情和市民文化务实精神的影响,小说家的国家观念和政治意识浓厚。他们不仅将许多时事纳入作品,而且在虚构的神鬼故事中插入政治因素,这使宋代的亡灵忆往式小说具有强烈的讽喻色彩。

《越娘记》是宋初作品,通过书生与女鬼越娘的感情生活,表达了"幽冥异道,人鬼殊途,相遇两不利"的鬼神观。虽然小说以反映士人的情欲为

---

① 陈翰编,李小龙校证:《异闻集校证》,中华书局,2019年,第309页。

主，但以女鬼忆往抨击帝王乱政和表现世人社会理想的内容也极为突出。女鬼越娘刚出场时"惟茅屋一间，四壁阒无邻里""室了无他物，惟土榻而已，无烟爨迹"的居住环境和"衣裾褴褛"的服饰特点把人一下子带到了贫民的世界。越娘自述"妾非今世人，乃后唐少主时人也。妾之夫奉命入越取弓矢，将妾回。良人为偏将，死于兵。时天下丧乱，妾为武人夺而有之。武人又兵死，妾乃髡发，以泥涂面，自坏其形，欲窜回故乡。昼伏夜行，至此，又为群盗胁入古林中"的经历则反映了乱世时期柔弱女性孤苦无依、任人宰割的生存状态。越娘描述"当时自郎官以下，廪米皆自负，虽公卿亦有菜色。闻宫中悉衣补完之服，所赐士卒之袍袴，皆宫人为之。民间之有妻者，十之二三耳。兵火饥馑，不能自救，故不暇畜妻子也。谷米未熟则刈，且虑为兵掠焉。金革之声，日暮盈耳。当是时，父不保子，夫不保妻，兄不保弟，朝不保暮。市里索莫，郊坰寂然，目断平野，千里无烟。加之疾疫相仍，水旱继至，易子而屠有之矣"[1]的状况，充分揭示了乱世时期老百姓贫困至极、难以存活的真实处境，这使越娘"宁作治世犬，莫作乱离人"的呼声有了坚实的社会基础。亡灵越娘代表了千百万个在乱世中备受折磨又渴望生存下去的贫苦人民，她的忆往是对乱世的血泪控诉。

《范敏》的作者不得而知，此篇收录在《青琐高议》[2]中，可推断应成文于北宋。通篇虽然有人鬼之间的情感纠葛，但女鬼李氏"唐庄宗之内乐笛部首"的身份使她的回忆充满了政治意味。后唐距宋不远，因此，书生范敏首先提出"庄宗英武善用兵，隔河对垒，二十年马不解鞍，人不脱甲，介胄生虮虱，大小数十百战，方有天下。得之艰难，可知之也。一旦纵心歌舞，箫鼓间作，不忆前，忘后患，何也"的疑问，表现了宋人对致乱帝王的兴趣。在范敏对后唐庄宗从励精图治到肆意妄为的执政过程进行反思时，李氏鬼魂结合自己在宫中的亲身见闻，对庄宗耽于声色终致祸乱的特点做了更深入的描述："妾在宫中六年，备见始末。帝长八尺……自言：'一日不闻乐，则饮食不美，忽忽若堕诸渊者。'或辄暴怒，鞭棰左右，惟闻乐声，怡然自适，万事都忘焉。昼夜赏赐乐人，不知纪极。妾民间有寡嫂，时进宫来见妾，具言

---

①《越娘记》，载《宋代传奇集》，第 111 页。

②《青琐高议》初成于仁宗至和年间，最终定稿成编在元祐年间。见《宋代志怪传奇叙录》，第 291—293 页。

官库皆空,人民饥冻,妻子分散。妾乘暇常具言如此,帝默然都不答。"①李氏以见证人的身份揭露了后唐庄宗宠信伶人、爱好音乐、不顾百姓死活最终导致天下大乱的事实,极具说服力和感染力。李氏"今思旧事,令人感怆"的表白使她的述说蕴含强烈的批判色彩和悲悼之情。

《西池春游》也出自《青琐高议》,在书生与狐精委婉曲折的感情经历中充满了文人的冶游艳遇之趣,但女鬼的出现增强了小说的政治色彩。由于这个女鬼是后梁高祖的儿媳王氏,她身受朱温恶行的伤害,因此,通过她的回忆使亡灵忆往达到敢于揭露帝王最肮脏、最丑恶面目的高度。王氏现身后,自陈身世,"妾非今世人。妾朱高祖中子之妇也。妾妇人,高祖掠地见妾,得为妇",表明她是被朱温掳掠而来的。这一经历使她对朱家并无好感,甚至充满仇恨。因此,当侯诚书向她提出"某长观《五代史》,高祖事丑,史之疑也,实有之"的问题后,她虽为自己是朱家人而羞惭,但更痛恨朱温的丑恶行径,直言"高祖之丑声传千古,至于今日,妾一人安能独讳之? 妾自入宫,最承顾遇,妾深抗拒,以全端洁。高祖性若狼虎,顺则偷生,逆则速死。高祖自言:'我一日不杀数人,则吾目昏思睡,体倦若病。'",并谴责高祖"自贻大祸","吁! 高祖本巢贼之余党,不识□□度宫□□浊乱□自贻大祸,今日思之,亦阴报也"②。通过亡灵的陈述,作者在"异代事言之令人忿恨"的感情下完成了对朱温酷虐浊乱之恶的批判。女鬼王氏对朱温的控诉正是宋代文人对帝王丑行的愤恨和谴责。对于朱温的无耻行径,五代孙光宪的《北梦琐言·梁祖张夫人》中已有暴露:"(梁祖)及僭号后,大纵朋淫,骨肉聚麀,帷薄荒秽,以致友珪之祸,起于妇人。"③但朱温的淫乱聚麀行为在宋代修纂的新、旧《五代史》中都没有记载,《新五代史》仅用"太祖自张皇后崩,无继室,诸子在镇,皆邀其妇入侍。友文妻王氏有色,尤宠之"④之语概括了朱温让儿媳侍寝的乱伦行为,并把这作为朱温失败的主要原因,"因于一二女子之娱,至于洞胸流肠,刳若羊豕,祸生父子之间,乃知女色之能败人矣"⑤。这种"女祸论"的观点完全忽略了女性在残暴统治中所受的侮

①刘斧撰辑:《青琐高议·后集》卷六《范敏》,上海古籍出版社,1983年,第160—161页。
②《青琐高议·别集》卷一《西池春游记》,第207—208页。
③《北梦琐言》卷一七《梁祖张夫人》,第316页。
④《新五代史》卷一三《梁家人传》,第137页。
⑤《新五代史》卷一三《梁家人传》,第127页。

辱和痛苦,远不及《西池春游》的思想深刻。

　　总之,唐宋小说都善于用亡灵忆往的形式揭开往日乱世面貌,抒发兴亡盛衰之叹。从情感基调上看,唐人重在怀古,宋人意在批判。这主要是因为唐代作品多是中唐以后的小说家所写,由于他们或经历过大唐盛世,或受盛世传说的感染,因此面对眼前的衰败局面,不免有生不逢时之感,只好借感叹往昔盛况来聊以自慰。而宋代作品多产生在北宋早期,当时小说家对并不遥远的五代乱世甚为恐惧,并且在文人热衷参与政治的氛围中,喜欢思考国家治乱问题,因此,小说中的亡灵忆往尤其重视对致乱帝王的批判,意在让世人了解乱世的悲哀,并通过乱世惨状警告当时的统治者。

第三节　黍离之感悲慨深

　　国家乱亡后的种种苦难常常引发文人的悲伤感慨。这种亡国之痛在先秦诗歌《诗经·黍离》中就已得到了悲咽心碎的抒发,自此之后,"黍离之悲"成了亡国之痛的代名词。在古小说的乱世题材中,黍离之悲的表达常和帝王政治批判交织在一起,因为帝王是国家的象征,当人们在反思帝王、悲叹国运时,"行迈靡靡,中心如噎"的痛苦之情也就得到了最深沉的抒发。由于黍离之感蕴含着强烈的抒情色彩,因此即使在叙事性作品中,这种感情也常通过人物所写的诗歌加以提炼,如南宋赵与时《宾退录》载:"曲忠壮在蜀,有诗云:'破碎江山不足论,何时重到渭南村?一声长啸东风里,多少未归人断魂。'"[①]虽然没有记述抗金名将曲端的具体事迹,但录入的这首诗就使国家破灭、失地难收的悲哀之情得以尽情宣泄,格调悲壮深沉。

　　小说虽然以叙事性的文字为主,但在中国古代以诗歌为主流的文学氛围中,小说自问世以来就富于诗性气质。唐宋小说中文人的家国之痛常通过故事情节和诗歌相结合的方式来表达,不仅能让人知晓事件的来龙去脉,而且能传达出强烈的情感倾向。如晚唐李玫的小说集《纂异记》是"蓄愤懑以发,出以牛鬼蛇神,说部之《离骚》也","或托虫豸抨弹时政,或假水神穷究治乱。鬼神泻愤,士子含怨。顾盼指挥,痛心疾首"[②],具有强烈的

---

①《宾退录》卷二,第19页。
②《唐五代志怪传奇叙录》,第908页。

抒情气息和政治寓意。其中《刘景复》就通过书生刘景复梦中与人宴游作诗,表达了对安史之乱所造成的国弱民怨的强烈愤慨:"我闻天宝年前事,凉州未作西戎窟。麻衣左祍皆汉民,不省胡尘暂蓬勃。太平之末狂胡乱,犬豕崩腾恣唐突。玄宗未到万里桥,东洛西京一时没。一朝汉民没为虏,饮恨吞声空咽喔。时看汉月望汉天,怨气冲星成彗孛。国门之西八九镇,高城深垒闭闲卒。河湟咫尺不能收,挽粟推车徒矻矻。今朝闻奏《凉州曲》,使我心魂暗超忽。胜儿若向边塞弹,征人血泪应阑干。"[①]这些诗句高度集中地概括了叛乱爆发后国都沦丧、百姓遭殃的苦难状况以及人们渴望王朝复兴、害怕边塞重燃战火的复杂心情,蕴含了极浓的家国之悲。

　　乱世时期,后宫女子、皇室宗亲是除帝王之外命运变化最大的人,小说家为了突出亡国的惨痛性,常通过亡灵忆往的形式让曾亲身经历过国乱的宫妃鬼魂现身追忆往事,并借她们吟诗唱歌来抒发亡国之悲和人世沧桑之痛,如《独孤穆》《颜濬》《范敏》和《西池春游》等。由于这些作品产生的时代不同,小说家的创作动机各异,因此,黍离之悲在不同作品中的侧重点及深浅程度也各有千秋。在众多宫廷女鬼吟诗述往的小说中,《周秦行纪》虽不以抒发亡国之感为主,但在"共道人间惆怅事,不知今夕是何年"的动机主使下,女鬼们大都有深刻的生命感慨,尤其是与国家乱亡关系密切的潘贵妃和杨贵妃,她们所吟的诗句就在描述个人的悲剧命运中传达了沉重的国乱之痛。由于潘贵妃青春早逝,对人生理解不深,因此她的诗句"秋月春风几度归,江山犹是邺宫非。东昏旧作莲花地,空想曾披金缕衣"重在表达对奢华宫廷生活的怀恋;而杨贵妃被缢死时年近四十,生活阅历丰富,因此她的"金钗堕地别君王,红泪流珠满御床。云雨马嵬分散后,骊宫不复舞霓裳"更多的是在感叹国乱之后被杀的痛苦和繁华不再的落寞。

　　与《周秦行纪》等以后宫嫔妃抒发亡国之感相比,《独孤穆》的亡国之悲最为强烈。这是因为这篇小说中的女鬼是隋炀帝的孙女。作为皇室成员,她的亡国之痛相对于宫妃来说更为复杂和深刻。就宫妃而言,她们所想和所做的就是如何讨得帝王欢心以保持自己受恩宠的地位,并不考虑她们的奢侈享乐会给国家带来什么后果,而且历史上大多数受宠的妃子也都是乱国的诱因;而对皇室子女来说,政权是他们家的,因此他们对国家的衰亡更

①李玫撰,李剑国辑证:《纂异记辑证》,中华书局,2021年,第53页。

为痛心。如县主杨氏对独孤穆诉说隋亡的经过时就充满幽愤之情，尤其是她所作的三十句五古诗，既描述了"膏血浸宫殿……白刃污黄屋"的国乱场景，更抒写了"今者二百载，幽怀犹未平。山河风月古，陵寝露烟青"的幽怨之气。为了使杨县主的亡国之痛得到尽情宣泄，作者又通过独孤穆的答诗予以抒发，在"白日忽然暮，颓波不可收……今来见禾黍，尽日悲宗周。玉树深寂寞，泉台千万秋"[①]中将黍离之悲、亡国之叹推向高潮。

亡灵忆往以人鬼诗歌唱和纵论千年变迁，使黍离之感具有强烈的历史普遍性。小说家利用人们相信鬼神存在的心理，赋予鬼魂见证人和抒情者的双重身份，增强了故事的感染力。除了宫妃女鬼外，高官显宦的亡国之痛也有深沉的悲凉感，如《玉堂闲话·崇圣寺》通过在国乱中死去的达官鬼魂来抒发亡国悲慨：

> 汉州崇圣寺，寒食日，忽有朱衣一人，紫衣一人，气貌甚伟，驱殿仆马极盛。寺僧谓其州官至，奔出迎接，皆非也。与僧展揖甚恭，唯少言语。命笔，各题一绝句于壁。朱衣诗曰："禁烟佳节同游此，正值酴醾夹岸香。缅想十年前往事，强吟风景乱愁肠。"紫衣诗曰："策马暂寻原上路，落花芳草尚依然。家亡国破一场梦，惆怅又逢寒食天。"题罢，上马疾去。出松径，失其所在。[②]

乱世亲历者对国乱家亡的痛苦感受最深，因此小说家除了让死于乱中的鬼魂现身外，也常通过历经乱世又仍然在世的见证人传达亡国之痛。特别是在政权频繁更迭之时，旧朝的皇室子孙最能体会在夹缝中生存的辛酸，《宣室志·惠照长寿》就以得道异僧的自述反映了皇室成员在国家动乱时的恐惧和对国家灭亡的感伤。为了避免难以预料的灾祸，他只能隐于山林，弃世学佛，惠照的自述使国亡世乱的黍离之感充满悲伤和无奈。

虽然达官显贵、宫妃宗亲的兴亡之叹具有极强的感染力，但对国乱之悲感受最深的是受难的帝王。如《次柳氏旧闻》就把玄宗逃亡前的留恋与伤感通过一首凄凉之诗予以传达：

> 及羯胡犯阙，乘传遽以告，上欲迁幸，复登楼置酒……上将去，复留眷眷，因使视楼下有工歌而善《水调》者乎？一少年心悟上意，自言

---

① 《异闻集校证》，第 309—310 页。
② 《玉堂闲话评注·崇圣寺》，第 207 页。

颇工歌,亦善《水调》。使之登楼且歌,歌曰:"山川满目泪沾衣,富贵荣华能几时。不见只今汾水上,唯有年年秋雁飞。"上闻之,潸然出涕,顾侍者曰:"谁为此词?"或对曰:"宰相李峤。"上曰:"李峤真才子也。"不待曲终而去。①

玄宗"不待曲终而去"的行为其实是他内心无奈与痛苦的显现。与玄宗在安史乱时被迫幸蜀后又复国的遭遇相比,宋徽宗被俘金国所遭受的羞辱更让人愤懑,让这个亲身经受各种屈辱的帝王作为抒情主人公,黍离之悲就具有了更为复杂的内涵:

有人自虏中逃归云,过燕山道间僧寺,有上皇书绝句云:"九叶鸿基一旦休,猖狂不听直臣谋。甘心万里为降虏,故国悲凉玉殿秋。"天下闻而伤之。使尚在位,岂止祭曲江而已乎?申屠刚谓"未至豫言固当为虚,及其已至,又无所及"者,是矣。杜牧谓"后人哀之",可不鉴哉!②

不管此诗是否为徽宗所写,它都揭示了国家亡乱给整个社会带来的痛苦,而且这种亡国之痛又自带帝王批判和以史为鉴的政治寓意。

黍离之感也常通过思乡之情来呈现,如任昉《述异记》中皇室贵族在乱世沦为平民后抒发的故国之思就具有浓郁的感伤意味:

晋永嘉乱,既已至江,诸公主不得随去。安阳公主、平城公主,奔入两河界,悉为民家妻。常怏怏不悦,有故乡之思。村民感之,共筑一台以居之,谓之"公主望乡之馆",至今肖然。③

公主们从高高在上的贵族沦为底层平民之妻,身份与生活环境的天壤之别定然对她们的思想产生深远影响,村民所筑的望乡之馆正是公主抒发黍离之悲的场所。其他如《传奇·赵合传》中女鬼"孤魂空逐雁南飞"的寂寞,《越娘记》中越娘之魂"烟水茫茫,信耗莫问。引领乡原,目断平野,幽沉久埋之骨,何日可回故原"的忧伤,都在思乡之情中流露出浓重的悲凉和怨愤情绪。

①《次柳氏旧闻(外七种)》,第9页。
②《鸡肋编》卷中,第81页。
③任昉:《述异记》卷下,第22页。

　　总之，小说中国破家亡的黍离之感常和帝王政治批判、故国乡关之思相伴而行。作品多以后宫妃子、朝廷大臣、王室成员甚至是亡国之君作为主人公，让他们在巨大的人生变化中感受兴亡变迁，抒发幽怨感伤。

第十章　价值意义：知古鉴今

古小说乱世书写不仅细致地呈现了乱世时期的社会问题和世人的生活面貌，而且反映了古人某些生活习惯和信仰习俗的发展演变过程，为后人洞悉古代乱世提供了真实生动的资料。以古鉴今，通过了解古代乱世，反思战乱将至的各种表征和致乱原因，不仅能增强人们珍爱和平的意识，提高对某些社会问题的警戒性，而且能为国家的长治久安提供可资借鉴的方法和策略。

第一节　乱世书写的时代意义

古小说虽是虚构性的文学艺术，但在古代浓郁的史学氛围和文人渴望以文扬名的创作动机下，小说家的创作不仅以虚映实，甚至主张"表表有据依"[①]。北宋张邦基在《墨庄漫录·作者自跋》中说："稗官小说虽曰无关治乱，然所书者必劝善惩恶之事，亦不为无补于世也。唐人所著小说家流，不啻数百家，后史官采摭者甚众。"[②]这精准概括了古小说的补世动机与史学特性。历览古小说的整体创作状况，其作者多是有一定地位的文人，且多以"传信""补史之阙"为目的，因此，古小说具有较强的可信度和历史价值。尤其是那些反映乱世的小说家很多都经历过战乱生活或对乱世问题感触很深，他们在表现乱世题材时有强烈的使命感，写实色彩和反思精神浓厚。因此古小说的乱世书写是后人了解各动乱时代社会状况和思想文化的重要窗口。

一、乱世书写生动再现了动荡年代的真实状况

正史是后人了解前代社会的主要载体，自《史记》开创"五体"的写史体

---

① 《夷坚志·夷坚乙志·序》，第 185 页。
② 《墨庄漫录·作者自跋》，第 281 页。

例后,后世史家萧规曹随,依例修史。历代史书对各朝人物事迹的记录虽繁富琐碎,但记人多是有一定地位身份或特立独行的名人,记事则多是与帝王有重要关系或意义重大的国家大事,因此,通过史书我们只能了解历史脉络的大致走向和重臣名流的人生经历,老百姓的生活状态和一些时代的细微变化是很难感知的。而古小说出于稗官、街谈巷议、道听途说的特点使它的书写对象下移到史书不屑记录的普通人物和细小事件,因此,能反映更复杂深刻的社会面貌,尤其是乱世书写在揭示社会的广度和深度方面远远超出了受主流思想制约而作的应制唱和、颂德献美之作。

魏晋南北朝虽是中国历史上持续时间最长的社会大动乱时期,但也是古小说定型并迅速发展的阶段。受佛教、道教等宗教思想和时代特征的影响,志怪小说的乱世书写具有浓郁的现实主义精神,在虚幻的鬼怪神异世界里,反映了世人最真实的生活状况和最真切的思想情感。《搜神记·妖怪篇》对各种乱世怪异现象的搜集看似热衷于神奇事件,实则在反思致乱之因。"观世音应验记""宣验记""幽明录"等"释氏辅教"之书描绘了乱中之人对宗教的痴迷,尤其是对观世音灵验的膜拜,折射了人们无助的生活状态和无法把握自己命运的彷徨、无奈心态,揭示了佛教在中国盛行的主要原因。在展现老百姓的乱世命运时,古小说更关注民众饱受欺凌的悲惨处境,如《幽明录·彭娥》再现了女子避乱途中的苦难遭遇和反抗精神,与正史的《列女传》相比,彭娥的形象更具真实性和真切感。彭娥一家入山逃难的经历是战乱年代人们被迫背井离乡、逃离故土的缩影。《异闻记·张广定女》反映了老百姓在乱世逃亡中被迫抛弃孩子的痛苦选择和被弃之人存活得生的奇异方法,在避乱生活中融入养生观念,展示了乱世时期人们对生存途径的多方面探索。

唐宋是封建王朝的鼎盛期,也是各种社会矛盾和战乱形态集中爆发之时。帝王逸事是小说家反思乱世时的核心话题,隋炀帝、唐玄宗、宋徽宗等招致大乱的帝王成为文人关注的焦点。《大业拾遗记》《海山记》《开河记》《迷楼记》等传奇小说从细节到整体全面反映了隋炀帝骄奢淫逸的罪恶,通过对炀帝好大喜功、荒淫好色、大兴土木、游乐无度等的具体描写,揭示了帝王个人爱好对国家命运的重大影响。《高力士外传》《长恨歌传》《开元升平源》《东城老父传》等都是唐人以唐玄宗为中心创作的政治小说,既探索了玄宗励精图治开创开元盛世的原因,更揭示了玄宗因宠爱杨妃、荒淫怠政、任用奸佞而导致世乱国危的悲剧根源。

关注平民百姓在乱中的命运和遭遇是唐宋小说乱世书写的主要内容。唐代许尧佐的《柳氏传》通过韩翃与柳氏的悲欢离合，及其经历乱离磨难而不改初衷的真挚爱情，表现了才色相配和有情人终成眷属的爱情理想。无名氏的《阴德传·刘弘敬》借刘弘敬所买女奴方兰荪的身世沉浮，反映了女性在战乱之中身易数主，不能把握自己命运的悲苦状态。唐末五代的社会大动乱大大加深了文人对社会残酷性的认知度，因此表现强权者的专横跋扈，反映普通人的痛苦遭遇在小说中随处可见。《北梦琐言》《玉堂闲话》《王氏闻见录》等小说集把平民百姓的悲苦生活和在灾难面前的生存方法多角度纳入笔端，将乱世的混乱状态和世人尤其是柔弱女性在大难面前的机智勇敢展现得淋漓尽致。

宋代小说家在描写妇女的乱世遭遇时主要关注两方面的问题：第一，女性在危难时期如何坚守自己的坚贞节操，这是封建士人极为关注也极力赞赏的一面。《夷坚志》中诸如《谭氏节操》《义夫节妇》《芜湖孝女》《程烈女》等直接以"节烈"作为题目的现象充分体现了这一特征。第二，更真切、具体地表现乱世女性的不幸遭遇。《夷坚甲志》卷一七《解三娘》中，女鬼解三娘在乱离之中由官宦小姐沦为他人小妾后被迫害致死的惨状让人痛惜；《夷坚支乙》卷五《张花项》中，建炎、绍兴年间的盗贼张花项、戚方"破池州，驻军于教场，所掠妇女无数，为官兵所逐，不忍弃之，乃料简其不能行者得八百人，谕其徒曰：'各纳脚子。'须臾间则八百女双足剁叠于庭，然后去。刖者未即死，皆叫呼号泣，经日乃绝"[1]的记述，还原了乱世女性被虐杀的血淋淋场面，作乱者的残暴和弱小者的苦痛让人不忍卒读。

宋初钱易的《越娘记》既突出了女性在乱世中的惨痛经历，"良人为偏将，死于兵。时天下丧乱，妾为武人夺而有之。武人又兵死，妾乃髡发，以泥涂面，自坏其形，欲窜回故乡。昼伏夜行，至此，又为群盗胁入古林中，执爨补衣。数日，妾不忍群盗见欺，自缢于古木"；又展开了一幅贫困惊慌的乱世画面，"自郎官以下，廪米皆自负，虽公卿亦有菜色……谷米未熟则刘，且虑为兵掠焉。金革之声，日暮盈耳。当是时，父不保子，夫不保妻，兄不保弟，朝不保暮。市里索莫，郊坰寂然，目断平野，千里无烟。加之疾疫相

_____
[1]《夷坚志·夷坚支乙》卷五《张花项》，第828页。

仍,水旱继至,易子而屠有之矣";还表达了乱离之人"宁做治世犬,莫做乱离人"的卑微愿望以及"外户不闭,道不拾遗,游商坐贾,草行露宿,悉无所虑。百姓但饥而食,渴而饮,倦而寝,饮酒食肉"①的治世理想。《越娘记》以平民百姓的视角全面展现了乱世时期世人艰辛、困苦的生存状态,表达了人们对战乱的痛恨和对平安、富足生活的向往。

二、乱世书写折射了悲惨时代的民众心理

面对乱世的到来,人们大都是无奈、担忧和害怕,一点点战乱消息都可能让听者惊恐万分。《北梦琐言·关三郎入关》就以鬼怪形式再现了人们在天下大乱时的惊恐状态:"唐咸通乱离后,坊巷讹言关三郎鬼兵入城,家家恐悚。罹其患者,令人寒热战栗,亦无大苦。弘农杨玭挈家自骆谷路入洋源,行及秦岭,回望京师,乃曰:'此处应免关三郎相随也。'语未终,一时股栗,斯又何哉?夫丧乱之间,阴厉旁作,心既疑矣,邪亦随之。关妖之说,正谓是也。"②"心既疑矣,邪亦随之",揭示了所谓"阴厉"其实是人惊惧时刻的想象这一本质问题。人们虽然害怕乱世的各种灾祸,但却无法改变混乱的局势,只能无奈接受。乱世天定的故事其实就是世人在乱离中不知所措的心理状态的体现,而异界、神人预言战乱将至和神佛救助等题材则折射了世人渴望在乱中借助外力生存下去的愿望。这类主题是魏晋以来小说中的常见话题,代表了乱世民众共同的心理需求。面对乱世苦难,世人一方面渴望能得到外力救助;另一方面也希望能开辟一个生活安定、衣食丰足的生活场所,"桃花源"一类的洞窟故事就成为文人建构理想社会的载体。

与魏晋六朝小说粗陈梗概的简单记述相比,唐宋小说的表达方式与思想观念更为丰富和深厚,这与小说的发展及时代特征关系密切。从乱世题材来看,唐代小说大都体现了拥护李唐中央王朝的倾向。心向中央王朝的思想主要通过两种题材来展现:第一,用王朝天命观来斥责争权夺利的军事集团,如《甘泽谣·魏先生》提出"公于国则为帅臣,私于己则曰乱盗"的观点,从为国与为己的角度指明了国家功臣与乱臣盗寇的本质区别,既批

---

① 《越娘记》,载《宋代传奇集》,第 111—112 页。
② 《北梦琐言》卷一一《关三郎入关》,第 244 页。

判了那些为一己之私而屠城杀人的藩帅，也表达了渴望手握兵权的将帅能担负起保卫国家职责的理想；第二，通过塑造那些在国乱中能尽力平叛、维护国家利益的英雄人物来表达对忠臣的景仰和对国家安定、皇权一统的向往，如《谭宾录》《录异记》等小说集所记的忠臣义士。

北宋灭亡后中原的广大地区沦入金人之手，出于民族情感和对金人野蛮行为的不满，许多北方遗民对赵宋王朝仍心存怀恋，这在《夷坚志》中表现得最为突出。《夷坚丁志》卷九《陕西刘生》借刘生将勒索南宋使臣的无赖杀死的英雄事迹，表达了沦陷区人民期望王朝收复失地的愿望；《夷坚三志己》卷四《张马姐》通过海州的汉族侍从军官欲杀金人守将而南归的故事展现了沦陷区民众渴望回归宋朝的心理；《夷坚志补》卷一《续丰都使》赞扬了在靖康之乱中以死保臣节的忠义之臣；尤其是《夷坚丁志》卷九《太原意娘》中，意娘"与良人避地至淮泗，为虏所掠。其酋撒八太尉者欲相逼，我义不受辱，引刀自刭不殊"的宁死不从虏酋的坚贞行为代表了中原人民心怀故国的情怀和对金人的仇恨态度。

总之，古小说的乱世书写在细致的描述中生动再现了动荡年代的生活面貌，广泛而深刻地揭示了不同时代的社会特征，充分反映了各个历史阶段人们的心理和愿望。

第二节　乱世书写中的文化变迁

中华传统文化源远流长，许多文化习俗和生活习惯都有承继性，但有时也在继承中有所中断或发生重大改变，尤其是在乱世时期，变化巨大，如"玉佩之法，汉末丧乱，绝而不传。魏侍中王粲识古佩法，更而制焉"[1]的记述就反映了乱世中文化习俗的改变。乱世时期社会制度、文化行为、日常习惯、思想意识和宗教观念等发生变化的频率都远远高于治世阶段。

一、乱世改变了佛教、道教在中国的影响力

魏晋之前，中国民众主要信仰神仙道教和神鬼理念，佛教几乎没有什么影响力，而自魏晋以来，佛教逐渐登上历史舞台，甚至成为社会各阶层主

---

[1]《古今注校笺》，第 35 页。

要的信奉对象。从东晋干宝的《搜神记》极少写佛教到南朝刘义庆《幽明录》中大张佛法足可窥见这一转变。

> 有新死鬼，形疲神顿。忽见生时友人，死及二十年，肥健。相问讯，曰："卿那尔？"曰："吾饥饿殆不自任。卿知诸方便，故当以法见教。"友鬼云："此甚易耳。但为人作怪，人必大怖，当与卿食。"新鬼往入大墟东头，有一家奉佛精进，屋西厢有磨，鬼就推此磨，如人推法。此家主语子弟曰："佛怜吾家贫，令鬼推磨。"乃辇麦与之。至夕，磨数斛，疲顿乃去。遂骂友鬼："卿那诳我？"又曰："但复去，自当得也。"复从墟西头入一家，家奉道，门旁有碓，此鬼便上碓如人舂状。此人言："昨日鬼助某甲，今复来助吾，可辇谷与之。"又给婢簸筛。至夕，力疲甚，不与鬼食……友鬼曰："卿自不偶耳。此二家奉佛事道，情自难动。今去可觅一百姓家作怪，则无不得。"鬼复去，得一家……鬼果得大食。[1]

俗话说"有钱能使鬼推磨"，在南北朝时期恰恰是"信佛能使鬼推磨"，这是当时民众笃信佛教的表现。而佛教之所以成为人们心中的救命稻草和神圣的化身，主要是由魏晋时期天下大乱的局势所致。鲁迅在《中国小说史略》中说："中国本信巫，秦汉以来，神仙之说盛行，汉末又大畅巫风，而鬼道愈炽；会小乘佛教亦入中土，渐见流传。"[2]在汉末天下大乱时期，无论是统治阶级或是想成为统治者的野心家，还是普通的老百姓，都需要一定的外界力量来帮助自己。传统的神鬼道仙已难以满足人们的求生愿望，佛教乘此机会迎合民众心理需求快速发展壮大。康僧会是较早来中国传教的西域僧人，在此之前虽有月支人支谶在桓帝、灵帝时期译出众经，但"佛教未行"。康僧会到江南后，"时吴地初染大法，风化未全。僧会欲使道振江左，兴立图寺，乃杖锡东游"，以所谓的佛法灵异让孙权大为震骇，"乃置舍利于铁砧磓上，使力者击之，于是砧磓俱陷，舍利无损。权大叹服，即为建塔，以始有佛寺，故号建初寺，因名其地为佛陀里。由是江左大法遂兴"，"至晋成咸和中，苏峻作乱，焚会所建塔，司空何充复更修造。平西将军赵诱，世不奉法，傲慢三宝，入此寺，谓诸道人曰：'久闻此塔屡放光明，虚诞不

---

①《幽明录》卷四《新鬼觅食》，第131页。
②《中国小说史略·六朝之鬼神志怪书》，第28页。

经,所未能信。若必自睹,所不论耳。'言竟,塔即出五色光,照耀堂刹,诱肃
然毛竖,由此信敬。于寺东更立小塔,远由大圣神感,近亦康会之力,故图
写厥像,传之于今"[1]。康僧会以灵异征应之法让信奉者深信不疑,让亵渎
者转而信佛,足见他对佛教在江南的发展影响巨大。

　　与佛教在南方流传的机缘相似,佛教在北方的传播与流行也是高僧顺
应了乱世时期民众的心理需求,以神异之处感化信徒。西域高僧佛图澄对
佛教在北方的盛行功德甚大。他于"晋怀帝永嘉四年来适洛阳,志弘大
法","值刘曜寇斥洛台,帝京扰乱,澄立寺之志遂不果。乃潜泽草野,以观
世变","石勒屯兵葛陂,专以杀戮为威"时,他"悯念苍生,欲以道化勒",以
水生青莲花向石勒展示佛道灵验,劝其戒杀,"凡应被诛余残,蒙其益者十
有八九,于是中州、胡、晋略皆奉佛"。石虎登位后,佛图澄仍以灵异、预言
等方式使石虎信奉佛教。取得石虎信任后,他又以佛教福佑思想规劝石虎
减少杀戮,"帝王之事佛,当在心体恭心顺,显畅三宝。不为暴虐,不害无
辜。至于凶愚无赖,非化所迁,有罪不得不杀,有恶不得不刑。但当杀可
杀,刑可刑耳。若暴虐恣意,杀害非罪,虽复倾财事法,无解殃祸。愿陛下
省欲兴慈,广及一切,则佛教永隆,福祚方远"。结果收到了"澄道化即行,
民多奉佛,皆营造寺庙,相竞出家"的轰动效果。佛图澄一方面抓住乱世时
期统治者渴望掌握政权、扩大实力的野心,以佛法灵验取得当权者的信任
与支持;另一方面以佛法慈悲规劝那些残暴的当权者减少杀戮,挽救了许
多老百姓的生命,得到了民众的拥戴和推崇,"所历州郡,兴立佛寺八百九
十三所,弘法之盛,莫与先矣"[2],使佛教在五胡乱华的大乱时期在中原大
地得到普及。

　　康僧会和佛图澄的传佛经历,反映了南北方民众在东汉末至五胡乱华
时接受并笃信佛教的历程。至此之后,佛教在大江南北影响日甚,历代统
治者大都给予佛教崇高的地位和优厚的待遇,如北方开凿的莫高窟、麦积
山石窟、龙门石窟和云冈石窟等,都显示了统治者对佛教的重视,江南地区
出现"南朝四百八十寺"的盛况亦折射出佛教信徒之多。

　　中国人对佛教信奉的转折点是东汉末年,而道教日趋衰微的时段亦是

①《高僧传》卷一《译经·魏吴建业建初寺康僧会》,第15—18页。
②《高僧传》卷九《神异·晋邺中竺佛图澄》,第345、346、351、352页。

东汉末年。虽然道教在整个中国古代一直都比较盛行,在魏晋六朝也出现了如左慈、于吉、葛洪、陶弘景等著名道士和神仙家,甚至在唐代被尊为国教。但如果从道教的整体影响力和传播力来看,两汉是其最盛之时,上至帝王,下及平民,都对道教推崇备至,古小说中的《汉武故事》《汉武内传》《洞冥记》《十洲记》等都显示了道教无与伦比的威力。但改变道教独尊地位,使人们信仰多样化的时期就是在东汉末年张角兄弟以太平道发动民众起事失败之后。此时的人们发现传说中无所不能的道教也能被统治者打败,道教的神圣地位和神秘性被揭穿。但乱世时期艰难的生存处境使人们仍将希望寄托于某种神秘力量,在这种状况下,传佛高僧就以迎合民众心理为宣传导向,夸大佛法的威力,传扬佛教的灵验,使佛教超越道教的至尊地位,日趋成为民众的另一个主要信仰对象。

二、乱世加快了唐末门阀观念的消失

自汉代实行察举、征辟的选人方式以来,门第之风日渐盛行,尤其是东汉以来逐渐兴起的世家大族和魏晋六朝日益兴盛的门阀制度都使出身高贵的士人自矜阀阅。唐代的科举制度虽在一定程度上冲击了门阀家族在政治上的垄断地位,但由于前代门阀观念影响极深,一些高门大姓在唐代仍掌握大量的政治资源,拥有极高的地位。唐代盛行五姓七族之说,荥阳郑氏,博陵、清河崔氏,太原王氏,陇西、赵郡李氏,范阳卢氏是当时最尊贵的姓氏。除此之外,其他的大姓如京兆韦氏和杜氏以及弘农杨氏等也有很高的声望和地位。不但大姓之家自抬身价,其他的旁门他枝也都渴望能与高姓名门攀上关系。虽然皇帝对社会上盛行的郡望观念极为不满,甚至出台政策压制名门大姓的地位,如唐太宗下令修撰《氏族志》以降低诸如崔、卢、王、郑等旧贵族姓氏的地位,唐高宗禁止豪门大族自为婚姻以遏制门第之风,但是皇室在为子孙聘妻、公主选婿时又极重门阀,甚至千方百计与高门大姓联姻,如唐文宗在选择驸马韦处仁时曾说"本慕卿门户清素,故俯从选尚";唐宣宗为爱女万寿公主选择已有婚约的郑颢为婿;唐懿宗为最疼爱的女儿同昌公主选择韦保衡为婿。与此同时,官绅之家也渴望与大姓联姻。因此有唐一代,郡望之风、门第之见一直盛行。

与唐朝相比,宋朝改良印刷术,书籍普及,读书不再是高门大姓的专利,普通人家也可以通过读书走上科举之路,改变自己的地位和命运,"朝为田舍郎，暮登天子堂"成为普遍现象。宋朝是中国科举制度最完善的时代，文人科举得中后地位能迅速得到提升，"今天子三年一选士，虽山野贫贱之家所生子弟，苟有文学，必赐科名，身享富贵，家门光宠，户无徭役，休荫子弟"①，以至于"本朝尚科举，显人魁士，皆出寒畯"②。

唐代尚门阀鼎族，宋代完全看重知识，唐宋士人的价值追求发生了根本性的变化。其原因除了北宋因文化普及和科举取士使普通人的地位得到改变外，与唐末五代以黄巢、朱温为首的底层武装力量崛起后对门阀世族的疯狂杀戮也有极大关系。

在唐代浓郁的郡望观念熏陶下，许多士人以出身自矜，再加上当时重视科举考试，因此出身名门又有才学的士人便养成了狂妄之气。凭借出身、依仗才学、恃才傲物、凌轹他人是唐代狂妄之士的显著特征，甚至有些家族的狂妄之风代代相传，如大诗人顾况"尤多轻薄，为著作郎，傲毁朝列"③，其子顾非熊"滑稽好辩，凌轹气焰子弟，为众所怒"④；薛保逊"名家子，恃才与地……时号为浮薄"⑤，"大中朝尤肆轻佻"⑥，其子薛昭纬"恃才傲物，亦有父风，每入朝省，弄笏而行，旁若无人"⑦。在和平安定时期，狂妄可能是特立独行的个性显现，不会危及生命，而在战乱年代，不识时务地炫耀门第、轻狂傲人就有可能陷入死亡之境。如"自负王佐之才""接对相公，旁若无人"的陈磻叟被"高流宿德多患之"，在奔波途中又被藩帅许巨容追杀，一门"三十余口，无噍类"⑧；剧燕"为人多纵，凌轹诸从事，竟为正平之祸"⑨；卢程"无他才业，唯以氏族傲物"，"一旦王仙芝兵火，卢生为船人挑其筋，系于船舷，放流而死"⑩。卢程之流在太平时代以出身自傲，在战乱之时惨死的遭遇是唐末五代文人命运的缩影。亲历唐末乱世的孙光宪对唐代门阀观念导致贵族子弟轻薄无行，以至于乱世时期遭祸遇难的普遍

---

① 陈襄：《仙居劝学文》，载《全宋文》第 50 册，第 103 页。
② 赵彦卫撰，傅根清点校：《云麓漫钞》卷七，中华书局，1996 年，第 116 页。
③《唐国史补》卷中，第 34 页。
④《唐摭言》卷八，第 59 页。
⑤《北梦琐言》卷三《薛保逊轻薄》，第 61 页。
⑥《唐摭言》卷一二，第 92 页。
⑦《北梦琐言》卷四《薛澄州弄笏》，第 84 页。
⑧《唐摭言》卷九，第 67 页。
⑨《唐摭言》卷一〇，第 73 页。
⑩《北梦琐言·逸文》卷三《卢程以氏族傲物》，第 412 页。

状况深有感触:"大凡无艺子弟,率以门阀轻薄,广明之乱,遭罹甚多,咸自致也。"①高门大姓养成狂傲习气后难以改变傲视他人的行为方式,致使出身寒门者心生怨恨,以至于在动乱时期趁机报复,使高姓大族遭受灭顶之灾。

　　唐代豪门贵族的狂傲习气与自矜门第的作风在黄巢起义时遭到沉重打击。由于黄巢出身贫寒,以及多次科举不第的经历使他对豪门大族痛恨至极,以至于在征战途中对攻占区的贵族门阀进行了血腥屠杀。黄巢攻入长安后,不仅对滞留在长安城中的显贵大肆杀戮,"富家皆跣而驱,贼酋阅甲第以处,争取人妻女乱之,捕得官吏悉斩之,火庐舍不可赀,宗室侯王屠之无类矣"②;而且任用出身寒微之人,贵族与寒门的命运由此发生了颠倒性的变化。当时就有人写诗反映这种状况:"自从大驾去奔西,贵落深坑贱出泥。邑号尽封元谅母,郡君变作士和妻。扶犁黑手翻持笏,食肉朱唇却吃齑。唯有一般平不得,南山依旧与天齐。"③韦庄在《秦妇吟》中以一个贵族妇女的乱中见闻揭露黄巢入长安后,一大批武夫掌权,不懂政事、没有礼仪的混乱政治和豪门大户被抢被杀的痛苦遭遇:"柏台多士尽狐精,兰省诸郎皆鼠魅。还将短发戴华簪,不脱朝衣缠绣被。翻持象笏作三公,倒佩金鱼为两史。朝闻奏对入朝堂,暮见喧呼来酒市……华轩绣毂皆销散,甲第朱门无一半。含元殿上狐兔行,花萼楼前荆棘满。昔时繁盛皆埋没,举目凄凉无故物。内库烧为锦绣灰,天街踏尽公卿骨。"④

　　经过黄巢起义的打击,唐王朝基本丧失了统治能力,各个军事集团争权夺地,最后朱温废唐自立,最底层的作乱者成为统治者。以朱温为代表的当权者,文化素质不高,出于骤贵之后的狂妄自大以及报复高贵者的快意心理,肆意杀害高官贵族。《北梦琐言·谋害衣冠》记述了本是黄巢部下的朱温,投机成为唐朝节度使之后,天祐年间想篡权自立,逼迫数位大臣自尽,并杀害一大批王公贵族的经过:"朱公谋主李振累应进士举不第,尤愤朝贵,时谓朱全忠曰:'此清流辈,宜投于黄河,永为浊流。'全忠笑而从之。

①《北梦琐言·逸文》卷三《卢程以氏族傲物》,第412页。
②《新唐书》卷二二五(下)《逆臣传(下)·黄巢》,第6458页。
③《鉴诫录校注》卷一《金统事》,第23页。
④《韦庄集笺注》,第317页。

尔朱荣河阴之戮衣冠，不是过也。"①黄巢及朱温等底层出身的武装力量用野蛮的举动彻底摧毁了唐代的豪门贵族社会，"唐昭宗劫迁，百官荡析……丧乱以来，冠履颠倒，不幸之事，何可胜道"②，就是对唐末贵族社会沉沦状况的精炼概括。

　　"天街踏尽公卿骨"的悲惨场景沉重打击了士人做官求贵的野心和自矜门阀郡望的行为，以至于许多贵族士子在黄巢起义后不愿再出仕为官，更不敢提起自己的家族出身。《北梦琐言·李氏女》讲述了黄巢入长安后"衣冠荡析，寇盗纵横。有西班李将军女，奔波随人，迤逦达兴元，骨肉分散，无所依托，适值凤翔奏将军董司马者，乃晦其门阀，以身托之"③的故事。李氏女在乱中"晦其门阀"，是因为她在乱世的奔波途中亲身经历了"衣冠荡析"的现实，看到了众多高门大姓的灭门之灾，因此隐藏身份，以求生存。李氏女是聪慧的，懂得世事已变，但仍有一些固守传统的人自矜阀阅，最终落得了惨死的结局。《三水小牍》中《李庭妻骂贼被杀》和《殷保晦妻封氏骂贼死》虽然都表现了女性在乱世中的刚烈忠贞，但细究二女的行为可知她们的贞烈都来自浓厚的门第意识。当崔氏被王仙芝部下俘虏后，她大声詈骂："我公卿家女，为士子妻，死乃缘命，岂受草贼污辱！"秘书省校书郎殷保晦之妻封氏被俘后宁死不受辱，奋袂骂曰："我生于公卿高门，为士君子正室，琴瑟叶奏，凤凰和鸣。岂意昊天不容，降此大戾，守正而死，犹生之年。终不负秽抱羞于汝逆竖之手！"崔氏和封氏之所以大义凛然，不愿贞节有污，主要是因为她们自矜公卿身份，看不起出身草莽的"贼"。虽都身处乱世，崔氏和封氏惨遭屠戮，李氏女却保全性命，其根本原因在于她们不同的处事原则。社会巨变是促成人们行为转变的重要因素。从崔氏、封氏高标公卿出身到李氏"晦其门阀"，反映了唐末五代，乱世社会对门阀观念的沉重打击，而《北梦琐言·谋害衣冠》则印证了朱温篡权后做出不亚于"尔朱荣河阴之戮衣冠"的恶行是导致世族不再自矜门阀的直接因素。

　　总之，唐末以来门阀、清流审时度势，在"衣冠之族遭涂炭者众"④的乱世背景下不敢再自言高贵。北宋立国后，文化普及，科举兴盛，以至于平民

①《北梦琐言》卷一五《谋害衣冠》，第297页。
②《北梦琐言》卷六《乐工关小红》，第144页。
③《北梦琐言》卷九《李氏女》，第196页。
④《洛阳搢绅旧闻记校注》，第59页。

百姓只要发愤读书，身份朝夕可变。这种平民文化使在五代已经中断的门阀郡望观念完全失去了生存土壤而彻底消失了。

三、乱世导致日常习惯的改变

虽然乱世时期老百姓为了生存而被迫背井离乡，备历辛酸苦楚，但在漂泊动荡的环境下人们有机会接触到其他地方的文化风俗，从而使旧有的生活习惯发生变化。

社会称谓很容易受日常行为的影响而改变，宋朝时男人常被称为"汉子"，这一称呼在《水浒传》中随处可见，如第四回《赵员外重修文殊院　鲁智深大闹五台山》中写鲁智深下五台山寻酒一节："正想酒哩，只见远远地一个汉子，挑着一付担桶，唱上山来，上面盖着桶盖。那汉子手里拿着一个旋子，唱着上来。唱道：'九里山前作战场，牧童拾得旧刀枪。顺风吹动乌江水，好似虞姬别霸王。'鲁智深观见那汉子担担桶上来，坐在亭子上，看这汉子也来亭子上歇下担桶。智深道：'兀那汉子，你那桶里甚么东西？'那汉子道：'好酒。'智深道：'多少钱一桶？'那汉子道：'和尚，你真个也是作耍？'"[1]短短一百多字连用了七个"汉子"，既可以作为旁观者介绍人物形象，也能称呼谈话的双方。除此之外，在宋代，也可以自称"汉子"，如鲁智深与赵员外相见时自我介绍说"洒家是个卤汉子，又犯了该死的罪过"等等。

其实"汉子"一词是乱世时从少数民族传到中原的。陆游对此有较细致的论述："今人谓贱丈夫曰汉子，盖始于五胡乱华时。北齐魏恺自散骑常侍迁青州长史，固辞之。宣帝大怒，曰：'何物汉子，与官不受！'此其证也。承平日，有宗室名宗汉，自恶人犯其名，谓'汉子'曰兵士，举宫皆然。"[2]

世人的饮食习惯常因生活环境的改变而发生变化。在中国古代，规模庞大的移民活动都是在天下大乱之时，如西晋灭亡后的衣冠南渡和唐末黄巢起义后的士人南迁，尤其是靖康之变后不堪忍受金人统治的中原民众掀起了大规模的南移浪潮。"建炎之后，江、浙、湖、湘、闽、广，西北流寓之人遍满"的情况使南方的饮食习惯和作物种类发生了极大变化：

---

①施耐庵：《水浒传》，人民文学出版社，2005年，第63页。
②《老学庵笔记》卷三，第29页。

西人食面几不嚼也，南人罕作面饵。有戏语云："孩儿先自睡不稳，更将捍面杖柱门。何如买个胡饼药杀著！"盖讥不北食也。建炎之后，江、浙、湖、湘、闽、广，西北流寓之人遍满。绍兴初，麦一斛至万二千钱，农获其利，倍于种稻。而佃户输租，只有秋课。而种麦之利，独归客户。于是竞种春稼，极目不减淮北。①

南方人本来不种小麦，也不吃面食，甚至把面饼当作苦药。但靖康之变后赵宋朝廷驻跸南方，大量的西北、中原之人跟随而来，从而使面食需求大增，小麦价格高涨，种植小麦所获利润远远高于水稻。在利益的驱使下，淮河以南各地农民竞相种植小麦。由此可见，南宋以来水稻在南方的垄断地位已被打破，受北方饮食习惯的影响，南方吃面食的风气也越来越盛行。

礼仪制度是古代规范和约束人们言行举止的重要依据，备受世人重视，但在乱世时期，有些礼仪会发生变化：

准礼：父在，为母，为所生母；父为嫡子；夫为妻；皆杖周。自周礼已降，至于《开元礼》，及唐史二百六十年，并无有易斯议，未闻为兄弟杖者。自离乱已后，武臣为兄弟始行杖周之礼，是宾佐不能以礼正之，致其谬误也。予乾宁三年九月，行吊于名士之家，睹其弟为兄杖，门人知旧来，无有言其乖礼者，实虑日久寖以为是。自今后，士子好礼者，于服式之中，慎而行之。②

杖周是古代丧葬制度的一种，就是居丧期间要为亲人持杖一年。原本有儿子为母亲或为生母、父亲为嫡子、丈夫为妻子行杖周之礼。但经过唐末乱世之后，出现了为兄弟行杖周之礼的新现象。这种现象始于武将之家，主要是由于乱世时期，武将有生杀大权，别人不能违逆。

乱世中除了出现为兄弟行杖周之礼外，祭奠之礼也发生着变化：

明皇朝，海内殷赡。送葬者或当冲设祭，张施帏幕，有假花、假果、粉人、粉粻之属。然大不过方丈，室高不逾数尺，识者犹或非之。丧乱以来，此风大扇，祭盘帐幕，高至九十尺，用床三、四百张，雕镌饰画，穷极技巧，馔具牲牢，复居其外……及昭义节度薛公蒿，归葬绛州，诸方

---

① 《鸡肋编》卷上，第 36 页。
② 《唐语林校证》卷八，第 707 页。

并管内县涂阳城南设祭,每半里一祭,至漳河二十余里,连延相次。大者费千余贯,小者三、四百贯,互相窥觑,竞为新奇。枢车暂过,皆为弃物矣。盖自开辟至今,奠祭鬼神,未有如斯之盛者。①

丧葬排场在玄宗盛世时期,已经呈现奢靡之象,遭到了人们的非议。而安史之乱以来,又变本加厉,更为铺张。从大历年间开始,节度使的葬礼极其隆重,如昭仪节度使薛嵩归葬时,半里一祭,连续二十多里,每处祭奠之费将近千余贯。按常理来说,战乱之时国弱民贫,更应节俭,而地方节度使的葬礼却极尽铺张。这种悖谬之象与安史乱后中央权威减弱、藩镇节度使拥兵自重的乱世景象密切相关。由于节度使掌控着地方的军权和财权,他们藐视皇帝和国家制度,为所欲为,在他们的武力统治下,下层官吏极尽讨好之能事,致使掌权的藩镇将帅私欲膨胀、奢靡无度。因此唐代中期以来丧葬习惯的改变主要是因为安史乱后武将势力的强大造成的。

纵观古代中国,乱世是人类生存条件发生重大变化的主要阶段。在武装力量争夺、世人逃亡的悲惨环境中,各地的行为习惯或因主动交流而潜移默化,或因强权势力推行而被迫接受,或为满足社会需求而发生改变。古小说乱世书写在一定程度上印证了风俗文化改变的历程。

第三节　乱世书写的社会价值

古小说的乱世书写是在乱世背景下产生的,是对乱世社会的生动反映。乱世的时代风貌、民众的凄惨状况以及文人的理想追求等在重视“史补”价值的古小说中有非常真切的体现。它叙事简洁、表现力强,是后人探微古代乱世状况和思想文化的重要资料,对当今社会治理也有很强的借鉴价值和警示作用。

一、反映历史,思想深刻

在中国古代的各种文学体裁中,文言古小说的史学品格最浓。许多小说家是当时著名的学者或官员,有的甚至是国史修撰者,如干宝、王度、洪迈等小说大家,他们在创作小说时有极强的传信目标。在小说家有意征实

---

①《唐语林校证》卷八,第 705 页。

的创作追求中，世人对小说也寄寓厚望，认为它既有益于个体修身，又可补正史之不足。东汉桓谭《新论》曰："若其小说家合丛残小语，近取譬论，以作短书。治身理家，有可观之辞。"①《隋书·经籍志》杂传类小序载："古之史官，必广其所记，非独人君之举……汉时，阮仓作《列仙图》，刘向典校经籍，始作《列仙》《列士》《列女》之传，皆因其志尚，率尔而作，不在正史……魏文帝又作《列异》，以序鬼物奇怪之事，嵇康作《高士传》，以叙圣贤之风。因其事类，相继而作者甚众，名目转广，而又杂以虚诞怪妄之说。推其本源，盖亦史官之末事也。载笔之士，删采其要焉。"②在题材众多、内容丰富的古小说世界中，乱世故事的现实性和史学性最强。

古小说乱世书写的历史性特征表现在对事件的精细、生动描述中蕴含了对事物本质的深刻认识，在虚构叙述中折射了带有普遍性的社会问题，它是对历史事件的高度还原和集体反思。如在对唐玄宗的看法上，新、旧《唐书》都只简单地评价他"政才勤倦，妖集廷除"的任用奸相之过和"败以女子"的贪恋女色之失，而《高力士外传》《东城老父传》《长恨歌传》《梅妃传》等唐代小说则从权奸误国、肆欲害国、女色乱国等各个方面具体展示了玄宗朝的弊病，反映了安史乱后生产遭破坏、"天下之人皆执兵"等社会问题。

由于乱世书写紧贴现实，关注和表现与世人生活密切相关的种种问题，因此反映的社会层面和文化内涵特别丰富。如魏晋"妖怪"故事揭示了自《汉书·五行志》以来谶兆意识和灾异观念对文人小说家的深刻影响与他们的热切回应；康僧会、佛图澄在三国、后赵的传佛经历体现了佛教在中国盛行的时段特征及人们信佛的世俗动机；"毛女"系列反映了道士山中修道方式在乱世社会的广泛适用性，以及世人对理想社会的构建；乱皆前定故事体现了天命观的深远影响及人们对乱世必然到来的无奈态度；《夷坚志》与《聊斋志异》描述的少数民族作恶事件再现了强敌入侵时汉民族遭受的欺凌和压迫以及强烈的民族反抗情绪。总之，乱世书写始终关心人类生存，关爱个体生命，观照社会问题，展现了苦难时期真实的生活面貌和深刻的思想内涵。

---

① 萧统编，李善注：《文选》卷三一《杂拟·江文通杂体诗·从军·注》，上海古籍出版社，1986年，第1453页。

②《隋书》卷三三《经籍志》，第982页。

二、鉴照未来,警示性高

古小说乱世书写生动再现并深刻反思了乱世惨状和战乱出现的原因,使后世读者在具体感知前代社会混乱状态中能思考类似问题的后果和严重性。因此,从古小说中了解纷繁复杂的乱世状况,反思某些社会问题和政治现象的本质,对当今社会治理和约束不当行为有较强的借鉴价值。

第一,关注民生,合理用权。在中国古代家天下的政治制度下,皇权至上,臣下不能僭越、不敢监督,帝王极易私心膨胀、肆意妄为,以致制定政策时不顾法度和社会现实情况,不采纳正确意见,忽视百姓利益,甚至不顾民众死活,最终导致民怨沸腾,天下大乱。古代的亡国之君无不是骄纵奢侈、滥用民力的典型。避乱奇遇、炀帝系列、玄宗故事、徽宗小说等对诸如秦始皇、隋炀帝、唐玄宗、宋徽宗等致乱帝王的亡国之政和恶劣影响进行了形象化的表现,如《传奇·陶尹二君》集中总结了秦始皇统治时期的各种扰民政策对民间的危害;《大业拾遗记》和"隋炀三记"详细铺叙了炀帝暴虐、昏昧、荒淫和死不悔改的乱国帝王本性;玄宗故事深刻反思了玄宗任用权奸、沉溺女色、奢侈纵欲的过失;南宋文人揭露了宋徽宗尊道教、任奸臣、兴土木、竭民力、尚奢华的种种罪恶。这些反面典型时刻警示当政者既要重视民生、关注民意,也要心存畏惧、约束权力。

第二,重视农业,爱惜粮食。食物是人类赖以存活的物质基础,农业是衣食来源的基本保障。与古人相比,当今社会科技先进,生产方式方便快捷,粮食储存方法便利,人们的生产水平和生活质量有极大提高。但随着物质财富的丰富,奢靡之风死灰复燃,奢华浪费现象增多,农业的基础地位日益为人轻视,一部分人忽视甚至漠视农业发展。放眼全球,依然有一些落后的国家和地区至今仍处在食不果腹、衣不蔽体的贫穷状态中,也依然有霸权主义和军事强权行为,国家安全和稳定仍然是横亘在我们面前的主要问题。历史是一面镜子,乱世书写深刻证明了要保持国家的安全稳定,就必须重视农业对社会发展的基础性作用,既要重视粮食生产,又要提倡节约,杜绝浪费。中国古代曾有过辉煌的盛世,盛世时期的民众也曾追求奢侈,轻视农业,一旦战乱到来,便无所适从,只能坐以待毙。南朝任昉的《述异记》所描述的"永嘉之乱,洛中饥荒。怀帝遣人观市,珠玉金银,圜委市中,而无粟麦"等乱世惨象揭示了粮食无与伦比的重要性。古小说以生动的例子启示着人们不能忽视农业生产，更不要一味地追逐以金银珠玉为表征的奢侈之风，而是要重视农业、珍惜粮食。

第三，净化政治生态，警惕不安定因素。虽然古今的政治制度有天壤之别，与古代相比，当今中国的政治体制和治理方式都更为科学和合理。但是由于从政者的个体素质参差不齐，从政过程中抵御各种风险的意识和拒腐防变能力因人而异，因此即使有完备的手段、谨严的制度，稍有不慎也容易产生弊病，损害国家和人民的利益，甚至成为危害国家安全的因素。因此，居安思危，时刻保持高度警惕，创建良好的政治生态环境，保护畅通民意的渠道，是国家长治久安的重要保证。

古小说乱世书写反思治乱之理的作品大都有很强的启发性，如《大唐奇事记·管子文》借精怪之口揭示了当政者的为政态度与治理方法：首先当政者应能倾听不同的声音，不应只听美言而不听批评之音，"君闻美言必喜，闻恶言必怒。仆以美言誉君，则无裨君之事；以恶言讽君，必犯君之颜色。既犯君之颜色，君复怒我，即不得尽伸恶言矣。美言狗而损，恶言直而益。君当悉察之。容我之言，勿复加怒"；其次，宰相之责在于选拔得当的人才，为相之道"不必独任天下事，当举文治天下之民，举武定天下之乱，则仁人抚疲瘵，用义士和斗战。自修节俭，以讽上，以化下；自守忠贞，以事主，以律人，固不假躬勤庶政也。庶政皆得人即治，苟不得人，虽才如伊、吕，亦不治"[1]。管子文所提的当政态度和任用人才这两点其实与历代流传的"忠言逆耳利于行""任人唯贤"的本质是一致的，但它用故事的形式详细阐述，具有更强的感染力和说服力。古人的政治观点虽然有些不适合当代的政治制度和社会实际，但不少治理之道对解决当今政治问题还是很有借鉴意义的。因此从乱世书写中感知古代政治弊端的种种表现形式，深刻了解各种政治行为的实质与影响，深入体察某些社会现象的危害性后果，对当今中国净化政治环境、提高执政水平、抵御不良现象、避免动乱因素产生等都有不可估量的价值。

自古及今，人人向往治世而惧乱世。"宁做治世犬，莫做乱离人"，是饱受乱世之害的亲历者发出的真切呼声。古小说的乱世书写再现了战乱年代动荡、残破的社会现实，反映了各种作乱方式及其危害，反思了种种致乱

---

[1] 李隐：《大唐奇事记·管子文》，载《唐五代传奇集》第四编卷五，第 2628 页。

之因,表达了人类的生存愿望和社会理想,是与人们生产生活和理想愿望关系最密切的文学表达,在小说领域内最具现实主义精神。它时刻警示着为政者要有"政如农功,日夜以思之"的勤勉态度,要有"安而不忘危,存而不忘亡,治而不忘乱"的忧患意识。

参考文献

〔春秋〕左丘明:《国语》,上海古籍出版社,1978 年。

〔战国〕荀况著,王天海校释:《荀子校释》,上海古籍出版社,2016 年。

〔汉〕班固撰,〔唐〕颜师古注:《汉书》,中华书局,2006 年。

〔汉〕董仲舒撰,张世亮等译注:《春秋繁露》,中华书局,2012 年。

〔汉〕刘向:《列仙传》,上海古籍出版社,1995 年。

〔汉〕刘歆撰,〔晋〕葛洪集,向新阳、刘克任校注:《西京杂记校注》,上海古籍
　出版社,1991 年。

〔汉〕司马迁:《史记》,中华书局,1996 年。

〔汉〕王充:《论衡》,上海人民出版社,1974 年。

〔汉〕许慎撰,〔清〕段玉裁注:《说文解字注》,上海古籍出版社,1981 年。

〔三国〕诸葛亮著,段熙仲、闻旭初编校:《诸葛亮集》,中华书局,2012 年。

〔晋〕陈寿撰,陈乃乾校点:《三国志》,中华书局,1959 年。

〔晋〕崔豹撰,牟华林校笺:《古今注校笺》,线装书局,2014 年。

〔晋〕干宝撰,李剑国辑校:《搜神记》,中华书局,2020 年。

〔晋〕葛洪撰,王明校释:《抱朴子内篇校释》,中华书局,1985 年。

〔晋〕葛洪撰,谢青云译注:《神仙传》,中华书局,2017 年。

〔晋〕陶潜撰,李剑国辑校:《搜神后记》,中华书局,2020 年。

〔晋〕陶渊明著,逯钦立校注:《陶渊明集》,中华书局,2018 年。

〔晋〕王嘉撰,〔梁〕萧绮录,齐治平校注:《拾遗记》,中华书局,1988 年。

〔晋〕张华撰,范宁校证:《博物志校证》,中华书局,2014 年。

〔南朝·宋〕范晔撰,〔唐〕李贤等注:《后汉书》,中华书局,2014 年。

〔南朝·宋〕刘敬叔撰,范宁校点:《异苑》,中华书局,1996 年。

〔南朝·宋〕刘义庆撰,郑晚晴辑注:《幽明录》,文化艺术出版社,1988 年。

〔南朝·宋〕刘义庆撰,徐震堮校笺:《世说新语》,中华书局,2001 年。

〔南朝·梁〕任昉:《述异记》,中华书局,1991 年。

〔南朝·梁〕沈约:《宋书》,中华书局,1974 年。

〔南朝·梁〕释慧皎撰，汤用彤校注：《高僧传》，中华书局，1992年。

〔南朝·梁〕萧统编，〔唐〕李善注：《文选》，上海古籍出版社，1986年。

〔南朝·梁〕萧子显：《南齐书》，中华书局，1972年。

〔北魏〕郦道元著，陈桥驿校证：《水经注校证》，中华书局，2007年。

〔北魏〕杨衒之撰，周祖谟校释：《洛阳伽蓝记校释》，中华书局，1963年。

〔北齐〕魏收：《魏书》，中华书局，1974年。

〔北齐〕颜之推著，罗国威校注：《冤魂志校注》，巴蜀书社，2001年。

〔唐〕陈翰编，李小龙校证：《异闻集校证》，中华书局，2019年。

〔唐〕戴孚撰，方诗铭辑校：《广异记》，中华书局，1992年。

〔唐〕道宣撰，郭绍林点校：《续高僧传》，中华书局，2014年。

〔唐〕窦维鋈撰，李剑国辑校：《广古今五行记》，中华书局，2020年。

〔唐〕杜甫著，〔清〕仇兆鳌注：《杜诗详注》，中华书局，1999年。

〔唐〕杜光庭撰，罗争鸣辑校：《杜光庭记传十种辑校》，中华书局，2013年。

〔唐〕杜牧撰，吴在庆校注：《杜牧集系年校注》，中华书局，2013年。

〔唐〕杜佑撰，王文锦等点校：《通典》，中华书局，1992年。

〔唐〕段成式撰，曹中孚校点：《酉阳杂俎》，上海古籍出版社，2012年。

〔唐〕房玄龄等撰：《晋书》，中华书局，1974年。

〔唐〕封演撰，赵贞信校注：《封氏闻见记校注》，中华书局，2005年。

〔唐〕谷神子：《博异志》，中华书局，1980年。

〔唐〕皇甫枚：《三水小牍》，中华书局上海编辑所，1958年。

〔唐〕李德裕撰，丁如明校点：《次柳氏旧闻（外七种）》，上海古籍出版社，
　2012年。

〔唐〕李复言撰，程毅中点校：《续玄怪录》，中华书局，2006年。

〔唐〕李亢撰，李剑国校证：《独异志校证》，中华书局，2023年。

〔唐〕李玫撰，李剑国辑证：《纂异记辑证》，中华书局，2021年。

〔唐〕李延寿：《南史》，中华书局，1975年。

〔唐〕李肇：《唐国史补》，上海古籍出版社，1983年。

〔唐〕刘肃撰，许德楠、李鼎霞点校：《大唐新语》，中华书局，1984年。

〔唐〕刘餗撰，程毅中点校：《隋唐嘉话》，中华书局，1979年。

〔唐〕刘知几撰，〔清〕浦起龙释：《史通通释》，上海古籍出版社，1978年。

〔唐〕孟棨撰，李学颖标点：《本事诗》，上海古籍出版社，1991年。

〔唐〕牛僧孺撰,程毅中点校:《玄怪录》,中华书局,2006年。

〔唐〕牛肃撰,李剑国辑校:《纪闻辑校》,中华书局,2018年。

〔唐〕欧阳询撰,汪绍楹校:《艺文类聚》,上海古籍出版社,1982年。

〔唐〕裴铏著,周楞伽辑注:《裴铏传奇》,上海古籍出版社,1980年。

〔唐〕皮日休著,萧涤非、郑庆笃整理:《皮子文薮》,上海古籍出版社,
　　1981年。

〔唐〕释道世撰,周叔迦、苏晋仁校注:《法苑珠林校注》,中华书局,2003年。

〔唐〕唐临撰,方诗铭辑校:《冥报记》,中华书局,1992年。

〔唐〕王仁裕等撰,丁如明等校点:《开元天宝遗事(外七种)》,上海古籍出版
　　社,2012年。

〔唐〕韦绚撰,陶敏、陶红雨校注:《刘宾客嘉话录》,中华书局,2019年。

〔唐〕魏徵、令狐德棻撰:《隋书》,中华书局,1973年。

〔唐〕吴兢撰,谢保成集校:《贞观政要集校》,中华书局,2003年。

〔唐〕薛用弱:《集异记》,中华书局,1980年。

〔唐〕姚汝能撰,曾贻芬校点:《安禄山事迹》,上海古籍出版社,1985年。

〔唐〕姚思廉:《梁书》,中华书局,1973年。

〔唐〕佚名等撰,罗宁点校:《大唐传载(外三种)》,中华书局,2019年。

〔唐〕元结著,孙望校:《元次山集》,中华书局,2022年。

〔唐〕张读撰,张永钦、侯志明点校:《宣室志》,中华书局,1983年。

〔唐〕张籍撰,徐礼节、余恕诚校注:《张籍集系年校注》,中华书局,2011年。

〔唐〕张鷟撰,赵守俨点校:《朝野佥载》,中华书局,1979年。

〔唐〕郑处诲撰,田廷柱点校:《明皇杂录》,中华书局,1994年。

〔唐〕郑还古撰,金文明选译:《博异志》,浙江古籍出版社,1999年。

〔后晋〕刘昫等撰:《旧唐书》,中华书局,1975年。

〔五代〕何光远撰,邓星亮等校注:《鉴诫录校注》,巴蜀书社,2011年。

〔五代〕孙光宪撰,贾二强点校:《北梦琐言》,中华书局,2002年。

〔五代〕王定保撰,阳羡生校点:《唐摭言》,上海古籍出版社,2012年。

〔五代〕王仁裕撰,蒲向明评注:《玉堂闲话评注》,中国社会出版社,
　　2007年。

〔五代〕韦庄著,聂安福笺注:《韦庄集笺注》,上海古籍出版社,2002年。

〔南唐〕刘崇远撰,李如冰校注:《金华子杂编》,山东人民出版社,2018年。

〔宋〕包拯撰，杨国宜校注：《包拯集校注》，黄山书社，1999 年。

〔宋〕蔡絛撰，冯惠民、沈锡麟点校：《铁围山丛谈》，中华书局，1997 年。

〔宋〕陈耆卿：《嘉定赤城志》，载《中国方志丛书·华中地方》，台北成文出版社，1983 年。

〔宋〕陈师道撰，李伟国校点：《后山谈丛》，上海古籍出版社，1989 年。

〔宋〕程颢、程颐著，王孝鱼点校：《二程集》，中华书局，1981 年。

〔宋〕程俱著，徐裕敏点校：《北山小集》，人民文学出版社，2018 年。

〔宋〕范成大撰，孔凡礼点校：《范成大笔记六种》，中华书局，2002 年。

〔宋〕方勺撰，许沛藻、杨立扬点校：《泊宅编》，中华书局，1983 年。

〔宋〕郭彖撰，李梦生校点：《睽车志》，上海古籍出版社，2012 年。

〔宋〕何薳撰，张明华点校：《春渚纪闻》，中华书局，1997 年。

〔宋〕洪迈：《容斋随笔》，上海古籍出版社，1996 年。

〔宋〕洪迈撰，何卓点校：《夷坚志》，中华书局，2006 年。

〔宋〕胡寅撰，尹文汉校点：《斐然集》，岳麓书社，2009 年。

〔宋〕黄休复撰，李梦生校点：《茅亭客话》，上海古籍出版社，2012 年。

〔宋〕黎靖德编，王星贤点校：《朱子语类》，中华书局，1986 年。

〔宋〕李昉等撰：《太平御览》，中华书局，1995 年。

〔宋〕李昉等编：《太平广记》，中华书局，2006 年。

〔宋〕李石：《续博物志》，中华书局，1985 年。

〔宋〕李焘：《续资治通鉴长编》，中华书局，2004 年。

〔宋〕李心传：《建炎以来系年要录》，中华书局，1988 年。

〔宋〕李心传撰，徐规点校：《建炎以来朝野杂记》，中华书局，2006 年。

〔宋〕刘斧撰辑：《青琐高议》，上海古籍出版社，1983 年。

〔宋〕柳永著，薛瑞生校注：《乐章集校注》，中华书局，2012 年。

〔宋〕陆游：《陆游集》，中华书局，1976 年。

〔宋〕陆游撰，李剑雄、刘德权点校：《老学庵笔记》，中华书局，1997 年。

〔宋〕罗大经撰，王瑞来点校：《鹤林玉露》，中华书局，1983 年。

〔宋〕吕祖谦编，齐治平点校：《宋文鉴》，中华书局，1992 年。

〔宋〕欧阳修撰，〔宋〕徐无党注：《新五代史》，中华书局，1974 年。

〔宋〕欧阳修、宋祁撰：《新唐书》，中华书局，1975 年。

〔宋〕欧阳修著，李逸安点校：《欧阳修全集》，中华书局，2001 年。

〔宋〕确庵、耐庵撰,崔文印笺证:《靖康稗史笺证》,中华书局,2010 年。

〔宋〕邵伯温撰,李剑雄、刘德权点校:《邵氏闻见录》,中华书局,1983 年。

〔宋〕邵博撰,刘德权、李剑雄点校:《邵氏闻见后录》,中华书局,1983 年。

〔宋〕沈括撰,诸雨辰译注:《梦溪笔谈》,中华书局,2017 年。

〔宋〕石茂良:《避戎夜话》,神州国光社,1946 年。

〔宋〕司马光著,〔元〕胡三省音注:《资治通鉴》,中华书局,1976 年。

〔宋〕宋敏求编,洪丕谟等点校:《唐大诏令集》,学林出版社,1992 年。

〔宋〕苏轼著,孔凡礼点校:《苏轼文集》,中华书局,1986 年。

〔宋〕苏轼撰,王松龄点校:《东坡志林》,中华书局,1997 年。

〔宋〕苏洵著,曾枣庄、金成礼笺注:《嘉祐集笺注》,上海古籍出版社,
　　2001 年。

〔宋〕唐慎微著,郭君双等校注:《证类本草》,中国医药科技出版社,
　　2011 年。

〔宋〕陶穀撰,孔一校点:《清异录》,上海古籍出版社,2012 年。

〔宋〕汪藻原著,王智勇笺注:《靖康要录笺注》,四川大学出版社,2008 年。

〔宋〕王谠撰,周勋初校证:《唐语林校证》,中华书局,1987 年。

〔宋〕王明清撰,田松清校点:《挥麈录》,上海古籍出版社,2012 年。

〔宋〕王明清撰,朱菊如、汪新森校点:《投辖录 玉照新志》,上海古籍出版
　　社,2012 年。

〔宋〕王溥:《唐会要》,中华书局,1998 年。

〔宋〕王栐撰,诚刚点校:《燕翼诒谋录》,中华书局,1997 年。

〔宋〕委心子撰,金心点校:《新编分门古今类事》,中华书局,1987 年。

〔宋〕文莹撰,郑世刚、杨立扬点校:《湘山野录》,中华书局,1997 年。

〔宋〕辛弃疾著,辛更儒笺注:《辛弃疾集编年笺注》,中华书局,2015 年。

〔宋〕熊克著,顾吉辰、郭群一点校:《中兴小纪》,福建人民出版社,1985 年。

〔宋〕徐梦莘:《三朝北盟会编》,上海古籍出版社,1987 年。

〔宋〕徐铉撰,傅成校点:《稽神录》,上海古籍出版社,2012 年。

〔宋〕薛居正等撰:《旧五代史》,中华书局,1976 年。

〔宋〕杨亿撰,李裕民辑校:《杨文公谈苑》,上海古籍出版社,2012 年。

〔宋〕叶梦得撰,侯忠义校:《石林燕语》,中华书局,1984 年。

〔宋〕叶梦得撰,徐时仪校点:《避暑录话》,上海古籍出版社,2012 年。

〔宋〕叶绍翁撰,沈锡麟、冯惠民点校:《四朝闻见录》,中华书局,1997 年。

〔宋〕叶适撰,刘公纯等点校:《叶适集》,中华书局,2010 年。

〔宋〕岳珂撰,吴企明点校:《桯史》,中华书局,1981 年。

〔宋〕岳珂编,王曾瑜校注:《鄂国金佗稡编续编校注》,中华书局,1999 年。

〔宋〕赞宁撰,范祥雍点校:《宋高僧传》,中华书局,1987 年。

〔宋〕赞宁撰,富世平校注:《大宋僧史略校注》,中华书局,2015 年。

〔宋〕曾巩撰,王瑞来校证:《隆平集校证》,中华书局,2012 年。

〔宋〕曾敏行撰,朱杰人标校:《独醒杂志》,上海古籍出版社,2012 年。

〔宋〕张邦基撰,孔凡礼点校:《墨庄漫录》,中华书局,2002 年。

〔宋〕张端义撰,李保民校点:《贵耳集》,上海古籍出版社,2012 年。

〔宋〕张齐贤撰,丁喜霞校注:《洛阳搢绅旧闻记校注》,中国社会科学出版社,2013 年。

〔宋〕张守撰,刘云军点校:《毗陵集》,上海古籍出版社,2018 年。

〔宋〕赵鼎撰,李蹊点校:《忠正德文集》,上海古籍出版社,2018 年。

〔宋〕赵彦卫撰,傅根清点校:《云麓漫钞》,中华书局,1996 年。

〔宋〕赵与时撰,傅成点校:《宾退录》,上海古籍出版社,2012 年。

〔宋〕志磐撰,释道法校注:《佛祖统纪》,上海古籍出版社,2012 年。

〔宋〕周密撰,张茂鹏点校:《齐东野语》,中华书局,1983 年。

〔宋〕周密撰,吴企明点校:《癸辛杂识》,中华书局,2004 年。

〔宋〕周密著,李小龙评注:《武林旧事》,中华书局,2007 年。

〔宋〕朱弁撰,孔凡礼点校:《曲洧旧闻》,中华书局,2002 年。

〔宋〕庄绰撰,萧鲁阳点校:《鸡肋编》,中华书局,1983 年。

〔元〕陶宗仪撰,李梦生校点:《南村辍耕录》,上海古籍出版社,2012 年。

〔元〕脱脱等撰:《宋史》,中华书局,1977 年。

〔元〕辛文房撰,傅璇琮主编:《唐才子传校笺》,中华书局,1987 年。

〔明〕何乔远编撰:《闽书》,福建人民出版社,1994 年。

〔明〕胡应麟:《少室山房笔丛》,中华书局,1958 年。

〔明〕郎瑛:《七修类稿》,上海书店出版社,2001 年。

〔明〕刘嵩:《槎翁诗》,载《四库提要著录丛书·集部》第 63 册,北京出版社,2011 年。

〔明〕罗贯中:《三国演义》,人民文学出版社,2005 年。

〔明〕瞿佑著,周楞伽校:《剪灯新话》,上海古籍出版社,1981年。

〔明〕施耐庵、罗贯中:《水浒传》,人民文学出版社,1997年。

〔明〕陶宗仪等编:《说郛三种》,上海古籍出版社,2012年。

〔明〕谢肇淛:《五杂俎》,上海书店出版社,2001年。

〔明〕杨慎:《古今风谣》,中华书局,1985年。

〔明〕赵弼:《效颦集》,古典文学出版社,1957年。

〔清〕顾炎武著,黄汝成集释,栾保群、吕宗力校点:《日知录集释》,上海古籍
出版社,2006年。

〔清〕潘永因编,刘卓英点校:《宋稗类钞》,书目文献出版社,1985年。

〔清〕彭定求等编:《全唐诗》,中华书局,1979年。

〔清〕蒲松龄著,赵伯陶注评:《聊斋志异详注新评》,人民文学出版社,
2016年。

〔清〕王文诰辑注,孔凡礼点校:《苏轼诗集》,中华书局,1982年。

〔清〕吴任臣撰,徐敏霞、周莹点校:《十国春秋》,中华书局,1983年。

〔清〕徐松辑:《宋会要辑稿》,中华书局,1987年。

〔清〕严可均辑:《全汉文》,商务印书馆,1999年。

〔清〕严可均辑:《全晋文》,商务印书馆,1999年。

〔清〕永瑢、纪昀主编:《四库全书总目提要》,海南出版社,1999年。

〔清〕永瑢等撰:《四库全书总目》,中华书局,2003年。

安徽师大历史系:《方腊起义研究》,安徽人民出版社,1980年。

白冶钢译注:《孔丛子译注》,上海三联书店,2014年。

卜孝萱:《唐人小说与政治》,鹭江出版社,2003年。

卜宪群:《中国通史·隋唐五代两宋》,华夏出版社,2016年。

岑仲勉:《隋唐史》,中华书局,1982年。

陈大康:《古代小说研究及方法》,中华书局,2006年。

陈平原:《中国小说叙事模式的转变》,上海人民出版社,1988年。

陈寅恪:《唐代政治史述论稿》,上海古籍出版社,1997年。

陈寅恪:《金明馆丛稿初编》,生活·读书·新知三联书店,2015年。

陈垣:《陈垣学术论文集》第1集,中华书局,1982年。

程国赋:《唐五代小说的文化阐释》,上海古籍出版社,2002年。

程国赋:《隋唐五代小说研究资料》,上海古籍出版社,2005年。

程毅中:《古小说简目》,中华书局,1981年。

程毅中校注:《宣和遗事校注》,中华书局,2022年。

邓广铭、漆侠:《宋史专题课》,北京大学出版社,2008年。

董志翘:《观世音应验记三种译注》,江苏古籍出版社,2002年。

方诗铭:《中国历史纪年表》,上海人民出版社,2007年。

房锐:《孙光宪与〈北梦琐言〉研究》,中华书局,2006年。

傅璇琮等主编:《五代史书汇编》,杭州出版社,2004年。

葛剑雄:《统一与分裂——中国历史的启示》,生活·读书·新知三联书店,
　　1994年。

葛剑雄:《中国人口发展史》,四川人民出版社,2020年。

葛兆光:《中国思想史》,复旦大学出版社,2005年。

何宁撰:《淮南子集释》,中华书局,1998年。

何竹淇编:《两宋农民战争史料汇编》,中华书局,1976年。

侯会:《水浒源流新证》,华文出版社,2002年。

李定广:《唐末五代乱世文学研究》,中国社会科学出版社,2006年。

李剑国辑校:《宋代传奇集》,中华书局,2001年。

李剑国:《古稗斗筲录》,南开大学出版社,2004年。

李剑国辑校:《唐五代传奇集》,中华书局,2015年。

李剑国:《唐五代志怪传奇叙录》,中华书局,2017年。

李剑国:《宋代志怪传奇叙录》,中华书局,2018年。

李剑国:《唐前志怪小说史》,人民文学出版社,2019年。

李剑国:《中国狐文化》,东方出版社,2022年。

李梦生撰:《左传译注》,上海古籍出版社,1998年。

李时人编校:《全唐五代小说》,中华书局,2014年。

李学勤主编:《十三经注疏·尚书正义》,北京大学出版社,1999年。

梁方仲编著:《中国历代户口、田地、田赋统计》,上海人民出版社,1981年。

凌郁之:《洪迈年谱》,上海古籍出版社,2006年。

鲁迅:《鲁迅辑录古籍丛编》第一卷《古小说钩沉》,人民文学出版社,
　　1999年。

鲁迅:《鲁迅全集》第一卷,人民文学出版社,2005年。

鲁迅:《中国小说史略》,上海古籍出版社,2019年。

陆德阳:《流民史》,上海文艺出版社,1997年。

路遇、藤泽之:《中国人口通史》,山东人民出版社,2000年。

马西沙、韩秉方:《中国民间宗教史》,中国社会科学出版社,2004年。

任崇岳:《宋徽宗——北宋家国兴亡实录》,河南人民出版社,2007年。

任继愈主编:《佛教大辞典》,江苏古籍出版社,2002年。

上海古籍出版社编:《汉魏六朝笔记小说大观》,上海古籍出版社,1999年。

上海古籍出版社编:《唐五代笔记小说大观》,上海古籍出版社,2000年。

上海古籍出版社编:《宋元笔记小说大观》,上海古籍出版社,2001年。

上海古籍出版社编:《明代笔记小说大观》,上海古籍出版社,2019年。

石云涛:《安史之乱——大唐盛衰记》,中华书局,2007年。

司义祖整理:《宋大诏令集》,中华书局,2009年。

孙昌武:《中国文学中的维摩与观音》,天津教育出版社,2005年。

孙昌武:《佛教与中国文学》,上海人民出版社,2007年。

谭凯:《中国中古门阀大族的消亡》,社会科学文献出版社,2017年。

谭其骧:《中国历史地图集》,中国地图出版社,1996年。

王国良:《冥祥记研究》,台北文史哲出版社,1999年。

王利器校注:《盐铁论校注》,中华书局,1992年。

王青:《西域文化影响下的中古小说》,中国社会科学出版社,2005年。

王学泰:《游民文化与中国社会》,同心出版社,2007年。

王永兴编:《隋末农民战争史料汇编》,中华书局,1980年。

王曾瑜:《宋史研究论文集》,上海古籍出版社,1982年。

吴廷燮:《唐代方镇年表》,中华书局,1997年。

谢贵安:《中国谶谣文化研究》,海南出版社,1998年。

徐复观:《两汉思想史》,华东师范大学出版社,2004年。

杨伯峻译注:《论语译注》,中华书局,1982年。

杨伯峻译注:《孟子译注》,中华书局,1988年。

杨天宇撰:《礼记译注》,上海古籍出版社,2004年。

游彪:《靖康之变——北宋衰亡记》,中华书局,2007年。

袁珂校注:《山海经校注》,上海古籍出版社,1980年。

袁行霈撰:《陶渊明集笺注》,中华书局,2018年。

曾枣庄、刘琳主编：《全宋文》第 50、121、160、171、172、214、295 册，上海辞
　　书出版社、安徽教育出版社，2006 年。

张国风：《太平广记版本考述》，中华书局，2004 年。

张国刚：唐代藩镇研究》，湖南教育出版社，1987 年。

张国刚：《佛学与隋唐社会》，河北人民出版社，2002 年。

张峻荣：《南宋高宗偏安江左原因之探讨》，台北文史哲出版社，1986 年。

张兴武：《五代作家的人格与诗格》，人民文学出版社，2000 年。

张泽咸编：《唐五代农民战争史料汇编》，中华书局，1979 年。

张泽咸、朱大渭编：《魏晋南北朝农民战争史料汇编》，中华书局，1980 年。

张祝平：《〈夷坚志〉论稿》，中国文史出版社，2002 年。

周祖譔主编：《中国文学家大辞典·唐五代卷》，中华书局，1992 年。

朱洁：《乱世文宗洪迈》，江西高校出版社，2007 年。

朱瑞熙：《宋代社会研究》，中州书画社，1983 年。

朱易安、傅璇琮主编：《全宋笔记》，大象出版社，2008 年。

朱玉龙编著：《五代十国方镇年表》，中华书局，1997 年。

程民生：《北宋农民起义地域差异分析》，《中州学刊》1983 年第 4 期。

程民生：《论宋代的流动人口问题》，《学术月刊》2006 年第 7 期。

程民生：《北宋开封气象对社会历史的影响》，《史学月刊》2011 年第 1 期。

程民生：《靖康年间开封的异常天气述略》，《河南社会科学》2011 年第 1 期。

邓小南：《论五代宋初"胡、汉"语境的消解》，《文史哲》2005 年第 5 期。

赵俪生：《通过五代十国到宋初的历史过程认识唐末农民大起义之更深远
　　的社会意义》，《文史哲》1956 年第 5 期。

周振鹤：《唐代安史之乱与北方人民的南迁》，《中华文史论丛》1987 年第
　　2—3 期。

[日]石田干之助著，钱婉约译：《长安之春》，清华大学出版社，2015 年。

[美]谢弗著，吴玉贵译：《唐代的外来文明》，中国社会科学出版社，
　　1995 年。

[日]圆仁撰，顾承甫、何泉达点校：《入唐求法巡礼行记》，上海古籍出版社，
　　1986 年。

后　记

书稿终于按自己想象的样子修改完成了,算是尘埃落定,可又踟蹰不安,因为这个研究内容实在太丰富了,岂是本书能涵盖得了的? 但任何事情总得有个定论,这就算是暂时的结点吧。

书稿是在本人博士论文的基础上增修完善而成的。回想起来,从确定选题到现在整整十六年了,但如果从选题的酝酿算起时间可能还要更长。一切要从我的博士求学之路谈起,时至今日我还清楚地记得步入师门的点点滴滴,因为这是我人生的幸运,更是本书能够以这样一个面貌问世的机缘。

2007年初春,在一位好友的鼓励下我们一同报考南开大学。在选择导师时看到有时常在参考文献里见到的学者"李剑国",我就冒昧地报了名。可能真是无知者无畏,当得知通过初试后,本不抱希望的我又激起了求学的欲望。在请人推荐无果后,只好按照文学院网站提供的办公室电话,忐忑忑忑地拨打过去,没想到那边竟传来了一个浑厚的声音。这场通话在我的语无伦次中结束了,只记得表达了想去参加复试的愿望。李先生直率地说,有一位进入面试的学生是他好朋友的弟子,但如果我想上学,也可以来面试。这番话使我明白希望不大。在等待面试时,那位胜券在握的男生一句"咱们俩之间要淘汰一个,你知道吧"的招呼声让我彻底失望了。也可能是这种悲观使我放松下来,在面试过程中让我有了说真话的勇气。在面对毫无感觉的问题时,我大胆说出了"不会"二字,说完后还不安地看了一下台上包括先生在内的三位老师,先生却微笑着说"不会算了",我茫茫然出了考场。谁知当天晚上最终成绩出来了,在报考李先生的学生中我排在了第一名,毫无疑问地取得了入学资格。那一刻,喜极而泣!

到南开后,由于硕士的学习方向是元明清文学,而先生的研究主要在元代之前,所以我学起来很是吃力。也曾想投巧地问先生要一个博士论文题目,但先生的回答是:"没有!"所以一切从头开始。我笨拙地阅读《太平广记》,看了两遍后,发现里面与"战乱"相关的内容很多,在形成了一些观点后就向先生汇报学习心得及选题方向,没想到先生爽快地同意了。更出奇的事情还在后面!过了一段时间后,先生说这个选题也是他重点关注过的问题,而且为此搜集了好多资料。当先生把他分类整理的材料毫无保留地给我后,我感动不已,也深感责任重大,那就是不能浪费这个题目。所以虽然顺利通过了博士学位论文答辩,但后来仔细再看,总感到问题很多,因此只要有空就不断地修改,就这样一拖再拖,直到现在。学者常把论著比做自己的孩子,对其爱之深,望之切。但在我看来,这个成果更像老师,每次看它,总能发现不足,促使自己再继续完善。付梓在即,我内心特别不安,还请大方之家不弃浅陋,多加指正。

衷心感谢我的导师李剑国先生,您为人耿直坦荡,治学专注谨严,永远是后学者的榜样!感谢在我成长和求学路上,对我严格要求的父母,让我懂得无论面临多少困难,都要自立自强,努力前行。感谢现在上海大学文学院攻读博士学位的李景燕和我多年从事新闻工作的长兄赵爱军,他们曾细致地帮我审阅书稿。感谢西北大学的邵颖涛教授,从博士同学到现在,总是无私地给我提供文献资料。感谢所有曾经指导我、帮助我、关心我的师长、朋友、同事和家人!

本书得以出版,得力于全国哲学社会科学工作办公室的项目批准和中华书局罗华彤老师、余瑾老师的鼎力支持与悉心指导,在此一并奉上诚挚的谢意!

2024 年 7 月于郑州